KB156736

한국의 생태사상

박희병 지음

돌베개
1999

한국의 생태사상

1999년 6월 15일 초판 1쇄 발행
2010년 4월 5일 초판 4쇄 발행

지은이 박희병
펴낸이 한철희

도서출판 돌베개
등록 1979년 8월 25일 제 406-2003-018호
주소 413-756 경기도 파주시 교하읍 문발리 파주출판문화산업단지 532-4
전화 (031)955-5020
팩스 (031)955-5049
홈페이지 www.dolbegae.com
전자우편 book@dolbegae.co.kr

KDC 151 또는 810.903
ISBN 89-7199-115-1 94810

어린 시절 깊은 산골에서 마음껏 뛰놀게 해준 나의 부모님께,
새로운 문명과 삶을 갈구하는 모든 이들에게,
유년의 기억 속에 소리·빛깔·냄새·감촉으로 또렷이 존재하는
사라져 가는 아름다운 것들 – 메뚜기, 청개구리, 메기, 부엉이, 개미귀신,
방게, 장수하늘소, 푸른 눈을 한 왕잠자리에게 이 책을 獻呈한다.

책머리에

이 책은 한국의 전통사상에 내장(內藏)되어 있는 생태주의적 사유를 탐색하기 위해 집필되었다.

나는 20대 이래 자본주의 체제에 대해 비판적이었지만, 아직 생태주의적 전망을 갖지는 못했었다. 인간과 세계를 보는 나의 관점은 주로 변증법 철학에 의거하고 있었다. 그러나 80년대 후반 무렵부터 나는 인간과 자연의 관계에 대해 깊이 생각하게 되었으며, 그것을 통해 인간에 대해 다시 사유하기 시작했다. 말하자면 이 시기 이전에는 사회적·정치적 연관 속에서만 인간을 보았으나, 이 시기 이후, 인간을 이해하기 위해서는 '자연적' 연관에 대한 고려가 필수적이라는 사실을 깨닫게 된 것이다.

생각의 이러한 전환 혹은 확장은 갑작스럽게 찾아온 것이라기보다 그전부터 서서히 진행되어 온 것이라고 해야 옳을 듯하다. 80년대에 들어와 한국의 생태적 조건은 급속도로 나빠져 갔으며, 나는 주변의 가까운 사람들이 환경오염과 인과관계가 있다고 추정되는 신체면역체계의 이상으로 고통을 겪는 것을 지켜봐야만 했다. 이런 현실에 직면하여 나는 종전에 갖고 있던 생각이나 태도들을 대거 수정하지 않으면 안되었다. 생활자세는 물론이려니와, 학문의 목적과 방법도 예외는 아니었다.

그러나 기존의 학문을 생태주의적인 방향으로 새롭게 정위(定位)한다는 것은 쉬운 일이 아니었다. 나는 몇 년 동안 길을 찾을 수 없었다. 그러던 중 홍대용(1731~1783)을 만났다. 90년대 초였다. 나는 그와의 대화를 통해 비로소 길을 발견할 수 있었다. 그러므로 이 책은 홍대용과의 만남이 직접적 계기가 되어 이루어졌다고 할 수 있다.

저자는 이 책의 각론에서, 이규보·서경덕·신흠·홍대용·박지원 다섯 사람의 사상을 검토했다. 이규보는 고려 중엽인 12세기 말 인물이고 박지원은 조선 후기인 18세기 후반 인물이니, 그 상거(相距)가 6백 년쯤 된다 하겠다. 이 다섯 인물은 비슷하면서도 서로 다르고 서로 다르면서도 비슷한 면을 보여주지만, 심원하면서도 풍부한 생태적 사유를 보여준다는 점에서는 일치한다.

이규보가 우리에게 만물이 근원적으로 하나라는 '만물일류'(萬物一類)의 가르침을 준다면, 서경덕은 삶과 죽음에 대한 자연철학적 성찰을 보여주며, 신흠은 학문이 단순한 지식 추구가 되어서는 안되며 생(生)과 세계에 대한 정신적 깨달음과 연결되어야 한다는 점을 설파하고 있다. 그런가 하면, 홍대용은 광대한 우주적 차원에서 인간과 물(物)이 대등하다는 이른바 '인물균'(人物均)의 사상을 제기하고 있으며, 박지원은 도를 깨닫는 마음이라 할 '명심'(冥心)에 대한 강조와 글쓰기에 대한 혁신을 통해 인간·사회·자연을 통합하고자 하였다.

과거 한국의 사상가들 중 이 다섯 인물만이 생태적 사상을 보여주는 것은 아니다. 그럼에도 본서에서 이 다섯 인물만을 다루게 된 것은, 우선 저자의 개인적 취향이 반영된 면이 있고, 저자의 공부가 그리 넓지 못하다는 점이 또다른 이유다. 그렇기는 하지만, 한국의 전근대(前近代) 사상가 가운데 본서에서 다룬 다섯 인물만큼 깊고 근원적인 생태적 성찰을 보여주는 인물도 흔치 않으리라 본다.

이 책은 생태사상을 다루고 있음에도 불구하고 시학(詩學)과 문예론에 대해 각별한 관심을 쏟고 있다. 이는 저자가 문학·예술과 생태적 마음 간에는 어떤 본질적 연관성이 있다는 생각을 갖고 있기 때문이다. 예술이나 글쓰기는 그 향방에 따라서는 생태주의를 확산하고 고양시키는 하나의 주요한 생활적 실천이 될 수 있을지 모른다는 한 가닥 희망을 저자는 품고 있다. 이 책에서 다루고 있는 다섯 인물에게서 그 근거를 발견할 수 있다.

동양사상에 내재되어 있는 생태사상에는 사회적 연관이 결여되어 있다고 생각하기 쉽다. 만일 동양사상에 그런 경향이 있다면 그 점, 비판받아야 마땅할 것이다. 그러나 이 책에서 다룬 인물들은 그 누구도 폐쇄적으로 개인의 내면적 깨달음만 추구하지 않았으며, 모두가 우주적 깨달음과 사회적 비판을 결합시키고 있다. 자연철학과 사회철학의 통일을 선구적으로 시현(示現)하고 있는 셈이다.

저자는 이 글의 서두에서 이 책이 한국의 전통사상에 내장된 생태주의적 사유를 탐색하기 위해 집필되었다고 감히 말한 바 있다. 저자로서는 정성을 다했지만, 막상 출판을 앞두고 다시 읽어 보니 미흡하거나 불만스러운 점이 한둘이 아니다. 그러나 고쳐 생각하면 애당초 저자가 하고자 한 작업은 어떤 체계를 구축하거나 지식의 성(城)을 쌓는 일이 아니었으며, 따라서 완결이니 완성이니 하는 것도 있을 수 없는 일이 아닌가 싶다. 그렇다고 한다면 이 책에 제시된 약간의 단서들이, 새로운 세계관의 형성에 조금이나마 보탬이 되고, 또 혹 저자처럼 길을 찾는 사람들에게 작은 참조라도 된다면 그것으로 족한 일이 아닌가 생각된다.

이제, 이 책의 읽기와 관련해 한두 마디 언급해 두고자 한다.

동아시아 사상에 어느 정도 조예가 있는 분이라면 차례대로 글을 읽는 것이 좋겠지만, 그렇지 못한 독자라면 이 책의 총론을 읽은 다음, 제1부에서는 「이규보에게서 배우는 생태적 정신」, 제2부에서는 「서경덕의 철리시」, 제3부에서는 「신흠의 자연시학」, 제4부에서는 「홍대용 사상에 있어서 물아의 상대성과 동일성」, 제5부에서는 「박지원의 산문시학」부터 각각 먼저 읽는 것이 좋으리라 생각한다.

저자는 되도록 알기 쉽게 글을 쓰려고 나름대로 노력했지만, 쉬운 일이 아니었다. 무엇보다도 한자어로 된 전문용어와 개념어들이 문제였다. 하지만 전문용어와 개념어를 우리말로 길게 풀어 말하는 것이 능사는 아니라고 생각되었다. 개념어는 그 자체로 사유되어야지, 풀어 말하면 이미 그 본뜻과 거리가 생기게 된다. 이런 점을 감안한다면, 쉬운 글을 쓰고자 하는 노력만 필요한 것이 아니라, 지적 수준의 향상 또한 필요하다 할 것이다. 이 책에서는 절충적인 입장을 취해 본문 중의 어려운 말들에 대한 풀이를 괄호 속에 해 주었다. 출판사의 요청에 따른 것인데, 아무쪼록 일반독자들에게 도움이 되었으면 한다.

이 책의 제1부에 실린 「이규보에게서 배우는 생태적 정신」은 연전에 민족문학작가회의가 개최한 심포지엄에서 발표한 글인데, 구어체로 되어 있어 이질적인 느낌을 주며, 그 때문에 책의 일관성을 손상시킬 우려가 있다. 뿐만 아니라 이 글은 이규보에 관한 다른 두 편의 글과 일부 중복되는 내용을 포함하고 있다. 이런 점을 알면서도 굳이 수록한 것은, 이 글이 이규보에 관한 다른 두 글과 긴밀한 보완관계에 있어 이 글이 없으면 다른 두 글의 의의가 반감된다고 판단했기 때문이다. 독자들께서는 책의 체재나 격식보다는 글이 담고 있는 메시지에 주목해 주셨으면 한다.

이 책의 말미에 첨부된 색인의 작성에는 허선자 군의 도움이 있었다. 고마움을 표한다. 돌베개 출판사의 김혜형 씨는 언제나 그랬듯 원고를 면밀히 검토하고 많은 조언을 해 주셨다. 덕분에 좀더 나은 책이 될 수 있었다고 생각한다. 그 노고에 깊은 감사의 뜻을 표한다.

1999년 5월 18일

박 희 병

차 례

제3부

제4부

제5부

총 론

■■■

한국의 사상적 전통과 생태적 관점

한국의 사상적 전통과 생태적 관점

1. 머리말

저물어 가는 20세기 말의 이 시점에서 본 인류 문명의 상황은 대단히 우울하다. 이윤 추구를 위해 부단히 확대되는 생산, 그에 따른 무절제한 소비, 그리고 그 결과인 강, 바다, 산, 들, 흙, 공기, 먹거리의 오염, 이것이 오늘날 우리가 직면하는 삶의 현실이다.

이런 현실이 왜 초래되었는지에 대해서는 여러 가지 지적이 가능할 터이지만, 자본주의 문명의 기제(機制)와 그것을 근원적으로 뒷받침하고 있는 기계론적 세계관에 일차적 문제가 있음은 부정할 수 없는 사실이다. 따라서 이 점에 대한 근본적 반성 없이는 새로운 문명과 세계관의 모색이 가능할 것 같지 않다.

사실 근대를 특징짓는 자본주의는 인류가 창조한 다른 여러 문명이 그 나름대로 소중하게 여겨 온 가치들과 삶의 원리들을 주변부로 밀어내거나 압살함으로써 오늘날 지배적인 문명의 위치를 구축할 수 있었다. 그러나 이제 자본주의 문명을 반성하고 새로운 문명과 세계관을 모색하는 마당에서는 지금까지 주변부에 머무르거나 망각되거나 홀시되어 온 자본주의 이외의 여러 문명을 재평가하고, 그것들이 간직하고 있는 원리나 관점에서 무언가를 이끌어내고 배우지 않으면 안된다고 생각한다. 그렇다고 해서 고대나 중세의 사상이 오늘날 우리가 직면한 문명의 위기에 곧바로 답을 제시해 주는 것이 아님은 말할 나위도 없다. 그것들 속에는 억압적 요소나 미신적 요소도 내포되어 있으며, 따라서 부정해야 할 부분이 적지 않다.[1] 그런 것은 부정하고 경계하되, 다만 그 의미 있는 부분에서 '지혜'를 배우고 이로써 새로운 사고방식과 가치관, 나아가 새로운 세계관을 모색하는 데 하나의 자양(滋養)으로 삼자는 뜻이다. 요컨대 우리는 과거의 문명과 전통사상에서 '생태적 지혜'에 관해 많은 것을 얻어들을 수 있다고 생각한다.

이런 견지에서 한국의 사상적 전통을 주목한다. 한국의 전통사상은 아름답고도 심원한 생태적 지혜를 간단없이 보여준다. 그 사유는 시적(詩的)이자 미학적(美學的)이며, 협소한 인간중심주의를 넘어 인간과 자연, 인간과 만물이 근원적으로 동일한 존재로서 이른바 '생생지리'(生生之理 : 하늘이 人과 物을 끊임없이 낳는 이치)에 따라 생명의 율동을 구가하고 있음을 강조하고 있다. 그 생각의 움직임은, 도구적이거나 조작적 이성(理性)에 익숙한 우리 현대인으로서는 상상하기 어려울 정도로 심오하고, 근원적이다.

이 글은 한국사상의 전통에서 확인되는 생태적 관점을 몇몇 문인·사상가의 예를 통해 개관하는 데 목적이 있다. 이 작업이, 그저 사실을 확인하거나 지식을 정리한 것이 아니라, 새로운 생태적 세계관의 수립에 일조하기 위한 고민과 노력의 일환으로 받아들여지기를 희망한다.

---

1) 근대 자본주의 문명은 중세의 억압과 미신으로부터 인간을 해방했다. 이 점에서 자본주의 문명은 역사적 의의가 있다. 필자는 이런 점을 부정하거나 무시하지 않는다. 다만 문명론적·생태적 관점에서 오늘날의 후기자본주의는 인류와 생태계의 존립 자체를 위협할 정도로 심대한 폐해와 문제점을 노정하고 있는바, 이 때문에 자본주의를 '지양'한 새로운 문명이 모색되지 않으면 안되며 이러한 모색에 전통사상에 내포된 '지혜'가 일정한 시사와 도움을 준다고 생각한다.

2. 만물의 근원적 평등

만물이 근원적으로 평등하다는 생각은 일찍부터 있어 왔다. 고려 중기의 문인인 이규보(李奎報, 1168~1241)의 다음 글을 보자.

어떤 객이 나에게 말하였다.

"어제 저녁, 한 고약한 사내가 큰 몽둥이로 떠돌아다니는 개를 쳐 죽이는 것을 보았는데, 몹시 불쌍하고 마음이 아팠습니다. 그래서 앞으로 개고기나 돼지고기를 먹지 않겠다고 다짐했습니다."

나는 이렇게 대답했다.

"어제 누가 화로에다 이〔蝨〕를 던져 태워 죽이는 것을 보았는데, 마음이 아파 앞으로 이를 잡지 않겠다고 다짐했습니다."

객이 놀라며 말하기를,

"이〔蝨〕는 미물 아닙니까? 나는 큰 생물이 죽는 것을 보고 슬픈 마음이 들어 말한 건데 이런 식으로 대꾸하다니 나를 놀리는 게 아닌지요?"

이 말을 듣고 나는 다음과 같이 말하였다.

"무릇 생명 있는 존재란, 사람으로부터 소·말·돼지·염소·곤충·개미·땅강아지에 이르기까지 삶을 사랑하고 죽음을 싫어하는 마음이 같은 법입니다. 어찌 꼭 큰 생물만이 죽음을 싫어하고, 작은 생물은 그렇지 않다 하겠습니까? 그렇다고 한다면 개와 이의 죽음은 동일한 것입니다. 그래서 이〔蝨〕를 거론하여 당신 말에 응수한 것이지, 어찌 일부러 당신을 놀리려고 한 말이겠습니까. 내 말을 믿지 못하겠거든 한번 당신의 열 손가락을 깨물어 보십시오. 엄지손가락만 아프고 그 나머지는 아프지 않을 리가 있겠습니까? 한 몸에 있는 것은 대소(大小) 지절(支節)을 막론하고 다같이 생명이 있기 때문에 그 아픔이 똑같은 법입니다. 하물며 모든 생명은 각기 하늘로부터 숨과 기(氣)를 부여받았거늘, 누구는 죽음을 싫어하고 누구는 죽음을 좋아할 리가 있겠습니까? 그대는 물러가서 명심(冥心 : 마음을 고요히 함)하여 가만히 생각해 보십시오. 달팽이 뿔을 쇠뿔과 똑같이 보고 참새와 대붕(大鵬 : 9만 리를 날아 오른다는 커다란 상상의 새)을 평등하게 보게 된 연후에라야 우리는 도(道)에 대해 이야기할 수 있을 것입니다."[2]

「슬견설」(蝨犬說)이라는 제목의 글이다. 요즘말로 바꾼다면 「이와 개에 대한 이야기」쯤으로 옮길 수 있을 것이다. 짧은 글이지만, 만물이 근원적으로 동일한 존재라는 깨달음을 함축적이면서도 비유적인 언어로 표현하고 있다. 췌언이 될지 모르지만 이규보의 상념을 조금만 부연 설명한다면, 만물이 그 외관상의 엄연한 차이에도 불구하고 근원적으로 평등한 까닭은, 생사(生死)에 대한 동일한 마음과 생명 현상의 근원적 동일성 때문이라는 것이다. 사물의 외관이 보여주는 차별성 너머에 존재하는 생명의 근원적 동일성을 주목한 것이다. 이런 근원적 인식 앞에서, 이〔蝨〕는 해충이니 죽여야 한다는 주장이나, 인간이 개를 잡아먹는 것은 생존을 위한 것이니 정당하다는 주장 따위는 부차적이다. 이규보처럼 현실주의적 사유 성향이 강한 인물이 이런 실제 현실을 무시했을 리 없다. 그는 다만 만물의 본질에 대한 자연철학적 인식을 지혜의 차원에서 설파하려 했던 것이다.

『장자』(莊子)의 제물론적 사유(齊物論的 思惟 : 만물은 차등이 없이 모두 평등하다는 생각)에 연결되어 있는 이규보와는 또 다르지만, 성리학에 바탕을 둔 조선시대의 문인들 가운데에도 생명 현상의 근원적 동질성에 주목한 분이 많다. 김시습(金時習, 1435~1493)을 예로 들어보자.

김시습은 "사람과 만물은 다같이 천지의 기(氣)를 타고나 똑같이 천지의 인(仁)에 의해 길러진 존재"[3]로서, 비록 기질의 차이는 있어 사람이 만물

---

2) "客有謂予曰: '昨晚見一不逞男子, 以大棒子, 椎遊犬而殺者, 勢甚可哀, 不能無痛心, 自是, 誓不食犬豕之肉矣.' 予應之曰: '昨見有人, 擁熾爐捫蝨而烘者, 予不能無痛心, 自誓不復捫蝨矣.' 客憮然曰: '蝨, 微物也. 吾見厖然大物之死, 有可哀者, 故言之. 子以此爲對, 豈欺我耶?' 予曰: '凡有血氣者, 自黔首, 至于牛馬猪羊昆虫螻蟻, 其貪生惡死之心, 未始不同, 豈大者獨惡死, 而小則不爾耶? 然則, 犬與蝨之死, 一也. 故擧以爲的對, 欺故相欺耶? 子不信之, 盍齕爾之十指乎? 獨拇指痛, 而餘則否乎? 在一體之中, 無大小支節, 均有血肉, 故其痛則同. 況各受氣息者, 安有彼之惡死, 而此之樂乎? 子退焉, 冥心靜慮, 視蝸角如牛角, 齊斥鷃爲大鵬, 然後吾方與之語道矣.'"(『東國李相國全集』, 권21)

가운데 가장 빼어나기는 하나 사람과 물(物)이 자연의 이치인 '생생지리'에 따라 제각각 삶을 영위하고 있다는 점에서는 근본적으로 동일하다고 보았다.[4] 천지자연은, '생의'(生意 : 만물을 낳고자 하는 마음)라 표현되기도 하고 '생생지리'라 표현되기도 하며 '인'(仁)이라 표현되기도 하는 원리를 구현하고 있는바,[5] 이 원리는 무망불식(無妄不息 : 진실하여 쉬지 않음)하여 잠시도 그치는 적이 없으며 어디에도 미치지 않음이 없는 것이라 했다. 그리하여 사람, 금수, 벌, 개미, 초목 등 목숨을 지닌 모든 존재는 다같이 자연에서 받은 성(性)에 따라 생명을 구가하고 있다는 점에서 근원적으로 동일한 것으로 보았다.[6] 말하자면 생태계를 장엄한 생명의 장, 커다란 조화와 공생의 장으로 이해한 것이다. 여기서 잠시 김시습의 말을 직접 들어보기로 하자.

봄빛이 화창하니 바람과 천둥이 일어 만물이 살아나고, 여름철이 되니 비

---

3) "人與萬物, 均稟天地之氣, 同育一元之妙."(「雜著」의 '鬼神第八', 『梅月堂文集』 권17)

4) ○"雖鳥獸草木, 僅得形氣之偏, 不能貫乎全體, 而其知覺運動, 榮瘁開落, 亦皆循其性, 而各有自然之理. 至於虎狼之仁, 蜂蟻之義, 豺獺之禮, 雎鳩之智, 不待於人, 而存其義理之所得, 可見天命之性, 初無間隔, 而道亦未嘗不在也."(「雜著」의 '性理第三', 『매월당문집』 권17)

○"易曰: '天地之大德, 曰生.' 夫生生者, 天地之大德, 而欲生者, 萬物之本性. 故因萬物欲生之本性, 體天地生生之大德, 使物各遂其性, 而化育於深仁厚澤之中而已. 請詳論之. 人與物, 共生天地大化之間, 而民吾同胞, 物吾與也. 故人爲最, 物其次焉."(「愛物義」, 『매월당문집』 권20)

5) ○"元元生意, 無時不停."(「調元贊」, 『매월당문집』 권19)

○"茫茫大塊, 坱圠無垠, 一氣循環, 不測曰神. 四德之運, 琁斡相因, 有元爲首. 於時爲春. 生生之理, 貫於四時, 春蟲夏假, 旺相以尸, 秋冬收斂, 利貞是資."(「體元贊」, 『매월당문집』 권19)

○"仁者, 天地生物之心, 而我之所以爲德者也. 盖心之全德, 莫非至理, 而仁者, 我所由以生, 與萬物同此元元者."(「契仁說」, 『매월당문집』 권20)

6) "雖鳥獸草木, 僅得形氣之偏, 不能貫乎全體, 而其知覺運動, 榮瘁開落, 亦皆循其性, 而各有自然之理. 至於虎狼之仁, 蜂蟻之義, 豺獺之禮, 雎鳩之智, 不待於人, 而存其義理之所得, 可見天命之性, 初無間隔, 而道亦未嘗不在也."(「雜著」의 '性理第三', 『매월당문집』 권17)

와 이슬이 내려 만물이 자라며, 가을과 겨울이 되니 서리와 눈이 내려 만물이 근원으로 돌아간다. 이처럼 천지의 생의(生意)는 한시도 그치는 적이 없다. 하나의 음(陰)과 하나의 양(陽)이 서로 도와가며 온갖 형체를 이룰 적에 천지 조화(造化)가 풀무가 되어 그 명(命)을 따르니, 생명을 지닌 모든 존재가 저마다 자신의 바른 성(性)을 좇게 된다.[7]

인(人)과 물(物)이 똑같이 천지의 '생의'를 받아 자신의 본성에 따라 생명을 누린다는 점에서 사람과 천지만물은 근원적으로 연결되어 있으며, 서로 유통(流通)한다.[8] 그래서 다음과 같은 생각도 가능하다.

천지만물은 그 본체는 하나인데 나뉘어 달라진 것이다. 그 본체가 하나이기에 나의 기(氣)가 순하면 천지의 기도 순하다. 그리하여 음양이 조화롭고, 비와 바람이 적절하며, 새·짐승·물고기·자라가 그 본성을 누리고, 용·봉황·거북·기린이 상서로움을 보이는 것은, 뜻이 하나로 되어 기에 영향을 미친 결과다. 반대로 나의 기가 사악하면 천지의 기도 사악하게 되니, 한번 그 기를 사악하게 하면 족히 천지의 조화(調和)를 해치고 음양의 변이(變異)를 초래한다.[9]

이는 이른바 '천인감응설'(天人感應說)에 해당하는 발언인데, 이러한 생각은 미신적이거나 신비주의적인 색채가 없지 않다. 기실 중세의 사상가들은 이런 생각을 실제적 사실을 해석하는 데까지 구체적으로 적용함으로써

---

7) "春光駘蕩, 風雷激盪, 夏月方亨, 雨露滋榮, 秋冬利貞, 霜雪斂精, 元元生意, 無時不停. 一陰一陽, 迭助流形, 造化槖籥, 承順其令. 凡厥有生, 各正性命."(「調元贊」, 『매월당문집』 권19)

8) "是故, 爲仁者, 須要克己. 若克己私, 廓然至公, 涵育渾全, 理之具於性者, 無所壅蔽, 施於事物之間者, 莫不各黨其道, 與天地萬物相爲流通, 而生生之理, 無不該遍矣."(「契仁說」, 『매월당문집』 권20)

9) "盖天地萬物, 體一而分殊. 惟其體一, 故吾之氣順, 則天地之氣亦順, 以至於陰陽之和, 風雨之若, 鳥獸魚鼈之遂性, 龍鳳龜麟之應瑞, 莫非志一之動氣也. 吾之氣戾, 則天地之氣亦戾, 一悖其氣, 足以傷天地之和, 感陰陽之變."(「雜著」의 '服氣第六', 『매월당문집』 권17)

무리와 폐단을 낳기도 하였다. 그 점은 인정해야 할 사실이지만, 그렇다고 해서 김시습의 상기 언명을 무조건 미신과 불합리, 몽매의 소치로 치부할 수는 없지 않나 생각된다. 오히려 위의 언명은 사물에 대한 관점, 사물과 인간의 내적 관련에 대한 근원적 관점의 표명으로 읽어야 하지 않을까. 그럴 경우 그것은 단순히 미신이 아니라 인간과 사물, 인간과 세계의 내적 관련에 대한 참으로 소중한 통찰과 직관을 담고 있는 것으로 재해석될 수 있지 않을까 한다.[10)]

인(人)과 물(物)이 하나라는 존재론적 통찰은 인간만이 주체가 아니라 모든 존재를 주체로 간주하는 입장에 이르게 된다. 다음의 글이 이 점을 간명하게 보여준다.

> 도(道)로써 천지를 보고 천지로써 만물을 본다면, 나〔我〕 또한 물(物)이요, 물은 또한 나이다. 천지는 또한 만물이요, 만물은 또한 천지이다. 어떤 물(物)이 나가 아니겠으며, 어떤 나가 물이 아니겠는가. (…)그런즉 내 몸이 하나의 태극(太極)일 뿐 아니라, 만물 또한 하나의 태극이며, 물물(物物)이 저마다 하나의 태극을 지니고 있다. 천지 또한 하나의 태극인 것이다.[11)]

강백년(姜栢年, 1603~1681)이라는 분이 17세기 초에 쓴 글인데, 인간

---

10) 여기서 필자는 '온생명'에 관한 장회익 교수의 글(『과학과 메타과학』, 지식산업사, 1990)을 떠올리게 된다. 장교수는 우주의 모든 존재가 서로 불가분적으로 연결되어 있으며, 그 전체가 곧 하나의 생명이라는 관점을 제기한 바 있다. 그래서 '나'와 '너', '나'와 '자연', '나'와 '다른 사물'은 서로 무관한 존재가 아니라 상호 유기적인 관련을 맺고 있으며, '나'에게서 일어나는 일이 다른 존재, 심지어 우주에까지 영향을 미칠 수 있는 것이라 보았다. 이런 생각은 과학 하는 분의 입장에서 제기된 것이고, 따라서 그에 대해 함부로 미신이니 불합리니 하는 말을 할 수는 없을 터이다. 흥미롭게도 장회익 교수의 견해는 전통사상의 '천인감응설'과 상통하는 점이 없지 않다.

11) "以道而觀天地, 以天地而觀萬物, 則我亦物也, 物亦我也, 天地亦萬物也, 萬物亦天地也. 何物不我, 何我不物? (…)然則, 吾之身, 一太極也, 萬物亦一太極, 而物物各有一太極也, 天地亦一太極."(「不物者能物物說」, 『雪峯遺稿』, 韓國文集叢刊 제103책, 242면)

중심의 사유를 넘어 인간과 만물이 일체요 저마다 하나의 주체라는 깨달음을 표현하고 있다. 여기서 우리는 언뜻 하이데거(M. Heidegger)가 발한 서구의 '주체성 철학'에 대한 경고를 상기하게 된다. 그는 주체를 강조하는 독일의 관념철학이 자폐적임과 동시에 권력지향적으로, 인간과 자연의 관계를 지배의 관계로 전환시켰다고 통렬히 비판하면서, 사물을 보는 태도의 변경이 필요하다고 주장한 바 있다. 강백년은 인간 혹은 사유하는 '나'만이 주체가 아니라, 모든 생명, 모든 존재가 주체일 수 있다는 평등안(平等眼)을 견지함으로써, 배타적 주체 같은 것은 인정하지 않고, 주체와 객체의 간극을 없애버리고 있다.

그러나 유학적 전통에는 인간이 만물 가운데 가장 빼어난 존재라는, 서구의 휴머니즘과는 또다른 의미에서 인간중심적인 사유가 엄연히 존재해 왔다.[12] 이러한 사유 경향에 정면으로 도전하면서 우주론적 시야에서 인간과 물(物)의 근원적 동일성을 설파한 분이 있으니 그가 바로 홍대용(洪大容, 1731~1783)이다. 흔히 홍대용 하면 자연과학자로만 알고 있으나, 그는 탁월한 자연철학자이기도 했다.[13] 우리가 주목하는 것은 바로 이 자연철학자로서의 면모이다. 다음 글을 보자.

> 실옹(實翁)이 말했다.
>
> "(…)내가 너한테 묻겠다. 생물의 종류에는 세 가지가 있거늘, 인간·금수·초목이 그것이다. (…)이 셋에 귀천의 등급이 있느냐?"
>
> 허자(虛子)가 대답했다.

---

12) 이런 전통이 언제부터 비롯되는가를 조사해 보니, 대체로 漢代 유학에까지 소급되는 듯하다. 다음 자료가 그러한 추정을 뒷받침한다.
○ "惟天地, 萬物父母; 惟人, 萬物之靈."(「僞泰誓」, 『書經』)
○ "倮蟲三百, 人爲之長."(「商蟲」, 『論衡』)
○ "夫人之在天地之間, 萬物之貴者耳."(「詰術」, 『論衡』)

13) 이 점은 본서, 「홍대용의 생태적 세계관」 및 「홍대용 사상에 있어서 物我의 상대성과 동일성」을 참조하기 바란다.

"천지간 생물 중에 오직 인간이 귀합니다. 금수한테는 지혜가 없고 초목한테는 감각이 없으니까요. 또한 이들에게는 예의가 없습니다. 그러니 인간은 금수보다 귀한 존재이고, 초목은 금수보다 천한 존재지요."

실옹은 고개를 들어 껄껄 웃더니 이렇게 말했다.

"너는 정말 인간이로구나! 오륜(五倫)과 오사(五事)[14]가 인간의 예의라면, 무리를 지어 다니면서 함께 먹이를 먹는 것은 금수의 예의이고 군락을 지어 가지를 벋는 건 초목의 예의다. 인간의 입장에서 물(物)을 보면 인간이 귀하고 물이 천하지만, 물의 입장에서 인간을 보면 물이 귀하고 인간이 천하다. 그러나 하늘의 입장에서 보면 인간과 물은 균등하다."[15]

'인물균'(人物均)의 관점을 피력한 「의산문답」(毉山問答)의 유명한 구절이다. "천지간 생물 중에 오직 인간이 귀합니다"라는 허자의 말은 유가적 인간중심주의를 대변하고 있다. 홍대용의 분신이라 할 실옹은 이러한 유가의 인간본위적 관점을 타파하고, 인·물에 차별성이나 가치적 위계(位階)가 있을 수 없고, 인간과 물이 근본적으로 대등함을 설파하고 있다. 이로써 홍대용은 인간과 사물, 그리고 자연의 인식에 있어 우리나라 사상사상(思想史上) 획기적 전환을 이룩했다. 물론 홍대용이 도달한 '인물균'의 사상은 완전히 평지돌출의 사상은 아니며, 앞서 살핀 데서 드러나듯 인간과 물을 전일적·유기적으로 파악하는 전대의 사상적 흐름과 연결되고 있는 면이 없지 않다. 하지만 홍대용의 사상은 인성(人性)과 물성(物性)의 동이(同異)

14) 『書經』의 「洪範」에 나오는 말로, 修身과 관련된 다섯 가지 일, 즉 얼굴은 공손하게, 말은 바르게, 보는 것은 밝게, 듣는 것은 자세하게, 생각은 깊게 하는 것을 가리킨다. 『서경』의 원문은 다음과 같다. "五事, 一曰貌, 二曰言, 三曰視, 四曰聽, 五曰思. 貌曰恭, 言曰從, 視曰明, 聽曰聰, 思曰睿."

15) "實翁曰: '(…)我復問爾. 生之類有三, 人也, 禽獸也, 草木也. (…)抑將有貴賤之等乎?' 虛子曰: '天地之生, 惟人爲貴. 今夫禽獸也, 草木也, 無慧無覺, 無禮無義, 人貴於禽獸, 草木賤於禽獸.' 實翁仰首而笑曰: '爾誠人也! 五倫五事, 人之禮義也; 羣行呴哺, 禽獸之禮義也; 叢苞條暢, 草木之禮義也. 以人視物, 人貴而物賤. 以物視人, 物貴而人賤. 自天而視之, 人與物均也.'"(「毉山問答」, 『湛軒書』 內集 권4 補遺, 18장 뒷면)

여부를 둘러싸고 내로라 하는 사상가들이 참여하여 일대 논전을 벌였던 조선 후기의 호락논쟁(湖洛論爭), 즉 인물성동이론(人物性同異論)을 그 중심에서 돌파한 결과라는 점에서, 그리고 당시 조선에 수용된 서구과학에 대한 음미를 거친 결과이기도 하다는 점에서 특별한 사상사적 의의를 갖는다. 더구나 그는 천문학자로서 광대하게 우주적 관점에서 인간과 물에 대해 사유함으로써, 인간중심적 관점은 물론이려니와 지구중심적 관점까지도 벗어나고 있다. 이런 점에서 홍대용은 우리나라 중세 사상가 가운데 천지만물이 근원적으로 평등하다는 생각을 우주적 차원으로 확장하면서 최고의 높이에서 전개한 사상가로 특별히 기억함직하다.

3. 物의 관점에서 본 인간

한국사상에는 물(物)의 관점에서 인간을 봄으로써 인간의 본성과 행태, 그리고 인간이 이룩한 문명에 대해 반성적으로 인식해 온 전통이 존재한다. 이러한 발상은 그 자체에 이미 인간과 물이 깊은 내적 연관을 가진다는 것, 그리고 인간과 물이 상대적 관점에서 파악되어야 한다는 사실을 전제하고 있다. 그리하여 통념과 달리 인간보다 물이 더욱 진실되고 자연의 도(道)에 부합되는 삶을 살고 있음을 드러내거나, 인간이 자기가 제일이라고 으스대고 있음에도 불구하고 자연의 관점에서 볼 때 얼마나 형편없는 존재이며, 거짓과 위선, 폭력과 야만에 물들어 있는가를 폭로하곤 한다. 인간 본위의 관점을 탈피해 물의 눈을 빌려 인간에 대한 철학적·문명론적 성찰을 한 것이다.

가령 '개구리'의 관점에서 인간을 성찰하고 있는 장유(張維, 1587~1638)의 글 「와명부」(蛙鳴賦)를 예로 들어보자. 이 글은 '묵소자'(默所子)라는 인물이 어떤 '객'과의 문답을 통해 생태적 깨달음에 도달하는 형식을 취하고 있다. '묵소자'는 여름날 못에서 시끄럽게 울어대는 개구리 울음소리를 괴롭게 여겨 모두 죽어버렸으면 하는 마음을 갖는다. 이에 대해 '객'은 만물이 저마다 "각솔기성"(各率其性)한다는 것,16) 즉 저마다 하늘로부터 받은 본성에 따라 살아가고 있음을 주지시킨 다음, 인간과 개구리를 비교해 가며 인간의 삶이 얼마나 천도(天道)에서 벗어나 있는지를 낱낱이 지적한다. 그에 의하면, 개구리 우는 소리가 시끄럽다고 하지만 인간의 경우 온갖 거짓과 위선에 찬 말로써 진실을 어지럽히며, 요상하거나 음란·괴이한 소리를 지껄여댐으로써 참된 소리를 사라지게 하고 있을 뿐더러, 모함하고 참소하는 말로써 동류를 해치고 어진 자를 없애며, 간사하고 사악한 말로써 변란을 일으키고 정도(正道)를 뒤엎고 있다는 것이다. 만물의 영장이라고 우쭐대는 인간의 실상이 이러한 데 반해, 개구리는 더러운 연못에 살면서도 하늘이 내린 본성을 충실히 따르면서 동류끼리 다정하게 소리를 주고받으며, 사람에게 무엇을 구하는 법도 없고 물(物)을 거스르는 법도 없이 자재(自在)하게 살아가고 있다. '객'은 자신의 말을 다음과 같이 종결짓고 있다.

> 지금 그대는 자신을 중심에 둠으로써 '나'와 '물'(物)이 다른 것이라고 보고 있으며, 자신의 감관(感官)에 구애되어 물을 미워하고 있습니다. 하늘의 도가 만물에 똑같이 부여되어 있으며, 만물이 그 현상적 우열의 차이에도 불구하고 그 근원은 같다는 사실을 깨닫지 못하고, 하늘이 낳은 물을 모두 죽여 자기 마음을 즐겁게 하고자 하니, 이는 하늘의 생생지리(生生之理)를 가리고, 인(仁)을 해치는 일이 아니겠습니까? 그것은 자신을 조금 즐겁게 하고자 해서 커다란 우환을 남기고, 조그만 걱정거리를 없애고자 하여 큰 해(害)를 달가워하는 짓이니, 그대는 다만 개구리 우는 소리만 시끄럽다고 여길 뿐 대와(大蛙)의 커다란 시끄러움이야말로 정말 큰 악이라는 사실은 왜 생각지 않으시는 겁니까?17)

---

16) "芒蕩大包, 萬類並生. 稟形受氣, 天機自鳴, 各率其性而宣其情."(『谿谷集』, 韓國文集叢刊 제92책, 22면)

'대와'(大蛙), 즉 '큰 개구리'는 인간을 가리키는 말이다. 자연내(自然內) 존재라는 점에서 볼 때 근원적으로 사람과 개구리가 다르지 않다고 보아 이런 표현을 쓴 것이다. '객'의 말에 '묵소자'는 멍하니 말을 잊은 채 깊은 사색에 잠기는 것으로 작품은 종결된다.[18]

17세기 후반의 문인이자 사상가인 김만중(金萬重, 1637~1692)은 우리나라 학자 가운데 일컬을 만한 사람으로 서경덕(徐敬德, 1489~1546)과 장유 두 분을 꼽은 바 있지만,[19] 「와명부」 같은 글은 자연과 인간에 대한 장유의 깊은 성찰을 보여준다. 장유는 대단한 문장가이기도 했는데, 이 글은 내용만이 아니라 그 형식과 의장(意匠) 역시 주목된다. 그리하여 독자로 하여금 사색하게 하고, 감발(感發)되게 한다.

이번에는 유몽인(柳夢寅, 1559~1623)이라는 분의 글을 한 편 살펴보기로 하자. 다음은 「호정문」(虎穽文)이라는 글의 한 대목인데, 창귀(倡鬼 : 호랑이에 잡혀먹힌 사람의 귀신으로서, 호랑이를 따라다니며 먹이가 있는 곳을 가리켜 준다고 함)가 함정에 빠진 호랑이를 대변하는 말이다.

> 함정을 설치한 홍씨의 꿈에 커다란 호랑이 등에 탄 한 창귀가 나타나 울면서 절을 하고는 이렇게 말했다.
>
> "우리 장군님(호랑이를 가리킴-인용자)이 무슨 죄가 있다고 그대는 이다지도 우리 장군님을 미워하는 겁니까? 그대는 우리 장군님이 마음이 잔인하고 성품이 포악하다고 여기지만, 마음이 잔인하고 성품이 포악하기로는 인간보다 더한 생물이 없음을 모르셔서 그렇습니다. 무릇 천지 사이에 부쳐 지내는 물(物)은 죄다 하늘이 낳아서 존재하는 건데, 인간이 그걸 해치고 있습니다. 대저 바위가 무슨 죄가 있길래 떼어내고 깎고 갈고 쪼개는 것이며, 박살을 내

17) "今子本身而異物, 滯根而厭塵, 不知夫天籟之均寓, 通塞之同源, 必欲殄天物而逞吾志, 無乃蔽於理而傷於仁者耶? 抑且翫細娛而遺大患, 除小惱而恬巨害, 徒知惡蛙鳴之鬧吾耳, 不念夫大蛙大鬧之爲可惡之大者."(같은 책, 23면)

18) "言未卒, 默所子矍然意下, 形慹神凝, 嗒然無語, 穆然深思."(같은 책, 같은 곳)

19) 『西浦漫筆』에 보이는 말이다. 『西浦集·西浦漫筆』(통문관, 1971), 625면 참조.

어 자갈과 모래로 만든단 말입니까? 또 나무가 무슨 죄가 있길래 베고 자르고 찍고 토막내는 것이며, 아궁이에서 태워 재로 만들고, 도랑에 설치하여 썩게 한단 말입니까? 또 물고기가 무슨 죄가 있길래 통발·그물·낚시로 잡아 지느러미를 자르고 비늘을 벗겨 회를 쳐 먹으며, 새가 무슨 죄가 있길래 화살과 그물로 잡아 그 깃을 뽑고 날개를 잘라 구워 먹는 겁니까? 또 짐승이 무슨 죄가 있길래 올가미로 잡고 화살로 쏘아 잡고 함정에 빠뜨려 잡아, 배를 갈라 창자를 파내고 그 모피를 벗기며, 솥에다 삶는 겁니까?

이뿐만이 아닙니다. 인간은 동류끼리도 무슨 죄가 있길래 서로 마음으로 해코지하고, 혀로 중상모략하고, 칼로 찌르는 겁니까? 그래서 코를 베기도 하고, 발꿈치를 자르기도 하며, 목을 매달거나 머리를 베어 죽이기도 합니다. 심지어는 멸족(滅族)까지도 하지요. 이런 판이니 인간의 포악함은 호랑이보다 백 배 천 배 더하다 할 것입니다."[20]

창귀의 이 말에 대해 홍씨는, "하늘은 인간에 있어서만 하늘이지 인간 아닌 존재한테는 하늘이 아니다. 호랑이는 하늘을 어겼으니 죽어야 마땅하다!"[21]고 대답한다. 이 말은 작가의 생각이 아니다. 인간본위로 생각하는 사람들의 일반적 통념을 홍씨를 통해 대변했을 따름이다. 그 점에서 이 작품은 논쟁적이다. 그리하여 호랑이의 죽음이라는 종결에도 불구하고 계속 여운을 남기면서 인간에 대한 근본적 물음을 제기한다.

인간의 눈으로가 아닌, 다른 존재의 눈으로 인간과 그 문명을 비판하고

---

20) "夢一倡鬼騎大虎, 且嘯且哭而前, 揖洪而言曰: '吾將軍何辜而子讎之甚耶? 子謂將軍殘心暴性, 而不知殘心暴性者, 莫人之甚. 凡物之寓於兩間, 皆天之所生殖也, 而人必害之. 夫石有何辜, 而必椎之磨之磋之琢之, 碎而爲礫而百之, 糜而爲沙而萬之? 木有何辜, 而必鉅之斧之斲之削之, 爨于竈而灰之, 斷于溝而腐之? 魚何辜, 筌而罩, 網而罾, 割其鬐, 脫其鱗, 而鱠之? 鳥何辜, 矰而弋, 羅而黏, 拔其羽, 折其翼, 而炙之? 獸何辜, 取以罟, 罥以鏃, 又陷以穽, 刲腸割肚, 盡其毛皮, 而鼎俎之? 非特此也. 人是同類, 抑何負之有, 而心以中焉, 舌以傷焉, 兵以剋焉, 劓焉刖焉絞焉斬焉, 甚至族滅焉. 凡人之暴, 倍將軍百千之.'"(『於于集』, 景文社 영인본, 134면)

21) "天, 於人爲天. 非人不成天. 汝違天宜死!"

있는 작품으로 박지원(朴趾源, 1737~1805)의 「호질」(虎叱)을 빼놓을 수 없다. 이 작품의 주지(主旨)가 호랑이의 입을 빌려 위선적인 유자(儒者)를 풍자하는 데 있음은 의심의 여지가 없다. 그러나 또한 주목해야 할 점은, 「호질」이 위선적인 유자에 대한 비판을 넘어 '인간'과 그 '문명'에 대해서도 깊은 성찰과 반성을 제기하고 있다는 사실이다. 「호질」은 인간에 대한 반성과 문명의 본질에 대한 통찰을 서로 연관지음으로써 「와명부」나 「호정문」에 비해 한층 심화되고 확대된 인식 지평을 보여준다. 「호질」은 인간의 행태 중 크게 보아 두 가지 점에 대해 집중적으로 거론하고 있다. 하나는 잔혹성이며, 다른 하나는 약탈적 면모이다.

인간의 잔혹성은 메뚜기·누에·벌·개미·새·노루·사슴·물고기·소·말 등 온갖 물(物)을 닥치는 대로 해치고 그 생명을 빼앗는 데서만 확인되는 것이 아니라, 인간 서로간에도 잡아먹고, 죽이며, 전쟁을 일으켜 살육을 일삼는 데서도 확인된다. 인간이 이룩한 문명은 이런 잔혹성 위에 성립되고 있는 것으로 간주된다. 이와 달리 호랑이는 결코 물을 함부로 해치지 않으며, 동류를 잡아먹지도 않는다. 초목을 먹지도 않고, 벌레나 물고기를 먹지도 않으며, 하찮은 것들은 잡아먹지 않는다. 이렇게 본다면 늘상 인륜과 도덕을 주워섬기는 인간들보다 호랑이가 기실 더 선하고 어질다는 것이다.

인간의 약탈적 면모는 주로 자연과의 관계에서 확인된다. 인간은 그물에서 창·칼·총에 이르기까지 온갖 도구와 장치를 발명하여 크고 작은 생물을 가리지 않고 닥치는 대로 잡아먹는바, "천지간의 큰 도적"이요 "인의(仁義)의 대적(大賊)"[22]으로 간주된다. 인간의 문명은 자연에 대한 이런 약탈 위에 성립되고 있다는 것이다.

이처럼 「호질」은 동물의 편에서 인간의 행태를 성찰함으로써 인간이 지닌 잔인성과 탐욕, 그 자기중심성을 고발하고 있다. 박지원은 홍대용과 마

22) "獨不爲天地之巨盜乎? (…)獨不爲仁義之大賊乎?"(『燕巖集』, 景印文化社 영인본, 193면)

찬가지로 인물성동론(人物性同論)의 철학적 견해를 지녔던바, 「호질」은 인과 물이 다같이 만물의 하나라는 입장을 견지하고 있다.[23)]

4. 자연의 道와 인간 – 자연철학과 사회철학의 통일

동아시아 사상은 '자연', 다시 말해 '자연의 규율'을 곧 '도'(道)라 간주하는 특징이 있다. 이 자연의 도는 만물의 존재론적 근거인 동시에 인간 삶의 윤리적 근거이다. '도'는 모든 존재에 내재해 있으며, 인간의 삶은 이 '도'를 체득하거나 체현함으로써 비로소 완성된다. 동아시아 사상 가운데서도 도가사상이 좀더 철저한 '자연주의'라면, 유가사상은 어느 정도 현실적인 면에 대한 고려를 담고 있다. 하지만 성리학은 도가를 흡수한 위에서 발전된 사상이기에 적어도 자연에 대한 이해에서는 도가와 상통하는 점이 적지 않다. 한국사상의 전통은 이런 동아시아 사상의 맥락 속에서 이해될 필요가 있다.

김시습은 자연의 순환적 이법(理法=도)을 다음과 같이 지적한 바 있다.

> 망망한 천지는 아득하여 끝이 없는데, 하나의 기(氣)가 순환한다. 그것은 헤아릴 수 없으므로 '신'(神)이라고 한다. 원(元)·형(亨)·이(利)·정(貞)의 네 가지 덕이 운행하여 차례로 돌고 도는데, 원이 그 으뜸이며, 시절로는 봄에 해당한다. 천지의 생생지리(生生之理)는 사계절을 꿰뚫는다.[24)]

김시습에 의하면, 인간과 만물은 이러한 자연의 순환적 이법에 따라 생

---

23) "夫天下之理, 一也. 虎誠惡也, 人性亦惡也. 人性善, 則虎之性亦善也. (…)自天所命而視之, 則虎與人, 乃物之一也. 自天地生物之仁而論之, 則虎與蝗蚕蜂蟻, 與人並畜, 而不可相悖也."(같은 책, 192면)

24) "茫茫大塊, 坱圠無垠, 一氣循環, 不測曰神. 四德之運, 旋斡相因, 有元爲首. 於時爲春. 生生之理, 貫於四時."(「體元贊」, 『매월당문집』 권19)

을 영위한다. 따라서 좋은 정치의 요체는 바로 이 자연의 이치를 좇아 인민으로 하여금 그 생을 온전히 누리게 해주는 데 있다. 그러나 동아시아의 여느 중세 사상가와 마찬가지로 김시습은 선정(善政)의 주체를 성인(聖人)·인주(人主)·군자(君子)로 파악하고 있는바, 이 점에서 봉건적 내지 전제적(專制的) 제약이 뚜렷하다.[25] 이 부분을 요즘 상황에 맞게 환골탈태한다면, 정치지도자란 그 가장 중요한 덕목으로 생태적 마음, 생태적 비전을 갖추어야 한다는 게 되지 않을까 한다.

김시습은 자연철학을 사회철학 내지는 정치철학과 긴밀히 결부시키고 있다. 자연의 도인 '생생지리'를 사회와 정치에까지 일관되게 적용하고 있는 셈이다. 그리하여 임금은 "호생지덕"(好生之德 : 생명을 사랑하는 덕성)[26]을 가져야 하며, "검소함으로써 자신을 다스리고", "약소한 인민을 사랑하며", "전쟁을 그치고 인(仁)과 의(義)로써 인민을 인도하고", "하늘은 맑고 땅은 편안하여 필부필부(匹夫匹婦)도 모두 그 살 곳을 얻도록 해야 한다"고 하였다.[27] 요컨대 요즘말로 하면 정치지도자란 인민을 억압하거나 불안하게 해서는 안되며, 그 편안한 삶을 보장해야 한다는 말이다.

그러나 김시습이 정치지도자가 꼭 갖추어야 할 덕목으로 "호생지덕"을 말했을 때 그 '생'이란 인민의 삶만을 가리키는 것은 아니다. 김시습은 인간과 만물이 똑같은 중요성을 갖는 것은 아니며 인간이 물(物)에 대해 우선적인 중요성을 갖는다는 사실을 분명히 하고 있지만,[28] 그럼에도 인간과 만물이 한가지로 천지의 대화(大化 : 큰 조화) 속에서 생겨났다는 대전제를

25) "上帝有命, 簡下一人. 至誠至明, 至聖至仁, 經綸大化, 興起自新. 豈弟君子, 帝寵斯貴."(「育萬物贊」, 『매월당문집』 권19) ; "聖人以代天地育萬物."(「天地篇」, 『매월당문집』 권21)

26) "當好生之德, 洽于民心, 施仁之澤, 流于四表, 刑罰中, 賞賚公, 鳥獸若, 神人和, 則四海之黎庶, 如登春臺, 四海之禽魚, 如在靈囿, 自生自育自飛自走, 風雨時, 陰陽序."(「雜著」의 '人主第七', 『매월당문집』 권16)

27) "以儉制身."; "當字惠小民."; "戢戢干戈."; "天淸地寧, 匹夫匹婦, 皆得其所."(같은 글, 같은 책)

28) 「愛物義」(『매월당문집』 권20)에서 "人爲最, 物其次"라 한 데서 그 점이 잘 드러난다.

견지하고 있다.[29] 「애물의」(愛物義)라는 글에서 "모든 인민은 나의 형제요, 물(物)은 나의 이웃이다"[30]라는, 북송의 기철학자(氣哲學者) 장재(張載, 1020~1077)의 말을 인용한 것도 이런 자신의 생각을 뒷받침하기 위해서였다. 그러므로 김시습이 "호생지덕"을 거론했을 때 그 '생'이란 비단 인민의 생만이 아니라 초목과 금수 등 모든 목숨 있는 존재의 생까지도 포괄하고 있다. 김시습의 생각에 따르면, 정치지도자는 인민에 대해서는 말할 것도 없고, 천지 사이에 살아가는 모든 존재가 그 생을 온전히 누릴 수 있도록 관심을 쏟고 배려해야 한다는 것이다. 인간을 우선적으로 고려하면서도 인간본위로만 사유하지 않고 생태적 관점에서 정치를 파악한 것이다.

김시습의 이런 생각은 인(人)과 물(物)의 근원에 대해서는 말할 것도 없고, 인간의 삶이 물의 삶과 깊은 연관을 맺고 있음을 통찰한 결과다. 물과 인간은 천지 사이에서 이웃으로 함께 살아가며, 물 없이 인간은 살 수 없다. 그런데 천지가 낳는 물에는 엄연한 한정이 있다. 그러므로 인간은 물을 함부로 대하거나 낭비해서는 안되며, 물을 아껴야 한다.[31] 이 점에서 김시습은 사람에 대해서만이 아니라 물에 대한 인애(仁愛)를 대단히 강조한다. 그가 불교에서 말하는 '자비'에 깊은 공감을 표시한 것도 이와 관련된다.[32]

물(物)에 대한 존중과 그 제한적 이용, 인과 물의 조화와 공존을 강조하고 있다는 점에서는 조선 후기의 홍대용도 비슷한 면모를 보여준다. 하지만 홍대용의 경우 그가 살았던 시대가 18세기였다는 점에서 조선 전기의 김시습과는 다른 문제의식을 보여준다. 특히 문제가 되는 것은 '근대'에 대

29) "人與物, 共生天地大化之間."(같은 글, 같은 책)

30) "民吾同胞, 物吾與也."(같은 글, 같은 책)

31) 이 점은 「愛物義」에서만이 아니라 「生財說」에서도 강조되고 있다. 관련 대목을 제시하면 다음과 같다. "盖天地所生財貨百物, 各有限劑, 不可妄費. 苟不節用, 如焚藪獵禽, 竭澤取魚, 坐見窮瘁而莫之贍矣."(「生財說」, 『매월당문집』 권20)

32) "佛書, 以不殺爲戒, 豈不是甚善!"(「愛物義」, 『매월당문집』 권20)

한 모색이다. 이 시기는 내발적(內發的)으로 근대 모색이 중요한 과제였기 때문이다.

홍대용은 「의산문답」이라는 저술에서 인과 물이 근본적으로 다를 게 없다는, 이른바 '인물균'의 관점을 확립했다. 이는 인간과 다른 생물의 관계에 대한 새로운 윤리의 모색일 뿐 아니라, 더 나아가 인(人)과 인(人), 화(華)와 이(夷)의 사이에도 피아(彼我)의 차별을 뛰어넘어 그 '개별성'을 긍정케 함으로써, 개별적 존재 각자의 삶을 존중하는 윤리로 발전되고 있다. 홍대용이 중세적 신분관계의 틀을 일정하게 벗어나거나, 중세적 화이관(華夷觀)을 탈피해 '민족'을 주체적으로 인식할 수 있었던 것은 '인물균'이라는 사상 때문에 가능했다. 어떤 면에서 보면 '인물균'의 사상은 생태적 관점이라 할 수 있겠는데, 사회와 민족을 보는 새로운 눈이 생태적 관점으로부터 열리고 있음은 흥미롭고도 시사적이다.[33]

홍대용의 사상에서 근대적 지향을 강조하고자 한 나머지, 어떤 연구자들은 홍대용의 물관(物觀) 내지는 자연관(自然觀)을 근대적인 것으로 해석하고자 하는 경향을 보여주곤 한다. 그러나 홍대용의 자연관 내지 물관은 서구의 근대적 자연관 내지 물관과 커다란 차이를 갖는다. 데카르트, 갈릴레이, 뉴튼, 베이컨 등 17세기 자연과학자와 사상가들에 의해 확립된 서구의 근대적 자연관은 세계에 대한 기계론적 해석을 바탕으로 인간에 의한 자연 지배 및 물질의 무한한 이용을 뒷받침하는 이념[34]이었던 데 반해, 홍대용의 자연관은 인간과 물(=자연)의 조화와 공생을 중요시하는 이념이라

33) 홍대용의 사상에 대한 자세한 논의는 본서, 「홍대용의 생태적 세계관」 및 「홍대용 사상에 있어서 物我의 상대성과 동일성」을 참조하기 바란다.

34) 데카르트와 뉴튼이 근대의 기계론적 세계관을 수립했다는 점은 이미 잘 알려져 있는 사실이므로 군말이 필요없을 것이다. 프란시스 베이컨이 자연의 전통적인 이미지를 여성적 이미지로 표현하면서 인간의 자연 수탈을 정당화했음은 캐럴린 머천트(Carolyn Merchant)의 『자연의 죽음』(*The Death of Nature*)에 잘 해명되어 있다. 일례로 베이컨은 "방황하고 있는 자연을 사냥개를 풀어서 잡아 봉사를 하게 만들고, 노예로 삼아야 한다"고 했다.

는 뚜렷한 차이를 갖는다. 홍대용의 자연관은 인간과 자연의 '균'(均)을 강조하고 있다는 점에서, "천지 사이와 만물 가운데서 오직 인간이 가장 귀하다"(天地之間, 萬物之中, 惟人最貴)는 사고에 기초해 있는 기존 유학사상의 인간중심적 관점이나 차등적인 '인·물관'과도 구별된다. 홍대용의 실학사상이 갖는 이용후생적(利用厚生的) 면모 역시 이런 큰 전제를 벗어나는 것은 아니라고 생각된다. 말하자면 인간과 물의 조화와 공생이라는 테두리 내에서 물의 이용이 모색되었던 게 아닌가 한다.

물론 홍대용의 사상에서 '근대적' 지향을 캐내고자 한 기왕의 문제의식은 정당한 것이라 하지 않을 수 없다. 당시의 역사 단계를 고려할 때 중세적 세계상의 탈피와 근대적 세계상의 모색은 가장 중요한 과제였기 때문이다. 하지만 근대를 어떤 방향에서 모색하며, 근대적 이념이나 가치 가운데 특히 어떤 이념이나 가치를 강조하는가에 따라 근대기획은 달라질 수 있으며, 이 점에서 사상가마다 차이가 있을 수 있다. 홍대용의 경우 '동일성의 철학'을 자기 사상의 기저로 삼았기에 특히 존재의 '평등'을 강조하는 방향에서 근대를 모색한 감이 있다. 이 경우 '평등'이라는 이념은 인간과 인간 사이에 대해서는 물론이고, 인간과 자연, 자민족과 타민족, 지구와 다른 별의 사이에까지 대체로 일관되게 관철되는 양상을 보여준다. 이 점에서 홍대용이 제기한 '평등'이라는 이념은 서구 근대사상의 평등 개념보다 훨씬 호한(浩瀚)하며, 생태적인 각성을 그 바탕에 깔고 있다는 차이가 있다. 그는 특정한 존재나 특정한 민족, 특정한 행성이 '중심'이며 그 이외의 것은 '주변'이라는 생각을 깨뜨리고, 상대적인 관점에서 볼 때 모든 존재, 모든 민족, 모든 행성이 다 중심일 수 있다는 생각을 발전시켰다.

말하자면 그는 '주체'만을 중시한 게 아니라 '주체'와 '객체'를 균등하게 인식하면서 다함께 존중하는 방향에서 근대를 모색했던바, 이 점이 그의 독특한 면모라 할 수 있을 것이다. 그러므로 휴머니즘(=인간중심주의)이나 배타적·자기중심적 민족주의로 특징지워지는 서구의 근대 개념과 홍대용의 근대 모색 간에는 중대한 차이가 존재한다.

그러나 홍대용이 모색한 근대는 '실제의 근대'에서는 부분적이거나 불충분하게밖에 실현되지 않았다. 이는 홍대용의 근대 모색이 가진 제약 때문만은 아니며, 실현된 근대 자체가 갖는 세계사적 한계에 연유하는 바가 크지 않나 여겨진다. 이런 면에서 본다면 홍대용의 근대 모색 가운데에는 불가피하게 근대 이후의 과제로 이월되는 부분이 적지 않다고 생각된다. 그러므로 홍대용의 사상에서 근대적 지향, 즉 '현존하는 근대'와 연결되는 점만을 주로 캐내고자 한 종래의 문제의식은, 그 문제의식에 담보된 현실성과 역사성은 계속 유효하다 하더라도, 좀더 확대되고 심화될 필요가 있지 않을까 한다. 홍대용 사상의 근대적 지향 속에는 '현존하는 근대'를 넘어서는 계기와 지향까지도 동시에 내포되어 있다고 보이기 때문이다. 따라서 이 두 가지를 정당하게 포착하고 평가하는 것이 긴요하며, 이를 위해서는 시각의 조정과 전환이 필요하다고 본다. 요컨대 홍대용이 이룩한 사상은 오늘날의 문명사적 상황이나 생태주의적 관점에서 볼 때 아주 주목할 만하며, 우리가 근대를 넘어서서 새로운 세계관을 모색해 나가고자 할 때 하나의 소중한 지적 원천과 자산이 될 수 있으리라 생각한다. 홍대용의 경우를 통해 우리는 근대에 대한 참된 모색이 결국 근대 이후의 모색과도 연결될 수 있다는 점을 깨닫게 된다. 자연내 존재로서 인간의 올바른 삶에 대한 모색이라는 문제의식은 근대건 근대 이후건 본질적으로 다르지 않기 때문일 터이다.

5. 맺음말

지금까지 살핀 이규보, 김시습, 장유, 유몽인, 박지원, 홍대용 등은 모두 당대 1급의 문인이거나 사상가이며, 자기 시대의 그 누구보다 합리적이고 현실적으로 사유했던 지식인이다. 따라서 이들이 보여주는 생태적 관점이 혹 비합리적 사유의 소치이거나 현실적 사유 능력이 부족한 결과라 생각한다면 그것은 썩 잘못된 생각이다. 중요한 것은 이들이 근대 이후 우리가 망각해 가던, 사물을 보는 또다른 하나의 관점, 즉 자연과 인간을 분리하지 않고 내면적으로 깊이 결부시켜 파악하는 관점을 일깨워주고 있다는 사실이다. 자연과학에 뿌리를 두고 있는 오늘날의 서구적 합리주의 세계관으로 본다면 이러한 관점은 신비주의적이거나 비합리적인 것으로밖에 보이지 않을지 모른다. 그러나 생태적 관점에서 볼 때 합리주의적 세계관은 협소하고 편협하다는 지적을 면하기 어렵다. 인과 물의 근원적 평등에 대한 주장은 과학(혹은 지식)보다 더 높은 차원이라 할 '생태적 지혜'의 차원에 속한다 할 것이다. 이런 지혜의 차원에서 본다면 다 같은 자연내 존재로서 물아(物我)의 근원적 동일성에 대한 주장은 '진실'이고 '합리'일 수 있을 터이다.

한국사상의 전통을 일별하면서 살핀 이런 생태적 지혜는 우리가 장차 협소한 과학적 합리성을 변증법적으로 지양하면서 '생태적 합리성'을 모색해 나가는 데 원용하거나 참조할 수 있지 않을까 생각한다. 생태적 합리성이 근대적 합리성을 완전히 부정하는 것일 수는 없을 것이다. 하지만 그것이 근대적 합리성의 기저에 놓인 기계론적 세계관을 극복하고, 인간의 이성을 '열린 이성'으로 가져가는 방향으로 작동해야 한다는 점만큼은 분명해 보인다.

우리는 이규보·장유·박지원·홍대용으로부터 세계를 보는 '상대적 관점'을 배울 수 있으며, 또한 인과 물의 조화와 공생(共生)에 대해서도 깊은 철리(哲理)를 얻어들을 수 있다. 이들은 모두 자연과 그 근본적 원리(=도)에 대한 성찰을 통해 인간의 자기중심성에서 벗어날 수 있었으며, 열린 마음으로 사물을 볼 수 있었다. 자연에 대한 이들의 생태적 관점은 사회나 역사를 보는 눈과 결부되기도 하고, 정치적 입장과 연결되기도 한다. 생태적 관점이란 게 그 자체로서 고립적으로 존재하는 것이 아니라, 사회정치적 관점과 연관되거나 혹은 하나의 사회정치적 관점이라는 사실이 여기서도 확인된다.

끝으로, 한 가지만 더 지적하기로 한다. 인(人)과 물(物)의 공생에 대한 강조는 '사상'을 대하는 태도에도 그대로 이어진다는 사실이다. 김시습, 장유, 홍대용에서 그 점이 두드러진다. 가령, 홍대용은 주자학 이외의 모든 사상을 이단으로 배척·억압하던 시대에 살았으면서도 양명학, 불교, 도가, 묵가(墨家), 서학(西學) 등 여러 사상이 지닌 장점을 인정하고 그것을 수용하는, 당시로서는 좀처럼 찾아보기 힘든 학문적 자세를 취하였다. 그는 특정한 사상, 특정한 진리체계를 절대화하면서 다른 사상, 다른 진리체계를 억압하는 독선적인 태도를 대단히 비판하고 못마땅해 했다. 아마도 그는 자기 사상의 근간을 이루는 주자학조차도 그 진리체계에 있어 상대성과 가변성이 존재한다는 사실을 감지하고 있었던 것으로 보인다. 그리하여 그는 제 사상에 대한 자신의 관점을 "공관병수"(公觀倂受), 즉 "공평무사한 눈으로 보아 다른 사상의 장점을 두루 받아들인다"는 명제로 압축하기에 이른다. 공관병수, 이는 주자학에서 출발한 홍대용이 고투 끝에 중년 이후 도달한 학문방법론의 핵심적 명제로서, 굉장한 무게가 실려 있으며 따라서 범상히 보아서는 안될 말이다. 홍대용은 어떻게 해서 이 명제에 도달할 수 있었을까. 이에 대해서는 한국사상사와 관련한 긴 논의가 필요하지만,[35] '인물균'이라는 그의 생태적 관점이 그로 하여금 사상에 대한 이런 열린 태도와 마음을 갖게 했다는 점만큼은 여기서 지적해 두고 싶다.

이 글은 자연을 보는 '관점'과 '태도'의 문제에 초점을 맞추었다. 이에는 당연히 자연과 인간의 '근본적' 관계에 대한 물음이 전제되어 있다. 하지만 '근본'에 대한 물음이 중요한 만큼 현실적으로는 그것이 무용하거나 순진한 것으로 비칠 가능성 역시 크다. 따라서 이런 근본적 태도(혹은 관점)는 실제 현실을 고려한 '변통'이 필요하며, 그 과정에서 현실적 수준에 적합한 새로운 '생태적 합리성'이 모색될 수 있을 터이다. 이를 위해서는 이론과 실천에 있어 많은 사람들의 노력과 고심이 필요하다고 생각한다.

35) 이 점은 본서, 「홍대용의 생태적 세계관」을 참조하기 바란다.

제1부

■■■

이규보의 道家思想

이규보의 문예론

이규보에게서 배우는 생태적 정신

이규보의 道家思想

1

이규보(李奎報, 1168~1241)의 시문(詩文)에 대해서는 많은 연구가 이루어졌고, 또 그의 노장적(老莊的) 체질이나 도가사상에 대해서도 산발적인 논의가 없지 않았다. 그렇기는 하나 이규보 도가사상의 성격을 면밀하게 검토한 연구는 아직껏 없는 것 같다. 그 동안 이규보에 대한 논쟁적 관심은 문학론 쪽에 집중되어 온 듯한 느낌이 있는데, 그럼에도 그의 도가사상과 문학론의 관련을 집중적으로 따진 글은 없지 않은가 한다.

필자는 이규보의 문학론과 예술론의 사상적 근거는 주로 도가사상에 있다고 생각한다. 물론 도가사상 하나만으로 이규보의 문예론을 다 설명할 수 있다는 말은 아니지만, 적어도 이규보의 문예론을 규정짓는 가장 주요한 계기들은 도가사상에서 유래하지 않는가 생각한다.

이규보 사상의 특질은 무엇인가? 이 물음에 제대로 대답하기 위해서는 무엇보다 먼저 그의 도가사상을 검토하지 않으면 안된다고 본다. 뿐만 아니라 이규보가 전개한 문예론의 사상적 근거를 정밀하게 논의하기 위해서도 도가사상에 대한 우선적인 검토가 불가결하다. 이규보에 대한 연구는 충분히 이루어졌다고 생각하기 쉽지만, 지금까지의 연구는 이상하게도 핵심적인 중요성을 갖는 이 두 문제 가운데 그 어느 것도 제대로 다루지 않았다.

이 글은 이규보 도가사상의 주요한 면모에 대한 사상사적 검토에 일차적 목표를 두며, 이규보의 도가사상과 문예론의 관련에 대해서는 직접 논의하지 않는다. 하지만 여기서의 성과는 이규보의 도가사상과 문예론의 관련을 본격적으로 따지게 될 후속 논의의 초석이 될 것이다.

2

정지(鄭芝, ?~1264)가 쓴 이규보의 「뇌서」(誄書 : 추도사) 중에 보이는 "3교의 깊은 뜻을 두루 통하지 않음이 없었다"[1)]라는 말이 잘 압축하고 있듯, 이규보는 유(儒)·불(佛)·도(道)에 출입했으며 그 각각에 조예가 있었다. 따라서 이규보의 사상을 유·불·도 셋 가운데 어느 하나로 '고정'하는 것은 실상과 맞지 않는 일이다. 이 글은 이규보 사상의 도가사상적 측면에 한정된 것임을 전제로 한다.

3

하지만 이러한 한정에도 불구하고 이규보 사상 '전체'에서 도가사상이 차지하는 위치는 종전의 평가에 비해 훨씬 강조되지 않으면 안된다고 생각한다. 이규보의 문집을 통관(通觀)해 보면 잘 알 수 있지만, 초년에서 만년

---

1) "三敎奧旨, 無不該通"(『東國李相國後集』 卷終). 이하 『東國李相國集』의 인용은 성균관대학교 대동문화연구원에서 간행한 『高麗名賢集』 제3권의 판본을 이용하며, 『全集』이라 표기한 것은 『東國李相國全集』을, 『後集』이라 표기한 것은 『東國李相國後集』을 가리킨다.

에 이르기까지 이규보의 사상에서 가장 중요한 지위를 점한 것은 도가사상이었다. 구체적인 논의를 위해 약간의 자료를 제시한다. 정밀한 검토를 위해 번역문과 원문을 병기(倂記)한다.

(1) 우리 조상은 노자(老子)에서 비롯되었다.
吾宗起伯陽.[2)]

(2) 도안(道案)에 분향하고 『황정경』(黃庭經)을 읽는다.
焚香道案讀黃庭.[3)]

(3) 나는 기심(機心)을 잊은 사람 / 만물을 일류(一類)로 본다.
『남화경』(南華經)을 독파하니 / 산중에 해는 하늘 한가운데 있네.
我是忘機人, 萬物視一類. 讀破南華經, 山中日亭午.[4)]

(4) 혼돈(混沌)에 일곱 구멍을 내자 / 혼돈이 7일 만에 죽고 말았네 / (…) / 물(物)이란 온전함을 귀히 여기니 / 자르고 뚫는 일은 누(累)가 될 따름 / 형(形)과 신(神)을 온전히 하는 도리를 / 저 장자(莊子)에게 물어볼꺼나.
混沌得七竅, 七日乃見死. (…)凡物貴其全, 刳鑿反爲累, 形全與神全, 要問漆園吏.[5)]

(5) 우리 이씨는 본래 신선의 후손 / 집은 자하동(紫霞洞)에 있지 / 물(物)에 대한 기심(機心)이 없어 / 일찍이 한음(漢陰)의 항아리[6)]를 안았지.
我李本仙枝, 家在紫霞洞. 與物本無機, 曾把漢陰甕.[7)]

---

2) 「次韻尹司儀世儒見贈, 坐上作」, 『全集』 권1.

3) 「鷖溪草堂偶題」, 『全集』 권3.

4) 「北山雜題」, 『全集』 권5.

5) 「夢玉瓶」, 『全集』 권5.

6) 『莊子』 「天地」에 나오는 말이다. 공자의 제자 子貢이 남쪽 楚나라에 놀다가 漢陰이란 땅을 지날 적에 한 노인이 채소밭을 만들고 있는 것을 보았다. 그 노인은 우물 속으로 들어가는 통로를 만들고는 그 통로로 들어가 항아리에다 물을 길어 밭에 물을 주고 있었다. 힘은 많이 들고 효과가 적은 것을 안타깝게 여긴 자공이 도르래를 사용해서 물을 푸라고 충고하자 그 노인은 화를 내며, 機械를 사용하면 機心이 생기고 기심이 생기면 純白한 마음이 없어져 道가 사라진다고 하면서 자기는 기계를 사용할 줄 모르는 게 아니라 사용함을 부끄럽게 여겨 사용하지 않을 뿐이라고 말했다는 故事이다.

(6) 나는 노자(老子)를 계승했다오 / 불교(佛敎)와 노자는 본래 하나니 / 굳이 분간할 게 무어 있으리?

我繼仙李君. 釋老本一鴻, 鳧乙何須分?[8)]

(7) 고을을 다스림은 청정(淸淨)이 으뜸 / 그래서 우리 조상의 『도덕경』을 읽네 / 한 편을 다 읽자 마음 허적(虛寂)해 / 도리어 벼슬 내놓고 백운(白雲)에 들고 싶군.

化邑由來貴淸淨, 故看吾祖五千文. 一篇讀了心虛寂, 反欲休官入白雲.[9)]

(8) 항아리 안은 노인에게 무슨 기심(機心)이 있으리 / 열자(列子)와 장자(莊子)가 되살아난다면 / 내 장차 그 문하에서 도를 배우리.

抱甕丈人寧有機? 禦寇南華如可作, 吾將問道一摳衣.[10)]

(9) 내 옛적 어디에 있었던가? / 음악 소리 울리는 천상의 궁궐이지 / 하늘의 풍악에 꿈이 한창 달더니 / 누가 나를 이끌어 속세를 밟게 했나 / (…) / 솟아올라 육합(六合)을 벗어나고 싶어라.

我昔在何處? 笙簫宮殿有無中. 鈞天廣樂夢正酣, 何人引我踏塵紅. (…)軒然要出六合外.[11)]

(10) 물(物)한테 구속을 받는다면야 / 이 몸이 귀할 게 무어 있으리? / 물에 젖고 불에 타지 않은 뒤라야 / 비로소 참된 몸이라 할 수 있으리.

又爲物所制, 此身安可珍? 水火不焦濡, 然後身迺眞.[12)]

(11) 조물주가 사람 만든 것 장난이건만 / 부질없이 그 조화를 흘겨보누나 / 삼황(三皇)도 오히려 개미와 같거늘 / 나비 같은 우리 인생 취하고 깸을 따질손가?

造物生人亦戲耳, 俯仰去來空瞪眄. 仰觀三皇如蝨蟻, 況肯螟蛉議醒醉?[13)]

---

7)「九月十三日, 會客旅舍, 示諸先輩」, 『全集』 권6.

8)「明日朴還古有詩, 走筆和之」, 『全集』 권8.

9)「自貽雜言」, 『全集』 권9.

10)「辛酉五月, 草堂端居無事, 理園掃地之暇, 讀杜詩, 用成都草堂詩韻, 書閑適之樂」, 『全集』 권10.

11)「大醉走筆示東皐子」, 『全集』 권10.

12)「擁爐有感」, 『全集』 권11.

13)「復答」, 『全集』 권12.

(12) 대저 도를 깊이 얻은 자는 대부분 깊숙하고 한적한 땅에 처한다. 어째서인가? 그 마음을 오로지하여 도에 들어감을 한결같이 하려는 때문이다. 지금 그대가 가는 곳은 땅이 고요하고 사람은 드물며, 벼슬이 한가하고 일은 적어 한 가지 일도 마음을 범하는 것이 없다. 늘 허백지실(虛白之室)에 앉아 멍하니 자기를 잊어버리고 물(物)의 시원(始原)에 노닌다면 더욱 도에 깊이 들어갈 수 있을 것이다. 도가 이미 마음에 가득하면 얼굴의 윤기가 밖으로 드러나 자연히 동자(童子)로 되돌아가리니 반드시 신선 속의 인물이 될 것이다. 모르겠노라, 그대가 장차 장자나 노자가 되어 돌아올지, 아니면 안기생(安期生)이나 선문자(羨門子)가 되어 돌아올지. 그때 우리들은 그대에게 나아가 도를 물으리라.

大抵得道之深者, 多在幽閑闃寂之地. 何則? 專其心一其入故也. 今子之所之, 地寂而人稀, 官閑而務簡, 無一事敢干於心者. 常隱几於虛白之室, 嗒然喪耦, 遊於物之初, 則其道之入也愈深矣. 道旣充中, 面澤外發, 自然還童, 必作神仙中人也. 不知返轅之日, 將莊老其身而來耶? 抑爲安期羨門子而至耶? 吾輩亦摳衣問道矣.[14)]

(13) 조물주는 명명(冥冥)하니 / 그 형상이 어떠한가? / 필시 스스로 생긴 몸이니 / 누구라 나를 병들게 했겠나 / 성인(聖人)은 능히 물물(物物)하여서 / 물(物)의 부림을 받지 않는데 / 나는 물(物)의 구속을 받아 / 행동이 자유롭지 못하네그려 / 저 조화(造化)의 수중에 들어 / 병들어 괴로웁기 이러하구나 / 사대(四大)란 본시 없는 것인데 / 대체 어디에서 왔단 말인가? / 뜬구름처럼 생겼다 사라지니 / 끝내 근원을 알 수 없구나 / 그윽이 관(觀)하면 모두가 공(空)이니 / 그 누가 태어나 죽는단 말가 / 나는 자연히 이루어진 몸 / 본성과 이치를 따를 뿐이네 / 어허 저 조물주란 놈이 / 여기에 무슨 관계 있으리.

造物在冥冥, 形狀復何似? 必爾生自身, 病我者誰是? 聖人能物物, 未始爲物使, 我爲物所物, 行止不由己. 遭爾造化手, 折困致如此. 四大本非有, 適從何處至? 浮雲起復滅, 了莫知所自. 冥觀則皆空, 孰爲生老死? 我皆堆自然, 因性循理耳. 咄彼造物兒, 何與於此矣?[15)]

---

14) 「送李史舘赴官巨濟序」, 『全集』 권21.

(14) 신선의 기골 본래 맑았으나 / 인세(人世)에 귀양와서 광채를 감췄지 / 그러나 단록(丹籙)에는 이름이 또렷.

神仙風骨本來淸, 紅塵放謫韜光彩, 丹籙分明記姓名.[16]

(15) 생사(生死)와 요수(夭壽)를 자연에 맡겨 / 낮과 밤이 교대하는 걸 보듯 하였네.

死生壽夭付自然, 譬觀晝夜相明晦.[17]

(16) 가소롭다 이 한 몸은 / 잠시 동안에 많이도 바뀌었네 / 오르고 내리고 흥하고 망하고 / 천도(天道)는 순환하는 걸 좋아하나니 / 내 만약 하늘로 되돌아간다면 / 또다시 선인(仙人)의 짝이 될 걸세.

可笑一箇身, 須臾多貿換. 陟降與乘除, 天道好往返. 若復昇天歸, 又作仙人伴.[18]

(17) 오늘 아침 불현듯 생각했었지 / 몸에 날개가 돋아 육합(六合) 밖으로 훨훨 날아서 / 아래로는 강해(江海)를 뛰어넘고 / 위로는 해와 달을 만졌으면 하고 / 그러나 이 역시 좁게만 여겨져 / 남북(南北)도 없고 피차(彼此)도 없는 것이 도(道)라고 느꼈네.

今朝瞥起念, 擬欲身生兩翮橫出六合飛奮逸, 下則超江海, 上焉摩日月, 此亦一何狹, 不南不北無彼無此是迺道之實.[19]

(18) 조물주가 대답한다. "(…) 인(人)과 물(物)이 생기는 것은 모두 명조(冥兆)에서 정해져서 자연에서 발로된 것이므로, 하늘도 알지 못하고 조물주 역시 알지 못한다. 대저 사람의 태어남은 본디 스스로 태어나는 것일 뿐, 하늘이 시켜서 태어나는 것이 아니다. (…)"

나는 또 묻는다. "원기(元氣)가 처음 갈라져 위는 하늘이 되고, 아래는 땅이 되고, 사람은 그 가운데 있다. (…)"

造物曰: "(…) 人與物之生, 皆定於冥兆, 發於自然, 天不自知, 造物亦不知也.

---

15) 「病中」, 『後集』 권1.

16) 「次韻歐陽二十九和前詩見寄」, 『後集』 권4.

17) 「次韻李百全學士復和內字韻詩見寄」, 『後集』 권4.

18) 「擁爐」, 『後集』 권7.

19) 「病中獨坐鬱懷得長短句一首, 無處寄示, 因贈李侍郞」, 『後集』 권9.

夫蒸人之生, 夫固自生而已, 天不使之生也. (…)" 予又問曰: "元氣肇判, 上爲天, 下爲地, 人在其中. (…)"[20]

이 자료들을 토대로 다음의 사실을 논의할 수 있다.

3.1. 자료 (1)·(5)·(6)에서 확인되듯, 이규보는 자신이 노자(老子)의 후손이라는 말을 자주 하고 있다. 이러한 언명은 다른 자료에서도 확인된다. 이는 노자에 대한 존숭(尊崇)의 표현으로 읽힌다.

3.2. 자료 (2)·(3)·(7)·(8)에서 확인되듯 이규보는 『도덕경』(道德經), 『남화경』(南華經), 『황정경』(黃庭經) 등의 도서(道書)를 미독(味讀)하였다. 특히 『남화경』의 영향은 깊고도 광범하다.

3.3. 자료 (9)·(14)·(17)에서 확인되듯 이규보는 자신이 전생에 선인(仙人)이었으며, 죽은 후 다시 천상의 선계(仙界)로 복귀하리라고 말하곤 하였다. 이런 말은 다른 자료에서도 많이 보인다. 가령 「선인(仙人)을 대신하여 나에게 보낸 편지」[21] 같은 것을 대표적으로 들 수 있다. 이 글은 비록 희문(戲文)이기는 하나, 그렇다고 그저 장난으로 써 본 글만은 아니며, 이규보가 평소 갖고 있던 잠재의식 내지 무의식의 일단을 드러낸 것으로 보아야 하지 않을까 한다. 이규보의 초명(初名)은 인저(仁底)였는데 훗날 규성(奎星 : 문장을 관장한다는 별)이 상서로움을 알려주는 꿈을 꾼 뒤에 '규보'(奎報)라 개명(改名)했으며,[22] 또 동시대인들은 이규보의 분방한 행동이나 필력(筆力)에 탄복하여 '적선'(謫仙)이니 '이당백'(李唐白 : 이태백)

---

20) 「問造物」, 『後集』 권11.

21) 원제는 「代仙人寄予書」이다. 『全集』 권26에 실려 있다.

22) 이 사실은 아들 李涵이 쓴 「年譜」, 鄭芝가 쓴 「誄書」, 李需가 쓴 「墓誌銘」에 모두 보인다.

이니 하고 불렀다고 하는데,[23] 이러한 사실들이 이규보로 하여금 자신이 전생에 선인이었다는 생각을 하게 만들지 않았을까 추측해 볼 수 있다. '환상'이라고도 할 수 있을 이규보의 이런 생각은 그의 시문에 낭만적 꿈과 동경, 분방함을 부여하는 주요한 인소(因素)가 된다.

3.4. 자료 (3)·(5)·(7)·(8)에서 볼 수 있듯 이규보는 청정(淸淨)과 허적(虛寂 : 고요한 마음)을 중시했으며, 기심(機心 : 機巧나 이익을 추구하는 마음)을 버리고 생사득실(生死得失)을 넘어선 심지(心地)를 가져야 한다고 했다. 이런 주장은 인용하지 않은 다른 자료에서도 허다히 발견된다. 이규보에 있어 청정과 허적의 추구는 비단 수기사(修己事 : 자기를 수양하는 일)에 그치는 것이 아니라 치인(治人), 곧 정치에까지 연결되고 있다. 가령 자료 (7)이 좋은 예가 된다. 이규보는 목민관으로 있을 적에 백성의 완악함을 벌한 적이 없으며 백성이 도둑질함도 꾸짖지 않았다고 했다.[24] 또한 나라에서 백성들로 하여금 청주(淸酒)를 마시거나 쌀밥을 먹지 말라는 금령(禁令)을 내렸을 때 이규보는 그런 일은 백성의 입이나 배에 맡길 일이지 법으로 막는 것은 부당하다고 했다.[25] 이런 사실들은 이규보가 개인의 수신에서만이 아니라 정치 방면에서도 노장사상을 실현하고자 했으며, 이른바 무위(無爲)의 치(治)나 임자연(任自然 : 자연에 맡김)을 추구했음을 보여준다.

3.5. 방금 지적한 청정의 추구와도 관련되지만, 이규보는 '물'(物)을

---

23) ○ "時人指之曰: '走筆李唐白'"(「墓誌銘」, 『後集』 卷終)
○ "其序目予爲謫仙"(「次韻尹國博威見予詩文以詩寄之(…)」, 『全集』 권3)
○ "但書中以僕比李太白"(「軍中荅安處士置民手書」, 『全集』 권27)
○ "謫仙逸氣萬象外"(陳澕, 「讀李春卿詩」, 『梅湖遺稿』, 『高麗名賢集』 제2권)

24) 「偶吟示官寮」(『全集』 권15)의 다음 구절 참조. "民訟任鴉鳥, 不曾罰其頑. 亦不詰其盜, 臥閣自逍遙. 有酒卽醉倒, 人情各不同, 莫道老而耄. 殘民難急理, 可撫不可暴."

25) 「後數日有作」(『後集』 권1)의 다음 구절 참조. "口腹任爾爲, 國禁何由下?"

'허심'(虛心)으로 보아야 한다는 점을 기회 있을 때마다 강조하고 있다. (12)·(13)이 그와 관련되는 자료다.[26] 자료 (12)의 "허백지실"(虛白之室)은 『장자』(莊子)의 "허실생백"(虛室生白)[27]을 말하는바, 좌망(坐忘 : 『장자』에 나오는 말로서, '나'를 잊고 道와 하나가 되는 경지)이나 심재(心齋 : 『장자』에 나오는 말로서, 마음을 비우고 고요하게 하는 것)에 의해 도달할 수 있는 순심(純心) 혹은 허심(虛心)의 경지를 뜻한다. 이어지는 구절인 "물(物)의 시원(始原)에 노닌다"는 바로 이 허심에 의해 물아(物我)가 하나가 되는 것을 말한다. 이는 곧 무욕의 마음이 됨으로써 물아가 교융(交融)하는 자유로운 정신 상태를 가리키는바, 이것이 바로 장자가 말한 궁극적인 도(道)이다. 이규보는 '도'라는 말을 수없이 많이 하고 있는데, 그것이 모두 노장의 도를 뜻한다고 말한다면 잘못이겠지만, 그 십중 팔구는 바로 이 노장의 도를 뜻한다고 감히 말할 수 있다.

허심에 의해 물(物)로부터의 자유로움을 얻는 것을 자료 (13)에서는 "물물"(物物)이라는 말로 표현하고 있다. "물물"은 『장자』 「산목」(山木)의 "物物, 而不物于物"(物을 부리지, 物의 부림을 받지 않는다)[28]에서 유래하는 말이다. 왕선겸(王先謙)은 『장자』의 이 구절에 "외물(外物)을 일물(一物)로 보아 '내'가 외물의 부림을 받지 않는 것이다"[29]라는 설명을 붙이고 있다. 소강절(邵康節)은 이 '물물'에서 '이물관물'(以物觀物 : 物의 입장에서 物을 본다)의 개념을 이끌어낸 바 있다. 『장자』는 '물물'의 반대를 "물우물"(物于物)이라 했는데, 이규보는 이를 "물소물"(物所物)이라는 말로 바꾸어 놓았다. "물소물"은 외물(外物)에 물사(物使 : 사역)됨을 뜻하는 말이다. 이규

26) 자료 (12)는 특히 '送序'라는 점에 주목할 필요가 있다. 唐의 韓愈가 이 문체를 창안한 이래 '송서'는 종종 작자의 道에 대한 견해를 贈言의 형식에 담곤 하였다.

27) 『莊子』 「人間世」에 나오는 말. '室'은 마음을 비유한다. 사람이 마음을 비워 욕심을 없애면 道心이 절로 생김을 일컫는 말이다.

28) '物物'은 物을 物使한다, 즉 物을 부린다는 뜻이며, '物于物'은 物에 物使당한다, 즉 物에 使役된다는 뜻이다.

29) "視外物爲世之一物, 而我不爲外物之所物."(王先謙, 『莊子集釋』)

보는 또다른 시에서 "거들먹거리며 부귀를 뽐냄은 / 모두 물소물이지"[30]라고 읊은 바 있다.

이 '물물'의 경지는 다음 글에서 쉬운 설명을 만날 수 있다.

> 오직 도(道)를 지닌 자라야 이로움이 오면 그것을 받되 구차하게 기뻐하지 아니하며, 해로움이 이르면 그것을 당하되 구차하게 꺼리지 않는다. 물(物)을 대하기를 빈 것처럼 하므로, 물도 또한 그를 해치지 못하는 것이다.[31]

자주 거론되는 「문조물」(問造物)의 한 구절이다.[32] 이 글에서의 '물(物) / 심(心)'의 관계에 대한 언명은 훗날 신유학자(新儒學者)들의 그것과 대단히 흡사하다.[33] 하지만 이는 신유학이 도가의 사상을 흡수한 결과이지 그 역(逆)은 아니다. 「문조물」에 피력된 사상은 자료 (13)의 앞뒤 부분과 완전히 일치한다.

그런데 「문조물」에서의 '물 / 심'에 대한 언명이 신유학의 선구(先驅)를 보여주는 것이라 해석하여, 이규보의 사상, 더 나아가 그의 문학론을 신유학과 관련지어 이해하고자 하는 입장이 제기되어 있다.[34] 노장사상을 신유학의 선구라고 말한다면 할 말이 없지만,[35] 그렇지 않다면 이규보의 사상이

---

30) "赫顯矜富貴, 是皆物所物"(「又」, 『後集』 권10)

31) "唯有道者, 利之來也, 受焉而勿苟喜, 毒之至也, 當焉而勿苟憚. 遇物如虛, 故物亦莫之害也."(「問造物」, 『後集』 권11)

32) 『장자』 가운데서 「問造物」의 이 구절과 상통하는 대목을 몇 군데 들어보면 다음과 같다.
○ "其爲物無不將也, 無不迎也, 無不毁也, 無不成也."(「大宗師」)
○ "至人之用心若鏡, 不將不迎, 應而不藏. 故能勝物而不傷."(「應帝王」)
○ "故聖人, (…)因於物而不去, 物者莫足爲也, 而不可不爲."(「在宥」)
○ "聖人處物不傷物. 不傷物者, 物亦不能傷也. 唯無所傷者, 爲能與人相將迎."(「知北遊」)

33) 가령 程明道의 유명한 '物來順應'의 주장을 생각해 보면 좋을 것이다. 『二程遺書』와 『近思錄』 참조.

34) 조동일 교수의 『한국문학사상사시론』(지식산업사, 1978) 및 『문학사와 철학사의 관련 양상』(한샘, 1992) 참조.

35) 그러나 노장사상이 신유학의 선구라는 주장은 성립되기 어렵다. 노장사상이 신유학

신유학과 관련이 있다는 어떠한 증거도 필자는 발견할 수 없다. 이규보가 신유학의 물관(物觀)을 지녔다는 또다른 유력한 근거로서 「유종원(柳宗元)의 수도론(守道論)을 반박함」[36]이라는 글을 거론하지만,[37] 거론한 구절은 이규보의 말이 아니라 이규보가 반박하고자 했던 유종원(柳宗元, 773~819)의 말이다.[38]

3.6. 이규보는 장자의 제물사상(齊物思想)을 잘 체득하였다고 보인다. 자료 (3)·(11)에서 이 점을 살필 수 있으며, 인용하지 않은 자료 가운데서도 이 점을 두루 확인할 수 있다. 우리나라 문인·사상가 가운데 이규보만큼 제물사상을 유표하게 보여주는 사람도 드물지 않을까 한다. 조선 후기의 홍대용(洪大容, 1731~1783)이나 박지원(朴趾源, 1737~1805) 같은 인물에게서도 「제물론」(齊物論)의 영향이 감지되지 않는 것은 아니나, 이들의 경우 조선 후기 성리학의 전개과정에서 제기된 호락논쟁(湖洛論爭)과의 관련도 겹치고 있어 이규보와는 양상을 달리한다.[39] 이규보의 제물사상은 「슬견설」(蝨犬說)이라는 아담한 산문을 낳기도 하였다.

그런데 더욱 주목되는 것은 이규보가 장자의 제물사상을 충실히 수용하기만 한 것이 아니라, 그것을 '자기화'하고 있다는 사실이다. 장자의 제물사상에서는 물에 대한 애정이랄까 물에 대한 연민(憐憫) 같은 것은 잘 느껴지지 않는데, 이규보는 독특하게도 제물사상을 물에 대한 지극한 애정, 생명에 대한 존중의 정신과 연결시키고 있으며, 이를 미물이나 잔약한 백성에 대한 깊은 연민으로 표출하고 있다. 이는 이규보가 장자의 제물사상

의 성립에 큰 영향을 끼쳤다는 주장과 그것이 신유학의 선구라는 주장은 판연히 다르기 때문이다.

36) 원제는 「反柳子厚守道論」(『全集』 권22)이다. '子厚'는 柳宗元의 字이다.

37) 조동일, 『한국문학사상사시론』, 73면 및 『문학사와 철학사의 관련 양상』, 31면 참조.

38) 유종원의 「守道論」은 『柳河東全集』 권3(臺北: 世界書局, 영인본)을 참조.

39) 이 점은 「홍대용의 생태적 세계관」, 본서, 268~269면을 참조하기 바란다.

을 유교의 '측은지심'(惻隱之心)이나 불교의 '자비'(慈悲)와 결합한 결과라 보인다. 자료 (3)에 보이는 '만물일류'(萬物一類)라는 말은 이규보가 만들어 낸 신어(新語)인데,[40] 이 말에서 따와 앞으로 이규보의 이런 사상을 특히 '만물일류'의 사상이라 부르기로 한다.

이규보가 지닌 만물일류 사상의 구체적 면모를 보여주는 한두 가지 예를 들어본다. 이규보는 「쥐를 놓아주다」라는 시에서 "사람은 하늘이 낸 물(物)을 도둑질하고 / 너는 사람이 도둑질한 걸 도둑질하누나 / 다같이 살기 위해 하는 짓이니 / 어찌 너만 나무라겠니"[41]라며 잡은 쥐를 놓아주기도 하고, 「이를 잡다」라는 시에서 "재상(宰相)으로 늘 이〔蝨〕 잡고 있는 자 / 나 말고 또 누가 있을까 / 어찌 화롯불 없으리요만 / 땅에 내려놓는 건 자비심 때문"[42]이라면서 이를 굳이 화롯불에 던지지 않고 땅에 놓아주고 있으며, 평생 그토록 파리를 미워했건만[43] 「술에 빠진 파리를 건져주다」라는 시에서 "남 헐뜯는 사람 같아 널 싫어하나 / (…) / 술에 빠져 죽으려 하니 맘이 아프네 / 살려주는 은근한 이 마음 잊지 말아라"[44]라면서 술잔에 빠진 파리를 애긍히 여겨 살려주고 있다. 이규보가 목민관을 하면서 도둑질한 백성을 벌주지 않은 것이나, 「군수 몇 사람이 부정하게 재물을 모아 벌을 받았다는 말을 듣고서」라는 시에서 "그대는 보라 강물을 마시는 저 두더지도 / 그 배를 채우는 데 만족하거늘 / 묻노니 네놈들 입은 몇 개나 되길래 / 백성의 살을 그리도 뜯어먹는가"[45]라면서 백성들을 침탈하는 탐관(貪官)을 꾸

40) 『장자』에는 "萬物皆一也"(「德充符」), "萬物一也"(「知北遊」), "萬物一府"(「天地」), "萬物一齊"(「秋水」) 등의 말은 보이나 '만물일류'라는 말은 보이지 않는다. 그렇기는 하나 '만물일류'가 『장자』의 이들 말을 변용한 것임은 말할 나위도 없다.

41) "人盜天生物, 爾盜人所盜, 均爲口腹謀, 何獨於汝討."(「放鼠」, 『全集』 권16)

42) "宰相長捫蝨, 非予更有誰? 豈無爐火熾, 投地是吾慈."(「捫蝨」, 『後集』 권4)

43) 이규보는 파리를 미워한 시를 여러 편 남겼으며, 「問造物」이라는 哲理散文을 지은 직접적 이유도 하늘이 왜 파리를 만들었는지에 대한 의문을 풀기 위해서였다.

44) "汝似讒人吾固畏, (…)墮來輒死眞堪惜, 莫忘殷勤拯溺慈."(「拯墮酒蠅」, 『後集』 권4)

45) "君看飮河鼴, 不過備其腹. 問汝將幾口, 貪喫蒼生肉?"(「聞郡守數人以贓被罪」, 『後集』

짖은 것도 이규보가 지닌 '만물일류'의 사상과 깊은 연관이 있다. 이러한 연관은 탐관을 꾸짖은 시 중의 "그대는 보라 강물을 마시는 저 두더지도 / 그 배를 채우는 데 만족하거늘"이라는 구절이 『장자』 「소요유」(逍遙遊)의 "두더쥐가 강물을 마심은 자기 배를 채우는 데 불과하다"[46]라는 구절에 근거하고 있다는 사실에서도 드러난다.

이규보의 만물일류 사상은 장자의 제물사상에 '측은지심'과 '자비'를 결합시키고 있다는 점에서 후대의 김시습(金時習, 1435~1493)이 「애물의」(愛物義)에서 보여주는 애물사상(愛物思想)과도 구별된다.[47] 김시습의 애물사상은 호생지덕(好生之德 : 생명을 사랑하는 덕성)을 강조하는 신유학의 인사상(仁思想)에 근거를 두고 있는바, 측은지심을 강조하면서도 인간중심적인 차등적(差等的) 물관(物觀)은 어쩔 수 없이 견지하고 있다. 모든 존재를 '일류'(一類)로 보고 있지는 않은 것이다. 이규보가 전개한 만물일류의 사상이 보여주는 '애물'이나 '존생명'(尊生命)은 김시습의 애물사상보다는 오히려 중국의 장횡거(張橫渠, 1020~1077)가 「서명」(西銘)에서 전개한 '민포물여'(民胞物與 : 民은 나의 동포요, 物은 나의 이웃이다)라든가 왕양명(王陽明, 1472~1528)이 『전습록』(傳習錄)에서 말한 '천지만물일체지인'(天地萬物一體之仁 : 천지만물을 나와 한 몸으로 여기는 仁)에 더 가깝지 않나 생각된다. 이런 점에서 본다면 이규보가 물(物)에 대해 보여주는 연민이나 애정은 인간중심주의를 전제로 삼는 '애물'이라는 표현보다는 '물(物)과 이웃한다'는 의미의 '여물'(與物)이라는 표현이 더 어울리는 게 아닐까 싶다. 이규보의 시나 산문 중에는 물과의 대화 형식을 취하고 있는 글들이 여럿 있어 눈길을 끄는데, 이는 이규보의 만물일류의 사상에 담지된 '여물'이라는 모멘트가 글쓰기의 형식에 반영된 것으로 볼 수 있다. 이규보

권10)

46) "偃鼠飮河, 不過滿腹."

47) 김시습의 「愛物義」가 보여주는 사상에 대하여는 「한국의 사상적 전통과 생태적 관점」, 본서, 30~31면을 참조하기 바란다.

가 장자를 자기화함으로써 이런 '여물'이라는 사유에까지 이르고 있음은 한국사상사에서 특기할 만한 일이라 할 것이다.

3.7. 흔히 도가사상이라는 용어를 쓰지만, 이에는 세 가지 범주가 포함되어 있다. 하나는 노장사상이요, 그 둘은 도교사상이며, 그 셋은 해동선가사상(海東仙家思想)이다. 이규보의 경우 이 중 앞의 두 가지가 특히 문제가 됨은 인용한 자료들에서 잘 드러난다.

이 둘만큼 현저한 것은 아니지만, 이규보는 해동선가에 대해서도 관심을 보였다. 한 예를 들어보면 이규보는 어떤 시에서 "선풍(仙風)은 멀리 주(周)·한(漢) 때도 듣지 못했고 / 가까이로는 당(唐)·송(宋) 때도 보지 못했거늘 / 우리나라에는 사선(四仙)이 정말 옥(玉)과 같아서 / 만고에 전하는 명성 높기도 하네 / 선경(仙境) 구하는 수레의 일산이 펄럭이고 / 승지(勝地)를 찾아 말을 나란히 탔네 / 문도(門徒) 천 명이 가르침을 구하네"[48] 라고 읊은 다음, "우리나라에서는 선랑(仙郞)을 모시는 자들로 문도를 삼았는데, 사선은 그 문도가 각기 일천 명씩이었다"[49]라는 자주(自注)를 붙이고 있다. 이규보가 해모수와 동명왕의 이야기를 '신성'시하면서 그것을 작품화한 것 역시 해동선가에 대한 관심과 무관하지 않다고 본다. 맑은 음악이 울려퍼지고 채색 구름이 아름답게 피어나는 하늘로부터 "천지자"(天之子)인 해모수가 오룡거(五龍車)를 타고 내려오고 그 뒤를 따르는 자 1백여 인이 고니를 타고 내려오는 모습을 묘사한 「동명왕편」(東明王篇)의 앞부분은 완연히 도가적 상상력의 소산이다.[50] 이 두 자료는 모두 해동(海

48) "仙風舊莫聞周漢, 近古猶難覩宋唐. 國有四郎眞似玉, 聲傳萬古動如簧. 採眞同乘飛靑盖, 尋勝聯鞍控紫韁, 門下千徒貪被眄." 「次韻空空上人贈朴少年五十韻」(『後集』 권9)이라는 시의 한 구절이다.

49) "我國以偶仙郞者爲徒, 四仙各有一千徒."

50) "海東解慕漱, 眞是天之子. 初從空中下, 身乘五龍軌. 從者百餘人, 騎鵠紛襂襹. 淸樂動鏘洋, 彩雲浮旖旎." 이 부분은 전래하는 문헌을 詩化해 놓았을 뿐이라는 반론도 있을 수 있으나, 중요한 것은 이규보가 그런 도가적 상상력에 친화감을 갖고서 그것을 받아들

東)의 '독자성'을 강조하고 있다. 다시 말해 이규보의 해동선가에 대한 관심은 민족 주체성의 발견과 연결되고 있다.

한편 이규보에 있어 도교사상이 낭만적 환상이나 동경, 강렬한 초세의식(超世意識)을 낳고 있다면, 노장사상은 대체로 인간과 우주만물에 대한 깊은 성찰과 깨달음으로 이어진다.[51]

자료 (13)은 인격천(人格天)을 부정하고, 만물이 자생자화(自生自化)하는 자연의 도만 있을 뿐이지 조물주의 자기의식(自己意識)이나 천(天)의 목적의식 같은 것은 존재하지 않는다는 깨달음을 피력하고 있는바, 「문조물」이 보여주는 사상과 동일하다. 아마도 이것이 이규보 도가사상의 가장 높은 경지일 터이며, 철학 방면에서 이규보가 도달한 존재론의 핵심적 면모가 아닐까 생각한다.

3.8. 「문조물」은 이규보의 만년에 씌어진 글로 추정된다.[52] 이규보의 시에는 "천"(天), "천공"(天工), "조물"(造物), "천의"(天意) 등의 시어가 유난히 많이 등장한다. 그는 조물주가 소인(小人)이나 해로운 물(物)을 세상에 낸 것을 원망하기도 하고,[53] '천의(天意)는 알기 어렵다'고 한탄하기도 하며,[54] 천공(天工)의 기묘한 솜씨에 감탄하는가 하면,[55] 자신의 곤궁을 하늘 탓으로 돌리기도 하고,[56] 신병(身病)을 낫게 해달라고 하늘에 호

이고 있다는 사실이다.

51) 그러나 이는 크게 보아 그렇다는 지적일 뿐, 두 가지가 뒤섞여 있는 경우도 없지 않다.

52) 「問造物」은 『後集』의 맨 끄트머리에 실려 있다. 이규보의 만년 시 가운데에는 파리 때문에 밤에 잠을 편히 잘 수 없음을 불평한 시들이 발견되는데, 아마도 이런 시가 읊조려진 시기를 전후해 「문조물」이 씌어졌으리라 짐작된다. 「睡次疾蠅二首」(『後集』 권1), 「次韻和白樂天病中十五首」의 제1수 「初病風」(『後集』 권2) 등 참조.

53) 일례로 「寓古三首」(『全集』 권1)의 제2수, 「又病中疾蠅」(『後集』 권1) 등 참조.

54) 일례로 「九月苦雨」(『全集』 권2), 「雪花吟示空空上人」(『後集』 권9) 등 참조.

55) 일례로 「絶句三首」(『全集』 권16) 중 제2수 참조.

56) 일례로 「陳君見和, 復次韻荅之」(『全集』 권11) 참조.

소하기도 한다.[57] 이규보는 '관물'(觀物), 즉 물의 이치를 자세히 관찰하기도 했던바, 이는 좀처럼 알 수 없는 천의를 탐구하고자 하는 의도에서였던 것으로 보인다.[58] 이규보가 유우석(劉禹錫)의 「천론」(天論)을 읽은 것이나 그 독후감으로서의 성격을 갖는 「하늘과 인간이 서로 이긴다는 데 대한 설(說)」[59]을 지은 것도 모두 천(天)에 대해 자신이 품었던 의문 때문이었을 것이다. 하늘에 의지(意志)가 있어 선을 행한 자에게 복을 주고 악을 행한 자에게 화를 내린다는 생각은 유교의 천관념(天觀念)에만 있는 것이 아니라, 도교의 천신관념(天神觀念)에도 뚜렷이 자리하고 있다.[60] 이른바 '인격천'을 상정하는 이런 사고방식은 '천정'(天定 : 모든 일은 하늘이 미리 다 정해 놓았음)을 강조하게 되고 그 결과 운명론으로 빠져들 수 있다. 인격천의 존재에 대해 반신(半信)과 반의(半疑) 사이에서 동요하는 태도를 보였던 이규보에게서 이런 '천정설'(天定說)에의 편향이 일부 발견되는 것은 그리 이상한 일이 아니다.[61]

그런데 오랜 동요와 회의 끝에 이규보가 도달한 이 문제에 대한 최종적 결론을 보여주는 글이 바로 「문조물」이다. 자료 (18)은 그 한 대목인데, 인격천은 존재하지 않는다는 것, 따라서 하늘의 의지나 목적의식 같은 것은 없으며, 모든 존재는 자연의 도에 따라 자생자화(自生自化)할 뿐이라는 생각이 명백하게 표명되어 있다. 「문조물」의 이런 견해가 이규보 만년의 확

57) 일례로 「眼病久不理. 人云瞳邊有白膜, 因嘆之有題」(『後集』 권9) 참조.

58) 「寓古三首」(『全集』 권1)의 제2수에서 "吾觀萬物生, 造化空自勤. 徒生楚茨蔓, 徒產荊棘繁"이라 한 것이나, 「次韻李侍郞見和三首, 以四首答之」(『後集』 권7)의 제3수에서 "不唯貪賞卓琅莖, 亦欲潛觀物化生"이라 한 것 참조.

59) 원제는 「天人相勝說」(『全集』 권3)이다.

60) 그 좋은 실례로 허균의 소설 「南宮先生傳」에 나오는 道士 南宮斗의 다음과 같은 발언을 들 수 있다. "凡人一念之善惡, 鬼神布列於左右, 皆先知之, 上帝降臨孔邇, 作一事, 輒錄之於斗宮, 報應之效, 捷於影響. 昧者褻之, 以爲茫昧不足畏, 彼焉知蒼蒼之上, 有眞宰者, 操其柄也?"(『許筠全書』)

61) 일례로 「夢說」(『全集』 권21)을 들 수 있다. 이 글은 인간의 行藏(벼슬함과 은거함)과 榮辱이 우연한 일이 아니요, 모두 미리 정해져 있다는 생각을 개진하고 있다.

론(確論)임은 비슷한 시기에 창작된 시로 판단되는 자료 (15)나 「이시랑(李侍郎) 수(需)의 시에 차운(次韻)하여 화답하다」[62]라는 시의 "조물주가 또한 무엇을 알리?"(造物亦何知)라는 말에서도 확인된다.

자료 (18)에서 볼 수 있듯, 「문조물」은 우주와 천지만물의 시원적(始元的) 실체로서 '원기'(元氣)를 들고 있음이 주목된다. 이 '원기'라는 말은 이규보가 20대 중반에 창작한 「동명왕편」에 이미 나타나고 있다.[63] "元氣判沌渾, 天皇地皇氏"(제1·2구)가 그것이다. 여기서 "元氣判沌渾"은 원기에서 혼돈이 나왔다거나 혼돈에서 원기가 나왔다는 말이 아니라, "원기인 혼돈이 부판(剖判 : 갈라짐)하여"라는 뜻이다. 원기가 곧 혼돈이고, 혼돈이 곧 원기인 셈이다. 『장자』에는 '원기'라는 말이 없다. 하지만 이규보는 '원기'라는 말을 『장자』의 '일기'(一氣)라는 말과 같은 의미로 사용하고 있다고 판단된다.[64] 이규보는 양웅(揚雄)의 『태현경』(太玄經)은 명백히 읽었고,[65] 유종원의 「천설」(天說)도 읽은 것으로 보이는데,[66] 이 둘은 '원기'라

---

62) 원제는 「次韻李侍郎需見和」(『後集』 권9)이다.

63) 이 점에서도 「동명왕편」의 창작과 도가사상 사이에 존재하는 일정한 상관관계를 엿볼 수 있다. 이에 대한 논의는 이규보의 도가사상과 문예론의 관련을 따질 후속 작업으로 미룬다.

64) 『莊子』에서는 다음 구절에 '一氣'라는 말이 보인다.

○ "彼方且與造物者爲人, 而遊乎天地之一氣. 彼以生爲附贅縣疣, 以死爲決疣潰癰. 夫若然者, 又惡知死生先後之所在?"(「大宗師」)

○ "人之生氣之聚也. 聚則爲生, 散則爲死. 若死生爲徒, 吾又何患? 故萬物一也. 是其所美者爲神奇, 其所惡者爲臭腐. 臭腐復化爲神奇, 神奇復化爲臭腐. 故曰: '通天下一氣耳.' 聖人故貴一."(「知北遊」)

65) 이규보의 문집에는 『太玄經』에 대한 언급이 여러 번 나온다. 이규보가 『태현경』을 읽었다는 직접적 증거는 「止止軒記」(『全集』 권23)에서 찾을 수 있는바, 이 글에서 이규보는 『태현경』으로 占을 친 일이 있음을 밝히고 있다. 「지지헌기」는 이규보의 40세 때인 1207년에 씌어진 글이다. 주지하다시피 『태현경』은 老子의 입장에서 『주역』을 해석한 책으로서, 후대의 道家易에 영향을 미쳤다. 이규보는 주역에 적지 않은 관심을 보였는데, 『태현경』에 경도하고 있는 것으로 미루어보아 도가의 입장에서 역을 이해한 것으로 여겨진다.

66) 이규보가 柳宗元의 문집을 읽었음은 「反柳子厚守道論」, 「非柳子厚非國語論」, 「柳子厚文

는 용어를 구사하고 있는 중국의 비교적 이른 시기의 중요한 저작들이다. 이규보는 '원기'라는 말을 여기서 차용한 게 아닐까 생각되지만, 꼭 확인할 수 있는 것은 아니다.[67)]

이규보는 '원기'라는 말 외에 '일기'(一氣)라는 말을 쓰기도 했는데, 「요술을 보고서 짓다」[68)]라는 시의 "사람은 일기(一氣)로 인하여 생명을 누리니 / 기(氣)가 빠짐은 요술이 끝나고 돌아가는 것과 같지"[69)]라는 구절에 그 용례가 보인다. 이 시는 사람이 '일기'로 인해 생명을 누리다가 그 기가 다하면 죽게 됨을 말하고 있다. 이 시구에서 '기가 빠짐'〔氣出〕이 '돌아감'〔歸〕과 연결되고 있음에 유의할 필요가 있다. '기가 빠짐'이란 기가 다하여 흩어지는 것이므로 죽음을 뜻하겠는데, 이것이 '돌아감'과 같다고 했다. 여기에는 인(人 : 혹은 物)의 생멸(生滅)을 '일기 → 생 → 일기'의 운동으로 보는 관점이 전제되어 있다.[70)] 이규보는 이런 생사관에 따라 죽음을 순물자연(順物自然 : 자연의 이치에 따름)으로 받아들이고 있다. 「요술을 보고서 짓다」 역시 만년에 창작된 작품이지만, 이규보가 만년에 쓴 시 중에는

質評」(『全集』 권22) 등의 글을 통해 확인된다. 劉禹錫은 유종원의 「天說」을 읽고 그것을 보완한다면서 「天論」을 썼는데, 유종원은 이 글을 읽고 유우석에게 「答劉禹錫天論書」라는 편지를 보낸 바 있다. 이규보가 유우석의 「천론」을 읽은 후 「天人相勝說」을 썼음은 앞에서 밝힌 바 있다. 「천설」, 「천론」, 「답유우석천론서」는 『中國哲學史資料簡編』(台北: 中華書局)의 兩漢－隋唐部分 下册 참조.

67) '원기'라는 용어는 중국에서는 漢代 이후에 '氣의 근원'이라는 뜻으로 많이 사용되었다. 한대의 사상가 가운데에는 揚雄 외에도 張衡, 王符, 王充 등이 이 개념을 사용하였다. 東漢 후기 무렵 성립되었을 것으로 보는 도교의 경전인 『太平經』에도 이 개념이 구사되고 있다. 이상의 사실은 張立文 主編, 『氣의 哲學』(김교빈 외 역, 예문지, 1992)의 제2장 참조. 이규보가 위에 언급한 인물의 저술이나 『태평경』을 읽었다는 증거는 발견되지 않는다.

68) 원제는 「觀弄幻有作」(『後集』 권3)이다.

69) "人緣一氣成蚩蠢, 氣出還同罷幻歸."

70) 이와 같이 生死를 氣의 聚散으로 보는 관점은 莊子에 연유하는데, 이규보는 「次韻和白樂天病中十五首」(『後集』 권2)의 제10수 「罷炙」에서도 이런 관점을 보여주고 있다. 이 시의 轉句와 末句인 "養得此身何處用? 聚如漚點散如雲" 참조.

생사에 대한 자신의 생각을 밝힌 시들이 적지 않다. 자료 (13)·(17)에서 그 한 단면을 엿볼 수 있다. 이런 종류의 시에서 이규보는 도(道)인 '자연'에 따르겠다거나 초연히 하늘에 생사를 맡기겠다고 거듭거듭 말하고 있다.[71)]

한편 이규보는 '일기'라는 말 외에 '기모'(氣母)라는 말도 쓴 바 있는데,[72)] 이 역시 『장자』에서 유래하는 말이다.[73)]

이규보의 기에 대한 관점이나 생사관은 16세기의 기철학자 서경덕(徐敬德, 1489~1546)의 그것과 유사한 점이 없지 않다. 이규보가 죽음을 '귀'(歸)로 보았다든지 생사를 '일기 → 생 → 일기'의 운동으로 이해한 것은, 서경덕이 죽음을 '환'(還)[74)]으로 본 것이나 물의 생성과 소멸을 '태허 → 생 → 태허'라는 기의 취산(聚散)·운동(運動)으로 설명한 것과 아주 유사하다.[75)] 그렇지만 노장사상에 기초를 두고 있는 이규보의 경우 '일기'의 앞과 뒤에 '도'를 상정하고 있음에 반해,[76)] 서경덕은 '태허'[77)]의 앞과 뒤에 그 어

---

71) 본문에서 거론한 시 외에도 「次韻和白樂天病中十五首」(『後集』 권2) 중의 「病中五絶」의 제2수와 「猒生吟」(『後集』 권3) 등이 좋은 예가 된다.
이규보가 三天(=玉淸·上淸·太淸)이나 玉皇上帝 등에 대해 말할 때에는 도교적 믿음을 표현하고 있는 것으로 여겨지는 경우도 있지만, '氣出'하여 '天' 즉 '一氣'로 復歸한다는 철학적 사유를 비유적으로 표현한 것이라 판단되는 경우도 적지 않다. 「猒生吟」에서 "安心謝去此其時, 儻可得生淸勝地. 君知勝地是何處? 紫雲紅霧三天是. 如今未免造物欺, 其生其死隨所使"라 하여 "紫雲紅霧三天"을 말하고 있는 것 역시 비유적 표현으로 볼 수 있다.

72) 「白雲居士傳」의 贊에 이 말이 보인다. 해당 원문을 들면 다음과 같다 : "志固在六合之外, 天地所不囿. 將與氣母, 遊於無何有乎!"

73) "伏戲氏得之, 以襲氣母"(「大宗師」). 『莊子集釋』의 疏에서는 '氣母'란 '元氣之母'를 뜻하는바 '道'에 해당한다고 본 반면, 일본의 장자 연구가인 福永光司 같은 이는 氣母를 '氣의 근원'이라 풀이하여 元氣 내지 一氣와 同類의 개념이라고 본 바 있다(小野澤精一·福永光司·山井湧 編, 『氣의 思想』, 동경 : 동경대학출판회, 1978, 126면).

74) 「挽人」詩(『花潭集』 권1) 尾聯의 바깥짝 "爲指還家是先天" 참조. 서경덕은 '物'이 소멸하여 太虛로 복귀함을 '歸'라는 말로 표현하기도 했다. 「有物」(『화담집』 권1)의 제2수 참조.

75) 『화담집』 권2의 「原理氣」, 「理氣說」, 「太虛說」, 「鬼神死生論」 등 참조.

76) 그러므로 정확히 표시한다면, '一氣 → 生 → 一氣'는 '道 → 一氣 → 生 → 一氣 → 道'라고

떤 것도 상정하지 않았다는 중요한 차이가 있다.78) 두 사람 사이의 유사성은 이규보가 신유학을 받아들여서가 아니라, 신유학자인 서경덕의 성리학이 노장철학의 활용과 개조 위에 성립된 결과이다.79) 서상(敍上)한 이규보의 기에 대한 관점이나 생사관이 노장철학, 특히 장자철학에 근거하고 있음은 의문의 여지가 없다.80)

표시할 수 있다. '生'의 자리엔 '物'이 들어가도 무방하다.

그런데 이규보가 「問造物」에서 造物이나 天은 아무 것도 "造"하지 않고 아무 것도 "知"하지 못하는바 "無爲"이며 物이 "發於自然"하여 "自生自化"할 뿐이라고 주장한 것을 두고서, 이것이 '造物=道'나 '天'의 실체성을 부정하고 '氣'를 궁극적 실체로 삼아 만물의 生滅變化를 '氣'의 集散離合으로 본 것이라고 해석하는 견해가 제기될 수 있다. 가령 북한에서 나온 철학사에서 이 비슷한 견해를 접할 수 있다. 이러한 견해는 피상적 관찰 아니면 오해에 근거하고 있는 것으로서 동의할 수 없다. 분명히 해두어야 할 점은, 「문조물」이 '造物=道'와 '天'의 실체성을 부정하고 있지 않다는 사실이다. 「문조물」이 부정하고자 한 바는 '조물=도'와 '천'의 자기의식과 목적성이다. 조물과 천은 意思나 意志가 없는바 非人格的이라는 것, 조물이나 천은 만물의 생멸변화를 '自然'에 내맡긴다는 것이 「문조물」에서 강조하고자 한 主旨이다. '조물=도'를 無爲的인 것으로 간주하는 이러한 생각은 말하자면 道의 '體'에 대한 것이라 할 수 있다. 道의 '用'이란 점에서 생각한다면 도는 '자연'과 완전히 동일하다. 『道德經』의 "道常無爲, 而無不爲"(제37장)는 바로 그 점을 말한다. 도의 두 가지 속성인 초월성과 내재성도 이와 관련해 운위될 수 있다. 「문조물」의 맨 끝 구절인 "名予爲造物, 吾又不知也"는 『道德經』 제1장의 "道可道, 非常道. 名可名, 非常名"을 연상시킨다.

북한에서 나온 철학사로는 정진석·정성철·김창원 공저, 『조선철학사』(제2판, 평양 : 과학원력사연구소, 1961); 최봉익, 『조선철학사개요』(평양 : 사회과학출판사, 1986) 참조.

77) 서경덕은 '태허' 대신에 '一氣'라는 말을 쓰기도 했는데, 둘은 같은 개념이다. "太虛湛然無形, (…)語其湛然之體曰一氣, 語其混然之周曰太一"(「原理氣」, 『화담집』 권2) 참조.

78) 서경덕이 도가를 비판한 것도 도가가 태허 앞에다 '無(=道)'를 설정했다는 데 있다. 「太虛說」, 『花潭集』 권2 참조.

79) 신유학이 도가철학의 氣範疇를 받아들이고 개조한 점에 대해서는 張立文 主編, 『氣의 哲學』, 상권 94면, 하권 19면; 崔大華, 『莊學硏究』(北京 : 人民出版社, 1992)의 제9장 제3절 '莊學與宋明理學' 참조.

80) 장자철학에 대하여는 張立文 主編, 『氣의 哲學』; 崔大華, 『莊學硏究』 외에도 小野澤精一·福永光司·山井湧 編, 『氣의 思想』, 126~131면, 263~269면; 劉笑敢, 『莊子哲學』(최진석 옮김, 소나무, 1990) 등 참조.

3.9. 이규보의 도가사상은 유교사상이나 불교사상과의 '혼성'(混成)을 보여주기도 한다. 3.6.에서 논의한 '만물일류'의 사상에서 그 점의 일단이 확인된 바 있거니와, 잘 알려져 있는 「백운거사어록」(白雲居士語錄) 같은 글도 유교의 출처관(出處觀)과 도가의 허심(虛心) 및 물아일체관(物我一體觀)이 묘하게 혼성되어 있음을 발견할 수 있다. 자료 (6)에서 이규보는 노불(老佛)이 본래 같은 것이라 말하고 있다. 적어도 이규보는 노불이 '비슷한' 것이라는 생각을 가졌었음에 틀림없다.[81] 뿐만 아니라 그는, "유교와 불교는 대동소이하지"[82]라거나 "유교와 불교는 / 지극한 이치가 동일하거늘 / 어느 것이 순수하고 어느 것이 잡되겠나"[83]라고 말하고 있는 데서 확인되듯, 유불(儒佛) 역시 약간의 차이에도 불구하고 근본 이치에 있어서는 같은 것이라 생각하고 있다. 요컨대 어떤 의미에서 이규보는 삼교회통(三敎會通)의 사상을 지녔다고 말할 수 있을 것이다. 이규보의 삼교회통 사상은 『능엄경』(楞嚴經)을 독실히 봉독(奉讀)한 만년에 더욱 뚜렷한 모습을 드러낸다. 이 시기의 시문은 특히 노불의 융합을 현저하게 보여준다. 자료 (13)이 그 점의 일단을 확인해 준다. 특히 자료 (13)은 노장사상과 불교사상의 병렬 내지는 동거를 보여주는 점이 흥미로운데, 이런 자료들은 만년의 글 가운데서 상당히 발견된다. 한편 자료 (13)처럼 두 사상의 병렬이 아니라 불교를 노장의 용어로 풀이한 글들도 적잖이 눈에 띈다.[84] 이는 두 사상의 회통을 좀더 적극적으로 시도한 것으로 간주될 수 있다.

이상의 논의를 통해 알 수 있듯, 이규보의 사상은 유(儒)·불(佛)·도(道)의 혼성을 보여준다. 그러나 이규보 사상의 이런 면모를 인정하더라도, 그 회통의 '중심점', 혹은 회통의 '출발점'은 역시 도가사상이라 하지 않을 수

---

81) 「是日宿普光寺, 用故王書記儀留題詩韻, 贈堂頭」(『全集』 권10)라는 시에서도 "若將釋老融鳧乙, 莫斥吾家祖伯陽"이라 하여 老佛이 비슷한 것이라는 생각을 드러내고 있다.

82) "儒釋雖同還小異."(「誦楞嚴經初卷偶得詩, 寄示其僧統」, 『後集』 권5)

83) "況復儒與釋, 理極同一源, 誰駁又誰純?"(「南軒荅客」, 『後集』 권6)

84) 일례로 노장사상의 핵심용어인 '虛心'이라는 말로 불교를 설명한 글들을 들 수 있다.

없다. 이규보 사상의 기조음(基調音)을 이루는 사상이 도가사상이라 말할 수 있는 것은 이 때문이다.

4

이규보의 도가사상을 벼슬길이 막혀 불우했던 청·장년 시절의 처지와 관련지어 설명하고자 하는 입장이 있을 수 있다. 이런 입장은 일면 타당하다. 하지만 이규보의 도가사상은 이 시기에만 국한되지 않으며, 평생토록 지속된다는 점에 유의하지 않으면 안된다. 위에 인용한 자료들은 이규보의 미출사기(未出仕期), 사환기(仕宦期), 치사기(致仕期)의 글들을 두루 포함하고 있어 이 점을 잘 확인해 준다. 이규보의 도가사상을 주로 청·장년 시절과 연관지어 보고자 하는 입장은 이규보가 그저 '한때'의 불만을 해소하기 위해 도가사상에 경도했을 뿐이라는 오해를 야기할 소지가 없지 않다. 그러나 이보다 더 큰 문제는 다른 데 있다. 그것은 곧 그러한 입장이 이규보가 평생 내면적으로 심화·발전시켜 간 도가사상, 그리하여 이규보 전체 사상에 있어서 가장 중요한 비중을 점하게 된 도가사상에 대하여 그 실상에 부합된 깊이있고 근본적인 이해를 차단할 우려가 있다는 사실이다.

한편 이규보의 도가사상을 그의 기질과 관련지어 설명할 수도 있다. 이러한 설명은 그것대로의 타당성이 없지 않다. 하지만 이런 설명은 부분적인 타당성을 가질 뿐, 사태를 전면적으로 설명해 주지는 못한다. 오히려 거꾸로 도가사상이 이규보로 하여금 방광불기(放曠不羈 : 호방하여 禮法에 구속되지 않음)의 기질이나 성격을 갖게 만들었을 수도 있으며, 꼭 그렇게까지 말할 수는 없다 하더라도 그런 성격을 더 강화했을 수 있기 때문이다. 뿐만 아니라 이런 설명법은 이규보의 도가사상을 그의 개인적 선호(選好)와만 관련지음으로써 이규보가 살았던 시대의 사상사적 동향이나 시대적 풍기(風氣), 사회적 배경 쪽으로 연구자가 눈을 돌리지 못하게 할 수 있다는 점에서 더 문제이다.

이규보 시대에 유명했던 이른바 강좌칠현(江左七賢)[85]은 대체로 도가사상적 지향을 보인 것으로 여겨지는데,[86] 이들의 등장이 무신란과 직접 관련이 있음은 췌언이 필요치 않다. 이규보는 오세재(吳世才)를 특히 존경했던바, 그 중씨(仲氏)인 오세문(吳世文) 같은 인물은 특히 도가에 통달하였다.[87] 이규보는 이러한 시대적 풍기와 사상사적 동향 속에서 도가사상에 경도해 갔으리라 짐작된다. 이런 견지에서 본다면 이규보는 무신란을 전후한 시기의 한국사상사의 동향에 영향을 받으면서 그 성과를 적극적으로 흡수하고 자기화한 결과 '만물일류'의 사상에까지 나아갈 수 있었다고 할 수 있다. 이 점에서 이규보는 무신란과 대몽항쟁기를 전후한 시기, 즉 12세기 후반에서 13세기 전반기 한국사상사의 한 주요한 흐름을 대변하면서 그 정점에 우뚝 서 있는 인물이라 평가할 수 있다.

그러나 이규보는 도가사상에 관심한 동시대의 다른 인물들, 이를테면 이인로(李仁老)나 임춘(林椿) 등과는 중요한 차이를 보여준다. 앞에서 살핀 대로 이규보 도가사상의 본질은 양생술이나 은둔사상에 있다기보다 인간과 물(物)에 대한 존재론적 관심에 있었다. 인(人)과 물(物)과 도(道)는 어떤 관계에 있는가? 인간은 세계내에서 물에 대해 어떤 태도를 취해야 하는가? 인간과 물의 시원은 무엇이며 그 종결은 무엇인가? 또한 인간과 물의

85) 『高麗史』 열전 권15 「李仁老 附吳世才·趙通·林椿」 참조.

86) 가령 강좌칠현 가운데 특히 文名이 높았던 林椿과 李仁老의 글에서 도가사상적 지향을 발견할 수 있다. 『西河集』, 『破閑集』(『高麗名賢集』 제2권) 참조. 吳世才에 관해서는 남아 있는 자료가 별로 없어 판단에 어려움이 있지만, 그의 死後 이규보가 '玄靜先生'이라는 道家風이 현저한 私諡를 贈薦하고 있다는 점, 또 이규보가 쓴 「吳先生德全哀詞」(『全集』 권37) 가운데 "吾才雖不及嵆康, 以子爲阮籍可矣", "前死日, 有友人夢見公乘白鶴盤旋者, 明日謁之, 先生已化矣", "想昇碧落, 鶴爲驂兮. 不爾逍遙, 鼇岫三兮. 縹霞紅霧, 擁仙龕兮" 등의 말이 보인다는 점, 그리고 오세재의 仲氏인 吳世文이 道家說에 통달했다는 점 들을 두루 고려할 때 오세재 역시 도가사상에 傾斜되었으리라 생각된다.

87) 이규보가 吳世文의 시에 次韻한 시 중의 "精神撿玉匙"라는 구절의 自注에 "公亦通道家故云"이라는 말이 보인다. 「次韻吳東閣世文呈誥院諸學士三百韻詩」, 『全集』 권5 참조.

운명을 관장하는 것은 무엇인가? 의지를 지닌 조물주(=하늘)가 그것을 관장하는가? 아니면 자연의 이법(理法)인가? 이규보는 도가사상을 바탕으로 하여 이런 물음들을 철학적으로 해명하고자 하였다. 하지만 임춘이나 이인로를 비롯한 이 시대의 다른 인물들에게서는 이런 철학적 사유의 면모를 발견하기 어렵다. 이들에게서 도가사상은 주로 양생술이나 은둔사상과 관련되어 있다고 보인다.

이규보의 도가사상을 동시대 다른 인물의 도가사상과 질적으로 구별짓는 또다른 면모는, 도가사상을 개인적 측면에서만이 아니라 정치적·사회적 측면에서까지 해석하고 있다는 점이다. 다시 말해 도가사상을 개인의 삶, 개인의 수신(修身)과 관련해서만이 아니라 사회적 삶, 정치적 윤리에까지 확대해 적용하고 있다. 이 때문에 이규보의 도가사상은 사회정치적 현실을 외면하지 않고, 그에 대한 적극적인 연관을 확보할 수 있었다.

이상 지적한 두 가지 점은 이규보의 도가사상을 동시대 다른 인물의 도가사상과 본질적으로 구별되게 할 뿐 아니라, 이규보의 도가사상을 이 시대 사상사에서 대단히 문제적인 사상으로 주목하게 하는 근거가 된다. 이규보가 제기하고 해명한 철학적 물음들은, 한 세기쯤 후 신유학이라는 다른 이념체계에 의해 재차 해명이 시도된다. 이규보의 도가사상이 보여주는 '인(人) / 물(物) / 도(道)'에 대한 존재론적 성찰은 신유학이 대두되기 전까지의 우리나라 사상사에서 대단히 돋보이는 것이라 하지 않을 수 없다. 또한 이규보의 존재론적 성찰은, 비록 그것이 도가사상에 의거하고 있기는 하나 사상사적으로 볼 때 신유학 수용의 내재적 조건을 양성(釀成)하는 데 기여했다고 생각된다.

이규보의 철학적 모색은 '문학적' 텍스트를 통해 이루어진 특징이 있으며, 이 때문에 체계적인 것과는 거리가 멀다. 그러나 체계적인 것이 훌륭하다거나 체계적인 것만이 철학적이라는 생각은 아주 잘못된 생각으로서 버려야 마땅하다. 오히려 체계적이지 않은 사유에서 정신의 도저함과 우뚝함, 사유의 개방성과 깊이를 접하는 경우가 허다하다. 이규보도 그런 경우다.

또한 비체계적으로 언술된 사유라고 해서 반드시 어떤 체계가 내장(內藏)되어 있지 않은 것은 아니다. 이규보의 사유는 비체계적으로 제시되어 있음에도 불구하고 그것들을 재구성해 보면 하나의 체계(혹은 하나의 체계에 대한 지향)를 발견할 수 있다. 그러므로 이규보의 사유가 체계적이지 못하다고 해서 신유학이 수립한 존재론보다 저열(低劣)하다고 말할 수는 없다. 기본적으로 이규보의 존재론과 신유학의 존재론은, 어느 것이 낫고 못하고의 문제가 아니라 저마다 인간과 사물, 세계를 보는 근본 입장과 관련되어 있다. 다시 말해 두 개의 존재론은 서로 통하는 점을 일부 가지면서도 근본적으로는 인간과 사물과 세계를 보는 상이한 전제와 태도 위에 각기 서 있다. 그러므로 그 우열을 단순 비교할 수 없으며, 단순 비교하려 해서도 안된다. 이 점에서 이규보의 존재론은 비단 신유학이 대두되기 전까지의 사상사에서 돋보일 뿐 아니라, 그 이후의 사상사적 맥락과 관련해서도 의의를 잃지 않는다. 특히 도가적 존재론의 전개[88]와 관련해서 그러하다.

앞에서 우리는 이규보의 사상이 유·불·도의 회통을 보여준다는 점을 거론한 바 있다. 혹자는 그러한 면모가 고려시대에 일반적이었음을 지적할는지 모른다. 그러나 그렇게만 말할 것은 아니라고 본다. 고려시대의 사상적 풍토를 염두에 둔다 할지라도 이규보의 사상이 보여주는 면모에는 특별한 점이 있다고 하지 않을 수 없다. 도가의 존재론을 바탕으로 유교의 역(易)과 불교사상을 포괄해 나가고 있는 데서 그 점이 확인된다.

이처럼 이규보가 자기 시대를 풍미한 도가사상을 수용하되 동시대의 다른 인물들과는 달리 존재론적 성찰을 통해 자신의 사상에 깊이와 함께 사회적 실천성 및 역사적 방향성을 부여할 수 있었던 것은, 그가 신진사인

---

88) 이는 다시 오늘날의 생태주의 사상으로 이어진다. 특히 '근본적 생태주의'(Deep Ecology)의 주요한 사상적 근거를 제공한다. 이 점에 대한 논의는 본서, 「이규보에게서 배우는 생태적 정신」을 참조하기 바란다.

(新進士人)으로서 투철한 문제의식을 갖고서 인간과 사물, 현실과 세계를 보는 새로운 관점을 모색하면서 시대적 과업에 능동적으로 대응하고자 한 데서 가능했다고 생각된다.

이규보는 문학사에서는 대가로 굴지(屈指)되면서도 일반사상사에서는 일체 거론되지 않고 있는 실정이다. 그 이유가 뭘까? 이규보는 자신의 사상을 「문조물」이나 「답석문」(答石問)처럼 철학적 성격을 갖는 글에 담기도 했으나, 대개의 경우 시나 예술산문과 같은 문학적 글쓰기의 방식을 빌려 표현하였다. 이 점에서 그의 작업은 문학과 철학이 긴밀히 결합된 양상을 보여주고 있는데, 바로 이 점이 철학 연구자나 사상사 연구자들로 하여금 이규보를 주목하지 못하게 만든 주요한 원인이 되지 않았나 생각한다.[89)]

한국사상사 연구는 문학 쪽에서 접근할 수도 있고, 사학이나 철학 쪽에서 접근할 수도 있다. 이규보처럼 즐겨 시를 통해 자신의 사상을 표현한 인물에 대한 연구는 사학이나 철학 쪽보다는 문학 쪽에서 접근하기 용이하다. 세 가지 경로는 제각각 장점과 함께 한계도 지니는바, 서로 대화하고 보완해야 전체적 진리에 도달할 수 있다. 문학 연구 쪽에서 이규보의 도가사상을 새롭게 발견하고 평가하고자 한 이 글에 대해서도 똑같은 지적이 가능할 것이다.

---

89) 만일 북한 학계까지 고려한다면, 이상의 지적은 대체로 남한 학계에 국한되어야 한다는 단서가 필요하다. 남한과 달리 북한의 철학 연구자들은 일찍부터 이규보를 주목해왔기 때문이다. 가령 1961년에 간행된 정진석·정성철·김창원 공저의 『조선철학사』 제2판의 제3장 제3절에서는 '고려시기의 유물론 철학'이라는 제목으로 이규보를 독립적으로 다루고 있다. 이에 의하면 고려시대에 유교, 불교, 도교 등 관념론 철학조류를 반대하는 유물론 철학조류들이 발생하였는데 그 대표적 인물의 하나가 이규보이다. 하지만 이러한 서술은 크게 잘못된 것이다. 북한 학계가 철학사 서술에서 이규보를 중시하고 있다고는 하나, 이규보의 도가사상을 몰각하고 있는 점은 남한의 철학 연구자들과 다르지 않다. 한편 북한의 철학사는 이규보의 저술 중 「문조물」을 비롯한 몇 편의 철학적인 글에 대해서만 주목하고 있을 뿐, 문학적 형식 속에 사상을 표현해 놓은 자료들에 대해서는 고려하고 있지 않다. 이 점은 남한 학계의 폐단과 다르지 않다.

이규보의 문예론

1

이규보의 문학론에 대해서는 많은 연구가 이루어졌다. 이규보가 '신의'(新意)를 강조하고 의(意)는 기(氣)가 주(主)가 된다는 문학론을 펼쳤음은 널리 알려진 사실이다. 그러나 이규보가 주장한 '신의'와 '기'에 대한 해석에는 상반된 견해가 제기되어 있다.[1)]

---

1) 이는 다음과 같이 정리될 수 있다.

ㄱ) 이규보가 말한 氣는 선천적인 것이며, 후천적인 노력에 의해 획득될 수 있는 것이 아니다.(송준호, 박성규, 심호택)

ㄱ′) 이규보가 氣의 선천성을 말했음은 사실이나 그렇다고 해서 후천적인 학습이나 노력에 의해 획득될 수 있다는 가능성을 부정한 것은 아니다.(조동일, 신용호, 정요일, 김홍규)

ㄴ) 이규보는 用事에 반대하고 新意를 강조했다. 이 점에서 용사를 중시한 李仁老의 문학노선과 이규보의 문학노선은 서로 대립적이다.(조종업, 조동일)

ㄴ′) 이규보가 新意를 강조했다고 해서 用事를 배격한 것은 아니다. 다만 제대로 된 용사가 아닌 모방과 표절을 배격했을 뿐이다. 이인로도 모방과 표절을 배격하고 제대로 된 용사를 옹호했으며 신의를 최고의 경지라 간주했던바, 이규보의 관점과 대립적이지

대부분의 논자들이 이규보의 문학론 그 자체만을 갖고 논의한 데 반해, 조동일 선생은 이규보의 문학론이 어떤 철학적 입장에 기초하고 있는지를 해명하고자 하였다.[2] 이는 선생 독득(獨得)의 견해로서, 이규보의 문학론에 대한 이해를 한 단계 심화시켰다 말할 수 있을 것이다. 선생의 연구를 간단히 요약하자면, 이규보에 있어 신의(新意), 도(道), 물(物), 우흥촉물(寓興觸物) 등의 개념은 '새로운 유학'[3]적 사유와 연관되어 있으며, 이 경우 새로운 유학적 사유란 후대 이기철학(理氣哲學)의 선구에 해당한다[4]는 것이다. 이러한 입론의 근거로 삼고 있는 핵심적 자료는 두 가지인바, 하나는 「유종원(柳宗元)의 수도론(守道論)을 반박함」이요, 다른 하나는 「문조물」(問造物)이다.

필자는 다른 글[5]에서 「유종원의 수도론을 반박함」에 대한 선생의 자료 취급방식에 문제가 있다는 사실과, 「문조물」에서 신유학적 사유의 단초를 끌어내는 것은 자연스럽지 못한 일임을 지적한 바 있다. 그리고 '도(道) / 물(物)'에 대한 이규보의 철학적 언명이 신유학 사상과 관련된다기보다 도가사상, 특히 노장철학에 근거를 두고 있으며, 유·불·도가 혼융되어 있는 이규보의 전체 사상에서 그 지배적 모티브 내지 주조음(主調音)을 이루는 것은 도가사상임을 분명히 했다. 노장사상을 신유학의 선구라 할 수 있다면 모르겠거니와, 그런 생각이 인정되기 어려운 것이고 보면, 이규보의 철학사상을 이기철학의 선구라 간주하는 것은 적절치 못한 게 아닌가 생각된다. 요컨대 이규보의 문학론에 대한 조동일 선생의 접근법은 우리 후학들에게 현상이 아니라 현상 너머에 있는 본질을 투시하는 법을 가르쳐 주었

않다.(민병수, 전형대, 김진영, 정요일)

ㄱ)과 ㄱ'), ㄴ)과 ㄴ')는 서로 대립되는 견해다.

2) 『한국문학사상사시론』(지식산업사, 1978)에서 처음 시도되었으며, 『문학사와 철학사의 관련 양상』(한샘, 1992)에서 논의를 확대했다.

3) 『한국문학사상사시론』, 87면.

4) 같은 책, 같은 곳; 『문학사와 철학사의 관련 양상』, 38면.

5) 본서, 「이규보의 도가사상」을 말한다.

지만, 노장철학에 대한 고려를 결(缺)하고 있다는 점에서 재론의 여지가 없지 않다.

이규보의 철학적 입장을 검토한 결과, 이규보에 대한 '그림'이 다시 그려져야 한다는 점이 명백해졌다. 이 글은 '문예론' 쪽에서 이규보의 상(像)을 다시 그려보고자 하는 시도에 해당한다. '문학론'이 아니라 '문예론'이라는 말을 사용한 까닭은, 이 글이 이규보의 문학론만이 아니라 예술에 대한 그의 관점, 즉 '예술론'에 대해서도 관심(關心)함을 드러내기 위해서다.

이 글은 이규보의 문예론과 도가사상의 관련을 집중적으로 따진다. 필자는 이규보의 문예론 '전부'가 도가사상과 관련을 맺고 있다고는 생각지 않는다. 그러나, 이규보의 문예론이 도가사상에 의해 규정되는 측면이 '대단히' 크다고 보는 것이 필자의 기본입장이다. 그러므로 도가사상을 전제하지 않고서는 이규보의 문예론을 제대로 해명하기 어렵다. 이런 견지에서 본다면, 이규보의 문학론에 대한 지금까지의 논의는 그 성과에도 불구하고 '격화소양'(隔靴搔癢)의 느낌이 없지 않다. 이 글을 통해 이규보 문예론에 대한 새로운 이해가 이루어지고, 더 나아가 그로부터 생태주의적 문예사상에의 원용점(援用點)들이 도출될 수 있기를 기대한다.[6)]

---

6) 이규보의 사상이나 문예론에 대한 필자의 관심은 주로 생태주의 문예사상의 근거와 가능성을 모색하는 데 있다. 이와 같은 뚜렷한 목표와 동기는 이규보를 새롭게 讀解하게 만든다. 그러나 그것은 동시에 이규보에 대한 필자의 관심을 일정한 방향으로 제한하거나 특정한 문제에 집중되게 하는 한계도 초래할 수 있다. 그렇기는 하나 필자가 이규보에 대한 全方位的 연구에 관심을 두는 것이 아닌 이상 이러한 한계는 어느 정도는 불가피하다. 뿐만 아니라 이러한 한계를 감수하고서라도 이 작업은 진행될 필요가 있다고 생각한다.

이처럼 이 글은 생태주의 문예사상의 도출에 궁극적 목적을 두지만, 그렇다고 해서 꼭 이규보의 사상이나 문학론과 관련해 제기된 기존의 논점들을 무시하거나 피해가는 것은 아니다. 오히려 이 글은 기존의 논점들을 전면적으로 재검토하는 정면돌파의 길을 밟으면서 새로운 생각을 모색한다. 이 점에서 이 글은 단지 생태주의 문예사상의 도출만이 아니라, 이규보의 사상과 문학론에 대한 기존 견해의 비판으로서의 의의 또한 갖는다.

2

이규보가 신의(新意)를 강조했음은 잘 알려져 있는 사실로서, 재론할 필요가 없지 않은가 생각할 수 있다. 하지만 새로운 논의를 펼치거나 논의를 확충하기 위해서는 신의에 대한 이규보의 생각부터 재점검하지 않으면 안 된다. 신의와 관련해 늘 인용되는 자료는 다음의 셋이다.

(1) 대저 시는 의(意)가 주가 되니, 의를 베푸는 것이 가장 어렵고 말을 엮는 것은 그 다음이다. 의는 또한 기(氣)가 주가 되니, 기의 우열에 따라 심천(深淺)이 생긴다. 그러나 기는 하늘에 근본하므로 배워서 얻을 수 없다. 그러므로 기가 열등한 사람은 글을 아름답게 꾸미는 것을 공교로움으로 삼으며, 의를 앞세우지 못한다. 대개 글을 아로새기고 구절을 채색해 참으로 아름답다고 할지라도, 그 속에 함축된 윤택하고 두터운 뜻이 없을 경우 처음에는 완상할 만한 듯하나 다시 음미할 경우 그 맛이 벌써 다해 버리고 만다.

夫詩以意爲主, 設意尤難, 綴辭次之. 意亦以氣爲主, 由氣之優劣, 乃有深淺耳. 然氣本乎天, 不可學得. 故氣之劣者, 以雕文爲工, 未嘗以意爲先也. 盖雕鏤其文, 丹靑其句, 信麗矣. 然中無含蓄渾厚之意, 則初若可翫, 至再嚼則味已窮矣.[7]

(2) ① 저는 고인(古人)을 답습하지 않았습니다. (…)제가 만든 말은 모두 신의(新意)에서 나온 것입니다. (…)저는 말과 뜻을 창조했습니다.

不襲蹈古人. (…)其造語皆出新意. (…)創造語意.

② 지금 사람의 시는 비록 그 근원이 『시경』에서 나온 것이지만 점차 성병(聲病)·여우(儷偶)·의운(依韻)·차운(次韻)·쌍운(雙韻) 등의 격식이 생겨 조각(雕刻)과 천착(穿鑿)에 힘쓰니, 사람을 속박하여 뜻을 마음대로 펴지 못하게 합니다. (…)저는 특별히 신어(新語)를 만듭니다. (…)옛날의 시인은 뜻을 만들기는 하나 말을 만들지는 않았는데, 저는 말과

7) 「論詩中微旨略言」, 『全集』 권22.

뜻을 모두 만듭니다.

今人之詩, 雖源出於毛詩, 漸復有聲病·儷偶·依韻·次韻·雙韻之制, 務爲雕刻穿鑿, 令人局束不得肆意. (…)特造新語. (…)古之詩人, 造意不造語. 僕則兼造語意.8)

(3) 시 짓기는 아주 어려우니 / 말과 뜻이 다 아름다워야 하지 / 함축된 뜻이 참으로 깊어야 / 음미할수록 더욱 맛이 나네 / 뜻이 서도 말이 원숙치 못하면 / 껄끄러워 그 뜻을 펴지 못하지 / 그 중에 뒷전으로 돌려야 할 일은 / 아름답게 아로새기는 일일세 / (…) / 화려함만 취하고 실다움을 버리면 / 시의 본령을 잃고 말 걸세 / 요즘 보면 시를 쓴다는 자들 / 『시경』의 정신일랑 생각지 않고 / 겉으로 울긋불긋 장식하여서 / 한때의 기호에 영합하려 하네 / 뜻은 본래 하늘에서 얻는 것이니 / 쉽게 가져오기 힘들다마다 / 스스로 뜻 얻음 힘든 것 알고 / 겉만 아름답게 꾸미네그려 / 이로써 뭇 사람 눈을 속여서 / 뜻이 없음을 감추려 하네 / 이런 습속 점점 굳어져 버려 / 시도(詩道)가 땅에 떨어지고 말았군 / 이백과 두보가 다시 나오지 않는 한 / 누구라서 진짜 가짜 분변해 줄까 / 무너진 토대 내가 다시 쌓으려 하나 / 조금이라도 도와주는 이 아무도 없네 / 『시경』 삼백 편을 왼다 한들 / 어디서 풍자로 세교(世敎)를 돕나 / 나 혼자 행함도 괜찮은 일이나 / 외로운 읊조림 남들이 비웃으리.

作詩尤所難, 語意得雙美. 含蓄意苟深, 咀嚼味愈粹. 意立語不圓, 澁莫行其意. 就中所可後, 雕刻華艶耳. (…)攬華遺其實, 所以失詩旨. 邇來作者輩, 不思風雅義. 外飾假丹青, 求中一時嗜. 意本得於天, 難可率爾致. 自揣得之難, 因之事綺靡. 以此眩諸人, 欲掩意所匱. 此俗寖已成, 斯文垂墮地. 李杜不復生, 誰與辨眞僞. 我欲築頹基, 無人助一簣. 誦詩三百篇, 何處補諷刺. 自行亦云可, 孤唱人必戲.9)

자료 (2-1)은 전이지(全履之)가 이규보의 시를 평한 말이고, (2-2)는 이규보의 말이다. 위 자료에서 다음의 몇 가지 사실을 확인하거나 추론할

8) 「答全履之論文書」, 『全集』 권26.

9) 「論詩」, 『後集』 권1.

수 있다.

첫째, 시작(詩作)에서 '의'(意)의 선차적 중요성을 강조하고 있다는 점이다. 중세 시론(詩論)에서 '의'가 중요시됨은 기본이지만, 그렇다고 하여 이규보가 단순히 '시작'의 일반 원칙을 개진한 데 불과하다고 말할 것은 아니다. 이규보가 '의'를 새삼 강조하고 나선 것은 당대에 만연되어 있던 모방과 표절의 문학 풍조, 개성·독창성·내용은 없으면서 형식적 조탁(雕琢 : 아름답게 꾸밈)과 화려함만 추구하던 문학 풍조에 대한 반대와 표리관계를 이루기 때문이다. 이 점은 세 자료에서 공통적으로 확인된다.

둘째, 자료 (1)·(3)은 '의'(意)의 '미'(味), 곧 '의미'(意味)에 대해 언급하고 있다. 시는 '의'를 지녀야 깊은 '미'가 있으며, 겉만 아름답게 꾸민 시는 그럴 수 없다고 했다.

셋째, 『시경』(詩經)이 시의 본원(本源)이라는 생각이 자료 (2)·(3)에 표현되어 있다. 이러한 생각 자체는 특별한 것이 아니지만, 그것이 함축하고 있는 현실적 의의는 '특별한' 것이라 하지 않을 수 없다. 왜냐하면 이규보가 『시경』의 정신을 강조한 것은 모방과 표절에 찌든 당대의 작시상황(作詩狀況)을 비판하면서 시의 본령을 회복코자 하는 의도를 담고 있기 때문이다. 시의 본령이란 무엇인가? 자료 (3)에 그 답이 제시되어 있다. 즉 '조각화염'(雕刻華艶 : 아름답게 아로새김)이나 '기미'(綺靡 : 현란함)나 '화'(華)를 추구할 것이 아니라 '의'(意)와 '실'(實)을 추구해야 한다는 것, 그런 시야말로 시경의 풍자정신(諷刺精神)에 부합하며, '위'시(僞詩)가 아닌 '진'시(眞詩)라는 것이다. 이규보는 다른 자료에서는 『시경』의 비흥(比興)[10]을 회복해야 한다는 사실을 힘주어 말하고 있다.[11] 이규보가 이처럼 『시경』의

---

10) '比'와 '興'은 『시경』의 시들이 보여주는 두 가지 주요한 표현수법으로서, '비'는 이 사물로써 저 사물을 비유하는 것이고 '흥'은 먼저 어떤 사물을 읊조린 다음 실제 노래하고자 하는 말을 제기하는 것을 가리킨다. 이규보가 『시경』의 비흥을 강조한 것은, 시에서 중요한 것은 기교나 형식이 아니라 감정의 진실한 표현임을 말하기 위해서였다.

11) 다음의 시 참조. "詩人比興本於詩, 何獨裁雲剪月爲? 欲反正聲歸雅頌, 兒曹蜩聒好相

풍자나 비흥을 강조한 것은 모방과 화미(華美)를 추구하던 당대의 시풍(詩風)을 건실하고 창조적인 시풍으로 바꾸고자 해서였다. 이 점에서 본다면 『시경』 정신의 강조는 '의'(意)에 대한 강조와 상통하는 것이라 말할 수 있다.

넷째, 이규보가 '의'만이 아니라 '어'(語)도 중시했다는 것, 다시 말해 '어의'(語意)를 모두 중시했음을 세 자료가 다 입증하고 있다. 하지만 '어'를 중시했다 하여 이를 곧 '용사'(用事 : 한시에서 故事나 典故를 사용하는 것을 일컫는 말) 역시 중시했다는 것으로 해석할 수는 없을 듯하다. 자료 (2-2)의 "옛날의 시인은 뜻을 만들기는 하나 말을 만들지는 않았는데, 저는 말과 뜻을 모두 만듭니다"라는 말에서 확인되듯, 이규보는 신의(新意)만이 아니라 '신어'(新語)의 창조 역시 강조하고 있기 때문이다. 이 점을 고려한다면, 이규보가 '어의'를 모두 중시했다는 사실을 근거로 삼아 신의에 대한 강조가 용사에 대한 홀시를 낳는 것은 아니다라고 주장하기는 어렵지 않은가 한다. 이규보의 시라고 하여 용사가 없는 것은 아니지만, 적어도 그가 문학론에서 강조하고자 했고 또 상승(上乘)으로 친 것은 개성과 창의를 담보하는 "겸조어의"(兼造語意 : 새로운 말과 새로운 뜻을 둘 다 만드는 것)가 아니었나 생각된다. 물론 시작(詩作)에는 용사가 불가피하고, 또 같은 용사라 하더라도 이른바 부착흔(斧鑿痕 : 용사의 흔적)이 없는 훌륭한 용사가 있는가 하면 생경하고 서투른 용사가 있는바, 이규보가 용사의 필요성을 무시했다고 보기는 어렵다. 또한 "무일자무래처"(無一字無來處 : 한 글자도 유래가 없는 것이 없다)[12]의 평이 있는 두보(杜甫)의 시가 입증하듯, 용사가 꼭 신의의 창조를 방해하는 것도 아니다. 그렇기는 하나 용사의 과도함을 '달제어'(獺祭魚)[13]나 '점귀부'(點鬼簿)[14]라 악평한 데서 알 수 있듯,

---

歟."(「次絶句三首韻」의 제3수, 『後集』 권4)

12) 黃庭堅이 「答洪駒父書」에서 한 말이다.

13) 晩唐의 李商隱이 시를 지을 때, 수달이 물고기를 잡으면 마치 제사를 지내는 것처럼 물고기를 죽 늘어놓듯이, 책을 좌우에 늘어놓고 用事한 데에서 유래하는 말인데, 흔히

지나친 용사는 적정솔의(適情率意 : 진솔한 감정과 뜻을 따름)를 방해할 수 있다. 이런 점을 고려한다면 이규보가 용사 자체를 반대하지는 않았다 할지라도 신의나 신어와 달리 용사를 강조했다고 하기는 어려울 터이다.[15)]

다섯째, '의'(意)는 '기'(氣)에 의해 뒷받침되는데, 기란 "하늘에 근본"(本乎天)하며 "하늘에서 얻는 것"(得於天)이어서 "배워서 얻을 수 없다"(不可學得)는 사실이 자료 (1)과 (3)에서 거듭 천명되고 있다. 다시 말해 '기'의 선천성이 강조되고 있다.

지금까지 지적한 이 몇 가지 사실 가운데에는 필자의 창견(創見)이 얼마간 없는 것은 아니지만, 그 '문제틀' 자체는 기존의 것 그대로이다. 이제 문제틀을 바꿈으로써 방금 확인된 사실에 새로운(혹은 확대된) 의미를 부여하거나 더 깊은 연관을 환기하는 작업으로 나아가도록 하자.

3

이규보의 문예론에서 '신의'(新意)는 핵심적 중요성을 갖는다. 그러나 종전의 논의는 '신의'에, 혹은 신의와 용사의 관계에 온통 집중됨으로써 이규보 문예론의 논의 지평을 제한하거나 왜소화한 감이 없지 않다. 역설적이지만, 신의에 '함몰'됨으로써 오히려 신의를 객관화하지 못한 셈이다. 다시

典故를 잔뜩 나열하여 시를 짓는 것을 비꼬는 데 쓰는 말이다.

14) 初唐 四傑의 1인인 楊炯이 시를 지을 때 즐겨 古人의 성명을 連用한 데서 유래하는 말인데, 흔히 用事가 지나쳐 故實로 가득한 시를 비꼬는 데 쓴다. '점귀부'란 죽은 사람의 명부라는 뜻이다.

15) 한편, 이규보가 '新意'를 직접 말한 적이 없다는 견해도 제기될 수 있다. '신의'라는 말은 자료 (2)에 보이는데, 이는 이규보가 한 말이 아니고 전이지가 한 말이다. 그렇기는 하나 전이지의 말에 이규보가 공감을 표시하고 있다는 점을 감안한다면, 이규보가 전이지의 말을 빌려 신의에 대한 자신의 생각을 펼친 것으로 간주할 수 있을 것이다. 뿐만 아니라 이규보는 다른 자료에서 '신의'를 직접 언급한 바 있으니, "今古形容語已陳, 欲裁新意倒前人"(「詠雪」, 『全集』 권16)이 그것이다.

말해 이규보의 문예론이 담고 있는 다른 여러 중요한 개념들과 신의 사이의 '연관'을 포착하지 못했으며, 그 결과 이규보 문예론의 전체적 이해에 도달하지 못했다.

신의에 대한 이해를 확장하기 위해서는 우선 '적의'(適意)라는 개념에 주목할 필요가 있다. 사실 이규보는 신의라는 용어보다는 '적의'라는 용어나 '적의'에 상응하는 말을 더 많이 사용했다. 한두 예를 들어본다.

(4) 적의(適意)하면 곧 신선이니 / 신선과 범인을 따져 무엇하리.
適意卽仙物, 仙凡何必議.[16]

(5) 내가 벼슬서 물러나 한거한 후론 / 날마다 소적(所適)만을 꾀했네그려 / 적의(適意)한 건 다만 가야금과 책 / 그밖엔 애완(愛翫)하여 아끼는 것 적지.
自我退閑居, 日用謀所適. 適意只琴書, 這外少翫惜.[17]

(6) 저 옛날 젊은 시절 생각해 보면 / 뜻에 맞는 일을 즐기었었지.
憶昔少壯時, 翫好隨意適.[18]

여기서 '적의'는 말 그대로 자기 뜻에 합당한 것, 자기 뜻에 맞는 것을 의미한다. 그러므로 '적의'의 추구는 곧 자아의 자연스런 내면적 요구를 충실히 따르는 게 된다. 이규보는 다른 자료에서 "다만 내 감정을 펼치기 위해"(只爲寫我情)[19]라거나 "내 깊은 마음 표출함을 귀히 여기네"(貴我洩幽臆)[20]라고 말한 바 있는데, 이는 적의를 중시하는 자신의 시학적(詩學的) 관점에 대한 설명으로 받아들임직하다.

생각하기에 따라서는 시인이라면 무릇 적의를 추구하게 마련일 것 같고,

---

16) 「屢食朱李」, 『後集』 권4.

17) 「謝門生趙廉右留院持加耶琴來貺」, 『後集』 권4.

18) 「次韻復和朴中舍」, 『後集』 권4.

19) "只爲寫我情, 聊弄一再行."(「草堂三詠」 중 제1수 「素琴」, 『全集』 권3)

20) "任人聞不聞, 貴我洩幽臆."(「次韻金東閣冲義和此詩來贈」, 『後集』 권4)

그렇다면 이규보가 말한 적의란 게 그다지 대수롭지 않은 것일지 모른다고 생각할 수도 있다. 그러나 더 깊이 생각해 보면 그러한 생각이 피상적임을 곧 깨닫게 된다. 물론 적의를 강조한다고 해서 꼭 도가사상과 연결되는 것은 아니며, 유가사상에 투철한 시인이라 할지라도 얼마든지 적의를 강조할 수 있다. 하지만 주목되는 것은 이규보의 적의에 대한 강조는 도가사상과 긴밀한 관련을 맺고 있다는 사실이다. 뿐만 아니라 이규보의 적의 개념은 도가사상에 의해 뒷받침되고 있는, 그가 구사하는 다른 여러 문예적 개념들과 줄줄이 연결된다. 다시 말해 이규보의 적의 개념은 그의 사상, 그의 문예론 전체와 긴절히 맞물려 있다. 바로 이 점에서 이규보가 말한 적의는 시인이라면 누구든 말할 수 있는 그런 적의와는 일단 구별된다.

이규보에 있어 적의가 도가사상과 연결됨은 다음 자료들에서 확인된다.

(7) 내 좋은 대로 해 도(道) 아닌 게 없고 / 뜻을 얻어 노닐면 그게 곧 신선일세 / (…) / 허심으로 일찍부터 속정(俗情)을 끊었지 / 한평생 도를 배워 무슨 공 이루었나 / 언제나 중도 지켜 계책이 편했지.
從吾所好無非道, 得意而遊卽是仙. (…)虛襟早斷俗情牽. 終身學道功何得, 緣督爲經計獨便.[21)]

(8) 적의(適意)한 건 다만 가야금과 책 / 그밖엔 애완(愛翫)하여 아끼는 것 적지 / (…) / 곡조는 비록 맞지 않지만 / 애오라지 내 마음을 펼쳐보이네.
適意只琴書, 這外少翫惜. (…)曲度雖未諧, 聊以寫吾臆.[22)]

(9) 북쪽 창에 가야금 놓아뒀더니 / 바람에 절로 스르릉 소리가 나네 / 고요 속에 가만히 듣고 있으니 / 흡사 천악(天樂)의 소리 같구나.
置琴當北戶, 風過自然鳴. 暗向靜中聽, 依俙天樂聲.[23)]

(10) 천뢰(天籟)는 원래 소리가 없지만 / 흩어져 만규(萬竅 : 大地上의 온갖 구멍들)에서 소리를 내지 / 금(琴)은 본래 고요한 건데 / 타물(他物)에

21) 「次韻李學士百全復和前詩來贈」, 『後集』 권2.

22) 「謝門生趙廉右留院持加耶琴來眖」, 『後集』 권4.

23) 「加耶琴因風自鳴二首」, 『後集』 권4.

가탁해 소리가 나네 / (…) / 다만 내 감정 펼치기 위해 / 애오라지 한두 줄 희롱한다네.

天籟初無聲, 散作萬竅鳴. 孤桐本自靜, 假物成摐琤. (…)只爲寫我情, 聊弄一再行.[24)]

자료 (7)의 "내 좋은 대로 해"(從吾所好)는 곧 적의의 추구를 말한다. 언뜻 보아 『논어』(論語)의 "마음이 하고자 하는 대로 하나 법도를 넘지 않는다"(從心所欲不踰矩)는 구절을 연상케 하는 말이지만, "내 좋은 대로 해 도 아닌 게 없고"에서의 '도'가 도가(道家)의 도와 깊은 관련을 맺고 있음은 이어지는 구절이 입증한다.[25)] 자료 (7)의 원문에 보이는 "허금"(虛襟)은 곧 허심(虛心)을 뜻한다. 또한 "연독"(緣督)은 『장자』「양생주」(養生主)에 나오는 말로서, '중(中)을 따른다'는 뜻이다. '허심'과 '연독'은 모두 장자사상(莊子思想)의 핵심어에 해당한다. 이처럼 자료 (7)은 적의가 곧 도에 합치된다고 함으로써, 적의와 도의 긴밀한 연관을 확인해 준다.

자료 (8)·(9)·(10)은 합간(合看)이 필요하다. 모두 '금'(琴)을 소재로 한 시(詩)인데, 문예론의 개진으로도 읽을 수 있다. 이들 자료는 궁극적으로 '소금'(素琴)[26)]의 예술이상을 표현하고 있다. 자료 (9)의 "천악"(天樂)이나 (10)의 "천뢰"(天籟) 역시 모두 『장자』(莊子)에 나오는 말이다.[27)] 천뢰는

---

24) 「草堂三詠」 중 제1수 「素琴」, 『全集』 권3.

25) 이 시는 인용한 구절 다음이 "久矣忘家心已佛, 偶然落世骨猶仙. (…)"이라 되어 있는바, 불교적 요소도 없다고는 할 수 없다. 이규보가 만년에 도가사상과 불교사상의 會通쪽으로 나아갔다는 것, 그리고 회통의 基軸이 도가사상이라는 사실은 본서, 「이규보의 道家思想」에서 지적되었다. 이 시에 불교적 언사가 일부 보임은 그런 각도에서 이해해야 할 터이다. 그런 점을 십분 고려할지라도 이 시의 전체적 문맥에서 판단할 때 "無非道"나 "終身學道"의 '道'가 道家의 道와 깊은 관련을 맺고 있다고 해석해야 온당하리라 본다.

26) 줄 없는 琴〔無絃琴〕을 말하는데, 陶淵明이 음률을 알지 못하면서도 무현금을 곁에 두고 興趣를 낸 데서 유래하는 고사다. 도연명이 示現한 이런 예술 취향은 『老子』의 "大音希聲, 大象無形"의 명제나 『莊子』의 "天籟"·"天樂"에 정신적 기반을 두고 있다.

천연(天然)의 소리이며, 이 천뢰로 된 음악이 천악이다. 『장자』는 천악의 특징을 다음과 같이 설명하고 있다.

(11) 귀로는 그 소리를 들을 수 없고 눈으로는 그 형태가 보이지 않지만, 천지에 충만하여 온 우주를 감싼다.
聽之不聞其聲, 視之不見其形, 充滿天地, 苞裹六極.[28)]

이 구절에 대해 당(唐)의 성현영(成玄英)은,

(12) 대음(大音)은 소리가 아주 작아 귀로는 들리지 않으며, 대상(大象)은 형태가 없어 눈으로는 보이지 않는다. 도는 없는 데가 없어 천지 사이에 충만해 있다. 그것은 커서 포괄하지 않는 것이 없는바, 온 우주를 감싸고 있다.
大音希聲, 故聽之不聞; 大象無形, 故視之不見; 道無不在, 故充滿天地二儀; 大無不包, 故囊括六極.[29)]

라는 소(疏)를 붙인 바 있으며, 동진(東晉)의 곽상(郭象)은 "이는 곧 무악(無樂)의 악(樂)이니, 악의 지극한 것이다"[30)]라는 주(注)를 단 바 있다. 요컨대 천뢰나 천악은 '자연'의 소리 없는 소리로서 도(道)와 통하는 것인데, 장자는 이에 최고의 미적 가치를 부여하였다. 자료 (8)·(9)·(10)은 이러한 예술 경지를 염두에 두면서 적의에 따라 자신의 흉억(胸臆)을 유로(流露)하고 있음을 보여준다.

다시 자료 (7)로 돌아가, "허심으로 일찍부터 속정(俗情)을 끊었지"(虛襟

27) ○ "與天和者, 謂之天樂"(「天道」)
○ "敢問天籟? 子綦曰: '夫吹萬不同而使其自已也. 咸其自取, 怒者其誰邪?' "(「齊物論」)
이하 『莊子』의 인용은 『諸子集成』(台北: 中華書局)에 수록된 『莊子集釋』을 이용한다.

28) 「天運」, 『莊子』.

29) 『莊子集釋』, 『諸子集成』, 225면.

30) "此乃無樂之樂, 樂之至也."(같은 책, 같은 곳)

早斷俗情牽)라 한 말을 주목한다. 이규보는 다른 자료에서도 여러 차례 '허심' 내지 '명심'(冥心)을 강조한 바 있으며, 허심에 이르기 위해서는 무엇보다도 '기심'(機心)을 버려야 한다고 했다.[31] 기심이란 무엇인가? 이해(利害)·득실(得失)·영욕(榮辱)에 사로잡힌 마음, 고쳐 말해 외물(外物)에 속박된 마음을 일컫는다. 이규보는 어떤 시에서 "골짜기처럼 되라는 노자의 말 가슴에 새길 만하고 / 기심을 갖지 말라는 장자의 훈계도 명심할 만하네"(爲谷言堪佩, 存機誡亦銘)[32]라고 읊은 다음, 협주(夾注)를 붙여 『장자』의 "기심이 흉중에 있으면 순백(純白)이 갖추어지지 않는다"[33]는 말을 인용하고 있는데, 이에서 허심과 기심의 관계를 잘 알 수 있다. "순백"이란 '순심'(純心)이나 '허백지심'(虛白之心)을 가리키니, 곧 허심이다. 그것은 순수천진(純粹天眞)한 마음으로서 천기(天機), 즉 도에 통한다. 기심은 바로 이 허심을 해치며, 따라서 기심을 버리지 않고서는 결코 허심에 도달할 수 없다. 이렇게 본다면 '허심으로 속정을 끊었다'고 했을 때의 '속정'이란 바로 기심을 가리키는 것이라 이해할 수 있다.

기심은 인간이 외물에 얽매이기 때문에 생기며, '욕망'도 이에서 싹튼다.

---

31) 몇 개의 예를 들어본다.
○"我是忘機人, 萬物視一類"(「北山雜題」, 『全集』 권5)
○"與物本無機, 曾把漢陰甕"(「九月十三日, 會客旅舍, 示諸先輩」, 『全集』 권6)
○"抱甕丈人寧有機? 禦寇南華如可作, 吾將問道一摳衣"(「辛酉五月, 草堂端居無事(…)」, 『全集』 권10)

32) 「次韻李學士百全葛侍郎南成林郎中成幹和詠白詩」(『後集』 권2). 老子의 말은 『老子道德經』(河上公章句) 제28장에 나오는 "知其榮, 守其辱, 爲天下谷. 爲天下谷, 常德乃足, 復歸於樸"을 가리키며, 莊子의 말은 『장자』 「天地」편에 나오는 다음 구절을 가리킨다. "子貢南遊於楚, 反於晉, 過漢陰, 見一丈人方將爲圃畦, 鑿隧而入井, 抱甕而出灌, 搰搰然用力甚多而見功寡. 子貢曰: '有械於此, 一日浸百畦, 用力甚寡而見功多, 夫子不欲乎?' 爲圃者卬而視之, 曰: '奈何?' 曰: '鑿木爲械, 後重前輕, 挈水若抽, 數如泆湯, 其名爲槔.' 爲圃者忿然作色而笑曰: '吾聞之吾師, 有機械者必有機事, 有機事者必有機心, 機心存乎胸中, 則純白不備, 純白不備, 則神生不定, 神生不定者, 道之所不載也. 吾非不知, 羞而不爲也.' 子貢瞞然慙, 俯而不對."

33) "機心存乎胸中, 則純白不備." 이는 주 32에 제시한 『장자』 「天地」편에 나오는 말이다.

이규보는 욕망에 대해 퍽 깊은 성찰을 보여주는데, 지나친 욕망이 인간을 부자유스럽게 만들고, 인간이 지닌 근원적 마음을 해치며, 인간을 망가뜨린다고 생각했다. 「도잠찬」(陶潛贊)[34]이란 글에서 "간직할 것은 안이요, 버릴 것은 밖이네. 바깥을 사모하면, 욕심이 점점 생긴다네"[35]라 한 것이나, 「답석문」(答石問)에서

> 너는 어찌하여 몸을 자유롭게 하지도 못하고 천성에 맞게 살지도 못한 채 늘 외물에 부림을 받는가? (…)나는 안으로 실상을 온전히 하고 밖으로는 연경(緣境 : 외물)을 공(空)으로 보기에 외물에게 부림을 받더라도 외물에 무심하다.[36]

라고 한 것도 이런 각도에서 보아야 할 것이다.[37]

「답석문」에 나오는 "몸을 자유롭게 한다"(自由其身), "천성에 맞게 산다"(自適其性), "외물에 부림을 받는다"(爲物所使), "외물에 무심하다"(無心於物) 등의 구절은 '심(心) / 물(物)'에 대한 이규보의 철학적 입장을 드

---

34) 『全集』 권19.

35) "所攝者內, 可遺者外. 苟慕於外, 惟慾之漸."

36) "曷不自由其身, 自適其性, 常爲物所使? (…)予則內全實相, 而外空緣境, 爲物所使也, 無心於物." 인용문 중 '實相'이니 '空'이니 '緣境'이니 하는 말은 모두 불교 용어다. 이에서 알 수 있듯 「답석문」은 도가사상만이 아니라 불교사상과의 관련도 보여준다. 본서의 「이규보의 道家思想」이 지적하고 있듯 이규보의 글, 특히 만년의 글 가운데에는 도가사상과 불교사상의 융합을 보여주는 글들이 상당수 있다. 「답석문」은 그런 글들의 하나다. 이규보의 사상에서 발견되는 도가와 불교의 會通에서 그 기초가 되는 것은 역시 도가 쪽이 아닐까 생각한다. 「답석문」 또한 마찬가지라고 본다. 그러므로 이 자료는, 일부 불교사상과의 관련이 인정됨에도 불구하고 이규보의 문예론과 도가사상의 관련성을 검토하는 데 이용해도 별 문제가 없다고 본다.

37) 이와 관련해 이규보는 「素屛」(『全集』 권3)이란 시에서 物에 대한 무한한 소유욕에 사로잡힌 당대 귀족의 사치스런 생활을 묘사한 다음, 다음과 같이 읊고 있다. "翻思天地間, 此身亦假受. 求眞了無眞, 一物非我有." 마지막의 "一物非我有"라는 말에 소유에 대한 이규보의 태도가 선명하게 요약되어 있다.

러내고 있다. 이에 대해서는 본서, 「이규보의 도가사상」에서 이미 논의했으므로 여기서 재론하지 않거니와, 이규보가 외물에 의한 구속, 즉 "위물소물"(爲物所物 : 物에 부림을 받음)에서 벗어나 물(物)로부터 자유로운 "능물물"(能物物 : 物을 부림)에 이르러야 '조물(造物)=자연(自然)=도(道)'에 통할 수 있다는 생각을 개진했다는 것만큼은 여기서 다시 확인해 둘 필요가 있다.[38] "천성에 맞게 산다"(自適其性)라 했을 때의 '적성'(適性)은, 도가 쪽에서 흔히 말하는 '임성'(任性)이나 '임정'(任情)[39] 혹은 '임진'(任眞)과 같은 말이며, 앞에서 살핀 '적의'와도 통할 터이다. 그런데 주목할 것은 '적성'하려면 "무심어물"(無心於物 : 외물에 무심함), 즉 허심을 가져야 함을 말하고 있다는 사실이다. 외물로부터의 자유를 담보하는 허심에 의해 비로소 심·물은 교융(交融)할 수 있고, 물아일치도 이에서 가능하다. 이규보에 있어 '적성' 혹은 '적의'는 바로 이 경지를 지칭하는 문예적 개념이다.

이 적의를 중심으로 생각을 풀어 나가보면 이규보가 문예론에서 "자연"(自然)[40]이나 "천연"(天然)[41]을 강조한 것이라든가, 도연명의 "염담화정"(恬淡和靜 : 담박하고 화평하고 고요함)[42]이나 "담이수"(淡而粹 : 담박하고 순수함)[43]의 시격(詩格)을 높이 평가한 것이 아주 자연스럽게 이해된다.

---

38) 이 점에 대한 자세한 논의는 본서, 「이규보의 道家思想」을 참조하기 바란다. 여기서는 단지 그 논거만을 제시해 둔다.
"造物在冥冥, 形狀復何似? 必爾生自身, 病我者誰是? 聖人能物物, 未始爲物使, 我爲物所物, 行止不由己. 遭爾造化手, 折困致如此. 四大本非有, 適從何處至, 浮雲起復滅, 了莫知所自. 冥觀則皆空, 孰爲生老死? 我皆堆自然, 因性循理耳. 咄彼造物兒, 何與於此矣?"(「病中」, 『後集』 권1)

39) 이런 말들은 『莊子』 「騈拇」의 "任其性命之情而已"에서 유래한다.

40) 일례로 「安處士墨竹贊」(『全集』 권19)의 "弃庵居士, 於竹通仙. 一掃其眞, 暗契自然"이라 한 말을 들 수 있다.

41) "我愛陶淵明, 吐語淡而粹. 常撫無絃琴, 其詩一如此. 至音本無聲, 何勞絃上指? 至言本無文, 安事彫鑿費? 平和出天然, 久嚼知醇味"(「讀陶潛詩」, 『全集』 권14) 참조.

42) "陶潛詩, 恬淡和靜. (…)予欲効其體, 終不得其髣髴"(「論詩說」, 『全集』 권21) 참조.

43) 주 41 참조.

뿐만 아니라 그가 모방과 표절을 반대한 것이나 기교나 조착(彫鑿 : 꾸밈)을 숭상하는 태도를 배격한 것, 그리고 신의(新意)를 중시한 것 역시 적의(適意)에 의한 진정(眞情 : 진실된 마음, 자연스런 정감)의 추구와 안팎으로 연결된다. 이규보는 기교·조착·기미(綺靡)를 숭상하는 시의 반대편에다 담박박소(淡泊樸素 : 담박하고 소박함)한 마음의 진실을 유로(流露)하는 시를 두었으며, 후자야말로 '진시'(眞詩)[44]요 '정성'(正聲)[45]이라 간주했다. 그리하여 "조착으로 진군(眞君)을 괴롭힐 건 없네"[46]라 하여, 글을 아로새기는 일로써 '진군' 즉 심(心)을 해치지 않겠노라고 말하고 있다. 『시경』의 비흥(比興)을 강조하며 그 정신으로 되돌아갈 것을 주장한 것이나, 송나라 매요신(梅堯臣)의 시를 호평[47]한 것 역시 진정적의(眞情適意)가 시가 추구해야 할 본지(本旨)라 여겼던 데 연유한다. 문예에 대한 이규보의 이와 같은 견해는 기사(機事)·기심(機心)과 인위(人爲)를 배격하고[48] 허심과 자연을 추구함으로써 도에 이르고자 한 그의 철학적 입장에 의해 뒷받침되고 있다.

4

앞에서 살핀 것처럼 이규보는 기심(機心)을 버림으로써만 사물의 본질

44) 앞에 인용한 자료 (3) 참조.

45) "詩人比興本於詩, 何獨裁雲剪月爲? 欲反正聲歸雅頌, 兒曹蜩聒好相欺"(「次絶句三首韻」의 제3수, 『後集』 권4)

46) "不用彫鑿愁眞君."(「吳先達伯胤見和復答之」, 『全集』 권12)

47) "予昔讀梅聖兪詩, 私心竊薄之, 未識古人所以号詩翁者. 及今閱之, 外若茶[柔]弱, 中含骨鯁, 眞詩中之精雋也. 知梅詩然後, 可謂知詩者也."(「論詩說」, 『全集』 권21)
'聖兪'는 매요신의 字다. 매요신은 "意新語工"을 강조한 시인인데(歐陽脩의 『六一詩話』 참조), 新意를 중시한 이규보의 입장과 상통하는 바 있다.

48) 이규보가 機事나 機巧를 얼마나 싫어했는지는 「壞土室說」이나 「蛛網」詩(『全集』 권14) 같은 데서 잘 확인된다. 「蛛網」詩에서 "機巧吾所忌"라 한 것 참조.

을 투시할 수 있다고 생각했으며, 그러한 생각을 문예론에서 다양한 형태로 관철하고 있다. 이규보가 취한 이런 미학적 입장을 우리는 '망기론'(忘機論)이라 부르기로 한다.[49] 망기론이라는 명칭에서 조선 후기에 대두된 시론(詩論)인 천기론(天機論)을 떠올리는 사람이 있을지 모르지만, 두 개념이 형성된 역사적 배경이나 사회적 조건, 그리고 각 개념의 함온(含蘊)에는 큰 차이가 있다. 이 점에 대해서는 나중에 다시 언급하기로 하고, 여기서는 우선 앞에서의 논의와 중복을 피하면서 망기론의 특징적 면모부터 살피도록 한다.

4.1. 망기론에 함축된 주견(主見)의 하나를 명제화한다면, '지언무문설'(至言無文說)이라 할 수 있다. 이는 다음의 「독도잠시」(讀陶潛詩)[50]에서 따온 말이다.

> (13) 나는 도연명을 사랑하니 / 그 말은 담박하고 순수하네 / 늘 줄 없는 금(琴)을 탔다는데 / 그 시도 하나같이 그런 경지군 / 지극한 음률은 소리가 없는 법 / 뭣 땜에 손 놀려 줄을 타겠나 / <u>지극한 말은 문채가 없는 법</u>/ 뭣 땜에 아로새김에 힘을 쏟으리 / 자연에서 나온 화평한 시경(詩境) / 오래 음미할수록 진미가 있네.
>
> 我愛陶淵明, 吐語淡而粹. 常撫無絃琴, 其詩一如此. 至音本無聲, 何勞絃上指? <u>至言本無文</u>, 安事彫鑿費? 平和出天然, 久嚼知醇味.

지언무문설이 자료 (9)·(10)에서 제시된 '소금'(素琴)의 예술이상과 상통한다는 데 대해서는 별다른 설명이 필요치 않으리라 본다. 지언무문설은 기교나 수식이 아니라 '자연=천연'을 최고의 예술이상으로 삼으며, 그에

49) "我是忘機人, 萬物視一類"(「北山雜題」, 『全集』 권5)의 "忘機"에서 따온 명칭이다. 이 詩句에서 알 수 있듯 忘機論은 '萬物一類'의 사상과 긴밀한 관련을 맺고 있다. '만물일류'의 사상에 대해서는 본서, 「이규보의 道家思想」을 참조하기 바란다.

50) 『全集』 권14.

따라 예술주체의 '진정'(眞情)을 중요시한다. 이규보가 '염담'(恬淡)과 '박소'(樸素)를 최고의 미적 가치로 간주한 것도 이와 관련된다.[51]

4.2. 이규보가 '영물시'(咏物詩 : 物을 읊은 시) 내지 '자연시'의 진경(進境)을 이룩했음은 몇몇 연구자가 지적한 바 있다.[52] 하지만 그 사상적·미학적 근거를 밝히지는 못했다. 우리는 이제 그 점에 대해 답할 수 있다. 즉 이규보의 영물시·자연시는, 그 사상적 근거는 도가사상에, 미학적 근거는 망기론에 두고 있다. 물(物)로부터의 자유를 확보하면서 심(心)·물(物)의 상융(相融)을 이룩하는 미학적 방법은 "무심어물"(無心於物)과 "우물여허"(遇物如虛 : 物을 대하기를 빈 듯이 한다)라는 명제에서 뚜렷이 제시된다.[53] 이를 통해 물정(物情)과 아정(我情)의 직관적 통일, 예술과 '천의(天意)=도(道)'[54]의 묘오적(妙悟的) 통일이 이룩된다.

4.3. 이른바 '우흥촉물'(寓興觸物 : 物에 촉발되어 興을 붙임)도 이와 관련해 재음미될 필요가 있다. 조동일 선생은 신유학적인 심물관(心物觀)과 관련해 이 명제를 해석했지만, 지금까지 쭉 살펴왔듯 이규보 사상이나 문예론의 '전체적' 연관 속에서 볼 때 자연스러운 해석이라 생각되지 않는

---

51) '恬淡'이나 '樸素'는 莊子美學에서 가장 높이 평가되는 미적 가치이다. 『장자』에 보이는 관련 구절을 제시해 둔다.

○ "夫虛靜恬淡寂寞無爲者, 萬物之本也."(「天道」)

○ "同乎無欲, 是謂樸素."(「馬蹄」)

○ "樸素而天下莫能與之爭美."(「天道」)

○ "純素之道, 唯神是守. 守而勿失, 與神爲一. (…)故素也者, 謂其無所與雜也; 純也者, 謂其不虧其神也. 能體純素, 謂之眞人."(「刻意」)

52) 예컨대 최경환, 「이규보의 시정신과 시세계의 몇 국면」, 『이규보 연구』(김열규·신동욱 편, 새문사, 1986); 박성규, 「이규보 자연시에 대한 이해」(같은 책)를 들 수 있다.

53) "無心於物"은 「答石問」에, "遇物如虛"는 「問造物」에 나오는 말이다.

54) 이규보는 '天意'라는 말 외에도 비슷한 말로 '天機', '天奧' 등의 말을 쓴 바 있다. 天意는 자연의 自發的이자 本源的인 생명력, 자연의 오묘한 理法을 뜻한다.

다. '우흥촉물론' 역시 망기론의 한 변주(變奏) 내지 계기로 이해해야 온당하리라 본다. '우흥촉물'이라는 말은, 그것이 어떤 미학체계 혹은 사상체계 속에 놓이는가에 따라 다른 의미 지향을 지닐 수 있다. 가령 성리학적 사상 속에서 이 말이 발해졌을 때와 도가적 사상 속에서 이 말이 발해졌을 때의 의미와 지향은 그 부분적 유사점에도 불구하고 근본적으로는 동일하지 않다. 이 점을 고려하지 않으면 안된다.[55]

4.4. 이규보는 사물의 예술적 형상화에 있어 우선 형사(形似 : 실물과 닮음)가 중요하다고 인식했던 것 같다. 물론 '형사'라는 말을 사용하지는 않았지만, 다음의 인용문에서 보듯 그가 형사의 개념을 염두에 두었음은 분명하다.

> (14) 사물의 모습을 그리는 데는 / 실물과 닮음을 귀히 여기지 / 못하면 부족하고 / 나으면 지나치네 / 공이 간직한 묵죽은 / 완연히 비슷하여 / 손으로 만지고 눈으로 봐도 / 진가(眞假)를 구별할 수 없네 / (…) / 아마도 조물(造物)과 통해 / 유희하고 변화를 부린 것이리.
>
> 狀物之態兮, 貴似其眞. 劣則不及兮, 剩亦嫌過. 公蓄墨君兮, 完然相侔, 手案目寓兮, 莫辨眞假. (…)豈通於造物兮, 遊戲變化?[56]

당시 묵죽(墨竹)으로 이름높던 정홍진(丁鴻進)의 그림에 붙인 찬(贊)의 앞부분이다. "상물"(狀物), 즉 사물을 형상화함에 있어서는 "사기진"(似其眞 : 실물과 닮음)을 귀히 여기는바, 실물보다 못해서도 안되고 실물보다 나아서도 안되는데, 정홍진이 그린 대나무는 실물과 완전히 똑같다고 찬탄

---

55) 도가사상을 수용하여 '물 / 심'의 미학적 관계를 해명한 중국의 미학사상가로 『文心雕龍』의 저자인 劉勰을 꼽을 수 있고, 그가 천명한 "應物斯感, 感物吟志, 莫非自然"(楊家駱 主編, 『文心雕龍等六種』, 제4판, 臺北 : 世界書局, 1986, 17면)이라는 생각은 이규보가 말한 '寓興觸物'과 상통한다.

56) 「崔相國使丁郞中鴻進畵墨竹, 請予作贊二首, 書屛之左右」, 『全集』 권19.

하고 있다. 여기서 말하고 있는 "사기진"은 형사에 다름아니다.

"귀사기진"(貴似其眞 : 실물과 닮음을 귀히 여김)이라는 말에서의 "진"(眞)은 외관상의 '핍진성'을 뜻하는 것으로 보인다. 이규보는 예술적 형상화에 있어 사물의 외관을 사실적으로 모사(模寫)함의 중요성을 십분 인정하고 있지만, 그렇다고 해서 사물의 진실한 모습이 외관의 사실적 모사만으로 다 포착될 수 있다고는 생각지 않은 듯하다. 다음의 자료에서 그 점을 확인할 수 있다.

(15) 기암거사는 / 대를 그림에 입신의 경지 / 한번 실물을 그리면 / 몰래 자연과 합치되네 / 손은 마음의 심부름꾼 되어 / 언제나 마음을 전하고말고 / 마음이 지시하고 손이 따르니 / 물(物)이 어찌 달아날 수 있으리 / 그러니 대는 그 모습 드러내 / 그 본질을 감추지 못하고 / 마디 하나 잎 하나 / 그 모습 완전히 다 드러내네.

弃庵居士, 於竹通仙. 一掃其眞, 暗契自然. 手爲心使, 嘗以心傳. 心指手應, 物何逃焉? 竹故見之, 莫藏其天, 一節一葉, 盡呈其全.[57]

처사(處士) 안치민(安置民)[58]의 묵죽(墨竹)에 붙인 찬(贊)이다. 밑줄 친 "一掃其眞"(일소기진)에서의 "眞"(진)은 대상의 외적 핍진성만이 아니라 예술가의 심혼(心魂)에 의해 포착될 수 있는 대상의 내면적 본질까지를 포함한 것이라 이해된다. 이러한 의미의 '진'은 기예나 손재주가 아니라 궁극적으로 예술주체가 지닌 고도의 정신에 의해 포착된다. 그것은 물정(物情)과 아심(我心)이 통일된 경지이며, 조화(造化) 내지 천기(天機)의 예술적 구현이다. 이 미묘한 지점에서 예술은 '자연=도'와 합치되며, 존재의 근원적 역동성이랄까 사물이 지닌 생기(生氣)를 증시(呈示)한다. 인용문 중

57) 「安處士墨竹贊」, 『全集』 권19.

58) 이규보가 안치민에게 보낸 편지 두 편이 『全集』 권27에 실려 있어 두 사람의 관계를 알 수 있게 한다. 이 편지에서 이규보는 안치민을 宋나라 묵죽화의 대가 文同에 비견하고 있다.

"몰래 자연에 합치됨"(暗契自然)이라거나 "그 본질을 감추지 못함"(莫藏其天)이라 한 것이 이런 생각을 뒷받침한다.

이규보는 다른 글에서, 존재에 내재해 있는 이러한 생기(生氣)의 예술적 형상화를 "사심"(寫心 : 마음을 그림)이라는 말로 표현해 놓고 있다.[59] 이 경우 사심은 이른바 신사(神似)[60]에 해당하는 개념으로서, 5백여 년 후 박지원(朴趾源)이 강조한 "심사"(心似)[61]와 상통한다. 이규보의 문예론에서 '사심'은 다른 몇 가지 개념들과 함께 핵심적 중요성을 갖는다. 이규보가 적의(適意)를 중시하고 "사아정"(寫我情 : 나의 감정을 펼쳐냄)이나 "설유억"(洩幽臆 : 깊은 마음을 표출함)[62]을 강조한 것, 그리고 기교나 조착(雕鑿)이 사물의 진실을 드러낼 수 없음을 반복해서 언급하고 있는 것, 이 모두는 '사심'을 강조하는 입장과 연관을 맺고 있다. 그런데 '사심'은 예술주체가 기심(機心)을 버리고 허심(虛心)이 될 때 비로소 가능하다. 이 점에서 이규보의 '사심'이라는 개념은 망기론의 주요한 한 계기가 된다.

예술주체의 측에서 본다면 '사심'은 자신의 정신과 심미적 대상의 융합을 의미한다. 그것은 창작주체의 심혼(心魂)을 미적 대상에 투사(投射)하는 행위일 뿐 아니라 미적 대상에 내재한 마음, 곧 '물심'(物心)을 받아들이는 과정이기도 하다. 이 점에서 그것은 일방통행이 아니라 쌍방향으로 진행되는 상호교통(相互交通)의 심미적 과정이다. 이런 사심에 임하는 예술주체의 태도를 이규보는 "응신"(凝神)이라 파악하고 있다.[63]이 용어는 원래

---

59) "寫心雖難, 微露于眞"(「丁而安寫予眞, 自作贊曰」, 『後集』 권11)

60) '神似'는 대상의 神態를 표현함을 뜻하는데, 蘇東坡가 강조한 '傳神'과 같은 말이다. 하지만 소동파 때까지는 신사라는 말이 쓰이지 않았으며, 元代의 劉將孫에 의해 처음 사용된 것으로 알려져 있다.

61) 이에 대해서는 「박지원 사상에 있어서 言語와 冥心」, 본서, 336~337면을 참조하기 바란다.

62) 주 19·20 참조.

63) "方其靜凝神, 寧顧大山墮"(「次韻丁秘監而安和前所寄詩, 以墨竹影子親訪見贈」, 『後集』 권5). 丁秘監은 앞에 나온 丁鴻進이다. 而安은 그 字다.

『장자』「달생」편(達生篇) 중, 매미를 잡는 데 입신(入神)의 경지에 든 어떤 곱사등이 노인에 대해 공자(孔子)가 "뜻을 씀이 분산되지 않으면 신(神)이 응집(凝集)한다"[64]라고 말한 데서 유래한다.[65] 『장자』의 이 비유는 망아(忘我) 및 물아무간(物我無間 : 物我가 간격이 없음)의 의미를 담고 있다. 이후 '응신'이라는 말은 예술주체가 고도의 정신 집중을 통해 자신을 잊고 심미 대상에 몰입함을 지칭하는 용어로 사용되어 왔다. 이규보가 이 용어를 구사한 것이 우연이 아님은 지금까지의 논의를 통해 충분히 알 수 있다.

이규보는 예술창작 과정에서의 응신에 대한 사유를 더욱 발전시켜 다음과 같은 견해에 도달하고 있다.

> (16) 시를 구상할 때에, 대상에 깊이 들어가 빠져나오지 못하면 함몰된다. 함몰되면 고착되고, 고착되면 미혹되고, 미혹되면 사로잡혀 통하지 못한다. 오직 출입 왕래하고, 왼쪽으로 갔다가 오른쪽으로 가며, 앞을 보았다가 뒤를 돌아보는 등 변화자재한 후라야 막힌 데 없이 원숙함에 이르게 된다.
>
> 其<u>搆思</u>也, 深入不出則陷, 陷則着, 着則迷, 迷則有所執而不通也. 惟其出入往來, 左之右之, 瞻前顧後, 變化自在而後, 無所礙而達于圓熟也.[66]

밑줄 친 "搆思"(구사)란 예술적 구상, 즉 예술적 창조의 과정을 가리킨다. 예술적 창조과정에서는 "심입"(深入), 즉 '심원한 예술적 관조=응신'이 필요하다. 하지만 그 속에 들어가기만 하고 빠져나오지 못하면 "사로잡혀 통하지 못하게"(執而不通) 된다. 빠져나온다는 것은 무엇을 말할까? 예술

---

64) "用志不分, 乃凝於神."

65) 『장자』에는 이처럼 고도의 技藝가 곧 道와 통한다는 비유가 여러 곳에 나온다. 유명한 庖丁의 이야기도 그 가운데 하나다. 자료 (15)의 "手爲心使, (…)心指手應"은 莊子가 庖丁이나 곱사등이 노인의 神技를 묘사할 때 한 말을 연상케 한다.

66) 「論詩中微旨略言」, 『全集』 권22.

적 관조 자체를 다시 객관화하면서 반성적으로 인식함을 의미할 터이다. 예술가는 이 단계에서야 비로소 "변화자재"(變化自在)와 '무애원숙'(無礙圓熟)의 예술경(藝術境)에 도달하는 것으로 이규보는 보았다. 이규보의 이런 견해는 예술창작 과정의 미묘함을 잘 설명해 주고 있는데, 『장자』의 '응신' 개념을 예술심리학적으로 발전시킨 것이라 평가할 만하다.

그런데 흥미로운 점은 이규보의 견해가 중국 미학사상(美學史上) 하나의 창안으로 간주되는 청말(淸末) 민국초(民國初) 왕국유(王國維, 1877~1927)의 견해와 흡사하다는 사실이다. 왕국유의 견해는 다음과 같다.

(17) 시인은 우주와 인생을 대함에 모름지기 그 안으로 들어가야 하며 또한 모름지기 그 밖으로 나와야 한다. 그 안으로 들어가므로, 능히 묘사할 수 있는 것이다. 그 밖으로 나오므로, 능히 볼 수 있는 것이다. 그 안으로 들어가므로 생기(生氣)가 있게 되고, 그 밖으로 나오므로 높은 흥치(興致)가 있게 되는 것이다.
詩人對于宇宙人生, 須入乎其內, 又須出乎其外. 入乎其內, 故能寫之; 出乎其外, 故能觀之. 入乎其內, 故有生氣; 出乎其外, 故有高致.[67)]

왕국유의 주장은 '입호기내, 출호기외'(入乎其內, 出乎其外 : 그 안으로 들어갔다가 그 밖으로 나온다)로 요약될 수 있는바, 본질상 이규보의 견해와 다르지 않다. 이규보는 왕국유보다 7백 년쯤 앞에 이미 동일한 미학적 견해에 도달해 있었던 셈이다.

'사심'(寫心)은 예술창작과만 관계 있는 것이 아니라 예술향수(藝術享受)와도 관련이 있다. 먼저 다음 자료부터 보자.

(18) 형태는 그렇다 할 수 있으나 / 소리는 어디서 나올 것인가 / 한번 보면 쏴아아 / 바람이 이니 / 천천히 마음으로 들어보게나 / 반드시 귀로만 들

67) 『人間詞話』, 『中國歷代文論選』(郭紹虞 主編, 上海古籍出版社, 1980) 제4책, 373면.

을 건 없지 / 묻노니 이 말은 누구 말인가 / 허심군자(虛心君子)가 한 말이라네.

形則是已, 響從何至? 一見蕭洒, 風已颯爾. 徐以心聽, 不必以耳. 問誰言之? 虛心君子.[68]

저 앞에 인용한 자료 (14)에 이어지는 구절이다. 묵죽화를 감관(感官)이 아닌 '마음'으로 대하면 바람소리를 들을 수 있다는 말인데, 이에는 이목(耳目)의 감각기관을 넘어선 심(心)의 직관(直觀)을 중시하는 입장이 반영되어 있다. 이런 입장은 정신과 대상의 직각적(直覺的) 조우(遭遇)를 강조한 『장자』의 '신우'(神遇)[69]라는 개념에 뿌리를 두고 있다. 후대의 '신회'(神會)니 '심회'(心會)니 하는 말은 바로 이 '신우'의 미학적 변용이다.[70] 요컨대 이규보에 있어 '사심'의 강조는 예술가 측에서는 물론이려니와 예술향수자 측에서도 미적 인식과정에서 직관을 중시케 하는 예술론을 낳고 있다.

이상의 논의를 통해 볼 때 이규보가 형사(形似)와 신사(神似) 가운데 신사에 더 높은 미적 가치와 심미 효과를 인정했음은 분명하다. 하지만 이 대목에서 우리가 유의해야 할 점은, 이규보가 결코 둘을 대립적으로 파악하고 있지 않으며 어디까지나 형사를 바탕으로 한 신사를 생각한 것으로 보인다는 사실이다. 말하자면 형사와 신사를 통일적으로 파악한 셈이다. 이규보의 이런 태도는 그의 사상적 입장을 고려할 때 이미 예견된 일이다. 가령 「몽옥병」(夢玉甁)[71]이라는 시의,

---

68) 「崔相國使丁郎中鴻進畫墨竹, 請予作贊二首, 書屛之左右」, 『全集』 권19.

69) '神遇'라는 말은 『莊子』 「養生主」의 "臣以神遇而不以目視"에서 유래하는 말이다. 이 개념은 예술의 창작과 享受 양 방면에 모두 적용될 수 있다. 일찍이 劉勰은 莊子의 이런 사상을 수용하여 "神與物遊"라는 명제의 神思說을 전개한 바 있다(『文心雕龍』의 「神思」 참조).

70) 조선 후기에 박지원이 '心會'를 강조했음은 「박지원 사상에 있어서 言語와 冥心」, 본서, 327면에서 지적되었는데, 박지원의 이런 입장에는 莊子의 영향이 감지된다.

(19) 혼돈(混沌)에 일곱 구멍을 내자 / 혼돈이 7일 만에 죽고 말았네 / (…) / 물(物)이란 온전함을 귀히 여기니 / 자르고 뚫는 일은 누(累)가 될 따름 / 형(形)과 신(神)을 온전히 하는 도리를 / 저 장자(莊子)에게 물어볼꺼나. 混沌得七竅, 七日乃見死. (…)凡物貴其全, 刳鑿反爲累, 形全與神全, 要問漆園吏.

라는 구절은 도가적 처세론 내지 수양론을 피력한 말이지만, 동시에 도가적 인식론과 관련해 읽을 수도 있으리라 보는데, 그럴 경우 물(物)의 형신(形神)을 분리하지 않는 전일적(全一的) 태도가 긴요하다는 함의를 이끌어낼 수 있다. 사실 "형(形)이 온전한 자가 신(神)이 온전하다"[72]라는 장자의 말은 성인지도(聖人之道)를 설(說)한 말인데, 이규보는 장자의 이런 사상을 형신구전(形神俱全 : 형과 신이 모두 온전함)의 예술론으로 전용(轉用)했던바, 이 점이 이규보가 한 창조적 작업일 터이다.[73]

이 지점에서야 우리는 앞에 인용한 자료 (15)에서의 "眞"(진) 역시 순전한 '외관적 핍진성=형사'를 의미한다기보다 형사와 '사심=신사'의 통일을 뜻하는 것이라 고쳐 생각할 수 있는 안목을 얻게 된다.

---

71) 『全集』 권5.

72) "形全者神全." 이 말은 『莊子』 「天地」편에 나오는데, 전후 문맥을 함께 제시하면 다음과 같다. "執道者德全, 德全者形全, 形全者神全, 神全者, 聖人之道也."

73) 形神에 대한 이규보의 이러한 입장에 蘇東坡의 영향이 있었음을 인정해야 한다는 주장이 있을 수 있다. 그런 주장은 어느 정도는 타당한 것일 수 있다. 하지만 만일 形神에 대한 이규보의 입장이 전적으로 소동파의 영향이라 보는 견해가 있다면 그런 견해에는 동의할 수 없다. 소동파가 形似를 完善한 것이라 보지 않고 傳神이야말로 높은 예술 경지임을 강조했다는 사실은 잘 알려져 있지만, 소동파의 경우 이규보의 언명에서처럼 形神의 통일이 명확하게 포착되지 않는다. 이 점은, 소동파가 形似를 소홀히 했다고 비판한 논자도 있다는 사실, 그리고 이러한 비판이 설사 오해에 근거한 것이라손 치더라도 소동파의 입론 자체가 形神의 통일에 대한 뚜렷한 입장을 취하고 있지 않은 데서 야기된 오해인 것만큼은 부정할 수 없다는 사실에서도 확인된다. 이렇게 본다면, 形神에 대한 이규보의 예술론은 "形全者神全"에 압축적으로 표현되어 있는 장자사상이 미학의 영역에 창조적으로 '轉用'된 측면이 있음을 인정해야 할 듯하다.

늘 그런 것은 아니지만 대체로 볼 때 신사를 강조하는 예술론의 경우 예술가의 표현의지와 개성 및 내면성을 중시하는 경향이 강하다. 이는 장점이기도 하지만 주관성에의 편향을 띨 수 있다는 점에서 단점으로 흐를 소지도 동시에 갖고 있다고 보지 않으면 안된다. 하지만 이규보가 표방한 '형신구전'의 문예론은 주관성과 객관성의 균형 및 상호 지양을 가능하게 한다. 이 점은 이규보의 창작실천에서 잘 확인된다. 즉 그가 펼쳐보인 시세계에는 사회시, 영회시(咏懷詩 : 所懷를 읊은 시), 영물시(咏物詩), 자연시들이 두루 포괄되어 있으며, 사실주의적 성향의 시와 낭만주의적 성향의 시가 조화롭게 공존한다. 이 점에서 그를 사실주의 시인이나 낭만주의 시인의 어느 하나로 구분하려는 시도는 적절하지 않을 뿐더러 그다지 의미가 없어 보인다. 이규보는 이런 이분법을 넘어서 있으며, 이런 이분법의 적용을 갑갑하게 만든다. 요컨대 사실적 모사와 사심(寫心)의 통일을 표방한 이규보의 문예론은 사실주의와 낭만주의를 포괄하면서도 동시에 그 각각을 지양하는 면이 있다고 생각된다. 마치 음양(陰陽)의 관계처럼 둘은 '대대적'(對待的)[74] 관계를 형성하고 있는 것이다.

4.5. 이규보가 모방을 배격하고 신의(新意)를 중시하며 진(眞)을 추구하는 문예론을 펼쳤음은 누차 언급한 바 있다. 그런데 이규보는 '고'(古)와 '금'(今)에 대해서는 어떤 태도를 취했을까? 이제 이 점이 궁금하다.

고와 금에 대한 태도는 동아시아 미학에서 극히 중요한 의제(議題)를 이룬다. 그것은 특정 작가의 창작방법이나 문예노선과 관련될 뿐 아니라 현실에 대한 작가의 사회적·정치적 입장과도 관련된다. 가령 '귀고천금'(貴古賤今 : 古를 귀히 여기고 今을 천시함)이니 '학고'(學古)니 '방고'(倣古 : 古를 본뜸)니 하는 말은 모두 고와 금의 범주를 통한 미학적 태도의 표명이다.

---

74) '對待的'이란 동아시아적 사유에서 독특하게 발전된 개념으로서, 대립적이면서 상호 의존적이고, 相剋하면서도 더 높은 차원에서 '유기적 조화'를 이루는 관계를 지칭하는 말이다.

이 문제에 대한 이규보의 입장은 다음 자료에서 살필 수 있다.

(2) ② (…)저는 특별히 신어(新語)를 만듭니다. (…)옛날의 시인은 뜻을 만들기는 하나 말을 만들지는 않았는데, 저는 말과 뜻을 모두 만듭니다.
特造新語. (…)古之詩人, 造意不造語. 僕則兼造語意.

(20) 하늘에 기도해 성인(聖人)을 구한다 해도 / 하늘은 공자(孔子)를 내려주지 않을 거며 / 땅을 파 현인(賢人)을 찾는다 해도 / 땅은 안자(顔子)를 내놓지 않으리 / 성현의 뼈는 이미 썩었으니 / 힘이 있어도 데려올 수 없지 / 오늘날 사람들은 어찌하여서 / 눈을 천시하고 귀만 귀하게 여기나 / 한갓 책만 열심히 읽으며 / 조박(糟粕)만 스스로 좋아한다네 / 모를레라 지금 세상 선비에게도 / 또한 성현의 기국(器局)이 있어 / 후대 사람 다시 지금 보기를 / 우리처럼 목을 빼고 그렇게 할 줄.
禱天求聖人, 天不雨孔氏. 鑿地索賢人, 地不湧顔子. 聖賢骨已朽, 有力未負致. 奈何今之人, 賤目唯貴耳, 徒生青史毛, 糟粕例自嗜? 不識今世士, 亦有聖賢器, 後來復視今, 攀企亦如此.[75]

(21) 법이 무심한 데 이르면 시가 되려 담박해지지 / 나는 비로소 스님과 대도(大道)를 창도(唱導)해야겠군 / 성인(聖人)도 뭐 특별한 존재가 아니니 / 사람들에게 석가와 공자를 다시 보여주세.
法到無心詩反素, 我始與師唱作大道始. 咄哉聖人非異物, 使人重見釋迦與孔子.[76]

자료 (2-2)는 앞서 인용한 자료인데, '고'(古)를 본뜨기보다 '신'(新)의 창조를 강조하는 입장을 엿볼 수 있다. 창신(創新)의 강조는 당연히 '금'(今)을 중시하는 입장과 연결된다. 자료 (20)에서는 "조박"(糟粕)이라는 말이 우선 주목된다. 옛 성현(聖賢)이 남긴 책을 그렇게 표현했다. 사실 이 말은 『장자』 「천도」(天道)에 나오는 말이다. 수레바퀴를 만드는 데 입신의

75) 「寓古三首」의 제1수, 『全集』 권1.
76) 「醉後亂道大言示文長老」, 『全集』 권14.

경지에 든 윤편(輪扁)이라는 장인(匠人)이, 제(齊)나라 환공(桓公)이 성인(聖人)의 책을 읽는 것을 보고 그 책을 "고인(古人)의 조박(糟粕)"이라고 말한 구절이 있는바,[77] 바로 거기서 따온 말이다. 『장자』의 이 비유는, 세상에선 성인(聖人)의 책에 도가 담겨 있다고 귀히 여기지만 도는 '언전'(言傳)될 수 없으며 따라서 책이란 고인(古人)이 남긴 찌꺼기에 불과하다는 생각을 담고 있다. 요컨대 『장자』 비유의 요점은 도란 언어를 초월한 것이라는 데 있다. 그러나 『장자』를 환골탈태한 자료 (20)에서 이규보가 말하고자 한 바는 그 점이 아니며, '고'와 '금'에 대한 태도 내지는 가치평가의 문제다. 즉 오늘날의 사람들은 옛 성현의 조박인 책을 금과옥조로 받들면서 '금'을 무시하고 있지만, 먼 후대의 사람이 지금 사람 중에 성현이 있다고 말할 줄 어찌 알겠느냐는 것이다. 자료 (20)의 원문 중 '천목귀이'(賤目貴耳 : 눈을 천시하고 귀를 귀하게 여긴다)는 '천금귀고'(賤今貴古 : 今을 천시하고 古를 귀하게 여긴다)로 바꿔 읽어도 가(可)하리라 보는데, 이규보는 당대 문인들이 일반적으로 보여주던 바로 이 '천금귀고'의 태도를 비판하면서 '금'의 중요성을 강조하고자 한 것으로 생각된다. 여기서 '금'에 대한 강조가 생(生)과 세계에 대한 주체적 태도와 표리관계를 이룸은 말할 나위도 없다.

자료 (21)에서 이규보는, 성인(聖人)이란 특별한 존재가 아니요, 대도(大道)를 이야기하고 있는 자기나 문장로(文長老) 역시 오늘날의 '공자'나 '석가'라고 할 수 있다고 호기롭게 말하고 있는바, 유가적 입장에서 본다면

---

77) 원문을 제시하면 다음과 같다.

"桓公讀書於堂上. 輪扁斲輪於堂下, 釋椎鑿而上, 問桓公曰: '敢問公之所讀爲何言邪?' 公曰: '聖人之言也.' 曰: '聖人在乎?' 公曰: '已死矣.' 曰: '然則君之所讀者, 古人之糟魄已夫.' 桓公曰: '寡人讀書, 輪人安得議乎? 有說則可, 無說則死.' 輪扁曰: '臣也以臣之事觀之. 斲輪, 徐則甘而不固, 疾則苦而不入. 不徐不疾, 得之於手而應於心, 口不能言, 有數存焉於其間. 臣不能以喩臣之子, 臣之子亦不能受之於臣, 是以行年七十而老斲輪. 古之人與其不可傳也死矣. 然則君之所讀者, 古人之糟魄已夫.'"

'糟魄'의 '魄'은 一本에는 '粕'이라 되어 있다. '魄'은 '粕'과 통하는 글자다.

불경스럽기 짝이 없는 발언으로서 조선조(朝鮮朝)의 유자(儒者)라면 감히 입밖에 낼 수 없는 말이다. 중국으로 눈을 돌려 보더라도 16세기 후반에 활동한 왕학(王學) 좌파(左派)의 사상가 이지(李贄, 1527~1602) 정도가 비슷한 말을 했을 따름이다.[78] 자료 (21)에는 다소 배해적(俳諧的 : 해학적)인 어조가 없지 않지만, 그러나 고(古)를 지고지선(至高至善)한 것으로 떠받들면서 금(今)을 무시하는 풍상(風尙)에 반대하던 이규보의 평소 태도가 일정하게 반영되어 있는 것만큼은 분명하다. 그러므로 이 자료는 (20)과 함께 음미함이 적절하다.

자료 (20)·(21)에서 확인되는 이규보의 태도는, 옛 글의 표절과 모방 등 방고(倣古)를 배격하고 신의와 신어의 창조, 즉 창신(創新)을 강조한 자료 (2-2)와 부합된다. 이규보의 문예론이 보여주는 '귀금'(貴今)의 태도는 '지금' '여기'에 존재하는 사물[79]의 생기(生氣)와의 살아 있는 교섭을 중히 여기는 입장과 연결되며, 이에서 망기론과의 논리적 접점을 발견할 수 있다. '지금' '여기'를 중시하는 귀금(貴今)의 태도는 자연의 세계가 펼치는 경이로운 생명활동에 대한 시적 형상화는 물론이요, 당대의 사회적·민족적 현실에 대한 심중한 문예적 형상화를 낳고 있다. 그러므로 이규보의 망기론은 자연과 사회의 어느 일방에만 적용되는 문예론이 아니라, 그 양자에 통일적으로 관철되는 문예론이다. 우리는 바로 이 점에 주목하지 않으면 안 된다.

이규보가 당대의 방고적(倣古的) 풍토에 반대하여 '금'을 강조했다고 하

---

78) 李贄의 다음 말 참조. "夫天生一人, 自有一人之用, 不待取給於孔子而後足也. 若必待取足於孔子, 則千古以前無孔子, 終不得爲人乎?"(「答耿中丞」, 『焚書』 권1)

79) 여기서 '今'이 단지 時間하고만 관련되는 것이 아니라 空間과도 관련됨을 알 수 있다. 이 점은 이규보 이래 '今'의 미학적 가치를 적극적으로 인정한 문인·사상가들, 가령 許筠·趙龜命·朴趾源 같은 사람들에게서 공통적으로 확인된다. 明末의 公安派에게서 대표적으로 볼 수 있듯, 중국에서도 '今'의 미학적 의의를 높이 평가한 미학사상가들이 있어 왔지만, 그들에게서 '今'이란 대체로 시간적 범주와 관련될 뿐이다. 이와 달리 우리나라에서는 民族的 '空間'이라는 문제가 결부된다는 차이가 있다.

여 그것을 꼭 '고'에 대한 무조건적인 거부로 해석할 수는 없을 터이다. 『장자』의 수용에서 확인되듯 그는 결코 '고'를 부정하고 있지 않다. 이규보는 다만 일방적으로 '고'를 중시하던 당대의 풍조에 이의를 제기하고 '금'을 미학의 영역 속에 포섭하고자 했던 것으로 생각된다. 그렇기는 하나 이규보는 '금'과 '고'의 관계라든가 '고' 자체에 대해 자기대로의 뚜렷한 문예적 입장을 보여주지는 않고 있다. 우리는 조선 후기에 조구명(趙龜命)이 '고'와 '금'의 관계를 '방고창신'(倣古刱新)으로 정리했다든가,[80] 박지원이 '법고창신'(法古刱新)으로 명제화했음을 기억한다. 이규보에게서는 아직 이런 면모는 찾을 수 없으며, 이 점은 그의 문예론이 지닌 역사적 한계라 할 수 있을 것이다.

5

일찍이 이우성 선생은 민족서사시 「동명왕편」(東明王篇)의 창작 배경과 의의를 다음과 같이 지적한 바 있다.

> 요(遼)·금(金) 이래의 이민족(異民族)의 압력이 그대로 지속되고 구귀족(舊貴族)은 타도되었으나 초기무인(初期武人)들의 횡포한 정치가 암흑기를 이루고 있는 국내외의 혼미한 현실 속에 시인은 자기 거점을 '민족'에 발견하고 '민족'에의 귀의를 통하여 민족의 전통과 유서(由緖)에 새로운 계시를 받았던 것이다.[81]

---

80) "人生貴在適意耳. 事事欲模倣古人者, 固失之贋, 而必欲自刱新格於古人之外者, 亦見其勞矣. 惟倣古而適意, 斯倣之矣, 刱新而適意, 斯刱之矣."(「續蘭亭會序」, 『東谿集』 권1, 28장 앞면)
조구명은 模擬나 剽竊, 蹈襲에 대해서는 신랄하게 비판했다. 따라서 그가 말한 '倣古'는 모의 내지 모방과는 다르며, 박지원이 말한 '法古'에 가까운 것으로 이해된다.

81) 「고려 중기의 민족서사시」, 『한국중세사회연구』(일조각, 1991), 222면. 원문에는 한

요컨대 혼미한 12세기의 국내외 정세 속에 민족적 긍지와 정열을 승화시킨 작품이 「동명왕편」이라는 것이다. 필자는 이러한 주장에 공감한다. 하지만 "황당기궤"(荒唐奇詭)[82]한 신이사(神異事)로 가득찬 「동명왕편」이 창작될 수 있었던 '사상적' 배경에 대해서는 '민족' 외에도 다른 각도에서의 고구(考究)가 더 필요하지 않을까 생각한다. 여기서 우리는 도가사상이 「동명왕편」의 성립에 끼친 호작용(好作用)에 주목한다. "공자(孔子)는 괴력난신(怪力亂神)을 말하지 않았다"[83]라고 「동명왕편」 서(序)에서 시인 스스로 밝히고 있듯, 유가에서는 황당신이지사(荒唐神異之事)를 입에 올리기 꺼리는 법이다. 그와 달리 도가에서는 '황당지언'(荒唐之言)이나 '무단애지사'(無端崖之辭 : 종작없는 말)에 대해 아주 친화적이다. 가령 『장자』 같은 책은, 허구적일 뿐만 아니라 일견 종작없어 보이기까지 하는 신화(神話)나 우언(寓言), 고사(故事) 등을 통해 도를 전달하는 수법을 취하고 있다. 이 점에서 『장자』는 낭만주의적 문예사상과 예술수법의 중요한 원천으로 지적되곤 한다.[84]

잘 알려져 있다시피 이규보는 24세 때 천마산(天磨山)에 우거(寓居)하였으며, 백운거사(白雲居士)라 자호(自號)하였다. 「북산잡제」(北山雜題) 9수가 이 시기에 창작되었으니, "나는 기심(機心)을 잊은 사람 / 만물을 일류(一類)로 보네"[85]라는 구절과 "남화경(南華經)을 독파하니 / 산중에 해는 하늘 한가운데 있네"[86]라는 구절은 바로 이 「북산잡제」에 나오는 시구들이다. 익년에는 도가적 분위기가 물씬 풍기는 「백운거사어록」과 「백운거사전」

자가 노출되어 있는데, 인용자가 임의로 한글로 바꾸고 한자를 괄호 속에 넣었다.

82) 「동명왕편」 序에 나오는 말이다.

83) "先師仲尼, 不語怪力亂神."

84) 일례로 張少康, 「論莊子的文藝思想及其影響」, 『古典文藝美學論稿』(北京: 중국사회과학출판사, 1988) 같은 글을 들 수 있다.

85) "我是忘機人, 萬物視一類."

86) "讀罷南華篇, 山中日亭午."

을 썼다. 「동명왕편」을 창작한 것은 그 이듬해인 26세 때 일이다.[87] 이처럼 「동명왕편」의 창작 시기를 전후해 이규보는 도가서(道家書)를 읽으며 도가사상에 심취해 있었다.[88] 이렇게 본다면 도가사상이 직접적으로 「동명왕편」을 창작케 한 것은 아니라 할지라도 적어도 이규보로 하여금 무조건 황당지사(荒唐之辭)를 배척하지 않고 신이지사(神異之事)인 동명왕의 사적(事跡)에 친화적인 심의(心意)를 갖게 한 작용은 했으리라 추정된다.

비단 이런 유추를 통해서만이 아니라, 「동명왕편」의 내용 자체에서도 도가사상과의 관련을 일부 발견할 수 있다. 가령 제1구인 "원기인 혼돈이 갈라져"(元氣判沌渾)에는 도가적 우주론이 반영되어 있으며, 해모수가 그 시종들을 데리고 하늘에서 내려오는 장면을 묘사한 다음 구절, 즉

(22) 처음에 공중에서 내려올 제 / 자신은 오룡거(五龍車)를 타고 / 따르는 자들 백여 인은 / 깃털이 아름다운 고니를 탔네 / 맑은 풍악소리 쟁쟁히 울리고 / 채색 구름은 뭉게뭉게 피어나네.
初從空中下, 身乘五龍軌. 從者百餘人, 騎鵠紛襂襹. 淸樂動鏘洋, 彩雲浮旖旎.

는 완연히 도가적 상상력의 표현이다. 또한 뒤에 가서는,

(23) 오호라 비류왕은 / 어찌하여 스스로를 헤아리지 못하고 / 선인(仙人)의 후손임을 뽐내기만 하고 / 천제(天帝)의 손자 존귀함을 알지 못하나?
咄哉沸流王, 何奈不自揆, 苦矜仙人後, 未識帝孫貴?

라 하여, 비류왕 송양(松讓)이 선인(仙人)의 후손인 것만 뽐내고 선인의 후손보다 천손(天孫)이 더 귀한 줄 알지 못함을 나무라고 있는데, 이런 표

---

87) 이상의 전기적 사실은 『동국이상국집』의 「연보」 참조.

88) "焚香道案讀黃庭, 竟日無人扣竹扃"으로 시작되는 「鷺溪草堂偶題」詩(『全集』 권3)를 창작한 것도 이 무렵이다.

현에는 선(仙)의 등급에 대한 고려가 암암리에 전제되어 있다.

이규보의 도가사상에 해동선가(海東仙家)에 대한 관심이 내장(內藏)되어 있음은 「공공상인(空空上人)이 박소년에게 준 시에 차운(次韻)하다」라는 시 중의 다음 구절, 즉

> (24) 선풍(仙風)은 주(周)·한(漢) 때도 들을 수 없었고 / 가까이론 당(唐)·송(宋) 때도 보지 못했거늘 / 우리나라 사선(四仙)은 진정 옥과도 같아 / 만고에 전하는 명성 생황처럼 울리네 / 진경(眞境)을 구해 푸른 일산의 수레 함께 오르고 / 승지(勝地)를 찾아 붉은 고삐 나란히 잡았네 / 일천 명이나 되는 문도(門徒) 그 가르침 받았지.
>
> 仙風舊莫聞周漢, 近古猶難覩宋唐. 國有四郎眞似玉, 聲傳萬古動如簧. 採眞同乘飛靑盖, 尋勝聯鞍控紫韁, 門下千徒貪被眄.[89]

라는 데서도 확인된다. 이 구절은 '해동'(海東) 즉 우리나라가 중국에 못지않다는 자긍(自矜)을 드러내고 있는데, 이런 자부심은 「동명왕편」에서도 똑같이 보인다. 가령 그 서문 중의 "우리나라는 본래 성인(聖人)이 도읍한 곳이다"[90]라는 말에서 그 점이 단적으로 입증된다. 이처럼 이규보의 도가사상에는 민족 주체성의 강조와 연결되는 면이 없지 않다. 이렇게 본다면 '민족'의 발견에서 「동명왕편」의 창작 동기와 배경을 읽어낸 이우성 선생의 견해와 「동명왕편」과 도가사상의 연관성을 주목한 필자의 견해는 서로 배치되는 것이 아니요 상보적일 수 있다.

이규보의 도가사상에서 발견되는 이런 면모는 도가사상을 지녔던 후대의 문인·사상가들에게서도 대체로 발견된다. 조선 후기의 홍만종(洪萬宗, 1643~1725)이 그 좋은 예다. 해동선가의 역사를 기록한 그의 『해동이적』(海東異蹟)은 동명왕을 우리나라의 세번째 선인(仙人)으로 기술해 놓고

---

89) 「次韻空空上人贈朴少年五十韻」, 『後集』 권9.

90) "我國本聖人之都."

있다. 홍만종은 이른바 주체도가(主體道家) 사관(史觀)[91]에 입각해 우리나라 역사의 독자성을 부각하는 작업을 했는데, 이는 이규보가 마련한 전통을 확대하고 심화한 것이라 할 만하다.

6

이규보가 '기'(氣)를 중시하는 문예론을 펼쳤음은 잘 알려져 있는 사실이다. 이규보가 말한 '기'의 함의를 둘러싸고 두 가지 대립적인 견해가 제기되어 있음은 일찌감치 이 글의 서두에서 언급해 둔 바 있다.[92] 논의의 편의를 위해 여기에 다시 그 두 견해를 보이면 다음과 같다.

(ㄱ) 이규보가 말한 기는 선천적인 것이며, 후천적인 노력에 의해 획득될 수 있는 것이 아니다.

(ㄱ′) 이규보가 기의 선천성을 말했음은 사실이나 그렇다고 해서 후천적인 학습이나 노력에 의해 획득될 수 있다는 가능성을 부정한 것은 아니다.

(ㄱ)의 견해에 따르면 시의 높낮이는 개개의 시인이 선천적으로 타고난 기의 우열에 따라 결정되는 게 된다. 다시 말해 뛰어난 시인과 그렇지 못한 시인은 선천적으로 결정되며 후천적인 노력과는 아무 관련이 없는 것이 된다. 이규보의 생각이 정말 그렇다면 이는 시인의 후천적인 학습을 무시한 것이라는 점에서 문제점이 없지 않다. (ㄱ′)의 견해는 바로 이런 난점을 고려해 제기된 것으로 보인다.

이 문제에 관해 논의할 때 늘상 거론되는 것은 다음의 두 자료다. 앞에서 인용된 적이 있는 자료지만 필요에 따라 다시 인용한다.

---

91) 한영우, 「17세기의 反尊華的 道家史學의 성장」, 『한국학보』 1(일지사, 1975) 참조.

92) 주 1을 참조하기 바란다.

(1) 대저 시는 의(意)가 주가 되니, 의를 베푸는 것이 가장 어렵고 말을 엮는 것은 그 다음이다. 의는 또한 기(氣)가 주가 되니, 기의 우열에 따라 심천(深淺)이 생긴다. 그러나 기는 하늘에 근본하므로 배워서 얻을 수 없다. 그러므로 기가 열등한 사람은 글을 아름답게 꾸미는 것을 공교로움으로 삼으며, 의를 앞세우지 못한다. 대개 글을 아로새기고 구절을 채색해 참으로 아름답다고 할지라도, 그 속에 함축된 윤택하고 두터운 뜻이 없을 경우 처음에는 완상할 만한 듯하나 다시 음미할 경우 그 맛이 벌써 다해 버리고 만다.

夫詩以意爲主, 設意尤難, 綴辭次之. 意亦以氣爲主, 由氣之優劣, 乃有深淺耳. 然氣本乎天, 不可學得. 故氣之劣者, 以雕文爲工, 未嘗以意爲先也. 盖雕鏤其文, 丹青其句, 信麗矣. 然中無含蓄渾厚之意, 則初若可翫, 至再嚼則味已窮矣.

(3) 시 짓기는 아주 어려우니 / 말과 뜻이 다 아름다워야 하지 / 함축된 뜻이 참으로 깊어야 / 음미할수록 더욱 맛이 나네 / 뜻이 서도 말이 원숙치 못하면 / 껄끄러워 그 뜻을 펴지 못하지 / 그 중에 뒷전으로 돌려야 할 일은 / 아름답게 아로새기는 일일세 / (…) / 화려함만 취하고 실다움을 버리면 / 시의 본령을 잃고 말 걸세 / 요즘 보면 시를 쓴다는 자들 / 『시경』의 정신일랑 생각지 않고 / 겉으로 울긋불긋 장식하여서 / 한때의 기호에 영합하려 하네 / 뜻은 본래 하늘에서 얻는 것이니 / 쉽게 가져오기 힘들다마다 / 스스로 뜻 얻음 힘든 것 알고 / 겉만 아름답게 꾸미네그려 / 이로써 뭇 사람 눈을 속여서 / 뜻이 없음을 감추려 하네 / 이런 습속 점점 굳어져 버려 / 시도(詩道)가 땅에 떨어지고 말았군. (…)

作詩尤所難, 語意得雙美. 含蓄意苟深, 咀嚼味愈粹. 意立語不圓, 澁莫行其意. 就中所可後, 雕刻華艶耳. (…)攬華遺其實, 所以失詩旨. 邇來作者輩, 不思風雅義. 外飾假丹青, 求中一時嗜. 意本得於天, 難可率爾致. 自揣得之難, 因之事綺靡. 以此眩諸人, 欲掩意所匱. 此俗寖已成, 斯文垂墮地. (…)

밑줄 친 구절을 특히 주목할 필요가 있다. 자료 (1)에서 "의(意)는 기(氣)가 주가 된다"라고 했으므로, 자료 (3)에서 "뜻은 본래 하늘에서 얻는 것"(意本得於天)이라고 한 것이나 자료 (1)에서 "기는 하늘에 근본한다"(氣本乎天)라고 한 것은 결국 같은 말이다. "기본호천"(氣本乎天)은 기의 천부성(天賦性)을 말함에 다름아니다. 자구(字句)의 천착(穿鑿)을 피하고 전체적 대의(大意)를 읽는다면, 이 두 자료가 기의 선천성과 '불가학득성'(不可學得性 : 배워서 얻을 수 없음)에 대해 말하고 있음은 명백하다. 적어도 이 두 자료에서 이른바 '양기'(養氣)의 가능성, 즉 후천적인 노력에 의한 기의 확충 가능성의 근거를 찾을 수는 없다.

그렇다면 다른 자료는 어떤가? 우리는 종전에 별로 거론하지 않은 다음의 두 자료를 새로 추가할 수 있다.

> (25) 옛날의 논자(論者) 중에 "사마온공(司馬溫公 : 이름은 光, 자는 君實－인용자)은 소싯적 독을 깰 때부터 이미 사람을 살리는 수단이 있었다"라고 말한 이가 있었는데, 이는 참으로 정확한 논평이다. 군실은 과연 네 조정에서 재상을 역임하면서 분발하여 국정을 논의하고, 이익을 일으키고 해악을 제거함으로써 국가를 편안히 하고 백성을 구제하였으니, 송나라의 사직을 지킨 신하라 할 만하다. 이것은 힘써 익혀서 된 것이 아니요, 그 조짐이 이미 어릴 때부터 나타난 것이니, 참으로 하늘에서 품부(稟賦)받은 것이다.
>
> 혹자는 말하기를, "군실은 능히 그 재질을 단련하였는데 마침 재상의 지위에 있어 정치를 보좌하게 됨으로써 백성을 구제할 수 있었던 것이다. 무릇 선악이란 습관과 더불어 옮아가는 것이니, 소싯적의 일이 확실한 징험이 될 수는 없다"라 하였다.
>
> 이에 대해 나는 말하기를, "그렇지 않다. (…)군실이 독을 깬 것은 천성이다. 그가 국가를 편안히 하고 백성을 구제한 것은 참으로 하늘로부터 품부받은 것이지, 배우고 익혀서 한 일이 아님이 명백하다"라고 하였다.
>
> 古之論者, 有謂司馬溫公, 自爲兒擊甕時, 已有活人手段. 此誠的論也. 君實果歷相四朝, 奮發謀議, 興利除害, 安國家濟蒼生, 可謂宋之社稷臣也. 此非刻勵習熟而爲之, 其漸已見於乳臭中, <u>固受之天</u>者. 或曰: "君實能鍛成其才, 適會

居位輔政, 有以濟蒼生耳. 凡善惡, 與習而遷. 兒時事, 不足爲的驗也." 予曰: "非也. (…)君實之擊甕, 天性也. 其安國家濟蒼生, 固亦受之天者, 非熟習而爲之者, 審矣."93)

(26) 1 이것이 어찌 배워서 얻은 것이겠는가? 반드시 하늘에서 품부받은 것이리라!

此豈學而得之? 必受之天者歟!

2 이 역시 신통(神通)의 경지이니, 한평생 학습해서 된 것이 아니다.

此亦通神, 非一生所習.94)

『자치통감』(資治通鑑)의 저자로 이름높은 송(宋)나라 사마광(司馬光)이 아이였을 때 돌을 던져 독을 깨뜨림으로써 그 속에 빠진 동무를 살려냈다는 일화는 너무나 유명하다. 자료 (25)는 바로 그 장면을 그린 그림의 뒤에 다 쓴 글인데, 이규보의 생각을 정확히 아는 데 썩 도움이 된다. 이 글에서 이규보는 사마광이 송의 사직신(社稷臣)이 된 것은 "힘써 익혀서 된 것이 아니요"(非刻勵習熟而爲之), "참으로 하늘에서 품부받은 것"(固受之天)인바, 어린 시절의 일화가 그 점을 잘 확인해 준다고 했다. 즉 사마광의 "활인수단"(活人手段)은 결코 후천적인 노력의 결과가 아니라 타고난 것임을 밝히고 있다. 이런 생각에는 당연히 반론이 제기될 수 있다. 이규보는 그 점을 예상하고 혹자의 말을 가설적으로 제시한다. 사마광이 안국제민(安國濟民)할 수 있었던 것은 "단성기재"(鍛成其才), 즉 자신의 재질(才質)을 단련하는 후천적 노력이 있음으로써 가능했다는 것이 혹자가 제기한 반론의 요지다. 이에 대해 이규보는 그러한 반론이 잘못된 것이며, 사마광이 독을 깬 것이나 훗날 안국제민한 것은 "천성"(天性)과 천부(天賦)의 결과이지 결코 노력에 의한 것이 아님이 "명백하다"고 재천명하고 있다. 반론을 반박하는 이규보의 어조는 너무도 단호하다.

93) 「書司馬溫公擊甕圖後」, 『全集』 권22.

94) 「東國諸賢書訣評論序幷贊」, 『後集』 권11.

자료 (26-1)은 탄연(坦然)의 글씨에 대한 평이고, 자료 (26-2)는 유신(柳伸)의 글씨에 대한 평이다. 이 두 서예가의 높은 경지는 모두 배워서 된 것이 아니고 하늘에서 품부받은 것임을 지적하고 있다.

자료 (1)·(3)이 시에 대해 한 말임에 반해, (25)는 사람의 천성에 대해, (26)은 서예에 대해 한 말이다. 이러한 차이가 있음에도 불구하고 이 네 자료의 기저에는 근본적으로 동일한 사고방식이 자리하고 있다. 곧 사람의 기(氣)나 성(性)은 본래 타고나는 것이며 후천적으로 어떻게 되는 것이 아니라는 생각이다. 이러한 생각이 꼭 타당한 것은 아니며 많은 헛점을 갖고 있음을 지적하는 것은 쉬운 일이다. 하지만 우리에게 일차적으로 중요한 것은 이규보의 생각을 가감 없이 정확히 파악하는 일이다.

지금까지의 논의를 통해 볼 때 (ㄱ′)의 견해는 연구자의 희망사항일 뿐 이규보의 실제 생각과는 거리가 있음을 알 수 있다. 자료 (25)에서 이규보가 혹자의 견해를 가설적으로 제시해 반박하고 있음은, 생각하기에 따라서는 이규보 스스로 자신의 생각이 (ㄱ′)의 견해로 오독(誤讀)됨을 차단하고 있는 것이라 할 수 있어 흥미롭다. 요컨대 이규보는 기의 선천성을 굳게 확신하고 있으며, 양기(養氣)나 기의 확충 가능성에 대해서는 결코 말하지 않았다.[95)]

이규보가 문예에 있어 학습의 의의를 완전히 무시했다고 생각되지는 않는다. 그럼에도 그는 문예에는 결코 학습에 의해 도달할 수 없는 경지가 있으며, 이 경지는 커다란 정신적 역량, 즉 훌륭한 기를 타고난 사람만이 도달할 수 있는 것으로 확신했다. 이규보의 이런 '확신'은 대체 어디서 연유

---

95) 대신 이규보는 "專氣"라는 말을 썼다. 「吳先達伯胤見和, 復荅之」詩(『全集』 권12)의 "謂君專氣如嬰兒"가 그것이다. 이외에 「明日尹君復見和, 次韻寄荅」詩(『全集』 권11)의 "嬰兒氣秘三關固"는 '專氣'를 풀어 말한 것이라 할 수 있다. 專氣는 道家語로서, 『老子』의 "載營魄抱一, 能無離乎? 專氣致柔, 能如嬰兒乎?"라는 구절에서 유래하는데, 일찍이 河上公은 이 구절에 "專守精氣使不亂, 則形體應之而柔順"이라는 注를 단 바 있다. 요컨대 이규보는 '선천적으로 타고난 氣를 온전히 한다'는 뜻으로 '專氣'라는 말을 쓴 것으로 보인다.

하는 것일까? 그 해답의 실마리는 위에 제시한 네 자료에서 찾을 수 있다. 우리는 네 자료에 모두 "하늘"(天)이라는 말이 나옴에 주목한다. 즉 자료 (1)의 "기본호천"(氣本乎天), (3)의 "의본득어천"(意本得於天), (25)의 "고수지천"(固受之天), (26)의 "필수지천"(必受之天)이 그것이다. 여기서 '천'(天)이란 곧 '자연'인바, 다른 말로 바꾸면 '조물'이다. 이규보는 자연, 즉 조물에 의해 만물에 기가 부여됨과 동시에, 부여된 기에 차이가 생기는 것으로 보았다. 가령 「답석문」에서 사람이 "물(物)보다 신령한 존재"(靈於物者)임에 반해 돌은 "꽉 막힌 존재"(頑然者)라 한 것이라든가, 자료 (1)에서 인인(人人)에 "기의 우열"이 있음을 지적한 데서 그 점을 확인할 수 있다.

이규보의 이런 생각은 성리학의 기 관념과 서로 통하는 면이 없지 않다. 북송(北宋)의 장횡거(張橫渠, 1020~1077) 이래 성리학에서는 기가 운동을 함에 따라 청탁수박(淸濁粹駁 : 맑음과 탁함과 순수함과 잡됨)의 차이가 생기고 그 결과 '인물지만수'(人物之萬殊), 곧 사람과 물의 갖가지 차별이 생기는 것으로 보았는데,[96] 이규보의 기 관념은 그 정도로 구체적이지는 못하지만 적어도 인(人)·물(物), 인(人)·인(人)이 자연으로부터 받은 기에 차이가 있다고 본 점에서는 서로 통한다 할 수 있다. 하지만 이규보의 생각과 성리학은 '수양론'에서 결정적인 차이가 생긴다. 이규보가 학문이나 수양 등의 후천적인 노력이 스스로 타고난 기를 온전히 할 수는 있을지언정 그것을 바꿀 수는 없다고 본 데 반해, 성리학 특히 주자학에서는 이른바 기질지성(氣質之性)이야 차이가 있다 할지라도 본연지성(本然之性)은 만인이 같기 때문에 학문과 수양에 의해 기질지성을 극복할 수 있다고 보았다. 말하자면 이규보는 기질의 차이를 어쩔 수 없는 것으로 파악했다면, 성리학에서는 기질의 차이를 인정하면서도 그 극복의 가능성을 열어둔 셈이다.

---

96) 張橫渠는 『正蒙』 「太和篇」에서 "游氣紛擾, 合而成質者, 生人物之萬殊"라 말한 바 있다. 『張載集』, 四部刊要, 漢京文化事業有限公司, 간년 미상, 9면.

이렇게 본다면 기의 선천성에 대한 이규보의 확신은 자연(=天)의 규정력에 대한 확신, 어떤 인위적인 노력도 궁극적으로 자연의 규정력과 그 결과에 영향을 미칠 수 없다는 확신에서 연유하는 것으로 여겨진다. 이규보의 '천'에 대한 존중과 경외는 비단 위의 네 자료만이 아니라 수많은 자료들에서 확인된다. 이규보는 '천'을 지나치게 강조한 결과 이따금 그의 생각은 천정설(天定說)과 운명론(運命論)으로 흐르는 양상을 보여주기도 한다.[97]

이규보의 이런 면모는 존재의 근원적 일체성, 존재의 연대를 강조한 그의 만물일류(萬物一類) 사상과 서로 모순되는 게 아닐까? 개별적 인(人)과 물(物)에 있어서의 기의 선천적 차이를 인정하는 레벨과, 만물이 이른바 일기(一氣)에서 근원한다[98]는 점에서 만물은 그 현상적 차이에도 불구하고 본질적으로 하나이며 서로 연결되어 있다는 레벨은, 그 레벨이 서로 다르지 않은가 생각된다. 이 점을 고려한다면, 이규보의 사상이 꼭 모순된 것은 아니라고 여겨진다. 말하자면 그는 차이를 인정하는 동일성의 사상을 펼친 셈이다. 다시 말해 이규보가 강조한 존재의 근원적 동일성은 **차이 너머의 동일성, 혹은 차이에도 '불구하고' 도달되는 동일성**이다.[99] 동일성의 앞에 '근원적'이라는 말이 붙어야 하는 까닭이 여기에 있다.

한편 기의 불가학득(不可學得)을 강조하는 이규보의 문예론이 위(魏) 문제(文帝) 조비(曹丕)가 펼친 문기론(文氣論)을 수용한 결과라는 주장도 제기되어 있다.[100] 사실 이규보의 입장은 조비의 그것과 통하는 점이 있

---

97) 이 점은 본서, 「이규보의 道家思想」에서도 지적되었다.

98) 위의 글 참조.

99) 이 점은 洪大容의 사상도 근본적으로는 같은 양상을 보여준다. 다만 다른 점이 있다면 이규보가 도가사상을 통해 이런 사상에 도달한 데 반해, 홍대용은 조선 주자학 특유의 논쟁인 湖洛論爭에서 하나의 論爭軸을 이루었던 人物性同論에다 장자사상을 결합시킴으로써 이런 사상에 도달했다는 차이가 있다. 홍대용의 사상에 대해서는 본서, 「홍대용의 생태적 세계관」 및 「홍대용 사상에 있어서 物我의 상대성과 동일성」을 참조하기 바란다.

100) 曹丕는 「典論·論文」에서 다음과 같이 말했다.

다. 조비의 문기론이 도가의 영향을 받았다는 주장도 있고 보면, 이규보는 자신의 사상적 입장으로 인해 문기론에 친연성(親緣性)을 느꼈을 법도 하다. 그러나 설사 그런 개연성을 인정하더라도 보다 중요한 사실은 기의 선천성을 강조하는 이규보의 문예론이 그의 사상 전체와 관련을 맺고 있으며, 그의 사상체계의 유기적 일부를 이루고 있다는 점일 터이다.

그러므로 이규보의 주기적(主氣的) 문예론이 선배 문인인 임춘(林椿)의 입장을 일정 정도 계승한 것이라는 견해[101]는 이규보의 문예론이 그의 사상 전체와 맺고 있는 이러한 관련을 간과하고 있는 것으로 생각된다. 잘 알려져 있다시피 임춘은 문기론을 제기한바, 이는 북송(北宋)의 소철(蘇轍)이 「상추밀한태위서」(上樞密韓太尉書)[102]에 피력한 견해를 수용한 것이다. 소철의 이 편지를 본떠 쓴 것으로 여겨지는 「상이학사서」(上李學士書)에서 임춘은 소철의 이름을 직접 거론하면서 소철이 강조한 양기(養氣)의 중요성에 대해 언급하고 있는바,[103] 이에서 임춘의 문기론이 소철의 견해를 수용한 것임을 분명히 확인할 수 있다. 그런데 양기를 중시하는 소철의 문예론은 『맹자』의 "호연지기를 잘 기른다"(善養浩然之氣)는 말에 사상적 근거를 두고 있다. 즉 소철의 양기론은 유가철학에 기초한 문예론이다. 바로 이 점에서 임춘이나 소철의 주기(主氣)와 이규보의 주기는 그 사상적 연관 내지 토대가 완전히 다르다고 할 수 있다. 이규보의 문예론이 기의 불

"文以氣爲主, 氣之淸濁有體, 不可力强而致. 譬諸音樂, 曲度雖均, 節奏同檢, 至於引氣不齊, 巧拙有素, 雖在父母, 不能以移子弟"(郭紹虞 主編, 『中國歷代文論選』 제1책, 上海古籍出版社, 1979, 158~159면).

101) 심호택, 「임춘의 문예사상」, 『한국문학사상사』(김상홍·양광석·신용호 편, 계명문화사, 1991), 190~191면.

102) 이 글은 『中國歷代文論選』 제2책, 311~312면 참조. 韓太尉는 宋나라 仁宗 때 范仲淹과 함께 어진 재상으로 이름높았던 韓琦(1008~1075)를 말한다.

103) 「上李學士書」는 『西河集』 권4(『高麗名賢集』 제2책, 성균관대학교 대동문화연구원 영인본), 44면에 실려 있다. 임춘의 이 글은 蘇轍의 「上樞密韓太尉書」의 일부 표현을 본뜨고 있을 뿐만 아니라, 특정 구절을 직접 인용하고 있기도 하다.

가학득(不可學得)을 강조하고 소철과 임춘의 문예론이 기의 후천적 확충을 강조하는 차이를 보인 이면에는 이처럼 사상적 기반의 차이가 놓여 있음을 간과해서는 안된다.

기의 선천성을 강조하는 이규보의 문예론에 따르면 훌륭한 기를 타고난 천재만이 창의적인 시를 쓸 수 있고 그렇지 못한 사람은 기껏해야 자신의 기량(氣量)에 상응하는 덜 창의적인 시를 쓰거나 그도 아니면 창의성의 빈곤을 은폐하기 위해 조탁(雕琢)을 일삼는 시를 쓸 수밖에 없게 된다. 일종의 결정론이다. 이러한 결정론은 시문 창작에서 '경험'의 가치를 소중히 여긴 이규보 스스로의 창작실천과도 어긋나는 면이 없지 않을 뿐더러, 보다 더 큰 문제는 문인들의 능력 차이를 인정하면서도 그들을 견인하는 '보편이론'으로서의 면모를 지녀야 할 문예론의 본령에서 다소 비켜나 있다는 사실이다. '천재'를 강조하는 서구의 낭만주의 미학에서 느끼는 당혹감 비슷한 것을 우리는 이규보의 주기적 문예론에서 느끼게 된다. 이규보가 높은 재주와 풍부한 창의력을 타고났으며, 자기 자신도 그 점을 잘 알고 있었다는 점을 염두에 둔다면, 이규보의 주기적 문예론은 그 자신의 기질이나 천성, 그리고 자의식을 반영하고 있는 측면이 없지 않다.

지금까지 살펴본 것처럼 이규보는 도가사상을 바탕으로 주기적 문예론을 전개하였다. 그것은 일면 이규보 자신의 문학적 실천을 뒷받침하거나 정당화하는 논리가 되고 있으며, 이규보의 문학이 창의성과 분방함, 진실성을 갖게 만드는 데 기여하고 있다. 하지만 문예론은 보편이론을 지향하지 않으면 안된다. 이 점에서 이규보의 주기적 문예론에는 중대한 문제점과 결함이 내포되어 있다. 이러한 한계는 '자연=천'의 규정력을 절대시하는 그의 관점을 기(氣)의 해석에 끌어들인 결과로 볼 수 있다. 하지만 도가사상에 바탕해 문예론을 펼친다고 해서 반드시 이규보가 펼친 것과 같은 문예론에 도달하는 것은 아니라고 본다. 길은 여럿일 수 있다. 이규보는 이규보대로 해석하고 결론을 끌어냈을 뿐이다. 바로 이 지점에서 이규보의 기질이나 개성이 고려될 수 있고, 또 고려되어야 할 터이다.

7

이상으로 이규보의 문예론과 도가사상의 상관관계, 그리고 이규보 문예론의 제 특성 및 그 개념들 상호간의 연관성에 대해 다각도로 검토했다. 이제 거시적인 비평사적 맥락에서 이규보 문예론과 후대의 문예론 사이에 제기되는 몇 가지 흥미로운 문제들에 대한 필자의 생각을 스케치하는 것으로 이 글을 마무리하고자 한다.

7.1. 이규보의 문예론에서 '도'와 예술은 밀접한 관련을 갖는다. 이 경우 도는 대체적으로 노장(老莊)의 도가 지배적이다.[104] '도'를 중시했다는 사실 자체만 갖고서 본다면 이규보의 문예론은 여말(麗末) 이래 주류적 문예론으로 군림한 '재도적'(載道的) 문예론의 선구가 되지 않나 생각할 수 있다. 하지만 재도적 문예론에서 '도'란, 좁게 보면 성리학적 도를, 넓게 보더라도 유가의 도를 전제함을 고려한다면, 이규보의 문예론을 일반적 의미에서의 재도적 문예론이라고 할 수는 없을 것이다.

우리나라에서 재도적 문예론을 처음 제기한 익재(益齋) 이제현(李齊賢, 1287~1367)이 "경명행수지사"(經明行修之士: 유교 경전에 밝고 행실을 닦는 선비)[105]의 문학을 강조한 데서 잘 드러나듯, 재도론(載道論)에는 일종의 엄숙주의가 자리하고 있고, 이러한 엄숙주의의 근저에는 강렬한 유교적

---

104) 본서, 「이규보의 도가사상」에서 지적했듯이 이규보가 관념한 道가 전적으로 道家의 道만은 아니다. 儒家와 佛家의 道도 없지 않다. 이규보에 있어 三敎는 배타적이지 않고 서로 會通한다. 그러나 이런 점을 인정하더라도 이규보 사상에서 가장 중요한 지위를 점하는 것은 역시 道家의 道가 아닌가 생각된다.

105) "今殿下, 誠能廣學校謹庠序, 尊六藝明五敎, 以闡先王之道, 孰有背眞儒而從釋子, 捨實學而習章句者哉? 將見雕蟲篆刻之徒, 盡爲<u>經明行修之士</u>矣."(『櫟翁稗說』 前集 1)

윤리의식이 놓여 있다. 재도론은 특히 시론(詩論)에 있어 '성정론'(性情論)을 펼쳤는데, 성정론은 시가 추구해야 할 이상적 풍격(風格)을 '온유돈후'(溫柔敦厚)로 설정하였다. 여기까지 생각하면 이규보의 문예이론이나 문예적 실천이 재도적 문예론과 본질적으로 다르다는 점이 더욱 분명히 드러난다. 이규보의 이론이나 실천은 엄숙함이나 방정(方正)함, 온유돈후 같은 것과는 숫제 거리가 멀며, 오히려 방달(放達)과 임정(任情), 즉 감정(=眞情)의 자유로운 토로를 중시하였다. 적어도 이 점에서는 조선 전기의 방외인문학과 일정하게 기맥이 닿는 바도 없지 않다고 여겨진다. '임정'을 강조한 방외인 문인 가운데 노장사상에 경도된 이들이 적지 않았음을 생각한다면 이는 어느 정도 이해할 수 있는 일이다.106)

한편, 여말(麗末) 이래 성리학자의 시 가운데에는 관물(觀物 : 物의 관찰)을 통한 천기(天機)나 물리(物理)의 깨달음을 노래하거나, 생생불식(生生不息 : 만물을 끊임없이 낳아 쉬지 않음)하는 천리(天理)의 유행(流行 : 전개)이나 생의(生意)의 발현(發現)을 읊조린 것들이 적지 않다. 이런 시들 역시 시인과 자연의 깊은 일체감, 즉 물아일체의 경지를 보여주고 있다. 이런 시들은 얼핏 볼 때 이규보의 영물시(咏物詩) 내지 자연시와 아주 유사해 보인다. 성리학은 노장철학의 일부를 자기 체계 속에 흡수한 관계로 둘 사이에는 서로 수렴되는 점이 없지 않다. 하지만 사상의 전체적 체계나 지향, 실천적 연관의 면에 있어 두 사상 간에는 근본적인 상위가 존재한다. 이에 상응하는 차이가 이규보와 성리학자의 문학 및 그 문학론에서 발견된다. 가령 이규보가 천기나 물리에 대해 말할 때 그것이 '무위(無爲)로서의 자연'을 염두에 둔 것임에 반해, 이황(李滉)의 경우 그것은 인의예지(仁義禮智)의 '이'(理)를 염두에 두고 있다. 이처럼 도에 대한 규정이 상이함에

106) 이처럼 도가사상과 연관을 맺고 있다는 점에서 이규보의 문학과 방외인문학 사이에는 유사한 지향이 없지 않으나, 그럼에도 둘은 근본적으로 다르다. 방외인 문인들이 仕宦에서 배제되어 있었던 데 반해 이규보는 官人으로서 영달했다는 사실이 두 문학세계의 차이를 낳은 주요한 요인이지 않나 생각된다.

따라 자연히 물아일치의 성격 자체에도 미묘한 차이가 발생한다.

이황은 이(理)를 강조하는 입장을 취한 성리학자였기에 그런 차이가 인정된다 할지라도, 기(氣)를 강조한 성리학자, 가령 서경덕의 경우 이규보와 별반 차이가 없지 않은가 하는 반문이 예상된다. 존재론만 똑 떼어 놓고 본다면 이규보와 서경덕은 아주 방불하며, 이 때문에 그 시가 보여주는 물아일치의 면모 역시 썩 구별하기 힘들다. 하지만 존재론과 연결되어 있는 수양론을 고려하고 더 나아가 사상체계 전체를 문제삼는다면, 이규보와 서경덕은 역시 다르고 서경덕이 도가사상가가 아니라 성리학자임이 재확인된다.

7.2. 이규보 이후 다시 '금'(今)의 미학적 의의를 큰 목소리로 환기한 문인은 17세기 전반의 허균(許筠, 1569~1618)이다. 허균에 있어 '금'의 강조는 모방과 표절의 배격, 진솔한 '정'(情)의 유로(流露)를 중요시하는 입장과 표리를 이루고 있는바,[107] 이 점 이규보의 문예론이 보여주는 면모와 혹사(酷似)하다. 두 사람이 '금'의 가치를 강조하고 나선 데에는 '고'를 중시하며 모방을 일삼는 당대의 문학 풍토에 대한 반대가 똑같이 담겨 있다. 그러나 허균의 문학론은 도학적 엄숙주의에 대한 반대를 또다른 중요한 축으로 삼고 있다는 점에서 이규보의 문예론과는 그 역사적 배경이 다르다. 뿐만 아니라 허균의 문학론은 노장철학(老莊哲學)보다는 좌파 왕학(左派王學)이 중요한 작용을 한 것으로 보인다는 점에서 사상적 배경 또한 다르다.[108]

7.3. 18세기 전기에 활동한 동계(東谿) 조구명(趙龜命, 1693~1737)

107) 허균의 문학론은 「文說」이나 「詩辨」에 집약되어 있다. 『許筠全書』(아세아문화사 영인본, 1983), 132면 및 134면 참조.

108) 허균은 『閑情錄』의 권13 「玄賞」에 『焚書』의 한 구절을 수록한 다음 "李氏焚書"라고 그 출처를 밝혀 놓았다. 한편 『한정록』의 권17 「甁花史」와 권18 「觴政」은 袁宏道의 글을 轉載한 것이다. 이를 통해 허균이 李贄와 袁宏道의 글을 읽었음이 확인된다.

역시 표절과 모방을 극력 배격함과 동시에 '적의'(適意)를 중시한 점에서 이규보의 문예론과 비평사적으로 연결된다. 동계는 방고(倣古)든 창신(刱新)이든 모두 '적의'에 합치되기만 한다면 가(可)하다는 입장을 취하였다.[109] '적의', 즉 창작주체의 진실한 내면적 요구를 궁극적 기준으로 삼아 고(古)와 금(今)을 포괄하고자 한 셈이다. 조구명은 고와 금 모두에 대해 뚜렷한 입장 표명을 하고 있다는 점에서 논의의 진전이 인정된다. 조구명은 노장과 불교에 두루 출입하며 폭넓은 독서를 했지만, 그렇다고 노장이나 불교를 유력한 근거로 삼아 사상을 정립한 것은 아니다. 그는 자신의 사상적 입각점을 왕학(王學)에 두었다고 판단된다.[110] 그의 문예론에서 가

---

109) 주 80 참조. 또 「續蘭亭會序」에서 "今之視昔爲何如, 而後之視今又何如歟? 要之, 古人適古人之樂, 今人適今人之樂, 同者自同, 異者自異"라 한 말도 참조된다.

110) 이 경우 '왕학'이란, 말 그대로 '王陽明의 학문'을 가리킨다. 조구명은 허균처럼 좌파 왕학에 관심을 갖지는 않았다. 그는 「書花陣綺言袁中郎序後」(『東谿集』 권7)라는 글에서 "明末文士, 視行檢如弁髦, 以淫慾爲茶飯"이라며 袁宏道를 비난하고 있는데, 이를 통해 그가 좌파 왕학에 대하여는 비판적이었음을 짐작할 수 있다.

爲堂 鄭寅普의 『陽明學演論』 이래 조선 양명학에 대한 연구는 몇몇 연구자에 의해 꾸준히 이루어졌지만 이상하게도 조구명에 대해서는 爲堂을 비롯하여 그 누구도 언급한 적이 없다. 근년에 나온 李鍾虎 교수의 「18세기 초 사대부층의 새로운 문예의식—동계 조구명의 문예인식과 문장론」(『민족사의 전개와 그 문화(상)』, 창작과비평사, 1990)은 조구명의 문예사상을 검토한 최초의 논고라는 의의가 있지만, 역시 양명학 부분에 대해서는 일체 언급하지 않음으로써 문예사상의 철학적 기초 내지 연관을 따지는 데까지는 나아가지 못한 아쉬움이 있다.

조구명의 왕학적 지향을 엿볼 수 있는 글로는 「送茂長宰李而準巨源序」, 「送宋參判成明赴燕序」, 「送錦城宰具性五宅奎序」(이상 『東谿集』 권1), 「靜諦」의 '哀樂第三'(같은 책, 권8) 등을 들 수 있다. 李巨源에게 준 글은, 眞誠惻怛의 仁을 강조하면서 衆人의 是非 따위는 돌아보지 않고 我의 惻怛正大한 마음(良知라는 말을 직접 하고 있지는 않으나 이것이 곧 양지다)에 따라 움직여야 한다고 말하고 있는바, 天下의 事功을 이룸에 있어 狂狷之志를 강조한 왕양명의 所說을 연상시킨다. 宋成明과 具宅奎에게 준 글은, 天下之事 내지 天下之任을 자신의 일, 자신의 所任으로 삼아야 함을 강조하고 있는바, '眞誠惻怛之心=仁'의 自己擴大로서 천하사에 대한 실천을 강조한 왕양명의 사상이 감지된다. 「靜諦」의 '哀樂第三'에서는 직접적으로 '良知'가 긍정된다. 몇 구절을 제시한다.

장 큰 중요성을 갖는 '적의'만 하더라도 '심'(心)을 가치의 궁극적 근거로 삼는 왕학에 사상적 근거를 두고 있다고 필자는 생각한다. 그렇다고 한다면 이규보가 말한 '적의'와 조구명이 말한 '적의'는 비록 그 말은 같지만 그 사상적 연관은 같지 않다고 할 수 있다.

7.4. 박지원(朴趾源, 1737~1805)은 조구명보다 한 세대 아래의 인물이다. 공교롭게도 조구명이 죽던 해에 박지원이 태어났다. 박지원의 문학론은 잘 알려져 있는 것처럼 '법고창신'(法古刱新)으로 요약된다. 이규보 이래 허균과 조구명을 거치면서 진전되어 온 '고'와 '금'에 대한 미학적 성찰은 박지원의 이 명제에 이르러 비로소 완성되었다 할 수 있다. 박지원은 '고'과 '금'의 관계를 여하히 파악해야 할 것인가 하는 오랜 미학적 과제를, 둘을 변증법적으로 통일시키는 방향에서 일거에 해결했다. 박지원이 이 명제에 도달한 것은 명(明) 이래 이 문제를 둘러싼 중국 문단의 비평적 논의

(ㄱ) "陽明致良知, 雖誠有弊, 弊生於不肯致良知, 假託良知以濟私欲."

(ㄴ) "桀紂亦有良知, 亦知良知之爲良知, 惟不肯致, 而甘爲私欲所蔽. 一日苟肯致之, 知日益明, 不外藉而足矣."

(ㄷ) "人不作聖, 爲無肯心. 苟辦肯心, 於作聖乎何有?"

(ㄹ) "肯心所指, 百體軟, 萬物靡, 鬼神亦爲之避. 凡曰某事難者, 心不肯也. 心有肯不, 事無難易."

(ㅁ) "與其求於在物, 寧求於在己. 與其勞父母體魄而求, 寧勞吾心而求."

첫번째 자료에서 "雖誠有弊"라 말한 것이 왕학 좌파를 염두에 둔 것임은 이어지는 "假託良知以濟私欲"이라는 구절을 통해 알 수 있다. (ㄷ)·(ㄹ)에서 말한 "肯心"은, 物(事)이란 心의 志向에 불과하다고 보아 朱子學과 달리 心과 物(事)의 관계에서 心을 절대적으로 강조한 王學 心論의 표출이다. (ㅁ)에서도 '物/心'의 2항 가운데 心을 강조하는 입장을 읽을 수 있다.

이들 자료 외에도 「拙齋遺訓序」(『동계집』 권1)에서 "務實"을 강조한 것이라든가, 「兵學大成序」(같은 책, 권1)나 「司馬法補註」(같은 책, 권7) 등의 글이 보여주는, 조선 사대부로서는 흔치 않은 兵法에 대한 깊은 관심(이는 實用 및 實功의 강조와 연결된다)에서 왕양명 사상과의 관련을 감지할 수 있다.

이상, 필요한 대로 조구명의 사상이 보여주는 양명학적 지향에 대해 간단히 언급해 둔다.

에 대한 비판적 성찰의 결과이기도 하기에, 그 의의는 국내에만 한정되지 않는다. 그것은 동아시아 문학사 전체에서 중요한 의의를 갖는다.

박지원 역시 모방과 표절을 배격하고 '진'(眞)을 추구하는 문예론을 전개했다. 또한 이규보가 허심(虛心)을 강조했듯 박지원은 '명심'(冥心)을 중시했다.[111] 더구나 두 사람은 형사(形似)와 신사(神似)에 대해서도 근본적으로 동일한 입장을 보여준다. 이처럼 두 대가의 문학론은 흥미롭게도 유사점이 많이 발견된다. 그 이유는 여러 각도에서 찾을 수 있을 테지만, 그중 빠뜨릴 수 없는 중요한 하나는 박지원이 장자사상 가운데 스스로 의미있다고 판단한 부분을 적극적으로 수용한 데서 찾아야 하지 않을까 생각한다.[112] 박지원은 18세기의 성리학 가운데서도 이른바 낙학(洛學)을 학문적 배경으로 하여 성장했지만,[113] 청년 시절 이후 공리공담(空理空談)과 편견에 사로잡힌 성리학의 폐단을 직시하고 그 대안을 마련하기 위해 부심하였다. 그의 이용후생학(利用厚生學)은 그렇게 하여 모색되었다. 바로 이 과정, 즉 성리학의 문제점을 비판하고 새로운 대안을 모색하는 과정에서 박지원은 장자사상에 주목하고 그 유의미한 부분을 자신의 사상 속에 포섭함으로써 자신의 사상을 한층 풍부하게 만들 수 있었다. 그러므로 이규보의 문예론과 박지원의 문예론이 각기 보여주는 사상적 연관의 차이 역시 바로 이 지점에서 지적될 수 있다. 즉 이규보의 문예론 전반에서 도가사상은 그 기본 토대가 되고 있지만, 박지원의 문예론에서 장자사상은 극히 중요하기는 하지만 문예론을 구성하는 몇 가지 계기 중의 하나일 뿐이다.

---

111) 冥心에 대해서는 본서, 「박지원 사상에 있어서 言語와 冥心」 및 「박지원의 산문시학」을 참조하기 바란다.

112) 이 점에 대해서는 「박지원 사상에 있어서 言語와 冥心」, 본서, 326면을 참조하기 바란다.

113) 이 점은 유봉학, 『연암일파 북학사상 연구』(일지사, 1985), 98면에 자세히 논급되어 있다.

7.5. 앞서 지적했듯 이규보의 망기론(忘機論)은 조선 후기에 특징적으로 전개된 시론(詩論)인 천기론(天機論)[114]을 떠올리게 한다. 천기론 역시 이해·득실·영욕 등의 기심(機心)을 넘어선 경지를 중시하는바, 이 점 이규보의 망기론과 통한다. 또한 천기론은 그것이 내세운 '불기공이공'(不期工而工 : 애써 공교로움을 추구하지 않아도 공교롭게 됨)이라는 표어에서 잘 알 수 있듯, 인위적인 조탁(雕琢)이나 기교를 배척하고 시인의 타고난 마음이 자연스레 발로(發露)되어 절로 훌륭한 표현을 얻게 됨을 최고의 이상으로 간주하였다. 이는 수식(修飾)과 조착(雕鑿)을 숭상하는 태도를 배격하고 시인의 진실된 마음을 자연스럽게 표현한 시야말로 진시(眞詩)라고 여긴 이규보의 문예론과 부합된다. '천기'라는 말이 원래 『장자』에서 유래한다는 데서 어느 정도 짐작되는 사실이지만, 천기론에는 장자적 발상의 수용이 '일정하게' 감지된다. 망기론과 천기론의 부분적 유사성은 주로 이에 연유하는 것으로 판단된다.

그러나 이러한 유사점에도 불구하고 두 문예론을 성립시킨 사회사적·사상사적 조건은 전연 다르다. 망기론이 무신집권기의 혼란한 현실과 관련하여 풍미된 노장사상이 새로운 정향(定向)을 추구하던 신진사인(新進士人)의 미학적 문제의식과 결합됨으로써 성립될 수 있었다면,[115] 천기론은 이

114) 天機論은 후에 국문시가의 의의를 뒷받침하는 논리로 확장되기도 했지만, 원래는 漢詩를 대상으로 한 詩論이었다. 이 글에서의 천기론에 관한 논의는 한시에 국한된다.

115) 무신집권기에 노장사상이 풍미했으며 이러한 사상적 조류 속에서 이규보의 사상이 釀成될 수 있었다는 것, 그러면서도 이규보의 사상은 그 정신적 높이나 문제의식에 있어서 그리고 그 내적 연관이나 지향에 있어서 도가사상에 경도된 동시대의 다른 문인·지식인들과 類를 달리하며 이 점에서 그가 수행한 사상적 모색은 독보적이라는 것, 그리하여 그의 사상으로 하여금 이 시기를 대표하는 사상이 되게 하고 있다는 등등의 사실은 본서, 「이규보의 道家思想」에서 이미 지적된 바 있다. 이규보가 자기 시대를 풍미한 도가사상을 수용하되 '人/物', '心/物' 간의 관계에 대한 성찰을 통해 그것을 자기대로 더욱 발전·심화시킴으로써 자신의 사상에 깊이와 사회적 실천성 및 역사적 방향성을 부여할 수 있었던 것은, 이규보가 新進士人으로서 투철한 문제의식을 갖고서 인간과 사물, 현실과 세계를 보는 새로운 관점을 모색하면서 시대적 과업에 능동적으로 대

미 경직되어 생동감과 진실성을 상실해가고 있던 사대부문학에 대한 자기반성으로 제출되었으며 급기야 중인서리층의 문학활동을 추장(推奬)하고 대변하는 논리로 확장되었다. 특히 천기론은 장유(張維)나 김창협(金昌協) 등에서 확인되듯, 형성 및 전개 과정에서 노론(老論) 문인층과의 긴밀한 관련을 보여준다.

천기론이 애초 사대부문학에 대한 자기반성으로 제출된 것이라는 데서 예상되는 사실이지만, 천기론은 일반적으로들 생각하는 것 이상으로 성리학적 문학론과 깊은 연관을 맺고 있다. 천기론이 재도론(載道論) 혹은 그와 연결된 성정론(性情論)과 다른 지향을 보여줌에도 불구하고, 동시에 종종 그쪽으로 수렴되는 한계를 보여주기도 한 것은 이 점과 관련해 설명될 수 있다.

응하고자 한 데서 가능했던 게 아닌가 생각한다. 조동일 선생의 연구에 의하면, 이규보의 신유학적 사상(정확히 말해 이규보가 스스로 이룩한 신유학적 면모를 띠는 사상)은 무신집권기 신진사인을 대표하는 사상이다. 필자는 무신집권기 신진사인을 대표하는 사상가가 이규보라는 사실에 대해서는 선생과 견해를 같이하나, 이규보가 이룩한 사상의 성격에 대해서는 견해를 달리한다. 필자의 연구에 의하면 이규보는 무신집권기의 현실과 관련해 부각되었던 노장사상을 자기대로 응용하고 발전시켜 生과 현실과 사물과 세계, 그리고 문학과 예술을 이해하는 이론적 인식틀을 구성한 게 된다. 이규보가 구성한 이 인식틀은 14세기에 益齋 李齊賢과 그 門徒들이 신유학을 수용하기 이전 단계인 12·13세기의 사상사에서 가장 중요하고도 가장 수준 높은 것이었다고 평가할 수 있다. 14세기 이후에 전개되는 신유학을 중심에 놓고서 생각한다면 이규보의 사상은 과도적인 것, 그리고 뭔가 부족하고 덜 엄밀하거나 덜 정합적인 것으로 치부될 수 있으나, 오늘날의 관점에서 본다면 꼭 그렇게 볼 것만도 아니다. 이규보의 사상에는 부분적으로 신유학에 접근해가는 요소도 없지 않지만, 신유학에서는 발견할 수 없는 또다른 매력과 장점이 내재해 있기 때문이다. 또한 주목해야 할 것은, 이규보의 사상이 우리나라 지식인 스스로의 사유를 통해 이룩된 성격이 강하다는 사실이다. 다시 말해 한국사상사의 內發的 자기운동을 통해 도달한 사상으로서의 성격이 짙다. 이규보는 도가의 경전들인 『도덕경』이나 『장자』에 담긴 생각을 자기대로 재해석하고 변용함으로써 자신의 사상에 일정한 창조성을 부여할 수 있었던 것이다. 이규보에게서 확인되는 이런 사유의 깊이와 창조적 역량을 통해, 麗末 문인들의 신유학 수용을 가능하게 한 지적 토대와 사상사적 내적 조건의 성숙을 감지하게 된다.

이런 점을 생각한다면, 도가적 문예론이라 할 수 있을 이규보의 망기론과 조선 후기의 천기론은 일부 표면적 유사성에도 불구하고 그 사상적 기초까지 동일하다고 말할 수는 없다.

망기론과 천기론의 또다른 중대한 차이점은, 망기론의 이론과 실천이 '주관성 / 객관성', '사실성 / 내면성', '사회 / 자연'의 어느 일변(一邊)에 치우치지 않고 양변(兩邊)을 적절히 포괄하고 있음에 반해, 천기론은, 전적으로 그렇다고야 물론 말할 수 없겠지만, 대체로 '주관성·내면성·자연' 쪽에의 편향을 보여준다는 점에서 찾을 수 있을 것이다.

이규보에게서 배우는 생태적 정신

1

인류는 인류사 이래 가장 힘든 싸움에 직면해 있다고 말하는 사람도 있습니다만, 오늘날 지각있는 사람으로서 생태문제의 심각성을 깨닫지 못하는 사람은 아마 없을 것입니다. 이 싸움은 바야흐로 전지구적인 위력을 발휘하고 있는 산업문명이라는 제어할 수 없는 힘과의 싸움일 뿐 아니라, 산업문명으로부터 편리함과 혜택을 누리고 있는, 따라서 산업문명에 깊이 연루되어 있는 '나' 자신과의 싸움이라는 점에서 이중적입니다. 싸움의 어려움은 바로 이 이중성에서 연유하며, 이중성의 두 가지 측면 모두 극복하기가 참으로 지난해 보입니다. 그래서 어떤 때에는 도대체 이 적과 싸워 이기는 것이 가능한 일일까 하는 깊은 회의가 들기도 하는 게 사실입니다.

7, 80년대에 독재정권과 싸울 때에도 몹시 힘들다는 생각들을 했었지만, 그래도 그때에는 적과 아군이 뚜렷했고 또 마음 한켠에 사람답게 사는 세상에 대한 희망이 간직되어 있었습니다. 그러나 생태문제에 관한 한 적과 아군이 뚜렷하지 않습니다. 국가와 시장은 말할 것도 없고 나 자신의 일상

적 생활과 나 자신의 마음속 깊숙한 곳에까지 적은 존재하고 있습니다. 그래서 안이한 마음과 태도로는 이 싸움에 임할 수 없을 뿐만 아니라, 진지하게 생각하면 할수록 점점 더 절망적인 기분에 사로잡히게 됩니다.

우리 사회의 지식인들은 생태문제에 관해 크게 두 가지 잘못된 태도를 보여주고 있지 않나 생각됩니다. 하나는 생태문제에 대한 안이한 인식입니다. 민족문학 진영이라 해서 이런 지적으로부터 자유로운 것은 아니지 않을까 싶고, 좀더 자각적이고, 투철하며, 예민해져야 하지 않을까 생각합니다. 또다른 하나는 체념적 태도입니다. 혼자 떠들고 실천한다고 해서 되는 문제도 아니고 하니 남들처럼 기술문명의 혜택을 누릴 만큼 누리다가 망할 때 되면 함께 망한다는 생각이지요. 자기 하나 어쩐다고 해서 달라질 건 없다는 이런 태도는 전연 지식인답지 못한 태도입니다. 거기에는 무책임과 이기심과 단견(短見)이 발견될 뿐입니다. 또한 이런 태도는 생태문제의 심각성을 몸소 절박하게 느끼지 못한 소치이기도 할 것입니다.

사실 생태문제는 '말'이나 '머리'의 문제가 아니라, '삶'의 문제이며 '실천'의 문제입니다. 말이나 생각만 그럴 듯하게 하고, 생활과 행동은 딴판이라면 그건 진실되지도 못할 뿐더러, 별 힘을 발휘할 수 없을 것입니다. 그렇긴 하지만 실천을 위해서는 올바른 생각이 필수적입니다. 오늘의 논의는 이 점을 염두에 두지 않을 수 없습니다.

생태주의에도 여러 방향이 있습니다. 우리가 반독재 민주화를 위해 싸웠던 70년대에 벌써 서구의 지식인들은 에콜로지와 씨름하면서 깊이 있는 사유를 내놓기 시작했습니다. 여기서 서구에서 제기된 에콜로지의 여러 노선을 검토하거나 그 시시비비를 가릴 생각은 없습니다. 저는 다만 한국의 문학과 사상을 연구하는 학인(學人)으로서, 우리 고전 작가들의 사상에 내장(內藏)된 생태적 지혜를 조금 소개하고 그 의미를 오늘날의 상황에 비추어 함께 반추해 보고자 하는 것입니다.

생태문제는 산업사회에 와서 제기된 문제이고 우리나라의 경우 대체로 산업화가 진전된 70년대 이후에야 현실적 문제로서 제기되는데, 전(前)근대사회의 문인·사상가들에게서 무슨 생태적 정신을 배울 수 있을 것인가 하는 의문이 있을 수 있겠지요. 물론 전근대사회의 문인·사상가들이 오늘날 산업사회의 우리들처럼 생태문제를 '반성적'으로 인식하거나 '생태주의'를 하나의 주의·주장으로 제창하지는 않았습니다. 또한 전근대사회의 문인·사상가라 해서 모두가 다 높은 생태적 정신을 보여주는 것도 아닙니다. 하지만 그들 중의 일부가 제기한 삶·예술·자연에 대한 관점은 오늘날의 우리를 주눅들게 하기에 족할 만큼 생태적 원리에 충실하며, 또 깊고 근원적이고 전일적인 생태적 정신을 보여줍니다. 그러므로 오히려 이들의 마음을 통해 우리는, 대단히 중요하고 본질적인 마음인데도 우리가 산업사회에 와서 잃어버리거나 희미하게밖에 갖고 있지 못한 어떤 마음을 되찾거나 환기받을 수 있을 것입니다. 전근대, 근대, 근대 이후를 막론하고 인간의 근원적인 마음은 서로 통할 터입니다. 진정한 문학과 예술은 바로 이런 마음에 바탕을 두기에 시대를 넘나드는 게 아닌가 생각됩니다.

2

저는 오늘 발표에서 생태적 정신을 보여주는 고전 작가들을 잡다히 열거하기보다는 이규보(李奎報, 1168~1241) 한 분을 중심으로 논의를 펼까 합니다. 일장일단(一長一短)이 있겠으나 그래도 이쪽이 좀더 논의가 심도 있게 되지 않을까 해서입니다.

이규보는 민족서사시 「동명왕편」(東明王篇)의 시인으로 널리 알려져 있으며, 백성의 간난한 삶에 대해 지극한 연민을 표시한 애민시(愛民詩)를 여러 편 창작한 시인으로도 유명합니다. 하지만 이규보의 문학에 생태적 사유가 풍부하게 내장(內藏)되어 있는 줄 아는 분은 아직 별로 없는 듯합니다. 그래서 전문연구자들 가운데에는 이규보의 문학에서 생태적 사상을 끌어내고자 하는 저의 이런 시도를 좀 엉뚱한 것으로 여길 분이 있을지도 모르겠습니다.

우리 고전 작가 중에는 빼어난 분들이 적지 않습니다만, 이규보에 필적할 만한 문호(文豪)도 그리 많지 않을 것입니다. 이처럼 우리나라를 대표하는 문호에게서 오늘날의 작가와 지식인이 생태적 정신을 배울 수 있다는 사실은 대단히 큰 의미를 지닌다고 봅니다. 더군다나 민족적이며 비판적인 문학가로만 알았던 이규보가 동시에 그 누구보다 깊은 생태적 깨달음을 지녔었다는 사실은 시대적 요구에 맞게 민족문학의 개념을 확장해야 할 우리들에게 적지 않은 시사를 준다고 생각합니다. 그러면 이제 이규보의 사상을 살펴보기로 하겠습니다.

3

3.1. 이규보는 청정(淸淨)과 허적(虛寂 : 고요한 마음)을 중시했으며, 기심(機心 : 機巧나 이익을 추구하는 마음)을 버리고 생사득실(生死得失)을 넘어선 심지(心地)를 가져야 한다고 했습니다. 이규보에 있어 청정과 허적의 추구는 비단 수기사(修己事 : 자기를 수양하는 일)에만 그치는 것이 아니라 정치에까지 직접 연결되고 있습니다.

청정의 추구와도 관련되지만, 이규보는 물(物)을 '허심'(虛心)으로 보아야 한다는 점을 기회 있을 때마다 말하고 있는데, 이 허심이란 것이 대단히 중요한 것 같습니다. 허심이란 쉽게 말해 무욕(無欲)의 마음, 자기중심성을 벗어난 마음을 가리킵니다. 자기 중심으로 생각하고 이욕(利欲)에 사로잡힌 마음을 벗어나야 사물의 참된 모습이 비로소 보이고, 이를 통해 사물과 '나'가 하나가 될 수 있다고 본 겁니다. 말하자면 인간은 허심에 의해서만 존재의 진정한 의미를 발견할 수 있으며, 자유로운 정신에 이를 수 있다고 본 것이지요. 이규보는 '도'(道)라는 말을 수도 없이 많이 하고 있는데,

그 핵심은 여기에 있다고 생각됩니다.

이규보는 장자(莊子)의 제물사상(齊物思想)을 잘 체득하였다고 보입니다. 이규보의 그런 면모는 「슬견설」(蝨犬說)이라는 자신의 글에 잘 나타나 있습니다. 이규보는 이 글에서 개, 소, 말, 돼지, 곤충, 개미 등은 모두 '생명'을 추구한다는 점에서 본질적으로 사람과 다르지 않다고 했습니다. 그런데 주목해야 할 것은 이규보가 장자의 제물사상을 충실히 수용하기만 한 것이 아니라 '자기화'해 내고 있다는 사실입니다. 장자의 제물사상에서는 물(物)에 대한 애정이랄까 물에 대한 연민 같은 것은 잘 느껴지지 않는데, 이규보는 특이하게도 제물사상을 물에 대한 지극한 애정, 생명에 대한 존중의 정신과 연결시키고 있으며, 이러한 정신은 미물이나 잔약한 백성에 대한 깊은 연민으로 표출되기도 합니다. 이는 이규보가 장자의 제물사상을 유교의 '측은지심'이나 불교의 '자비'와 결합한 결과라 여겨집니다. 이규보는 「북산잡제」(北山雜題)라는 한 유명한 시에서 "나는 기심(機心)을 잊은 사람 / 만물을 일류(一類)로 보네"[1]라고 노래한 바 있습니다. 여기서 '만물일류'(萬物一類)라는 말은 이규보가 만들어낸 말인데, 이 말에서 따와 앞으로 이규보의 이런 사상을 특히 '만물일류'의 사상이라 부르기로 하겠습니다.

이규보의 만물일류 사상은 참으로 흥미롭고 매력적입니다. 이제 만물일류 사상의 구체적 면모를 보여주는 한두 가지 예를 들어보겠습니다.

이규보는 「쥐를 놓아주다」(放鼠)라는 시에서 "사람은 하늘이 낸 물(物)을 도둑질하고 / 너는 사람이 도둑질한 걸 도둑질하누나 / 다같이 살기 위해 하는 짓이니 / 어찌 너만 나무라겠니"[2]라며 잡은 쥐를 놓아주기도 하고, 「이를 잡다」(捫蝨)라는 시에서 "재상으로 늘 이〔蝨〕 잡고 있는 자 / 나 말고 또 누가 있을까 / 어찌 화롯불 없으리요만 / 땅에 내려놓는 건 자비심 때문"[3]이라면서 이〔蝨〕를 굳이 화롯불에 던지지 않고 땅에 놓아주고 있습니

1) "我是忘機人, 萬物視一類."

2) "人盜天生物, 爾盜人所盜, 均爲口腹謀, 何獨於汝討?"

다. 이규보가 평생 미워한 게 하나 있으니 그건 파리입니다. 남을 헐뜯고 못살게 구는 소인배를 연상시키기 때문에도 싫어했지만, 지금과 달리 당시엔 워낙 파리가 많았고 그래서 잠잘 때를 비롯해 일상생활에 몹시 성가신 존재였던 모양입니다. 이규보는 평생 그토록 파리를 미워했건만, 「술에 빠진 파리를 건져주다」(拯墮酒蠅)라는 시에서 "남 헐뜯는 사람 같아 널 싫어하나 / (…) / 술에 빠져 죽으려 하니 맘이 아프네 / 살려주는 은근한 이 마음 잊지 말아라"[4]라면서 술잔에 빠진 파리를 애긍히 여겨 살려주고 있습니다. 이규보가 목민관을 하면서 도둑질한 백성을 벌주지 않은 것이나, 「군수 몇 사람이 부정하게 재물을 모아 벌을 받았다는 말을 듣고서」(聞郡守數人以贓被罪)라는 시에서 "그대는 보라 강물을 마시는 저 두더지도 / 그 배를 채우는 데 만족하거늘 / 묻노니 네놈들 입은 몇 개나 되길래 / 백성의 살을 그리도 뜯어먹는가"[5]라면서 백성들을 침탈하는 탐관(貪官)을 꾸짖은 것도 이규보가 지닌 '만물일류'의 사상과 깊은 연관이 있습니다.

이처럼 이규보의 만물일류의 사상은 장자의 제물사상에 '측은지심'과 '자비'를 결합시키고 있다는 점에서 후대의 김시습(金時習, 1435~1493)이 「물을 아껴야 한다」(愛物義)라는 글에서 보여주는 애물사상(愛物思想)과도 구별됩니다. 김시습의 애물사상은 호생지덕(好生之德 : 생명을 사랑하는 덕성)을 강조하는 신유학의 인(仁)사상에 근거를 두고 있는바, 측은지심을 강조하면서도 인간중심적인 차등적(差等的) 물관(物觀)은 어쩔 수 없이 견지하고 있습니다. 모든 존재를 '일류'(一類)로 보고 있지는 않은 것입니다. 이규보가 전개한 만물일류의 사상이 보여주는 '애물'(愛物)이나 '존생명'(尊生命)은 김시습의 애물사상보다는 오히려 중국의 장횡거(張橫渠)가 「서명」(西銘)에서 전개한 '민포물여'(民胞物與 : 民은 나의 동포요, 物은 나

---

3) "宰相長捫蝨, 非予更有誰? 豈無爐火熾, 投地是吾慈."

4) "汝似讒人吾固畏, (…)墮來輒死眞堪惜, 莫忘殷勤拯溺慈."

5) "君看飮河鼴, 不過備其腹. 問汝將幾口, 貪喫蒼生肉?"

의 이웃이다)라든가 왕양명(王陽明, 1472~1528)이 『전습록』(傳習錄)에서 말한 '천지만물일체지인'(天地萬物一體之仁 : 천지만물을 나와 한 몸으로 여기는 仁)에 더 가깝지 않나 생각됩니다. 장횡거나 왕양명의 이런 사상은 대단한 우주적 스케일을 지닌 것으로 평가받고 있습니다만, 놀라운 것은 이규보가 이들과 상관없이 고전(古典)을 바탕으로 스스로 사유를 전개한 결과 만물일류의 사상에 도달했다는 사실입니다. 시대적으로는 장횡거가 이규보보다 1세기 반쯤 앞서고 왕양명은 이규보보다 3세기쯤 후대 사람입니다.

이규보가 물(物)에 대해 보여주는 연민이나 애정은 인간중심주의를 전제로 삼는 '애물'(愛物)이라는 표현보다는 '물(物)과 이웃한다'는 의미의 '여물'(與物)이라는 표현이 더 어울리는 게 아닐까 싶습니다. 이규보의 시나 산문 중에는 물(物)과의 대화 형식을 취하고 있는 글들이 여럿 있어 눈길을 끄는데, 이는 이규보의 만물일류의 사상에 담지된 '여물'이라는 모멘트가 글쓰기의 형식에 반영된 것으로 볼 수 있지 않을까 합니다. 이규보가 장자를 자기화함으로써 이런 '여물'이라는 사유에까지 이르고 있음은 한국문학사 내지 사상사에서 특기할 만한 일이라 하겠습니다.

좀더 적극적으로 의미를 부여한다면 이규보의 이런 사유는 '여물의식'(與物意識 : 物을 이웃이라 생각하는 의식)이라 이름할 수 있을 것입니다. 이규보의 여물의식을 보여주는 자료들을 조금 더 언급해 봅니다.

이규보는 옛집을 잊지 않고 찾아오는 제비를 "친구로 대우"[6]하는가 하면, 자기가 타던 말이 늙어 수척해지자 가슴아파하기도 하고,[7] 그 말이 마침내 죽자 "내 마음 몹시도 슬프고 아파 / 문을 나서 하염없이 서성거렸네"[8]라며 지극한 슬픔을 토로하고 있습니다.

6) "當以故人待."(「舊鷰來二首」)

7) "相看瘦骨忽傷情."(「次韻和白樂天病中十五首」의 제11수)

8) "惻惻傷我懷, 出門久踟躕."(「十二月十二日馬斃, 傷之有作」)

이처럼 이규보는 물을 단지 이용의 대상쯤으로만 여기지 않고 인간과 내면적으로 연결되어 있는 존재로 생각하고 있는데, 이런 관점은 비단 '생물'만이 아니라 '무생물'에까지 관철되고 있습니다. 일례로 「소연명」(小硯銘)이라는 글을 들 수 있습니다. 이 글은 이규보가 자신이 사용하던 벼루에 붙인 명(銘)인데, 그 내용은 다음과 같습니다.

> 벼루여 벼루여! 너의 작음은 너의 부끄러움이 아니다. 너는 비록 웅덩이가 한 치밖에 안되지만 나의 무궁한 뜻을 쏟아내게 하지 않느냐. 나는 비록 키가 6척이나 되지만 사업이 너를 빌어 이루어진다. 벼루여! 나는 너와 함께하며, 생사를 같이하리라.[9]

이 글은, 조그만 뱁새가 커다란 붕새에게 부끄러움을 느낄 필요가 없듯 일촌(一寸)밖에 안되는 벼루라고 해서 6척의 '나'에게 부끄러움을 느낄 필요는 없다는 것, '나'는 물(物)인 벼루에 의지함으로써만 나를 실현할 수가 있다는 것, 그 고마움을 생각하면 '너'와 '나' 두 존재 사이에 어떤 연대감을 느끼게 되고 그래서 생사를 함께하고자 한다는 것, 이런 메시지를 함축하고 있습니다. 비록 벼루에 붙인 명(銘)이라고는 하나 여느 문인의 명과는 사뭇 다릅니다. 이런 마음 때문이겠지만, 이규보는 훗날 자기가 쓰던 벼루가 깨어져 어쩔 수 없게 되었지만 그것을 차마 버리지 못한다고 했습니다.[10] 뿐만 아니라 이규보는 다리가 부러진 책상을 고친 후 거기에 붙인 명(銘)에서

> 나의 고달픔을 부축해 준 자는 너요, 너가 절름발이 된 것을 고쳐준 자는 나다. 같이 병들어 서로 구제하니, 어느 한쪽이 공(功)을 주장할 수 있겠는

9) "硯乎硯乎! 爾麽非爾之恥. 爾雖一寸窪, 寫我無盡意. 吾雖六尺長, 事業借汝遂. 硯乎! 吾與汝同歸, 生由是死由是."

10) "墮落已無及, 提携未遽捐."(「硯破」)

가?[11]

라고 하여, 인(人)과 물(物)의 관계가 일방적이지 않고 '상호의존적'임에 상도(想到)하고 있는바, '물아상구'(物我相救 : 물아가 서로 돕는다)라 요약할 수 있을 깨달음에 이르고 있습니다. '물아상구', 이는 장자의 제물사상에서 출발한 이규보가 장자를 자기화함으로써 존재의 근원적 연대성을 깊이 투시하는 데까지 이르렀음을 잘 보여줍니다.

이규보의 여물의식은 자연이나 사물에만 한정되지 않고, 한계가 있는 대로 민중을 대하는 태도에서도 확인됩니다. 잘 알려져 있다시피 이규보는 적지 않은 애민시를 창작했는데, 바로 이 애민시는 여물의식이 일정하게 '정치적'으로 구현된 것이랄 수 있습니다. 이규보의 애민시가 중세적 신분관이나 '지배/피지배' 관계를 부정하고 있는 것은 결코 아니며 그 점에서 역사적 한계를 보여줌은 인정해야 할 사실이지만, 그럼에도 동시대의 다른 문인들에게서는 발견하기 어려운 민중에 대한 깊은 연민을 보여준다는 점은 높이 사야 할 점이 아닐 수 없습니다. 우리는 「소를 매질하지 말라」(莫箠牛行)와 같은 시에서 자연(사물)에 대한 여물의식과 정치적 여물의식이 '이미지'상 중첩되고 있음을 확인할 수 있습니다. 이 시는 표면적으로는 '소를 매질하지 말라'고 말하고 있지만, 소란 기실 압제받는 민중입니다. 이규보는 '소'라는 메타포를 통해 자연과 사회, 물(物)과 민(民)을 연결시키고 있는 것입니다.

한편 「꿀벌을 찬미함」(蜜蜂贊)이라는 글에서 "네가 죽지 않는 한, 인욕(人欲)이 어찌 다하겠니?"[12]라고 말하고 있는 데서 엿볼 수 있듯, 이규보는 당시로서는 드물게 '인욕'의 가증스러움과 끝없음을 성찰한 인물이었으며, 또한 분외(分外)의 욕망이 인간을 부자유스럽게 만들고 결국에는 인간

11) "扶翁之僨者爾乎, 醫爾之躄者翁乎. 同病相救, 孰尸其功乎?"(「續折足几銘」)

12) "汝若不死, 人欲奚旣?"

을 망가뜨리고 만다는 사실을 통찰하고 있었습니다. 「온실을 없애 버리게 함」(壞土室說)이라는 글이 보여주는 저 상징적이고도 단호한 언술에서 확인할 수 있듯, 이규보는 자연의 법칙에 순응해 절제된 삶을 사는 것이야말로 정말 의미 있는 삶이며, 이를 벗어나 지나친 욕망과 교지(巧智) ―― 이규보는 욕망과 교지(巧智)를 흔히 '기'(機)라는 말로 표현하고 있습니다 ―― 를 추구하는 것은 참된 삶을 파괴할 뿐이라고 생각했습니다. 이규보가 보여주는 이러한 통찰과 생각은 '여물의식'과 밀접한 관련을 맺고 있습니다.

이규보의 '여물의식'은, 자연철학과 사회철학, 자본주의의 기제(機制)에 대한 사회정치적 비판과 존재에 대한 근원적 깨달음을 통일하면서 올바른 생태주의 사상을 모색해 가야 할 오늘날의 우리들에게 적지 않은 시사를 준다고 생각합니다.

3.2. 이규보가 허심을 강조했음은 앞서 말씀드린 바 있습니다. 허심에 의해 인간은 자신의 근원적 마음으로 돌아올 수 있으며, 외물의 구속으로부터 벗어나 진정한 정신의 자유에 이를 수 있다고 보았습니다. 이러한 정신의 자유 속에서만 인간은 사물과 무애자재(無碍自在)하게 교감하며 존재의 육화(肉化)된 연대를 확인할 수 있다고 본 것입니다. 우리가 주목해야 할 것은 이규보가 글쓰기(문학)를 통해 이런 생각에 도달했으며, 일상성 속에서, 다시 말해 일상의 생활과 글쓰기(문학)를 통해 이런 생각을 실천하고 심화시켜 갔다는 사실입니다. 이러한 실천의 결과이겠지만 만년의 이규보에게서 우리는 단순히 문호의 모습을 넘어 인생과 우주의 심오한 이치를 깨친 철인(哲人)의 풍모 같은 것을 발견하게 되며, 그 앞에서 경외감을 느끼게 됩니다.

여기서 잠시 이규보의 존재론 내지 우주론에 대해 언급할까 합니다. 이규보는 하늘이 원기(元氣)라는 하나의 기(氣)로 되어 있으며, 생명이 있고 없고를 막론하고 천지간의 모든 존재는 이 기를 받아 생성되고, 기가 다하면 소멸되거나 죽음을 맞는다고 보았습니다. 하지만 천지만물의 기는 없어지는 것은 아니고 자신의 고향이라 할 우주의 원기로 되돌아가는 것이라 본 듯합니다. 말하자면 존재의 생멸(生滅)을 순환적으로 본 것이지요. 이러한 생각은 저 자연의 순환운동에 기초를 두고 있는 것으로서, 대단히 생태적이라 하지 않을 수 없습니다.

존재의 근원적 일체성이랄까 존재의 육화(肉化)된 연대성은, 이규보가 지닌 이런 존재론 내지 우주론에서 가능한 것입니다. 소아(小我)를 벗어나 사물 혹은 타자(他者)로 확대된 마음, 더 나아가 우주적인 마음으로의 확대 역시 바로 이런 존재론에서 가능해집니다. 이규보는 자신의 마음이 육합(六合) 밖, 곧 우주에 노니는 데 대해 말한 바 있습니다. 자신의 마음을 비움으로써 개체적 육신을 넘어 그리고 시공을 넘어 우주와의 일체적 융합을 이룩하고 있는 것이지요. 대단히 흥미로운 것은 이규보에 있어 이러한 융합은 어디까지나 예술(문학)을 통해 실현되고 있다는 점입니다. 그 점에서 이규보에게는 예술(문학)이 곧 도(道)인 것입니다. 이 점에 대해서는 조금 있다 다시 이야기하기로 하고, 계속해 이규보의 생사관(生死觀)을 보기로 합니다.

이규보의 존재론에서 짐작되는 사실이지만, 이규보는 생과 사를 순환적으로 보고 있습니다. 거대한 자연의 운동의 일부로 본 것이지요. 이규보는 인간이 생과 사를 자연의 흐름의 한 과정으로 응시함으로써만 죽음에서 초연해질 수 있다고 생각했으며, 그런 생각을 실천했습니다. 이 점에서 이규보는 제도화된 종교에 출입하지는 않았습니다만 그런 사람들보다 훨씬 더 근원적인 '종교적 마음'에 도달하고 있는 게 아닌가 생각됩니다. 이규보의 경우를 통해 우리는 생태적인 마음은 예술적인 마음과 통하며 동시에 종교적인 마음과도 통한다는 사실을 시사받을 수 있습니다.

지금까지 살펴본 이규보의 생태적 사유가 실제 그의 문학활동과 어떻게 연결되고 있는지 몹시 궁금한데, 이제 이 점에 대해 살펴보기로 하겠습니다.

우선 이규보는 "신의"(新意)의 중요성을 강조했습니다. 이 말은 오늘날의 말로 바꾸면 '창조적 상상력' 정도로 옮길 수 있을 것입니다. 이규보는 상투성이나 진부성을 벗어난 창조적 상상력만이 마음의 진실과 사물의 본질을 포착하게 하며, 진실되고 참신한 글을 쓸 수 있게 한다고 본 것입니다.

동시에 이규보는 잔재주나 외면적 화려함, 겉치레를 숭상하는 문학을 배격했습니다. 그런 문학에는 진실된 마음과 감정이 담겨 있지 않다고 확신했기 때문입니다. 이규보는 문예미에 있어 "자연"(自然)과 "천연"(天然)을 최고의 경지로 간주하였습니다. 이러한 미적 태도는 기심(機心)과 인위(人爲)를 배척하고 허심과 자연을 추구함으로써 도에 이르고자 한 그의 생태적 관점과 정확히 일치하는 것입니다.

동아시아 미학의 중요한 개념 가운데 '형사'(形似)와 '신사'(神似)라는 것이 있습니다. 이는 심미적 대상의 묘출방식(描出方式)과 관련되는데, '형사'가 대상의 외면적 핍진성의 재현을 말한다면, '신사'는 대상의 정신을 표현함을 말합니다. '신사'에서 말하는 대상의 정신이란 창작주체의 마음 내지 정신의 투영에 다름아닙니다. 형사와 신사, 이 두 개념은 반드시 대립적인 것은 아니지만 어느 쪽을 강조하는가에 따라 예술적 태도와 입장이 달라집니다. 그런데 이규보는 정신과 대상의 직각적(直覺的) 조우(遭遇), 다시 말해 심(心)에 의한 직관(直觀)을 대단히 중시했습니다. 이규보는 이를 "사심"(寫心 : 마음을 그림)이라는 말로 표현하고 있습니다. '형사'보다 '신사'를 더 중요시한 것입니다.

하지만 우리가 유의해야 할 점은, 이규보가 결코 둘을 대립적으로 파악하고 있지 않으며 어디까지나 '형사'를 바탕으로 한 '신사'를 생각한 것으로 보인다는 사실입니다. 말하자면 '형사'와 '신사'를 통일적으로 파악한 것입니다. 이규보는 「옥병(玉甁)을 꿈꾸고」(夢玉甁)라는 시에서 "혼돈에 일곱 구멍을 내자 / 혼돈이 7일 만에 죽고 말았네 / (…) / 물(物)이란 온전함을 귀히 여기니 / 자르고 뚫는 일은 누(累)가 될 따름 / 형(形)과 신(神)을 온전히 하는 도리를 / 저 장자(莊子)에게 물어볼꺼나"[13]라고 읊었습니다. 이 말은 도가적 처세론 내지 수양론을 피력한 말이지만 동시에 도가적 인식론과 관련해 읽을 수도 있으리라 보는데, 그럴 경우 물(物)의 형신(形神)을 분리하지 않고 전일적(全一的)으로 파악함이 긴요하다는 함의를 이끌어낼 수 있습니다. 위에 인용한 시의 원문에 "형전여신전"(形全與神全)이라는 말이 보입니다만, 이 말은 원래 『장자』「천지」편에 나오는 말입니다. 『장자』에서는 성인지도(聖人之道)를 가리키는 말로 이 말을 썼지만, 이규보는 『장자』의 이런 사상을 '형신구전'(形神俱全 : 형과 신이 모두 온전함)의 예술론으로 발전시켰던바, 이런 데서도 이규보의 창조적 정신이 확인됩니다.

늘 그런 것은 아니지만 대체로 보아 '신사'를 강조하는 예술론의 경우 예술가의 표현의지와 개성 및 내면성을 중시하는 경향이 강합니다. 이는 장점이기도 하지만 주관성에의 편향을 띨 수 있다는 점에서 단점으로 흐를 소지도 동시에 갖고 있다고 보지 않으면 안될 것입니다. 하지만 이규보가 표방한 '형신구전'의 문예론은 주관성과 객관성의 균형 및 상호 지양을 가능하게 합니다. 이 점은 이규보의 창작실천에서 잘 확인됩니다. 즉 그가 펼쳐보인 시세계에는 사회시, 영회시(咏懷詩 : 所懷를 읊은 시), 영물시(咏物詩 : 사물을 읊은 시), 자연시 들이 두루 포괄되어 있으며, 사실주의적 성향의 시와 낭만주의적 성향의 시가 조화롭게 공존하고 있습니다. 이 점에서 그를 사실주의 시인이나 낭만주의 시인의 어느 하나로 단정하려는 시도는 적절하지 않을 뿐더러 그다지 의미가 없어 보입니다. 이규보는 이런 이분법을 넘어서 있으며, 이런 이분법의 적용을 갑갑하게 만들고 있지 않나 여겨집니다. 요컨대 사실적 모사와 사심(寫心)의 통일을 표방한 이규보의 문예론은 사실주의와 낭만주의를 포괄하면서도 동시에 이 양자를 지양하는 면이 있다고 생각됩니다. 마치 음과 양의 관계처럼 둘은 '대대적'(對待的)—이 말은 대립적이면서 상호의존적이고, 상극(相剋)하면서도 더 높

---

13) "混沌得七竅, 七日乃見死. (…)凡物貴其全, 刳鑿反爲累, 形全與神全, 要問漆園吏."

은 차원에서 유기적 조화를 이루는 관계를 지칭하는 말인데, 동아시아 철학에 고유한 개념입니다. 존재와 사상(事象)의 생태적 연관성을 드러내는 데 대단히 유용하게 활용할 수 있는 개념이 아닌가 생각됩니다— 관계를 형성하고 있는 것입니다.

3.3. 지금까지 이런저런 이야기를 했습니다만, 제 말은 다음 몇 가지로 요약될 수 있겠습니다.

첫째, 이규보는 욕망의 무한한 추구를 통해서가 아니라 분외(分外)의 욕망을 비움으로써만 욕망으로부터 해방될 수 있다고 보았습니다.

둘째, 도(=자연)와 예술의 통일입니다. 이규보는 허심(虛心)에 의한 미적 관조를 통해 사물의 본질을 직관하고, 사물과 '나'가 하나되는 경지를 추구했는데, 이 경지는 곧 도(=자연)와 예술이 통일된 경지입니다. 예술에 있어 물아(物我)의 근원적 일체성을 강조하는 이런 태도야말로 오늘날 우리가 다시 본받고 발전시켜야 하지 않을까 생각합니다.

셋째, 생명에 대한 태도입니다. 이규보는 인간본위적 관점에서가 아니라 만물일류적 관점에서 물마다 내재해 있는 생명의 활력에 외경을 표시했을 뿐 아니라, 천지만물의 생명과 일체가 되고자 하는 예술정신을 보여주었습니다. '나'의 생명이 다른 존재의 생명과 연결되어 있음을 생각할 때, 이러한 예술정신은 곧 '나'가 지닌 생명의 본성을 되찾고자 하는 것이기도 합니다.

넷째, 천지와 사물의 내부에 왕래하는 예술정신입니다. 이규보는 이를 통한 주객합일을 강조했는데, 이 경지야말로 예술의 성스러운 본령과 예술이 도달해야 할 높은 정신성을 보여주는 게 아닌가 생각됩니다. .

다섯째, 인과 물에 대해서처럼 생과 사 역시 지극히 연속적이며 자연의 일부라 인식하고 있다는 사실입니다. 이규보는 예술적 관조를 통해 생사를 초월함과 동시에 자연에 순응함이 우주의 궁극적 도라는 깨달음에 도달했습니다. 이러한 깨달음은 인간, 생사, 자연, 우주를 전일적으로 파악하는 관점으로서 큰 의의가 있다 하겠습니다.

여섯째, 장자에 근거하여 예술론을 전개할 경우 흔히 예술주체의 묘오(妙悟 : 오묘한 깨달음)나 오철(悟徹 : 투철한 깨달음)은 강조되지만 사회에 대한 관심은 부족하거나 결여되기 쉬운 법인데, 이규보는 사회적 모순을 외면하지 않았던바, 이 점이 참으로 소중하다 하겠습니다. 이규보가 강조한 허심은 자연에 대해서만이 아니라, 민족의 현실과 인민의 삶에 대해서도 똑같이 작동되는 것이었습니다. 그 결과 그는 사회적 모순을 적극적으로 비판하는 시와 우주적 깨달음을 노래한 시를 나란히 남길 수 있었습니다. 두 시에 담겨 있는 마음은 근원적으로는 하나이니, 곧 허심입니다.

4

이규보를 예로 들어보았습니다만, 우리 고전에는 생태적 사상이나 생태적 정신이 풍부하게 내장되어 있습니다. 오늘날의 작가들은 이에서 시사받거나 배울 점이 있으리라 생각합니다. 요컨대 민족문학이 생태주의적 사유를 심화해 나가는 데 있어 우리의 고전과 전통사상은 퍽 소중하고 유익한 자산이 될 수 있을 것입니다.

그렇기는 하지만, 우리의 고전과 전통사상이 오늘의 현실에 대한 답을 바로 제시해 주지는 못합니다. 이 점에서 오늘날을 사는 작가와 지식인의 창조적 노력과 고뇌가 요구된다 하겠습니다. 인간다운 삶을 열망하면서 그것이 어떤 모습이어야 할지에 대해 진지하게 묻고 고민하는 사람만이 고전에서 빛과 지혜를 끌어낼 수 있으리라 생각합니다.

그러나 과거의 지혜는 오늘날의 자본주의에 대한 깊은 공부 및 그에 바탕한 정당한 비판과 결합될 때에만 의미를 가질 수 있는 게 아닐까 생각합니다. 마찬가지로 생태학적 상상력이나 생태학적 전망은 자본주의의 전체적 기제(機制) 및 그 마성(魔性)에 대한 통찰과 비판을 매개할 때에만 현실성과 역사적 방향성을 획득하리라 생각합니다.

제 발표에서 민족문학의 생태주의적 연관과 그 근거의 석명(釋明)을 기대한 분도 혹 계실지 모르겠습니다만 저는 그 점에 대해 직접적인 발언은 하지 않았습니다. 하지만 제 발표가 그 점과 전연 무관하다고 할 수는 없을 것입니다. 저는 다른 각도에서이긴 하지만 하나의 화두를 제시했다고 여깁니다.

제2부

■■■

서경덕의 자연철학

서경덕의 哲理詩

서경덕의 자연철학

옛날 사람들은 자신이 깨달은 도를 남에게 전하지 못한 채 죽었다.
그렇다면 당신이 읽고 있는 책은 옛날 사람이 남긴 조박(糟粕)에 불과할 것이다.
— 『장자』「천도」(天道)

1

화담(花潭) 서경덕(徐敬德, 1489~1546)은 기철학자로 널리 알려져 있다. 그는 특히 우주론 내지 존재론에 대한 탐구를 일생 동안 수행했으며, 이를 통해 얻은 깨달음을 일상생활 속에서 독실히 실천하였다. 오늘날의 관점에서 본다면 화담은 뛰어난 '자연철학자'라 말할 수 있을 것이다.

서경덕 철학의 면모는 이미 여러 사람들에 의해 논의된 바 있다. 그러나 생태주의적 문제의식을 갖고 서경덕 철학을 검토한 연구는 별로 없지 않나 생각된다. 이 글은, 생태주의적 문제의식하에 화담의 자연철학자로서의 면모를 살피는 데 주안을 둔다.

2

화담은 천지만물의 시원(始原)을 '태허'(太虛)라고 불렀다. 이 용어는 중국의 기철학자인 장재(張載, 1020~1077)의 『정몽』(正蒙)에서 유래한다.[1) 화담은 태허를 다음과 같이 정의하고 있다.

(1) 태허는 맑고 형체가 없으니, 이를 일컬어 선천(先天)이라 한다. 그것은 공간적으로 가이 없고, 시간적으로 시초가 없으며, 그 유래를 알 수 없다. 그 맑고 비어 있고 고요함이 기(氣)의 본원(本原)이다.[2)

태허는 기(氣)의 본체(本體)다. 그것은 '일기'(一氣)라고도 불리고, 선천(先天)이라고도 불리며, 태일(太一)이라고도 불린다. 만물의 궁극적 근거이기에 '일'(一)이며, 아직 아무런 형체가 없기에 선천이다.

그런데, 맑고 비어 있고 고요한 '일기'로부터 음양(陰陽)이 생겨나온다. 그것은 누가 그렇게 만드는 것일까? 화담은, "자능이"(自能爾), 즉 누가 시켜서가 아니라 저절로 그렇게 되는 것이라고 말한다.

(2) 그러니 선천은 기이하지 아니한가? 참으로 기이하고도 기이하다. 또한 오묘하지 않은가? 참으로 오묘하고도 오묘하다. 그것은 갑자기 약동하고 갑자기 개벽한다. 누가 그렇게 만드는 걸까? 절로 그렇게 되는 것이다. (…) 동정(動靜)이 없을 수 없고 열림과 닫힘이 없을 수 없는 건 어째서일까? 천기(天機)가 제 스스로 그러한 것이다. '일기'(一氣)라고 했으니 일(一)은 본래 이(二)를 포함하고 있으며, '태일'(太一)이라고 했으니 일(一)에는 이(二)가 내포되어 있다. '일'은 '이'를 낳을 수밖에 없는 것이다.[3)

---

1) "太虛無形, 氣之本體."(「太和篇」, 『正蒙』)

2) "太虛湛然無形, 號之曰先天. 其大無外, 其先無始, 其來不可究, 其湛然虛靜, 氣之原也."(「原理氣」, 『花潭集』 권2)

밑줄 친 부분의 원문은 "기자이"(機自爾)이다. "기자이"에서 '기'(機)의 함의를 둘러싸고 논란이 없지 않으나, '기'는 곧 천기(天機)다. 천기는 '조물'(造物)이니 '조화'(造化)니 하는 말로 불리기도 하는바, 도(=자연)를 형용하는 말이다.

일기는 이(二), 즉 음양을 포함하고 있다. 음양은 동정(動靜)이다. 음양으로부터 다자(多者), 즉 천지만물이 형성된다. 천지만물의 세계는 후천(後天)이라 불린다. 요컨대 선천이 본체의 세계라면, 후천은 현상 내지 작용의 세계다. 음양의 원리는 다음과 같이 설명된다.

(3) '이'(二)는 스스로 생극(生克)한다. <u>생(生)하면 극(克)하고, 극(克)하면 생(生)한다</u>. 기(氣)는 미세한 운동에서부터 커다란 운동에 이르기까지 생극이 그렇게 만든다.[4)]

'생극'이란 음양의 상생상극(相生相克)하는 작용을 가리킨다. 그것은 '성반'(成反 : 즉 相成相反)이라는 개념과 동일하다. 생극은 음양의 기본적 운동원리다. 음양은 바로 이 생극의 원리에 의해 천지만물을 형성한다. 생극의 근거는 '태극'이다.

(4) (…)생극하는 근거를 이름하여 '태극'(太極)이라 한다.[5)]

그런데 자료 (3)의 밑줄 친 말은 오해의 소지가 없지 않다. 이 말의 원문은 "생즉극, 극즉생"(生則克, 克則生)이다. 우리는 '생'과 '극' 사이에 있는 '즉'(則)이라는 어조사 때문에 '생'과 '극'을 외면적·계기적(繼起的)으로만

---

3) "是則先天不其奇乎? 奇乎奇! 不其妙乎? 妙乎妙! 倏爾躍, 忽爾闢, 孰使之乎? 自能爾也. (…)不能無動靜, 無闔闢, 其何故哉? 機自爾也. 旣曰一氣, 一自含二; 旣曰太一, 一便涵二. 一不得不生二."(같은 글, 같은 책)

4) "二自能生克, 生則克, 克則生. 氣之自微以至鼓盪, 其生克使之也."(같은 글, 같은 책)

5) "原其所以(…)能生克者, 而名之曰太極."(「理氣說」, 『화담집』 권2)

파악하기 쉽다. 즉 '생'의 밖에 '극'이 있고 '극'의 밖에 '생'이 있으며, '생'이 있으면 그 다음에 '극'이 있고 '극'이 있으면 그 다음에 '생'이 있다는 식으로. 그러나 '생'과 '극'은 이렇게만 이해되어서는 곤란하다. '생'과 '극'은 내면적·동시적이기도 하기 때문이다. 즉 '생' 속에 '극'이 있고 '극' 속에 '생'이 있으며, '생'하는 과정에 '극'하는 계기가 깃들어 있고 '극'하는 과정에 '생'하는 계기가 내재해 있다. 그렇다고 한다면, '즉'(則)보다는 '이'(而)라는 어조사를 사용하여 '생이극, 극이생'(生而克, 克而生)이라고 했으면 어땠을까 하는 의난(疑難)[6]을 품게 된다.

3

화담에 의하면 이 세계는 음양 2기(二氣)가 "생생화화"(生生化化)하는 과정이자 결과다.[7] "생생화화"는 끊임없는 생성과 변화를 말한다. "생생화화"라는 말은 현상세계의 본질을 더없이 잘 드러내주는 말이다. 필자는 앞으로 이 말을 **생화**(生化)라는 말로 줄여서 쓰기로 한다.

화담은, "태극지묘"(太極之妙 : 태극의 오묘함)는 바로 이 '생화'에 있다고 보았다. 다시 말해 '생화'를 떠나 '태극지묘'가 있는 것은 아니라고 보았다. 태극이란 스스로 생성하고 운동하는 현상세계의 역동성 속에 내재해 있을 뿐이며, 별유물(別有物)이 아니라는 주장이다. 별유물이 아니라는 건, 별도의 독자적인 실체가 아니라는 말이다.[8]

화담은 이 '생화'야말로 『주역』의 핵심이자 요체라고 보았다. 『주역』은

6) '의난'이란 어떤 이치나 문제에 대해 갖는 의혹을 뜻한다. 동아시아의 전통 학문은 의난의 제기를 대단히 중시했다. 필자는 洪大容에게서 의난을 제기하는 법을 배웠다. 이 점에 대해서는 본서, 「홍대용의 생태적 세계관」의 주 1을 참조하기 바란다.

7) "二氣之所以能生生化化而不已者."(같은 글, 같은 책)

8) "非化之外, 別有所謂妙者. 二氣之所以能生生化化而不已者, 卽其太極之妙."(같은 글, 같은 책)

"음양지변"(陰陽之變), 곧 '생화'의 이치를 밝힌 책이며, '생화' 밖에서 도의 오묘함을 말한다면 『주역』을 아는 자라 말할 수 없다고 했다.[9] 그리하여 『주역』「계사전」(繫辭傳)의 "일음일양지위도"(一陰一陽之謂道 : 한 번 음이 되고 한 번 양이 되는 것을 도라고 이른다)라는 언명은 자기운동적인 음양의 조화(造化), 곧 '생화'가 도(道)임을 입증하는 것이라 보았다. '생화'가 바로 도라는 화담의 주장은 『주역』에 대한 그의 깊고도 정당한 이해에 기초하고 있다. 사실 우리나라 사상가 중 화담만큼 『주역』을 깊이 이해했던 사람도 없지 않나 생각된다.[10] 세계의 본질을 '생화'로 파악하는 화담의 기철학은 근원적으로 『주역』의 존재론에 근거한다.

그러므로 '생극'과 '생화'를 그 존재론적 핵심 개념으로 삼고 있는 화담의 자연철학은 생생(生生 : 하늘이 만물을 끊임없이 낳음)을 강조하는 『주역』의 자연철학 위에 구축되고 있다고 말할 수 있다. 『주역』 자연철학의 대체적 면모는 다음의 몇몇 언술에서 살필 수 있다.

(5) 천지가 감응하여 만물이 화생(化生)한다.[11]
(6) 생생(生生)을 '역'(易)이라 이른다.[12]
(7) 천지의 위대한 작용은 '생'(生)이다.[13]

자료 (5)는 『주역』 함괘(咸卦)의 단사(彖辭)이고, (6)·(7)은 「계사전」에

9) "易者, 陰陽之變. (…)若外化而語妙, 非知易者也."(같은 글, 같은 책)
10) 화담이 程子와 朱子의 『주역』 해석을 교과서로 떠받들지 않고 자기대로 『주역』의 奧旨를 규명하고자 했다는 것, 그리고 『주역』에 대한 자신의 공부에 대단한 자부심을 가졌었다는 것은 화담의 다음 말에서 직접 확인할 수 있다.
"又曰: '常欲發揮繫辭微旨, 程朱皆極其力, 然略說破, 後學無蹊可尋, 類皆見得粗盧, 不見底蘊. 某欲加敷衍淺見, 令後學沿流以探其源, 竢吾精力盡時著書, 有志未就, 良亦一恨.'"(「鬼神死生論」, 『화담집』 권2)
11) "天地感而萬物化生."(『周易』 咸卦의 彖辭)
12) "生生之謂易."(『주역』「계사전」 상, 제5장)
13) "天地之大德曰生."(『주역』「계사전」 하, 제1장)

나오는 말인데, 모두 천지(음양)의 작용에 의한 만물의 화생(化生)을 말하고 있다.

4

화담에 의하면 천지만물은 기(氣)가 모여〔聚〕[14] 형성된 것이다. 기의 본체인 태허는 "담일청허"(湛一淸虛)하다. '담일청허'는 '담'(湛)하고 '일'(一)하고 '청'(淸)하고 '허'(虛)하다는 뜻으로, 글자 하나하나가 태허의 속성을 나타낸다. "담일"(湛一)이란 말은 일찍이 장재(張載)가 쓴 말인데,[15] "담"(湛)은 깊고 고요함을, "일"(一)은 합일(合一) 내지 동일함을 뜻한다. "청허"(淸虛)는 맑고 비어 있다는 뜻이다. 담일청허한 기는 무한한 공간에 가득차 있는데, 그것이 모여 천지만물을 이룬다. 천지만물의 차이는 기가 응결되는 양상의 차이에 유래한다. 즉 하늘과 땅은 기가 크게 모인 것이고, 만물은 작게 모인 것이다. 요컨대 화담은 현상세계에서 확인되는 사물의 차이가, 기가 모이는 방식의 차이 때문이라 보고 있다.

그런데 기가 모이면 사물이 형성되지만, 기가 흩어지면 사물이 소멸한다. '흩어지다'는 말의 원문은 '산'(散)이다. 기가 흩어지면 사물이 소멸하지만, 사물의 소멸이 곧 기의 소멸은 아니다. 사물은 소멸해도 기는 결코 소멸하지 않는다. 바로 이 지점이 화담의 자연철학이 퇴계나 율곡의 자연철학과 결정적으로 분기(分岐)되는 지점이다.[16] 그렇다면 사물이 소멸한 후 기는 어디로 가는가?

---

14) 氣의 '모임'은 "聚"라는 말로 표현된다. "聚"를 '모이다'라고 번역했지만, 이 경우 '모이다'는 말은 '凝結'이라는 말에 가깝다. 그러므로 이 글에서는 때때로 "聚"를 지칭하는 말로 '모이다' 대신 '응결'이라는 말을 사용하기도 한다.

15) "湛一, 氣之體."(「誠明」, 『正蒙』)

16) 퇴계나 율곡은 사물의 소멸과 함께 氣도 소멸된다고 보았다.

기는 태허, 즉 일기(一氣)인 담일청허의 기로 복귀한다. 그것은 곧 고향으로의 귀환이다. 화담은 다음과 같이 말하고 있다.

> (8) 사람이 죽어 없어지는 건 형체와 혼백이 없어지는 것일 뿐이다. 담일청허한 기가 모인 것은 끝내 없어지지 않으며, 태허의 담일청허한 기 속으로 흩어져 일기(一氣)와 합해진다.[17)]

사물을 형성하였던 응결된 기는 사물의 소멸과 함께 흩어져 자신의 근원인 태허로 돌아간다는 주장이다. 그것은 차별의 세계에서 동일성의 세계로의 복귀이며, 다자(多者)에서 일자(一者)로의 환원이다. 이처럼 기는 '취산'(聚散), 즉 모임과 흩어짐이라는 일종의 원환적(圓環的) 순환을 보여준다.[18)] 모든 존재의 생과 사는 기가 순환하는 연속적 과정이다.

이와 같이 화담은 생사(生死)를 기의 '취산'으로 보았기 때문에 생만 의미 있는 것이 아니라 죽음 역시 깊은 의미를 갖게 된다. 화담에게 있어 죽음이란 두렵거나 회피하고 싶은 어떤 것이 아니라 담담하고 자연스럽게 받아들여야 할 사안이다. 그것은 '끝'이 아니라 '처음'으로의 복귀이며, 오래 집을 떠나 있던 자가 다시 자기 집으로 돌아가는 것과 같다. 이 점에서 죽음은 생보다 근원적이다. 생은 죽음에 이르는 방편이며, 죽음은 생의 고향이다. 죽음은, 차별적인 것처럼 표상되는 생이 그 근원에 있어 동일하다는 것, 그리하여 모든 존재가 '일체'(一體)라는 사실에 대한 궁극적 근거이다.

---

17) "人之散也, 形魄散耳, 聚之湛一淸虛者, 終亦不散, 散於太虛湛一之中, 同一氣也."(「鬼神死生論」, 『화담집』 권2)

18) 生死를 기의 聚散으로 보는 이러한 관점은 그 근원을 따져보면 멀리 『장자』에까지 소급된다. 『장자』 「知北游」에는 다음과 같은 말이 보인다. "人之生, 氣之聚也. 聚則爲生, 散則爲死. 若死生爲徒, 吾又何患! 故萬物一也. 是其所美者爲神奇, 其所惡者爲臭腐. 臭腐復化爲神奇, 神奇復化爲臭腐. 故曰: '通天下一氣耳.' 聖人故貴一."
『장자』의 이런 관점은 張載에게 수용되고 있는바, 『正蒙』 「太和篇」에 이런 말이 보인다. "太虛不能無氣, 氣不能不聚而而爲萬物, 萬物不能不散而爲太虛. 循是出入, 是皆不得已而然也." "氣之聚散於太虛, 猶冰凝釋於水, 知太虛則氣, 則無無."

요컨대 죽음은 생에서 희미하게밖에 확인되지 않는 만물의 근원적 동일성을 더없이 명료하게 드러내준다. 그러므로 화담이 임종시에 그 제자에게 남겼다는 다음의 말, 즉 "삶과 죽음의 이치를 안 지 내 이미 오래니 마음이 편안하다"[19]는 말은 자신의 자연철학에 대한 확신이자 그 실천적 완성이랄 수 있다.

5

화담에게 있어 '선'(善)이란 무엇인가? '생화'(生化)하는 음양의 이치를 따르는 것, 그것이 곧 선이다.[20] 이 지점에서 화담의 자연철학은 윤리학과 연결된다. 화담은, 인간이 유행순환(流行循環)하는 음양의 이치를 스스로의 몸에 돌이켜봄으로써 '인지지성'(仁智之性 : 어질고 지혜로운 본성)과 '충서지도'(忠恕之道 : 誠과 仁의 道)를 깨달을 수 있다고 보았다.[21] 자연의 도와 인간의 도가 상통한다고 본 것이다.

또한 인간은 천지의 올바른 기를 온전하게 타고나기에 도덕적 존재일 수 있다고 보았다.[22] 그러나 인간은 도덕적 본성을 타고나기는 하지만 정욕(情欲)이나 물욕(物慾) 때문에 그 타고난 올바름을 잃어버릴 수 있는바, 이 때문에 도덕적 수양을 통해 사악함을 물리치고 원래의 본성을 되찾아야 한다고 했다.[23]

---

19) "死生之理, 知之已久, 意思安矣."(朴民獻 撰, 「神道碑銘」, 『화담집』 권3)

20) "一陰一陽之謂道, 繼之者善"(「復其見天地之心說」, 『화담집』 권2). 이 말은 원래 『주역』 「계사전」에 나오는 말이다.

21) "陰陽一用, 動靜一機, 此所以流行循環, 不能自已者也. (…)萬化之所自, 萬殊之所本, 此陰陽大頭臚處, 可以一貫之者也. 反於吾身, 仁智之性, 忠恕之道, 無非至日之理."(「復其見天地之心說」)

22) "天地之正, 稟全者人. 其正伊何? 曰義與仁. 仁義之源, 至善至眞."(「朴頤正字詞」, 『화담집』 권2)

화담은 이 세계는 간단없이 '생화'하지만 그 속의 천지만물은 저마다 자기 자리를 지키고 있다고 보았다. 자기 자리를 지키는 것, 화담은 이를 '그침'[止]이라는 말로 표현하고 있다.

(9) 천하의 만물과 만사는 저마다 '그침'이 있다. 우리는 하늘이 위에 '그친다'는 것을 알고 있고, 땅이 아래에 '그친다'는 것을 알고 있다. 우리는 우뚝 솟은 산과 흐르는 강물, 날아다니는 새와 걸어다니는 짐승 들이 저마다 하나같이 '그침'이 있어서 질서를 보여준다는 것을 알고 있다. 더더군다나 우리 인간은 '그침'이 없을 수 없다. 그러나 그 '그침'은 한 가지만이 아니니, 마땅히 각각 저마다 자기 자리에서 그칠 줄 알아야 한다. 예를 들면 아버지와 자식이 은혜에 그친다든가 임금과 신하가 의로움에 그친다든가 하는 것이 그러하다. 이것들은 모두 타고난 본성이며, 사물의 이치이다. 더 나아가 우리가 날마다 마시고 먹고 입는 것이나 보고 듣고 말하고 행동하는 따위에도 그쳐야 할 자기 자리가 왜 없겠는가? (…)군자가 배움을 귀히 여기는 것은 배움을 통해 '그침'에 대하여 알 수 있기 때문이다. 그러므로 배우고도 '그침'에 대하여 알지 못한다면 배우지 않은 것과 무엇이 다르겠는가.[24]

화담에 의하면 '그침'은 자연의 이치이며, 만물이 그 본연의 자리를 지키는 것을 의미한다. 본연의 자리를 지킨다는 것은, 사물이 저마다 자신의 위치에서 자신의 마땅한 도리를 다함을 말한다.

이렇게 본다면 화담이 강조하고 있는 이 '그침' 역시 자연철학과 윤리학,

---

23) "情一用事, 或失其正, 其始也幾差, 其究也狂聖. 彼狂罔念, 蠢與物兢. (…)宜時遵養, 敦復初性. 閑邪存誠, 正斯內充."(같은 글, 같은 책)

24) "夫天下之萬物庶事, 莫不各有其止. 天吾知其止於上, 地吾知其止於下. 山川之流峙, 鳥獸之飛伏, 吾知其各一其止而不亂. 其在吾人, 尤不能無其止, 而止且非一端, 當知各於其所而止之. 如父子之止於恩, 君臣之止於義, 皆所性而物之則也. 至於飮食衣服之用, 視聽言動之施, 豈止之無其所也. (…)君子之所貴乎學, 以其可以知止也. 學而不知止, 與無學何異?"(「送沈敎授義序」, 『화담집』 권2)

존재론과 도덕론의 결합을 보여준다고 할 수 있다. 화담은 자연철학에서 윤리학의 근거를 끌어내고 있는 것이다. 여기에는 인간이 자연의 일부이며, 그래서 자연으로부터 인간 삶의 근거와 기율(紀律)을 발견하지 않으면 안된다는 생각이 전제되어 있다.

화담이 말하는 '그침'에는 높은 생태적 지혜가 간직되어 있다. 그것은 부자연스런 욕망, 자기중심적인 마음, 작위적인 태도를 버리고 자연의 본질이라 할 절제와 균형, 막지연이연(莫之然而然 : 그렇게 시키지 않았는데 그렇게 되는 것, 곧 자발성을 뜻한다)을 따르고자 할 때에만 비로소 가능한 것이기 때문이다. 만물에는 저마다 '그침'이 있는바, 이로 인해 세계는 정연한 질서를 유지할 수 있다. 다시 말해 이 세계의 유기적 질서와 자연스런 조화(調和)는 '그침'으로 인해 가능하다. 세계는 기(氣)가 유행순환하는 생생불식(生生不息 : 만물의 생성이 그치지 않고 이루어짐)의 장(場)이지만 동시에 각각의 사물이 '그침', 곧 자신의 고유한 자리를 지킴으로써 유기적 체계를 구성하는 장이기도 하다. '그침'이란 **자기 자리**에서 멈추는 것이므로, 존재가 자신의 본래 모습에 거주하는 것이랄 수 있다. 욕망과 생산을 무한히 확대하면서 파국으로 치닫는 자본주의 문명은 화담이 제기한 '그침'의 철학에 귀를 기울여야 한다.

화담은, '인간의' 그침에는 두 가지 종류가 있는바, 하나는 **행함에 그치는 것**〔止行〕이고 다른 하나는 **그침에 그치는 것**〔止止〕이라 보았다.[25] 행함에 그치는 것은 행할 만할 때 행하는 것이고, 그침에 그치는 것은 그쳐야 할 때 그치는 것을 뜻한다. 이 두 가지는 서로 안팎을 이루며, 모두 중요하다. 그러나 화담은 인간이 나이 들어 궁극적으로 도달해야 할 경지는 그쳐야 할 때 그치는 것이라 보았다. 이 경우 '지지'(止止)는 곧 '무사무위'(無思無爲 : 생각도 없고 작위도 없음)라고 했다.[26] '무사무위'는 『주역』 「계사전」에

25) "盖時行而行, 則行而止也; 時止而止, 則止而止也."(같은 글, 같은 책)

26) "把來身心, 都止於無思無爲之地之時也."(같은 글, 같은 책)

나오는 말인데, 적연부동(寂然不動 : 고요하여 움직이지 않음)한 도(道)의 본체를 가리키는 말이다.[27] 요컨대 화담은 행(行)과 지(止)를 동(動)과 정(靜)에 대응시키고 있으며, 인생의 궁극적 도달점을 정(靜)에서 찾고 있는 셈이다. 이러한 입장은 죽음을 기가 흩어져 고요한 태허로 복귀하는 것이라 본 견해와도 연결된다.

6

화담은 퇴계나 율곡과 달리 심성론(心性論)에 대한 논의는 별로 남기지 않았다. 그것은 화담의 주된 관심이 존재론, 즉 자연철학 쪽에 있었기 때문일 터이다. 그러나 화담이 심성론이나 그와 연결되는 수양론(修養論) 등의 논의를 본격적으로 펼치지는 않았다 할지라도 그가 치력(致力)한 자연철학 속에는 이미 그 나름의 수양론이 내장(內藏)되어 있다고 생각된다.

흔히 화담은 산수간에 은거하여 세상과 담을 쌓고 지낸 철학자로 오해되고 있다. 그러나 화담이 벼슬에 나아가지 않고 학문에만 정진했다고 해서 사회에 대한 관심까지 버린 것은 아니다. 다음 자료는 화담이 현실문제에 깊은 관심을 지녔으며 대단히 비판적 자세를 견지했음을 잘 보여준다.

(10) 신(臣)은 전하께옵서 동궁에 계실 적에 성현의 사업과 제왕의 학문에 뜻을 두시지 않았던 게 아닌가 생각됩니다.[28]

(11) 산릉(山陵 : 임금의 무덤)에 관한 일을 말씀드리겠습니다. (…)지금 한결같이 풍수설에 따라 대대로 각각 땅을 차지하여 이곳 저곳에 산릉이 있습니다. 또한 그때그때 땅을 택하는지라 만일 산릉을 조성하려는 곳에

---

27) "易, 无思也, 无爲也, 寂然不動, 感而遂通天下之故."(『주역』「계사전」상, 제10장)

28) "臣竊恐殿下在東殿之日, 其於聖賢之業·帝王之學, 未嘗留意也."(「擬上仁宗大王論大行大王喪制不古之失疏」, 『화담집』 권2)

설사 종실(宗室)의 무덤이 있다 할지라도 모두 다른 곳으로 옮기게 하며, 산밖에 있는 백성들의 밭 역시 모두 묵은 땅이 되고 맙니다. 산릉에 속한 땅이 너무 넓어 백성들은 꼴을 베거나 소 먹일 곳마저 없습니다. 국운이 융성하여 나라가 천 년까지 지속된다면 능들이 경기도 교외에 즐비하여 밭과 들이 온통 황폐해져 남는 땅이 없게 될 터이니, 백성들은 거주할 곳을 잃어 백 리 안에 인적이 끊어질 것입니다. 폐단이 이에 이른다면 신은 어떻게 해야 할지 모르겠습니다.

산릉에 쓸 돌을 채석(採石)하는 일도 경기 지역 백성들에게 큰 해독을 끼치고 있습니다. 돌 한 개의 무게는 천 명의 사람도 옮길 수 없을 만큼 무겁습니다. 돌을 채석할 때 한 조각의 길이를 관(棺)의 길이에 맞추어 채석하더라도 결국 네 조각을 짜 맞추어야 하거늘, 그렇다고 한다면 꼭 관의 길이에 맞추어 채석할 필요가 있겠습니까? 옛날에는 묘역에 나무를 심는 제도는 있었지만 돌로 만든 말이나 양을 만들었다는 말은 못 들었습니다. 석인(石人 : 무덤 앞에 세우는 문무석)은 사람을 본떠 만든 것이니 사람과 비슷하면 되는데, 부질없이 크게 만들어 그 높이가 몇 길이나 되는데다가 험상궂고 우람하여 흡사 귀신의 형상과 같습니다. 지금 사대부의 집안에서도 서로 다투어 이를 본뜨고 있습니다. 그러니 수백 수천 년 뒤에는 돌이 바닥나 산이 무너져내리고 말 것입니다.

채석하는 일은 독촉이 엄하여 백성들은 채찍질을 당해 어육(魚肉)이 되고 있습니다. 백성들은 베 적삼을 걸치고서 눈을 맞으며 일하는데, 모두 손발이 얼어 터집니다. 그러나 밤이 되어도 돌아오지 못한 채 들판에서 얼어죽는 자가 부지기수입니다. 설사 임금님께서 급하게 서둘지 말라는 분부를 내리신다 하더라도 담당관리는 일을 완수하는 데 바빠 그 분부에 신경쓸 겨를이 없을 것입니다. 이는 담당관리의 잘못만이 아니고 형세가 그렇게 만드는 것입니다.[29]

---

29) "一從風水之說, 世各占之, 山陵每開一所. 且臨時擇地, 雖同姓宗室之墓, 皆令溝之而去, 山庭之外, 民田亦皆荒之. 一陵之入地亦廣占, 民無蒭牧之所, 隆運至於千年之遠, 則園陵相望於畿郊之外, 田野盡荒, 不容餘地, 民不得居焉, 百里之內, 敻絶人跡. 弊至於此, 臣不知何以處之. 伐石之役, 流毒畿內之民. 一石之重, 千人不能移, 一片之長, 幷與梓棺之長而伐

이 두 자료는 인종(仁宗)에게 올리려던 상소문에 들어 있는 구절이다. 이 상소문은 기존 연구에서 별로 주목하지 않았기에 여기서 좀 길게 인용했다. 자료 (10)이 보여주는 어조는 퍽 준엄하고 강직하며, 권력을 두려워하지 않는 재야 사인(在野士人)의 높은 기개를 느끼게 한다. 이 점은 자료 (11)도 마찬가지다. 당시 인종은 서거한 부왕(父王) 중종(中宗)을 위해 대대적으로 산릉을 조성 중이었다. 자료 (11)은 그로 인해 백성들이 겪는 고통을 기탄없이 지적하고 있는바, 봉건당국의 입장에서 본다면 퍽 과격하고 불온한 내용이랄 수 있다.

요컨대 위 자료는 화담의 민중적 입장을 잘 보여준다. 또한 간과해서는 안될 사실은, 화담의 민중적 입장이 그의 생태적 관심과 맞닿아 있다는 점이다. 왕실의 산릉 조성은 단지 백성들의 온전한 삶을 방해할 뿐만이 아니다. 무절제하게 이루어지는 석재 채취는 돌이킬 수 없는 자연의 파괴를 낳는다. 자료 (11)은 화담의 민(民)에 대한 연민과 자연에 대한 관심이 서로 어우러져 있음을 보여준다는 점에서 주목된다. 화담이 제기한 '그침'의 철학에서 본다면, 왕실과 사대부들에 의해 자행되는 분묘의 과대한 장식은 '그침'을 알지 못해서다. 그 결과 백성들은 자기 삶의 자리를 잃고 말았으며, 산도 자기 자리를 잃어가고 있다. 그쳐야 할 곳에 그치지 않음으로 인해 존재들 상호간의 조화, 생의 유기적 질서가 깨어져 버린 것이다.

그러므로 우리는 위 인용문을 통해 화담의 자연철학이 사회적 관심과 연결되는 접점을 발견할 수 있다. 적어도 화담이 사회문제를 외면하지 않았음은 위의 자료를 통해 분명히 입증된다. 화담의 자연철학은 흔히 오해되듯 사회와 절연된 자리에 있는 것이 아니라 사회에 대한 관심을 내포하고

之, 猶未免四片之封, 則何必以長爲哉? 古者立樹兆之制, 未聞石馬石羊等之物. 石俑, 取其象人而用之, 則貴於近似, 徒以夸大爲事, 高幾數丈, 頑焉奰贔, 有同鬼神. 今士大夫之家, 爭慕效之, 不出千百年之外, 石槨盡拔, 而山從而頹矣. 伐石之役, 程督嚴峻, 民糜鞭末, 短褐衝雪, 擧皆皸瘃, 竟夕未退, 抱凍原野而死者, 不知幾人. 勿亟之旨雖下, 有司急於集事, 未暇恤顧, 非獨有司之責, 勢使之然也."(같은 글, 같은 책)

있으며, 그러므로 언제든지 사회문제에 대한 관심으로 확장될 수 있다. 존재와 세계에 대한 관심은 그것이 정말 진정한 것이라면 사회적 관심으로 이어질 수밖에 없다.

7

화담은 자신의 공부와 깨달음을 자세히 글로 남긴 철학자가 아니다. 그는 죽음이 임박해서야 비로소 자신의 생각을 극히 소략한 몇 편의 글로 남겼을 뿐이다.[30] 그는 학자 스스로의 자발적 사유에 의한 깨달음을 몹시 중시했으며, 이 때문에 호한한 저술이나 번쇄한 주석을 일삼지 않았다.[31] 그러므로 화담이 남긴 글은 그가 실제 전개했던 긴 사유의 한 조박(糟粕), 혹은 파편 같은 것에 불과할지 모른다. 우리는 다행히 이 조박을 통해 그가 전개했던 사유의 요처(要處)를 더듬어볼 수 있기는 하나, 그렇다고 해서 이것이 화담이 전개했던 사유의 전부인양 착각해서는 안된다. 화담은 말한 것보다 말하지 않은 것이 훨씬 더 많은 철학자라 여겨지기 때문이다. 이처럼 극도로 말을 아낀 철학자를 대하는 법은, 많은 글을 남긴 철학자를 대하는 법과는 달라야 하지 않을까?

---

30) 『화담집』에 수록된 「鬼神死生論」의 맨끝에 "以上四篇, 皆先生病亟時所著"라는 註記가 보인다. '四篇'이란 「原理氣」, 「理氣說」, 「太虛說」, 「鬼神死生論」을 가리킨다.

31) "某欲加敷衍淺見, 令後學沿流以探其源, 竢吾精力盡時著書, 有志未就, 良亦一恨, 然不足恨也. 註脚更添註脚, 奈後學苦其繁複, 亦莫之致思何?"(「鬼神死生論」, 『화담집』 권2)

서경덕의 哲理詩

1. 머리말

화담 서경덕은 자신의 철학적 깨달음을 산문으로만 기술한 것이 아니라 시로 노래하기도 하였다. 이런 시는 '철리시'(哲理詩 : 철학적 이치를 읊은 시)라고 이름할 수 있다. 철리시는 송나라의 신유학자(新儒學者)들에 의해 개척되었던바, 널리 알려진 주자(朱子)의 「재거감흥」(齋居感興) 20수 같은 것이 대표적이다. 송나라 도학자들이 읊은 철리시는 『염락풍아』(濂洛風雅)라는 책으로 찬집(撰集)되기도 하였다.[1)]

그러므로 화담의 철리시는 북송(北宋) 이래의 이런 전통을 계승한 것이라 말할 수 있다. 화담의 철리시에서는 특히, 상수학(象數學 : 『주역』에서 말한 象과 數를 풀이하여 우주와 만물을 체계적으로 설명하고자 한 학문)에 깊은 조예를 보였던 소옹(邵雍, 1011~1077)[2)]의 영향이 짙게 감지된다.

---

1) 송나라 말에 金履祥이 편찬한 책이다. 周敦頤, 程顥, 張載, 邵雍, 張栻, 朱熹 등 여러 도학자들의 시가 수록되어 있다. 이 책은 조선 중기 이래 우리나라에서도 많이 읽혔다.
2) 諡號가 康節이어서 흔히 邵康節로 불린다.

화담은 시에 특기가 있거나 시 자체에 특별한 흥미를 느껴 시를 지은 것은 아니다. 그는 다만 철학적 탐구의 과정 중 때때로 시라는 형식을 빌려 자신의 생각이나 깨달음을 노래했던 것이다. 뿐만 아니라 그는 산수자연 속에 노니는 즐거움을 노래하기도 하고, 자연과 합치되는 삶에서 문득문득 맛보게 되는 도(道)의 체현(體現)을 즉흥적으로 노래하고 있기도 하다. 이런 시들은 '흥취'를 담고 있다. 요컨대 화담의 시들은 기교나 공교로움 따위와는 거리가 멀며, 퍽 소박하고 꾸밈이 없다. 그러나 화담의 시가 보여주는 소박하고 꾸밈이 없는 이 경지는 졸렬함과는 그 류(類)를 달리하며, '무위'(無爲)에 도달한 사람이라야 보여줄 수 있는 경지가 아닐까 한다. 이 점에서 화담의 시는 특별한 주목과 고찰을 요한다.

화담은 시 외에도 몇 편의 철학적 산문을 남겼다. 그러나 화담의 시들은 단지 그의 철학적 산문에서 확인되는 내용을 재확인하는 보조자료로만 읽어서는 안된다. 화담의 시는 화담의 철학적 사유에 대한 우리의 이해를 '심화'시켜 주거나 '확충'해 주기 때문이다. 요컨대 화담의 시는 이미 이룩된 철학적 사유의 반영이기만 한 것이 아니라 그 자체가 바로 철학적 사유의 과정이기도 하다는 점이 유의되지 않으면 안된다. 화담의 철리시에 대한 고찰이 필요한 이유도 여기에 있다.

2. 천기가 발동하여 스스로 움직이기를 기다려야 하네(待天機動自能行)[3]

다음은 화담이 박민헌(朴民獻, 1516~1586)[4]에게 준 시이다.

---

3) 이하 이 글의 소제목은 모두 화담의 시구이다. 그 풀이는 본문 중에서 이루어진다.

4) 처음의 자는 頤正인데 나중에 希正으로 바꾸었다. 호는 正庵, 瑟僩齋, 醫俗軒. 벼슬은 대사헌, 강원도 관찰사, 한성부윤, 형조참판 등을 역임했다.

학문이란 본래 정밀해야 진전되니
그대는 바탕이 훌륭하니 학문을 이루리.
부지런히 노력하되 조급히 이루려 하지 말고
천기(天機)가 발동(發動)하여 스스로 움직이기를 기다려야 하네.
由來學術進由精, 遠器知君可玉成
必有事焉而勿正, 待天機動自能行

「박민헌과 이별하며」[5]라는 시 전문(全文)이다. 박민헌은 화담의 고족(高足)이며, 화담에게서 『주역』(周易)을 배워 역학(易學)에 밝았던 것으로 알려져 있다.

이 시의 제3구 "부지런히 노력하되 조급히 이루려 하지 말고"는 『맹자』「공손추」(公孫丑) 상편(上篇)에 나오는 말이다. 맹자는, 노력은 하되 조장(助長)을 해서는 안된다는 뜻으로 이 말을 썼다. 제4구 "천기가 발동하여 스스로 움직이기를 기다려야 하네"라는 말은 주목을 요한다. 화담은 「원이기」(原理氣)라는 글에서 "기자이"(機自爾 : 機가 스스로 그러하다)라는 말을 쓴 바 있는데,[6] 이 시의 제4구 중 "천기가 발동하여 스스로 움직인다"(天機動自能行)는 말은 바로 이 "기자이"를 풀이한 말이라 할 만하다.

"천기가 발동하여 스스로 움직이기를 기다려야 한다"는 것은, 자기운동적인 자연의 이법(理法)에 따라야 한다는 뜻이다. 자연의 이법에 따른다 함은, 무리와 억지, 조작과 작위 등을 버려야 한다는 말이다. 이는 공부에만 적용되는 말이 아니라 세상사 전반에 적용되는 말일 수 있다. 뿐만 아니라 이 말은 화담 시의 시학적 근거로도 볼 수 있지 않을까 생각된다. 물론 화담이 그렇게까지 생각한 것은 아닐 터이다. 그러나 시를 읊는 일 역시 공

---

5) 원제는 「別朴瑟僩頤正」이다. 『화담집』 권1에 실려 있다. 화담의 시는 모두 『화담집』 권1에 실려 있으므로 이하 시를 인용할 때는 일일이 그 출처를 밝히지 않는다. 이 글에서 이용한 『화담집』은 영조 46년(1770)의 重刊本이다.

6) 「서경덕의 자연철학」, 본서, 136~137면 참조.

부와 세상사의 한 과정이라 본다면, 안배(按排)와 작위 등 일체의 부자연스러움을 버리고 천기의 발현에 따르고 있는 화담의 시는 "천기가 발동하여 스스로 움직이기를 기다려야 한다"는 명제에 시학적 근거를 두고 있다고 볼 수 있지 않을까.

화담은 따로 「천기」(天機)라는 시를 읊었는데, 다음은 그 일부다.

혼돈의 처음을 거슬러올라가 본다.
음양과 오행의 작용 누가 일으켰나?
이들이 서로 작용하는 곳에
천기가 환히 드러나네.
태일(太一)이 동정(動靜)을 돌리고
만물의 변화는 천지의 운행을 따른다.
음양의 풀무가 기(氣)를 불어내고
하늘과 땅의 문이 열렸다 닫혔다 하네.
해와 달은 교대로 왕래하며
바람과 비는 번갈아 흐렸다 개었다 하네.
강(剛)과 유(柔)가 서로 부딪쳐
유기(游氣)가 분분히 부네.
만물이 저마다 형상을 갖추어
널리 흩어져 천지에 가득찼네.
꽃은 절로 붉고 풀은 절로 푸르며
새는 절로 날고 짐승은 절로 달리네.
누가 그렇게 만든 것인지 알 수 없으니
조물주의 기밀은 알기 어렵네.
遡觀混沌始, 二五誰發揮
惟應酬酢處, 洞然見天機
太一斡動靜, 萬化隨璇璣
吹噓陰陽橐, 闔闢乾坤扉

日月互來往, 風雨交陰暉
剛柔蔚相盪, 游氣吹紛霏
品物各流形, 散布盈範圍
花卉自青紫, 毛羽自走飛
不知誰所使, 玄宰難見幾

'혼돈'이란 천지와 만물이 생기기 전의 상태다. 화담의 철학체계에 따르면, '선천' 혹은 '태허'(太虛)가 바로 혼돈이다. '태허'는 '태일'(太一)이라고도 불린다. '일기'(一氣)의 허정(虛靜)한 본체적 성격을 강조할 때는 '태허'라고 하고, '일기'의 일자적(一者的) 면모를 강조할 때는 '태일'이라 한다. 태허, 즉 태일은 음양을 내포한다. "태일이 동정을 돌린다"는 말은, 태일에서 음양이 생겨나온다는 말이다. 천기, 곧 천도(天道)는 바로 이 음양의 작용에서 드러나며, 음양의 작용 밖에서 찾을 수 있는 것이 아니다. "이들이 서로 작용하는 곳에 / 천기가 환히 드러나네"라는 말은 이를 뜻한다. 만물의 생성과 변화 및 천지의 운행은 모두 음양이라는 두 기(氣)의 작용에 따른 것이다. "강(剛)과 유(柔)가 서로 부딪쳐"라는 표현에서 '강'과 '유'는 곧 양과 음을 가리킨다. '부딪친다'는 것은 서로 작용한다는 뜻이다. "유기(游氣)가 분분히 분다"고 할 때의 '유기'란 기의 운동을 말하니, 이른바 기가 '승강비양'(升降飛揚 : 오르내리고 날아오름)하는 것을 가리킨다.[7] 바로 이 기의 운동에 의해 형질(形質)이 생겨나고, 인(人)·물(物)의 만수(萬殊 : 가지각색으로 다름)가 초래된다. "만물이 저마다 형상을 갖추어 / 널리 흩어져 천지에 가득찼네"라는 시구는 이를 말한다. 이처럼 모든 존재는 음양이라는 두 기의 운동에 따라 생성되고 변화한다. 그렇다면 음양을 주재하는 것은 무엇인가? 음양을 주재하는 것은 따로 없다. 음양 스스로가 운동의

7) '游氣'란 용어는 張載의 『正蒙』 「太和篇」 중 "游氣紛擾, 合而成質者, 生人物之萬殊; 其陰陽兩端循環不已者, 立天地之大義"라는 말에서 유래한다. 王夫之는 『정몽』 注에서 "游氣, 氣之游行也, 卽所謂升降飛揚"이라고 설명한 바 있다.

원인이기 때문이다. 이 점에서 음양의 조화(造化), 다시 말해 천도 혹은 천기는 자재(自在)하고 자연(自然)하다. '자연하다'는 말은, 누가 시켜서가 아니라 스스로 그러하다는 말이니, 스스로가 근거이고 이법임을 뜻한다. 그러므로 천기는 곧 자연이라고 말할 수 있다. "꽃은 절로 붉고 풀은 절로 푸르며 / 새는 절로 날고 짐승은 절로 달리네"는, 존재에서 확인되는 천기, 곧 자연성을 노래한 것이다. '절로'라는 말의 원문은 "자"(自)이니, 이 경우 '자'(自)는 "기자이"(機自爾)의 '자'(自)나 「박민헌과 이별하며」라는 시 중의 "대천기동자능행"(待天機動自能行)의 '자'(自)와 완전히 같은 뜻이다.

3. 물물은 서로 의지하네(物物賴相依)

「천기」(天機)라는 시는 이렇게 종결된다.

> 봄이 돌아오면 인(仁)이 베풀어짐을 볼 수 있고
> 가을이 오면 위엄이 펼쳐지는 걸 알겠네.
> 바람이 그치면 달이 밝게 비치고
> 비가 온 뒤엔 풀이 아름답구나.
> 보노라, 일(一)이 이(二)를 올라타
> 물물(物物)이 서로 의지하는 걸.
> 현기(玄機)를 투득(透得)하니
> 허실(虛室)에 괜스레 빛이 나누나.
> 春回見施仁, 秋至識宣威
> 風餘月揚明, 雨後草芳菲
> 看來一乘兩, 物物賴相依
> 透得玄機處, 虛室坐生輝

봄이 오면 만물이 소생한다. '인'(仁)이란, 만물에 관철되는 '생생'(生生)

의 원리다. 가을은 소멸의 계절이다. 그러므로 봄과 가을은 삶과 죽음에 대응한다. 봄과 가을이 이어져 있듯이 삶과 죽음은 이어져 있다. 봄과 가을, 삶과 죽음만이 아니라 만물은 모두 이어져 있다. 바람과 달, 비와 풀이 그 점을 환기시킨다. 시인은 이 세계의 존재들이 보여주는 이러한 '연관'을 "물물상의"(物物相依 : 物物이 서로 의지한다)라는 말로 일반화하고 있다. 화담의 '물물상의'라는 명제는, 화담보다 3백여 년 전 이규보가 제기한 '물아상구'(物我相救 : 物我가 서로 돕는다)라는 명제를 떠올리게 한다.[8] 두 명제는 근원적으로 맞닿아 있다. 그러나 두 명제는 그 외연과 강조점에 있어 차이가 없지 않다. 즉 이규보의 '물아상구'가 물(物)과 사람 사이의 상호의존적 관계를 지적하고 있다면, 화담의 '물물상의'는 물과 물 사이의 상관적 관계를 지적하고 있다. 그러므로 '물아상구'가 상생(相生)에 초점을 맞추고 있다면, '물물상의'는 상생과 상극(相克)을 모두 포함한 말이다. 다시 말해 모든 존재는 '생극'(生克)으로 서로 이어져 있는바, 만물의 상관적 관계, 만물의 상호관련이 '생극'에서 확인된다는 뜻이다. "바람이 그치면 달이 밝게 비치고 / 비가 온 뒤엔 풀이 아름답구나"라는 시구는 바로 이런 생극에 의한 만물의 상호관련을 일깨워준다. 화담이 다른 시에서 읊은 "나뭇잎 지니 천지가 수척하네"(木落天地瘦)[9]라는 시구 역시 천지만물이 일체적(一體的)으로 연결되어 있음을 현시(顯示)하고 있다.

"일(一)이 이(二)를 올라탄다"는 표현에서, '일'은 태극이고 '이'는 음양이다. 얼핏 보아 율곡(栗谷)의 '기발이승일도설'(氣發理乘一途說 : 氣가 發함에 理가 그것을 타는 것 한 길이 있을 뿐이라는 설)을 연상케 하지만, 화담은 기일분수(氣一分殊 : 천지만물의 근원은 氣이며, 一인 氣에서 多가 생긴다는 설)이고 율곡은 이일분수(理一分殊 : 천지만물의 근원은 理이며, 一인 理

8) 이규보가 제기한 '物我相救'에 대해서는 「이규보에게서 배우는 생태적 정신」, 본서, 124면을 참조하기 바란다.

9) 「林薈·朴漑와 함께 박연폭포에서 노닐다」라는 시의 제8구이다. 원제는 「同林正字朴參奉遊朴淵」.

에서 多가 생긴다는 설)라는 점에서 다르다. 요컨대 화담과 율곡은 기의 운동성을 말하고 있다는 점에서는 동일하나, 화담이 기는 불멸이며 현상적 기의 본체가 태허라고 주장한 데 반해, 율곡은 기는 소멸하며 본체가 아닌 작용(作用)일 뿐이라고 주장한 점이 다르다. 마지막 두 시구 중에 보이는 '현기'(玄機)는 곧 천기다. '허실'(虛室)은 『장자』 「인간세」(人間世)의 "허실생백"(虛室生白)에서 유래하는 말인데, 마음을 맑게 하고 욕심을 없애면 도심(道心)이 절로 생긴다는 뜻이다.

봄과 가을, 삶과 죽음이 이어져 있음에서 '돌아감' 혹은 '돌아옴'의 중요성이 제기된다. 이 두 말의 한문 원문은 '복'(復)이다. '복'은 '돌아옴'과 '돌아감', 두 가지 의미를 내포한다. 화담은 「동지를 노래하다」[10]라는 시에서 이렇게 읊었다.

(1) 사람이 복(復)을 알면 도가 멀지 않노라.
人能知復道非遠

(2) 천도(天道)가 항상 유행(流行)하니
이 몸이 점점 늙어가누나.
곱던 얼굴은 나이와 함께 변하고
흰 머리는 날로 늘어나네.
(…)
어린 양기(陽氣)가 점점 자라남을 보노니
선을 행함에 머뭇거리지 말아야지.
天道恒流易, 悠悠老此身
韶顔年共謝, 衰鬢日復新
(…)
稚陽看漸長, 爲善勿因循

10) 원제는 「冬至吟」으로, 2수이다.

자료 (1)은 제1수에서, (2)는 제2수에서의 인용이다. 이 시는 사실 '복'(復)에 대한 철학적 음미를 담고 있다. '복'이란 직접적으로는 『주역』의 복괘(復卦)를 가리킨다. 복괘는 제1효(爻)가 양(陽)이고 나머지 다섯 효는 모두 음(陰)인바, '일양시생'(一陽始生 : 하나의 陽이 처음으로 생겨남)의 형상을 취하고 있다. 이 괘는 절기로는 동지에 해당하니, 음기가 극성한 상태를 지나 양기가 처음으로 맨 밑에 생겨나옴을 상징한다. 그러므로 『주역』에 의하면 봄 기운, 즉 만물이 소생하는 기미는 동지 때부터 비롯된다. 이처럼 역(易)의 견지에서 볼 때 '복'은 겨울과 봄, 죽음과 소생의 분기점이며, 겨울에서 봄으로, 죽음에서 소생으로 나아가는 출발점이다. 이 점에서 '복'은 '반복'이자 '순환'이다. 반복과 순환은 존재와 생명, 자연의 법칙이다. 그래서 『주역』에서는 "'복'에서 천지의 마음을 볼 수 있다"[11]고 했다. 인간은 '복'이 증시(呈示)하는 자연의 법칙에서 교훈을 얻고 삶의 진실을 발견하지 않으면 안된다. 왜냐하면 윤리적으로 볼 때, 겨울에서 봄으로의 이행은 어두움에서 밝음으로의, 악으로부터 선으로의 이행을 뜻하기 때문이다. 그러므로 동짓날에 군자는 문을 닫고 고요히 앉아 자신의 잘못을 반성하고 선한 본성을 '회복'하고자 한다.[12] "사람이 복(復)을 알면 도가 멀지 않다"는 시구는 이 모든 함축을 내포하고 있다. 자연의 순환과 인간의 도덕적 반성이 통일적으로 인식되고 있는 것이다. 자연철학에서 윤리학이 도출되고, 자연철학과 윤리학이 통일되고 있는 셈이다.

자료 (2)에서 천도의 '유행'(流行)이란, 천도의 유전(流轉)과 운동을 말한다. 시인은 늙어감 역시 천도 유행의 한 과정으로 인식하고 있다. 늙는 일을 자연스런 일로서 담담히 받아들이면서 살아 있는 동안 행해야 할 선행(善行)에 대해 상념하고 있다. 자고로 늙음을 노래한 대부분의 시들은

---

11) "復其見天地之心乎!"(『주역』 復卦 彖辭)

12) 『주역』 복괘의 大象에서 "雷在地中, 復, 先王以, 至日閉關, 商旅不行, 后不省方"라 하고, 初九의 小象에서 "不遠之復, 以脩身也"라 한 것 참조.

그 근저에 인생의 유한성에 대한 비탄이라든가 돌이킬 수 없는 청춘에 대한 아쉬움을 담고 있게 마련이다. 그러나 화담의 시는 다른 면모를 보여준다. 그것은 늙음을 보는 시각이 달라서일 것이다. 자료 (2)의 시가 보여주는, '늙음'에 대한 화담의 철학적 음미는 우주와 존재의 본질을 투득(透得)한 철인(哲人)의 정신적 풍모를 느끼게 한다. 그것은 자연과 생을 완전히 합치시킨 사람만이 가능한 읊조림이 아닐까 한다.

4. 천지에 몸을 맡기고 스스로 부침하네 (任他天地自浮沈)

화담은 모든 존재는 결국 사멸하지만 그 기만큼은 본체인 태허(太虛)로 돌아간다고 했다.[13] 그러므로 모든 존재는 태허에서 와서 다시 태허로 돌아가는 게 된다. 그렇다면 이런 의문이 들지 않을 수 없다. 화담은 목전(目前)의 생에 대해 어떤 태도를 취했을까? 다음 시에서 그 실마리를 찾을 수 있다.

바람을 타고 나귀 몰아 사찰로 내려오니
탑 그림자 비낀 뜰에 땅거미 깔리네.
황폐한 절 남은 건물 이슬에 축축하고
천고(千古)에 산이 닳아 시내가 깊어졌네.
겨우 반원(半元) 지났건만 옛 모습 더듬기 어려우니
억회(億會)가 지난 뒤 누가 지금 알아보리?
어떤 손이 자유롭게 물외(物外)에 노니니
천지에 몸을 맡기고 스스로 부침(浮沈)하네.
御風弭節下叢林, 塔影橫庭鎖夕陰

13) 「鬼神死生論」, 『화담집』 권2 참조.

寺廢到頭餘爐濕，山磨終古補溪深
一元纔半難探昔，億會歸來孰記今
有客逍遙遊象外，任他天地自浮沈

「영통사(靈通寺) 현판(懸板)의 시에 차운하다」[14]라는 시의 두번째 수(首)이다. 영통사는 개성 오관산(五冠山)의 영통동(靈通洞)에 있던 절로서 서경덕이 은거해 있던 화담에 가까웠다. 골짜기가 깊숙하고 산이 첩첩이 둘러싸여 그 경치가 개성에서 손꼽혔다고 한다.[15] 이 절은 서경덕 당대에는 몹시 퇴락했던 듯하다. "겨우 반원(半元) 지났건만 옛 모습 더듬기 어려우니 / 억회(億會)가 지난 뒤 누가 지금 알아보리"라는 시구는 이 점을 말하고 있다. 그런데 이 시구에 보이는 '반원'이니 '억회'니 하는 건 무슨 뜻일까.

'원'(元)이나 '회'(會)는 소강절의 『황극경세서』(皇極經世書)에 나오는 말이다. 그에 의하면 30년이 1세(世)가 되고, 12세가 1운(運)이 되며, 30운이 1회(會)가 되고, 12회가 1원(元)이 된다. 그러므로 1회는 1만 8백 년이고, 1원은 12만 9천 6백 년이다. 소강절은 우주시간의 변화와 순환을 이 원(元)·회(會)·운(運)·세(世)의 개념으로 설명하고자 했다. 우주시간은 원에서 끝나는 것이 아니라 원의 세, 원의 운, 원의 회, 원의 원, 원의 원의 세, 원의 원의 원의 세 등으로 무한히 전개되어 나간다. 그러므로 화담이 '반원'이니 '억회'니 하는 말을 썼을 때 거기에는 우주적 시간인식이 자리하고 있다. 요컨대 화담은 무한한 시간의 흐름 속에 자기 자신이 놓여 있음을 말하고 있다. 이와 관련하여 우리는 "억회가 지난 뒤 누가 **지금** 알아보리"라는 구절 중의 '지금'이라는 말을 주목한다. 이 '지금'이라는 말은, 현존재가 아득한 시간의 한 점 위에 있다는 의식의 표출로 읽힌다. 현재는 장구한 과거와 영원한 미래 사이에 놓인 한 순간에 불과하다. 우주적 시간 속

---

14) 원제는 「次靈通寺板上韻」.

15) 『新增東國輿地勝覽』「長湍都護府」의 '山川' 및 '佛宇' 참조.

에서 현존재에게 운명적으로 주어진 이러한 순간성에 대한 자각은 현재의 삶에 대한 존중을 낳는다. '지금'에 대한 화담의 중시는 그의 강렬한 우주적 시간의식과 우주적 존재인식에서 연유하는 것이다.

이렇게 본다면, "훗날 지금과 같은 좋은 모임을 갖기는 어려우리"(勝會應難後繼今)[16]라거나 "즐겁게 노니는 일은 때를 놓치면 안되네"(講歡須及辰)[17]라는 읊조림의 기저(基底)에는 화담의 철학적 입장이 놓여 있음을 간과할 수 없다. 화담의 이런 태도는 찰나적 쾌락과 유흥의 추구와는 전적으로 다르다. 화담의 경우 '지금'과 목전의 생을 중시함은 곧 자연의 이법을 따르고 천도에 합치하는 삶을 살고자 하는 노력의 결과이며, 따라서 생을 중시하면서도 결코 생에 집착하지 않는 면모를 보여주기 때문이다. 그러므로 생에 대한 화담의 존중은 죽음에 대한 화담의 달관적 태도와 분리해 생각하기 어렵다. 다시 말해 죽음에 대한 달관적 태도가 생에 대한 존중을 낳고 있고, 생에 대한 존중이 죽음에 대한 달관으로 이어지고 있다고 할 수 있다. 가령 다음 시를 보자.

(1) 존재는 어디서 와 어디로 가는고?
음양(陰陽)이 합하고 흩어지는 이치 오묘하구나.
유무(有無)를 깨닫고 나니 구름의 생멸(生滅)과 같고
생사(生死)를 알고 보니 달이 차고 이지러짐과 같네.
존재의 처음과 끝을 아니 항아리 두드리며 노래한 뜻 알겠고
형체가 사라지고 혼백이 떠남은 통발을 잊음과 같네.
슬프다, 약상(弱喪)한 사람 얼마나 많은가
제 집으로 돌아감이 곧 선천(先天)임을 가르쳐 주리라.
物自何來亦何去, 陰陽合散理機玄
有無悟了雲生滅, 消息看來月望弦

16) 「영통사 현판의 시에 차운하다」의 제1수 제6구.

17) 「유수 이상국에게 지어 바침」(원제는 「奉贈留守李相國」)의 제2구.

原始反終知鼓缶, 釋形離魄等忘筌
堪嗟弱喪人多少, 爲指還家是先天

(2) 만물은 모두 잠시 머무는 존재니
일기(一氣) 중에 생겼다 사라졌다 하네.
구름이 생길 때는 자취가 있지만
얼음은 녹으면 흔적이 없네.
낮과 밤은 밝았다 어두워졌다 하고
원(元)과 정(貞)은 시작과 끝을 되풀이하네.
진실로 이 이치를 환히 아노니
항아리 두드리며 그대를 보내리.
萬物皆如寄, 浮沈一氣中
雲生看有跡, 氷解覓無蹤
晝夜明還暗, 元貞始復終
苟明於此理, 鼓缶送吾公

「어떤 죽은 사람을 애도함」[18]이라는 시의 제1수와 제2수 전문(全文)이다. 자료 (1)은, 유무와 생사가 모두 음양, 곧 기(氣)의 취산(聚散)임을 말하고 있다. 제5구에서 "항아리 두드리며 노래" 운운한 말은 『장자』「지락」편(至樂篇)의 다음 고사를 가리킨다.

장자(莊子)의 처가 죽었다. 혜자(惠子)가 문상을 갔는데, 장자는 마침 두 다리를 뻗고 앉아 항아리를 두드리며 노래를 부르고 있었다. 혜자가 말했다.
"함께 살면서 아이를 낳아 기르다가 늙어 죽었거늘 곡하지 않는 것도 뭣한 일인데 항아리를 두드리면서 노래까지 하는 건 너무 심하지 않소?"
장자는 이렇게 대답했다.
"그렇지 않소. 내 처가 처음 죽었을 때 난들 왜 슬프지 않았겠소. 그러나 생각해보니 본래 내 처는 처음에 생명이 없었소. 생명만 없었던 게 아니라 본

18) 원제는 「挽人」.

래 형체도 없었소. 형체만 없었던 게 아니라 본래 기(氣)도 없었소. 있는 듯하기도 하고 없는 듯하기도 한 사이에 변화가 생겨 기가 있게 되었고, 기가 변하여 형체가 있게 되었으며, 형체가 변하여 생명이 있게 되었소. 그런데 이제 또 그 생명이 변하여 죽음이 된 것이오. 이처럼 생사의 변화는 마치 춘하추동 사시(四時)가 운행하는 것과 같다오. 나의 처는 천지 사이에서 편안히 쉬고 있거늘 내가 아이고 아이고 울어댄다면 이는 하늘의 이치에 통달하지 못한 것이라 생각되구려. 그래서 울지 않는 것이라오."[19]

이 고사에서 장자는, 생과 사는 본래 한 가지이며 흡사 춘하추동 사계절이 순환하는 것처럼 서로 이어져 있음을 말하고 있다. 다만 장자가 "본래 기도 없었다"(本无氣)고 한 데 반해, 화담은 기는 취산할 뿐 불멸이며 기의 본체인 태허를 존재의 고향이라 보았다는 점이 다를 뿐이다.

제6구의 "통발"이란 말은, 『장자』 「외물」편(外物篇)의 "통발이란 물고기를 잡기 위한 것인바, 물고기를 잡고 나면 통발을 잊는다"[20]는 데서 따온 말이다. 그러므로, "형체가 사라지고 혼백이 떠남은 통발을 잊음과 같다"는 말은, 삶이 일시적 현상이라면 죽음은 근원으로의 회귀임을 시사하는 말이다. 이는 태허를 기의 본체, 모든 존재의 소종래(所從來)로 보기 때문에 가능한 생각이다. 이 점은 마지막 두 구절, 즉 "슬프다, 약상(弱喪)한 사람 얼마나 많은가 / 제 집으로 돌아감이 곧 선천(先天)임을 가르쳐 주리라"라는 구절에서 분명히 드러난다. '약상'이란 『장자』 「제물론」(齊物論)에 나오는 말인데, 해당 부분은 다음과 같다.

---

19) "莊子妻死, 惠子弔之, 莊子則方箕踞鼓盆而歌. 惠子曰: '與人居, 長子·老·身死, 不哭, 亦足矣, 又鼓盆而歌, 不亦甚乎!' 莊子曰: '不然. 是其始死也, 我獨何能无槪然! 察其始而本无生, 非徒无生也而本无形, 非徒无形也而本无氣. 雜乎芒芴之間, 變而有氣, 氣變而有形, 形變而有生, 今又變而之死, 是相與爲春秋冬夏四時行也. 人且偃然寢於巨室, 而我噭噭然隨而哭之, 自以爲不通乎命, 故止也.'"

20) "筌者所以在魚, 得魚而忘筌."

"생을 탐하는 것이 미혹이 아니라는 걸 내 어찌 알겠는가? 죽음을 싫어하는 것이 약상(弱喪)하여 돌아갈 줄 모르는 것이 아님을 내 어찌 알겠는가?"[21]

동진(東晋)의 학자 곽상(郭象)의 주(注)에 의하면, '약상'은 젊어서 고향을 떠난 자가 객지를 편안히 여겨 고향으로 돌아갈 줄 모름을 일컫는 말이다.[22] 그러므로 제 7·8구는 삶이란 집을 떠나와 잠시 머무는 곳이요, 죽음을 통해 존재는 그 집으로 돌아가는 것임을 말하고 있다. 그렇다면 존재의 집, 존재가 궁극적으로 귀의하는 고향은 어디인가? 화담은 선천, 곧 태허라고 말하고 있다.

이 점에서 모든 존재는 본질적으로 "잠시 머무는 존재"다. 이 사실은 자료 (2)의 제1·2구, "만물은 모두 잠시 머무는 존재니 / 일기(一氣) 중에 생겼다 사라졌다 하네"에서 명료하게 표현되고 있다. "잠시 머무는 존재"라는 말은 그 원문이 '우'(寓)이다. '우'는 '붙어 있다'는 뜻이다. '붙어 있다'는 것은, 자기의 본래 처소가 아닌 곳에 거주함을 가리킨다. 자기의 본래 처소가 아니기에 일시적이고 유한하며, 그래서 언젠가는 자기의 본래 처소로 떠나야 한다. '일기'는 앞에서도 지적했듯 태허와 같은 말이다. "일기 중에 생겼다 사라졌다 하네"라는 표현은, 망망대해에 부침하는 포말(泡沫)처럼 존재는 태허에서 생겨나 태허로 돌아간다는 뜻이다. 제5·6구 "낮과 밤은 밝았다 어두워졌다 하고 / 원(元)과 정(貞)은 시작과 끝을 되풀이하네"라는 시구는, 자연이 순환하는 것처럼 생사(生死) 역시 순환하는 것임을 말하고 있다. 낮과 밤, 밝음과 어두움은 생과 사에 대응하는 이미지다. 어떤 의미에서 낮과 밤은 하루의 생과 사다. 낮과 밤이 서로 맞닿아 있고 간단없이 교대하듯 삶과 죽음은 서로 맞닿아 있고 간단없이 교대한다. '원'과 '정'은 『주역』 건괘(乾卦)의 괘사(卦辭)에 나오는 말인데, '원'은 봄을, '정'은

21) "予惡乎知說生之非惑邪? 予惡乎知惡死之非弱喪而不知歸者邪?"

22) 郭象은 '弱喪'이라는 말에 대해 "少而失其故居, 名爲弱喪. 夫弱喪者, 遂安於所在而不知歸於故鄉也"라는 주석을 붙인 바 있다. 『莊子集釋』 참조.

겨울을 가리킨다. 봄과 겨울은 생과 사에 대응하는 이미지다. 봄과 겨울이 서로 이어져 있고 끊임없이 반복되듯 삶과 죽음 역시 서로 이어져 있고 끊임없이 반복된다. 이처럼 제5·6구는 자연 현상, 혹은 자연적 이미지와 생과 사를 대응시키면서 생사 역시 자연 현상의 일부라는 점을 강조하고 있다. 그리하여 마지막 두 구절에서 화담은, 생사는 곧 기의 순환임을 알기 때문에 슬퍼하지 않고 죽은 사람을 보낸다는 뜻을 노래하고 있다. 이 마지막 두 구절은 화담이 임종시에 제자에게 남겼다는 다음의 말, 즉 "삶과 죽음의 이치를 안 지 내 이미 오래니 마음이 편안하다"[23]는 말을 떠올리게 한다. 이 만시(挽詩)는 남을 위해 지은 것이 아니라 자기 자신의 죽음을 객관화해 읊은, 이른바 자만시(自挽詩)에 해당하지 않을까 생각된다. 만일 그렇다면 이 시는 고승의 열반송(涅槃頌)에 비견될 만하다.

「어떤 죽은 사람을 애도함」은 죽음이 슬퍼하거나 혐오해야 할 일이 아니며, 자연스럽게 받아들여야 할 현상임을 노래하고 있다. 그렇다고 해서 화담이 죽음을 찬미하거나 미화하고 있는 것은 결코 아니다. 화담은 다만 죽음이란 삶의 근원이라는 것, 그리하여 존재가 돌아가야 할 집임을 설파하고 있을 뿐이다. 죽음이 있기에 삶이 있는 것이며, 삶이 있기에 죽음이 있다. 그러므로 죽음의 긍정은 삶의 부정이 아니며, 삶의 긍정은 죽음의 부정이 아니다. 삶과 죽음은 동시에 긍정되며, 이 동시 긍정을 통해 삶과 죽음 각각에 대한, 그리고 둘의 상호관련에 대한 의미 부여가 한층 깊어진다.

5. 때로 흥이 솟으면 사람들과 노래하네 (時因興極共人歌)

기철학자들은 대개 현재를 중시하는 경향이 있다. 조선시대의 마지막 기

23) "死生之理, 知之已久, 意思安矣."(朴民獻 撰, 「신도비명」, 『화담집』 권3)

철학자라 할 혜강(惠崗) 최한기(崔漢綺, 1803~1875) 역시 '지금'을 대단히 중시했다.[24] 앞서 지적했듯 화담은 시시각각 흘러가는 시간의 흐름 속에서 현재의 삶이 아주 소중하다고 생각했다. 화담은 특히 자연에서 지극한 '흥취'를 느끼고 그것을 시로 표현하고 있다. 다음 시에서 그 점을 살필 수 있다.

> 조그만 초가에 즐거움 끝이 없어라
> 종일 마음 기르니 담담하고 한적하네.
> 꽃과 풀 감상함은 누구 일인가?
> 산수를 즐김 역시 나의 일일세.
> 좋은 경치 만날 때마다 홀로 읊조리고
> 때로 흥이 솟으면 사람들과 노래하네.
> 半畝宮中樂莫涯, 頤神終日澹無何
> 品題花卉知誰任, 管領溪山屬我家
> 每會景佳能獨詠, 時因興極共人歌

「유수 이상국의 시에 차운하여 답함」[25]이라는 시의 일부다. 이 시의 제5·6구, "좋은 경치 만날 때마다 홀로 읊조리고 / 때로 흥이 솟으면 사람들과 노래하네"에 주목한다. 좋은 경치를 만나면 왜 읊조리게 되는가? 아름다운 자연의 모습이 흥취를 불러일으키기 때문이다. '흥취'란 무엇인가? 경물(景物)로부터 촉발된, 현존재의 고조된 미적 정서를 말한다. 그 점에서 흥취는 자발적이며 몰입적이다. 화담은 바로 이 흥취를 대단히 중시하고 있는바,

---

24) "衆庶之習染在古, 運化之措處在今. 古今無違者, 經常倫綱也, 從古亦可, 從今亦可. 然隨時變通, 可於從今, 不可於從古臨機措處也. 若古今有異, 當捨古而從今耳. 與其從古而或有違, 豈若從今而無所違也. 不識運化氣者, 必因古訓以爲依據, 必稱師古以爲法則, 依據豈有如運化氣乎? 法則豈有如運化氣哉?"(『氣學』 권2, 『明南樓全集』 제1책, 여강출판사 영인본, 237면)

25) 원제는 「次韻答留守李相國」.

그것은 현존재가 삶에서 발견하는 종요로운 의미임과 동시에 시적 음영(吟詠)의 정서적·미적 기반이다. 홍취가 초래하는 시적 음영(吟詠)은 섬광과 같은 직관으로, 그리고 전일적(全一的) 깨달음으로 물아(物我)의 통일을 표현한다. 이런 홍취는 범인(凡人)은 범인대로 체험하며, 시인이나 예술가들은 대단히 섬세하고 깊게 체험한다. 그런데, 화담의 경우 그것이 자연철학과 시를 매개하는 핵심적 고리가 되고 있다는 점이 특기할 만하다. 다시 말해 화담에게 있어 홍취는 그의 자연철학을 미적으로 전화(轉化)하는 특수한 정서적 과정이며, 자연철학과·예술을 통일하는 내적 계기다.

화담이 자기 철학의 미적 실천에서 홍취를 얼마나 중시했는가는 다음 시구들에서 잘 확인된다.

(1) 평생에 그윽한 **홍취** 다 찾지 못했네.
平生未足探幽興[26]

(2) **홍취**가 솟누나, 맑고 온화한 땅에 있으니.
興入淸和境界邊[27]

(3) 경치가 기이하면 때로 시를 읊조리고
홍취가 찾아오면 때로 술잔을 들지.
景奇或上詩, 興來時把酒[28]

(4) 듣건대 강릉 땅은 산수가 좋다 하니
고깃배 띄우고 넉넉한 **홍취** 즐김도 좋으리.
聞道江陵山水勝, 不妨漁艇興還饒[29]

(5) 초연히 **홍취**를 찾는 나그네
마음은 어디에도 구속되지 않네.
경치 좋으면 시 읊조리며 그 곳에 머물고

---

26) 「閒懷」의 제3구.

27) 「贈葆眞庵」의 제2구.

28) 「同林正字朴參奉遊朴淵」의 제5·6구.

29) 「送留守沈相國罷歸江陵」의 제3·4구.

날이 맑아 즐거우면 곧 떠나네.
강산은 천 가지로 좋고
풍월은 한 가지로 맑네.
超然探興客, 動止不羈情
境勝吟仍坐, 天晴樂便行
江山千樣好, 風月一般淸 30)

이 자료들을 음미해 보면 '흥취'가 화담의 존재론과 미학을 연결하고 있음을 간취할 수 있다. 흔히 범론(泛論)하여 물아일체를 일컫지만, 깊이 들어가 따질 경우 이 말은 그것이 어떤 철학체계를 근거로 삼고 있는가에 따라 미묘한 차이가 존재한다. 가령 도가적 물아일체가 있을 수도 있고, 이학적(理學的 : '理學'은 理를 제1의적인 것으로 간주하는 성리학의 한 유파를 일컫는 말) 물아일체가 있을 수도 있으며, 심학적(心學的 : '心學'은 心을 제1의적인 것으로 간주하는 王陽明의 학문을 일컫는 말) 물아일체가 있을 수도 있다. 화담의 경우는 기학적(氣學的) 물아일체다. 그것은 다른 철학체계 속의 물아일체와 많은 상통점을 가지면서도 기화(氣化), 다시 말해 생화(生化)라는 기의 작용이 만물에 전일적으로 관철됨을 제1의적으로 중시하고, 그 점의 체득과 확인에서 존재론적 연대와 법열(法悅)을 느낀다는 데 다소의 차이가 있다. 이렇게 본다면 화담에게서 흥취는 기학적 물아일체의 심미적 표현이며, '천기'(天機)와 함께 그의 시학을 떠받치는 핵심적 근거랄 수 있다.

그런데 물아일체나 흥취에 이르기 위해 현존재는 어떤 마음을 가져야 하는가? 화담은, 나를 잊고 사물을 사물 그 자체로 보아야 한다고 말하고 있다. 이 점에서 다음의 시구는 주목을 요한다.

나를 잊고 사물을 사물 그 자체로 보니

30) 「途中」의 제1수 제1~6구.

어디 가든 마음이 스스로 맑고 따뜻하네.
到得忘吾能物物, 靈臺隨處自淸溫[31]

요컨대 무심(無心), 혹은 허심(虛心)이 중요하다는 말이다. 무심, 혹은 허심은 욕심이 없는 마음인바, 욕심이 없는 마음은 사물을 있는 그대로 받아들일 수 있다. 흥취와 물아일체는 자기를 비우고 사물을 있는 그대로 받아들일 때 비로소 가능하다. '천기' 역시 무심이나 허심의 경지에서만 발현(發現)되고 체득된다. 화담의 시에 나오는 '소산'(踈散 : 한산)이니 '소용'(踈慵 : 踈拙)이니 하는 형용어는 이욕(利欲)을 잊은 마음, 곧 허심과 깊은 관련이 있다.[32]

6. 자연을 노래하면 정신이 맑아지네(詠月吟風足暢神)

우리는 앞에서 화담의 시가 그의 자연철학의 미적 전화(轉化), 혹은 자연철학과 미학의 통일임을 지적했다. 이제 두어 작품을 통해 그 실제 양상을 살피기로 한다.

다음은 「우연히 읊다」[33]라는 시의 전문이다.

새벽달이 서쪽으로 진 뒤
거문고 타기를 막 그치니
어둡고 고요함이 밝고 수선거림과 교대하노니
그 속의 묘한 이치가 어떠한가?

31) 「無題」의 제1수 제3·4구.
32) "踈慵端合臥衡門"(「無題」의 제2수 제1구); "踈慵端合任天遊"(「次沈別提韻」의 제2구); "踈慵寡與還堪樂"(「次沈教授見贈韻」의 제1수 제3구); "自知踈散還堪樂"(「題洪君醫人堂」의 제7구) 등 참조.
33) 원제는 「偶吟」.

殘月西沈後，古琴彈歇初
明喧交暗寂，這裏妙何如?

이 시는 밤이 낮으로 바뀌는 시점, 다시 말해 어둠이 밝음으로, 고요함이 수선거림으로 바뀌는 시점을 노래하고 있다. 어둠과 고요함이 '음'(陰)과 '정'(靜)이라면, 밝고 수선거림은 '양'(陽)과 '동'(動)이다. 또한 어둠과 고요함이 죽음이라면, 밝음과 수선거림은 삶이다. '정'에서 '동'이 나오듯, 밝음은 어두움에서 나오고 소리는 고요함에서 나온다.[34] "어둡고 고요함이 밝고 수선거림과 교대하노니"라는 시구에서 '교대한다'는 단어의 원문은 '交'(교)이다. 이 시의 묘미는 바로 이 '교'자에 있다. '교'는 a와 b가 상접(相接)한다는 뜻과 함께 a에서 b로 옮겨간다는 뜻을 동시에 갖는다. a에서 b로 옮겨간다는 뜻일 경우 단지 옮겨감이라는 '추이'(推移)만이 아니라 옮겨감이 개시되는 바로 그 즈음〔際〕, 혹은 경계(境界)를 가리키기도 한다는 사실에 유의하지 않으면 안된다. 그러므로 이 시에서 '교'는 핵심적 중요성을 갖는 글자로서, 이른바 자안(字眼 : 시에서 가장 중요한 글자)에 해당한다. 시인은 죽음과 삶, 음과 양, 정과 동이 교차하는 '즈음'을 순간적으로 포착해 내고 있다. 바로 이 '즈음'이야말로 생극(生克)하는 음양의 작용, 다시 말해 우주의 미묘한 도가 잘 드러나는 지점이다. 제4구 "그 속의 묘한 이치가 어떠한가?"에는 이처럼 대대적(對待的)이고 순환적인 자연의 도를 직관한 시인의 감회가 서려 있다. 이 시에서 확인되듯 화담에게 있어 시와 철학은 둘이면서 하나이고 하나이면서 둘인 관계를 이룬다.

또다른 시를 본다.

절벽 암자 그늘져 습기가 축축하니
천고에 이끼는 빛이 푸르네.
나 역시 그와 같아

---

34) 화담은 「無絃琴銘」(『화담집』 권2)에서 "靜其含動"이라고 했다.

생의(生意)에 구속이 없네.

崖广陰滲漉, 千年苔色綠

自家知一般, 生意無拘束

「이끼를 읊다」[35]라는 시의 전문이다. 「태극도설」(太極圖說)로 유명한 북송의 도학자 주렴계(周濂溪)는 자기 집 뜰에 난 잡초를 베지 못하게 하면서 잡초는 "나와 뜻이 매한가지다"[36]라고 말한 바 있거니와, 이 시의 제3구 "나 역시 그와 같아"는 바로 이 고사를 염두에 둔 것이다. 천고에 푸른 저 이끼처럼 나 역시 이 세계 속에서 '온전하게' 살아가겠다는 뜻이다. 제4구의 '생의'(生意)는, 생명을 영위하고자 하는 마음을 의미한다. 음양의 작용에 의하여 온갖 생물이 생겨난바, 모든 생물은 자신의 생명을 온전히 하려는 마음을 갖는다. 그것은 하늘, 곧 자연의 뜻이다. 그러므로 이 자연의 뜻에 따라 모든 존재는 자신의 생명을 억압하거나 훼손하지 말고 생명의 요구에 충실하게 살아가야 마땅하다. 화담의 경우 생명의 요구에 충실하게 산다 함은 타고난 본성에 맞게 안분자족함을 뜻한다. 모든 존재는 이 안분자족을 통해 자신의 온전한 삶을 실현할 뿐 아니라 타자(他者)와 조화를 이룬다. 그리하여 세계는 유기적 질서를 이룬다. 세계는 생의로 충만해 있으며, 생의의 올바른 실현은 선(善)과 연결된다. 모든 존재의 생의는 근본적으로 똑같은 것이며, 따라서 모두 존중되지 않으면 안된다. 시인은 이끼의 생의와 나의 생의를 '일반'(一般)으로 보고 있다. 두 생의는 모두 거대한 우주의 '생화'(生化) 속에 포함되며, 그 한 과정이다.

이처럼 이 시는 이끼를 보고서 물아일반(物我一般)의 생의를 깨닫고 거기서 느낀 흥취를 노래한 작품이다.

마지막으로 「금강산」[37]이라는 시를 살펴본다.

---

35) 원제는 「詠苔」.

36) "牕前草不除, 曰: '與自家意思一般'"(『十八史略』). 이는 잡초와 내가 生意에 있어 매일반이라는 말이다.

금강산 경치 좋단 말 듣고
부질없이 20년을 그리워해 왔네.
이제사 맑은 경치 찾아왔는데
때는 더구나 좋은 가을철.
시냇가 국화는 향기 풍기기 시작하고
바위 틈 단풍은 불 붙는 듯 붉다.
숲 우거진 골짜기 거닐며 시를 읊조리니
마음과 생각 산뜻해짐을 깨닫게 되네.
聞說金剛勝, 空懷二十年
旣來淸景地, 況値好秋天
溪菊香初動, 巖楓紅欲燃
行吟林壑底, 心慮覺蕭然

시의 후반, 즉 제5구에서 8구까지는 물아일체의 경지를 여실히 보여준다. 현존재는 맑은 자연의 기운과 하나가 됨으로써 더없는 흥취를 느끼게 되고, 자기도 모르게 시를 읊조리게 된다. 시를 읊조림은 오롯한 흥취를 방해하지 않으며, 오히려 마음과 생각을 깨끗하게 만들어 준다. 화담에게 있어 시란 '고음'(苦吟 : 괴로운 읊조림)이 아니라 '천기'(天機)와의 자연스런 합치이기 때문이다. 그래서 화담은 "자연을 노래하면 정신이 맑아지네"[38]라고 했다. 이 말은 화담의 시학이 서 있는 지점을 극명하게 보여주는 것으로 생각된다.

7. 맺음말

지금까지 화담의 철리시들을 검토했다. 화담의 시들은, 자연철학과 예술

37) 원제 역시 「金剛山」이다.
38) "詠月吟風足暢神."(「述懷」의 제6구)

이 둘이 아니라는 것, 더 나아가 철학적 사유의 극단은 예술이며 예술을 통해 자연철학이 완성된다는 것, 또한 자연철학은 예술에서 생활적 체현을 이룩한다는 사실을 확인해 준다.

우리가 살핀 화담의 시들은 주로 우주와 자연의 원리를 노래한 것들이었다. 그렇다면 화담의 시는 사회적 관심은 배제하고 있는가? 그렇지는 않다. 비록 일부 시이기는 하지만, 사회적 관심을 보여주고 있는 시가 있어 주목을 요한다. 가령 「김상국이 부채를 보내주신 데 대해 감사드림」[39]과 같은 시를 예로 들 수 있다. 이 시는 기(氣)에 대한 논의와 백성에 대한 걱정을 결합시키고 있다.[40] 이밖에 「동지를 노래하다」[41]와 같은 시는 천도(天道)에 대한 논의를 정치에 대한 관심과 결부시키고 있다.[42] 요컨대 이들 시에서는 자연철학적 관심과 사회적 관심이 어우러져 있다.[43]

이처럼 화담의 시가 사회적 관심을 배제하고 있는 것은 아니지만, 그럼에도 그가 읊은 철리시의 본질은 역시 자연철학의 예술적 전화(轉化)에 있다고 생각된다.

39) 원제는 「謝金相國惠扇」이다. '김상국'은 慕齋 金安國이다.

40) 백성에 대한 걱정은 마지막 구절인 "丈夫要濯羣生熱, 當把冷颼播帝鄉"에서 확인된다.

41) 원제는 「冬至吟」.

42) 정치에 대한 관심은 그 제1수의 제6구인 "世或改圖治可回"에서 확인된다.

43) 화담이 사회문제를 외면하지 않았음은 인종대왕에게 올리려고 했던 그의 상소문에서도 확인되는 바이다. 이 점에 대해서는 「서경덕의 자연철학」, 본서, 145~147면을 참조하기 바란다.

제3부

■■■

신흠의 학문과 사상

신흠의 자연시학

신흠의 학문과 사상

1

상촌(象村) 신흠(申欽, 1566~1628)은 시조 작가로서 널리 알려져 있으며, 최근에는 한문학 작가로서 활발하게 연구되고 있다. 그러나 상촌은 단순히 문인만은 아니다. 현재 그 문학적 성과에 가려져 학술적 업적이 정당하게 인식, 평가되지 못하고 있는 실정이지만, 상촌은 그가 살았던 16세기 말에서 17세기 초엽의 시기에 대단히 문제적이고도 중요한 지적·사상적 탐구를 수행했던 인물이다. 그의 학적 탐구는 아주 진지하고 성실한 것이었으며, 기존의 학문방법과 태도에 대한 반성 위에서 새로운 학문을 모색하는 데로 나아갔다. 이러한 문제의식은 현실(혹은 삶)과 학문 간의 밀착된 관계를 회복코자 한 그의 고민과 밀접한 연관을 맺고 있다. 이 점에서 상촌의 학문과 사상은 그의 사후에 전개되는 실학의 학풍과도 일정한 연관을 보여준다. 이처럼 상촌의 학문은 조선 전기와 후기의 '사이'에서 퍽 중요한 사상사적 위치를 점하고 있다.

상촌의 학문 자세와 사상은 비단 사상사적으로 큰 의의가 있을 뿐만 아니라, 생태주의에 입각한 새로운 학문과 사상을 모색하고자 하는 오늘날의 우리에게 적잖은 시사를 준다. 전자에 대한 해명이 후자에 대한 상념으로 이어졌으면 한다.

2

다음 자료들은 모두 상촌이 직접 한 말인데, 그 학문세계를 이해하는 데 썩 도움이 된다.

(1) 소년 시절에 제자백가(諸子百家)와 9류(九流)[1]의 서적을 모두 다 읽었다.[2]

(2) 나는 어려서부터 퍽 암송을 잘했는데, 15, 16세쯤 되었을 때 한창 글 공부에 큰 공력을 쏟는 한편 위기지학(爲己之學 : 자기의 수양을 위한 학문)에 뜻을 두어 읽지 아니한 책이 없었으나, 나라가 좁아 사승(師承 : 스승에게서 가르침을 받음)할 만한 데가 없었다. 그러다가 20세 때 큰 병을 앓게 되어 1년간이나 자리에 누워 있었는데, 몰골이나 기력이 온전한 인간이 아니었다.[3]

(3) 내가 춘천에 와서 보니 부사(府使) 황공(黃公)은 옛날 친구였다. 그는 나에게 책상 하나를 주었는데, 나에게 독서벽(讀書癖)이 있음을 알고 있기 때문이었다.[4]

---

1) 先秦의 9개 학술 유파, 즉 儒家, 道家, 陰陽家, 法家, 名家, 墨家, 從橫家, 雜家, 農家를 가리키는 말이다.

2) "少年讀盡百家九流."(「山中獨言」, 『象村先生集』 권49). 이 글에서 인용하는 『象村先生集』은 규장각에 소장되어 있는, 1636년에 간행된 목판본이다. 『상촌선생집』은 이하 『상촌집』이라 부르기로 한다.

3) "余少頗能記誦, 方十五六歲時, 大肆力於文. 且有志於爲己之學, 於書無所不覽, 而海邦編陋, 無師承之地, 曁年二十四時, 遭大病伏枕者一年, 而筋骸精力, 不得爲完人." (같은 글)

4) "余來春府, 府伯黃公舊要也. 贈余素几, 盖知余有書癖也."(「求正錄」 상, 『상촌집』 권52)

(4) 내 나이 15세 때 유옥오(兪玉吾)가 주해(註解)한 『참동계』(參同契)를 얻어 그 방법을 시험해 본 적이 있다.5)

자료 (1)·(2)·(3)은 상촌이 15세 전후의 소년 시절에 이미 제자백가서는 물론이고 온갖 책들을 탐독했다는 것, 그의 독서벽이 당세에 유명했다는 것을 확인해 준다. 상촌은 어째서 소년 시절에 이토록 독서에 탐닉했을까? 이 물음은 한 번도 제기된 적이 없지만, 상촌의 학문세계와 사상 형성과정을 제대로 이해하기 위해서는 이 물음에서부터 출발하는 것이 대단히 긴요하다고 본다. 상촌이 소년 시절에 독서에 파묻히게 된 데에는 두 가지 사정이 작용하고 있다고 여겨진다. 하나는 그가 7살이라는 어린 나이에 고아가 되어 외조부인 송기수(宋麒壽)에게 양육되었다는 사실이요, 다른 하나는 송기수의 집에 장서가 많았다는 사실이다. 이 두 사실은 상촌의 전기(傳記)와 관련해 늘상 거론되어 온 바다. 그러나 이 전기적 사실을 상촌의 학문적 지향, 그의 사상 형성과 '내면적'으로 연관시키지는 못했다고 생각된다. 상촌은 부친의 묘표(墓表 : 죽은이의 사적과 덕행을 기리는 글로, 보통 돌에 새겨 무덤 앞에 세웠음)에서 이렇게 말한 바 있다.

(5) 내 나이 일곱 살 때 선부군(先府君)과 선비(先妣)께서 세상을 떠나 나는 아우 감(鑑)과 함께 외갓집에서 자랐다. 고아가 되어 의탁할 데 없던 나의 처지는, 부친은 일찍 여의었으되 모친은 계셨던 구양수(歐陽脩)보다도 못했었다.6)

이 짤막한 서술 속에는 어린 나이에 한꺼번에 양친을 잃은 7세 소년 신흠이 느꼈을 저 무한한 슬픔과 막막함이 배어 있다. 신흠이 독서에 파묻힌

---

5) "余年十五, 得兪玉吾所註參同契, 試其法."(같은 글)

6) "生七歲, 先府君若先妣捐館舍, 與弟鑑, 往鞠于外氏, 孤而無依, 曾不若歐陽子之早喪而母夫人猶在世也."(「先府君墓表」, 『상촌집』 권26)

것은 이런 상황과 정서 위에서였으리라 짐작된다.

어린 나이에 고아가 된 일이 상촌으로 하여금 박잡(博雜)한 독서에 빠져 들어가게 한 주관적·정서적 요인이라면, 외조부인 송기수의 집에 장서가 많았다는 사실은 그 외적·객관적 요인이랄 수 있다. 상촌에 따르면 송기수는 "제자백가에 두루 달통한" "통유"(通儒)[7]였었다. 또한 송기수는 1557년 상사(上使)의 자격으로 북경에 다녀왔던바, 그의 장서 가운데에는 당연히 명인(明人)의 저술도 포함되어 있었으리라 추정된다. 상촌은, 박학을 지향하며 비교적 개방적인 독서태도를 지녔던 것으로 보이는 송기수 가(家)의 기풍에 젖으면서 그 장서들을 자유롭게 읽어 갔던 것으로 여겨진다. 다음 자료가 이 점에 대한 우리의 이해를 도와준다.

(6) 14세 때 주렴계(周濂溪)·정자(程子)·장횡거(張橫渠)·주자(朱子) 등 송(宋)의 제현(諸賢)이 남긴 책 및 노장(老莊)과 불가(佛家)의 책을 두루 가져다 보았는데, 그 뜻을 궁구하여 이해하지 못한 것이 없었다. 송공(宋公)의 집에는 장서가 많았다. 공(상촌을 가리킴-인용자)은 늘 서재 안에 들어가 문 밖을 나오지 않고 독서하였다. 심지어 먹고 자는 것을 잊기까지 하였다. 그리하여 천문·지리·율력(律曆 : 音律과 曆法)·산수(算數)·음양(陰陽)·의학(醫學) 등 섭렵하지 않은 책이 없었다.[8]

여기서 잠시 관심을 조금 다른 데로 돌려, 앞에 제시된 자료 (4)를 보기로 한다. 이 자료는 상촌이 15세 때 원나라 유염(兪琰)[9]이 주해한 『주역참동계』(周易參同契)를 읽고 그것을 시험해 보았음을 말해 놓고 있다. 그런데 인용문 중의 "그 방법을 시험해 본 적이 있다"는 건 대체 무슨 말일까?

---

7) "旁通諸子百家, (…)遂爲通儒."(「右參贊宋公墓誌銘」, 『상촌집』 권25)

8) "十四, 悉取濂洛諸賢遺書, 旁及老佛, 無不推硏領會其旨. 宋公家多藏書, 公常入其中, 閉戶觀之, 至忘寢食, 象緯·堪輿·律曆·筭數·陰陽·黃岐之書, 無不涉獵."(「諡狀」, 『상촌집』 부록). 이 「諡狀」은 張維가 썼다.

9) 인용문에는 "兪玉吾"라고 되어 있는데, "玉吾"는 유염의 字다.

『주역참동계』에 서술된 내단(內丹)의 수련법, 곧 도가의 양생술을 추구해 보았다는 말이다. 상촌은 다른 글에서도 "나는 젊은 시절 양생가(養生家)의 글을 본 적이 있다"[10]고 하여 자신이 소년 시절에 이미 도가의 양생술에 관심을 가졌었음을 밝히고 있다. 상촌은 왜 양생술에 관심을 보였을까? 이 점에 대한 답은 다음의 자료에서 구할 수 있다.

(7) 내가 사방에 노닐 뜻이 없었던 건 아니었다. 그러나 소년 시절에는 병이 많아 골방만 지키고 있었다.[11]

다름아니라 "다병"(多病) 때문이었던 것이다. 신흠은 소년 시절 병약했으며, 이러한 신체적 조건으로 인해 도가의 양생술에 경도되었다. 자료 (2)에서 확인할 수 있는, 24세 때 1년간 큰 병을 앓아 죽을 뻔한 사실 역시 소년 시절 이래의 이런 병약함과 연결해 생각하지 않으면 안된다. 소년 시절 이래 상촌을 떠나지 않았던 이 병약함은 상촌의 사상적 지향을 이해하는 데 있어 또다른 하나의 중요한 규정 요인이 된다.

한편 상촌의 사승관계(師承關係)는 어떠한가? 상촌은 외조부 송기수의 묘지명에서 "나는 어려서 부모님을 잃고 외갓집에서 자랐으므로 공에게 친히 가르침을 받은 것이 적지 않다"[12]라고 하여, 송기수에게 가르침을 받은 바가 많았음을 밝히고 있다. 그렇다고 한다면 자료 (2)에서 상촌이 자기 입으로 "사승(師承)할 만한 이가 없었다"고 한 것은 어떻게 받아들여야 할 것인가? 이 점에 답하기 위해 다음 자료들을 마저 검토하기로 한다.

(8) 공은 일찍 부모를 여의었으며 사승(師承)이 없었지만, 15세가 되매 스스

---

10) "不佞少窺養生家言."(「同知中樞府事申公撥九十慶壽宴序」, 『상촌집』 권22)

11) "若愚者, 雖非無意於四方, 而少也多病, 圭竇是守."(「行役志」, 『상촌집』 권31)

12) "欽早喪怙恃, 鞠于外氏, 盖親炙濡染於公也, 不小."(「通政大夫黃州牧使宋公墓誌銘」, 『상촌집』 권24)

로 학문을 하였다.[13]

(9) 공은 어려서 고아가 되어 누구에게 배운 일이 없으며, 스스로 성현(聖賢)의 글 속에서 스승을 발견했다.[14]

자료 (8)은 계곡(谿谷) 장유(張維)의 기록이고, (9)는 월사(月沙) 이정구(李廷龜)의 기록이다. 두 사람 다 상촌의 인간과 학문을 잘 아는 위치에 있었다.[15] 그런데 두 사람 모두, 상촌에게는 스승이 없었으며 혼자 책을 보고 공부했노라고 말하고 있다. 다시 말해 상촌은 특정 학자의 학문적 영향을 받음이 없이 독학으로 학문을 이루었다는 말이다. 그렇다고 한다면 이 두 기록은 자료 (2)를 뒷받침해 주고 있으며, 상촌이 쓴 외조부의 묘지명에 보이는 말과 배치되지 않는가? 꼭 그렇게 볼 것은 아니다. 상촌이 송기수에게서 글을 배웠다는 것, 그리고 그의 훈도를 받았다는 건 확인되는 사실이다. 상촌이 묘지명에서 한 말은 주로 그런 각도에서 이해되어야 하지 않을까. 그러나 송기수는 상촌의 학문 형성에는 그다지 큰 영향을 미치지 못했던 것으로 보인다. 자료 (2)·(8)·(9)는 이런 각도에서 읽어야 하리라 본다.

상촌이 특정한 사승관계 없이 광범한 독서를 통해 자력으로 학문을 일구어 갔다는 것, 이는 상촌이 기존의 주자학적 학풍, 혹은 '주류(主流)의 학문'을 이탈해 좀더 유연하고 자유로운 입장에서 새로운 사상적 모색을 해나갈 수 있게 해 주는 하나의 주요한 계기가 되고 있다는 점에서 주목할 필요가 있다.

13) "公早孤, 無所師承, 而甫成童, 自知爲學."(「諡狀」, 『상촌집』 부록)

14) "少孤, 無資受之益, 而能自得師於聖賢書中."(「神道碑銘」, 『상촌집』 부록)

15) 이 두 사람 외에도 상촌과 깊이 교유한 인물로는 芝峰 李睟光을 꼽을 수 있는데, 지봉은 상촌의 「墓誌銘」에서 "初無父師勸導之益, 而能自力於學, 年未成童, 即知向方"이라고 기술하고 있다.

3

상촌은 '역'(易)에 대한 공부가 깊었다. 특히 소강절(邵康節)의 선천역학(先天易學)[16]에 대해서는 당대의 그 누구보다 깊은 조예를 지녔으며, 이 점 동시대의 유수한 학인들이 다 인정하는 바였다. 상촌은 「선천규관」(先天窺管)이라는 저술의 말미에 붙인 후지(後識)에서 자신의 역학 공부의 과정을 간단히 언급한 바 있다. 다음은 그 중 한 대목이다.

> (10) 내가 소싯적에 소역(邵易) 보기를 좋아했는데 그 요체를 이해하지 못하여 사색하다가 그만두곤 하였다. 이렇게 한 것이 대개 수십 년이나 되었지만, 세상에 이를 궁구(窮究)한 명유(名儒)·석사(碩師)가 없는지라 나의 의문점을 물어보고 어리석음을 깨우칠 길이 없었다.[17]

"소역"(邵易)이란 소강절의 역이라는 뜻이니, 곧 소강절의 『황극경세서』(皇極經世書)를 가리킨다. 상촌은 소시(少時)에 이 책을 『소자전서』(邵子全書)가 아니라 『성리대전』(性理大全)을 통해 읽었음이 분명하다.[18] 그런데 여기서 하나의 의문이 제기된다. 상촌은 왜 소시에 『황극경세서』 보기를 즐겨했을까? 『성리대전』에는 이 책 말고도 주자의 『역학계몽』(易學啓蒙)이라든가, 장횡거의 『정몽』(正蒙), 주렴계의 「태극도설」(太極圖說)이나 『통서』(通書) 같은 저술들이 두루 수록되어 있는바, 학인(學人)에 따라서는 『역학계몽』이나 『정몽』에서, 혹은 『통서』에서 자신의 학문적 기초를 마련할 수도 있는데, 상촌은 왜 하필 『황극경세서』에 이끌린 것일까? 소년 시절에 이 책 읽기를 즐겨했다는 것, 그리고 그 원리를 석명(釋明)치 못한

---

16) 先天易學은 先天象數學이라고도 한다. 선천역은 伏羲氏가 처음 作卦한 易을 말하는데, 『周易』과 달리 卦만 있고 文은 없었다고 알려져 있다.

17) "余少時喜觀邵易, 而未領其要, 思索而復置之, 如是者盖數十年, 世無名儒碩師究窮乎此者, 亦無緣就質而擊蒙矣."(「先天窺管」, 『상촌집』 권55)

18) 「先天窺管」의 기록에 의하면 상촌이 『邵子全書』를 접한 것은 放逐된 후이다.

게 있었는데 30여 년 후 계축옥사(1613)[19]로 조정에서 방축(放逐)되자 하릴없는 처지에서 다시 이 책을 읽기 시작하여 마침내 그 이치를 소연(昭然)히 깨달았다고 한 것, 이는 상촌의 학문 전반을 이해하고자 할 때 대체 어떤 의미가 있는 것일까? 기존의 논의들은 모두 상촌이 선천역에 밝았다는 현상적 사실을 거론하는 데 그치고 있을 뿐, 그가 왜 하필이면 선천역에 그토록 큰 관심을 보였는지에 대해서는 묻고 있지 않다. 그러나 상촌의 학문세계에 대한 깊이있는 이해에 도달하기 위해서는 이 물음을 풀어 나가는 데서부터 논의를 시작할 필요가 있다.

우리는 여기서, 15세 때 『주역참동계』를 읽고 그것을 시험해 보았다는 자료 (4)의 언술에 다시 주목한다. 주지하다시피 『주역참동계』는 『주역』을 도가의 연단술(煉丹術)과 결합시킨 책으로서, 도가의 역(易) 해석 전통을 수립한 의의가 있다고 평가되는 책이다.[20] 이 책은 상수역학(象數易學)[21]이 지배적이었던 한대(漢代) 역학의 지형 속에서 성립되었으며, 엄군평(嚴君平)의 『도덕경지귀』(道德經指歸), 양웅(揚雄)의 『태현경』(太玄經) 등과 함께 한대 황로파(黃老派)[22] 상수역의 대표적 성과로 꼽히는데, 앞의 두 저작과 마찬가지로 유가와 도가를 회통(會通)하는 경향을 보여준다. 상촌이 병약함이라는 신체적 조건 때문에 『주역참동계』를 읽었다는 사실은 앞

19) 계축년(1613)에 大北派의 鄭仁弘·李爾瞻 등이 일으킨 獄事로서, 이때 宣祖의 妃인 仁穆大妃의 아버지 金悌男과 인목대비의 아들 永昌大君이 피살되었다. 이이첨 등은 후궁의 자식으로서 왕위에 즉위한 광해군이 갖고 있던 왕권에 대한 불안감을 이용하여 이 옥사를 야기함으로써 자기네의 권력을 공고히 하고자 하였다. 이 옥사에 연루되어 수많은 사대부들이 억울하게 죽거나 조정에서 쫓겨났는데, 신흠 역시 이때 축출되었다. 계축옥사는 10년 후 西人이 反正을 일으켜 광해군을 폐위하고 仁祖를 등극시키는 계기가 된다.

20) 廖明春·康學偉·梁韋弦 공저, 심경호 역, 『주역철학사』(예문서원, 1994); 朱伯崑, 『易學哲學史』 제1·2권(台北: 藍燈文化事業股份有限公司, 1990) 참조.

21) 『주역』의 象과 數를 풀이함으로써 우주와 만물을 체계적으로 설명하고자 한 易學의 한 종류이다.

22) 黃帝와 老子의 가르침을 받드는 道家 學派로서, 淸靜無爲의 정치를 강조하였다.

에서 이미 지적한 바 있다. 그러나 상촌의 이 책에 대한 경사의 '앞' 혹은 '뒤'에는 단순히 건강을 위한 고려만이 아니라, 그의 도가적 체질과 경사가 자리하고 있다고 판단된다.

그런데 이 『주역참동계』에 대한 경사는 『황극경세서』에 대한 애호와 서로 연결되고 있다고 생각된다. 이 경우 어느 것이 먼저고 어느 것이 나중인가는 실증적으로 밝힐 수도 없거니와 그리 중요한 문제도 아니다. 중요한 것은, 이 두 책에 대한 관심이 어떤 공분모, 어떤 내적 연관을 갖고 있다는 사실이다. 바꿔 말해 이 두 책에 대한 상촌의 경도에는 어떤 공통의 심의경향(心意傾向)과 학적 지향이 내포되어 있다는 점이다. 그것이 무얼까?

이 물음에 대한 답을 찾기 위해서는 간단히라도 『황극경세서』의 성격을 개관하지 않으면 안된다. 이 책은 송대 상수역을 대표하는 저술로서 이전의 상수학과 구별하여 선천역학(先天易學)이라고도 불린다. '선천역'이란, 복희씨(伏羲氏)가 획괘(劃卦 : 선을 그어 괘를 만듬)한 역을 일컫는 말이다. 이 선천역의 관념은 도가역(道家易)에서 유래한다. 그리하여 『황극경세서』는 멀리는 오대(五代)·송초(宋初)의 도사 진단(陳摶)의 도가역을 계승했으며, 가까이는 이지재(李之才)의 도가역을 전수받은 것으로 알려져 있다. 가령 소강절의 「선천팔괘방위도」(先天八卦方位圖)는 진단이 전한 「선천도」(先天圖)에 연원을 두고 있다고 봄이 통설이다. 그런데 진단은 『주역참동계』의 영향을 크게 받았다. 소강절은 역학을 이학(理學) 및 수학(數學)과 결합시킴으로써 전연 새로운 역학을 창안해냈고, 이 점에서 그의 역학은 도가역을 넘어서고 있는바, 도가역과의 관련 속에서'만' 그의 역을 이해하려는 입장은 정당하지 못하다. 그러나 설사 이 점을 인정하더라도 선천역학으로 불리는 그의 상수역이 도가역의 성과와 전통을 계승하고 활용한 결과라는 점만큼은 부정할 수 없다.

여기서 처음의 문제로 다시 돌아가자. 『주역참동계』와 『황극경세서』, 이 두 책에 대한 상촌의 경도에는 어떤 내적 연관, 어떤 공통의 심의경향과 학적 지향이 내포되어 있는 것일까? 한마디로 말해 그것은 유가와 도가의 회통(會通)이 아닐까 생각한다. 이 경우 회통은 주로 유학 쪽에서 도가를 수용하는 방향으로 정신의 운동이 이루어지고 있으며, 그 반대는 아닐 터이다.

그러나 여기까지 이르러도 의문은 남는다. 『주역참동계』와 『황극경세서』에 대한 경도는 상촌의 도가적 체질, 그리고 그의 정신에 내재된 회통의 지향성과 관련하여 설명할 수 있다손 치더라도, 그가 어린 시절부터 역에 그토록 심취한 이유는 여전히 의문으로 남는다. 15세 소년이라 해서 그 공부를 만만히 볼 수 없음은 다음의 일화가 입증한다.

(11) 경진년(庚辰年)에 청강(淸江) 이공(李公) 제신(濟臣)의 집안에 장가들었다. 청강은 『주역』(周易)을 잘 안다고 소문이 났으므로 공(상촌을 가리킴—인용자)이 제자의 예를 갖추고 배움을 청했다. 청강은 『주역』의 몇몇 부분을 가르친 뒤 별안간 스승을 사양하며 말하기를, "이미 대의(大意)를 터득했는데 다시 무얼 가르치겠나"라고 하였다.[23]

경진년은 1580년이니, 상촌의 나이 15세 때다. 이 나이에 이미 역리(易理)를 깨달았다는 사실은 일견 기이하게 여겨지며, 분명 범상한 일이 아니다. 하지만, 필자는 상촌이 그럴 수 있었던 까닭을 말해주는 어떤 실증적 단서도 발견하지 못했다. 그러므로 이 문제에 접근하는 방법은 추론 외에는 없는 듯하다. 만일 이 대목에서 추론이 허용된다면, 필자는 7세 소년이 겪었을 그 엄청난 내상(內傷)이 그로 하여금 천인(天人)의 이치와 명수(命數)를 밝힌 역학에 일찍부터 흥미와 관심을 갖게 만든 것이 아닐까 생각하고 있다는 점을 부언해 둔다.

---

23) "庚辰, 委禽於淸江李公濟臣之門. 淸江號治易, 公執業請益, 講數傳, 淸江遽遜師席, 曰: '已見大意, 復奚益焉?'"(「行狀」, 『상촌집』 부록). 이 「行狀」은 淸陰 金尙憲이 썼다.

4

상촌이 애초 개인적 취향에서 소강절의 상수역에 경도되었다 하더라도 사회적 차원에서 본다면 그것은 곧 하나의 학술 현상으로서의 의미를 갖는다. 뿐만 아니라 뒤에서 보듯 상촌은 자신의 학문에 사회적 연관을 부여하면서 그 의미를 반성적으로 확장해 나갔다. 개인적인 것과 사회적인 것의 변증법적 관계가 확인되는 것이다. 이제 여기서는 이런 사회적 관련에 유의하면서 상촌의 상수학에 내재된 특징과 그 사상사적 맥락을 검토해 보기로 한다.

먼저 지적해야 할 점은 상촌의 상수학이 사상사적으로 볼 때 화담 서경덕의 상수학을 계승하는 측면을 갖는다는 사실이다. 상촌은 만년에 화담을 이렇게 평가한 바 있다.

> (12) 우리나라에는 본디 역학(易學)이 발전하지 못해 선배 유학자라 할지라도 그 핵심을 밝힌 이가 없었으며, 논한 것은 그저 글 뜻이 무엇인가 하는 지엽말단적인 것에 그쳤다. 그런데 화담만이 유독 멀리 소강절을 이어 곧바로 그의 심오한 경지를 엿보았으니 정말 세상에 드문 호걸이라 이를 만하다. 그의 해석은 우리나라의 뭇 유학자들이 지금껏 말하지 못한 내용이다.[24)]

> (13) 화담은 그 타고난 자질이 상지(上知)에 가까워 초야에서 몸을 일으켜 스스로 학문을 하였다. 화담은 특히 소역(邵易)에 조예가 깊었던바, 그가 추산한 『황극경세서』의 수(數)에는 하나도 틀린 곳이 없으니 기이한 일이라 하겠다. (…)선천역의 요체를 이해한 사람은 아조(我朝)에 화담 한 사람뿐이었다.[25)]

---

24) "我國素無易學, 雖儒先, 亦無能啓發關鍵者, 所論述, 只文義之末爾. 花潭獨能遠邵康節, 直窺門戶, 可謂不世之人豪矣. 此解, 是我國諸儒所未發也."(「선천규관」, 『상촌집』 권55)

25) "近於上知, 起自草萊, 自知爲學. 於邵易尤邃, 其推出經世之數, 無一謬誤, 奇哉! (…)知羲易蹊逕者, 我朝一人."(「晴窓軟談」 下, 『상촌집』 권60)

화담은 조선 학인 중 선천역의 묘리를 터득한 제1인자로서, "타고난 자질이 상지(上知)에 가까운" 특출한 학자로 칭송된다. 자료 (12)의 "그의 해석", 자료 (13)의 "그가 추산한 『황극경세서』의 수(數)"란, 『화담집』에 수록된 「황극경세수해」(皇極經世數解)를 가리킨다. 상촌은, 화담의 이 글이 조선의 어떤 학자도 발명(發明)하지 못한 내용을 담고 있으며, 단 하나의 착오도 발견할 수 없다고 찬탄하고 있다. 이 때문이겠지만 상촌은 자신의 저술 「선천규관」에 화담의 이 글을 전재(轉載)해 놓고 있다.

자료 (13)의 "스스로 학문을 하였다"는 말은 화담이 스승 없이 혼자 공부한 것을 가리키는 말인데, 주목을 요한다. 이 말을 하면서 상촌은 화담의 위학과정(爲學過程)과 "사승(師承)할 만한 데가 없었던"[26] 자신의 위학과정을 동일시하고 있는 건 아닐까. 위 두 자료에서 상촌이 화담의 역학에 대해 커다란 존경심을 품었다는 사실만을 읽는다면 피상적이다. 이 자료들의 중요성은 상촌이 화담의 역학과 자신의 역학 간의 학술사적 '연결'관계를 감지하고 있음을 보여준다는 점에 있다.

화담의 상수학은 화담 당대에는 물론이고 그의 사후에도 의심쩍은 눈초리를 받아야 했다. 그의 사후 조정〔宣祖朝〕에서는 그 제자들의 열성어린 옹호에도 불구하고 '정주(程朱)의 정통에서는 벗어난 학문'이거나 한갓 '수학'(數學)으로 간주되어 폄시되는 분위기였다.[27] 이는 화담의 학문이 '기학'(氣學)이라는 데 원인이 있기도 하지만, 동시에 그의 학문이 소강절의 상수학에 근거하고 있기 때문이기도 했다. 말하자면 화담의 학문은 비주류의 학문, 비정통의 학문으로 간주되어 퇴계와 율곡 그 어느 문하로부터도 높이 평가받지 못했다. 그러므로 상촌이 광해조 말기에 화담의 학문을 재평가하면서 그를 불세출의 학자로 극찬한 것은 특별한 의미를 갖는다고 할

26) 자료 (2)에 나오는 말이다.

27) 『花潭集』(『花潭及門諸賢集』 上 所收, 여강출판사, 1985), 48면; 『朝鮮王朝實錄』(국사편찬위원회 영인본) 제25책, 458면 상단의 宣祖 八年 五月 戊申의 記事 참조.

만하다. 상촌의 이런 태도는 어떤 현실적·역사적 함의를 내포하는 것일까? 상촌의 이런 태도는 비주류의 학문, 비정통의 학문이 지닌 가치와 의의를 재인식하거나 복원함으로써 기존의 학문을 쇄신하고 더 나아가 새로운 학문을 모색하고자 하는 문제의식과 맞닿아 있다는 점에서 의의가 있다. 상촌의 이런 문제의식이 주류의 학문, 정통의 학문에 대한 반성과 비판 위에서 제기되고 있음은 물론이다. 이 점에 대해서는 뒤에서 다시 논의하기로 한다.

여기서 우리가 유의해야 할 점이 한 가지 있다. 그것은 곧, 다같이 소강절의 상수학을 수용했다 할지라도 학자에 따라 그리고 시대적 문제의식에 따라 그 수용방식과 태도에 차이가 날 수 있다는 사실이다. 이 때문에 '상촌이 어떻게 소강절을 수용했는가'가 문제가 된다. 이 물음은 '상촌 상수학의 특질이 무엇인가'라는 물음으로 치환할 수 있다. 이제 이 점에 대해 조금 검토해 보기로 한다.

상촌이 천인지리(天人之理), 곧 운명에 대한 남다른 관심 때문에 소년 시절부터 역에 심취했다는 사실은 앞서 지적한 바 있다. 그러나 사환(仕宦)의 길로 접어든 이후 역 공부에 더 이상의 큰 진전이 있었던 것 같지는 않다. 그러다가 역에 대해 다시 집중적인 탐구를 벌이면서 역리(易理)에 대한 높은 깨달음에 도달하는 것은 계축옥사로 방축된 이래의 근 10년 동안이다. 이 시기에 상촌은 견디기 어려울 정도의 간난과 신고를 맛보았던 바, 다시 '운명'이라는 화두에 사로잡히지 않을 수 없었다. 상촌이 역에 대한 깨달음을 글로 쓴 것은 대개 이 시기에 집중되어 있다. 그것은 「선천규관」, 「구정록」(求正錄), 「휘언」(彙言) 등의 문(文)을 통해서만이 아니라, 수많은 시를 통해 표출되었다. 그러므로 상촌 역학의 성격을 알고자 할 때 계축옥사라는 정치적 사건, 그리고 그로 인한 상촌의 좌절과 고난은 핵심적 고려사항이 된다. 어떤 의미에서 상촌은 계축옥사로 상징되는 부당한 현실을 설명하고 그에 논리적·정서적으로 대응하기 위해 역을 연구했다고도 말할 수 있다. 또한 이런 사정은 거꾸로 상촌 역학의 특징과 한계를 규정지으면서 그에 역사성을 부여하고 있다.

상촌의 상수학을 이해하는 데 가장 중요한 명제는 "선천(先天)의 학문은 마음을 근본으로 삼는다", "선천도(先天圖)는 곧 심학(心學)이다"[28]라는 명제다. 상촌은 소강절이 제시한 이 명제를 가장 중요한 준칙으로 삼아 소역(邵易)을 수용하고 있다. 선천역의 탐구 대상인 희역(羲易 : 복희씨가 처음 만든 역)은 괘(卦)만 있을 뿐 『주역』처럼 문자가 없다. 그러므로 상(象)과 수(數)를 체득하여 그 오묘한 이치를 마음으로 깨닫는 것이 중요하다. 요컨대 언어와 문자 사이에서 이치를 구하는 것이 아니라, 잠심(潛心)하여 마음속에서 이치를 구해야 한다는 것이다. '심'(心)의 강조는 '정'(靜)의 강조로 연결된다. 마음이 허정(虛靜)해야만 역상(易象)을 깨달을 수 있기 때문이다. 이 점에서 상촌은 정좌(靜坐 : 고요하게 앉음)와 습정(習靜 : 靜을 익힘) 등 정공부(靜工夫)의 중요성을 그 무엇보다 강조했다. 상촌은 정엽(鄭曄)에게 보낸 편지에서 "정좌(靜坐)하여 깨닫는 것이 바로 선천(先天)의 광경일 것입니다"[29]라고 말한 적이 있는데, 이 말은 상촌이 자신의 입장을 스스로 잘 요약한 것이라 할 만하다. 그런데 '심'과 '정'은 무엇을 위해 강조되는가? '오'(悟 : 깨달음)를 위해서다. 상촌은, 역(易)은 문자로 따지거나 분분히 말로써 논변할 수 있는 것이 아니며, 스스로의 마음에 비춰 '오'하지 않으면 안된다고 보았다. 이 경우 '역'이란 도(道), 천도(天道), 자연지리(自然之理) 등의 말로 대체해도 무방할 터이다. 상촌은 이런 입장을 견지했으므로, 입으로 외우기만 하는 역, 구차하게 말로만 하는 역에 대해 극히 비판적인 태도를 취하였다. 후술하듯 상촌이 당시의 지배적인 학문인 주자학의 학문 행태를 못마땅해하며 비판하는 근거도 이에서 마련된다.

상촌의 역학에 내재된 또다른 두드러진 특징은 기수(氣數 : 氣의 변화에

28) "先天之學, 以心爲本." "先天圖, 乃心學也."(「進古經周易箚」, 『상촌집』 권32)

29) "惟是靜坐喚醒, 正先天光景爾."(「答鄭時晦」 第2書, 『상촌집』 권36)

의해 규정되는 운수)에 따른 '군자 / 소인'의 대립과 그 변전(變轉)에 대해 보여주는 극히 예민한 태도이다. 이는 계축옥사의 역학적 내면화라고 생각된다. 상촌은 계축옥사를 겪으면서 소인이 권력을 잡고 군자가 조정에서 쫓겨나는 현실에 커다란 절망감과 분노를 느꼈으며, 천도에 반하는 것처럼 보이는 이런 현실을 역학을 통해 구명(究明)하고자 하였다. 이런 고민과 문제의식은 그로 하여금 역학에서 '군자 / 소인'의 대립과 그 변전을 대단히 중시하게 만들었다.[30] 상촌이 방축기 및 유배기에 쓴 글들에는 '계세'(季世)·'말세'(末世)라는 말이 허다히 발견되는데, 이는 단순히 관습어구(慣習語句)만은 아니며, 당대를 '군자 / 소인'의 관계에서 상수학적으로 읽은 결과인 것이다. 복희씨(伏羲氏)나 무회씨(無懷氏 : 중국 상고시대에 존재했다는 전설상의 임금)가 나라를 다스렸다는 저 태고 시절, 그 순후(淳厚)하던 풍속에 대한 동경과 미화[31]도 기수의 전변(轉變)에 입각한 상수학적 세계인식과 무관하지 않다. 이 경우, 태고에 대한 동경은 패악(悖惡)한 자신의 시대에 대한 비판의 의미를 띤다.

'군자 / 소인'에 대한 역학적 문제의식이 이미 시사하고 있지만, 상촌의 역학은 정사(政事)와 세무(世務 : 세상일)에 대해서도 강렬한 관심을 보여준다. 이는 그가 『황극경세서』를 "세상을 경륜하는 큰 이치"[32]로 인식하거나, "물(物)을 살핌은 곧 세상을 살피는 일"[33]이라고 한 데서 예견되는 사실이다. 또한 일찍이 선조조 때 고경주역(古經周易)을 상진(上進)하면서 쓴 차자(箚子 : 임금에게 올리는 상소문의 한 종류)를 통해서도, 역을 잘 이해함으로써 훌륭한 정사를 베풀 수 있다고 본 상촌의 입장을 확인할 수 있

30) 상촌의 현실인식에서 연유하는 이러한 역학적 문제의식은 그의 역사인식 태도에까지 연결된다. 상촌은 기본적으로 '군자 / 소인'관에 입각해 역사를 이해하고 있기 때문이다.

31) 「次韓昌黎悶己賦」, 『상촌집』 권1; 「僑居」의 제2수, 『상촌집』 권16; 「懷古田舍」의 제2수, 『상촌집』 권21; 「和陶詩」 제2수, 『상촌집』 권21; 「次陳子昂感遇」 제33수, 『상촌집』 권6; 「昭陽遷客行」, 『상촌집』 권8 등 참조.

32) "經世大法."(「書龜峯詩後」, 『상촌집』 권37)

33) "觀物還觀世."(「池上」 제3수, 『상촌집』 권10)

다. 역리(易理 : 혹은 易象)와 시대현실의 관계를 상촌은 다음과 같이 파악하고 있다.

(14) 변화를 아는 것은 때를 아는 데 있고, 때를 아는 것은 이치를 통달함에 있다.[34]

(15) 하늘의 변화는 역(易)을 보면 알 수 있고, 세상의 시세(時勢)는 상(象)을 살피면 징험할 수 있다.[35]

자료 (14)에서 밑줄 친 "때"는 오늘날의 말로 바꾸면 '시대현실'쯤이 될 것이며, 자료 (15)에서 밑줄 친 "시세"(時勢)는 '역사의 흐름', '현실의 추이' 정도가 될 터이다. 이 두 자료는, 시대현실을 제대로 인식하기 위해서는 역리에 통하고 역상을 알아야 한다는 점을 말하고 있다. 요컨대 역이 현실과 직결된 학문임을 말하고 있는 것이다.

상촌이 정사와 세무에 대해 구체적으로 어떤 견해를 지녔으며 그 의의가 무엇인가 하는 데 대해서는 나중 상촌의 학문과 실학의 관련을 살피는 자리에서 검토하기로 하고, 여기서는 다만 상촌의 역학이 보여주는 정사 및 세무에 대한 강렬한 관심 자체만을 간단히 확인해 두는 데 그치기로 한다. 상촌의 저술 가운데 정사와 세무에 대한 관심이 집중적으로 표현되고 있는 것은 「잡저」(雜著), 「휘언」, 「구정록」 등이다. 이 저술들은 천지의 세운(世運), 국가의 흥망성쇠, 역대의 치란(治亂), 인물의 선악, 전곡(錢穀 :

---

34) "通變在識時, 識時在通理."(「野言」 2, 『상촌집』 권48). 상촌은 「野言」의 서두에 붙인 글에서 이렇게 말하고 있다 : "田居歲久, 已作世外人, 適披前修著撰, 有會心者, 錄爲小帙, 間附己意, 名以野言." 다른 사람의 글 가운데 자신의 마음과 통하는 구절들을 抄錄하고 거기에다 간간이 자신의 생각을 보태어서 「야언」이라는 책을 엮었다는 것이다. 상촌이 밝히고 있듯 「야언」은 그 모두가 상촌의 저술은 아니다. 그렇기는 하나 비록 남의 글을 초록해 놓은 부분이라 할지라도 상촌이 그에 공감을 느껴 초록해 놓았다는 점에서 상촌의 생각을 살피는 자료로 이용할 수 있다고 본다.

35) "天之變化, 觀易可見, 世之時勢, 觀象可驗."(같은 글, 같은 책)

돈과 곡식, 곧 재정)과 갑병(甲兵 : 군대) 등의 제도 변천, 당대의 정치현실에 대한 비판 등 다양한 내용을 포괄하고 있다. 그러나 자세히 들여다보면, 이 다양한 내용의 기저에는 역학적 관점이 자리하고 있음을 발견할 수 있다. 달리 말해 역학을 정사와 세무에 '적용'하고 '확장'한 것이 바로 이들 저술이라고 볼 수 있다. 「휘언」이 소역(邵易)에 대한 논의에서 출발하고 있다든가 「구정록」이 역에 대한 논의에서 출발하여 역에 대한 논의로 종결되는 구조를 취하고 있는 것도 이런 견지에서 설명할 수 있다. 「잡저」는 비록 이런 구조를 취하고 있지는 않지만, 간이(簡易)[36]와 변통(變通)이라는 역의 정신과 원리가 여러 곳에 활용되고 있다.

상촌의 역학이 보여주는 특징으로서 마지막으로 지적할 사항은, 그 회통적(會通的) 면모이다. 상촌은 유·불·도를 무시로 넘나들면서 셋을 회통시키고 있다.[37] 이 점에서 상촌은 주자학에 별로 구애됨이 없이 정신의 자유로움을 한껏 보여준다. 상촌의 말을 직접 들어보자.

(16) 유가(儒家)에서는 '미발지중'(未發之中)이라 하고, 도가(道家)에서는 '기지모'(氣之母)라 하고, 선가(禪家)에서는 '본래면목'(本來面目)이라 하는데, 모두 마음을 말한 것이다.[38]

---

36) 『주역』 「繫辭傳」에 다음과 같은 말이 보인다. "乾은 쉬움〔易〕으로써 시작을 맡고 坤은 간단함〔簡〕으로써 완성한다. 쉬우면 알기 쉽고 간단하면 따르기 쉬우며, 알기 쉬우면 친숙해지고 따르기 쉬우면 공적이 있게 된다. 친숙해지면 오래갈 수 있고, 공적이 있게 되면 위대해질 수 있다. 오래갈 수 있는 것은 賢人의 德이요, 위대해질 수 있는 것은 賢人의 事業이다. 쉽고 간단해서 천하의 이치가 얻어지니, 천하의 이치가 얻어지면 올바른 자리가 그 가운데서 이루어진다."(乾以易知, 坤以簡能. 易則易知, 簡則易從. 易知則有親, 易從則有功. 有親則可久, 有功則可大. 可久則賢人之德, 可大則賢人之業. 易簡而天下之理得矣, 天下之理得, 而成位乎其中矣.)

37) 상촌의 이런 면모는 이규보를 떠올리게 한다. 이규보 역시 儒佛道를 회통하는 면모를 보여주기 때문이다. 그러나 이규보의 경우 도가를 바탕으로 儒佛을 회통하고 있는 데 반해, 상촌은 유가를 바탕으로 道佛을 회통하고 있다는 점이 다르다. 그러나 이런 차이에도 불구하고 두 사람의 사상적 지향에는 유사한 점이 적지 않다고 보인다. 이규보 사상의 특징에 대해서는 본서, 「이규보의 도가사상」을 참조하기 바란다.

(17) 역(易)에서 '무위'(無爲)라고 했고 노자(老子) 역시 '무위'라고 했거늘, 이 둘이 무엇이 다르겠는가. 후세의 유자들이 일부러 다르다고 한 것이다.[39]

상촌은 선천(先天)의 오묘한 이치에 있어서는 역(易), 노장(老壯), 선(禪)이 귀일(歸一)된다고 보았다. 노장과 선이 비록 이단이라고는 하나 그 '묘오'의 경지에 있어서는 유학과 통한다고 본 것이다. 상촌은 이런 생각을, "길은 달라도 같은 데 이르네"[40]라거나, "노자는 도의 묘리(妙理)를 말하였고 / 공자는 세상의 규범을 내걸었지 / 가는 길이 달라 도가 어긋나더라도 / 뜻이 맞으면 환히 깨닫네"[41]라는 시구로 표현하기도 했다. 그리하여 역의 적연부동(寂然不動 : 고요하여 움직이지 않음. 道의 본체를 가리킴)과 노장의 허무, 불교의 선정(禪定)은 그 도가 일치된다고 보았다. 이 점에서 상촌이 관념하는 도란 엄격한 주자학적 의미에서의 도가 아님은 물론이요, 꼭 유학적 테두리만을 고집하는 도도 아니다. 그것은 비록 유학이 중심이 되고 있기는 하나 도·불(道佛)이 융석(融釋)됨으로써 훨씬 포괄적이고 유연하며 확장된 개념으로 변모된다. '분별'이 아니라 '종합', '배척'이 아니라 '대화'와 '포용'의 방향으로 도의 내부적 변용이 꾀해지고 있는 셈이다. 그 결과 상촌은 대담하게도 "도본허"(道本虛 : 道는 虛無에 바탕한다)[42]라고 생각하는 데까지 나아갈 수 있었다. 조선 성리학의 정립기에 화담이 노자의 이

---

38) "儒者曰未發之中, 老者曰氣之母, 禪者曰本來面目, 皆言心也."(「구정록」 상, 『상촌집』 권51)

39) "易曰無爲, 老亦曰無爲, 曷異哉? 後儒故異之也."(「휘언」, 『상촌집』 권41)

40) "殊途而同歸."(「次陸士衡嘆逝賦」, 『상촌집』 권1)

41) "柱史語道妙, 孔子揭世典, 軌異路自左, 意契悟乃顯."(「雜體十六首」 중 「上聲體」, 『상촌집』 권20)

42) 「야언」 2, 『상촌집』 권48. 또 「휘언」 2, 『상촌집』 권42에서도 다음과 같은 말이 보인다. "老子妙, 莊子放. 妙乎放乎, 歸則無. 無爲有之本, 有爲無之發, 有乎無乎, 相爲用." 상촌은 다음에서 보듯 시를 통해서도 비슷한 생각을 보여주고 있다. "浮生貴與賤, 畢竟同歸虛, 所以老聃翁, 談經唯說無."(「歸田園居」 제4수, 『상촌집』 권21)

명제를 깨뜨리기 위해 얼마나 고심했던가 하는 것을 우리는 잘 알고 있다. 그러나 이제 상촌은 화담과 달리 "도본허"를 주장하고 있다. 사상사가 바뀌고 있음을 감지케 하는 대목이다. 이러한 변화는 필시 현실의 변화를 반영하고 있을 터이다. 그렇다고 한다면 이같은 사상사적 변화가 함축하는 현실적 의미는 대체 무얼까? 여기서는 일단 물음만 제기해 두기로 한다.

이상, 상촌의 상수역학이 갖는 몇 가지 주요한 특징들을 살펴보았다. 그런데 상수역과 함께 역학의 양대 축을 이루는 것은 이른바 의리역(義理易: 易의 해석에 있어 특히 義理를 강조하는, 역학의 한 종류)이다. 상촌은 의리역을 어떻게 보았던가? 우선, 상촌은 북송 의리역의 우뚝한 봉우리인 정이천(程伊川)을 평가절하했다. 소강절이 역을 창안하여 일가를 이룬 공이 있는 반면, 정이천은 『주역』에 주석을 붙인 데에 불과하다고 보았다.[43] 그리고 정이천이 『역전』(易傳)을 지으면서부터 역을 말하는 자들은 오로지 문의(文義 : 글뜻)에만 치중하게 되고 그에 따라 상수역은 가리워지고 말았다고 했다.[44] 상촌이 정이천을 낮게 평가한 것은, 한편으로는 상수역과 의리역이 보완적인 관계에 있음을 인정하면서도 역시 기본적으로는 상수역을 높이고 의리역을 낮추어 보는 것이 상촌의 근본 입장이었기 때문이다. 상촌은 하도낙서(河圖洛書)[45]와 괘획(卦劃 : 괘의 형상)을 먼저 공부하지 않고 오로지 의리역에만 힘쓰는 것은 역에 내포된 절반의 이치를 폐기하는 행위이며, 따라서 역의 묘리를 깨달을 수 없다고 보았다.[46] 구차하게 『주

---

43) 「휘언」 1(『상촌집』 권41)에서 "邵易有作者之功", "程傳, 註釋而已. 邵易, 一家之書"라고 말했다.

44) "至伊川先生爲傳, 談易者, 專於文義而象數隱矣."(「선천규관」, 『상촌집』 권55)

45) '하도'는 伏羲氏 때 黃河에서 나온 龍馬의 등에 있었다는 문양으로, 복희씨는 이를 본받아 8괘를 만들었다고 한다. '낙서'는 禹임금이 治水事業을 할 때 洛水에서 神龜가 나왔는데 그 등에 있었다는 글자로서, 우임금은 이를 본받아 洪範九疇를 만들었다고 전해진다.

46) "不先於圖書卦畫, 而只用力於周易, 則是截上半道理遺之也, 何以得其聖神幽贊之妙乎?" (같은 글, 같은 책)

역』의 문사(文辭)나 외우고 그 문의(文義)나 요량하는 정도로써 역을 아는 양 생각하는 것은 잘못된 태도라는 것이다. 그리하여 상촌은 역의 깊은 이치는 들여다보지 못한 채 "문의지말"(文義之末 : 지엽말단적인 글뜻)만 공부하고 있는 조선의 학인들을 개탄하고 있다.[47] 상촌의 이런 입장은 다음의 두 자료에 잘 요약되어 있다.

(18) 역은 구차하게 말로만 해서 되는 것이 아니다. 상(象)을 보고 점을 칠 수 있어야 하고, 수(數)를 통해 헤아릴 수 있어야 하며, 그 도를 행할 수 있어야 한다. 제대로 점치고 제대로 헤아리고 제대로 행할 수 있어야만 비로소 역을 제대로 안다고 할 것이다. 그러나 후대 사람들이 역을 공부하는 걸 보면 그렇지 않으니, 그저 글귀만 외우고 있을 따름이다.[48]

(19) 역을 논하려는 자는 반드시 그 마음을 다스려야 하나니, 마음과 이치가 하나가 된 연후에야 비로소 역을 배울 수 있다. 그렇지 않고 고작 약간의 지식으로 글 뜻을 추측하는 걸 갖고 "나는 역을 안다"고 한다면 어리석은 일이 아니겠는가.[49]

상(象)을 점치고 수(數)를 추산(推算)함으로써 묵계묘오(默契妙悟 : 말없이 도를 체득하는 것과 묘한 깨달음을 얻는 것)에 이르고, 그 깨달은 이치를 실천해 나가는 것, 이것이 곧 역을 아는 태도라고 했다. 역에 대한 상촌의 이런 입장은, 말만 앞세워 구구히 분변하거나 지리하고 번쇄하게 의론을 일삼기만 하는 당시 학인들의 태도를 비판하면서 "진지실행"(眞知實行 : 참된 앎과 실천)[50]을 강조한 자신의 주장과도 일맥상통한다. 또한 앞서도

---

47) "我國素無易學, 雖儒先, 亦無能啓發關鍵者, 所論述, 只文義之末爾."(같은 글)

48) "易非苟言也. 其象可以占, 其數可以推, 其道可以行, 能占能推能行者, 斯能易矣. 後人之治易不然, 誦說而已."(「구정록」 상, 『상촌집』 권52)

49) "論易者, 必理其心, 心與理一, 然後方可以學易. 不然而徒以一知半解, 推測於文義之間, 而曰: '我爲易也', 不亦迂乎?"(「구정록」 상, 『상촌집』 권51)

50) "孰不曰知? 眞知爲難. 孰不曰行? 實行爲難. 人人眞知, 人人實行, 則滿市皆神仙矣."(「휘언」 1, 『상촌집』 권41). '眞知實行'은 朱子도 말한 바 있다. 그러나 상촌이 강조한 '진지

지적했지만, 상촌은 역이란 곧 심(心)이니 궁극적으로는 상수(象數)에도 구애됨이 없어야 그 광대한 본체를 볼 수 있다고 했다.[51)]

그러나 상촌은 정이천에 대해서는 비판적인 입장을 견지했지만 주자의 역학에 대해서는 비판적이지 않았다. 이는 주자의 『역학계몽』이나 『주역본의』(周易本義)가 대체적으로 소역(邵易)을 조술(祖述 : 본받아 따름)한 것이라 보았기 때문이다.[52)]

그러면 이제 상촌의 상수학에 대한 이상의 논의에 유의하면서 그 사상사적 위치를 짚어보기로 하자. 이 과정에서 상촌 역학의 역사적 의의와 한계가 어느 정도 드러나리라 본다.

먼저, 상촌의 역학은 조선 학술사 내에서 화담의 상수역을 계승, 발전시킨 의의를 갖는다. 화담의 역학이 그 제자 박민헌(朴民獻, 1516~1586)을 통해 한준겸(韓浚謙)의 부친인 한효윤(韓孝胤, 1536~1580)에게 전수되었음은 자료를 통해 확인된다.[53)] 한효윤의 몰년인 1580년 당시 상촌의 나이는 15세였다. 상촌은 그때 한창 소역(邵易)에 몰두해 있었다. 비록 상촌이 화담 급문(及門 : 문하생)과 직접 사승관계를 맺지는 못했다 하더라도 학술사의 거시적인 맥락에서 본다면 상촌의 역학은 화담의 상수학과 연결된다. 또한 화담에게서 상촌으로 이어지는 조선 상수학의 전통은 17세기 후반 이래의 조선 학인들에게 발전적으로 계승되었다고 보인다. 이 시기에 배출된 학인 가운데 상수학에 조예가 있었던 사람으로는 정관재(靜觀齋) 이단상(李端相), 농암(農巖) 김창협(金昌協), 대곡(大谷) 김석문(金錫文), 이재(頤齋) 황윤석(黃胤錫), 담헌(湛軒) 홍대용(洪大容) 등을 꼽을

실행'의 구체적 내용은 주자의 그것과는 사뭇 다르다고 생각된다. 뒤에서 살피듯, 상촌이 주자학의 폐단에 대해 대단히 비판적 자세를 취하는 데서도 이 점이 확인된다.

51) "泥於象數, 則不足以盡其體之廣大."(「구정록」 상, 『상촌집』 권51)

52) "世有周易, 而無羲易. 邵氏之易, 乃羲易也. 朱夫子取以爲啓蒙及本義, 間或有小異, 而大意祖乎邵也."(「선천규관」, 『상촌집』 권55)

53) 「贈領議政韓公墓誌銘」, 『상촌집』 권25 참조.

수 있다.[54]

상촌의 상수학이 습정(習靜)과 묵계(默契)에 의한 오(悟)를 강조한다는 점은 화담의 학문과 통하는 점이 아닌가 생각된다. 그러나 상촌의 역학은 그 점만이 아니라 정사와 세무, 사공(事功)에 대한 강렬한 관심을 보여준다는 점에서 화담의 학문세계, 화담의 학문적 지향과 그 면모를 달리한다. 이는 두 사람의 처지가 다른 데서 초래된 차이일 수 있다. 화담은 사화(士禍)의 시대에 살면서 은둔하여 심성을 기르는 데 치력했던 데 반해, 상촌은 청요직(淸要職 : 학식과 문벌이 높은 사람에게 시키는 벼슬)을 두루 거친 고관으로서 나라와 민생을 돌봐야 하는 처지에 있었기 때문이다.

그러나 두 상수학자의 학문적 지향의 차이를 전적으로 그 처지와 관련되는 것으로만 돌릴 것은 아니다. 두 사람의 학문세계가 달라진 데에는 역사적 현실의 차이, 사상사적 단계의 차이도 개입되어 있다고 판단되기 때문이다. 상촌이 활동한 시대에는 임진왜란이라는 조선왕조가 붕괴될 뻔한 미증유의 국가적 위기가 있었으며 그 후유증을 치유하기도 전에 다시 광해조의 폐정(弊政)이 있었다. 이런 역사적 현실 속에서 정사와 민생, 사공(事功 : 功用)에 적극적으로 관심하는 학문적 모색이 이루어진 것은 자연스런 일이다. 또한 화담의 시대는 조선 성리학이 내면화되던 시기였다. 당시 조선의 성리학은 도가와 불교 등 이단 비판을 통해 학문적 헤게모니를 장악하면서 그 이론체계를 확립해 나가는 게 핵심적 과제이자 기본적 문제의식으로 되고 있었다.

그러나 상촌의 주요한 학문적 저술이 이루어진 1610년대는 상황이 달랐다. 퇴계와 율곡을 거치며 조선 성리학은 이미 주자학 중심으로 학문적 정

54) 靜觀齋가 상수학에 조예가 있었음은 "讀書, 不拘一法, 如皇極經世書·性理諸家解等書, 尤好看玩, 其於象數精微之蘊, 深有所自得"(『靜觀齋集』, 한국문집총간 130책, 324면)이라는 기록에서 확인되며, 농암의 상수학에 대한 관심은 『農巖集』 권31의 「雜識」 內篇 1에서 확인된다. 大谷, 頤齋, 湛軒이 상수학에 깊은 조예가 있었음은 잘 알려져 있는 사실이므로 굳이 자료를 제시할 필요가 없을 줄 안다.

통성을 확립했으며 그 사변성(思辨性)에 있어 최고의 수준에 도달했다. 이 과정에서 주자의 이학적(理學的) 이론체계와 입장을 달리하는 도학 내부의 다른 분파들, 이를테면 육상산(陸象山)이나 진백사(陳白沙), 나정암(羅整菴), 왕양명(王陽明) 등이 비판되었다. 이 지점에 이르기까지 조선 주자학은 끊임없이 자신이 신봉하는 정주(程朱)의 이학체계(理學體系) 이외의 모든 학문은 '타자'(他者)로 간주했으며, 이를 배척하면서 자신의 순수성을 견지해 왔다고 말할 수 있다. 그러나 조선 주자학은 완성단계에 이르자마자 많은 문제점을 노출하지 않을 수 없었다. 지나친 사변성, 지리하고 번쇄한 의론, 실천성의 약화, 과도한 자기중심성 따위가 그것이었다. 적어도 주요 저술을 내놓고 있던 1610년대의 상촌은 조선의 지배적 학문으로 자리를 굳힌 주자학의 이런 병폐를 명확히 깨닫고 있었다. 이 시기의 저술에서 상촌은 이 점을 분명하고 단호한 어조로 비판하고 있기 때문이다.

임진왜란과 그에 이어지는 1610년대의 이 시기는 어떤 의미에서 새로운 사상과 학문을 모색하기 위해 숨을 고르는 시기로 비유될 수 있지 않을까 한다. 이미 경직성을 보이기 시작했고 현실대응성과 실천성〔事功〕에서 약점이 확인된 주자학을 보완하거나 대신하기 위해 새로운 학문이 모색된다면 그것은 유연성과 포용력을 갖추고 동시에 현실과의 관계에서 실제적이지 않으면 안될 터이다. 상촌의 학문은 이 단계의 사상사가 제기하는 이런 요청에 부응하는 측면을 갖는다고 생각된다. 상촌의 학문이 '물리침'이 아니라 '감싸안음', 배척이 아니라 대화와 회통의 면모를 강하게 지니고 있음은 이미 지적한 바 있다. 이런 면모는 적어도 사상사적 맥락에서 볼 때에는 우연적인 것이라 할 수 없으며, 주자학의 말폐에 대한 반성과 대안 모색의 의미를 띠고 있음을 인정하지 않을 수 없다. 화담의 학문과 달리 상촌의 학문이 현실성과 실천성에 대한 고려를 수반하고 있음은 이런 각도에서 이해될 수 있다. 상촌이 죽은 후 얼마 안 있어 병자호란이 일어나고 곧 이어 동아시아의 질서가 새롭게 재편되는 상황을 맞게 되는데, 이러한 상황이 국내정치에 반영되면서 춘추대의(春秋大義)가 강조되고 그에 따라 사상적 금제(禁制)는 강화되며 사상의 자유로운 발전이 억제되는 방향으로 사상사의 국면이 다시 바뀐다. 그러므로 춘추대의가 강조되던 17세기 후반의 시점에서 본다면 회통을 강조하는 상촌의 학문적 지향은 아주 기이할 뿐만 아니라 퍽 위험한 것으로 비칠 수 있다. 상촌이 재야사인(在野士人)이 아니라 현실정치에서 재상의 지위까지 누린 인물임을 생각한다면 그러한 기이감은 한층 커진다.

상촌의 상수학을 화담의 학문과 비교할 경우 이런 차이점이 발견되지만, 상수학에 관심을 둔 후대의 학인들과 비교할 경우 이야기는 달라진다. 무엇보다도 상촌의 상수학은 후대의 학인들이 보여주는 천문 역법(天文曆法)에 대한 탐구나 우주론적 탐구를 전개하지 못했다. 다시 말해 상수학을 자연과학적 방면으로 가져가지는 못했다는 한계가 지적될 수 있다. 이러한 차이가 야기된 까닭은 서학의 수용 여부와 큰 관계가 있다고 생각한다. 상촌과 달리 17세기 후반 이래의 학인들은 서양의 천문 역법에 큰 자극을 받아 상수학과 천문 역법을 긴밀히 관련짓는 방향으로 연구를 진행시켰으며, 그 연장선상에서 우주론에도 적극적 관심을 보였던 것이다. 그러나 이런 차이점에도 불구하고 상촌의 상수학에 내재된 정사와 세무, 전곡(錢穀)과 갑병(甲兵)에 대한 관심은 상수학에 관심을 둔 후대의 학인들에게 그대로 계승되고 있는바,[55] 이 점 정당한 주목을 요한다.

뿐만 아니라 상촌이 그토록 강조한 회통의 정신이 17세기를 건너뛰어[56]

---

55) 일례로 홍대용의 다음과 같은 주장을 들 수 있다. "窮年累世, 縷析毫分, 而實無關於身心之治亂·國家之興衰, 而適足以來聚訟之譏, 則殆不若律曆筭數錢穀甲兵之可以適用而需世, 猶不失爲稊稗之熟也."(「答人書」 第1書, 『湛軒集』 권3)

56) 도가나 불교에 관심을 쏟은 17세기의 사상가로는 洪萬宗과 金萬重이 주목된다. 이들이 동시대의 다른 학인들에 비해 사상적 유연성을 보여주면서 유가 이외의 사상에 적극적 관심을 표시했음은 당연히 인정해야 할 사실이다. 이런 점에서 이들은 상촌과 연결되는 면이 없지 않다. 그렇기는 하나 이들의 사상이 상촌이 보여주는 것과 같은 수준의 3교 회통을 지향하는 것이 아님은 분명하다.

18세기 후반의 실학자 담헌 홍대용에게 발전적으로 계승되고 있다는 점 역시 주목된다. 담헌이 만년에 불교, 노장, 묵자, 육왕학(陸王學), 서학을 막론하고 "징심구세"(澄心救世 : 마음을 맑게 하여 세상을 구함)에 도움이 되는 사상은 다 수용해야 한다는 입장에 도달했으며 이러한 자신의 생각을 "공관병수"(公觀併受 : 공평무사한 눈으로 보아 다른 사상의 장점을 두루 받아들인다)라는 명제로 압축해 표현했다는 것, 또한 이른바 이단을 포함한 제 사상에 대해서는 물론이려니와 화이(華夷)의 관계에 대해서도 절대적이거나 대립적 관계가 아니라 상대적이고 수평적인 관계로 파악했다는 사실은 이 책의 다른 글[57]에서 밝히고 있다. 담헌은 18세기 후반의 시대적 요구에 부응하여, 회통의 정신과 사물을 보는 상대적 관점을 사상문제(思想問題)에만 적용한 것이 아니라 민족간의 문제, 더 나아가 우주의 전 존재에 대한 이해로까지 확충하고 있다. 이 점에서 담헌은 상촌을 계승하면서도 상촌보다 더욱더 사유를 밀고 나갔다고 생각된다.

흥미롭게도 상촌의 선천역학은 담헌의 사상적 동지로서 문학 방면에서 위업을 이룩한 연암 박지원의 역 이해와도 일정하게 연결된다. 연암이 역학에 상당한 조예가 있었음은 『과정록』(過庭錄)에서 확인되는데,[58] 다음에서 보듯 그는 선천역의 정신을 창조적 독서와 글쓰기를 위한 이론적 논거로 활용하고 있다.

(20) 글을 정밀하고 부지런히 읽기로 복희씨(伏羲氏)보다 나은 사람이 누가 있겠습니까? 그의 정신과 뜻은 육합(六合 : 우주)을 망라하고 만물에 미쳤습니다. 육합과 만물은 문자로 적지 않은 자연 그대로의 문장이지요. 후세에 글을 부지런히 읽기로 이름난 사람들은 거친 마음과 얕은 식견으로 닳아빠진 종이의 말라붙은 글씨를 눈이 뚫어지게 바라보면서 하찮은

57) 「홍대용의 생태적 세계관」을 말한다.

58) 朴宗采 著·朴熙秉 譯, 『나의 아버지 박지원』(돌베개, 1998), 19면의 제10條 및 245~247면의 제75條 참조.

글귀나 주워모으고 있으니, 이는 이른바 고작 술찌끼를 먹고서 취하여 죽겠다는 격입니다. 그러니 어찌 슬프지 않겠습니까. 울며 하늘을 나는 저 새는 얼마나 생기가 넘칩니까? 그렇건만 적막한 새 '조'(鳥)자 한 글자로 그 생기는 말살되고, 영롱한 빛깔은 제거되며, 그 울음소리는 사라지고 맙니다.59)

(21) 슬프다! 복희씨가 죽어 그 문장이 흩어진 지 오래다. (…)역을 읽지 않으면 그림을 알지 못하고, 그림을 알지 못하면 문장을 모른다. 왜 그런가? 복희씨가 팔괘를 만든 건, 위로 하늘을 관찰하고 아래로 땅을 살펴 한 획과 두 획을 곱절로 늘려 간 것이었다. 이렇게 하여 그림이 생겼기 때문이다.60)

연암은 형해(形骸)와 조박(糟粕)에 불과한 문자에 사로잡혀서는 사물의 진면목을 파악할 수 없으며, 사물에 즉(卽)함으로써만 그 속에 내재된 생동하는 정신을 읽어낼 수 있다고 보았다. 다시 말해 사물의 조박인 문자에 매달릴 것이 아니라 문자의 근원인 삼라만상의 '상'(象)을 관찰함으로써 사물의 생명력을 감지함이 긴요하다고 본 것이다. 이 점에서 연암은 '심'(心)의 중요성을 강조했다. '심'에 의해서만 진부한 문자 너머에 존재하는 사물의 생기(生氣)를 직관할 수 있다고 보았기 때문이다. 연암은 자신의 이런 입장을 곧잘 복희씨가 작괘(作卦)한 상황에 빗대어 말해 놓고 있는바, 이는 선천역의 본질인 저 심법(心法)과 직결된다고 보인다. 기발하게도 연암은 선천역의 정신을 글읽기와 글쓰기를 쇄신하는 문학이론으로 전용(轉用)한 셈이다. 이는 연암 자득(自得)의 것이다. 그렇기는 하나, 사상사의 내

59) "讀書精勤, 孰與庖犧? 其神精意態, 佈羅六合, 散在萬物, 是特不字不書之文耳. 後世號勤讀書者, 以麤心淺識, 蒿目於枯墨爛楮之間, 討掇其蟫溺鼠渤, 是所謂哺糟醨而醉欲死, 豈不哀哉? 彼空裡飛鳴, 何等生意, 而寂寞以一鳥字抹摋, 沒卻彩色, 遺落容聲."(「答京之」第二書, 『燕巖集』, 경인문화사 영인본, 92면)

60) "嗟乎! 庖犧氏歿, 其文章散久矣. (…)不讀易則不知畵, 不知畵則不知文矣. 何則? 庖犧氏作易, 不過仰觀俯察, 奇偶加倍, 如是而畵矣."(「鍾北小選自序」, 위의 책, 103면)

재적 맥락을 중시하는 입장에서 본다면 연암의 이런 모색은 멀리 상촌의 생각을 이으면서 그것을 새로운 방향으로 발전시키고 있는 면이 있다고 하지 않을 수 없다. 가령 상촌이 문자는 조박(糟粕)에 불과하며 역상(易象)의 오묘한 이치는 마음으로 읽어야 한다는 점을 누누이 강조하면서 "일상생활과 기거동작이 모두 역(易)이고, 동물·식물·날짐승·길짐승이 모두 역이다"61)라고 말한 것과 연암의 생각 사이에는 적어도 그 사상적 근저에 있어서는 별로 차이가 없다고 생각된다.

5

고인(古人) 가운데 상촌의 학문을 가장 깊이있게 이해했던 사람은 계곡(谿谷) 장유(張維)와 지천(遲川) 최명길(崔鳴吉)이 아니었던가 생각된다. 장유는 상촌을 종유(從遊)했고, 지천은 상촌의 문인이었다. 장유는 상촌의 학문을 다음과 같이 요약한 바 있다.

(22) 공의 학술은 / 제자백가를 종합했고 / 깊이 음미한 바는 / 노자(老子)의 말이었네.62)

제자백가를 두루 취(取)했으며, 특히 노자에 깊은 조예가 있었다는 지적이다. 정곡을 찌른 말이라고 생각된다. 자료 (1)과 (6)에서 알 수 있듯 상촌은 그 수학기(修學期)에 제자백가와 구류(九流)의 서적을 다 읽었으며 불교 서적까지 두루 읽었다. 상촌이 단지 문장 공부만을 위해 이들 저작을 읽은 것이 아님은 명백하다. 후술하듯 상촌의 사상에는 제자백가가 드리운 영향이 대단히 크기 때문이다.

---

61) "日用云爲, 皆易也. 動植飛走, 皆易也."(「휘언」 1, 『상촌집』 권41)

62) "公之學術, 錯綜百氏, 其所深味, 柱下之旨."(「祭文」, 『상촌집』 부록)

제자백가 가운데서도 상촌에게 가장 큰 영향을 미친 것은 노장이다. 상촌은 계축옥사 이후의 방축기와 유배기만이 아니라 그 이전에도 줄곧 노장에 심취해 있었다. 상촌의 이런 입장은 죽을 때까지 견지되었다. 앞에서도 지적된 바 있지만 상촌은 노장과 역을 회통시켰다. 그리하여 노장을 통해 역을 이해하고, 역을 통해 노장을 이해하였다. 상촌은 역의 요체를 "낙천지명"(樂天知命 : 하늘을 즐거워하고 운명을 앎)으로 보았으며, 이를 도가의 순물자연(順物自然 : 자연의 이치를 따름)과 관련해 인식하였다.[63] 이 점에서 유가의 도와 노장의 도는 상통하며 귀일(歸一)된다고 보았다. 뿐만 아니라 유가와 노장의 도는 선(禪)과도 통한다고 봄으로써 유가를 중심으로 3교를 아우르고자 하였다. 요컨대 상촌에게 도란 성리학의 도만이 아니며, 노장의 도이면서 동시에 선이었다. 상촌은 이런 관점에서 가부좌하여 선정(禪定)에 들기도 하고,[64] 좌망(坐忘 : 『장자』에 나오는 말로서, '나'를 잊고 道와 하나가 되는 경지)과 심재(心齋 : 『장자』에 나오는 말로서, 마음을 비우고 고요하게 하는 것)를 통해 현기(玄機 : 天機, 곧 道)를 체득하기도 하였다.[65] 이 과정에서 상촌은 많은 철리시(哲理詩)를 남기고 있다.

상촌은 도란 훈고나 의론이 아니라 오히려 "망언"(忘言)[66]을 통해 얻어

---

63) "噫! 有生蹶也, 物理相禪, 皆歸於化. 其來也莫圉, 其去也莫止, 歸者未必不去, 去者未必不歸, 其歸不歸, 無益損於我. 唯安時處順, 居易俟命者(…)"(「歸來齋說」, 『상촌집』 권34); "苟樂天而知命兮, 固無入而不當"(「歸田賦」, 『상촌집』 권1); "盍事天而知命兮, 羌處順而安時?"(「次韓昌黎悶已賦」, 『상촌집』 권1); "任運樂天命"(「讀山海經」 제13수, 『상촌집』 권21) 등 참조.

64) "閉戶經時學坐趺, 蹣跚眞似覽浮屠"(「送鄭夢與賜湖朝京」 제2수, 『상촌집』 권13); "機忘漸學趺"(「遣興」, 『상촌집』 권9); "已辦餘生同定釋"(「次月沙韻」 제4수, 『상촌집』 권14) 등 참조.

65) "端居學坐忘"(「次人韻」 제1수, 『상촌집』 권2); "心齋吾亦久"(「贈連上人」, 『상촌집』 권9); "習靜忘機事"(「偶感」 제1수, 『상촌집』 권17); "機息我如禪, 若問此中趣, 但言玄又玄"(「偶感」 제2수, 『상촌집』 권17); "逍遙知是入玄機"(「偶吟」 제3수, 『상촌집』 권16) 등 참조.

66) "正似維摩詰, 忘言坐自如"(「卽事」, 『상촌집』 권17); "中有忘言者, 非禪亦是禪"(「春至」의 제2수, 『상촌집』 권17); "希夷微處可忘言"(「書邵易後」, 『상촌집』 권20); "嘿契在無

질 수 있다고 보았다. 그래서 정좌(靜坐) 혹은 단좌묵언(端坐嘿言 : 단정하게 앉아 말없이 명상에 잠김)을 대단히 중요시했다.[67] 이런 입장은 선천(先天)의 이치, 곧 선천역(先天易)이 말이나 문자가 아니라 마음으로 체득되는 것이라고 본 입장과 일맥상통한다. 상촌이 보여주는 이런 사상적 면모는 정이천에서 주자로 이어지는 이른바 정주적(程朱的) 이학체계에서 볼 때 분명 주정적(主靜的) 편향을 강하게 띠는 것이며, 더 나아가 노장과 선에 함몰된 논리라고도 비판될 수 있는 성질의 것이다.

상촌은 정공부(靜工夫)를 강조하면서 '허정'(虛靜)의 마음 상태를 몹시 중요시했다. 허정은 사욕(私欲)을 없애며, 사욕이 없는 마음이 "허수"(虛受 : 마음이 텅 비어 사물을 받아들이는 것)[68]를 낳고, 허수는 물아(物我)의 경계를 없애는바, 이 경지가 바로 도라고 본 것이다. 허수와 무물아(無物我), 사상적 견지에서 본다면 이 두 명제는 다른 생각, 다른 관점, 다른 견해를 배척하지 않고 포용하게 해주는 유력한 근거가 될 수 있다. 상촌이 편협한 조선의 지적 풍토[69]에서 비주류의 사상이나 이단 사상을 폭넓게 수용하면서 사유를 심화하고 넓혀갈 수 있었던 데에는 노장사상으로부터 연유하는 이런 "허"(虛)의 마음가짐 혹은 심의경향이 중요한 역할을 했을 수 있다.

상촌이 육상산(陸象山), 양간(楊簡), 진백사(陳白沙), 하흠(賀欽), 왕양명 등을 배척하지 않고, 호평하거나 그 장점을 인정했던 것도 이와 관련하여 이해할 수 있다. 또한 정공부를 강조한 상촌의 입장에서 볼 때 이들 중국 학자들은 상촌의 사상과 친연성을 갖고 있었던바, 이 점에서도 상촌

言"(「飮酒」 제6수, 『상촌집』 권21) 등 참조.

67) "第一是靜坐, 何必看書史? 客至亦無言, 誰知有眞理?"(「靜坐」, 『상촌집』 권17); "靜中群妄息, 悟後一心存"(「庚戌長至口占」의 제2수, 『상촌집』 권17); "靜坐是一日事業"(「휘언」 2, 『상촌집』 권42) 등 참조.

68) "纔私, 卽有物我, 不能虛受."(「구정록」 중, 『상촌집』 권53)

69) 상촌은 조선의 지적 풍토가 局滯되고 편협함을 지적한 바 있다. 일례로 "豈局於偏方風氣而然歟?" "況偏方後學耶?"(「晴窓軟談」 하, 『상촌집』 권60)라고 한 말을 들 수 있다.

은 이들에게 호감을 느꼈을 것이다. 상촌이 주자학의 도학 연원(道學淵源)에서 정통으로 꼽는 정이천에 대해 비판적이었던 데 반해 정명도에 대해서는 극찬을 아끼지 않았던 것도 정명도가 정공부를 강조한 때문이었으리라 본다.[70]

그러므로 상촌이 양명학에 호의적일 수 있었던 까닭을 경략(經略) 송응창(宋應昌) 등 임진왜란 때 동정(東征)한 중국측 인사들의 왕학적(王學的) 학문 소양의 영향으로 설명하거나, 상촌이 임진왜란을 직접 겪었던 관계로 군사전략가로 탁월했던 왕양명의 사공(事功)에 주목한 결과라는 식으로 설명하면서 오로지 외재적 요인을 중시해 온 종래의 관점[71]은 그리 만족스러운 것이라 하기 어렵다. 이런 외재적 요인이 전적으로 무시되어서도 안되겠지만, 기실 보다 중요한 요인은 내재적인 데 있는 것으로 판단되기 때문이다. 즉 정공부를 강조한 상촌의 학문적 특질과 지향 자체가 존덕성(尊德性 : 덕성을 높임)[72]을 제1의적인 것으로 내세운 양명학에 대한 호감을 낳고 있다고 생각된다. 다시 말해 상촌 사상의 내질(內質) 자체에 양명학에의 경사가 내재되어 있었던 것이다. 상촌이 존덕성에 대해 몹시 강조했음은 여러 곳에서 확인된다. 이와 반대로 도문학(道問學 : 학문을 좇음)에 치중하는 태도에 대해서는 회의하거나 그 말폐를 지적하면서 도학의

70) 상촌은 특히 정명도의 「識仁篇」에 거론된 仁說을 대단히 높이 평가하고 있는데, 중국사상사에서 정명도의 仁說이 왕양명의 大人說과 연결된다는 것은 흔히 지적되는 사실이다.

71) 尹南漢, 『조선시대의 양명학 연구』(집문당, 1982), 34·36면 참조. 윤남한 교수에 의해 처음 提論된 이 관점은 근년에 이루어진 상촌의 문학 연구에 그대로 수용되고 있다. 가령 우응순, 「조선 중기 사대가의 문학론 연구」(고려대 박사학위논문, 1990); 김주백, 「상촌 신흠의 시문학 연구」(단국대 박사학위논문, 1997) 등을 예로 들 수 있다.

72) '존덕성'은 '道問學'과 짝을 이루는 말로서, 『中庸』 제27장에 나오는 말이다. 格物致知를 중시한 朱子는 특히 도문학을 강조했으며 그 결과 주자학은 章句를 따지는 末弊로 빠지게 되었다. 이에 대한 반동으로서 성립된 양명학은 도문학보다 존덕성을 우선적으로 강조하는 입장을 취하였다. 즉 지식에 대한 추구보다는 마음 수양이 제1의적이라 본 것이다.

번쇄함에 염증을 표시하였다. 가령 다음이 그 한 예가 된다.

(23) 어찌하여 말세의 폐단은 / 덕성(德性) 높이는 걸 생각지 않고 / 남이 한 말 입으로 뇌까리면서 / 훈고만 잔뜩 내고 있는지.[73]

이 지점에서 우리는 상촌이 존덕성 및 정(靜)을 강조한 것이 상수학에 있어서 '심'(心)을 강조한 것과도 서로 연관된다는 점을 다시 상기할 필요가 있다. 상촌이 「구정록」의 모두(冒頭)에서 "구심"(求心 : 마음을 찾음)을 그토록 강조한 것, 또 '심즉궁리'(心卽窮理 : 마음이 곧 이치에 대한 窮究이다)[74]라는 명제를 제기하고 있는 데서는 양명학에의 참조가 감지된다. 그러나 이 경우 역시 기본적으로는 노(老)·역(易)의 회통 위에서 선천역을 인식한다는 상촌 자신의 학문적 근간에서 이런 입장이 가능한 것이며, 또한 그러한 근간 위에서 양명학에 대한 포용 내지 참조가 이루어지고 있다고 보아야 하지 않을까 생각한다. 이런 점에서 본다면, 그저 상촌이 양명학을 수용했다는 사실을 현상적으로 거론하거나 장유가 주자학에 대한 대안으로서 양명학에 대해 깊이있게 검토한 데 반해 상촌은 양명학적 사고에로의 전환에 대한 필요성을 절감할 정도로 주자학에 회의적이지 않았다고 지적함[75]은, 상촌의 학문세계를 깊이있게 이해하지 못한 것일 뿐만 아니라 문제의 핵심을 제대로 건드린 것이라 하기도 어렵다.

이제 조금 다른 문제로 관심을 옮겨 보도록 하자. 방금 전에 상수역학과 함께 노장이 상촌 사상의 가장 주요한 근간을 이룬다고 했는데, 상수역학의 의의와 한계에 대해서는 앞에서 개략적으로 논의한 바 있거니와 노장이

---

73) "如何末流弊, 不念德性尊? 出入四寸間, 訓詁何其煩?"(「次陳子昂感遇」 제34수, 『상촌집』 권6)

74) "物理未易遍窮, 吾心可以自了了, 心卽是窮理."(「구정록」 상, 『상촌집』 권51). 한편 王陽明은 "心卽理"라고 말했다.

75) 우응순, 앞의 논문, 78면.

상촌 사상에 끼친 의미 있는 작용이란 대체 무얼까? 상촌은 흔히 문인들이 보여주는 바와 같은 그런 범범한 수준에서, 그리고 문장 학습의 필요성에서 노장을 수용하고 있지는 않은가? 그렇지 않고 정말 어떤 정신적 높이를 보여주는가? 이런 의문을 한번 제기해 볼 만하다. 결론부터 말한다면, 노장에 대한 상촌의 이해 수준과 그 체득의 정도는 결코 상투적이거나 범상한 수준이 아니며, 어떤 경지에 도달한 자라야 보여줄 수 있는 정신의 진정성(眞正性)과 함께 사회적 문제의식을 담보하고 있다. 상촌 사상 내부의 노장적 측면은 그 '허수'(虛受)의 명제가 제기하는 의의 이외에도 이 점에서도 그 사상사적 의의가 확인된다.

상촌의 노장사상이 보여주는 정신적 높이에 대해서는 여러 각도에서 검토될 수 있겠지만 여기서는 번다함을 피해 '죽음'에 대한 인식 태도 하나만을 보기로 한다. 죽음을 어떻게 인식했는가 하는 것은 특정 문인이나 사상가의 정신적 높이를 가늠하는 한 중요한 잣대가 되기 때문이다. 먼저 다음 자료부터 보자.

(24) 삶이라 해서 더 있는 것 아니요 / 죽음이라 해서 더 없는 것 아니라네 / 아득한 삶과 죽음 그 사이에서 / 나는 기뻐함도 슬퍼함도 없네.[76]

(25) 처음에 오길 어디서 왔으며 / 이윽고 떠나면 어디로 가나? / 온 것도 한 때이고 / 가는 것도 한 때라네 / 나면 죽는 것 당연한 일이어서 / 그 옛날부터 모두 그랬지 / 내 진작 이를 깨닫고 / 가슴속에 한 점 의혹도 없네.[77]

삶과 죽음이란 천지자연의 흐름의 한 과정이라는 것, 따라서 그것은 오면 오는 대로 가면 가는 대로 담담히 받아들여야 할 따름이지 기뻐하거나

---

76) "生亦不加存, 死亦不加亡. 茫茫生死際, 伊我無慶傷."(「後十九首」의 제15수, 『상촌집』 권6)

77) "初來自何所, 旣去亦何之? 來也亦一時, 去也亦一時. 生死固有常, 曠古皆若玆. 我昔觀實際, 胸中了滯疑."(「飮酒」 제1수, 『상촌집』 권21)

슬퍼하거나 할 일이 아니라는 생각이 간명하게 표현되어 있다. 상촌의 이런 생각은 자연의 이법(理法)에 대한 깊은 깨달음과 생에 대한 달관에서 비롯된다. 자료 (25)의 "내 진작 이를 깨닫고 / 가슴속에 한 점 의혹도 없네"(我昔觀實際, 胸中了滯疑)라는 구절은 이 문제에 대한 시인 자신의 인식이 결코 수사적 차원에 머무는 것이 아님을 확인해 준다. 죽음에 대한 상촌의 이런 태도는 생의 여러 국면에 대한 인식 태도와 연결되거나, 그것을 규정한다. 가령 생에 있어 무욕 혹은 과욕(寡慾)[78]이 미덕이라는 사실이나 물(物)에 집착하지 않으면서 안분지족(安分知足)하고 안시처순(安時處順 : 자신의 처지를 편안히 여기고 순리에 따름)하는 게 중요하다는 사실을 일깨운다. 자신의 사상과 체험에서 배어나오는 죽음에 대한 상촌의 이런 인식 태도는 「기재기」(寄齋記)라는 산문에 잘 집약되어 있다. 이 글은 상촌이 도달한 사유의 높이를 유감없이 보여주는데, 우리 고전 산문사에서 죽음, 그리고 그에 맞닿아 있는 삶을 이 정도로 형상화한 글도 그리 흔치 않으리라 본다. 그 중 한 대목을 제시한다.

> (26) '기'(寄)는 부쳐산다는 뜻이다. 그것은, 혹 있기도 하고 혹 없기도 하며, 오는 것과 가는 것이 일정하지 않음을 말한다. 사람은 천지 사이에 참으로 있는 것인가 없는 것인가? 태어나기 이전의 상태에서 본다면 본래 없는 것이고, 이미 태어난 상태에서 본다면 틀림없이 있다 하겠다. 그러나 죽게 되면 다시 없음으로 돌아간다. 그렇다고 한다면 사람이 산다는 것은 결국 있고 없는 그 사이에 부쳐사는 것이다. 우(禹)임금이 말하기를, "삶은 부쳐사는 것이고 죽음은 돌아가는 것이다"라고 했지만, 참

---

78) 상촌은 무욕 내지 과욕의 중요성을 누차 언급하고 있다. 몇 개의 예를 들어보면, "無欲可觀妙, 惟利令智昏"(「次陳子昻感遇」, 『상촌집』 권6) ; "聲利擾擾空人實, 大道無倪又無端, 君欲得之修泥丸"(「疊甲寅寒字韻」 제2수, 『상촌집』 권8) ; "世趍聲利無全人矣"(「衛道通紀序」, 『상촌집』 권22) ; "虛則無碍, 靜則無欲. 虛極靜篤, 觀化知復"(「야언」 2, 『상촌집』 권48) ; "物我消, 則心地寬平. 利欲祛, 則心地清凉. 思慮息, 則心地寧靜. 欲爲學, 必先斯三者"(「구정록」 상, 『상촌집』 권51) 등을 들 수 있다.

으로 삶이란 나의 소유가 아니며 하늘과 땅이 잠시 맡겨놓은 형체일 뿐이다. (…) 풀은 꽃이 핀다고 해서 봄에 감사하지 않으며, 나무는 잎이 진다고 해서 가을을 원망하지 않는다. 삶을 잘 영위하는 것이 잘 죽을 수 있는 길이다. 부쳐살 동안 잘 한다면 돌아가는 것 역시 잘 할 수 있으리라.[79]

상촌의 노장사상을 한갓 양생술이나 자기위안적인 사상과 구별지으면서 그것을 의미 있는 사상으로 고양시키고 있는 또다른 측면은 그 사회적 실천성이다. 상촌은 개인적 차원에서 의미 있다고 생각한 노장사상의 어떤 미덕들, 이를테면 검약(儉約), 무위, 과욕 등을 사회적·정치적 실천과 연결시키고 있다. 이 점이야말로 상촌의 노장사상이 보여주는 특기할 만한 점이며, 그의 노장사상을 여느 학인의 노장사상과 다른 수준으로 만들고 있는 유표한 특징이다. 다음은 상촌이 노자의 정치적 공용(功用)에 대해 발언한 자료다.

(27) 송(宋)나라의 도학자들이 아직 나오기 전, 재주가 높고 자질이 아름다운 사대부로서 순전히 노학(老學)을 따르면서도 크게 일컬을 만한 업적을 세운 사람으로는, 한(漢)나라의 소하(蕭何)·조참(曹參)·유후(留侯), 동진(東晋)의 왕도(王導)·사안(謝安), 송(宋 : 魏晋南北朝 시기의 宋을 가리킴-인용자)의 이항(李沆) 등을 들 수 있다.[80]

상촌은 다른 대목에서는 동진(東晉)의 정치가 사안(謝安)이 노학(老學)

79) "寄者寓也. 或有或無, 去來之未定者也. 人之在天地間, 其眞有邪? 其眞無邪? 以未生觀, 則本乎無也, 以已生觀, 則專乎有也. 洎其亡也, 則又返乎無也. 若然則人之生也, 寄於有無之際者也. 大禹有言曰: '生, 寄也; 死, 歸也.' 信乎! 生非吾有, 天地之委形也. (…)草不謝榮於春, 木不怨落於秋. 善吾生者, 所以善吾死也. 善處其寄, 則其歸也斯善矣."(『상촌집』 권23)

80) "濂洛未出之前, 士夫之有高才美質者, 純用老學, 而其事功有大可稱者, 如漢之蕭曹留侯, 晋之王謝, 宋之李沆諸人是也."(「구정록」 상, 『상촌집』 권51)

을 잘 배워 일을 하면서도 그 자취를 남기지 않았다고 칭찬하고 있다.[81] 또한 노학을 배워 정치에 적용한 훌륭한 정치가의 사례로 공자와 동시대인인 춘추시대 오(吳)나라의 계찰(季札)을 꼽고 있다.[82] 이처럼 상촌은 이른바 노학이 정치에 적용될 때 얻게 되는 사공(事功)에 대해 높이 평가하고 있다. 노학의 정치적 요체는 무엇인가? '무위자연'(無爲自然)이다. 무위자연은 『역경』(易經)의 '간이'(簡易)[83]와도 통한다. 상촌은 '간이'를 다음과 같이 정의하고 있다.

(28) 한결같이 이치를 좇되 일을 벌이지 않는 것을 '간'(簡)이라 하고, 한결같이 이치를 주장하되 마음을 쓰지 않는 것을 '이'(易)라 한다. 하늘이 언제 말하는 법이 있던가. 그런데도 사계절이 순환하고 만물이 생장한다.[84]

요컨대 백성의 삶에 쓸데없이 자꾸 간섭하거나 억지로 일을 만들지 말고 그냥 내버려두면 된다는 말이다. 이른바 간이는 '무위지치'(無爲之治)를 가리키는 말이니, 현실정치에서 '무위지치'란 정부가 아무 것도 안하고 앉았다는 말이라기보다 백성에 대한 정부의 개입을 '최소화'한다는 뜻일 터이다. 상촌은 중국 역사상 노학에 의한 간이의 정치가 모범적으로 펼쳐진 시대가 한나라 문제(文帝)·경제(景帝) 때라고 보았다. 당시 고조(高祖)에 의해 한왕조(漢王朝)가 창건된 지 얼마 되지 않았으므로 나라는 어려웠고 백성들은 곤고했다. 문제와 경제는 백성들의 어려운 사정을 헤아려 조세와 부역을 감면해 주는 조처를 취하였다. 그러자 나라가 융성해지고 온 백성들이 기뻐했다는 것이다.[85] 상촌이 이 역사적 사실을 인거(引據)한 것은,

---

81) "謝安石其知老學者歟! 爲而不見其迹."(같은 글, 같은 책)

82) "吳季札, 老氏之徒也."(같은 글, 같은 책)

83) 주 36 참조.

84) "一循乎理而行所無事之謂簡, 一主乎理而無所容心之謂易. 天何言哉? 四時行, 百物生." (「휘언」 1, 『상촌집』 권41)

나라를 부강하게 하는 것은 백성으로부터 재물을 긁어모으는 데 있는 것이 아니라 백성에 대한 지나친 수탈과 간섭을 삼가는 데 있음을 말하기 위해서였다.[86] 상촌은 또한 간이의 정치는, 요즘 말로 하면 작은 정부를 가능케 한다고 생각했다. 간이의 정치를 펴면 임무가 작아지고, 임무가 작아지면 관직이 줄어들며, 관직이 줄어들면 재물이 손상되지 않기 때문이라는 것이다.[87] 또한 간이의 정치는 쓸데없는 역사(役事)를 벌이지 않게 되어 국가 재정의 낭비를 줄일 수 있다고 보았다.

상촌이 유배 시절에 저술한 「잡저」, 「휘언」, 「산중독언」(山中獨言), 「춘성록」(春城錄) 등에는 이런 노학의 정치철학을 염두에 두면서 심각한 지경에 이른 광해조의 가렴주구와 매관매직, 관리들의 탐욕과 부패를 비판한 글들이 적지 않다. 그런데 더욱 흥미로운 것은 상촌이 노학(老學)을 실제 정치현실에 적용한 바 있다는 사실이다. 그것은 상촌이 인조반정 이후 다시 기용되어 3공의 자리에 있을 때였다. 반정 초기에 조정의 시의(時議 : 時事에 대한 의론)가 자꾸 새로 일을 만들어내기를 좋아했는데 상촌은 전적으로 그걸 진정시키는 방향으로 나아갔다는 것이다. 까닭인즉슨 대란(大亂)을 겪은 후인지라 백성들이 쉽게 동요할 수 있는바, 시급한 폐단만 제거하고 그대로 둘 일이지 급하게 제도를 고쳐서는 안된다는 이유에서였다.[88] 이는 「구정록」에 표명된 "치세(治世)의 선비는 돈후함과 말없음을

85) 「雜著」 2의 「財用篇」, 『상촌집』 권40 참조.

86) 이러한 비판이 광해조의 문란한 정치현실과 위정자들의 탐학무도함, 도탄에 빠진 민생을 염두에 두고 제기된 것임을 간과해서는 안된다.

87) 「雜著」 2의 「財用篇」, 『상촌집』 권40 참조.

88) "爲治有漸, 固難以片言單辭, 馳驟而成之也. 大亂之後, 民情易以搖動, 裁省之制, 本以釐弊, 而頑民則怨, 大同之法, 本以均役, 而豪民則怨. (…)去太去甚, 而補其罅漏已矣. 緩急得中, 而祛其苟切已矣. 凡有更張, 必先審下情, 以爲注措之地." "公當反正之初, 首被超擢, 再位鼎司. 時議喜作事, 而公專事鎭靜."(「行狀」, 『상촌집』 부록)
이 점은 『仁祖實錄』에서도 확인된다. 즉 仁祖 六年 六月 戊午의 象村 卒記에 "欽爲人莊重簡潔, (…)於國事, 不喜紛更. 嘗曰: '法祖宗, 足以爲治'"(국사편찬위원회 영인본 『朝鮮王朝實錄』 제34책, 277면 하단)라는 말이 보인다.

숭상하고, 난세(亂世)의 선비는 의론을 좋아한다. 돈후함과 말없음을 숭상하면 풍속이 도타워지고, 의론을 숭상하면 백성의 뜻이 분열된다"[89]라는 입장의 정치적 실천에 다름아니다. 당시 상촌이 추구했던 정책은, 한나라 초기 문제와 경제가 전란으로 피폐해진 백성들을 안정시키기 위해 새로 일을 벌이지 않고 그 대신 부세와 요역을 계속 감면해 준 일을 연상케 한다. 정홍명(鄭弘溟, 1592~1650)은 상촌의 제문에서 당시 상촌이 취했던 정치적 입장을 "집간어번"(執簡御煩 : 간이함을 잡아 번다함을 제어한다)[90]이라 표현했던바, 상촌의 본의를 잘 읽었다 하겠다.

이상, 상촌의 노장사상에 대해 검토했다. 앞서 우리는 상촌의 상수학에 전곡과 갑병 등 정사와 시무에 대한 강렬한 관심이 내재되어 있음을 지적한 바 있다. 사공(事功)에 대한 이런 관심은 그의 노장사상에서도 확인되는 셈이다. 뿐만 아니라 「잡저」에서 잘 드러나듯 상촌은 제자백가 중 관자(管子)의 사상에도 눈길을 주고 있다. 상촌의 사상에서 관자가 차지하는 비중은 그리 크다고는 할 수 없지만, 그럼에도 상촌 사상의 한 부분을 이루면서 그 학문적 지향을 특징짓는 데 관여하고 있다는 점을 간과해서는 안 된다. 상촌이 관자를 주목한 까닭은 그 사공 때문이라고 보인다. 다시 말해 관자의 사상이 강하게 담지하고 있는 부국강병의 방책을 주목한 것이다. 이 점에 대해서는 뒤에서 다시 언급하기로 한다.

6

상촌은 주자학에 대해 어떤 태도를 취했던가? 상촌은 학문을 쇄신해야 한다고 생각했는데 그 구체적 내용과 지향점은 무엇이었던가? 여기서는 이

89) "治世之士尙敦默, 亂世之士好議論. 尙敦默則風俗厚, 尙議論則民志分."(「구정록」 상, 『상촌집』 권51)

90) 『상촌집』 부록.

런 물음에 대한 답을 모색하면서 상촌의 학문과 후대 실학과의 관련성을 검토해 보기로 한다.

상촌이 당대의 학문에 대해 자못 비판적이었다는 사실은 앞에서도 산발적으로 언급된 바 있으나 이제 이 자리에서 좀더 집중적으로 논해 보기로 하자. 이 문제에 대한 상촌의 생각을 보여주는 주요한 자료를 몇 가지 들면 다음과 같다.

(29) 성인(聖人)은 부득이해서 말을 했고, 현자는 말해야 할 때 말을 했다. 그러나 후세에 유자(儒者)로 일컬어지는 자들은 말할 필요가 없는데도 말을 하였다. 부득이해서 말을 했기에 그 말이 만물의 이치를 깨달아 천하의 일을 성취케 하기에 충분했으며, 후세의 법이 될 수 있었다. 말해야 할 때 말을 했기에 그 말이 사람을 감동시키기에 충분했으며, 당세에 쓰일 수 있었다. 말할 필요가 없는데도 말을 했기에 옥상옥(屋上屋)이 되어 실용에 아무 도움도 되지 않는다. 또한 그 말은 지리하여 쉽게 염증을 내게 한다.[91]

(30) 증자(曾子)는 공자의 "나의 도는 일이관지(一以貫之)니라"라는 말을 설명하기를, "우리 선생님의 도는 충(忠)과 서(恕)일 뿐이다"라고 했다. 이는 정말 비근한 데서 비유를 취해 도를 설명했으니, 어디 한 마디라도 고원(高遠)한 말이 있는가. 그러나 후대의 유자(儒者)들로 하여금 공자의 이 말을 설명하게 한다면 필시 '하늘'을 이야기하고 '성'(性)을 이야기하면서 이것저것 끌어와 스스로 고상한 체하며 온갖 말을 다 할 것이다. (…) 말세의 말은, 고원하면 고원할수록 또 거창하면 거창할수록 세상의 실제 일과는 상관이 없게 되어 버렸다. (…) 그래서 도를 이야기하는 자는 많아도 도를 터득한 자는 적다.[92]

---

91) "聖人不得已而言, 賢者當言而言, 後世之儒名者, 不須言而言. 不得已而言故, 言足以開物成務, 而爲後世法. 當言而言故, 言足以動人, 而爲當世用. 不須言而言故, 屋上架屋, 無裨實用, 而支離易厭."(「구정록」 상, 『상촌집』 권51)

92) "曾子語一貫曰: '夫子之道, 忠恕而已.' 可謂能近取譬, 何嘗有高遠之語? 使後之儒者論一貫, 則必談天談性, 引以自高, 無所不至. (…)季世之言, 愈高愈大, 而與人事不相干. (…)

(31) 오늘날 도를 이야기하는 자들은 마치 저승의 일을 말하듯, 직접 발을 디뎌 보지도 못했으면서 곧장 언어로 형용한다.[93)]

이들 자료는 도학, 특히 주자학의 말폐에 대해 비판하고 있음이 분명하다. '천'(天)이니 '성'(性)이니 하면서 고원(高遠)하게 사변적 논의를 일삼고 있지만 그 논의는 공허하고 지리하기만 할 뿐 인사(人事)와 실용에 아무 도움도 안된다는 것이다. 이는 도에 대한 체득과 그 일용행사(日用行事 : 일상생활)에서의 실천을 중시하는 것이 아니라 이러쿵저러쿵 번쇄한 의론에 빠져들면서 언어 유희[94)]로 흐르고 있는 당시 조선의 일반적 학문 행태에 대한 문제 제기로 읽힌다. 실용 및 실천과 유리된 학문은 결국 허명(虛名)을 추구하는 허학으로 귀착되게 마련이다. 상촌은 그런 방향으로 흘러가는 학문은 아무리 그 논설이 정밀하고 그 분석이 자세하다 할지라도 깨달음이나 진실과는 거리가 멀다고 보았다. 그가 이기(理氣)에 대한 당시의 논의를 비판하면서 "이야기하면 이야기할수록 더욱더 모르게 되고, 분석하면 분석할수록 더욱더 진실되지 않게 된다"[95)]라고 한 것은 이 때문이다.

상촌은 당대의 이런 학문 풍토를 바꾸지 않고서는 위학자(僞學者)와 소인배들의 횡행을 막을 수 없으며 국정의 파탄을 바로잡을 수 없다고 보았다. 상촌이 '구정'(求正)이라는 말로 압축되는 학문쇄신론을 제기하면서 「구정록」을 집필한 동기는 이에 있었다. 즉 기존의 학문을 반성하고 새로운 학문을 모색하자는 것이었다. 이 책의 서두에 상촌은 이렇게 적고 있다.

(32) 천리(天理)는 기르기 어려운 반면 잃어버리기 쉽고, 인욕(人慾)은 빠지기 쉬운 반면 막기가 어렵다. 그러므로 선을 이루는 자는 적고 선하지

故談道者多, 而得道者少."(「구정록」 중, 『상촌집』 권53)

93) "今之談道者, 如說冥間事, 足未嘗及, 而直以言語形容之."(같은 글, 같은 책)

94) "務外者, 或以言語譽之也."(같은 글, 같은 책)

95) "愈說而愈不曉, 愈析而愈不眞."(「구정록」 상, 『상촌집』 권51)

> 못한 자가 많다. 하지만 이는 본성(本性)이 그래서가 아니라 학문이 밝지 못해서 그런 것이다. 학문이 밝지 못하면 가리워진 것이 더욱 가리워지고 어두운 것이 더욱 어두워져, 자잘한 명목(名目)에 구애되고, 이익과 명성을 탐하며, 훈고(訓詁)와 남의 학설에 구속되고, 게으름과 방종함에 빠진다. 그리하여 분분한 데 미혹되어 돌아올 줄 모르니, 『장자』(莊子)의 이른바 "진리를 추구하는 도술(道術)이 천하의 학자들에 의해 분열될 지경에 놓였다"는 한탄 정도에 그칠 일이 아니다. 그러니 장차 어떻게 선을 알아보아 간직할 수 있을 것이며, 악을 알아보아 제거할 수 있겠는가. 대저 학문이란 다른 게 아니다. '마음'을 찾는 것일 뿐이다.[96]

올바른 학문을 모르기 때문에 번쇄한 명목에 사로잡히고, 명리(名利)에 빠지며, 훈고에 급급하다는 것이다. 그렇다면 올바른 학문이란 어떤 것인가. 상촌은 한 마디로 "구심"(求心)이라고 정의하고 있다. 구심이란 무엇인가. 스스로 마음의 올바름을 함양하고 체득하는 것이라고 했다. 당시의 주자학은 그렇지 못했는가? 상촌은 분명 그렇지 못하다고 인식하고 있었다. 상촌에 의하면 당시의 주자학은 훈고주소(訓詁註疏)와 분분한 의론, 분석에만 힘을 쏟으면서 공허한 데로 치닫고 있어 '진지실행'(眞知實行)[97]과는 동떨어진 것이었다. '진지'(眞知)가 마음의 도를 깨닫는 것이라면, '실행'(實行)은 그것을 일용행사와 세무(世務)에 실천해 나가는 것이랄 수 있다. 이 둘은 분리될 수 없다. 그러나 당시의 학문은 진지에 있어서건 실행에 있어서건 모두 심각한 문제점을 드러내고 있다고 본 것이다. 요즘 말로 한다면 당시의 주자학이 학문의 가장 중요한 본질이라 할 진실성과 실천성을 담보하고 있지 못하다고 파악한 것이다. 상촌이 정공부와 존덕성을 강조하는

---

96) "天理難養而易失, 人欲易流而難遏. 遂致善者少, 不善者多, 非性然也, 學之不明也. 學之不明, 而蔽者益蔽, 昧者益昧, 泥於度數節目, 淪於功利聲名, 拘於訓詁意見, 安於墮窳放肆, 擾擾攘攘, 迷而不返, 不特道術爲天下裂而已. 將何以知其善而存之, 知其惡而去之? 夫所謂學, 亦非他, 求心而已矣."(같은 글, 같은 책)

97) "孰不曰知, 眞知爲難. 孰不曰行, 實行爲難."(「휘언」 1, 『상촌집』 권41)

한편, 세무와 사공에 대한 관심을 환기한 것은 이 때문이었다. 상촌이 말보다는 묵식(默識 : 말없이 마음으로 이해하는 것)과 융회(融會 : 마음으로 깨닫는 것)를 중시하고 분석보다는 종합을 중시한 것, 배척보다는 회통을 중시하고 번다함보다는 간략함을 중시한 것은 모두 당대의 주자학이 드러낸 폐단을 바로잡고 새로운 학문을 모색코자 하는 고민과 연결되어 있었다.

이 과정에서 상촌은 '정이천→주자'로 이어지는 도통(道統)을 고수하던 조선조 도학을 반성하고 중국의 역대 사상가와 학자들을 새롭게 인식, 평가하는 시각을 확보할 수 있었다. 상촌이 제자백가를 적극적으로 수용하거나 포용했고, 육왕학(陸王學) 계통의 학자들에게 호의를 보였으며, 정명도를 대단히 높이 평가했다는 사실은 앞에서 지적한 바 있다. 상촌은 이외에도 남송(南宋) 때 이학(理學)을 비판하며 사공지학(事功之學 : 功用을 중시하는 학문)을 주장한 진량(陳亮)에 대해서도 언급하고 있으며,[98] 송학에 가려져 정당하게 평가받지 못하고 있던 한학(漢學 : 漢代의 학문)의 중요성을 강조하면서 그 의의를 복원하고 있다. 한학을 주목한 것은 적지 않은 의미가 있는바, 조금 자세히 살피기로 한다. 다음 자료가 참조된다.

(33) 한나라의 건국은 삼대(三代) 이후로 보면 가장 근고(近古)에 속하는바, 유자(儒者)들 또한 대부분 학식이 넓고 박식하였다. 만일 한나라에 유자가 없었던들 후세 사람들은 옛일을 상고할 길이 없었을 것이다. 송나라의 현인들도 한유(漢儒)가 전한 바에 기초하여 수정하고 보완했던 것이니, 한유의 공이 크다 하겠다. 그런데 후세 사람들은 한유의 공이 크다는 사실을 알지 못하고서 그저 헐뜯는 데만 힘쓰니 이상한 일이다.[99]

---

98) "出不如處, 說不如做, 後世拘儒之通患, 此陳同甫所以起事功之論, 而輕視儒者也."(「구정록」 상, 『상촌집』 권51). 인용문 중 '同甫'는 陳亮의 字다.

99) "漢之立國, 三代以後最爲近古, 儒者亦多弘博. 如漢無儒者, 則後世無以稽古, 宋賢亦本漢儒所傳而删潤之, 漢儒之功, 多矣哉. 後之人, 不知漢儒之功大, 而唯務詆訾, 異矣!"(같은 글, 같은 책)

훗날 중국에 청조(淸朝)가 들어서자 새로 고증학이 흥기하면서 송학을 비판하고 한학을 재평가하는 쪽으로 학문적 분위기가 바뀌고, 조선 학계도 그 영향을 받아 18세기 이후 한학을 재평가하는 경향이 대두됨은 익히 알려져 있는 사실이다. 가령 대산(臺山) 김매순(金邁淳)이 정약용(丁若鏞)에게 보낸 편지[100]나 추사(秋史) 김정희(金正喜)의 글 「실사구시설」(實事求是說)[101]에서 그런 입장을 확인할 수 있다. 상기 상촌의 주장은 그런 입장의 논거와 상당히 유사하며, 이 점에서 선각자적 면모를 보여준다고 말할 수 있을 것 같다. 요컨대 우리가 주목할 점은, 상촌이 동아시아 학술사가 그런 방향으로 전개되기 훨씬 이전에 이미 균형잡힌 시각으로 한학의 중요성을 재인식하고 있다는 점이다. 상촌이 한학을 높이 평가한 것은 송학을 상대화하는 의미를 갖는다. 한학을 높이 평가한 것과 관련되지만, 상촌은 한대의 치적과 인물들에 대해서도 호평을 아끼지 않았다. 서한(西漢)은 그 풍속이 순후하고 질후(質厚)했다든가, 양한(兩漢)에는 인물이 많았으니 서한의 동중서(董仲舒)와 가의(賈誼), 동한(東漢)의 황헌(黃憲)·순숙(荀淑)·곽태(郭泰)·서치(徐穉)가 그런 사람들이라고 한 것이 그 예다.[102] 이 중 황헌은 송나라 학자들과 비교해도 결코 뒤지지 않으며, 동중서 역시 송나라 학자들과 어깨를 나란히 할 만하다고 했다. 상촌은 서한의 풍속이 질후할 수 있었던 것은 그 인물들의 기품이 순후하고 질박했기 때문이라고 보았다.

상촌이 한대의 학문과 인물을 높이 평가한 것은, 덕성과 무실(務實)을 중시하는 태도를 높이 샀기 때문이 아닌가 한다. 이밖에 상촌이 소강절의 상수학 및 노학(老學)에 경도되었다는 점도 다소 관계가 있을 수 있다. 한대의 역학은 상수학이 지배적이었는데, 소강절의 상수학은 한대 상수학과

100) 「答丁承旨」, 『臺山全書』 1(계명문화사 영인본), 461면.

101) 『阮堂先生全集』(永生堂, 1934) 권1.

102) 「구정록」 상, 『상촌집』 권51.

는 성격을 달리 하지만 그것을 이어받고 있는 측면도 없지 않기 때문이다. 상촌이 「선천규관」의 후지(後識) 중 역학사(易學史)를 개관하는 자리에서 한대의 저명한 상수학자들인 시수(施讎), 맹희(孟喜), 양구하(梁丘賀), 경방(京房) 등을 언급하고 있는 데서 이 점을 감지할 수 있다. 한편 상촌이 노학을 정치에 적용하여 성공한 역사적 사례로 한대의 소하(蕭何)와 조참(曹參), 문제(文帝)와 경제(景帝) 등을 꼽고 있음은 앞서 지적한 바 있다.

상촌이 주자학 중심의 당대 학풍을 벗어나 새로운 학문을 모색하고자 한 것은 계축옥사가 있기 이전부터라고 보아야 하겠지만, 그러한 노력과 문제의식이 배가되고 심화된 것은 역시 계축옥사를 겪고 나서부터가 아닌가 생각된다. 상촌은 계축옥사 이후의 방축기와 유배기 때 허다한 사대부들이 양심을 저버리고 추세부리(趨勢附利)하는 현실을 목도[103]하는 한편, 권신(權臣)과 소인배가 발호함에 따라 국가의 법이 무너지고 백성을 다스리는 원칙이 허물어져 뇌물과 탐학(貪虐)이 만연하고 부정부패와 수탈이 자행되는 현실을 겪으면서, 기존의 학문에 대해 더욱 비판적으로 되어 갔던 것으로 보인다. 말하자면, 학문과 현실의 관계에 상도하여, 이런 현실이 초래된 데에는 학문의 잘못이 크다고 본 것이다. 그래서 기존의 학문을 깊이 반성하고 새로운 학문을 모색하는 일련의 글들을 이 시기에 집중적으로 써 나갔다고 생각된다. 여기서 우리는 자료 (32)의 언술 가운데 "이익과 명성을 탐하며, 훈고(訓詁)와 남의 학설에 구속되고"라는 구절에 특히 주목할 필요가 있다. 상촌은 이 말로써 당대 학문이 그 방법과 태도 면에서 보여주는 폐단을 요약하고 있다고 생각되기 때문이다. 지리하게 훈고주소(訓詁註

103) "禍福猝發, 則士夫無不易其所守, 波蕩震撓, 泥首縛面於權勢之途"(「구정록」 상, 『상촌집』 권52); "觀世之名爲士者, 果何如也? 所尙者, 權勢也. 所敦者, 利名也. 所明者, 時好也. 所秉者, 談論也. 所矜者, 外飾也. 所善者, 趍競也. 持斯六者, 日懸衡於重人重人見韓非子之門, 以窺其趣, 以求其旨, 承顧眄則沾沾自多, 被喉氣則竊竊相慶, 如是而可謂士, 則衡目竪耳之列于下士者, 莫非士也. 如是而不可謂士, 則環國中無一人也"(「士習篇」, 「잡저」 2, 『상촌집』 권40) 등 참조.

疏)에 매달리는 학문방법과 명리(名利)를 추구하는 태도는 서로 표리관계를 이루는바, 이런 학문은 '성'(誠)과 '실'(實)을 숭상하는 군자가 아니라 '위'(僞)와 '명'(名)을 특징으로 하는 소인,[104] 이른바 '시례발총'(詩禮發塚)하는 위선적 유자[105]를 낳을 뿐이라고 본 것이다. 신흠이 보여주는 이와 같은 사유과정은 흥미롭게도 명나라의 왕양명이 구세(救世)의 기치 아래 대인(大人)의 학문을 표방하면서 주자학을 비판하고 심학(心學)을 수립해 간 과정을 연상케 하는 면이 있다. 특히 그 문제의식과 현실인식, 비판의 표적과 대안의 모색에 있어 유사점이 적지 않은 듯하다. 주자학의 말폐를 지적하고 극복하는 과정에서 우연히 유사하게 된 점도 없지 않겠지만, 상촌이 명학(明學)에 밝았음을 염두에 둔다면 양명학의 문제의식에 공감하여 그것을 참조한 면도 있으리라 본다. 다음의 자료가 이 점을 뒷받침해 준다.

(34) 문성공(文成公) 왕수인(王守仁)이야말로 진정한 유자이다. 유학자이면서도 군사를 잘 통솔하여 험준한 곳까지 달려가, 저 한(漢)나라의 저명한 장군인 복파(伏波)와 이름을 나란히 했으니, 장하다 하겠다. 세상에서는 그의 학술이 잘못되었다고 비난들 하지만, 학술이란 현실에 적용할 수 있어야 귀한 것이다. 전곡(錢穀)과 갑병(甲兵)이 어찌 유자의 일이 아니겠는가. 그렇건만 경전의 장구(章句)나 찾고 뒤적이는 자들은 걸핏하면 성명(性命)을 말하면서도, 막상 정사를 처리하는 자리에 앉혀 놓으면 멍하니 어떻게 해야 할지 모른다. 하물며 삼군(三軍)을 통솔하여 큰 공적을 세우는 일이야 말해 무엇하겠는가? (…)나는 늘 그 호걸스럽고도 영특한 자태를 생각하며 꿈속에서도 그를 잊지 못한다.[106]

---

104) "君子小人之分, 不過誠與僞·實與名之間已矣."(「구정록」 중, 『상촌집』 권53)

105) "詩禮發塚談孔顔, 要當管取眼前歡."(「疊甲寅寒字韻」, 『상촌집』 권8). '詩禮發塚'은 『장자』에 나오는 말로서, 유자의 위선을 풍자하는 말이다.

106) "王文成守仁, 眞儒者也. 以儒素能將兵, 馳身於跕鳶之域, 與伏波齊名, 壯矣哉. 世雖誚以學術之誤, 學貴乎適用, 錢穀甲兵, 何莫非儒者事, 而世之尋章摘句者, 動引性命, 而寘之

밑줄 친 구절이 당대의 주자학도를 가리키고 있음은 의문의 여지가 없다. 현실에 오활한 채 고원(高遠)한 논의만 일삼고 있는 그들과 달리 왕양명은 자신의 학문을 현실과 연결시켜 훌륭한 사공을 이룩했다는 것이다. 이 인용문을, 왕양명의 학술을 긍정한 것이라기보다 단지 왕양명의 사공(事功)을 긍정한 것으로 해석하는 견해도 있을 수 있지만, 꼭 그렇게만 볼 것은 아니다. 상촌이 왕양명의 실천을 칭찬했을 때 거기에는 이미 그 학문의 진실성에 대한 긍정이 전제되어 있기 때문이다. 앞에서도 말했듯 상촌이 관념한 학문의 '실용성'이란 학문의 내면적 진실성과 무관하지 않으며, 이 양자는 표리관계를 이룬다. 이는 후대의 실학에 있어서도 똑같은 양상을 보여준다고 생각된다. 이 점에서 그것은 윤리적 주체와 지식을 완전히 분리하는 근대 학문의 실용성 개념과는 질적으로 다르다.

그렇다면 이제 이런 의문이 제기된다. 상촌이 주자학에 대해 그렇게 비판적이었다면, 상촌은 주자의 학문적 성과를 인정하지 않았다는 말인가? 그건 그렇지 않다. 상촌이 비판한 것은 주자학의 말폐적 면모이거나 주자의 학문에 내재해 있는 어떤 문제점들이었다. 따라서 주자의 학문적 위업이나 주자학의 의미 있는 성과를 부정하지 않았으며, 그것을 자신의 사상 내부에 일정하게 수용하고 있다. 그런데 정작 중요한 것은 이런 문제가 아니라, 상촌이 주자를 '상대화'하고 있다는 사실이다. 바로 이 사실이야말로 당대 사상사에서 상촌을 돋보이게 하면서, 개명하고 식견이 트인 학자로서 상촌의 면모를 확인해 주는 바다. 당시 조선에서는 주자학이 정통 학문으로 군림하고 있었던바, 주자는 절대적인 권위를 인정받고 있었다. 상촌은 이런 주자를 상대화시킨 것이다. 이 경우 상대화란 주자가 중국 역대의 훌륭한 학자들 '가운데' 한 사람이라는 의미와 함께 주자의 학문에도 잘못된 점이 '없지 않다'는 사실을 인정한다는 의미를 지닌다. 바로 여기서 긍정할

政事, 則茫然無措手地, 況司命三軍, 建立大績乎? (…)余每想其豪姿英彩, 而夢寐之也."(「휘언」 4, 『상촌집』 권44)

것은 긍정하면서도 비판할 것은 비판하는 균형감각이 생겨나온다. 상촌은 여러 곳에서 주자에 대한 이런 균형감각을 보여준다. 가령 주자가 『시경』의 시를 해석하면서 『모시』(毛詩) 서(序)를 배제했던 것은 잘못이라는 지적[107]이나, 『국어』(國語)에 대한 주자의 비평에 동의하지 않은 점,[108] 주자가 극렬하게 공격했던 소동파(蘇東坡)를 호걸지사(豪傑之士)로 옹호하고 있는 점,[109] 왕엄주(王弇州)가 주자의 시를 비판한 것을 재비판하면서 주자를 옹호하고 있는 점[110] 등등에서 그런 면모를 확인할 수 있다.

상촌은 주자학의 이기론(理氣論)에 대해서는 어떤 입장을 취했는가? 주목되는 점은 상촌이 이기(理氣)에 대하여는 말을 극도로 아꼈다는 사실이다. 그는 몇 군데에서 극히 단편적으로 이 문제에 대해 언급하고 있을 뿐이다. 이기에 대해 잘 몰랐기 때문일까? 그렇게는 생각되지 않는다. 이기에 대한 논의에서 주자학의 말폐가 가장 극명하게 드러나고 있다고 판단했기 때문인 것 같다. 상촌은 이런 말을 하고 있다.

(35) 사(事)와 물(物)은 다 이기(理氣)이다. 그러니 번다하게 이야기할 것도 없고 널리 비유할 것도 없다. 번다하게 이야기하고 널리 비유하는지라 이야기하면 이야기할수록 더욱더 모르게 되고, 분석하면 분석할수록 더욱더 진실되지 않게 된다.[111]

여기에서 알 수 있듯, 이와 기의 관계를 지리하게 따지는 걸 반대하고 이기가 불상리(不相離 : 서로 분리되지 않음)의 관계에 있음을 확인하는 데 그치고 있다. 상촌은 또한 다른 곳에서 "소이연(所以然)이 이(理)이다. 이기

107) 「구정록」 상, 『상촌집』 권51 참조.

108) 같은 글, 같은 책.

109) 같은 글, 같은 책.

110) 「청창연담」 중, 『상촌집』 권59 참조.

111) "卽事卽物, 皆理氣也. 不必多爲之說, 廣爲之譬. 多而廣也, 故愈說而愈不曉, 愈析而愈不眞."(「구정록」 상, 『상촌집』 권51)

(理氣)는 서로 분리되지 않는다"[112]라고 말하여 이가 기의 '소이연'(所以然)이라는 점을 밝히고 있다. 그러나 기일원론자인 화담처럼 '이가 기의 조리(條理)'[113]라고 말하지는 않았으며, 그렇다고 이기이원론자들처럼 '이지기'(理之氣 : 理의 氣)라거나 '이가 있으니 기가 있다'는 따위의 말도 하지 않았다. 요컨대 상촌은 이(理)의 선차적(先次的) 실체성(實體性)을 말한 적이 없다. 한편 상촌은 자신의 사상 내에 주자학의 이기론만이 아니라 상수학과 노장의 존재론도 함께 수용해 놓고 있는바, 이들 사상이 혼재하는 양상을 보여준다. 가령,

(36) 대저 역(易)이란 상(象)에서 나온 것인데 상이란 곧 물(物)이다. 그런데 물이 생겨나매 수(數)가 존재하므로 역은 곧 수의 근원이다. 수가 있으면 이(理)는 그 속에 있다."[114]

라거나 "기(氣)는 곧 수(數)"[115]라고 한 데서는 상수학적 존재론을 확인할 수 있으며, '형(形) → 기(氣) → 신(神) → 허(虛)'의 주장[116]에서는 노장의 존재론을 확인할 수 있다. 이처럼 상촌의 사상이 혼재적인 양상을 보여주고 있음에도 불구하고, 다음의 몇 가지 점, 즉 첫째 이기불상리(理氣不相離)를 강조하고 있고, 둘째 이가 기의 소이연이라고 보았으며, 셋째 대체로 보아 주기적(主氣的)인 면모가 강하다는 점을 그 두드러진 특징으로 지적할 수 있지 않을까 한다.

---

112) "所以然者, 理也. 二者不相離矣."(「구정록」 중, 『상촌집』 권53)

113) 정확히 말해 화담은 "理者, 氣之宰"(「理氣說」, 『화담집』 권2)라고 말했다. 그러나 이 경우 '宰'는 실질적으로 條理의 뜻이다. "所謂宰, 非自外來而宰之, 指其氣之用事"라고 밝히고 있기 때문이다.

114) "大抵易, 象而起也. 象者, 物也. 物生而有數, 易乃數之原也. 數作而理在其中矣."(「先天窺管」, 『상촌집』 권55)

115) "氣卽數."(「구정록」 중, 『상촌집』 권53)

116) "形忘以養氣, 忘氣以養神, 忘神以養虛."(「야언」 2, 『상촌집』 권48)

상촌의 사상은 후대의 실학과 어떤 연관을 보여주는가? 사실 이 물음은 우리의 논의가 여기에 이르도록 늘 유의되어 왔다고 할 수 있을 터이다. 뿐만 아니라 충분한 것은 못된다 할지라도 논의의 진행 중 군데군데에서 그 상관관계에 대해 약간의 시사를 해 두기도 하였다. 이제 이 자리에서 이 문제를 집중적으로 거론한다. 우리는 다음의 몇 가지 점을 특히 주목한다.

첫째, 주자학에 대한 비판적 태도이다. 조선 후기 실학은 그 학파의 차이와 관계없이 대체로 주자학의 공리공론적(空理空論的) 측면을 비판하면서 현실문제를 중시하는 새로운 학문을 모색했는데, 상촌의 태도는 실학의 이런 문제의식과 연결된다.

둘째, 학문의 진실성과 실천성을 회복하고자 한 점이다. 상촌이 강조한 '진지실행'(眞知實行)은 가령 홍대용이 강조한 '실심실사'(實心實事 : 진실한 마음으로 실제 일에 힘쓴다)[117]와 본질상 그 취지가 동일하다. 둘 다 윤리적 주체의 진실성을 회복하는 위에서 사회적 실천을 강조하고 있기 때문이다.

셋째, 사공(事功)에 대한 강조이다. 상촌은 국제무역의 중요성, 국가경제의 관리와 조절 문제, 국가재정의 문제, 조세 문제, 군사 문제, 국방 문제, 인재 등용의 문제, 토지제도, 화폐제도, 과거제도, 교육제도의 문제 등등 국정과 민생 전반에 대해 「잡저」와 「휘언」에서 집중적으로 논의하고 있다.[118] 현실의 모순에 대한 구조적이며 심층적인 분석이나 현실적 대안의

117) "問學在實心, 施爲在實事, 以實心做實事, 過可寡而業可成"(「祭渼湖金先生文」, 『湛軒集』 권3). 實心實事는 또한 趙聖期가 강조한 "實心實行"과도 상통한다. 『拙修齋集』, 한국문집총간 147책, 270면 상단 참조.

118) 이밖에 「구정록」, 「산중독언」 등의 저술과 「備倭說」, 「備虜說」, 「赴京譯官說」 등의 글에서도 事功을 중요시하는 태도가 확인된다. 상촌이 사공을 중요시한 것은 憂國愛民에서 비롯된다. 특히 상촌의 애민적 면모는 「잡저」의 「民心篇」에서 잘 드러난다. 그는 조정의 벼슬아치들이 늘 백성의 마음이 惡하고 그 풍속이 薄하다고 탓하는 데 대해 반박하기를, 백성의 마음은 착하고 그 풍속이 厚한 반면 위정자의 마음이 탐욕적이고 사납다고 하면서 다음과 같이 말하고 있다. "自夫國典壞民經毁, 民之租賦, 無乎不出, 經用

모색이 아직 부족하다는 한계가 있기는 하나, 현실이 제기하는 특정한 문제를 '역사적'으로 검토해 들어가는 태도는 후대 실학자의 그것과 일맥상통한다. 상촌은 『주례』(周禮)를 중시하고 있는데,[119] 이는 단순한 호고(好古) 취향이 아니라 옛날의 제도를 연구함으로써 당대의 정치와 사회가 제기하는 문제점에 대한 해답을 찾아보고자 해서였다. 이런 태도는 실학자의 연구 태도와 연결된다.

넷째, 상수학에 대한 관심이다. 상촌의 상수학은 후대 실학자들의 우주론 및 천문 역법으로 이어진다.[120] 이 점에 대해서는 앞에서 충분히 지적했으므로 더 이상 논의하지 않는다.

다섯째, 제자백가를 적극적으로 수용하고 평가한 점이다. 상촌의 노장 수용은 특히 박지원과 홍대용의 사상과 연결되는 점이 있고,[121] 관자에 대한 주목은 졸수재(拙修齋) 조성기(趙聖期, 1638~1689), 박지원으로 이어지는 면이 있다.[122]

여섯째, 한학을 재평가하고 송학을 상대화한 점이다. 상촌의 이런 입장

耗, 則有非時之斂, 慶禮繁, 則有及時之需. 此則猶爲公用也. 由私而出者, 多於公用. 貢獻也, 苞苴也, 妻子之俸也, 僮御之求也, 諸凡帶貝冠駿, 煬竈穴社之所索, 無不出乎民, 以肥其家, 以澤其身, 民之困極矣. 而民猶恪守其分, 則心可謂善矣, 俗可謂厚矣, 而不自省而咎其民. 若是者, 不唯病吾民, 亦將以危吾國矣."

119) 「구정록」 상, 『상촌집』 권51; 「휘언」 6, 『상촌집』 권46 등 참조.

120) 앞서 상촌의 상수학이 후대 실학자들의 상수학과 달리 우주론이나 天文曆法에 대한 탐구를 발전시키지 못했음을 지적한 바 있다. 그러나 이는 상촌에게 천문 역법에 대한 관심이 전연 없었다는 말은 아니다. 「歷代天文志說」(『상촌집』 권34) 같은 글은 상촌에게 이에 대한 관심이 있었음을 알게 해준다. 다만 상촌은 그런 관심을 아직 '본격적'으로 발전시키지 못했을 뿐이다. 이처럼 상촌이 천문 역법에 관심을 보였다는 점에서 상촌과 후대의 실학적 상수학자들 간에는 최소한의 연결고리가 발견되는 셈이다.

121) 홍대용과 박지원의 莊子 수용에 대해서는 본서, 「홍대용의 생태적 세계관」 및 「박지원 사상에 있어서 言語와 冥心」을 참조하기 바란다.

122) 졸수재가 管子를 얼마나 중시했는가는 「答林德涵書」, 『拙修齋集』, 한국문집총간 147책, 277~278면 참조. 한편 박지원의 경우는 『나의 아버지 박지원』(원문이 첨부된 양장본, 돌베개, 1998), 366~367면 참조.

은 청조 고증학을 수용한 실학자들, 가령 추사 김정희와 같은 학자로 연결되는 면이 있다.

7

지금까지의 논의에서 드러나듯 상촌의 학문적 자세와 사고방식은 대단히 활달하고 유연한 것이었다. 그의 사유 경향과 위학태도(爲學態度)는 획일적·일률적·배타적·교조적·묵수적(默守的) 등등의 형용어와는 거의 반대되는 것이었다. 한편, 상촌의 역사인식 태도는 합리적이고 비판적인 면모가 강하다.[123] 상촌은 주어진 틀이나 이미 마련된 모범답안 같은 것은 따르고 있지 않다. 그는 선입견이나 편견을 배제한 채 스스로 고민하면서 새로운 사상을 모색해 나가고 있다. 이 점에서 상촌의 사상은 대단히 활발한 '사유의 운동'을 보여준다. 이 사유의 운동을 감싸고 있는 특징들은, '회통'(會通)과 '진지실행'(眞知實行)이라는 말로 표현할 수도 있고, 합리성·비판성·개방성·유연성 등등의 말로 표현할 수도 있다. 상촌은 뛰어난 학문적 균형감각으로 여러 학문 유파와 사상들을 포용하면서 그것들 사이에 대화의 물꼬를 트고 있었다.

그러나 서상(敍上)의 논의는 상촌의 학문이 조선 전기 이래의 학문을 여하히 반성하면서 조선 후기에 대두되는 실학의 단서를 열어 나갔는가 하는 데 초점을 맞추고 있을 뿐, 동시대의 사상적 동향에 대해서는 언급하지 않

123) 일례를 들면 麗末의 역사 서술과 관련해 鄭麟趾의 『고려사』를 불신하면서 오히려 元天錫의 기록을 準信하는 태도 같은 것을 들 수 있다. 비단 이뿐만이 아니고 「잡저」, 「휘언」, 「구정록」 등의 저술에는 중국과 우리나라의 역사에 대한 비판적·합리적 인식 태도를 보여주는 대목들이 상당히 많다. 이런 태도는 경전 해석이나 사물인식 상에서도 똑같이 확인된다. 요컨대 상촌은, 현실인식이든, 역사인식이든, 경전해석이든, 사물인식이든, '臆評'과 '强爲之說'(「휘언」 2에 나오는 말)을 피하면서 비교적 객관적·비판적 태도를 견지하는 특징을 보여준다.

았다. 그러므로 이제 이 자리에서는 상촌과 동시대에 활동했던 몇몇 주목되는 학인(學人)들을 일별(一瞥)함으로써 당대의 사상적 동향에 대한 이해를 확충하고자 한다. 이 작업은 당대 사상사 내에서 상촌의 학문이 점하는 지위, 그리고 상촌과 그 시대 다른 학인간의 공통점과 차이점을 대비적으로 드러내 보여주리라 기대한다. 이 점에서 우리는 지봉(芝峰) 이수광(李睟光, 1563~1628), 계곡(谿谷) 장유(張維, 1587~1638), 지천(遲川) 최명길(崔鳴吉, 1586~1647), 허균(許筠, 1569~1618), 택당(澤堂) 이식(李植, 1584~1647) 등을 주목한다.

지봉은 어릴 때부터 상촌과 함께 공부한 사이로서 평생 서로 허여(許與)한 지기였던바, 그 취향에 있어 서로 투합(投合)하는 면이 적지 않았다. 지봉은 세 차례나 명나라에 사신으로 왕래한 경력이 말해주듯 비교적 명학(明學 : 명나라 학문)의 흐름에 밝았던 것으로 생각된다. 더구나 그는 당시 중국에 전래한 서학을 조선에 소개한 바 있다. 『지봉유설』(芝峰類說)에서 확인할 수 있듯 지봉은 백과전서적인 박학을 지향하고 있으며, 이러한 지향은 엄격한 도학의 그것과는 성격을 달리한다. 지봉은 왕학(王學)의 선미(禪味 : 禪的 경향)를 경계하는 등[124] 이단 사상에 대해 상촌처럼 열린 태도를 보여주고 있지는 못하지만, 그럼에도 그 사고방식은 비교적 유연하고 개방적이었으며, 당대 사회의 현실문제에 대해서도 관심을 쏟고 있다.[125] 이처럼 지봉이 보여주는 현실에 대한 관심과 개방적인 태도는 상촌의 그것과 일정하게 통하는 점이 없지 않다. 지봉의 이런 면모를 주목하여 그를 실학의 선구자로 보아야 한다는 주장도 진작에 제기되어 있다. 그러나 지봉

124) 「薛文淸讀書錄解」, 『芝峰集』(한국문집총간 66책), 273면; 『芝峰類說』(景仁文化社 영인본) 권5 「儒道部」의 '學問'條와 '心學'條 등 참조.

125) 지봉의 경우 주자학을 이탈했다고는 보기 어렵지 않나 생각된다. 『지봉집』에 수록되어 있는 「采薪雜錄」이나 「秉燭雜記」, 「剩說餘編」, 「薛文淸讀書錄解」 등은 지봉이 대체로 程朱學의 테두리를 지키고 있음을 확인해 준다. 그렇다고 한다면, 지봉은 정주학의 테두리를 지키되 비교적 개방적 태도를 취하면서 현실에 대해 적극적인 관심을 쏟았던 것으로 이해해야 하리라 본다.

과 상촌을 비교할 때 실학사상과의 연관은 상촌에게서 더욱 많이, 그리고 더욱 강하게 발견된다는 것이 필자의 생각이다. 물론 지봉의 사상에는 서학의 수용과 지리적 관심[126] 등 지봉에게서만 발견되는 요소가 없는 것은 아니지만, 그런 점을 고려하더라도 전체적으로 보아 상촌의 사상이 '훨씬' 더 문제적이지 않은가 생각된다.

계곡은 그 스스로 상촌을 누구보다도 잘 안다고 자부했던 인물이다. 또한 상촌 역시 계곡을 추허(推許)했던 듯하다. 사실 당대의 학인 가운데 계곡만큼 상촌과 학문적으로 근접해 있었던 사람은 없다. 두 사람은 여러 가지 면에서 유사점을 보여주지만, 특히 주목되는 것은 심(心)에 대한 해석과 이단에 대한 태도에서다. 계곡이 왕학에 입각하여 심을 이해했으며, 노장 등 이단 사상에 대해 포용적이었음은 잘 알려져 있는 사실이다. 계곡의 이런 면모는, 허정(虛靜)과 간이(簡易), 존덕성(尊德性)을 강조하는 입장에서 심을 이해했으며 이단을 적극적으로 수용하여 3교 회통으로 나아간 상촌과 꼭 같다고는 못하더라도 아주 닮은꼴이다. 상촌은 왕학에 대해 우호적이었으며 계곡은 왕학을 전폭적으로 수용했던바, 왕학에 대한 두 사람의 이런 태도에서 그 사상적 친근성이 이미 감지되는 바다. 계곡이 왕학에 경도된 것은 전래(傳來)의 조선 주자학이 드러내고 있던 말폐를 학문적으로 반성하고 그 대안을 모색하고자 해서였다. 이 점, 상촌의 학문적 모색과 설사 그 귀결은 다르다 할지라도 출발점은 같다고 할 수 있다. 우리는 여기서 당대 조선의 편협한 학문적 풍토를 비판한 계곡의 저 유명한 언설(言說)에 상도(想到)하게 된다.

(37) 중국에는 학술이 여러 갈래여서 정학(正學)·선학(禪學)·단학(丹學)이 있는가 하면, 정주(程朱)를 공부하는 사람도 있고, 육씨(陸氏 : 陸象山)를 공부하는 사람도 있다. 길은 하나만이 아니다. 그렇건만 우리나라에

---

126) 『지봉유설』 권2, 諸國部에는 해외제국에 대한 지리적 관심이 표명되어 있다.

> 서는 유식한 사람이건 무식한 사람이건 책 읽는 자들은 모두 정주만 칭송할 뿐이고, 다른 학문이 있다는 말은 듣지 못했다. 우리나라 선비의 풍습이 중국에 비해 나아서일까? 그렇지 않다. 중국에는 학자가 있지만 우리나라에는 학자가 없다. 중국의 인재들은 그 지취(志趣)가 녹록하지 않은바, 때때로 뜻 있는 선비들이 나와 실심(實心)으로 학문에 정진한다. 그러므로 그 취향에 따라 전공하는 학문이 다름에도 불구하고 왕왕 참된 깨달음이 있다. 그러나 우리나라는 그렇지 못하다. 선비들이 국량이 작은데다가 특정한 데 구속되어 도무지 학문에 대한 큰 뜻이 없다. 그리하여 다만 정주학(程朱學)만이 세상에 귀중한 것이라 여겨 입으로 외며 떠받들고 있을 뿐이다.[127)]

정주학(程朱學) 일변도의 조선적 학문 풍토에 대한 신랄한 비판이다. 조선적 편협성을 바탕으로 주자학만이 일률적으로 강조되던 학문적 분위기를 반성하고 그 대안을 진지하게 모색해 갔다는 점에서 계곡과 상촌의 문제의식은 근본적으로 동일하다.

지천(遲川)은 상촌의 제자다. 그는 양명학자로 알려져 있는바, 상촌의 학문적 경향을 염두에 둔다면 그가 양명학으로 들어간 것은 자연스러운 일이다. 지천이 쓴 『상촌집』의 발문은 '일심'(一心)에 입각하여 상촌의 학술을 개괄하고 있는데, 당대인이 내린 그 어떤 평가보다 상촌 사상의 내면적 특질을 잘 지적했다고 여겨진다. 요컨대 양명학에 호의적이었던 상촌의 사상은 그 제자 대에 이르러서는 아예 양명학과의 관련에서 이해되기도 했던 것이다.

허균은 문인으로만 알려져 있으나 이 시대의 사상적 동향과 관련해서도

---

127) "中國學術多岐, 有正學焉, 有禪學焉, 有丹學焉, 有學程朱者, 學陸氏者, 門徑不一, 而我國, 則無論有識無識, 挾筴讀書者, 皆稱誦程朱, 未聞有他學焉, 豈我國士習果賢於中國耶? 曰非然也. 中國有學者, 我國無學者. 盖中國人材, 志趣頗不碌碌, 時有有志之士, 以實心向學, 故隨其所好而所學不同, 然往往各有實得. 我國則不然. 齷齪拘束, 都無志氣, 但聞程朱之學, 世所貴重, 口道而貌尊之而已."(『谿谷漫筆』 권1)

주목되는 인물이다. 상촌에게 독서벽이 있었음은 앞서 지적한 바 있거니와, 허균 역시 상촌에 뒤지지 않는 독서가였다. 두 사람은 원대(元代) 이전에 나온 서적들은 물론이요, 당대에 나온 서적들까지 열심히 읽고 있었다. 두 사람은 명대의 학술과 사상, 문예의 동향에 누구보다 해박했으며, 중국을 중심으로 전개되는 동아시아 사상사의 흐름을 읽어내는 국제적인 안목 같은 것을 갖고 있었다고 여겨진다. 이처럼 서벽(書癖)이 있었던 데다가 명대의 학문과 문예에 밝았다는 점에서 두 사람은 공통점을 갖는다. 그러나 이들에게는 중요한 차이점도 존재한다. 가령 상촌의 왕학에 대한 호감이 대체로 왕양명에 국한된 것임에 반해, 허균의 경우 이탁오(李卓吾, 1527~1602), 원굉도(袁宏道, 1568~1610) 등 왕학 좌파에 속한 인물들에게 경도되고 있었다.[128] 또한 상촌이 양승암(楊升菴, 1488~1559)에게 사상적 친근성을 느꼈던 데 반해,[129] 허균에게서는 초횡(焦竑, 1541~1620)의 영향이 감지된다. 성리학에 바탕한 글만이 아니라 제자백가서(諸子百家書)도 저마다 도를 구현한 문장이라는 허균의 주장[130]은 초횡의 「여우인논문」(與友人論文)[131]과 직결된다. 초횡은 이탁오와 교유했으며, 공안파(公安派) 문인에게 영향을 끼친 것으로 알려져 있다.

이렇게 본다면 허균은 왕학 좌파에 속한 사상가나 그 주변에 있던 인물들에게 경도됨으로써 상촌과는 사뭇 다른 방향으로 자신의 사상과 문예를 전개해 나갔다고 할 수 있다. 주지하다시피 그는 정(情)을 강조하고 인욕

128) 이 점에 대해서는 「이규보의 문예론」, 본서, 109면의 주 108을 참조하기 바란다.

129) 「鐵網餘枝序」, 『상촌집』 권22 참조. 『升菴全集』(王雲五 主編, 國學基本叢書本)을 검토해 본 결과, 양승암은 羲易과 제자백가에 큰 관심을 보였다는 점에서 상촌과 비슷한 점이 있다. 또한 양승암은 『升菴全集』 권46의 「莊子憤世」라는 조목에서 莊子를 옹호하고 있는데, 그 옹호의 논리는 상촌의 「書齊物論後」(『상촌집』 권37)의 그것과 비슷한 점이 많다.

130) 「文說」, 『惺所覆瓿藁』(아세아문화사 영인본) 권12 참조.

131) 郭紹虞 主編, 『中國歷代文論選』 제3책(上海: 上海古籍出版社, 1980), 131~132면 참조.

(人慾)을 긍정하면서, 예교(禮敎)의 구속을 벗어난 자유분방한 문학을 추구하였다. 이 때문에 그는 민간문학과 소설의 의의를 적극적으로 인정하는 방향으로 나아갈 수 있었다. 당시로서는 대단히 혁신적인 노선을 취한 셈이다. 그러나 상촌에게서는 이런 면모를 발견하기 어렵다. 요컨대 명의 학술과 문예를 수용함에 있어 상촌과 허균은 그 입장을 달리했던 것이다. 허균이 상촌보다 고작 세 살 아래였음을 생각한다면 이러한 차이가 세대 차이에서 비롯되었다고 하기도 어려우며, 그 기질과 취향의 차이에서 기인하는 것으로 보아야 할 듯하다.

인간의 자연스런 감정을 긍정한 것이나 민간문학과 소설의 의의를 적극적으로 인정한 점은 허균의 사상이 보여주는 진취적인 면모라고 하겠으나, 그렇다고 해서 허균의 사상이 일률적으로 상촌의 사상보다 진취적이라고는 결코 말할 수 없다. 앞에서 자세히 살핀 바 있지만, 상촌의 사상에는 허균의 사상에서는 찾아볼 수 없는 여러 가지 요소와 지향들이 내재해 있기 때문이다. 특히 생(生)과 현실에 대한 성실하고도 중후한 학문적 문제의식 같은 것이 그러하다.

지금까지 거론한 네 사람의 사상은, 상촌과 퍽 근접해 있거나 그렇지는 않더라도 상촌과 다소간 어떤 상통점을 보여준다고 할 수 있다. 그러나 지금부터 살필 택당(澤堂)은 전연 다르다. 택당은 주자학의 고수(固守) 및 이단의 배격을 자신의 사상적 책무로 삼았다.

우선 그는 화담과 그 급문(及門)의 학문이 정통에서 벗어난 것이라 보아 모조리 비판하고 있다.[132] 아울러 그는 역을 노자와 결부시켜 해석하는 입장이 잘못된 것임을 분명히 하고 있다.[133] 이는 상촌의 역학에 대한 지적으로도 받아들일 수 있으리라 본다. 한편 허균은 안산농(顔山農), 하심은(何心隱, 1517~1579) 등 왕학 좌파의 인물들과 대비되며 혹독히 비판된

132) 「雜著」, 『澤堂集』(景文社 영인본) 別集 권15, 523면.

133) 같은 글, 같은 책, 515면 상단.

다.[134] 허균이 소설을 애호하고 창작한 것도 당연히 비판된다.[135] 계곡과 지천도 싸잡아 비판된다. 계곡은 "전주육왕"(專主陸王 : 오로지 陸王學을 주장함)한 것과 노장에 경도한 일이 비판되며, 지천은 "혹어신괴"(惑於神怪 : 신괴에 혹함)한 일이 비판된다.[136] 요컨대 정주학을 준적(準的 : 목표)으로 삼지 않고 이단에 혹했다고 하여 비판하고 있는 것이다. 택당은 계곡이나 지천처럼 학문을 하려면 차라리 학문을 하지 않는 것이 낫다고 극언하고 있다. 택당의 학문관은 다음 말에서 잘 드러난다.

> (38) 학자들은 마음을 가라앉히고 경전을 읽되 오직 정주(程朱)의 가르침만을 마음에 두어야 한다. 두루 이단에까지 관심을 가져 겸채병용(兼採並用 : 두루 채용함)하려는 생각을 가져서는 안된다. 그렇게 하지 않으면 평생 학문에 종사할지라도 학문의 죄인이 될 뿐이니, 차라리 학문을 하지 않는 게 낫다.[137]

정주학만을 절대적 진리체계로 인정하고 그 이외의 모든 사상은 이단으로 배격해야 한다는 말이다. 특히 택당은 이단을 "겸채병용"(兼採並用)해서는 안된다는 점을 각별히 강조하고 있다. 이단 사상을 절대 수용해서는 안된다는 뜻이다. 상촌이 강조한 회통의 정신과는 대척점에 놓이는 주장이다. 택당이 말한 이단에는 불교나 도가뿐만이 아니라, 제자백가, 육상산, 왕양명, 나정암(羅整菴)이 모두 포함된다. 관안(管晏 : 管子와 晏子. 부국강병을 강조한 사상가들임)이 폄시됨은 물론이요,[138] 일체의 잡서와 소설류가 이단으로 공척(攻斥)된다. 택당은 자신이 성리학과 관계된 책만을 주로 읽

134) 같은 글, 같은 책, 516면 하단.

135) 같은 글, 같은 책, 525면 하단.

136) 같은 글, 같은 책, 524면 하단.

137) "學者潛心經傳, 專意程朱學的, 不可旁及異端, 有兼採並用意也. 不然則雖平生從學, 乃爲學問中之罪人, 不如不學."(같은 글, 같은 책, 520면)

138) 같은 글, 같은 책, 521면 하단.

었다는 것, 그리하여 "책을 널리 읽지 않은"(觀書不博) 것과 "일체의 잡서를 보지 않은"(一切不觀雜書)[139] 것을 자랑스럽게 말하고 있다. 상촌과는 전연 다른 독서태도이자 위학태도(爲學態度)다.

택당의 이런 비판은, 16세기 말에서 17세기 초엽의 시기에 상촌을 비롯한 몇몇 학인들이 제기한 새로운 사상적 모색에 쐐기를 박고 있다는 의미를 갖는다. 아마도 서상(敍上)한 택당의 비판은 병자호란 이후에 나온 것이 아닐까 짐작되는데, 그렇다고 한다면 병자호란을 기점으로 조선시대 사상사의 국면이 다시 바뀐다는 사실이 재확인되는 셈이다.

끝으로, 후대의 상촌에 대한 평가와 관련해 한두 마디 언급해 둔다.

흔히 거론되는 사실이지만, 우암(尤庵) 송시열(宋時烈, 1607~1689)은 월사(月沙) 이정구(李廷龜, 1564~1635)와 상촌의 문장을 비교하여 월사가 윗길이라고 했다.[140] 아마도 우암은 상촌의 문장이 수식(修飾)에 공을 들인 반면 월사의 문장은 이치(理致)가 넉넉하다고 보아 월사의 손을 들어준 듯하다. 그러나 우암의 평가를 준신(準信)하여, 월사가 내용을 중시하는 글을 쓴 데 반해 상촌은 순전히 형식 내지 수식(修飾)을 중시하는 문장을 썼다고 생각한다면 그것은 퍽 피상적인 견해가 아닐까 생각한다. 춘추대의를 부르짖으며 주자학을 절대화해 갔던 우암이 상촌의 문장이 담고 있는 '도'(道)가 순정하지 못하다는 사실을 읽지 못했을 리 만무하다. 그가 굳이 '이치'를 강조하는 견지에서 양자를 대비한 것은 그의 사상적 입장이 투영된 다분히 의도적인 것이라는 사실을 간과해서는 안된다. 다시 말해 도학의 이념을 구현한 문장을 추켜올리고자 한 우암의 입장에서 볼 때, 종종 불순한 도를 담고 있는 상촌의 문장에서 인정할 수 있는 점이란 고작 문학적 수식밖에 없었을 터이다. 물론 상촌이 남긴 관각문자(館閣文字 : 임금

139) 같은 글, 같은 책, 526면 상단.

140) "至近世尤翁, 始以月沙爲勝. 盖象村視古修辭藻飾之功多, 月沙隨意抒寫紆餘之致勝."(「雜識」外篇, 『農巖集』, 景文社 영인본, 권34, 601면 하단)

의 勅命에 의하여 짓는 외교문서 따위의 글들)나 묘도문자(墓道文字 : 墓誌銘이나 碑文 등의 글) 등에는 문학적 수식이 두드러진 글이 적지 않지만, 그와 달리 자신의 사상을 피력한 글들은 문학적 수식보다는 오히려 자신이 '도'라고 관념한 내용을 비교적 질실(質實)하게 적어 나가고 있는 편이다. 말하자면 우암은 상촌의 저쪽을 강조하면서 상촌의 이쪽은 아예 외면하거나 폄척(貶斥)해 버린 것이다.

상촌의 문장을 일면적으로 평가하고 있다는 점에서는 고문가(古文家)로 꼽히는 농암(農巖) 김창협(金昌協, 1651~1708)도 크게 다르지 않다. 농암은 상촌의 문장이 "준려현란"(俊麗絢爛 : 아름답고 현란함)하기는 하나 "질실지의"(質實之意 : 질박하고 충실한 내용)는 적다고 했다.[141] 상촌의 문학을 연구하는 사람들은 농암의 이 말을 금과옥조로 삼고 있는 듯하나, 고인(古人)의 말이라고 해서 무조건 따를 것은 아니며, 따져 볼 것은 따져 보는 태도가 필요하다. 농암 역시 상촌의 문장에서 그 도(혹은 사상)는 취하지 않고, 문학적 수식의 측면만을 본 것이다. 비교적 그 입장이 유연하고 현실적이었다는 평을 듣는 농암조차도 사상적 측면에 있어서는 상촌에 동의할 수 없어서였을 것이다. 그만큼 상촌이 추구한 도의 성격은, 이른바 정학(正學)의 입장에서 볼 때 '잡박'(雜駁)하고 '불순'(不純)했던 것이다.

이처럼 상촌에 대한 후인(後人)의 평가는 문학, 그 중에서도 고작 수사(修辭)의 측면에 국한해 이루어지고 있었다. 그리하여 상촌은 명(明)을 본뜬 의고문가(擬古文家 : 古文을 흉내낸 작가) 정도로 치부되고 말았다. 이러한 관점은 상촌의 문장이 담고 있는 도의 내용을 철저히 외면한 결과다. 상촌은 너무도 좁혀져 이해되고 있었던 것이다. 상촌에 대한 이러한 편향된 이해는 17세기 후반 이래의 경직된 사상 풍토와 직접적인 연관이 있다. 이러한 편향은 지금까지도 불식되지 못한 채 답습되고 있는 면이 없지 않다고 생각된다.

---

141) 같은 책, 같은 곳.

8

상촌의 학문은 전연 체계적이지 못하다. 그러나 이는 상촌의 사상적 지향 및 글쓰기 자체의 특성과 관련된다는 점을 간과해서는 안된다. 상촌은 어떤 체계를 추구하거나 방대한 지식의 성을 쌓고자 하지 않았으며, 지리한 분석을 좋아하지도 않았다. 그가 주자학에 염증을 느낀 이유의 일단도 여기에 있었다. 상촌은 이런 것보다는 직관적인 깨달음, 말없음, 정좌(靜坐), 자득(自得), 체인(體認), 간이(簡易)함, 종합 등등에 더 큰 가치와 의미를 부여하고 있었다. 이런 입장이었으므로 그의 글쓰기나 사상이 체계나 분석 따위와 거리가 먼 것은 당연한 일이다. 그러므로 거대한 체계나 자세한 분석, 방대한 지식만이 위대한 학문이나 사상일 수 있다는 생각에 갇혀 있는 사람은 상촌의 진가를 제대로 포착하기 어렵다. 상촌은 그런 것과는 정반대의 방향에서 학문과 도를 추구한 사람이기 때문이다.

상촌의 학문이 보여주는 진실성과 실천성, 그 회통의 정신, 자연과의 깊은 교감 등은 심각한 고민에 잠겨 있는 오늘날의 우리에게 적지 않은 시사를 주고 있다. 이 점에서 20세기 말의 근대인인 우리는 17세기 초엽의 중세인인 상촌에게 머리를 숙이고 배워야 하지 않을까 생각한다.

신흠의 자연시학

1

상촌(象村) 신흠(申欽)은 한문학 대가의 한 사람이다. 한문학사에서는 조선 중기의 이정구(李廷龜)·신흠·장유(張維)·이식(李植), 이 네 사람을 총칭해 4대가라 한다. 4대가 가운데 특히 장유와 신흠은 새로운 사상의 모색을 통해 자기 시대를 넘어서고자 시도했기에 주목된다.[1] 두 사람의 사상적 모색은 그들의 문학론에까지 연결되어 새로운 시학을 낳고 있다. 이 글은 신흠의 시학에 대한 간략한 검토를 목표로 한다.

2

신흠은 이런 말을 했다.

---

1) 신흠의 사상적 모색이 갖는 의의에 대해서는 본서, 「신흠의 학문과 사상」을 참조하기 바란다.

(1) 시는 형이상이고, 문(文)은 형이하다. 형이상은 하늘에 속하고, 형이하는 땅에 속한다.[2)]

신흠은 더 이상은 말하지 않고 있다. 그래서 이 구절의 뜻을 둘러싸고 연구자들 사이에 논의가 분분하다. 신흠이 위와 같이 말했을 때 그 진의가 과연 무엇이었나 생각해보는 것은 당연히 중요하다. 그러나 그에 그치는 것으로는 충분하지 않다. 우리는 신흠이 이 말을 하면서 스스로 미처 인식하지 못한 점들까지 생각함으로써 신흠의 생각을 보충하고 확장하지 않으면 안된다.

"시는 형이상"이라는 말은 **시가 놓이는 자리**와 관련된 지적임이 유의될 필요가 있다. 시가 놓이는 자리란 무엇을 말하는가? 시의 **존재론적 본질**을 말한다. 시의 존재론적 본질은 시 창작의 비의적(秘義的) 과정과 분리해 생각할 수 없다. 그렇다고 한다면, 시가 놓이는 자리는 곧 **시가 이루어지는 지점**이라고도 할 수 있다. 시가 이루어지는 지점은 시가 창작되는 경계(境界), 시가 창작되는 은밀하고도 미묘한 지경(地境)을 가리킨다.

"형이상은 하늘에 속한다"는 말은 곧 시가 하늘에 속한다는 말이다. 시가 하늘에 속한다는 말 역시 시의 존재론적 본질을 현시(顯示)한다. 신흠의 시학에서 **하늘**이란 절대적 중요성을 갖는 개념이다. 그것은 시의 본질과 관련되는 말일 뿐만 아니라, 시의 우열을 평가하는 궁극적 기준이기도 하다.

신흠은 **하늘**과 관련하여 이런 말을 했다.

(2) 시는 **하늘에서 얻은** 것이 아니면 시라고 할 수 없다.[3)]

---

2) "詩, 形而上者也; 文, 形而下者也. 形而上者, 屬乎天; 形而下者, 屬乎地也."(「晴窓軟談」, 『象村集』 권58)

3) "詩非天得, 不可謂之詩."(「白玉峯詩集序」, 『상촌집』 권22). 인용문의 강조 표시는 인용자가 한 것이다.

"하늘에서 얻은"이라는 말의 원문은 "천득"(天得)이다. 천득, 즉 "하늘에서 얻음"은 무슨 뜻일까? 자연을 말한다. 자연이란 무엇인가? 작위적이지 않음을 말한다. 신흠은 작위적인 냄새가 나는 시, 기교를 부려 쓴 시, 억지로 쓴 시는 시가 아니라고 했다. 시가 아니라는 말은, 시의 본질에서 멀며 훌륭한 시가 못된다는 말이다. 요컨대 신흠의 시학에서 하늘은 곧 자연성을 뜻하는바, 시의 존재론적 본질을 보여주는 가장 중요한 개념이 되고 있다.

3

우리는 자료 (1)에 대한 음미를 통해 시의 존재론적 본질이 형이상적인데 있다는 것, 형이상적인 것은 하늘에 속한다는 것, 하늘이란 곧 자연임을 알았다. 그런데 형이상적인 것이 어째서 자연일 수 있을까? 우리는 이제 이런 물음을 제기할 수 있게 되었다.

신흠에 있어 자연이란 곧 도(道)이다. 다시 말해 도의 자기 속성을 가리키는 말이다. 그것은 모든 규정을 넘어선 자리에 있다. 바로 이 점에서 형이상적인 것은 자연일 수 있다.

자연에 대한 신흠의 이런 관점은 노장철학과 역(易)에 대한 깊은 조예에서 비롯된다. 그는 노장철학과 역이 모두 무위(無爲)를 강조한다는 점에서 상통한다고 보았다. 무위란 곧 자연이다. 신흠 시학의 밑바탕에 놓여 있는 건 바로 이런 자연철학이다. 신흠은 시학적 언명을 통해서만이 아니라 종종 시가를 통해 자신의 자연철학을 표출하기도 했다. 예를 한둘 들어본다.

(3) 꽃 지고 속잎 나니 시절도 변하거다
풀속에 푸른 벌레 나비 되어 나니난다
뉘라서 조화(造化)를 잡아 천변만화하는고.[4]

---

4) 출처는 珍本 『청구영언』이다. 표기는 인용자가 임의로 현대어로 바꾸었다.

(4) 물은 멀고 산은 길며
풀은 푸르고 꽃은 붉나니
천지의 조화(造化)를 타서
물아(物我)가 함께 융합하네.
水遠山長　　草碧花紅
乘天地化　　物我同融[5)]

자료 (3)은 신흠이 남긴 시조 30수 중의 1수다. 생생불식(生生不息 : 끊임없이 변화하고 생성되어 감)하는 천지만물의 모습을 잘 포착해 보여준다. 그것은 경이로운 조화(造化)다. 그러나 이 조화는 조물주의 명령이나 의지에 따른 것이 아니라, 절로 그러하다. 누가 시키거나 어떤 주재자(主宰者)가 있어서가 아닌 것이다. 그렇게 만들지 않았는데 절로 그렇게 되는 것, 이것이 바로 자연이며 도(道)다. 자료 (3)의 시조는 신흠의 자연철학을 아주 잘 집약해 표현하고 있다 하겠다.

자료 (4)는 송나라의 철인(哲人) 소강절(邵康節, 1011~1077)이 낙양(洛陽) 거리로 봄나들이 나선 광경을 그린 그림에 쓴 시의 한 구절이다. 소강절은 신흠이 가장 존경했던 학자의 한 사람이었다. 이 시에서 물, 산, 풀, 꽃은 모두 제각각 절로 존재한다. 그것들은 절로 생겨나, 절로 변화하고, 절로 늙어간다. 세계는 이처럼 자연이 자신을 전개시켜 나가는 거대한 장(場)이다. 인간 역시 이러한 자연의 흐름 속에 있는 한 사물에 불과하다. 다만 인간은 자연의 자연됨을 인식한다는 점에서 다른 존재자와 구별될 뿐이다. 인간은 자연의 흐름 속에 있는 한 사물이기에 다른 사물과 교섭하는바, 다른 사물 속으로 들어가기도 하고 다른 사물과 일체적 관계를 맺을 수도 있다. 자료 (4)의 시는 이처럼 자연의 도를 따르는 삼라만상 및 인간과 삼라만상의 융합을 노래하고 있다.

---

5) 「소강절이 봄나들이 나선 것을 그린 그림에 쓴 시」(題邵子春行圖), 『상촌집』 권4.

4

인간과 다른 사물의 관계는 자연철학의 문제만이 아니라 시학의 중심 문제이기도 하다. "시는 형이상"이며 "하늘에 속한다"는 신흠의 주장은 인간과 사물의 관계가 고려될 때에만 비로소 구체적으로 파악될 수 있다. 신흠의 말을 다시 듣는다.

> (5) 맑음〔淸〕은 시의 본령이다. 기이하다든가 굳건하다든가 하는 것은 오히려 부차적인 것이요, 험준하다든가 기괴하다든가 침착하다든가 질박·충실하다든가 하는 따위는 시도(詩道)에서 더욱 동떨어진 것이다. 맑음이란 높은 차원에서 우러나오는 것인데, 그 높은 차원은 성색(聲色 : 소리와 형상)으로 도달할 수 없다. 따라서 시는 반드시 무성지성(無聲之聲 : 소리 없는 소리)과 무색지색(無色之色 : 형상 없는 형상)을 얻어 맑고, 밝고, 담박하고, 투명해야 한다. 그리하여 사물과 나의 정신이 혼연일체가 되고 나의 정신이 고스란히 글로 표현될 수 있어야만 잘못된 시도(詩道)로 떨어지지 않게 된다.6)

신흠은 시의 본령이 맑음인데, 이는 높은 차원에서 나오는 것이기에 감각적 형상으로는 도달할 수 없다고 보았다. 그러나 신흠이 이렇게 말했다고 해서 그가 형상의 중요성을 부정한 건 아니다. 그는 다만 형상에서 시작해 형상으로 끝나는 시가 아니라 형상에서 출발해 형상을 뛰어넘는 시를 진정한 시라고 본 것이다. 이는 시가 비록 언어예술이기는 하나 언어에 갇히지 말고 언어를 초월해야 한다는 주장이다. 그렇다면 어떻게 해야 시는 형상과 언어를 넘어 저 맑고 높다란 데 이를 수 있는 걸까?

신흠은 사물과 나의 정신이 혼연일체가 됨으로써 가능하다고 말하고 있

---

6) "淸是詩之本色. 若奇若健, 猶是第二義也. 至於險也怪也沈着也質實也, 去詩道愈遠. 淸則高, 高則不可以聲色求也. 詩必得無聲之聲無色之色, 瀏瀏朗朗, 澹澹澄澄, 境與神會, 神與筆應而發之, 然後庶幾不作野乎外道."(「晴窓軟談」, 『상촌집』 권58)

다. 사물과 나의 정신이 혼연일체가 된다는 건 무슨 뜻인가? 사물이 나의 마음속으로 들어오고 내가 사물의 마음속으로 들어가 서로의 마음이 합해지는 것을 의미한다. 흔히 물아일체니 물아교융(物我交融 : 물아가 서로 융합함)이니 일컫는 이 마음 상태는 무심(無心)이 전제되지 않고서는 불가능하며, 무심은 욕심을 비우지 않고서는 불가능하다. 이 점에서 신흠의 시학에서는 허정(虛靜 : 고요히 비어 있는 마음)이 중시된다.

고요히 빈 마음일 때 '나'와 사물은 비로소 진정한 정신적 교류를 시작하고, 이 정신적 교류를 통해 '나'와 사물 사이에 존재하는 경계가 사라진다. 그리하여 시인은 사물의 외관을 넘어 사물의 깊숙한 본질 속으로 들어간다. 이처럼 신흠의 시학은 근원적인 데로 향하고 있다.

"시는 형이상"이라는 말도 신흠 시학의 이런 근원적 지향과 관련된다. 신흠에 있어 형이상적인 것은 곧 자연적인 것이다. '도법자연'(道法自然 : 老子의 말로, 도는 자연을 본받는다는 뜻)이기 때문이다. 사물과 나의 정신이 혼연일체가 된다는 것은 자연(=도)을 체득한다는 의미다. 자연(=도)이란 결코 사물이나 형상을 떠나 존재하는 것은 아니지만 그렇다고 해서 사물이나 형상 그 자체도 아니다. 그것은 사물이나 형상에 내재해 있거나, 사물의 외관이나 형상 저 너머에 있는 어떤 것이다. 신흠이 정신과 사물의 교섭을 말하면서도 "시는 형이상"이라고 한 것은 이 점에서다.

그러므로 신흠의 시학은 인공적인 것, 작위적인 것에 극도의 염증을 보여주며, 사물과 교섭하면서도 결코 사물에 얽매이지 않는 정신의 자유로움을 강조한다. 정신의 자유로움이야말로 자연(=도)에 합치된다고 본 것이다.

(6) "연못가 언덕에 봄풀이 자라네"(池塘生春草)라는 표현은 하기 어려운 말이 아니고, "빈 들보에서 제비집 흙이 떨어지누나"(空梁落燕泥)라는 말은 눈앞의 정경을 읊은 것이다. 그렇건만 이 시구들이 최상승(最上乘)의 경지로 평가받고 있는 것은, 자연적으로 이루어진 것이지 의도적으로 만들어낸 것이 아니기 때문이다.[7)]

"연못가 언덕에 봄풀이 자라네"는 남북조 때 송나라의 사령운(謝靈運, 385~433)이 읊은 시구이고, "빈 들보에서 제비집 흙이 떨어지누나"는 수나라 때 설도형(薛道衡)이 읊은 시구다. 이 시구들은 흔히 신운(神韻)을 보여준다고 일컬어지는바, 사물의 생동성, 사물의 미묘한 국면에 내재된 아름다움을 정신의 힘으로 포착하고 있다. 신흠은 이 시구들이 이룩한 높은 성취가 자연스러움에 기인한다고 보고 있다. 이 경우 자연스러움이란 시인의 마음과 사물 사이의 관계에서 유래한다. 다시 말해 자연스러움은 단순히 시인의 언어적 기교에 달린 문제가 아니라 사물을 대하는 시인의 마음자리, 다시 말해 그 마음의 깊이랄까 무구함과 깊은 관련이 있다. 이 점에서 이 시구들이 보여주는 빼어난 자연스러움은 그 자체로서 도에 대한 순간적인 일별, 도에 대한 순간적인 깨달음을 담고 있다고 보아도 좋을 것이다. 신흠의 시학에서 진정한 시란 돈오(頓悟)와 통하는 셈이다. 그러므로 신흠이 당시(唐詩)를 평한 다음과 같은 말, 즉 "당시(唐詩)란 한번 돈오하면 바로 본래면목(本來面目)이 드러나는 남종선(南宗禪)과 성격이 비슷하다"[8]는 말은 단지 비유로만 받아들여서는 안된다. "시는 형이상"이며 "하늘에 속한다"는 신흠 시학의 핵심 테제는 마음의 가장 오묘한 작용이라 할 오도(悟道)로까지 이어지고 있는 것이다.

이렇게 본다면 신흠의 시학은 미학이면서 동시에 윤리학이다. 다시 말해 신흠의 시학에서 구도적 자세, 전인적 삶, 인간과 사물의 융합은 시적 성취를 위한 불가결하고도 기본적인 전제가 된다. 이런 전제 없이 자연스런 시는 창작될 수 없기 때문이다.

---

7) "'池塘生春草', 非難道之語, '空梁落燕泥', 卽眼中之境, 而遂爲正覺上乘. 此乃得之自然, 無假於意造也."(같은 글, 같은 책)

8) "唐詩如南宗, 一頓卽本來面目."(같은 글, 같은 책)

5

이처럼 신흠의 시학에선 정신과 사물의 교통(交通)이 중시되며, 여기서 미묘하고도 아득한 정신의 경지가 확보된다. 이 정신의 경지는 도와 직결된다. 바로 이 지점이 앞에서 지적한 대로 시가 놓이는 자리이자 시가 이루어지는 자리다.

우리는 여기서 자료 (1)을 다시 상기하도록 한다. 그에 의하면, 시와 달리 "문은 형이하"이고 "땅에 속한다." 그렇다면 문은 도와 아무 관계가 없는 것일까? 또 문은 사물과 어떤 관계를 맺는 것일까? 이런 물음이 제기된다. 이 물음은 시와 문을 서로 비교함으로써 적실한 해답을 찾을 수 있다.

우선, 문이라고 해서 도와 무관한 건 아니라는 사실부터 지적할 필요가 있다. 전통적으로 문은 재도(載道), 곧 도를 실어야 한다고 주장되어 왔다. 신흠이라고 해서 이런 주장을 벗어나 있는 것은 아니다. 그렇다면 시가 추구하는 도와 문이 추구하는 도는 어떻게 다른가? 도 자체에 차이가 있다기보다는 **도와 사물이 관련을 맺는 방식** 바로 거기에 차이가 있다. 즉 시가 **사물로써 도에 이른다**면, 문은 **도로써 사물에 접근한다**. 다시 말해, 시가 사물을 통해 도에 다가간다면, 문은 도를 사물에서 확인한다. 그러므로, 시는 도를 **추구한다**고 말해야 하는 데 반해, 문은 도를 **구현한다**고 말함이 옳다. 이 점에서 시는 상승적이고 문은 하강적인바, 그 운동의 지향점이 대조적이다.

시는 사물로써 **도에 이르기에** 형이상적이며, 문은 도로써 **사물에 접근하기에** 형이하적이다. 또한 시는 상승적이기에 하늘에 속하고, 문은 하강적이기에 땅에 속한다. 문은 땅에 속하기에 보다 현실적이라면, 시는 하늘에 속하기에 보다 초월적이다. 그러나 이 말은, 시는 전연 현실적이지 못하다거나 문은 전연 초월적이지 못하다는 말로 오해되어서는 안된다. 그 본질상 상대적으로 그렇게 파악된다는 말일 뿐이다.

그러므로 시는 문에 비해 훨씬 예술적이다. 적어도 시와 비교한다면 문은 예술이라기보다는 반예술(半藝術)에 가깝다. 시가 사물과 교섭하면서도 궁극적으로는 사물을 넘어서고자 하는 초월적 지향이 강한 데 반해, 문은 사물의 세계에 밀착한 채 늘 그 주위를 맴돌기 때문이다. 이처럼 시와 문은 그 놓이는 자리가 상이하다. 다시 말해 그 존재론적 성격이 다르다.

우리는 자료 (1)이 보여주는 신흠의 사유에서 이상의 함축을 읽어낼 수 있다.

6

신흠은 노장사상과 역(易)에 바탕하여 자신의 자연철학을 구축했으며, 그의 시학은 바로 이 자연철학을 전제로 하고 있다. 신흠의 시학은 중국 고전시학의 전통 위에 있지만, 자기대로의 독특한 사유를 전개하고 있는 부분도 없지 않다. 특히 시가 형이상적이고 하늘에 속하는 것임에 반해 문은 형이하적이고 땅에 속하는 것이라는 주장은 전인(前人)이 발(發)하지 못한 창의적인 언명으로서, 신흠 시학의 요점에 해당된다 할 만하다. 그러나 신흠은, 그가 늘 그랬던 것처럼 자신의 이 언명에 대해 극도로 말을 아껴 자세한 설명을 하고 있지 않다.

이 글은 시학가(詩學家)로서 신흠의 탁월한 사유력을 보여준다 할 이 테제의 해석을 중심으로 신흠 시학의 특징적 면모를 살피는 데 주안을 두었다. 요컨대 이 글은, "시는 형이상"이라는 신흠의 사유에 대한 주석인 셈이다.

제4부

■■■

홍대용의 생태적 세계관

홍대용 사상에 있어서 物我의 상대성과 동일성

홍대용의 생태적 세계관

연구사의 검토를 통한 접근

1

담헌(湛軒) 홍대용(洪大容, 1731~1783)에 대하여는 지금까지 철학, 사학, 문학의 각 분야에서 많은 연구가 이루어져, 그가 이룩한 사상의 특성과 의의가 다각도로 해명되었다. 특히 근년에 이루어진 연구성과는 주목할 만하다. 그러나 기존의 연구들 간에는 서로 견해를 달리하거나 대립적인 주장이 상당 부분 존재한다. 뿐만 아니라, 아직 명시적으로 제기되지는 않았지만, 장차 하나의 쟁점이 될 수 있는 가능성을 품고 있는 문제들도 없지 않다. 이런 점을 고려한다면, 기왕의 연구들에 내재된 논점의 차이나 그 타당성을 따져보는 작업이 홍대용에 관한 연구를 더 높은 단계로 진전시키기 위해 대단히 긴요하다 할 수 있다.

이 글은 홍대용 사상 연구에 있어 현재 쟁점으로 제기되어 있거나, 장차 쟁점이 될 수 있는 문제들 가운데서 그 '일부'를 검토의 대상으로 삼는다. 홍대용은 철학·문학·사학·자연과학에 두루 관련되는 사상을 이룩했고, 때문에 그 사상의 총체적 이해를 위해서는 대단히 종합적인 접근이 요구된다. 이 글이 그런 요구를 감당할 수는 없다. 이 글은 다만 철학과 문학에 관련된 몇몇 문제를 검토하는 것을 목표로 삼는다. 논의방식은, 먼저 각각의 쟁점을 사안별로 확인한 다음, 그 타당성을 점검하고, 혹 새로운 관점이 모색될 수는 없는지 그 가능성에 대해 탐색해 보는 방식으로 진행한다. 이 글에서 모색되는 홍대용 사상에 대한 새로운 독법은 궁극적으로 홍대용의 세계관에 대한 생태주의적 해석을 위한 것이다.

홍대용이 취한 학문방법론의 핵심은, 의난(疑難)의 제기(提起),[1] 비판적 태도, 공관병수(公觀併受)[2]로 요약될 수 있다. 이 글은 바로 이러한 홍대용의 학문방법론을 충실히 좇아가는 기분으로 임하고자 한다.

2

최근, 홍대용의 성리학적 심성론과 자연과학(혹은 象數學) 연구 사이의 내적 관련에 대한 깊이있는 논의가 이루어진 바 있다.

홍대용의 낙론적(洛論的) 심성론과 자연과학 연구가 어떻게 관련되는가 하는 데 대하여는 현재 다음의 두 가지 견해가 제기되어 있다.

---

1) '疑難의 提起'란 기존의 학설이나 견해, 관점에 회의를 품고 의문을 제기함을 뜻한다. 이는 전통적으로 학문 수행의 한 중요한 방법이었다. 뿐만 아니라 이런 태도는 기본적으로 東西古今의 학문 일반에 공통된 것으로서 특별히 강조할 무엇이 아니라고 할지도 모른다. 하지만 꼭 그렇게만 생각할 것은 아니다. 홍대용의 경우 疑難의 제기는 비단 儒敎 經典 解釋上의 문제에만 국한되지 않고, 事物·人間·世界·思想과 관련된 문제 일반에까지 두루 걸쳐 있는바, 대단히 집요하고 철저하다. 이런 면모는 홍대용 당대의 학자들은 물론이고, 고금의 학자들 가운데서도 흔히 발견되는 게 아니다. 어떤 면에서 홍대용은 이런 태도를 끝까지 밀고 나감으로써 인간과 세계에 대한 기존의 패러다임을 허물면서 새로운 像을 그려낼 수 있지 않았을까 여겨진다. 이 점에서 홍대용이 그 학문 수행과정에서 보여준 '疑難의 提起'는 특별한 주목을 요한다.

2) '公觀併受'란 공평무사한 눈으로 보아 다른 사상의 장점을 두루 받아들인다'는 뜻인데, 홍대용이 中年 以後에 도달한 생각이다. 이에 대해서는 뒤에 다시 거론한다.

(1) 낙론적(洛論的) 교양을 수용·변용하여 인물균(人物均)의 논리를 이룩했고 이를 토대로 새로운 물론(物論)의 전개에 이르렀다. 「의산문답」(毉山問答)의 논리 전개는 심성론에서 출발하여 상수학을 거쳐 경제지학(經濟之學)에 이르는 담헌 학문의 성장·확대 과정을 상징한다.3)

(2) 천문학을 비롯한 자연과학에 대한 흥미가 기존의 비실증적이고 가치중심적인 성리학적 세계관에서 실증적이고 과학적인 새로운 세계관을 형성하게 했고, 이로 말미암아 인물성동이(人物性同異)라는 가치중심의 심성론에서 인물균이라는 몰가치적인 심성론으로 나아갔다.4)

(1)은 낙론적 심성론이 상수학·경제지학을 수용하는 논리적 토대가 되고 있음을 해명함으로써 홍대용 사상의 연구에 새로운 전기를 마련했다. 홍대용은 낙론을 기철학(氣哲學) 위에 재정립하였다.5) 이 점에서 그의 낙론은

---

3) 유봉학, 「북학사상의 형성과 그 성격」(『한국사론』 8, 서울대 국사학과, 1982)에서 이러한 견해가 처음 제기되었으며, 「연암일파 북학사상 연구」(일지사, 1995), 95~96면 및 108면에서 다시 천명되었다.

4) 許南進, 「朝鮮後期 氣哲學 硏究」(서울대 박사학위논문, 1994), 84면.

5) 여기서 '氣哲學'이라는 용어는 흔히 사용하는 氣一元論이라는 용어와 실질적으로는 별 차이가 없다. 다만 '氣哲學'이라는 말은 氣一元論이라는 말에 비해 보다 포괄적인 용어이기에 비단 氣一元論뿐만 아니라 氣一元論的 경향성을 갖는 철학체계도 그 범주 속에 포함시켜 이해할 수 있다는 利點이 있다. 담헌은 '理'를 부정하지 않고 '理'의 범주적 독자성을 중시했으나, '理'의 主宰性과 實在性은 인정하지 않았다. 이 점에서 그의 理氣論은 실질에 있어 기일원론으로서의 성격을 강하게 갖는다. 하지만 담헌의 기일원론은 다소 불완전한 면이 전연 없는 것은 아니며, 이 점에서 徐敬德·任聖周·崔漢綺의 기철학과는 구별된다. 이 점과 관련하여 담헌의 理氣論을 아예 '理氣二元論'으로 해석하는 견해(류인희, 「홍대용 철학의 재인식」, 『동방학지』 73, 1991)도 없지 않으나, 동의하기 어렵다.

담헌의 기철학은 徐敬德, 任聖周, 崔漢綺가 이룩한 기철학과 비교할 때 그 구체적인 내용이 사뭇 다르다. 許南進 교수가 「조선 후기 기철학 연구」에서 적절히 지적했듯 각 철학자의 문제의식과 관심의 차이에 따라 그 철학의 내용과 체계가 크게 달라졌던 것이다. 담헌 기철학의 성격에 대해서는 上記한 허남진 교수의 논문 외에도 朴洪植, 「조선조 後期儒學의 철학적 변용과 그 특성에 관한 연구」(성균관대 박사학위논문, 1993); 金文鎔, 「북학파의 인물성동론」(『인성물성론』, 한국사상사연구회 편, 한길사, 1994)

기왕의 낙론과 변별되는 점을 갖는다. 그러나 (1)은 이 점에 대하여는 충분히 검토하고 있지 않다. 담헌의 낙론적 심성론은 어째서 기철학을 바탕으로 구축되었던가? 이 문제와 관련하여 (1)의 견해는 다소 보완을 요하지 않나 생각된다.

(2)는 (1)에 대한 문제 제기로서, (1)과는 반대의 가설을 상정하고 있다. 이 가설은 담헌의 자연과학 연구가 그의 심성론에 영향을 끼쳤을 수 있다는 점에 대해 생각해 보게 함으로써 우리의 사유 폭을 넓혀준다.

사실 인물성론(人物性論)으로부터 시작되는 「의산문답」의 논리 전개 방식이라든가, 「의산문답」 중 천문·지리에 대해 논의하고 있는 부분 가운데서 가령 천둥을 설명하면서 "대개 바르고 곧은 것은 천둥이 꺼리는 바이며, 간사하고 요망한 것은 천둥이 좋아하는 바이다. (…)그 화정(火精)과 영각(靈覺)은 실로 사람의 마음과 같다"[6]라고 한 대목 등에서 우리는 담헌의 인물성동론(人物性同論)과 자연과학 연구 사이에 긴밀한 내적 연관이 존재함을 감지할 수 있다.

그런데 (1)이든 (2)든 담헌 사상의 발전과정을 '계기적'(繼起的)으로 파악하고 있다는 점에서는 동일하다. 다시 말해 담헌 사상을 형성하고 있는 몇 가지 부면에 대한 해석에 있어서, 어떤 부면으로부터 어떤 부면이 전개되거나 도출되었다고 보는 관점을 기본적으로 취하고 있는 것이다. 담헌의 사상이 보여주는 내적 연관은 그 정합성(整合性)이 상당히 높은바,[7] 이런

등이 참조된다.

6) 인용한 구절과 그 前後의 원문을 제시한다. 밑줄 친 부분이 인용한 구절이다. "夫雷者, 其性剛烈, 其氣奮猛, 違避正直, 必就邪沴. 蓋正直者, 雷之所畏; 邪沴者, 雷之所嗜. 夫人之靈覺, 乃一身之火精, 況雷者, 天地之正火, 剛烈奮猛, 好生嫉惡, 爰時暴霆, 靈覺如神. 凡人物被震, 時顯奇跡, 曲施機巧, 是雷神之有情也. 火精靈覺, 實同人心."(新朝鮮社 刊行本『湛軒書』內集 권4, 28장 뒷면). 이하『湛軒書』의 인용은 모두 이 책이다.

7) 「의산문답」을 비롯한 담헌의 저술들은 논리적 설명이 미흡하거나 "여러 가지의 자체 모순과 엉성함"(박성래, 「홍대용의 과학사상」, 『한국학보』 23, 1981 여름, 179면)이 없는 것은 아니다. 하지만 담헌 사상의 내적 연관이 높은 정합성을 갖는다는 지적은 기본

점에 유의한다면, 사상의 근간을 이루는 몇몇 부면들에 대한 계기적 이해도 물론 필요하지만, 그보다는 그 상호작용에 주목할 필요가 있지 않을까 한다. 즉 어떤 사상이나 세계관이 먼저 형성되고 그에 이어 무엇이 전개되고 한 게 아니라, 상호간에 계속 서로 작용하면서 수정과 심화를 이루어 가며 하나의 종합적 사상과 세계관을 형성해 간 것으로 생각해야 할 여지가 적지 않다.

이런 견지에 선다면, 현재 제기되어 있는 두 가지 대립적인 견해는 각기 그것대로의 타당성을 갖지 않는 것은 아니나, 역시 홍대용 사상 형성의 특정한 일면만을 주목했을 따름이고, 따라서 양자를 지양하는 보다 종합적인 관점이 요망되는 게 아닌가 생각된다.

이런 생각을 담헌 사상의 형성과정에 구체적으로 적용시켜 볼 경우, 다음과 같은 새로운 입론이 가능하지 않을까 한다.

「심성문」(心性問), 「답서성지논심설」(答徐成之論心說)[8] 등에 보이는 담헌의 심성론은 그 스승인 미호(渼湖) 김원행(金元行, 1702~1772)의 심성론을 계승한 것임이 확인된다. 그러나 간과할 수 없는 차이점도 발견된다. 낙론적 심성론을 '기철학' 위에 구축하고 있다는 점이 그것이다. 말하자면 담헌은 사설(師說)에 따라 낙론을 수용하면서도 그것을 기철학 위에 정초(定礎)함으로써 중대한 내부적 변용을 이룩해 놓고 있는 셈이다. 담헌은 12세 때 이미 미호의 문하에 든 것으로 알려져 있다. 미호는 이기론(理氣論)에서 이기(理氣)의 불상리(不相離 : 서로 분리되지 않음)를 특히 강조하는 입장에 섰으며,[9] 이는 대체로 율곡의 학설을 계승한 것으로 생각된다.

적으로 '심성론—인간관—자연관—우주론—사회관—화이관' 등이 서로 긴밀히 연결되면서 人物性同論에 기초한 '동일성의 철학'에 의해 관철되고 있음을 주목해 한 말이다.

8) 두 글은 모두 『湛軒書』 內集 권1에 실려 있다.

9) 가령 다음 말에서 그 점을 살필 수 있다.

○ "物之在天地也, 無不稟陰陽五行之氣以爲生也. 陰陽五行, 去其一, 未有能自成者也. 故既有此氣, 卽有此理, 無此物, 則無此理, 有此物, 則未有不具健順五常之德者也."(「雜著」, 『渼湖集』 권14, 1장 뒷면~2장 앞면)

담헌도 애초에는 스승의 이런 견해를 따랐을 것이라고 보는 것이 자연스럽다. 그러면 언제쯤 또 어떤 계기에 의해 담헌은 사설(師說)에서 이탈해 기철학 쪽으로 들어가게 되었을까?

이 의문과 관련하여 우리는 담헌이 29세 때 전라남도 동복(同福)의 물염정(勿染亭)에서 자연과학자 나경적(羅景績)과 해후했던 일을 상기할 필요가 있다. 이후 2, 3년간 담헌은 혼천의(渾天儀)의 제작에 몰두했다. 그렇다면 자연과학에 대한 담헌의 관심은 나경적과의 만남으로 인해 비롯되었던가? 그렇지는 않다. 훗날 스스로 말하고 있듯, 그는 그 이전부터 자연과학에 관심을 갖고 있었다.[10] 다만 나경적과의 만남으로 인해 그 관심이 확대되고 본격화되었을 따름이다. 그렇다면 담헌의 자연과학에 대한 관심과 탐구는 어떠한 학문적 배경이 있는 것일까? 담헌의 자연과학에 대한 탐구는 선행연구에서 밝혀졌듯[11] 스승으로부터 전수된 낙론적 심성론에 '논리적 기초'를 두고 있는 면이 없지 않다고 보아야 할 것 같다. 미호는, 학자는 이단방기지사(異端方伎之事 : 이단이라든가 의술·天文·占卜 등의 雜術에 해당하는 일)라 할지라도 몰라서는 안된다고 말하는 등,[12] 당시의 산림학자로서는 퍽 현실적이고 유연한 입장을 견지하고 있었다.[13] 그의 이런 면모는 제자인 이재(頤齋) 황윤석(黃胤錫)의 상수학 연구를 격려한 데서도 또한 확인된다.[14] 이러한 미호 문하의 학문적 분위기는 낙론적 심성론과

○ "理不能獨立, 必寓於氣. 有是理, 便有是氣, 有是氣, 便有是理. 雖是二物, 元不相離." (「答任同知弘紀」, 『渼湖集』 권5, 1장 앞면)

10) 담헌이 羅景績을 만나기 전부터 渾天儀에 관심을 가졌음은 담헌이 중국여행 중 중국인 陸飛에게 준 글을 통해 알 수 있다. 다음 구절이 그것이다.
"蓋渾天之制, 余亦嘗有意焉, 而未得其要."(『杭傳尺牘』, 『담헌서』 外集 권3, 13장 앞면)

11) 유봉학, 앞의 책, 95~96면.

12) "先生曰: '學者學爲人事. 世間萬事, 莫非人分內事. 雖異端方伎之事, 皆非不可知者.'"(「渼湖先生言行錄」, 『渼湖全集』, 여강출판사, 1986, 409면)

13) 미호의 이러한 태도는 그 祖父인 農巖 金昌協의 학문태도를 계승한 것으로 여겨진다. 미호의 스승인 陶菴 李縡는 농암의 제자였던바, 학맥상으로도 농암과 미호는 연결된다.

14) 渼湖가 頤齋의 상수학 연구를 격려했음은 유봉학, 앞의 책, 82면 참조.

물(物)에 대한 자연과학적 탐구 사이의 일정한 연관을 보여주는 것으로 해석될 수 있다.15)

여기서 조심스럽게 하나의 가설을 제기해 본다. 미호 문하의 낙론적 심

---

15) 그러나 낙론적 심성론이 자동적으로 物에 대한 자연과학적 관심으로 이어지는 것은 아니다. 그 점은 낙론적 심성론에 입각해 있던 거의 대부분의 학자들이 담헌처럼 物에 대한 자연과학적 관심을 가지는 쪽으로 나아가기보다는 '道德論'의 영역에 머물고 있다는 사실에서 잘 입증된다. 이 점에서 담헌은 大谷·頤齋와 함께 오히려 稀少한 경우에 속한다 할 것이다. 그러나 그렇다고 해서 이 점이 곧 담헌에 있어 낙론적 심성론이 자연과학 연구와 관련을 맺고 있다는 사실을 부정하는 근거로는 될 수 없다고 본다. 문제는 다른 대부분의 洛學者들과 달리 담헌은 낙론적 심성론을 자연과학 연구의 전제 내지는 기초로 삼고 있음이 분명하다는 사실이다. 이 점과 관련하여 다음의 두 가지 사항을 적극적으로 고려할 필요가 있다고 생각한다.
그 하나는 '탐구주체'의 문제다. 기왕의 연구 역시 이 점을 도외시한 것은 아니나 적극적으로 고려한 것 같지는 않으며, 주로 낙론적 심성론에서 物論이 도출되는 논리적 사실관계만을 부각시킨 면이 없지 않다. 따라서 대부분의 洛學者가 낙론적 심성론으로부터 物論으로 나아가지 못한 이유를 충분히 납득할 수 있게 해명하지 못한 점이 있지 않은가 한다. 바로 이 때문에 '탐구주체'의 문제에 대한 적극적 고려가 불가결하다. '탐구주체'에 대한 고려는 연구자로서 담헌의 태도와 자세, 문제의식, 創意 등을 문제삼게 한다. 다시 말해 그 학문적 관심과 목표, 학문적 지향과 실천의 문제 등을 적극적으로 문제삼게 한다. 그리하여 이러한 면에 있어 담헌과 다른 학자들이 여하히 구별되며, 궁극적으로 담헌이 어떻게 다른 洛學者들과 달리 심성론으로부터 物論의 이론적 근거를 발견해 내고 심성론과 자연과학 연구를 창조적으로 결합시킬 수 있었는지를 적절히 설명할 수 있게 해준다. 이 '탐구주체'의 문제와 관련하여 필자는 여기서 담헌이 어려서부터 '軍國經濟之業'에 뜻을 두었으며("容自十數歲, 有志於古學, 誓不爲章句迂儒, 而兼慕軍國經濟之業."「與汶軒書」, 『담헌서』 외집 권1, 49장 앞면), 학문에 있어 實用과 實境의 정신을 대단히 중요시했다는 사실만을 간단히 지적해 둔다.
탐구주체의 문제와 함께 고려해야 할 또다른 사항은, 담헌에 있어 낙론적 심성론과 자연과학 연구가 연결되는 과정에 여러 가지 다른 요인들이 '복합적'으로 작용하고 있다는 사실이다. 이런 제반 요인들이 작용함으로써 비로소 낙론적 심성론과 자연과학 연구는 결합될 수 있었던 것으로 보인다. 이러한 요인들로는 가령 미호 문하나 그 주위에 있던 선배 학자들(金錫文, 黃胤錫)의 상수학 연구의 분위기, 名物度數之學을 중요시한 拙修齋·農巖·三淵 등 老論 一系의 학문 취향, 담헌의 집안에 觀象監과 관련한 벼슬을 한 사람이 많았다는 점, 담헌의 부친이 담헌의 천문학 연구를 지원해 준 점 등등을 꼽을 수 있을 것이다. 이러한 점들에 대해서는 기존의 연구가 실증적으로 잘 해명해 놓고 있다.

성론과 연결되어 진행된 담헌의 자연과학 연구는, 그 연구가 심화됨에 따라 마침내 출발점의 심성론 자체를 다소 수정하기에 이른 것이 아닌가 하는 생각이 그것이다. 즉 자신이 진행한 자연과학 연구의 진전에 따라 기존의 심성론을 보다 기철학 쪽으로 가져가는 변개가 불가피하지 않았을까. 그 중간 결과물이 바로 「심성문」과 「답서성지논심설」이 아닐까. 현재 이 글들이 작성된 연대를 확인할 길은 없지만, 대체로 담헌의 자연과학에 대한 연구가 상당히 진전된 30대 이후의 글로 보아야 하지 않을까 생각한다.

이상의 논의를 종합한다면, 담헌의 자연과학 연구는 심성론으로부터 비롯되기만 하는 것이 아니라, 거꾸로 심성론을 규정하는 측면 역시 있지 않은가 하는 생각을 해볼 수 있다. 바로 이 점에서 심성론과 자연과학 연구는 한쪽이 다른 쪽에 일방적으로 영향을 끼쳤다기보다 상호 규정의 면을 갖는다고 볼 여지가 없지 않다.

그 상호작용은 비단 여기서 종결되는 것으로 보이지 않는다. 보다 기철학 쪽으로 가져가진 심성론은 논리적으로 더욱 철저하게 그의 자연과학 연구를 근거지워주는 작용을 했을 수 있다. 이 지점에서 담헌의 심성론과 자연과학 연구는 보다 높은 정합성을 획득해 갔다고 말할 수 있다. 한편, 이처럼 새롭게 조정된 심성론적 기초 위에서 더욱 진전되어 갔던 자연과학 연구는 다시 심성론에 대한 심화를 초래하고 있음이 확인된다. 곧 「의산문답」에서 개진되고 있는 '인물균'의 관점은 기본적으로 담헌의 자연과학 연구의 성과가 심성론에 또다시 작용한 결과로 해석할 수 있지 않을까 한다.[16]

이상으로, 담헌 사상의 형성과정에서 심성론과 자연과학이 어떻게 관련되는지를 그 '상호작용'이라는 측면에 주목하여 개괄해 보았다.[17] 이런 관점

---

16) '인물균'이라는 관점의 형성에는 후술하듯 莊子哲學의 영향도 없지 않다. 하지만 담헌이 장자철학을 자신의 사상틀 속에 끌어들인 것은 자연과학 연구와 깊은 관련이 있다는 사실에 유의하지 않으면 안된다. 이 점은 뒤에 다시 논의된다.

17) 기왕의 연구 중에는 담헌 사상의 형성·발전 과정을 도외시한 채 '정태적'·'평면적'으로 담헌 사상을 논하고 있는 경우가 적지 않다. 이런 경우 종종 잘못된 문제 제기를 통해

에 선다면, (1)과 (2)는 단순히 대립적인 견해에 그치지 않고, 상보적으로 이해될 수 있다. 그리하여 담헌의 사상 형성에 있어 심성론은 그가 전개한 물론(物論)의 논리적 전제이면서 동시에 그 결론이기도 하다는 새로운 이해에 도달할 수 있다. 담헌의 '역외춘추론'(域外春秋論) 역시 기본적으로 이러한 심성론과 자연과학의 상호작용의 과정에서 도출될 수 있었던 것이다.

3

담헌의 사상을 이해하는 데 있어 또다른 쟁점은 그의 심성론이 유가의 이른바 성선설(性善說)을 탈피했는가 어떤가 하는 점이다. 이와 관련하여 특히 문제가 되는 것은 다음의 언명이다.

(3) 이른바 이(理)라는 것은, 기(氣)가 선하면 그 또한 선하고, 기가 악하면 그 또한 악하다.(「心性問」)[18]

(4) 지금 학자는 입만 열면 성선(性善)을 말하는데, 이른바 성(性)이라는 게 어째서 선하단 말인가? 어린 아이가 우물에 빠짐을 보고 측은지심(惻隱之心)을 가짐은 참으로 본심이라 할 수 있고, 좋은 물건을 보고 탐내는 마음이 무럭무럭 생겨나 어찌할 수도 없이 되는 것은 어째서 본심이 아니라 할 수 있겠는가? 또 성이라는 것은 일신(一身)의 이(理)인데, 이는

잘못된 결론이 도출되거나, 꼭 그렇지는 않다 하더라도 문제의 핵심을 벗어난 논의를 일삼게 되는 경우가 많다고 생각된다. 가령 담헌의 사상이 陽明學인가 아닌가, 담헌의 사상이 朱子學인가 實學인가 하는 식의 '二項對立的'인 문제 제기는 대개 담헌의 사상을 정태적으로 이해하는 관점과 직·간접적으로 연결되어 있다(이 점은 뒤에 담헌의 異端觀의 변모를 살피는 자리에서 재론된다). 특정한 인물의 사상이 어떻게 형성되었으며 어떤 계기와 과정을 통해 변모·발전해 갔는지를 '동태적'으로 읽어내면서 재구성하는 것은 사실 思想史 연구의 초보사항이라 하겠는데, 실제 연구에서는 이 점이 그다지 유의되고 있지 않은 것처럼 보인다.

18) "所謂理者, 氣善則亦善, 氣惡則亦惡."(『담헌서』 내집 권1, 1장 앞면)

무성무취(無聲無臭)한 법이니 선악이란 두 글자를 장차 어디에 붙일 것인가?(같은 글)[19)]

이들 언명에 근거하여 담헌이 성선설을 벗어났다는 쪽으로 이해하기도 한다. 과연 그럴까?

자료 (3)은 이(理)가 주재(主宰)가 아니고 기(氣)에 내재하는 원리임을 말한 것일 따름이고, (4)는 '심(心)의 용(用)'에서의 성(性)에 대해 말한 것으로 이해해야 할 듯하다. 즉 심의 용에서 보면 성에는 선악이 있다는 것이다. 하지만 담헌은 심체(心體 : 本然之心)는 순선(純善)하다고 생각했던 바,[20)] 이에 따르면 본연지심(本然之心)에서의 성은 곧 '순선'이 된다.

그런데 이러한 담헌의 언명은 특히 그 사설(師說)과 관련된 면이 있으니 가령 미호의 다음 말에서 그 점을 확인할 수 있다.

이(理)는 단지 공변될 따름이다. 이(理)가 기(氣)를 탈 때 선(선한 氣－인용자)을 타면 선하고 악(악한 氣－인용자)을 타면 악하여, 한결같이 기가 하는 바를 따르니, 이(理)는 아무런 작용도 하지 않는 것처럼 보인다. 그렇다고 한다면 성에 선악이 없다고 하는 것이 어찌 그르다 하겠는가. (…)악 또한 성이라 하지 않을 수 없다. 다만 그것을 본연(本然)이라고는 할 수 없으

19) "今學者, 開口便說性善, 所謂性者, 何以見其善乎? 見孺子入井, 有惻隱之心, 則固可謂之本心, 若見玩好而利心生, 油然直遂, 不暇安排, 則何得謂之非本心乎? 且性者, 一身之理, 而理無聲臭矣, 善惡二字, 將何以着得耶?"(같은 글, 같은 책, 1장 뒷면)

20) ○ "以心對氣, 而謂之本然純善之心, 則是矣."(「孟子問疑」, 『담헌서』 내집 권1, 23장 뒷면)

○ "孟子之道性, 只主於四端, 程子之論心, 必言其本善, 此其故何也? 觀其用則異, 語其本則同. 惟此本體之明, 不以聖而顯, 不以愚而晦, 不以禽獸而缺, 不以草木而亡. 無他. 體神且粹, 不拘於氣而失其本故也."(「答徐成之論心說」, 『담헌서』 내집 권1, 3장 앞면)

이상에서 보듯 담헌은 栗谷의 '心是氣說'을 계승하여 心을 氣로 파악하면서 心의 體 자체는 純善한 것으로 보았다. 따라서 善惡은 '拘於氣'한 心의 用에서 나타나는 것으로 된다. 담헌은 本然之性이나 氣質之性이라는 말은 쓰고 있지 않지만, '體'·'用'·'本體'·'本' 등의 용어를 구사함으로써 體用論的인 이해를 보여준다.

니, 대개 그 본연을 잃은 것이다. 성이 악한 것이 성의 본연이 아닐 뿐 아니라, 기가 악한 것 또한 기의 본연이 아니다.[21]

또한 담헌은 사람만이 아니라 물(物) 또한 그 본연의 심(心)은 선하다고 보았다. 가령 "물(物)의 심(心)이 본래 선함은 사람과 동일하다"[22]고 말한 데서 그 점이 잘 확인된다.

따라서 자료 (3), (4)의 언명을 근거로 담헌이 유가 본래의 성선설을 벗어났다고 해석한다면 옳지 않다. 담헌은 인(人)과 물의 본래 심과 그에 연결된 성은 선하며, 그리하여 모두 인의예지(仁義禮智)를 갖추고 있다고 보았다. 다만 심의 용과 그에 연결된 성에서는 형질지기(形質之氣)로 인하여 선악이 나타나는 것으로 본 것이다.

하지만, 만년의 글로 알려져 있는 「의산문답」에서 담헌이 도달한 '인물균'의 입장은 혹 성선의 원리를 부정한 게 아닐까? 이 사실을 검증하기 위해서는 다음의 점이 우선적으로 검토될 필요가 있다. 즉, 「심성문」·「답서성지논심설」에 표명된 인물심성론과 「의산문답」에 개진된 인물심성론 간에 어떤 사상의 간극이 존재하는가 하는 점이다.

이미 말했듯, 「의산문답」에 표명된 인물균의 사상은 기본적으로 자연과학, 특히 천문학의 연구를 통한 '상대적 관점'의 심화가 심성론에 투영된 결과라 할 수 있다. 이 점에서 그것은 「심성문」 등에서 마련된 인물성동론의 심화·발전이라 해석될 수 있다. 그러나 이 점을 인정한다고 해서 인물균의 사상이 「심성문」에서의 인물성동론과 비교해 심성론의 레벨에서 어떤 본질적 차이를 갖는다는 점을 인정하기는 곤란하지 않은가 한다. '적어도'

21) "理只是公而已. 其乘於氣也, 乘乎善則善, 乘乎惡則惡, 皆一隨氣之所爲, 而理若無所與焉. 然則性無善惡, 何以見其不是也? (…)惡亦不可不謂之性. 但不可謂之本然, 盖失其本然者也. 不唯性之惡, 非性之本然也, 氣之惡, 亦非氣之本然也."(「雜著」, 『渼湖集』 권14, 1장 앞뒷면)

22) "其(物을 指稱함-인용자)心之本善, 與人同也."(「答徐成之論心說」, 『담헌서』 내집 권1, 3장 뒷면)

인물성동론의 면에서는 양자 사이에 본질적 차이가 인정되지 않기 때문이다. 다시 말해 처음의 생각이 뒤에도 계속 관철되고 있으며, 따라서 양자 간에는 사상의 간극이라고 할 만한 것은 존재하지 않는다.

사실, 「의산문답」의 전체 구성에서 인물심성론은 실옹(實翁)과 허자(虛子) 사이에 전개되는 기나긴 논변의 본격적 출발을 이룬다. 즉,

(가) 인물심성론〔人物均〕
(나) 천문(天文)·지리(地理)론
(다) 인물지본(人物之本)·고금지변(古今之變)·화이지분(華夷之分)론

이렇게 크게 세 부분으로 구획되는 담론의 (가)에 해당한다. 이 중 (나)의 분량이 가장 많고, (가)의 분량이 가장 적다. (가)는 비록 그 분량이 적다고는 하나, 인물성동(人物性同)의 심성론, 그리고 인물균의 사상을 퍽 간요(簡要)하게 밝혀 놓고 있다. 그렇기는 하나 「심성문」·「답서성지논심설」에서의 자세한 논의에 비한다면 아주 소략한 편이다. 따라서 두 자료의 합간(合看)이 필요하다. 그래야 엄정한 해석이 가능하다.

그러면 「의산문답」에서는 왜 심성에 대한 철학적 논의가 간략하게 처리되고 말았을까? 아마도 이는 담헌이 심성론이나 경학(經學)상의 문제에 대하여는 이미 다른 글들에서 자신의 생각을 밝힌 바 있는 데다가, 더 중요하게는 주로 (나)와 (다)를 통해 자신이 만년에 도달한 새로운 생각들을 제시하고자 하는 기획하에 「의산문답」을 집필한 데 연유하는 게 아닐까 생각된다. (나)와 (다)는 당시의 통념과 이념에 크게 어긋나 감히 드러내놓고 주장하기 어려운 혁신적인 생각들로 가득차 있고, 이 때문에 실옹과 허자의 문답이라는 다소 허구적인 외관을 갖는 특별한 담론방식이 고안되었을 터이다. 이렇게 본다면, 심성론에 관한 한 「의산문답」만을 고립적으로 볼 것이 아니라, 다른 자료와의 합간이 필요하다는 사실을 거듭 깨닫게 된다.

그런데 또 하나 문제가 있다. 「의산문답」의 셋째 부분 중 '인물지본'(人物之本)에 대한 논의 역시 인물심성론과 관련된다는 사실이다. 이 부분은 인·물의 성립과 그 이후의 과정을 기화(氣化 : 천지의 기운이 뭉쳐 사람이나 物이 처음 생기는 것)와 형화(形化 : 암수의 결합에 의해 사람이나 物이 생기는 것)라는 관점에서 살피고 있는 부분인데, 정주(程朱)의 개념적 틀로부터 출발한 것이기는 하나, 담헌 자신의 새로운 생각을 전개하고 있다. 그런데 이런 생각은 「심성문」 등에서는 발견되지 않던 생각이며, 여기서 처음 제기되었다. 그래서 보기에 따라서는 혹 「심성문」 등에서 표명된 견해와 배치되는 게 아닌가 의심할 수 있다. 그러나 기본적으로 「심성문」 등이 인·물의 심성에 대한 '순수논리적'인 논의라면, 「의산문답」의 이 부분은 인·물의 심성에 관한 '시간적·역사적' 논의라는 점에 유의할 필요가 있다. 즉 「심성문」 등과 「의산문답」의 이 부분은, 논의의 각도를 달리하는 상호보완적인 글로 이해해야 하지 않을까 한다. 그렇게 이해할 경우, 인·물 본체의 심은 모두 선하고 그 성에는 인의예지가 갖추어져 있으나, 심의 용에서 형질지기(形質之氣)로 인해 선악이 생긴다는 「심성문」 등에서의 순수논리적 논의 차원은, 기화의 단계에서 인과 물은 그 마음이 모두 밝고 그리하여 태화(太和 : 사람과 物, 사람과 사람이 서로를 해치지 않고 共生하며 평화를 누리는 것)를 누리지만 형화의 단계에서 형질지기로 인해 악이 생긴다는 「의산문답」 셋째 부분의 시간적·역사적 논의 차원과 긴밀히 대응될지언정 서로 배치되는 것은 아니다.

이상의 논의를 종합해 본다면, 인물균의 논리를 비롯해 「의산문답」에 제기된 심성론이 성선을 부정하고 있는 것은 아니지 않는가 생각된다. 물론 「의산문답」은 특히 둘째 부분에서 선악의 문제를 떠나, 다시 말해 윤리적 차원을 벗어나, 물질세계와 관련된 제반 문제를 과학적 정신으로 검토하고 있다. 담헌의 이런 태도는, "음양(陰陽)과 의리(義理)에 구애되어 천도(天道)를 살피지 않은 것은 선배 유학자들의 잘못이다"[23]라는 말에서 단적으로 드러난다. 요컨대 담헌은 윤리적 편견이나 구속에 사로잡히지 않고, 실증적 정신에 입각하여 탐구를 진행했고 진실을 찾아 나갔다 할 것이다.[24] 이 점을 부정하는 것은 아니다. 그러나 이 점을 인정한다고 하여 그것이 곧 「의산문답」이 성선을 부정한 입장 위에 구축되고 있다는 말로는 되지 않는다.

그런데, 담헌의 사상이 유가의 성선설을 탈피했는가의 여부와 맞물려 있는 문제로, 인과 물에 모두 구비되어 있다고 본 '인의예지'의 성격에 관한 문제가 제기된다. 근년의 연구성과들은 담헌이 말한 인의예지가 '가치론'이기보다는 '존재론'이고, 윤리적 성격을 갖는 것이 아니라 존재의 원리를 의미하고 있다고 보는 경향이 짙다. 그리하여 담헌이 말하는 이(理)는 도덕이 배제된 보편성이며, 윤리성이 부정되고 있다고 지적된다. 이 점과 관련하여 거론되는 자료는 대개 아래와 같다.

(5) 사람에게는 사람의 이(理)가 있고, 물(物)에는 물의 이가 있다. (…)초목의 이는 곧 금수(禽獸)의 이이고, 금수의 이는 곧 사람의 이이며, 사람의 이는 곧 하늘의 이이다. 이라는 것은 인(仁)과 의(義)일 따름이다.(「심성문」)[25]

(6) 범·이리의 인(仁)과 벌·개미의 의(義)는 그 나타나는 바를 좇아서 말한 것일 뿐이다. 그 성(性)을 말한다면 범·이리의 성이 어찌 인에 그치겠으며, 벌·개미의 성이 어찌 의에 그치겠는가? 범·이리의 부자(父子)는 인을 보여주는바, 그 인을 행하는 소이(所以)는 의이다. 벌·개미의 군신(君臣)은 의를 보여주는바, 그 의를 발(發)하는 소이는 인이다.(같은 글)[26]

---

23) "實翁曰: '拘於陰陽, 泥於理義, 不察天道, 先儒之過也.'"(「의산문답」, 『담헌서』 내집 권4 보유, 27장 뒷면)

24) 이 점은 허남진, 앞의 논문, 제3장에서 잘 해명되었다.

25) "人有人之理, 物有物之理. (…)草木之理, 卽禽獸之理, 禽獸之理, 卽人之理, 人之理, 卽天之理. 理也者, 仁與義而已矣."(『담헌서』 내집 권1, 1장 뒷면~2장 앞면)

26) "虎狼之仁, 蜂蟻之義, 從其發見處言也. 言其性, 則虎狼豈止於仁, 蜂蟻豈止於義乎? 虎狼之父子, 仁也, 而所以行此仁者, 義也. 蟻蜂之君臣, 義也, 而所以發此義者, 仁也."(같은 책, 2장 앞면)

(7) 주옥(珠玉)이 지극히 보배로우며 썩은 흙이 지극히 천함, 이는 기(氣)이다. 주옥이 보배로운 소이와 썩은 흙이 천한 소이는 인의(仁義)인바, 이것은 이(理)이다. 그러므로 주옥의 이는 곧 썩은 흙의 이요, 썩은 흙의 이는 곧 주옥의 이라고 말할 수 있다.(같은 글)[27]

(8) (…)사람과 물(物)은 동일하다. 범·이리는 그 자식에 대해 사랑하는 마음이 절로 일어나고, 벌·개미는 그 임금에 대해 경외하는 마음이 자연히 생기니, 여기서 그 마음이 본래 선한 것이 사람과 동일하다는 것을 알 수 있다.(「답서성지논심설」)[28]

(9) 오륜(五倫)과 오사(五事)[29]가 인간의 예의라면, 무리를 지어 다니면서 함께 먹이를 먹는 것은 금수의 예의이고 군락을 지어 가지를 벋는 건 초목의 예의다. 인간의 입장에서 물(物)을 보면 인간이 귀하고 물이 천하지만, 물의 입장에서 인간을 보면 물이 귀하고 인간이 천하다. 그러나 하늘의 입장에서 보면 인간과 물은 균등하다.(「의산문답」)[30]

이들 자료에서 언급되고 있는 '이'(理)와 '인의예지'(仁義禮智)는 인간과 사물, 곧 자연의 모든 존재들의 보편적인 존재원리를 뜻하는 것이라 해석되어 왔다. 사실, 위의 언명들은 담헌이 자신의 낙론적 심성론에 따라 '인물성동'(人物性同), 즉 사람뿐 아니라 물 역시 인의예지의 이(理 : 性)를 갖추고 있음을 논증하기 위해 개진된 것이다. 따라서 그 근저에는 '인물심

---

27) "珠玉至寶也, 糞壤至賤也. 此, 氣也. 珠玉之所以寶, 糞壤之所以賤, 仁義也. 此, 理也. 故曰: '珠玉之理, 卽糞壤之理, 糞壤之理, 卽珠玉之理也.'"(같은 책, 같은 곳)

28) "(…)人與物一也. 虎狼之於子也, 慈愛之心, 油然而生. 蜂蟻之於君也, 敬畏之心, 自然而生. 此可見其心之本善, 與人同也."(『담헌서』 내집 권1, 3장 뒷면)

29) 『書經』의 「洪範」에 나오는 말로, 修身과 관련된 다섯 가지 일, 즉 얼굴은 공손하게, 말은 바르게, 보는 것은 밝게, 듣는 것은 자세하게, 생각은 깊게 하는 것을 가리킨다. 『서경』의 원문은 다음과 같다. "五事, 一曰貌, 二曰言, 三曰視, 四曰聽, 五曰思. 貌曰恭, 言曰從, 視曰明, 聽曰聰, 思曰睿."

30) "五倫五事, 人之禮義也. 群行呴哺, 禽獸之禮義也. 叢苞條暢, 草木之禮義也. 以人視物, 人貴而物賤. 以物視人, 物貴而人賤. 自天而視之, 人與物均也."(『담헌서』 내집 권4 보유, 18장 뒷면)

본선'(人物心本善 : 人과 物의 心은 본래 선함) 혹은 '인물개성선'(人物皆性善 : 人과 物은 모두 그 본성이 선함)이라 일컬음직한 도덕적 관점이 전제되어 있다. 가령 자료 (8)에서 그 점이 분명히 확인된다.

그러나 이러한 전제 위에서이긴 하지만, 담헌이 구사하고 있는 이(理) 혹은 '인의예지'라는 개념 속에는 존재의 원리로 이해될 수 있는 함의도 공존하고 있음이 사실이다.[31] 이를테면 자료 (5)와 (9)에서 그러한 면모를 살필 수 있다. 이들 자료는 인의예지가 인간의 도덕적 가치기준만이 아니라, 사물의 일반적 존재원리임을 말하고 있다.[32] 특히 자료 (9)는 사람에게만 예의가 있는 것이 아니라, 금수와 초목에게도 각각 그것대로의 예의가 있음을 말하여, 인간의 예의를 넘어서는 보다 상위 개념으로서의 예의, 즉 '예의 일반'이라 할 만한 것을 상정하고 있음을 볼 수 있다. 이 예의 일반의 개념 내용은 이미 인간윤리로서의 예의 그것과는 함의가 다르다. 그리하여 금수나 초목의 예의로 거론하고 있는 사항들은 존재 자체의 속성이나 원리에 가깝다.

그러나 (6)·(8)과 같은 자료는 담헌이 사용하고 있는 인의예지의 개념에 윤리적 함의 역시 엄존하고 있음을 보여준다.[33] 물론 이 경우 그것은 인간

---

31) 허남진, 앞의 논문, 74면 참조.

32) 사실 朱子에게서도 '가치론'과 '존재론'은 錯雜되어 있는 면이 있다. 담헌에게서도 가치론과 존재론은 단절되어 있지 않다. 다만 그는 존재론을 새롭게 하거나 확장하면서 가치론과의 새로운 결합을 모색하고 있으며, 이 점에서 주자와의 차별성이 감지된다. 담헌의 사상이 가치론과 존재론의 고리를 완전히 끊지 못한 것을 무조건 한계로만 치부할 것은 아니다. 오히려 이 양자의 내용과 관계방식을 새롭게 규정하거나 조정하고자 한 데에 단순한 자연과학자와 구별되고 당대의 여느 성리학자와도 구별되는 담헌의 고유한 면모가 있는 게 아닌가 생각된다.

33) 천둥이라는 자연 현상에 대한 「의산문답」의 설명법에서도 도덕적·윤리적 관점이 확인된다. 다음이 그것이다.
"夫雷者, 其性剛烈, 其氣奮猛, 違避正直, 必就邪沴. 蓋正直者, 雷之所畏; 邪沴者, 雷之所嗜. 夫人之靈覺, 乃一身之火精, 況雷者, 天地之正火, 剛烈奮猛, 好生嫉惡, 娶時暴霆, 靈覺如神. 凡人物被震, 時顯奇跡, 曲施機巧, 是雷神之有情也. 火精靈覺, 實同人心."(『담헌서』 내집 권4, 28장 뒷면)

중심적 윤리가 아니라, 인과 물에 공히 구비된 존재의 일반적 윤리로 그 의미가 확장되어 있다.

한편, 자료 (7)에서 이(理) 혹은 인의(仁義)는 존재의 원리나 법칙 혹은 속성이 아니라, 가치의 일반적 근거라는 의미를 갖는다. 이것은 이나 인의예지를 윤리적 덕목의 의미로 관념한 것과 상통한다.

이상의 검토를 통해 우리는 담헌이 사용한 '이=인의예지'라는 말에 윤리적 함의와 존재의 원리 혹은 속성으로서의 함의가 공존 내지는 혼존(混存)하고 있음을 확인할 수 있다. 따라서 담헌의 이(理) 개념에 윤리성이 부정되고 있다거나, 그가 구사하고 있는 인의예지의 개념은 존재의 일반적 원리를 말한다거나 하는 견해는, 그 개념의 특정 계기만을 주목했거나 혹은 특정 계기를 확대 해석한 게 아닌가 하는 이의가 제기될 수 있다.

종종 지적되고 있듯, 인물균에까지 이르는 담헌의 심성론은 종래 유가의 인간본위의 관점을 타파하고,[34] 인간과 물을 상대적 관점에서 대등하게 봄으로써 인간인식과 사물인식 상에 획기적 전환을 이룩했다. '이=인의예지'를 인간에만 고유한 것으로 간주하지 않고, 만물에 고유한 것으로 관념한 것은 분명 인간중심적 사유를 벗어난 것이라 말할 수 있다. 그러나 비록 그 개념의 확대가 꾀해지고 있다고는 하나, 인의예지가 인(人)만이 아니라 물에도 똑같이 구비되어 있다는 주장을 인물균의 논거로 삼고 있다는 것 자체는 또다른 의미에서 인간중심적 사유의 잔존을 보여주는 것으로 해석될 수 있다.[35]

---

34) 유가적 인간중심주의의 내용 및 그에 대한 비판은 「의산문답」의 다음 대목에 잘 압축되어 있다. "虛子曰: '天地之生, 惟人爲貴. 今夫禽獸也, 草木也, 無慧無覺, 無禮無義, 人貴於禽獸, 草木賤於禽獸.' 實翁仰首而笑曰: '爾誠人也! (…)'"
"爾誠人也!"에 이어지는 대목이 바로 자료 (9)이다. "天地之生, 惟人爲貴"라는 虛子의 말은 유가적 인간중심주의의 사고를 대변한다. 虛子의 말에 대해 實翁이 "仰首而笑"한 것은 그러한 생각이 가당치도 않다는 태도의 상징적 표현으로 읽힌다.

35) 일례로 「의산문답」의 다음 구절에서 그런 점을 구체적으로 확인할 수 있다.
"惟人地之氣, 極其和而成者, 慶星之類也. 人地之氣, 失其常而成者, 彗孛之類也."(『담헌

이처럼 인간중심적 사유의 제약이 전혀 없는 것은 아니지만, 물에 인의 예지의 도덕적 가치를 승인한 것은 인간과 사물을 함께 아우른 '새로운 가치론'의 정립을 의미한다고 보인다. 이 새로운 가치론의 핵심은 물에 대한 '존중', 인과 물의 조화와 공존이다. 우리는 '존물적'(尊物的) 태도라 명명할 만한 그런 태도를 여기서 발견하게 된다. 담헌의 물에 대한 탐구활동과 물의 이용에 대한 관념 역시 어디까지나 이런 태도를 전제로 한 것이라고 여겨진다. 「의산문답」은 일관되게 이런 새로운 가치론에 기초하고 있으며, 또한 이런 새로운 가치론의 형성을 향해 나아가고 있다. 그 가치론은 기왕의 성리학적 가치론과 전혀 무관한 것은 아니지만, 이미 그것과는 다른 방향으로 전개되고 있다. 담헌의 자연과학 연구는 인간과 사물에 대한 새로운 가치론적 관점과 '연계'되어 수행된 것이다. 담헌에 있어 자연과학 연구가 자연과학 연구 그 자체로 끝나지 않고, 구경(究竟) 인간과 자연, 사회에 대한 문제로 되돌아오고 마침내 그것을 보는 '눈'의 전환을 초래하고 있음은 바로 이에 연유한다 할 것이다.

그리하여 '인물심본선'(人物心本善)에 기초한 인물균의 새로운 가치론은 비단 인과 물의 관계에 대한 새로운 모색일 뿐 아니라, 인과 인, 화(華)와 이(夷)의 사이에 있어서도 피아(彼我)의 차별을 넘어 그 개별성을 긍정케 함으로써, 개별적 존재 각자의 삶을 존중하는 윤리로 발전되고 있다고 할 수 있다.

4

담헌의 「의산문답」은 주지하다시피 시종 상대적 관점으로 일관하고 있다. 인과 물, 성계(星界)와 지계(地界 : 지구), 서양과 중국, 화(華)와 이

서』 내집 권4, 27장 앞면)

(夷), 이 모두는 상대적인 것으로 파악된다. 「의산문답」이 보여주는 이러한 인식론적 특징은 장자의 인식론과 상통한다. 이 점에 대한 지적은 이전에도 간간이 있어 왔다.[36] 그러나 「의산문답」의 상대적 인식론이 장자철학과 '전면적'인 관련을 갖는다는 방향으로 논의가 확대된 것은 최근의 연구를 통해서이다.[37] 이 관점에 의하면, 담헌의 철학사상을 호락논쟁(湖洛論爭)의 연장선상에서 이해하는 것은 분명한 한계가 있을 뿐더러, 별 의미가 없다. 인물균의 사상은 성리학적 틀이 아니라, 장자적 발상에 닿아 있다고 보기 때문이다. 따라서 이 관점은 담헌의 사상을 호락논쟁과 관련된 한국사상사의 내적 발전과정 속에서, 그리고 서양과학의 수용을 비롯한 담헌의 자연과학 연구와 관련지어 설명하는 입장에 대해 자못 논쟁적이다.

이 문제에 대한 논의를 심화하기 위해서는, 담헌이 자신의 사상 형성과정에서 당시에 이단으로 일컬어지던 제 사상, 즉 주자학 이외의 사상들에 대해 어떤 태도를 취했던가를 우선적으로 검토할 필요가 있다.

담헌의 이단에 대한 태도는 35세 때의 중국여행을 계기로 서서히 달라지게 된다. 35세 때까지만 해도 그는 "주자의 학문이 중정(中正)하여 치우침이 없으며 진실로 공맹(孔孟)의 정통혈맥(正統血脈)"[38]이라는 생각을 견지하고 있었다. 다만 주자를 따른다고 표방하는 학자들이 훈고의 말학(末學)에 빠져 실심(實心 : 진실한 마음)과 실사(實事 : 실제의 일)를 소홀히 하는 말폐를 드러내고 있는 데 대해서는 몹시 비판하고 개탄하는 입장에 서 있었다. 담헌의 이러한 입장은 대체로 스승인 미호의 학문관을 계승한 것으로 보인다.[39] 그러나 중국여행 이후 이러한 그의 생각은 차츰 변화해

36) 일례로 『국역 담헌서』(민족문화추진회, 1974)에 첨부되어 있는 李相殷의 「해제」(25면)에서도 그 점이 지적되고 있다.

37) 宋榮培, 「홍대용의 상대주의적 사유와 변혁의 논리」, 『한국학보』 74(일지사, 1994).

38) "惟朱子之學, 則竊以爲中正無偏, 眞是孔孟正脈."(「乾淨衕筆談 續」, 『杭傳尺牘』, 『담헌서』 외집 권3, 10장 뒷면)

39) 渼湖가 자신의 門生들에게 訓詁와 章句에 힘쓰는 당시의 학문 경향을 비판하고 實心과 實事를 강조했음은 여러 글에서 확인된다. 일례를 들면 다음과 같다.

갔다. 그 변화의 요인은 여러 각도에서 찾아져야 한다고 보지만, 직접적인 계기는 중국 학인(學人)들과의 교유에서 마련된 것으로 보아야 할 것이다. 『항전척독』(杭傳尺牘), 특히 그 중의 「간정동필담」(乾淨衕筆談)에서 확인되는 바이지만, 그는 육(陸 : 육상산)·왕(王 : 왕양명)이나 선학(禪學)에 경도되어 있던 중국 학인들과의 필담을 통해 이단에 대한 자신의 관념을 다시 생각해보는 기회를 얻고 있었다. 이 필담에서 담헌은 대개 주자를 옹호하는 입장에 서지만, 그럼에도 불구하고 주자학 일변도의 조선과는 판이한 중국 학술계의 동향을 피부로 느끼면서 적지 않은 생각을 하게 되었던 듯하다.[40] 귀국 이후 이단관(異端觀)의 변화를 보여주는 중요한 자료는 「여인서」(與人書)라는 제목으로 『담헌집』에 실려 있는, 김종후(金鍾厚)에게 보낸 편지다. 이는 39세(1769) 때의 글로, 이 글에서 담헌은 장자나 왕양명이 분세(憤世 : 세상에 대해 분개함)·질속(嫉俗 : 세태를 미워함)하여 펼친 횡의(橫議 : 거리낌없는 논의)가 실로 자신의 마음을 사로잡아 유가(儒家)에서 도망하여 묵가(墨家)로 들어가고 싶은 마음이 들 정도였노라고 밝히고 있다.[41] 이 무렵 이미 담헌은 이단에 대해 이전보다 훨씬 유연하고 개

○ "人患無此實心耳. 實心苟立, 何做不成? 惟此實心之立與不立, 存乎其人, 非他人所能與, 惟於爲己爲人之間, 深察其是非得失之歸, 不肯安於作僞, 以自陷於小人, 則其於爲己之實, 將有不待勉焉, 而不能自已者矣."(「答洪大容」, 『渼湖全集』, 187면)

○ "若先事於章句訓詁, 卞其同異, 審其支流, 則是猶觀舍, 而泥於窓戶, 梳頭而先於細櫛. 吾恐其用力之艱, 而終難見大頭臚處, 何以能豁然而貫通耶?"(「渼湖先生言行錄」, 『渼湖全集』, 414면)

○ "曰: '從文字而知義理, 知義理而踐履行事. 文字固不可不細理會, 而但近來學者, 切切然惟句節是論, 而其於踐履則疎矣. 君輩勉之!'"(같은 글, 같은 책, 411면)

40) 가령 「乾淨錄後語」의 다음과 같은 말에서 그런 점을 짐작할 수 있다.

"東儒之崇奉朱子, 實非中國之所及. 雖然惟知崇奉之爲貴, 而其於經義之可疑可議, 望風雷同, 一味掩護, 思以箝一世之口焉. 是以, 鄕原之心, 望朱子也. 余竊嘗病之. 及聞浙人之論, 亦其過則過矣, 惟一洗東人之陋習, 則令人胸次灑然也."(『담헌서』 외집 권3, 37장 뒷면)

41) "嗚呼! 七十子喪而大義乖, 莊周憤世, 養生齊物. 朱門末學, 汨其師說, 陽明嫉俗, 乃致良知. 顧二子之賢, 豈故爲分門, 甘歸於異端哉? 亦其憤嫉之極, 矯枉而過直耳. 如某庸陋, 雖無足言, 賦性狂戇, 不堪媚世, 將古況今, 時有憤嫉, 妄以爲二子橫議, 實獲我心, 怵然環顧,

방적인 태도로 변해 있었다고 여겨진다. 이런 자세는 40대에 들어 더욱 굳어지고 확대되어 간 것으로 보인다. 가령 46세(1776) 때 중국의 학인 손용주(孫蓉洲)에게 준 편지에서는 먼저 양주(楊朱)·묵적(墨翟)·노자(老子)·왕양명의 취할 점을 거론한 다음 이렇게 말하고 있다.

> (10) 이단이 비록 여러 가지이나 징심구세(澄心救世 : 마음을 맑게 하여 세상을 구함)하여 수기치인(修己治人)으로 귀결됨은 똑같습니다. 나는 내가 좋아하는 바를 따르고 저들은 저들이 좋아하는 것을 따른다고 한들 무슨 상관이 있겠습니까. 같기가 어려운 것이 물(物)인데 그 중에서도 마음이 더욱 그렇지요. 사람들은 저마다 자기가 좋아하고 숭상하는 것이 있거늘 누가 이를 통일할 수 있겠습니까. 그렇다고 한다면, 각기 그 좋아하는 것을 닦고 그 장점을 다하여 사욕(私慾)을 없애고 풍속(風俗)을 훌륭하게 함이 대동(大同)에 무슨 해가 되겠습니까?[42]

저마다 자기가 택한 사상에 따라 수기치인에 힘쓰면 그만이지, 굳이 이단을 배척하며 사상의 통일을 기할 필요는 없다는 생각을 피력하고 있다. 「간정동필담」에서 엄성(嚴誠)의 '주륙동귀'(朱陸同歸 : 朱子와 陸王學은 같은 데로 귀결된다)라는 말에 이의를 제기할[43] 때와 비교하면 엄청난 변화다. 이처럼 변화된 담헌의 이단관은 49세(1779) 때 엄구봉(嚴九峰)에게 보낸 편지에서도 똑같이 확인된다. 담헌은 스스로는 유자임을 표방하면서

幾欲逃儒而入墨."(「與人書」, 『담헌서』 내집 권3, 19장 뒷면~20장 앞면)

42) "異學雖多端, 其澄心救世, 要歸於修己治人則一也. 在我則從吾所好, 在彼則與其爲善, 顧何傷乎? 難齊者物, 而心爲甚. 人各有好尙, 孰能一之? 然則各修其善, 各效其能, 要以祛私而善俗, 則何害於大同乎?"(「與孫蓉洲書」, 『杭傳尺牘』, 『담헌서』 외집 권1, 51장 뒷면)

43) "力闇(嚴誠의 字－인용자)曰: '貴處亦闢陸耶?' 余曰: '然.' 力闇曰: '陸子靜, 天資甚高, 陽明功蓋天下, 卽不講學, 亦不碍其爲大人物也. 朱陸本無異同, 學者自生分別耳.' 又曰: '殊塗同歸.' 余曰: '同歸之說, 不敢聞命.'"(「간정동필담」, 『항전척독』, 『담헌서』 외집 권2, 3장 뒷면)

도, 유(儒)·석(釋)을 가릴 것 없이 모두 현군자(賢君子) 됨에 해로울 것이 없다는 입장을 취하고 있다.[44] 요컨대 30대 후반 이후 담헌은 주자학 이외의 제 사상에 대해 포용적인 태도를 취하면서 그 장단점을 취사(取捨)하고 있었다고 할 수 있다.[45] "노자와 묵자가 이단이라 하나 / 순박함과 검소함은 취할 만하네"[46]라는 담헌의 시구는 자신의 그와 같은 태도를 간명히 표현하고 있다고 여겨진다.[47] 이송(李淞)이 「담헌홍덕보묘표」(湛軒洪德保墓表)에서 이 점을 지적하여 '공관병수'(公觀倂受 : 공평무사한 눈으로 보아 다른 사상의 장점을 두루 받아들인다)라 한 것은 가히 담헌을 꿰뚫어본 것이라 할 만하다.[48]

---

44) "以今思之, 客氣好勝, 猶是講學窠臼. 卽弟年來, 閱歷世故, 頗有悟解. 皆各從所好, 要歸於澄心而救世, 則勿論儒釋, 俱不害爲賢豪君子."(「與嚴九峯書」, 『항전척독』, 『담헌서』 외집 권1, 39장 뒷면)

45) 이 점은 「自警說」의 다음 말에서도 확인된다. "經史之外, 異端雜書, 亦必捨其所短, 而取其所長."(『담헌서』 내집 권3, 33장 뒷면)
異端에 대한 담헌의 태도가 '捨短取長'의 수용적 태도였음은 李篪衡, 「洪湛軒의 經學觀과 그의 詩學」, 『한국한문학연구』 1(한국한문학연구회, 1976), 75면에서 지적된 바 있다.

46) "老墨雖異敎, 淳素亦可取."(「次孫蓉洲有義寄秋庫詩韻, 仍贈蓉洲」의 제7·8구, 『담헌서』 내집 권3, 40장 뒷면)

47) 그러나 담헌이 佛敎, 陸王, 老莊, 墨子 등에 대해 그 장점을 인정하면서 수용하고자 하는 입장을 취했다고 해서 담헌을 陽明學者나 道家思想家로 볼 수는 없을 터이다. 이 점에서 鄭寅普 선생 이래 담헌을 양명학자로 보아 온 견해는 담헌 사상의 본질을 흐릴 위험이 없지 않다고 생각한다. 더군다나 '담헌은 양명학자인가 / 아닌가?' 하는 식의 二項對立的인 물음은 아주 잘못된 문제 제기로서 우리를 담헌 사상의 본질로 인도하기보다는 오히려 그 본질로부터 벗어나게 만들 공산이 크다. 설사 양명학의 장점을 담헌이 얼마간 수용했다손 치더라도 담헌이 이룩한 사상은 양명학의 잣대로 온전히 잴 수 없다. 이 점은 莊子와 관련해서도 마찬가지다. 또한 담헌은 朱子學으로부터 출발했으나 그 사상의 발전과정에서 朱子學의 잣대로 잴 수 없는, 다시 말해 주자학을 벗어나는 여러 계기와 지향을 갖게 되었다고 생각한다. 이 제 계기와 지향은 '實學'과 관련해 설명되어야 할 것이다. 이런 제 점은 담헌 사상을 片面的·靜態的으로가 아니라 그 형성 및 발전 과정에 卽해 綜合的·動態的으로 이해하고자 할 때에만 정당하게 파악될 수 있다고 본다.

48) "其大心所存, 公觀倂受, 同歸大道, 以祛夫尖小狹私. 斯固今世之所難行."(「湛軒洪德保

이렇게 본다면, 만년의 저작인 「의산문답」에 장자의 영향이 발견되는 것은 그리 놀라운 일이 아니다. 「의산문답」에서 도가류의 영향은 그 상대적 인식론에서만이 아니라, 신선의 실체에 대한 승인[49]이나 기화의 단계에서 인과 물이 누리는 태화의 상태에 대한 묘사[50]에서도 확인된다.

이런 사실을 부정할 수는 없다. 그러나 문제는 담헌의 사상, 특히 그 인식론이 장자철학과 상통한다는 사실의 현상적 지적만으로는 충분치 않다는 점에 있다. 담헌 사상의 형성과정에 대한 고려 없이 단지 발상의 상통점만을 논거로 삼아 「의산문답」의 인식론이 결정적으로 장자철학의 영향하에

墓表」, 『담헌서』 부록, 2장 뒷면~3장 앞면)

西林 李淞의 「湛軒洪德保墓表」는 燕巖 朴趾源이 쓴 「洪德保墓誌銘」에 비해 담헌 사상의 핵심을 더욱 예리하게 포착한 면이 없지 않다. 이 점은 일찍이 鄭寅普도 지적했던 바다. "嗟乎! 此文乃所謂古文之能盡雅者. 方之燕巖所爲誌, 燕巖以宕逸見奇, 而西林醇實淵懿, 芬芳自遠. 吾雖不敢遽論其誰不及而誰過, 然若以知湛軒, 則意西林或加深焉, 而西林之文, 又足以曲折, 以赴其所獨知, 則其於燕巖, 豈但頡頏之而已哉?"

담헌은 생전 李淞과 談論하던 중 '公觀併受'를 말했고 李淞은 이 네 글자에 담헌의 입장이 집약되어 있다고 판단해 墓表에다 이 말을 썼던 것으로 보인다. '公觀併受'라는 말이 담헌이 평소 강조해서 한 말임은, 담헌의 從弟인 洪大應이 쓴 「從兄湛軒先生遺事」 중에 보이는 담헌 자신의 다음과 같은 말에서 분명히 확인된다.

"嘗謂: '我東中葉以後, 偏論出而是非不公, 野史無足觀矣. 雖以斯文事言之, 中原則背馳朱子尊崇陸王之學者, 滔滔皆是, 而未嘗聞得罪於斯文. 盖其範圍博大, 能有以公觀幷受, 不若拘墟之偏見也.'"

'公觀併受'라는 말은 이 글의 서두에서 지적했듯 담헌이 중년 이후 도달한 학문방법론의 핵심으로서, 黨色·現實·異端에 대한 자신의 태도와 입장을 극명히 드러내는 命題라 이해된다.

49) 「의산문답」, 『담헌서』 내집 권4, 24장 뒷면~25장 뒷면 참조. 「의산문답」에서 神仙에 대한 논의는 꽤 긴 편이다. 요컨대 담헌은 胎息하여 丹을 이루면 法身이 靈으로 변해 昇天하여 여러 세계에 두루 노닐면서 천 년이나 만 년쯤 살 수 있다는 사실을 일단 승인하고 있다. 다만 仙昇之徒 역시 천만 년 후에는 소멸하고 마니, 무한한 시간 속에서 본다면 神仙術을 좇는 게 허망한 일이 아니냐는 논리를 펴고 있다. 오가와 하루히사(小川晴久) 교수는 「의산문답」에서의 신선에 대한 언급이 일종의 '장난' 같은 것이라 보고 있지만, 동의하기 어렵다. 오가와 교수의 글은 「慕華と自尊の間」, 『比較文化硏究』 19(東京大 敎養學部, 1981)의 주 11 참조.

50) 「의산문답」, 『담헌서』 내집 권4, 34장 앞뒷면 참조.

있다고 주장함은, 그 부분적인 타당성이야 인정할 수 있다 할지라도 전면적으로 승인하기는 어렵지 않은가 한다.

그렇다고 한다면, 다음의 일련의 문제들을 해명해야만 지금 논의하고 있는 쟁점에 대한 새로운 모색이 가능해질 터이다 : 장자의 인식론은 담헌의 인식론에 '처음부터' 영향을 미쳤는가, 아니면 담헌 사상의 형성과정의 어느 국면에서 장자의 인식론이 원용(援用)되었는가? 즉 심성론과 자연과학 연구의 결과 이미 그 기초가 마련된 상대적 관점이 자연스럽게 장자철학의 상대주의와 연결되었을 따름인가? 아니면 담헌은 호락논쟁과 관련된 자신의 심성론 등 기존의 자기 관점을 폐기하고 장자적 상대주의를 전면적으로 수용하여 「의산문답」의 인식론적 기저로 삼았는가? 또 장자철학과 연결되면서 담헌의 사상에는 어떤 질적 변화가 초래되었는가?

이 물음들 가운데 일부는 앞서 첫번째 쟁점과 두번째 쟁점의 검토과정 중 이미 그 답이 모색되었다고 볼 수 있는 것도 없지 않다. 따라서 여기서는 이 물음들을 총괄해 간단히 대답하기로 한다.

장자철학은 담헌의 사상에 처음부터 영향을 끼친 것은 아니다. 그 점은 자료를 통해 확인된다. 그러므로 적어도 중국여행 이후, 즉 30대 후반 이후에야 장자철학의 유의미한 영향을 상정할 수 있다. 그런데 이미 살핀 바 있지만, 이때쯤이면 담헌은 심성론과 자연과학 연구에서 일가(一家)를 이루고 있었다. 따라서 담헌의 상대적 관점은 기철학 위에 구축된 낙론적 심성론과 그에 기초한 자연과학 연구에서 이미 배태되고 도출되었다고 보는 것이 자연스럽다. 더구나 담헌은 소강절(邵康節)을 존경했던바, 소강절이 강조한 '반관'(反觀) 즉 '이물관물'(以物觀物 : 物의 눈으로 物을 봄)의 입장[51]은 성리학에 내재된 일종의 상대적 관점이라 할 만한데, 담헌은 상수

51) 『皇極經世書』 권6의 「觀物」 참조. 조셉 니담(Joseph Needham)은 소강절이 말한 '反觀'을 사물에 대한 '객관적 관찰'로 이해한 바 있다. 『中國の科學と文明』 第3巻 思想史 下(東京 : 思索社, 1975), 504면 참조. 이 경우 객관적 관찰과 상대적 관점 사이에는 밀접한 관련이 있다고 생각된다.

학 연구를 통해 이런 관점을 발전시켜 나갔을 수 있다. 이처럼 심성론과 자연과학 연구로부터 자득(自得)한 상대적 관점[52]은 장자의 상대주의와 쉽게 연결될 수 있었고, 이에 장자의 상대주의를 '원용'(援用)해 자신의 관점을 더욱 분명히 하거나 확장해 갔던 게 아닌가 생각된다. 즉 사상 형성과정의 어느 국면에서 장자철학 특유의 인식론과의 접합이 이루어졌고, 이는 담헌의 사상과 세계관을 한층 더 호한(浩瀚)하게 만들고 심화·확대하는 데 기여했다고 보인다.

요컨대, 담헌의 상대적 인식론은 기본적으로 그의 심성론과 자연과학 연구로부터 필연적으로 도출되고 있으나, 다만 그것이 다시 장자철학과 결합됨으로써 그 사상과 세계관은 더욱 전일(專一)하고 정련(精鍊)된 성격을 띨 수 있었다고 여겨진다. 이렇게 본다면, 호락논쟁은 담헌 사상의 형성과 무관한 게 아니라, 그 중요한 한 출발점임이 분명하다. 이 점에서 호락논쟁, 즉 인물성동이론의 철학적 의미가 담헌 사상의 해명에 별 의미가 없다는 지적은 재고가 필요하다고 본다.

---

52) 논리적으로 본다면, 그리고 담헌 사상의 발전과정에서 본다면, 담헌의 '상대적 관점'은 '동일성의 관점'으로부터 파생되어 나온 것이라 해야 할 듯하다. 다시 말해, 오가와 교수의 말처럼 相對視로부터(혹은 相對視를 매개해) 同一視가 나오는 것이 아니라, 그 거꾸로가 아닌가 생각된다. 요컨대 담헌의 상대적 관점은 人物性同論이라는 동일성의 철학으로부터 우선적으로 도출되고 있다 할 것이다. 하지만 특정한 언술만 놓고 판단한다면 담헌이 마치 상대적 관점으로부터 동일성의 관점으로 나아간 것으로 보일 수 있다. 가령 「의산문답」의 저 유명한 구절, "以人視物, 人貴而物賤, 以物視人, 物貴而人賤, 自天而視之, 人與物均也"가 그 좋은 예다. 그러나 이러한 언술은 담헌 사상이 이미 완성된 단계에서 발해진 것이라는 점, 그리고 '公觀倂受'의 태도에 따라 莊子로부터 取長하고 있다는 점을 고려할 필요가 있다. 따라서 이런 언술이 발해질 무렵이면 이제 相對視와 同一視는 한 묶음으로 파악되거나 불가분리적으로 통일되어 인식되게 마련이며, 다만 설득의 편의를 위해 형식논리상 위와 같은 언술 형태를 취한 것이라 이해된다. 오가와 교수의 견해는 「慕華と自尊の間」 참조.

5

「의산문답」은 단지 철학적인 글이지만 않고, '문학'으로서도 대단히 흥미롭고 훌륭하다. 작품의 배경을 묘하게도 '이하지교'(夷夏之交), 즉 조선과 중국 사이에 있는 의무려산(醫巫閭山)으로 설정한 것이라든가, 실옹과 허자라는 가상의 두 대립적 인물을 등장시켜 꼬리에 꼬리를 무는 문답을 전개하게 함으로써 당시 식자층의 통념과 편견, 고루한 지식을 깨뜨리고 새로운 세계관을 제시하도록 고안된 형식이라든가, (가) 인물균 → (나) 천문·지리 → (다) 인물지본(人物之本)·고금지변(古今之變)·화이지분(華夷之分), 이 세 부분의 논의가 상호 유기성을 갖도록 치밀하게 고려한 구성상의 숙고(熟考) 등이 이 작품의 문학성을 보증한다. 뿐만 아니라, 이 작품의 두 등장인물인 실옹과 허자에게서 우리는 다소간의 개성을 발견할 수 있으며, 또한 '실'(實)과 '허'(虛)라는 명칭에 상응하는 인물의 전형성을 발견할 수 있다.

이외에도 「의산문답」이 갖는 문학성과 관련해 간과해서는 안될 점은, 도입부의 상징성이 갖는 예사롭지 않은 함축이다. 즉 이 부분에서 허자는 인사(人事), 천문지리(天文地理), 성명(性命), 오행(五行)의 원리를 모두 깨친 인물로 묘사된다. 말하자면 그는 당시의 통념상 달통한 유자를 대변하는 인물이다. 그는 조선에서는 물론이고, 중국에 가서도 자신과 도를 서로 논할 만한 사람이 없음을 발견하고 마침내 "주공(周公)이 쇠했는가? 철인(哲人)이 죽었는가? 우리 도(道)가 글렀는가?"[53]라고 개탄한다. 그리하여 실망을 품은 채 조선으로 귀국하던 중 의무려산에서 실옹을 만나게 된다. 여기까지가 도입부에 해당한다. 이후 실옹은 작품이 종결될 때까지 당시로서는 가히 파천황(破天荒)이라 할 만한 놀라운 식견으로 허자가 갖고 있던 세계인식의 허상을 깨뜨리고 새로운 진리를 설파한다.

---

53) "周公之衰耶? 哲人之萎耶? 吾道之非耶?"(「의산문답」, 『담헌서』 내집 권4, 15장 뒷면)

이러한 도입부의 설정은, 「의산문답」에서 실옹의 입을 빌려 담헌이 설파한 진리가 단지 조선만이 아니라 중국의 학계까지 포함한, 다시 말해 당시 동아시아 학계 전체를 상대로 한 것임을 상징적으로 시사하는 것이라 하겠다. 즉, 담헌은 비단 조선만이 아닌 동아시아의 학술계 전체를 염두에 두면서 그것을 뛰어넘는 작업으로서 이 글을 기초(起草)했던 것이다.[54)]

이상의 논의를 통해 볼 때, 「의산문답」은 철학의 대상으로서만이 아니라 문학의 대상으로서도 중요시되어야 한다는 점을 새삼 확인할 수 있다. 하지만 유감스럽게도 「의산문답」을 문학의 차원에서 연구한 성과는 아직 그리 많지 않다.[55)] 따라서 그다지 두드러진 쟁점이 없는 편이다. 다만 이 작품의 장르를 '철학소설'(哲學小說)로 보아야 할 것인가 아니면 '교술산문'(敎述散文)으로 보아야 할 것인가 하는 문제를 둘러싸고 최근 논란이 제기된 바 있다.[56)] 이제 이 문제에 대해 약간의 논의를 보탬으로써 이 글을 마칠까 한다.

「의산문답」을 철학소설로 보는 입장의 경우, 이 작품이 계몽주의 철학자 볼테르(Voltaire, 1694~1778)의 『캉디드』(Candide)처럼 철학사상을 소설로 풀어쓴 것이라는 견해를 피력하고 있다. 그러나 『캉디드』와 「의산문답」을 그런 각도에서 대비하는 것은 무리가 있는 게 아닌가 여겨진다. 『캉디드』는 '이야기 줄거리' 속에 철학적 의론이 전개되므로 소설로서의 요건을 갖추고 있다 할 수 있지만, 「의산문답」의 경우 도입부를 제외하고는 시종

54) 일찍이 오가와 교수는 담헌이 이룩한 사상이 비단 한국에서만이 아니라 동아시아 세계의 무대에 있어서도 찬미받을 만한 것이라고 평가한 바 있는데(「地轉(動)說에서 宇宙無限論으로」, 『동방학지』 21, 1979), 이 점과 관련하여 참조된다.

55) 홍대용에 대한 전기적 연구를 비롯해 문학적 측면에서 담헌을 연구해 온 대표적인 학자로 김태준 교수를 꼽을 수 있다. 『홍대용과 그의 시대』(일지사, 1982); 『홍대용 평전』(민음사, 1987) 등이 그 성과이다.

56) 김태준 교수는 철학소설로 보아야 한다고 했고, 조동일 교수는 교술산문으로 보아야 한다고 했다. 김태준, 『홍대용과 그의 시대』·『홍대용 평전』; 조동일, 『문학사와 철학사의 관련 양상』(한샘, 1992) 참조.

문답으로 구성되어 있을 뿐 서사적 줄거리를 갖지 않아 소설로서의 요건을 갖추고 있지 못하기 때문이다. 한편 『캉디드』는 세상이 불행과 악으로 가득차 있다면서 신학적 목적론을 풍자하고 있음에도 불구하고 궁극적으로는 세계에 대한 낙천적 전망으로 귀결되고 있는바, 이 점이 계몽주의의 한 주요한 정신적 기저가 되고 있다. 하지만 「의산문답」은 그 계몽적 성격에도 불구하고 어떤 어두운 정조가 작품의 한 켠에 엄존한다. 가령, 「의산문답」의 '인물지본(人物之本)·고금지변(古今之變)'을 서술한 부분 중의 인간에 대한 인식, 인간과 사물의 시간적·역사적 전개과정에 대한 인식에서 그런 점이 감지된다. 어떤 점에서 담헌은 인류사, 그리고 그와 불가분리적으로 관련 맺고 있는 자연사를 퇴보의 과정으로 읽고 있는 면이 있다. 이 점은 그의 사회관 혹은 역사관이 기본적으로 견지하고 있는 현실주의적 태도에도 불구하고 어쩔 수 없이 남아 있다. 이런 점을 고려한다면, 담헌과 볼테르를 평면적으로 견주는 것은 그리 적절한 것이 못 될지 모른다. 또한, 「의산문답」이 소설이 아닌 독특한 산문형식을 취하고 있다는 점을 승인한다고 해서 그 문학적·철학적 가치에 어떤 손색이 생기는 것도 아닐 터이다.

사실 「의산문답」은 동아시아 한문학의 전통 속에서 보아야 잘 이해될 수 있는 면이 있다. 잘 알려져 있듯, 한문학은 문(文)·사(史)·철(哲)이 어우러져 있다. 그것은 특히 '산문'이라고 일컬어지는 광범한 글쓰기의 영역에서 두드러진다. 이러한 한문학 산문 가운데서 특히 역사와 문학이 결합된 작품을 '역사산문'이라 부르고, 철학과 문학이 결합된 작품을 '철리산문'(哲理散文)이라 부른다. 그런데 철리산문 가운데에는 작자의 철학적 사유를 그냥 직서(直敍)해 나가는 경우도 있지만, 필요한 대로 약간의 허구를 설정하여 주객(主客) 간의 문답을 통해 작자의 사상을 펼치는 수법을 구사하는 경우도 있다. 「의산문답」은 바로 이 후자의 경우에 해당한다.[57]

---

57) 「의산문답」을 哲理散文으로 이해하는 관점은 林熒澤, 「關于洪大容 毉山問答 : '虛'與'實'的意味及其散文的性格」(중국학술대회발표문, 1993)에서 제시된 바 있다.
「의산문답」을 교술산문이라고 보는 관점과 철리산문이라고 보는 관점은 서로 배치되지

중국은 물론이고 우리나라에서도 이 철리산문은 대단히 성행했다. 중국의 경우 가령 『장자』의 제편(諸篇)을 철리산문의 탁월한 성과로 꼽을 수 있다. 『장자』는 허구적으로 설정된 인물들 간의 담론으로 이루어져 있다. 이런 점을 들어 「의산문답」의 형식이 『장자』, 더 구체적으로는 그 「추수」편(秋水篇)에서 왔다고 보는 견해도 있다.[58] 그러나 「추수」편을 비롯한 『장자』의 여러 글들은 인물들 간의 단순한 문답을 넘어 글 '전체'가 하나의 '우언'(寓言)으로서의 성격을 갖는바, 온갖 비유와 상징 등 독특한 미적 표현 원리를 갖추고 있다. 「의산문답」은 인물의 설정이나 도입부에서 다소 우언적 요소가 발견되지 않는 것은 아니나, 글의 대부분을 차지하고 있는 인물들 간의 문답은 우언이라기보다는 문답의 형식을 빈 '논술'에 가깝다. 이런 점에서 보면, 『장자』와 「의산문답」의 형식을 바로 연결시키는 것은 다소 무리가 있다.

이미 지적했듯, 필요에 따라 약간의 허구를 설정하여 주객 혹은 두 인물 간에 문답을 전개하는 것으로써 작자의 사상을 드러내는 글쓰기 방식은 중국에 있어 그 연원이 오래지만, 특히 성리학의 시대인 북송(北宋) 이래 성행하지 않았나 여겨진다. 송대에 나온 이런 류의 철리산문으로는 소강절의 「어초문대」(漁樵問對)를 주목함직하다. '어초문답'(漁樵問答)이라고도 불리는 이 글은 제목 그대로 어자(漁者 : 어부)와 초자(樵者 : 나무꾼)의 문답으로 구성되어 있다. 이 중 작자를 대변하는 인물은 어자이다. 「어초문대」는 어자의 입을 통해 천지만물의 이치, 치란(治亂)·이해(利害)·득실(得失) 등의 인사(人事), 음양과 역상(曆象)의 이치 등, 천지인(天地人) 삼재(三才)에 대해 종횡무진으로 심오한 철학사상을 펼쳐보이고 있다. 담헌이 이 글을 읽었는지의 여부는 직접 확인되지 않는다. 다만, "나는 소강

않는다. 다만 교술산문은 보다 상위의 장르 개념인 데 반해, 철리산문은 교술산문의 장르種 내지는 하위장르에 해당한다 할 수 있다. 따라서 「의산문답」은 교술산문 가운데서도 특히 철리산문에 속한다고 말할 수 있다.

58) 송영배, 앞의 논문 참조.

절을 경애하였네"[59]라는 시구나, 중국의 벗 반정균(潘庭筠)에게 보낸 편지에서 "『소자전서』(邵子全書)와 『천문유함』(天文類函), 이 두 책은 평소 보고 싶었던 책입니다"[60]라고 밝히고 있는 데서 그가 상수학자(象數學者)인 소강절에 몹시 경도되어 있었다는 사실은 알 수 있다. 뿐만 아니라 「어초문대」가 『성리대전』(性理大全)에 포함되어 있음을 고려할 때 담헌이 이 글을 읽었을 가능성은 매우 높아 보인다.

「어초문대」와 「의산문답」은 일견 그 형식에 있어서는 유사점이 발견되나, 실옹과 허자의 대립에서 느껴지는 팽팽한 긴장감이나 논의의 격렬함 같은 것은 어자와 초자의 문답에서는 발견되지 않는다. 또한 실옹과 허자에게서 다소간 엿볼 수 있는 개성이나 인물의 전형성 같은 것도 어자와 초자에게서는 발견되지 않는다. 「어초문대」는 초자가 은자(隱者)인 어자한테 우연히 도를 얻어 듣는다는 내용에서 벗어나지 않기 때문이다.[61] 이러한 비교를 통해 우리는 「의산문답」이 이룩한 문학적 성취를 상대적으로 더

59) "我愛堯夫子."(「雜詠四首」 중 제4수의 제1구, 『담헌서』 내집 권3, 35장 뒷면)

60) "如邵子全書及天文類函兩書, 平生願見."(「與秋庫書」, 『담헌서』 외집 권1, 22장 앞면)

61) 漁者와 樵者의 만남은 『漁樵問對』의 맨 첫머리에 다음과 같이 서술되어 있다.
"漁者垂釣於伊水之上. 樵者過之, 弛檐('擔'과 通함—인용자)息肩, 坐于磐石之上, 而問於漁者曰: '魚可鉤取乎?' 曰: '然.' 曰: '鉤非餌可乎?' 曰: '否.' 曰: '非鉤也, 餌也. 魚利食而見害, 人利魚而蒙利. 其利同也, 其害異也.' '敢問何故?' 漁者曰: '子樵者也, 與吾異治, 安得侵吾事乎? 然亦可以爲子試言之. (…)'"
여기서 한 가지 插疑를 한다면, 「의산문답」의 경우 작품의 종결부가 '완결적'이지 못하다는 사실이다. 즉 허자의 물음에 대해 실옹이 이른바 '域外春秋論'으로 알려져 있는 답변을 하는 것으로써 작품이 끝나고 있으며, 실옹과 허자의 全問答을 마무리 짓는 별도의 서술은 보이지 않는다. 그런데 이런 종류의 철리산문의 경우 흔히 글의 '서두'와 雙關을 이루는 '마무리 부분'이 나오는바, 이를 통해 작품은 형식이나 구성 면에서 완결성을 획득하게 된다. 가령 「어초문대」의 경우 어자와 초자의 무수한 문답이 끝난 후 다음과 같은 '마무리 부분'으로써 작품이 종결됨을 볼 수 있다. "釣者談已. 樵者曰: '吾聞古有伏羲, 今日如覩其面焉.' 拜而謝之, 及旦而去."
「의산문답」을 '문학작품'으로 읽을 경우, 다시 말해 그 사상내용뿐만 아니라 그 예술적 형식의 면까지 고려할 경우 이 점은, 반드시 흠은 아니라 하더라도, 하나의 아쉬운 점이 아닐 수 없다.

욱 잘 이해할 수 있다.

그런데, 「의산문답」이 보여주는 문답식의 철리산문 형식이 우리 문학사에서 비교적 이른 시기부터 나타나 발전해 왔다는 점을 간과해서는 안된다. 가령 이규보(李奎報, 1168~1241)의 「슬견설」(蝨犬說)·「문조물」(問造物), 김시습(金時習, 1435~1493)의 「잡저」(雜著), 권필(權韠, 1569~1612)의 「주사장인전」(酒肆丈人傳), 장유(張維, 1587~1638)의 「설맹장논변」(設孟莊論辯), 신경준(申景濬, 1713~1781)의 「소사문답」(素沙問答)[62] 등을 그 중요한 성과로 꼽을 수 있다. 이런 견지에서 보면, 담헌은 스스로 의식했든 그렇지 않든 간에, 우리 문학사의 이런 전통을 충실히 계승했다 할 만하다.[63]

실옹과 허자라는 대립적 인물의 문답을 통한 「의산문답」의 서술법은 기존의 관점이나 견해와 대립되는 새로운 관점이나 사상을 대조적으로 뚜렷이 드러내는 데 아주 적절한 방식이다. 뿐만 아니라 이 방식은 새로운 사상

---

62) 「素沙問答」은 申景濬이 淳昌에서 陽城縣 素沙로 移居한 26세 때를 전후한 시기에 씌어진바, 「의산문답」보다 40년 정도 앞선다.

63) 그런데 '문답'이나 '대화'로 된 저술을 통해 思想을 펼치거나 哲學的 論議를 전개함은 洋의 東西와 古今을 막론하고 흔히 있는 현상이다. 가령 서양의 경우 플라톤에서 이미 그러한 전통이 마련되었으며, 동양의 경우 佛經이나 『論語』·『莊子』가 그러한 전통의 始原이 되고 있다. 그런데 여기서 잠시 생각해 보아야 할 점은 1595년에 저술된 마테오 리치의 『天主實義』 역시 '中士'와 '西士'의 문답으로 구성되어 있다는 사실이다. 17세기 이래 西學에 관심을 둔 조선의 학자들이 이 책을 널리 읽었음을 감안할 때, 담헌 역시 이 책을 읽었으리라고 추정된다. 특히 담헌은 1722년에 撰進된 최신 천문학 서적인 『曆象考成』까지 구해 읽었을 정도로 西學에 관심이 높았던 만큼 『천주실의』를 읽었을 가능성은 아주 높다. 그렇다고 한다면 『천주실의』의 문답식 서술방식이 담헌에게 일정한 시사를 주었을 가능성도 생각해 볼 여지가 없지 않다. 「의산문답」의 형식적 원천을 꼭 어느 한쪽으로 고정시켜 이해할 필요는 없다고 생각한다. 하지만 한국문학사(혹은 더 넓혀서 한국학술사)의 맥락에서 볼 때 「의산문답」은 그 독특한 내용에도 불구하고, 적어도 형식적인 면에서는 결코 평지 돌출의 저작이 아니며 오랫동안 계승·발전되어 온 그런 종류의 글쓰기 형식의 성과이자 지적 전통의 결과라는 점만큼은 강조될 필요가 있다.

을 계몽적 차원에서 전파하거나, 논쟁적으로 제기하거나, 알기 쉽게 풀어 알리는 데에도 유용한 방식일 수 있다. 또한 아직 완성되지는 않았으나 형성 중인 자기 사상을 그대로 제시하는 하나의 방법으로 원용될 수도 있을 것이다.

「의산문답」이 저술된 지 바야흐로 2백 년이 지났다. 하지만 그 동안의 우리 지성사는 이 저작에 필적할 만한 사상의 스케일과 문제성을 지닌 저술을 별로 갖고 있지 못하다. 특히 우리의 근대 지성사나 철학사는 그 지적 창조성의 면에서 황량하기 짝이 없다고 해도 과언이 아니다. 이런 점에서 볼 때 「의산문답」이 마련한 훌륭한 전범을 적극적으로 계승하고 그것을 창조적으로 활용하려는 노력이 다각도로 경주될 필요가 있다.

6

이상, 몇 가지 점에서 현금(現今)의 홍대용 연구에 내재된 쟁점을 검토해 보았다. 홍대용에 관한 연구는 여러 방면에서 상당한 성과가 축적되어 있다. 따라서 연구사에 대한 면밀한 검토가 필요한 단계에 이르렀다. 하지만 이 글이 연구사를 정리하는 데 목적을 둔 것은 아니며, 또한 지금까지의 연구에서 제기된 쟁점들을 다 거론하고자 하는 의도를 갖고 출발한 것도 아니다. 다만 필자가 관심하는 몇몇 문제에 한정해 기존 견해의 논점을 따지면서 '의난'(疑難)을 제기해본 데 불과하다. 그 과정에서 약간의 우견(愚見)이 제시되기도 했으나, 더 생각해 보아야 할 점들이 많다고 스스로 여기고 있다. 아무쪼록 이 글에서의 문제 제기가 홍대용의 세계관에 내재된 풍부한 생태적 사유에 대한 연구의 출발점이 되었으면 한다.

홍대용 사상에 있어서 物我의 상대성과 동일성

1

조선 주자학이 17세기 후반 이래 절대화·교조화되는 경향을 보였음은 잘 알려져 있는 사실이다. 담헌 홍대용은 이러한 조선 주자학의 경직성을 비판하면서 새로운 사상, 곧 실학을 추구했던 인물이다. 담헌은 특히 박지원(朴趾源, 1737~1805)과 함께 '북학파'(北學派)의 주창자로 알려져 있다. '북학'이란, 청나라의 선진문명을 배워서 낙후된 조선을 발전시켜야 한다는 주장이다. 담헌은 또한 이른바 '역외춘추론'(域外春秋論)을 제기하여 화이(華夷), 곧 중국과 오랑캐의 구분을 부정하고 중국과 조선이 대등한 국가임을 천명하였다.

널리 유포되어 있는 홍대용에 대한 이런 지배담론은, 홍대용이 실용을 강조한 사상가이며 민족주의의 근거를 모색한 사상가라는 강렬한 인상을 준다. 그런데 문제는 이러한 인상이 너무 단순화된 것이어서 자칫 담헌의 사상에 내장(內藏)된 풍부한 계기와 연관들을 간과하게 할 소지가 없지 않다는 점이다. 사실 홍대용을 깊이있게 이해하기 위해서는 그의 인식론과 존재론부터 검토하지 않으면 안된다. 이 둘이 홍대용 사상의 기저(基底)를 이루고 있기 때문이다.

홍대용의 인식론과 존재론에는 생태적 면모가 대단히 풍부하다. 이 글은 그 점을 해명하는 데 목적이 있다. 홍대용의 인식론과 존재론은 궁극적으로 '생태적 마음'에 근거를 두고 있다. 그리하여 홍대용 사상의 생태적 지향은 사물과 사물의 관계, 자연과 인간의 관계, 민족과 민족의 관계에 대한 인식 전반에 걸쳐 두루 관철된다. 전통적인 철학용어에 의거할 경우 이들 제 관계는 '물아'(物我)라는 말로 포괄될 수 있다. 이 때 '물아'는 나와 남, 주체와 타자(他者), 안과 밖, 중심과 주변, 주체와 객체, 이 모두를 의미한다.

홍대용은 '물아'의 관계를 어떻게 보았던가? 이 물음이야말로 홍대용 사상의 본질을 밝히는 데 관건이 된다고 할 수 있다. 이 문제에 대한 홍대용의 생각을 가장 잘 보여주는 자료는 「의산문답」(毉山問答)이다. 소책자 정도의 분량인 이 글은 홍대용이 사상적으로 가장 원숙한 경지에 도달했던 시기의 저작으로 추정된다. 이 글은 바로 이 「의산문답」에 대한 분석이다.

2

「의산문답」은 허자(虛子)와 실옹(實翁) 간의 문답형식으로 이루어져 있다. 허자는 당시의 통념을 따르던 학자를 대변한다. 그는 인간이 만물의 영장이고 지구가 하늘의 중심이라고 생각하며, 오행설(五行說)과 화이론(華夷論)을 신봉한다. 실옹은 허자가 갖고 있는 이런 통념을 조목조목 반박하며 다른 생각, 다른 관점을 제시한다. 이 점에서 실옹은 홍대용의 대변자다.

다음은 인(人)과 물(物)[1]의 관계에 대해 허자와 실옹이 주고받는 말이다.

(1) 허자가 말했다.

"천지간 생물 중에 오직 인간이 귀합니다. 금수한테는 지혜가 없고 초목한테는 감각이 없으니까요. 또한 이들에게는 예의가 없습니다. 그러니 인간은 금수보다 귀한 존재이고, 초목은 금수보다 천한 존재지요."

실옹은 고개를 들어 껄껄 웃더니 이렇게 말했다.

"너는 정말 인간이로구나! 오륜(五倫)과 오사(五事)[2]가 인간의 예의라면, 무리를 지어 다니면서 함께 먹이를 먹는 것은 금수의 예의이고 군락을 지어 가지를 벋는 건 초목의 예의다. 인간의 입장에서 물(物)을 보면 인간이 귀하고 물이 천하지만, 물의 입장에서 인간을 보면 물이 귀하고 인간이 천하다. 그러나 하늘의 입장에서 보면 인간과 물은 균등하다. (…)무릇 대도(大道)를 해치는 것으론 뽐내는 마음보다 더 심한 게 없다. 인간이 자기를 귀하게 여기고 물을 천하게 여김은 뽐내는 마음의 근본이다. (…)너는 왜 하늘의 입장에서 물을 보지 않고 인간의 입장에서 물을 보느냐?"[3]

사람이 물보다 귀한 존재인가 물이 사람보다 귀한 존재인가는 사람의 입장에서 보는가 물의 입장에서 보는가에 따른 상대적인 것이며, 하늘의 관

---

1) '人·物'이라고 했을 때 '物'이란 좁게는 사람을 제외한 생물을, 넓게는 사람을 제외한 만물(무생물을 포함한)을 가리킨다. 「의산문답」은 '물'이라는 말을 어떤 경우에는 전자의 뜻으로 사용하고 있지만 어떤 경우에는 후자의 뜻으로 사용하고 있다. 두 가지 용례 중 어느 쪽인지는 문맥을 고려해 판단하지 않으면 안된다.

2) 『書經』의 「洪範」에 나오는 말로, 修身과 관련된 다섯 가지 일, 즉 얼굴은 공손하게, 말은 바르게, 보는 것은 밝게, 듣는 것은 자세하게, 생각은 깊게 하는 것을 가리킨다. 『서경』의 원문은 다음과 같다. "五事, 一曰貌, 二曰言, 三曰視, 四曰聽, 五曰思. 貌曰恭, 言曰從, 視曰明, 聽曰聰, 思曰睿."

3) "虛子曰: '天地之生, 惟人爲貴. 今夫禽獸也, 草木也, 無慧無覺, 無禮無義, 人貴於禽獸, 草木賤於禽獸.' 實翁仰首而笑曰: '爾誠人也. 五倫五事, 人之禮義也; 羣行呴哺, 禽獸之禮義也; 叢苞條暢, 草木之禮義也. 以人視物, 人貴而物賤, 以物視人, 物貴而人賤, 自天而視之, 人與物均也. (…)夫大道之害, 莫甚於矜心, 人之所以貴人而賤物, 矜心之本也.' '(…)今爾曷不以天視物, 而猶以人視物也?'"(「의산문답」, 『湛軒書』 內集 권4, 18장 뒷면~19장 앞면)

점, 곧 절대적인 관점에서 본다면 사람과 물은 귀하고 천함이 없이 똑같다는 주장이다. 위의 자료에서 실옹은 인간중심주의를 견지하는 허자에게 "왜 하늘의 입장에서 물을 보지 않고 인간의 입장에서 물을 보느냐"고 꾸짖는다. 요컨대 홍대용은 인간의 자기중심성을 문제삼고 있다.

그런데, "하늘의 입장에서 보면 인간과 물은 균등하다"고 했을 때 '하늘'이란 구체적으로 무엇을 뜻하며, 또 어째서 하늘의 입장에서 보면 인간과 물은 균등할 수 있는 것일까? 다음 자료들에서 그 해답을 찾을 수 있다.

(2) 인간과 물(物)이 생긴 것은 천지에 근본한다.[4]

(3) 태허(太虛)는 고요하고 아득한데, 기(氣)로 가득 차 있다. 그것은 안도 없고 밖도 없으며, 처음도 없고 끝도 없다. 이 태허의 기가 가득히 쌓여 응결됨으로써 형질(形質)을 이루어 허공에 두루 퍼지는데 (…)지구, 달, 태양, 별이 그것이다. 지구는 물〔水〕과 흙이 그 바탕이다. 그 형체는 둥글며, 공계(空界)에 떠서 쉬지 않고 돈다. 만물은 그 겉에 붙어 산다.[5]

(4) 형질이 있는 물(物)은 언젠가는 반드시 소멸한다. 기가 응결되어 형질을 이루고, 형질이 풀리어 다시 기로 돌아간다.[6]

자료 (3)·(4)에서 드러나듯 홍대용은 만물의 시원이 '태허'(太虛)라고 보고 있다. 홍대용의 태허 개념은 북송의 기철학자 장재(張載) 및 16세기 조선의 기철학자인 서경덕(徐敬德)의 태허 개념을 이어받고 있다.[7] 태허는 기의 본체(本體)로서, 시간적으로는 시종(始終)이 없고, 공간적으로는 무한하다. 현상세계의 기는 바로 이 태허의 작용이며, 존재가 갖는 형질은

---

4) "人物之生, 本於天地."(같은 글, 같은 책, 19장 앞면)

5) "太虛寥廓, 充塞者, 氣也. 無內無外, 無始無終, 積氣汪洋, 凝聚成質, 周布虛空, (…)所謂地月日星, 是也. 夫地者, 水土之質也. 其體正圓, 旋轉不休, 渟浮空界, 萬物得以依附於其面也."(같은 책, 같은 곳)

6) "物之有體質者, 終必有壞. 凝以成質, 瀜以反氣."(같은 글, 같은 책, 23장 뒷면)

7) 이 점에 대해서는 「서경덕의 자연철학」, 본서, 136면을 참조하기 바란다.

작용으로서의 기가 응결된 결과다. 한편 모든 존재는 유한(有限)한바, 언젠가는 소멸한다. 그러나 존재의 소멸은 형질의 소멸이지 기의 소멸은 아니다. 기는 다시 그 본체인 태허로 복귀한다. 자료 (4)에 보이는 "형질이 풀리어 다시 기로 돌아간다"는 말에서 '기'란 곧 태허이다.

그러므로 자료 (2)에서 "인간과 물이 생긴 것은 천지에 근본한다"고 했을 때 '천'(天)이란 태허에 다름아니다. 따라서 '하늘'의 관점에서 본다는 것은 곧 모든 존재의 근원인 태허의 관점에서 봄을 의미한다. 태허의 관점에서 보면 모든 존재는 그 현상적 차이에도 불구하고 평등하다. 다시 말해 태허는 '물아', 즉 '모든 존재'의 동일성을 보증하는 궁극적 근거이다. 홍대용은 이처럼 태허의 관점에서 '물아'를 봄으로써 인간중심주의를 반성하면서 그것을 벗어나는 이론적 기틀을 마련할 수 있었다.

3

다시 자료 (2)의 언명, 즉 "인간과 물이 생긴 것은 천지에 근본한다"는 말을 주목한다. 서상(敍上)의 논의를 통해 인간과 물이 생긴 것이 '천'(天)에 근본한다는 말은 쉽게 이해할 수 있다. 그런데 자료 (2)의 언명은 '천'만이 아니라 '지'(地)를 병칭(幷稱)하고 있지 않은가. 홍대용은 인간과 물의 형성에 '지'가 어떤 관련이 있다고 생각한 걸까? 우선 홍대용이 '천지'라고 했을 때 '지'는 구체적으로 지구를 뜻한다는 사실부터 분명히 해 둘 필요가 있다. 몇몇 자료를 제시한 다음 논의를 진행하기로 한다.

(5) 하늘은 기(氣)이고, 해는 불이며, 지구는 물〔水〕과 흙이라는 걸 알 수 있다. 만물은 기가 응결된 것인데, 불에 의해 생성되어 지구의 겉에 붙어 산다. 이 셋 중 하나라도 없으면 조화(造化)를 이루지 못한다.[8]

---

8) "是知天者, 氣而已; 日者, 火而已; 地者, 水土而已. 萬物者, 氣之糟粕, 火之陶鎔, 地之

(6) 사람과 물(物)이 태어나고 활동함은 햇빛에 바탕한다. 만일 어느날 갑자기 해가 없어진다면 지구는 꽁꽁 얼어붙고 만물은 사라져 버릴 것이다. (…)그러므로 지구는 만물의 어머니요, 해는 만물의 아버지며, 하늘은 만물의 할아버지라고 말할 수 있다.[9)]

(7) 지구는 우주의 활물(活物)이다. 흙은 그 살이고, 물〔水〕은 그 피이며, 비와 이슬은 그 눈물과 땀이고, 바람과 불은 그 혼백이며 기운이다. 그러므로 물〔水〕과 흙은 안에서 빚어내고, 햇빛은 밖에서 열을 가해 원기(元氣)를 모아 온갖 물(物)을 생성한다. 풀과 나무는 지구의 모발이고, 사람과 짐승은 지구의 벼룩이며 이〔蝨〕다.[10)]

홍대용은 인·물의 성립에는 기 외에도 햇빛(불)과 흙과 물〔水〕이 전제되어야 한다고 보고 있다. 즉 생명의 탄생과 활동에는 세 가지가 필수적인바, 하늘과 땅과 해가 그것이라고 보았다. 그래서 "지구는 만물의 어머니요, 해는 만물의 아버지며, 하늘은 만물의 할아버지"라고 했다.

자료 (7)에 보이는 "활물"(活物)이라는 말은 '살아 있는 존재'라는 뜻이다. 이 말은 다음 자료에서도 보인다.

(8) 지구는 활물이다. 그 핏줄과 경락(經絡)이라든가 기혈(氣血)의 순환이 실로 사람 몸과 똑같다. 다만 그 몸뚱이가 크고 무거워 사람처럼 뛰어다니지 못할 뿐이다.[11)]

疣贅. 三者闕其一, 不成造化."(「의산문답」, 『담헌서』 내집 권4, 30장 뒷면)

9) "人物之生動, 本於日火. 使一朝無日, 冷界凌兢, 萬品瀜消. (…)故曰: '地者, 萬物之母; 日者, 萬物之父; 天者, 萬物之祖也.'"(같은 글, 같은 책, 31장 앞면)

10) "夫地者, 虛界之活物也. 土者, 其膚肉也; 水者, 其精血也; 雨露者, 其涕汗也; 風火者, 其魂魄榮衛也. 是以, 水土釀於內, 日火熏於外, 元氣湊集, 滋生衆物. 草木者, 地之毛髮也; 人獸者, 地之蚤蝨也."(같은 글, 같은 책, 34장 앞면)

11) "地者活物也. 脈絡榮衛, 實同人身, 特其體大持重, 不如人身之跳動."(같은 글, 같은 책, 32장 앞면)

홍대용은 지구가 인·물의 생명활동이 전개되는 거대한 장(場)임은 물론, 그 자체가 살아 숨쉬는 하나의 유기체적 존재라고 보고 있다. 이런 관점은 1979년 제임스 러브로크(James Lovelock)가 제기한 '가이아(Gaia) 이론'과 상통하는 점이 있다. 흙은 지구의 살이고, 물은 그 피이며, 비와 이슬은 그 눈물과 땀이요, 바람과 불은 그 혼백과 기운이며, 풀과 나무는 그 모발이고, 사람과 짐승은 그 벼룩이라는 자료 (7)의 비유는 대단히 원대하고 생태적이다. 뿐만 아니라 이 비유는 지구와 지구에 거주하는 모든 존재들이 하나의 유기적 관련을 맺고 있다는 심원한 인식을 담고 있다. 홍대용이 인·물의 동일성을 주장하게 된 데에는 지구에 거주하는 존재들이 맺고 있는 이와 같은 긴밀한 유기적 연관에 대한 생태적 통찰에 힘입고 있는 면이 없지 않다고 생각된다.

그런데, 기(氣)가 인·물을 형성한다는 관점은 전연 새로운 것이 아니며 장재(張載) 이래 신유학적 존재론의 핵심이 되어 온 관점이다. 하지만 인·물의 형성에 불·물·흙의 작용이 필요하다는 생각은 이전에 없었던 관점으로 홍대용의 창안(創案)에 해당한다. 바로 이 지점에서 홍대용의 존재론은 전통적 존재론과 결별한다. 전통적 존재론은 음양 오행의 작용으로 만물이 생성된다고 보았으나 홍대용은 음양 오행설을 부정하였다.[12] 홍대용은 그 대신 만물의 생성에 필수적인 요소가 불, 물, 흙, 세 가지라고 주장하였다. 여기서 '불'은 햇빛을 가리킨다. 불, 물, 흙의 중요성은 자료 (7)에서만이 아니라 다음의 언명들에서도 확인된다.

(9) 만일 하늘의 햇빛이 사라진다면 죽음의 세계가 될 것이 명백하다.[13]
(10) 물과 불이 없다면 지구는 살아서 활동할 수 없다. (…)만물을 생성하는 것은 물과 불의 힘이다.[14]

---

12) 같은 글, 같은 책, 30장 앞뒷면.
13) "虛空之中, 絶遠日火, 徒成死界, 奚啻千萬?"(같은 글, 같은 책, 30장 앞면)
14) "地非水火, 不能生活, (…)化成萬物, 水火之力也."(같은 글, 같은 책, 32장 뒷면)

(11) 무릇 흙은 물(物)의 모체요 생명의 바탕이다.[15]

요컨대 홍대용은 햇빛, 물, 흙이 생물의 생성과 활동에 필수적이라 보았다.

4

홍대용은 사람과 물의 관계만이 아니라 모든 존재들의 관계에서 '자기중심성'을 배격한다. 이런 태도는 지구와 다른 별의 관계에 대한 인식에서도 그대로 나타난다. 다음의 인용을 보자.

(12) 하늘에 가득한 별들치고 저마다 세계 아닌 것이 없다. 뭇 별에서 본다면 지구 또한 하나의 별일 뿐이다. 한량없는 세계가 우주에 흩어져 있거늘 오직 지구가 그 중심에 있다는 말은 이치에 닿지 않는 주장이다. 그러므로 별들은 저마다 다 세계이며, 모두 회전한다. 뭇 별에서 보면 지구에서 보는 것과 똑같이 다 그 별이 중심이라고 여기게 된다. 별들은 모두 하나의 세계이기 때문이다.[16]

하늘의 무수한 별들은 저마다 하나의 세계를 이루는데, 자기 별에서 다른 별을 보면 지구에서 다른 별을 볼 때와 마찬가지로 자기 별이 중심으로 보인다는 주장이다. 이는 자기중심적으로 이루어지는 인식의 국한성에 대한 지적이다. 그렇다면 무엇이 참일까? 모두가 중심이거나 중심이 없음이 진실일 터이다. 모두가 중심이라는 말은 사실 중심이 없다는 말과 같은 말일 수 있다. 그런데 중심이 없으면 불안하지 않을까? 안과 밖이 있고, 위

---

15) "夫土者, 物之母也, 而生之本也."(같은 글, 같은 책, 33장 앞면)

16) "滿天星宿, 無非界也. 自星界觀之, 地界亦星也. 無量之界, 散處空界, 惟此地界, 巧居正中, 無有是理. 是以, 無非界也, 無非轉也. 衆界之觀, 同於地觀, 各自謂中, 各星衆界."(같은 글, 같은 책, 22장 뒷면)

와 아래가 있고, 중심과 주변이 있고, 수직적·층위적(層位的) 질서가 있어야만 세계는 혼란에 빠지지 않고 정연한 조화를 연출할 수 있는 게 아닐까? 홍대용은 이와는 정반대로 생각하고 있다. 즉 자기중심적으로 이루어진 안과 밖의 구분, 중심과 주변의 구분으로 말미암아 '태화'(太和), 곧 대동(大同)이 깨어지고 세상의 도가 쇠미해졌다고 보고 있다.[17)]

홍대용이 인식의 자기중심성에서 벗어나, 특정한 존재를 중심으로 인정하지 않고 다만 존재들 사이의 수평적인 관계망(關係網)만을 인정한 것은, 물아의 동일성을 확신했기 때문이다. 다시 말해 물아의 동일성에 대한 인식이 존재에 대한 수직적·층위적 파악을 부정하게 만들었던 것이다. 뿐만 아니라 물아의 동일성은, 중심이 없이도, 아니 중심이 없기에 정녕 공존·공생과 조화가 가능한 세계의 밑그림을 그리는 인식론적·존재론적 근거가 되고 있다. 인간이 이룩한 문명을 보는 홍대용의 시각에 비관적 정조(情調)가 얼마간 느껴지지 않는 것은 아니나,[18)] 그럼에도 그의 사상이 한갓 상대주의에 그치거나 허무주의로 떨어지지 아니한 것 역시 기철학에서 연유하는 물아의 동일성에 대한 굳건한 믿음 때문이라고 보인다.

물아의 인식은 상대적이라는 것, 그러므로 물아는 궁극적으로 동일하다는 홍대용의 사유는 동아시아의 중세적 국제질서를 지탱하던 강고한 이념인 화이론마저 일거에 부정해 버리게 된다. 다음 자료가 참조된다.

> (13) 중국과 서양은 경도(經度) 차이가 180도이다. 중국인은 중국을 정계(正界)로 삼고 서양을 도계(倒界)로 삼지만, 서양인은 서양을 정계로 삼고 중국을 도계로 삼는다. 그러나 실상 하늘을 이고 땅을 밟고 사는 건 지구상의 어느 지역이든 똑같으니, 횡계(橫界)니 도계니 할 것 없이 다 정계다.[19)]

---

17) 같은 글, 같은 책, 34~35장.

18) 같은 책, 같은 곳.

19) "中國之於西洋, 經度之差, 至于一百八十. 中國之人, 以中國爲正界, 以西洋爲倒界; 西

정계와 도계는 지구의 반대편에 있는 두 지역, 곧 경도 차가 180도 되는 두 지역을 가리키고, 횡계(橫界)는 정계와 도계의 중간에 있는 지역, 곧 경도 차가 90도 되는 지역을 가리킨다. 홍대용은 자기가 있는 곳을 중심으로 생각하면 저쪽이 도계나 횡계가 되지만, 저쪽 입장에서 본다면 거꾸로 자기가 있는 곳이 도계나 횡계가 되게 마련인바, 기실 지구상의 모든 지역이 다 정계라는 주장을 펴고 있다. 이는 모두가 중심이라는 말도 되고, 중심이란 없다는 말도 된다. 우주의 별들에 대한 상념(想念)에서 확인할 수 있었던 논리와 동일하다. 지구상의 모든 지역이 중심이거나 지구상의 그 어떤 지역도 중심일 수 없다는 이런 관점은 중국중심적 세계관, 곧 화이론적 세계관에 대한 전면 부정으로서의 의미를 갖는다. 이 점은 다음에서 더욱 분명하게 표현된다.

(14) 하늘이 내고 땅이 길러주는바 무릇 혈기(血氣)가 있는 자는 다 같은 사람이며, 무리 가운데 뛰어나 한 나라를 맡아 다스리는 자는 다 같은 임금이며, 문을 여럿 만들고 해자를 깊이 파서 수도를 지키는 것은 다 같은 국가요, 은(殷)나라의 갓이든 주(周)나라의 갓이든 몸에 문신을 새기든 이마에 문신을 새기든 다 같은 습속이다. 하늘에서 본다면 어찌 안과 밖의 구분이 있겠는가. 그러므로 저마다 제 나라 사람을 친근하게 여기고, 자기 임금을 높이며, 제 나라를 지키고 제 풍속을 편히 여기는 것은, 중국이나 오랑캐나 똑같다. 대저 천지가 변함에 인·물이 많아지고, 인·물이 많아지매 물아의 구분이 생기고, 물아의 구분이 생기매 안과 밖이 구분되게 되었다. 오장육부와 팔다리는 한 몸의 안과 밖이요, 내 몸과 처자는 한 집의 안과 밖이며, 형제와 겨레붙이는 한 문중의 안과 밖이요, 향리와 변방은 한 나라의 안과 밖이며, 중국과의 교린이 유지되는 지역과 그렇지 않은 지역은 천지의 안과 밖이다. 대저 자기의 것이 아닌데 취하는 것을 '도'(盜)라 하고, 죄가 없건만 죽이는 것을 '적'(賊)이라 한다. 동

洋之人, 以西洋爲正界, 以中國爲倒界. 其實戴天履地, 隨界皆然, 無橫無倒, 均是正界." (같은 글, 같은 책, 21장 뒷면)

> 서남북의 오랑캐가 중국을 침략하는 것을 '구'(寇)라 하고, 중국이 무력을 남발하여 동서남북의 오랑캐를 치는 것을 '적'(賊)이라 한다. '구'하거나 '적'하는 것은 똑같은 짓이다. 공자는 주(周)나라 사람이다. 주나라 왕실이 날로 낮아지고 제후들이 쇠약해지자 남쪽 변방의 오(吳)와 초(楚)가 중국을 어지럽혀 도적질하기를 그치지 않았다. 『춘추』란 주나라 역사 책인바, 안과 밖을 엄격히 구분한 건 당연하지 않은가. 그렇지만 만일 공자가 바다에 배를 띄워 동이(東夷)에 들어와 살았다면 중국의 문물로써 오랑캐를 변화시키고 주나라의 도(道)를 역외(域外)에 일으켰을 것이니, 안과 밖의 구분 및 높이거나 물리치는 의리에 있어 의당 '역외춘추'(域外春秋)가 있었을 것이다. 공자가 성인(聖人)인 것은 이 때문이다.[20]

위의 인용문은 「의산문답」의 종결부로서 이른바 '역외춘추론'(域外春秋論)에 해당한다. 모든 사람, 모든 임금, 모든 나라, 모든 습속(문화)은 다 같으며, 내외의 구분이 없다는 주장이다. 내외의 구분은 '아'(我)를 중심으로 한 물아의 구분에 불과하다. 그러므로 그것은 상대적인 것이며, 고정적이지 않다. 하늘의 관점에서 볼 경우 내외란 존재하지 않으며, 수평적 관계 속의 대등함이 존재할 뿐이다. 요컨대 홍대용은 자료 (14)에서 물아의 동일성을 인류, 민족, 국가, 문화의 차원에서 확인하고 있는 셈이다.

홍대용은 내외를 인정하지 않지만 존재의 독자성을 부정하지는 않는다. 모든 인간, 민족, 국가, 문화는 독자적 중요성을 갖는다. 모든 인간, 민족,

20) "天之所生, 地之所養, 凡有血氣, 均是人也; 出類拔萃, 制治一方, 均是君王也; 重門深濠, 謹守封疆, 均是邦國也; 章甫委貌·文身雕題, 均是習俗也. 自天視之, 豈有內外之分哉? 是以, 各親其人, 各尊其君, 各守其國, 各安其俗, 華夷一也. 夫天地變而人物繁, 人物繁而物我形, 物我形而內外分. 臟腑之於肢節, 一身之內外也; 四體之於妻子, 一室之內外也; 兄弟之於宗黨, 一門之內外也; 鄰里之於四境, 一國之內外也; 同軌之於化外, 天地之內外也. 夫非其有而取之, 謂之盜; 非其罪而殺之, 謂之賊. 四夷侵疆中國, 謂之寇; 中國瀆武四夷, 謂之賊. 相寇相賊, 其義一也. 孔子, 周人也. 王室日卑, 諸侯衰弱, 吳楚滑夏, 寇賊無厭. 春秋者, 周書也, 內外之嚴, 不亦宜乎? 雖然, 使孔子浮于海居九夷, 用夏變夷, 興周道於域外, 則內外之分, 尊攘之義, 自當有域外春秋. 此, 孔子之所以爲聖人也."(같은 글, 같은 책, 36장 뒷면~37장 앞면)

국가, 문화의 독자성을 존중하기 위해서는 배타적 중심을 배격해야 한다. 중심은 비중심(非中心)을 억압하기 때문이다. 이 점에서 홍대용은 세계를 주체와 객체 간의 대립으로 파악하지 않고 여러 주체들 간의 관계망으로 파악하고 있다고 할 수 있다. 즉 주체와 객체를 서로 마주 세우는 입장을 취하지 않고 여러 주체들을 '병립'(竝立)시키고 있는 것이다. 바로 이 점에서 홍대용의 사상은 근대 민족국가의 근거를 제시하고 있으면서도 서구의 주체철학이나 민족주의 이념과는 전연 다른 지향을 보인다. 즉 서구의 주체철학이나 민족주의 이념이 자기중심성의 긍정에서 출발하고 있다면, 홍대용의 근대 모색은 자기중심성의 부정 위에서 성립되고 있다는 근본적 차이가 있다. 이러한 차이는 생태주의적 견지에서 주목될 필요가 있다. 나와 타자(他者), 민족과 민족의 관계에 대한 인식의 근저나 그 언저리에는 인간과 자연의 관계를 보는 특정한 시각이 불가분리적으로 연결되어 있기 때문이다. 자기중심성 위에 구축되고 있는 서구 근대철학이나 근대사상에서 자연은 이민족(異民族)과 마찬가지로 타자로 간주될 뿐이다. 그것은 이용과 지배의 대상에 불과하다. 기묘하게도 이민족, 특히 식민지 민족은 자연과 그 이미지가 오버랩된다. 그러나 홍대용의 근대기획에 의하면 모든 민족이 저마다 주체이듯 자연은 타자의 자리에 있지 않고 인간과 함께 또다른 주체를 구성한다. 그리하여 자민족과 타민족, 인간과 자연이 조화와 공존을 도모하면서 공생하는 관계를 이룩한다. 그러므로 홍대용의 자연관, 인간관, 민족관에서는 서구의 근대 민족주의 사상과 달리 제국주의와의 연관을 발견할 수 없다.

위 인용문 중 공자를 언급하면서 역외춘추를 끌어내고 있는 대목은 논란의 소지가 없지 않으므로 다시 반추해 볼 필요가 있다. 홍대용의 논리를 간단히 정리하면 다음과 같다.

(가) 화(華)·이(夷)는 똑같다.

(나) 공자는 주나라 사람이므로 공자가 쓴 『춘추』가 주나라를 '안'으로 오랑캐를 '밖'으로 본 것은 당연하다.

(다) 그러나 공자가 동이(東夷)에 살면서 주나라 도(道)를 일으켰다면 동이를 '안'으로 중국을 '밖'으로 본 역외춘추를 썼을 것이다.

(나)는, 공자 같은 성인도 자기중심성을 벗어날 수 없었기에 내외를 구분했다는 말이다. (다)는, 공자는 도가 어디 있는가에 따라 내외를 구분하고 존양(尊攘 : 높이거나 물리침)을 했지 지역이나 인종(민족)에 따라 한 것은 아니라는 말이다. 다시 말해 오로지 문화적 기준에 의해 내외를 구분했다는 말이다. 그러나 (나)와 마찬가지로 (다)에서도 공자는 인식의 자기중심성을 벗어나지 못했다 할 것이다. 만일 (다)가, 지리나 인종과 관계없이 문화가 높은 나라가 '화'(華)요 그렇지 못한 나라는 '이'(夷)라는 생각을 표출한 것이며 홍대용은 바로 이 점에서 지리적·인종적 기준을 따르던 기존의 화이론을 극복했다고 해석한다면 이는 피상적 해석이다. 홍대용은 (나)와 (다)를 통해, 자기 입장에서 보면 자기가 안이요 남이 밖이지만 남의 입장에서 보면 남이 안이요 자기가 밖이라는 사실, 다시 말해 '화'와 '이'는 상대적이라는 사실을 환기시키고 있다. 그러므로 홍대용이 **궁극적으로** 말하고자 한 바는, 조선의 입장에서 보면 조선이 '화'이고 중국이 '이'라거나 조선도 문화적 노력 여하에 따라서는 얼마든지 '화'가 될 수 있다는 사실이 아니라, **화·이의 구분 자체에 대한 부정**이다. 이 점에서 (가)는 (나)·(다)에 우선하는, 혹은 (나)·(다)를 지양하는 명제로 이해되어야 마땅하다. 그러므로 널리 통용되고 있는 '역외춘추론'이라는 말은 오해의 소지가 없지 않다. 만일 이 말이, 홍대용이 **궁극적으로** 말하고자 한 바가 단지 기존의 화이론을 뒤집어 중국이 '이'이고 조선이 '화'일 수도 있다는 것이었음을 가리키는 말이거나 홍대용이 바로 이 점에서 자민족 중심의 민족주의적 이념의 근거를 마련했음을 가리키는 말이라면, 이 말은 잘못 쓰인 것이라 하지 않을 수 없다. '역외춘추론'이 이런 뜻이라면 홍대용의 사상은 서구

근대 민족주의 사상과 큰 차이가 없다고 할 것이다. 화이론에 대한 홍대용의 견해는 「의산문답」 전체를 관통하는 물아의 동일성에 대한 주장에 유의하면서 파악되어야 하며, 그럴 때에만 서구 민족주의 이념과 구별되는 생태적 심원성을 정당하게 읽어낼 수 있다.

5

홍대용은 문명에 썩 비판적인 태도를 취하고 있다. 이 점은 인·물의 발생과 중국사의 전개를 개괄하는 자리에서 명확히 드러난다.

홍대용은 인간이 화락한 삶을 영위하고, 금수와 물고기가 온전한 삶을 누리며, 초목과 금석(金石)이 각기 자신을 보전하던 태곳적을 '태화'(太和)라 규정하고 있다.[21] '태화'란 모든 존재가 자기 자리를 지키며 화기애애함을 유지하는 태평한 세상을 일컫는 말이다. 홍대용은 이 '태화'의 세계를 신비적으로 그려 놓고 있다. 태화의 세계는 곧 신화의 세계로서, 문명이 존재하지 않는 세상이다.

홍대용은 중고시대(中古時代)로 내려와 인·물이 많아지면서 만물이 각기 자기 몸을 위해 싸우게 되었다고 보고 있다. 그리하여 태화 시절에 존재하지 않던 물아의 구분이 중고시대에 이르러 생기게 되었으며, 인간은 점증하는 자신의 욕망을 충족시키기 위해 물(物)을 약탈하지 않을 수 없었다. 그 결과 금수와 물고기가 제대로 살 수 없게 되었고, 초목과 금석이 형체를 보전할 수 없게 되었다.[22]

---

21) "邃古之時, 專於氣化, 人物不繁, 鍾稟深厚, 神智淸明, 動止純厖, 養生不資於物, 喜怒不萌於心, 呼吸吐納, 不飢不渴, 無營無欲, 遊戲于于, 鳥獸魚鼈, 咸遂其生, 草木金石, 各葆其體, 天無淫沴之灾, 地無崩渴之害, 此人物之本, 眞太和之世也."(같은 글, 같은 책, 34장 앞면)

22) 같은 글, 같은 책, 34장 뒷면.

인간의 자연에 대한 지배와 함께 인간의 인간에 대한 지배도 발생하게 되었다. 용맹스럽고 꾀바르고 욕심 많은 자들이 나타나 각기 우두머리가 되어 그 무리를 이끄매 강자는 편안히 지내고 약자는 수고로이 일을 해야 했다. 이처럼 지배·피지배 관계가 형성되자 영토를 둘러싼 전쟁이 야기되고 그 때문에 백성들은 온전하게 살 수 없었다. 전쟁은 무기의 발달을 초래했으며, 무기의 발달은 인명의 대량 살상을 초래했다.23)

홍대용은 중국 역사에서 가장 잘 다스려진 시대가 복희(伏羲), 신농(神農), 황제(黃帝), 요순(堯舜) 시대라고 보았다. 성인(聖人)이라 일컬어지는 이들 임금은 검소한 덕을 닦고 각종 제도와 예악(禮樂)을 만들어 사람들의 욕망·화려함·사치의 추구가 극단으로 흐르지 않게 하려고 고심하였다. 그러나 이들 성인들 역시 저 옛날의 태화를 회복할 수는 없었다. 홍대용은 이것이 시대가 바뀌고 풍속이 변했기 때문에 어쩔 수 없는 일이며 만일 억지로 대세를 거슬렀다면 혼란이 더욱 심해졌을 것이라고 보고 있다. 태곳적에 대한 이상화(理想化)와는 달리 홍대용의 현실주의적 태도가 감지되는 부분이다. 그러나 성인들의 노력은 일시적·미봉적인 것에 불과했으며 인간의 정욕과 이욕(利慾)을 막을 수는 없었다.24)

홍대용은 이후 중국사가 점점 쇠락의 길로 접어든 것으로 보고 있다. 하(夏)나라에서 은(殷)나라로, 은나라에서 주(周)나라로 내려올수록 화려함과 사치는 심해졌으며, 공자가 이상화했던 것과 달리 주나라는 대규모 토목공사를 일으켰던바, 후대의 전제군주들인 진시황(秦始皇)이나 한무제(漢武帝)는 이를 본받은 것이라고 했다.25) 홍대용은 주나라를 미화하기보다는 퍽 비판적으로 보고 있는데, 이는 여느 유학자와는 사뭇 다른 태도다. 흔히 하(夏)나라는 '충'(忠)의 덕을, 은나라는 '질'(質)의 덕을 숭상한 데

23) 같은 글, 같은 책, 34장 뒷면~35장 앞면.

24) 같은 글, 같은 책, 35장 앞뒷면.

25) 같은 글, 같은 책, 35장 뒷면.

반해, 주나라는 '문'(文)의 덕을 숭상했다고 일컬어진다. 주나라가 '문'의 덕을 숭상했다 함은 주나라 문물이 대단히 세련되고 화려했음을 가리키는 말이다.[26] 홍대용이 문명의 자연약탈성과 낭비성에 극도의 혐오를 보였음을 생각한다면, 그가 주나라 문물에 비판적 태도를 보인 것은 하등 이상한 일이 아니다.

이상의 논의에서 확인되듯 홍대용은 문명의 성립에 내포된 문제점, 문명의 발달이 초래하는 심각한 폐단을 예리하게 지적하고 있다. 홍대용은 특히 인간의 욕망과 문명의 발달이 불가분의 관계를 맺고 있으며, 이 때문에 자연의 유린, 인간에 의한 인간의 지배, 소유, 전쟁, 사치, 낭비, 허례허식, 교지(巧智)가 발생하거나 심해진다고 보고 있다. 그리하여 문명이 발달할수록 '물아'의 구분은 심해지고,[27] '태화'에서 멀어지며, 세상의 도는 낮아지고, 맑고 밝은 마음이 점점 사라지게 된다고 보았다. 홍대용은 단지 인간의 입장에서만이 아니라 자연 혹은 하늘의 입장에서 문명의 성격을 파악했기에 이런 지적을 할 수 있었다. 말하자면 원대한 '자연사'(自然史)의 관점에서 문명사를 읽어내고 있는 셈이다. 홍대용의 관점이 반문명적 지향을 보여주는 것도 이에 연유한다.

6

이상, 「의산문답」을 중심으로 홍대용의 사상이 보여주는 생태적 면모를 살펴보았다. 홍대용은 서학(西學)을 섭취해 자기화해 간 사상가이다. 그는 전래의 기철학에다 서학에서 받은 시사(示唆)를 결합시켜 새로운 사유체

26) 이 점에 대해서는 버튼 왓슨 著·박혜숙 譯, 『위대한 역사가 사마천』(한길사, 1995), 36면 참조.

27) "夫天地變而人物繁, 人物繁而物我形, 物我形而內外分."(「의산문답」, 『담헌서』 내집 권 4, 36장 뒷면)

계를 구성하였다. 이 때문에 「의산문답」에는 천문학과 관련한 과학적 논의들이 많이 발견된다. 과학적 견지에서 볼 때, 이들 논의 중에는 지금도 유효한 것이 있는가 하면, 타당성을 인정할 수 없는 것도 많다. 그러므로 순전히 과학적 지식의 측면에서 읽으려 든다면 「의산문답」은 별로 흥미롭지도 대단하지도 않은 글이라 할 것이다. 오늘날 우리에게 요청되는 「의산문답」의 독법(讀法)은, 자연과학으로서가 아니라 '자연철학'으로서의 독법이다. 이 점에서 「의산문답」은 당연히 인문학적 텍스트이다. 인문학적 텍스트로 읽을 때 우리는 「의산문답」에서 지금도 여전히 새롭고 쫓아가기 버거운 많은 반짝이는 사유들을 접할 수 있으며, 미래를 밝혀줄 생태적 지혜를 끌어낼 수 있다.

홍대용은 당시 그 누구보다도 과학적 합리성의 중요성을 인식했던 사상가다. 이 때문이겠지만 홍대용이 생각한 태허나 기의 개념은 다른 기철학자들의 규정에 비해 물질적 속성을 보다 강하게 갖는 쪽으로 정위(定位)되어 있다고 여겨진다. 그러므로 그의 철학체계에서 태허의 본체성(本體性)은 그만큼 더 취약해 보인다. 홍대용이 음양 오행을 부정하고 그 대신 햇빛, 물, 흙 등의 요소로 인·물의 생성을 설명하고자 한 것도 과학적 합리성을 중시한 결과다. 홍대용은 이를 통해 기존의 형이상학을 구체 세계에 접근하는 존재론으로 대체하고자 했다고 볼 수 있다. 그러나 이 점은 결코 홍대용 사상의 장점으로만 볼 수 없으며 약점이기도 하다. 음양 오행은 형이상학적 개념으로서, 세계에 대한 물질적 해석과는 그 레벨을 달리하기 때문이다. 우리는 형이상학의 포기가 세계에 대한 근원적 해석의 포기로 이어질 수 있다는 사실에 유의하지 않으면 안된다.

홍대용의 사상에 이런 문제점이 없는 것은 아니지만, 그럼에도 그의 사상은 놀랍도록 심원하고 풍부한 생태적 사유들을 내장(內藏)하고 있다. 오늘날의 우리는 홍대용 사상에서 어떤 생태적 지혜를 배울 수 있는가? 글이 종결되는 바로 이 순간까지 필자의 뇌리는 이 생각으로 가득하다.

제5부

■■■

박지원 사상에 있어서 言語와 冥心

박지원의 산문시학

박지원 사상에 있어서 言語와 冥心

1

1.1. 연암(燕巖) 박지원(朴趾源, 1737~1805)의 문학론, 사유구조, 인식론과 미의식 등에 대해서는 꾸준히 연구가 심화되어 왔다.[1] 특히 근년에 이루어진 임형택, 조동일 두 분 선생의 연구[2]는 이 분야 연구의 수준을 보여주는 것으로서, 그 성과 덕분에 우리는 좀더 생각을 확장하면서 새로운 논의를 모색할 수 있게 되었다.

---

1) 이동환 선생의 선구적인 연구 이래 조동일, 최신호, 임형택, 윤기홍, 김명호 등 여러 분이 논의를 펼쳤다. 북한 학계와 중국 조선족 학자도 이 방면에 성과를 보여주고 있는 바, 몇 가지 들어보면 다음과 같다. 신구현, 「연암 박지원의 문예비평」, 『연암 박지원 탄생 220주년 기념 연암연구론문집』(평양 : 국립출판사, 1957) ; 신남철, 「연암 박지원의 철학사상」, 『연암 박지원 탄생 220주년 기념 연암연구론문집』(평양 : 국립출판사, 1957) ; 이암, 『연암 미학 사상 연구』(서울 : 국학자료원, 1995).

2) 임형택, 「박연암의 인식론과 미의식」, 『한국한문학연구』 11(연암 박지원 선생 탄신 250주년 기념 특집호, 한국한문학연구회, 1988) ; 조동일, 「18세기 인성론 혁신과 문학의 사명」, 『문학사와 철학사의 관련 양상』(한샘, 1992).

1.2. 조동일 선생은 「답임형오논원도서」(答任亨五論原道書)의 분석을 통해 연암의 언어관을 검토한 바 있다. 그리고 거기서 도출된 연암의 언어관을 「호질」(虎叱), 「소단적치인」(騷壇赤幟引) 두 자료에 적용해 봄으로써 연암 산문의 창작방법론을 규명코자 하는 문제의식에까지 도달하고 있다.

1.3. 임형택 선생은 연암의 인식론과 미의식을 검토하면서 연암이 사용한 '명심'(冥心)이라는 말에 주목한 바 있다.

2

2.1. 조동일 선생의 시도와 문제의식 자체는 대체로 공감되는 바이지만, 연암이 보여주는 언어에 대한 깊은 성찰은 비단 「답임형오논원도서」나 「소단적치인」에 국한되지 않는다. 따라서 연암의 언어관에 대한 본격적 고찰을 위해서는 자료를 확대할 필요가 있다. 연암의 언어관을 보여주는 자료들은 아주 많은데, 종전에는 이들 자료를 대개 연암의 문학론과 관련해 거론해 왔다. 그러나 이들 자료는 문학론의 관점에서도 중요하지만, 연암이 지닌 언어관을 해명하기 위한 자료로서도 중요하다. 더구나 연암의 문학론은 말할 나위도 없고 연암의 진리관·미학·인식론이 바로 이 언어관을 매개로 성립되고 있으며, 경세론(經世論) 역시 언어관과 밀접한 연관을 맺고 있다는 점에서, 연암 언어관의 해명은 법고창신(法古刱新)으로 대변되는 그의 문학론은 물론이려니와 그의 사상 일반에 대한 이해를 심화하는 데 관건이 된다. 요컨대 연암 언어관의 해명은 연암 사상의 여러 국면을 꿰뚫는 '추기'(樞機)를 밝히는 일이며, 그 사상의 '근저'(根底)에 다가서는 일이라는 점에서 중요하다.

연암의 언어관이 갖는 이런 중요성은 지금까지의 연구에서는 그다지 주목되지 못했으며, 설사 언급되었다 하더라도 부분적이거나 피상적으로 언급되었을 뿐 그 중요성에 상응한 본격적 고찰이 이루어지지는 못했다.

2.2. 연암의 인식론과 미의식에 대한 임형택 선생의 연구는 대단히 깊은 생각을 담고 있고, 연암 사상의 여러 측면들이 지닌 상호연관성을 다각도로 해명해 놓고 있다. 이 점에서 선생의 논문은 연암 사상에 대한 이해수준을 한 단계 끌어올리는 데 중요한 기여를 했다고 생각한다. 필자는 비록 많은 부분에서 선생의 견해에 동의하고 있지만, 연암이 제시한 몇 가지 주요 개념에 대한 해석에 있어서, 그리고 연암 사상[3]을 파악하고 평가하는 기본 인식틀에 있어서 약간 생각을 달리하는 부분도 없지 않다. 가령 '명심'(冥心)을 '이성인식'(理性認識)과 관련지어 풀이한다든가, 연암 사상 전반에 대해 '모순의 통일'이라는 변증법적 관점을 방법론적 준거로 삼아 파악한 데 대하여는,[4] 비록 거기에 선생의 실천적 문제의식이 실려 있어 묵직함이 느껴지기는 하지만, 보는 바에 따라서는 재론의 여지가 없지 않다고 생각한다.

2.3. 연암 사상을 서구 변증법의 틀로 해석할 경우 얻는 것도 있지만, 잃는 것이 많지 않나 생각한다. 얻는 것은 연암 사상이 신통하게도 변증법에 부합하는 어떤 측면들을 지니고 있다는 사실의 확인이겠으나, 잃는 것은 변증법으로 설명될 수 없거나 도무지 포착되지 않는, 미묘하지만 높은

---

3) 이 글에서 연암의 '文學思想'이라는 말을 쓰지 않고 연암 '思想'이라는 좀더 포괄적인 말을 사용한 것은 필자가 검토하고자 하는 '言語'와 '冥心'의 문제가 비록 문학론 내지 문학사상과 깊은 연관을 맺고 있기는 하나 그 테두리를 넘어 사상 일반, 인식론 일반과도 관련된 면이 없지 않기 때문이다.

4) 변증법의 견지에서 연암 사상을 설명하는 데 따른 난점은 임형택 교수의 논문 「박연암의 인식론과 미의식」에 대한 토론과정에서 김시업 교수에 의해 한 차례 제기된 바 있다(「토론」, 『한국한문학연구』 11, 연암 박지원 선생 탄신 250주년 기념 특집호, 1988, 100면). 하지만 막연히 문제가 있지 않나 하는 말만 나왔을 뿐 정작 무엇이 문제인지는 거론되지 않았다.

정신의(혹은 사상의) 어떤 측면들일 것이다. 또한 연암 사상 중 변증법적 요소를 지닌 것으로 인정되는 측면들이라 할지라도 그것은 대개 '소박한' 수준의 것으로 치부되게 마련이다.[5] 따라서 이런 시각으로 접근할 경우 연암 사상은 기껏해야 서구의 근대사상에 미치지는 못하지만 그에 접근해 가는 사유의 '경향'을 지닌 사상 쯤으로 평가될 뿐이다.[6] 사실 변증법의 관점에서 연암 사상을 조명하는 입장의 근저에는 연암에게서 근대성, 혹은 근대성에의 '근접'을 확인하고자 하는 노력이 암암리에 전제되어 있다.

이런 시각과 문제의식이 부당하거나 잘못된 것은 아니라 할지라도, 그것이 연암 사상의 어떤 면만을 주로 부각시키고 있음은 분명하다. 연암에게서 단지 근대성(혹은 근대성에의 접근)을 확인하는 데 그치지 않고, 근대를 넘어서고자 하는 오늘날 우리의 사상적 모색과 관련해 어떤 시사를 얻고자 할 경우 '연암 읽기', 곧 연암 사상에 대한 접근법, 그리고 그 사상의 내질(內質)에 대한 파악과 평가는 크게 달라져야 할 것이다.[7] 연암 사상에서,

5) 연암 사상을 도저하게 변증법으로 파악·평가한 비교적 이른 시기의 연구로는 신남철, 앞의 논문을 들 수 있다. 신남철은 이 논문에서 연암 사상이 보여주는 변증법적 요소를 샅샅이 거론한 다음, 그것이 서구의 변증법과 비교할 때 대단히 '소박한' 것이라 평가한 바 있다.

6) 그렇다고 해서 필자가 인식론 내지 방법론으로서 변증법의 의의를 부정하는 것은 아니다. 사물의 운동과 변화를 포괄적으로 설명하고, 이론과 실천의 통일을 지향한다는 점에서 변증법에는 큰 장점이 있는바, 필자는 이 점을 인정해 왔고 또 지금도 인정하고 있다. 하지만 변증법에 의거해 동양사상을 설명하고자 할 경우 많은 난점이 따르는 것 같다. 그것은 儒家·道家·佛家 등의 동양사상이 변증법의 정신과 상통하는 측면만이 아니라 그것을 벗어나거나 넘어서는 측면을 갖기 때문이다. 따라서 이 경우 변증법은 상당한 '국한성'을 갖는다. 이런 국한성을 인정하지 않고 변증법을 궁극적 잣대로 삼아 동양사상을 설명하고자 할 경우 동양사상의 내용 중 변증법을 벗어나거나 넘어서는 제계기는 논의에서 배제되거나 한계로 치부될 수밖에 없게 된다.

7) 혹자는 이 두 가지 점 말고도 연암 사상이 지닌 중세적 면모도 염두에 두어야 한다고 말할지 모른다. 그럴 수 있다. 하지만 필자의 관심은 '앞'을 향하고 있기에, 다시 말해 오늘날의 사상적 과제를 해결하는 데 과거의 유산을 여하히 적절히 활용할 것인가 하는 점에 있기에 그에 대한 논의는 일단 접어두기로 한다. 하지만 연암 사상의 중세적 한계에 대한 점검은 그것대로 필요하고 또 유익한 작업이라고 생각하고 있음을 밝혀둔다.

이 두 가지 가능성은 확연히 분리될 수 있는 것이 아닐지 모른다.[8]

비단 연암 사상을 변증법의 관점에서 이해하고자 하는 입장만 그런 것이 아니라, 연암에 대한 종래의 연구는 대체로 '근대성'의 포착에 주안을 두어 왔다. 당시의 시대상황을 고려한다면, 그것은 정당하고 불가피한 면이 없지 않았다. 오늘날의 시대상황에서도 그 점에 대한 문제의식은 계속 심화될 필요가 있다고 생각한다. 하지만 오늘날의 시대상황은 또한 우리로 하여금 좀더 포괄적인 문제의식을 요구하고 있다. 그러므로 관점을 새롭게 하면서 문제의식을 확대할 필요가 있다. 관점을 새롭게 하면 연암 사상의 다른 어떤 면이 새로 시야에 들어올 수 있기 때문이다. 이 글은 확대된 관점과 새로운 문제의식에 따라 연암 사상을 독해(讀解)하고 거기서 어떤 시사를 발견하고자 하는 노력의 소산이다.

2.4. 연암 사상에서 언어(言語)와 명심(冥心)은 대단히 중요한 두 범주를 이룬다. 따라서 어느 하나만 강조할 경우 논의는 일면적이 되고 말며, 연암 사상의 긴장된 역동성을 놓치게 된다.

8) 필자는 홍대용 사상의 검토를 통해 중세 해체기의 사상가에게서 이 두 가지 가능성이 혼효되어 있는 양상을 확인한 바 있다. 이 점은 본서, 「한국의 사상적 전통과 생태적 관점」; 「홍대용의 생태적 세계관」을 참조하기 바란다. 특히 「한국의 사상적 전통과 생태적 관점」에서 "그러므로 홍대용의 사상에서 근대적 지향, 즉 '현존하는 근대'와 연결되는 점만을 주로 캐내고자 한 종래의 문제의식은, 그 문제의식에 담보된 현실성과 역사성은 계속 유효하다 하더라도, 좀더 확대되고 심화될 필요가 있지 않을까 한다. 홍대용 사상의 근대적 지향 속에는 '현존하는 근대'를 넘어서는 계기와 지향까지도 동시에 내포되어 있다고 보이기 때문이다. 따라서 이 두 가지를 정당하게 포착하고 평가하는 것이 긴요하며, 이를 위해서는 시각의 조정과 전환이 필요하다고 본다"(본서, 34면)라고 한 지적은 연암 사상의 연구에서도 유의되어야 하지 않을까 여긴다.

3

3.1. 연암은 18세기 조선 지식인 가운데 언어문제에 대해 가장 깊이 사유했던 인물이다. 비단 18세기만이 아니라, 우리나라 고대와 중세의 전 시기를 통틀어 보더라도 연암만큼 언어문제에 대해 깊고도 다면적인 관심을 쏟은 문인이나 사상가는 없다고 말할 수 있다. 연암에게 있어 언어란 사물·현실·자연·세계와의 '관계'이자 그 '표현'이다. 따라서 연암에게서 언어의 문제는 인식의 문제와 직결되며, 또한 미학의 문제이기도 하다. 또한 언어는 인간의 심(心) 및 체험과 본질적인 관련을 맺고 있는 것으로 간주된다.

선행연구가 밝히고 있듯, 연암은 언어가 객관적 실체와 합치될 수 있다고 보았다.[9] 그런데 객관적 실체, 즉 세계는 어떻게 존재하는가? 연암에 의하면 세계는 끊임없이 변화하는 대상이다.[10] 현실은 정지해 있지 않고 계속 흘러가며, 사물은 고정되어 있지 않다. 그렇다면 언어는 어떠한가?

우리는 우선 넓은 의미에 있어서 언어에 두 가지 차원이 존재함을 지적하지 않으면 안된다. 구두언어(口頭言語)와 문자언어(文字言語)가 그것이다. 연암은 언어의 이 두 가지 차원을 구별하고 있다. 연암은 이 둘 가운데 구두언어가 사물과의 관계에서 더 직접적이며, 따라서 더 생동감이 있는 것으로 보았다. 『열하일기』(熱河日記)의 다음 구절이 그 점을 잘 보여준다.

> 연경(燕京)에 들어가 사람들과 필담(筆談)을 해보니 그 언설(言說)이 예리하지 않은 이가 없었다. 한편 그들이 지은 문장을 보니 모두 필담보다는 못했다. 그제서야 우리나라 문인(文人)과 중국 문인의 차이를 알았으니, 중국은 글이 바로 말이므로 경사자집(經史子集)이 모두 입에서 이루어진 말이요,

---

9) 조동일, 「18세기 인성론 혁신과 문학의 사명」, 『문학사와 철학사의 관련 양상』, 235면.

10) 이 점에 대해서는 최신호, 임형택, 김명호, 윤기홍 등 여러 연구자가 거듭해 지적한 바 있다. 따라서 말을 절약하기 위해 재론하지 않는다.

중국인들의 기억력이 특별해서 그런 책을 지을 수 있었던 것은 아니다. 그들에게 억지로 시문을 짓게 하면 본연의 자연스런 감정을 잃어버리고 마니, 이는 글과 말이 둘로 나뉘기 때문이다. 그러므로 우리나라의 문장가가 서름서름해서 틀리기 쉬운 옛날 글자(한자를 가리킴—인용자)를 가지고 다시 알기 어려운 우리말을 번역하고 나면 그 글 뜻이 캄캄해지고 말이 모호하게 되는 게 바로 이 때문이 아니겠는가. 내가 귀국하여 사람들에게 두루 이 이야기를 하자 대개 그렇지 않다고 하니 참으로 개탄할 만하다.[11)]

여기서 연암이 제기하고 있는 문제는 말과 글의 일치와 분리이다. 어문일치(語文一致)의 글이 훨씬 생기 있고 자연스럽다는 것이다.[12)] 우리나라는 말이 중국과 다른데도 글자는 한자를 사용하고 있다. 여기서 구두언어와 문자언어의 괴리라는 커다란 난점이 제기된다. 이 난점을 근본적으로 해결하기 위해서는 한글의 사용을 통해 구두언어와 문자언어의 통일을 기하지 않으면 안된다. 하지만 연암은 그 정도로까지 혁신적이지는 못했던 바, 이 점에서 그의 한계를 발견할 수 있다.[13)] 연암은 과연 이 문제에 대해

---

11) "及入皇京, 與人筆談, 無不犀利. 又見所作諸文篇, 則皆遜於筆語. 然後始知我東作者之異於中國也. 中國直以文字爲語, 故經史子集, 皆其口中成語, 非其記性別於人也. 爲之强作詩文, 則已失故情, 言與文判爲二物故也. 故我東作文者, 以齟齬易訛之古字, 更譯一重難解之方言, 其文旨黑昧, 辭語糊塗, 職由是歟. 吾歸而遍語之國人, 則多不以爲然, 良足慨然也已矣."(「鵠汀筆談」, 『熱河日記』, 景印文化社 영인본 『燕巖集』 권14, 266면). 이하 이 글에서 인용하는 『燕巖集』은 이 책이다.

12) 문자언어와 구두언어의 관계에 대한 연암의 이런 생각은 燕行 중 불현듯 하게 된 것이 아니지 않을까 여겨진다. 연암이 연행 이전부터 속담이나 常語를 문장에 구사하곤 했다는 점을 고려한다면, 初年부터 대체로 가져온 생각을 중국 연행의 경험을 통해 더욱 분명히 하면서 자신의 글쓰기 방식의 정당성을 확인하고 있는 면이 있지 않나 생각된다.

13) 17세기 후반에 金萬重은 한글로 소설을 창작했으며, 연암의 둘도 없는 知友였던 洪大容은 중국여행기인 『을병연행록』을 한글로 저술하였다. 순전히 한자로만 문학활동과 저술활동을 한 연암은 얼핏 보아 이들보다 낙후된 것처럼 보일 수 있다. 김만중이나 홍대용이 한글 글쓰기를 시도했음에 반해, 연암은 그러지 못했다는 사실은 분명 연암의 한계를 보여주는 것이라 하지 않을 수 없다. 그렇기는 하지만, 한글로 씌어졌는가 한자

어떤 태도를 취했던가?

그는 종종 지적되고 있듯, '한자=문자언어'를 '쇄신'함으로써, 이 난점을 완전히 해결하는 것은 아니라 할지라도 어느 정도 해소할 수 있다고 생각했던 듯하다. 연암이 한글 사용을 통한 어문일치로 나아가지 못한 한계를 지적하는 것은 쉬운 일이다. 또한 그런 식의 논의가 도달하는 결론이란 대개 뻔하게 마련이다. 따라서 우리는 연암의 한계는 한계로 인정하면서도, 연암이 '한자=문자언어'를 '왜' 쇄신해야 한다고 생각했으며, 또 '어떻게' 쇄신할 수 있다고 생각했는지, 그리고 그러한 문자언어의 쇄신이 그의 사상 전반에서 무슨 의미를 갖는지, 또 궁극적으로 연암의 문자언어 쇄신론이 오늘 우리에게 어떤 시사를 주는지에 논의를 집중하는 것이 훨씬 더 현명하고 유익하리라 본다.

3.2. 언어는 '왜' 쇄신되어야 하는가? 연암은 그 근본적 이유를 사물의 모습, 세계의 현존이 끊임없이 유동변화(流動變化)하는 데서 찾는다. 사물의 모습, 세계의 현존이 '실'(實)이라면, 언어는 '명'(名)이다. 명은 실을 여실히 담지 않으면 안된다. 다시 말해 명실(名實)이 일치하지 않으면

로 씌어졌는가의 여부가 글쓰기의 수준과 성과를 판가름하는 궁극적 기준은 아니라는 점에 유의할 필요가 있다. 우리가 간과해서는 안될 더욱 중요한 사실은, 연암의 한계에 대한 是認과 그의 글쓰기가 수행한 사상적(혹은 이론적) 과업에 대한 평가가 혼동되어서는 안된다는 점이다. 적어도 글쓰기를 통해 어떠한 사상적(이론적) 과업을 수행했는가 하는 견지에서 본다면, 후술하듯 연암의 글쓰기는 비록 한자로 이루어졌음에도 불구하고 한글 글쓰기와 결코 비교할 수 없는 높은 문제성과 시사점을 내포하고 있다. 따라서 연암의 글쓰기가 한자로 수행되었다는 사실 하나만 갖고서 연암의 글쓰기가 김만중이나 홍대용의 글쓰기보다 낙후되었다고 단정한다면, 그것은 하나만 알고 둘은 모르는 소치라 할 것이다. 사실 홍대용이나 김만중도 사상적 과업과 관련된 글쓰기는 반드시 한자로 했으며, 이런 전통은 19세기 후반 崔漢綺에까지 이어졌다. 이렇게 본다면, 연암이 한자를 통해 글쓰기를 한 것은 비단 개인적 한계이지만 않고 시대의 한계이기도 하며, 또한 순전히 한계이기만 한 것이 아니라 한계 속에 어떤 의의를 함축하고 있다 해야 할 것이다.

안된다.[14] 그런데 '실'이란 천지에 의해 끊임없이 생성되므로[15] '명'이 그대로 있을 경우 명실 간에는 불가피하게도 괴리가 발생한다. 따라서 이 괴리를 없애고 명실을 다시 일치시키기 위해서는 문자언어가 쇄신되지 않으면 안된다.[16] 만일 그런 노력을 기울이지 않을 경우, 명은 어느새 진부해지고 말며, 진부해진 명은 진실되지 못하다. 사물의 있는 그대로의 모습, 사물의 현존하는 모습을 담지 못하는 문자는 바로 그 순간부터 '사문자'(死文字)이다. 문자가 살아 있는 것이 되기 위해서는 끊임없이 스스로를 쇄신하면서 자기 속에 존재의 새로운 모습을 채워 넣지 않으면 안될 터이다. 연암은 자기 시대의 언어가 명실의 통일성을 상실한 채, 상투성의 '때'로 덮여 있다고 판단한 것으로 보인다. 그래서 언어에 덧씌워진 상투성의 때를 씻어내고 언어를 새롭게 하고자 했다. 언어의 상투성과의 싸움, 그것은 창조적 정신을 요하는 작업이며, 사상의 혁신과도 연결되는 과업이다.

3.3. 그렇다면 언어는 '어떻게' 쇄신될 수 있는가? 이에 대해 연암은, 비록 자신의 생각을 체계적으로 제시하고 있지는 않지만, 여러 가지의 구

---

14) 사물과 언어의 명실이 일치하지 않고 서로 어긋나는 현상을 연암은 "名實混淆"라 부르고 있다. "苟使皇居帝都, 皆稱長安, 歷代三公盡號丞相, 名實混淆."(「答蒼厓」 第一書, 『연암집』 권9, 93면)

15) "天地雖久, 不斷生生."(「楚亭集序」, 『연암집』 권1, 12면)

16) 후술하듯 연암은 感受性과 想像力을 통해 형해화된 언어에 생명을 불어넣음으로써 언어와 사물을 다시 밀착시키고자 하였다. 흥미로운 것은, 연암이 새로운 글자를 창조하고자 하는 충동을 느끼기까지 했던 것으로 보인다는 점이다. 가령 "新字雖難刱, 我臆宜盡寫"(「贈左蘇山人」, 『연암집』 권4, 87면)의 詩句라든가, 「허생전」 중 "吾始與汝等入此島, 先富之, 然後別造文字, 刱製衣冠(…)"(「玉匣夜話」, 『연암집』, 299면)이라는 허생의 말에서 그 점을 감지할 수 있다. "新字雖難刱"에서 우리는 사물의 生新한 면모를 '如實히' 글에 담기 위한 연암의 절실하고 치열한 노력이 그로 하여금 기존 글자의 쇄신에 만족하지 않고 새 글자를 만들었으면 하는 생각을 하게 한(비록 그런 생각이 실현된 것 같지는 않지만) '흔적'을 발견할 수 있으며, 「허생전」의 인용 부분은 새로운 문명을 창조하기 위해서는 새로운 문자가 필요하다고 연암이 생각하고 있었음을 보여주는 자료라 할 만하다.

상과 실천을 보여주고 있다. 그 가운데 중요한 몇 가지 점을 쫓아가 보기로 하자.

첫째, 사물에 대한 사실적 관찰과 직시를 통해서다. 「종북소선 자서」(鍾北小選自序)와 「우부초서」(愚夫艸序)를 위시한 여러 글이 이 점을 확인해 준다. 현존하는 사물 그 자체의 모습을 자세히 관찰하는 것은 언어의 진부함과 획일성을 깨뜨리면서 존재의 다양한 양상을 언어에 전이(轉移)하는 길을 열어 준다. 즉 사물의 생신(生新)한 자태가 언어에 밀려들어와 언어의 의미와 표정을 갱신하는 것이다. 흔히 연암문학의 사실성(寫實性)을 지적하지만, 연암문학의 사실성의 근저에는 언어에 대한 이런 치열한 의식이 자리하고 있음을 간과해서는 안된다.

연암에 있어 가장 생동하는 언어, 가장 풍부하고 진실된 언어는 바로 사물 자체이다. 「답경지」(答京之) 제2서(第二書)에서 만물을 "불자불서지문"(不字不書之文 : 문자로 쓰지 않은 문장)[17]이라 한 것, 「소완정기」(素玩亭記)에서 "하늘과 땅 사이에 존재하는 것은 모두 글의 정수(精髓)다"[18]라고 한 데서 그 점을 확인할 수 있다. 명실일체(名實一體)를 강조하는 언어관을 지녔기에 이런 생각이 가능하다. 모든 사물은 "생의"(生意),[19] 즉 사물 본연의 생동성을 지니고 있는바, 언어는 이를 재현하지 않으면 안된다. 이 경우 글읽기와 글쓰기, 사물인식과 창작은 불가분의 관련을 맺고 있는 것으로 간주된다. 창조적인 글쓰기는 창조적인 글읽기에서 가능하다. 그런데 연암에 의하면, 창조적인 글읽기는 창조적인 '사물 읽기'[20]에서 가능하다. 사물을 창조적으로 읽을 경우 사물의 이름인 언어는 공허하고 획일적인 개념에서 벗어나 사물의 소리와 빛, 사물의 자태와 운동에 대한 구체적인 표상을 획득할 수 있다고 보기 때문이다.[21] 연암은 새 '조'(鳥)자를 예

---

17) 『연암집』 권5, 92면.

18) "夫散在天地之間者, 皆書之精."(『연암집』 권3, 63면)

19) "生意"에 대한 연암의 설명은 「答京之」 第二書(『연암집』 권5, 92면)에 보인다.

20) 이 경우 '사물'이라는 말은 '자연', '세계', '현실' 등의 말로 치환될 수 있다.

로 들어 이 점을 설명하고 있다.[22] 요컨대 연암은 언어를 사물의 생동성, 그 개별적 구체성에로 부단히 '수렴'함으로써만 굳은 언어, 형해화된 언어에 생명을 부여할 수 있다고 생각한 듯하다. 그러므로 사물로 향한 언어의 부단한 수렴과정, 이 점이야말로 연암의 치열한 언어의식의 핵심이라 이를 만하다.

둘째, 언어의 다층적 표상에 대한 환기(喚起)를 통해서이다. 연암이 월암(月巖) 이광려(李匡呂)를 처음 만나 "그대는 평생 독서했는데 아는 글자가 몇 자나 되지요?"라고 묻자 월암이 침음양구(沈吟良久 : 한참 생각함) 끝에 30여 자쯤 안다고 대답해 일언지기(一言知己)가 되었다는 일화가 전하지만,[23] 이 일화는 연암이 글자가 갖는 다층적 표상, 다층적 의미관련의 심득(心得)을 얼마나 중시했는지를 상징적으로 보여준다. 사물은 소리, 빛, 냄새, 맛, 모습, 동작, 물성(物性) 등 다층적 표상을 갖는다.[24] 언어는

---

21) 이상의 서술은 「答京之」 第二書, 「答蒼厓」 第三書, 「素玩亭記」에 논거를 둔다.

22) 「답경지」 제2서 참조. 관련 부분을 제시하면 다음과 같다.
"저 공중에 날아가며 우는 새는 얼마나 생기가 넘칩니까? 그렇건만 적막하게도 새 '鳥' 한 글자로 그 생기를 죽여 버리고 그 빛깔을 없애며 그 소리를 제거해 버리고 말지요. 이는 마을 놀이에 가는 촌늙은이의 지팡이 머리에 새겨진 새 모양과 무엇이 다르겠습니까? 혹 새 '鳥'자의 진부함이 싫어 산뜻한 느낌을 내고자 새 '조'자 대신에 새 '禽'자를 쓰기도 하지만, 이는 글 읽고 글 짓는 자의 잘못이라 할 것이외다. 아침에 일어나니 푸른 나무 그늘이 드리운 뜨락에 여름새들이 짹짹 찍찍 울고 있더이다. 나는 부채를 들어 案席을 치며 이렇게 외쳤소이다. '저것이야말로 飛去飛來(날아가고 날아온다)라는 문자이고, 相鳴相和(서로 울며 화답한다)라는 글이다. 아름답게 빛나는 게 문장이라고 한다면 저보다 더 훌륭한 문장은 없으리라. 오늘 나는 글을 참 잘 읽었노라!'"(彼空裡飛鳴, 何等生意? 而寂寞以一鳥字抹殺, 沒卻彩色, 遺落容聲, 奚異乎赴社邨翁杖頭之物耶? 或復嫌其道常, 思變輕淸, 換箇禽字, 此讀書作文者之過也. 朝起, 綠樹蔭庭, 時鳥鳴嚶, 擧扇拍案, 胡叫曰: "是吾'飛去飛來'之字, '相鳴相和'之書. 五采之謂文章, 則文章莫過於此. 今日僕讀書矣!")

23) 朴宗采 著·朴熙秉 譯, 『나의 아버지 박지원』(돌베개, 1998), 55면 참조. 해당 대목의 원문을 제시하면 다음과 같다. "輒論文章, 先君問之曰: '君平生讀書, 識得幾個字?' 座客皆大駭, 心笑之曰: '孰不知李公文章博洽士也?' 李公點檢良久, 語曰: '僅識得三十餘字.' 座客又大駭, 不知其何謂也. 自是李公定爲一言知己."

사물이 갖는 이 다층성을 재현하지 않으면 안된다. 언어와 사물이 맺는 다면적이자 구체적인 관련은 바로 이 다층적 표상에 의해 매개된다. '조'(鳥)라는 문자언어는 새 고유의 소리와 빛깔, 그리고 비거비래(飛去飛來 : 날아가고 날아옴)하는 동작의 다층적 표상에 의해 '언어 / 사물' 간의 살아 있는 연관을 획득한다. 언어의 다층적 표상은 성(聲)·색(色)·정(情)·경(境)이라는 보다 미학적인 명명이 부여되기도 한다.[25)]

셋째, 언어의 다층적 표상에 대한 실감(實感)은 대체로 인식주체의 '체험'에 의해 획득된다. 따라서 언어 쇄신에 있어 체험은 대단히 중시된다. 종전의 연구는 연암의 문예론에서 체험이 차지하는 중요성을 간과한 느낌이 없지 않다. 연암은 「종북소선 자서」에서 "이별을 안해 본 사람과는 문장의 정경(情境)에 대해 논할 수 없다"[26)]고 단언하고 있으며,[27)] 또 "기물(器物)의 형상을 음미하지 아니한 사람은 한 글자도 알지 못한다고 해도 좋다"[28)]라고 말하기도 하였다. 체험의 강조는 실감 내지 감수성의 강조와 연결되며, 실감과 감수성의 강조는 자연스레 상상력의 확장과 혁신을 낳게 되고, 상상력의 확장과 혁신은 언어에 참신성과 생기를 부여한다. 감수성과 상상력이 언어의 다층적 표상을 생생하게 환기한다는 사실은 다음의 언급을 통해 확인된다.

늙은 신하가 새로 등극한 어린 임금에게 고하는 절절한 말이라든가 아버지

---

24) 「답경지」 제2서, 「소완정기」, 「종북소선 자서」 등 참조.

25) 「종북소선 자서」 참조.

26) "人無別離, (…), 不可與論乎文章之情境矣."(『연암집』 권7, 103면)

27) 『열하일기』 「漠北行程錄」의 '別離論'이나 『연암집』 중의 「伯姊贈貞夫人朴氏墓誌銘」 등은 체험을 중시하는 연암 문학론의 구체적 실천이다. 이들 글 말고도 연암의 산문 가운데 우수한 것들은 거개가 예술주체의 내적 체험을 참신한 언어와 분방한 상상력으로 표현한 것들이다. 이해를 돕기 위해 대표적인 작품을 몇 개만 들어본다면, 「李夢直哀辭」, 「酬素玩亭夏夜訪友記」, 「不移堂記」, 「夏夜讌記」, 「醉踏雲從橋記」, 「髮僧菴記」, 「閔翁傳」, 「金神仙傳」, 「桃花洞詩軸跋」, 「一夜九渡河記」, 「夜出古北口記」 같은 것을 들 수 있다.

28) "不味乎器用之象者, 雖謂之不識一字, 可也."(「종북소선 자서」, 『연암집』 권7, 103면)

를 잃은 자식이나 남편을 잃은 지어미의 흐느끼는 울음소리를 알지 못하는 자와는 더불어 성(聲)을 논할 수 없으며, 글을 쓰면서 시심(詩心)이 없는 자는 『시경』 국풍(國風)의 시에 표현된 색(色)을 알 수 없다.[29]

여기서 성(聲), 색(色)은 언어가 지닌 다층적 표상의 국면들이다. 이처럼 대상의 인식은 체험과 연결되어 있으며, 또 어떤 의미에서 인식과정이 곧 체험이다. 사물(자연) 그 자체가 "불자불서지문"(不字不書之文)이라 했을 때에도 거기에는 암묵적으로 체험, 즉 인식과정이 전제되고 있는 것이다.

넷째, 사물은 구체적인 시·공간의 장(場) 속에 존재한다. 따라서 사물의 그림인 언어에서도 시·공간의 고려는 핵심적인 사안이 된다. 이 점은 언어의 성·색·정·경을 강조하면서 사물과 언어의 관계에서 인식주체의 체험을 중시한 데서 이미 예견할 수 있는 사실이다. 사물인식에 있어서, 그리고 인식의 언어적 전환에 있어서, 시간성과 공간성을 강조함은 필연적으로 조선적 개별성과 조선적 정조(情調)의 강조로 연결된다. 이처럼 사물과 언어의 시·공간성에 대한 강조는 사물과 언어를 밀착시키면서 둘의 긴장된 관련성의 회복을 돕는다. 기실 고문(古文)을 추구한 다른 문장가와 달리 연암이 조선의 구어, 속담, 관호(官號 : 관직 이름), 지명 등을 문장에 풍부하게 사용한 것은 이러한 생각의 반영이다. 또한 연암 문학론의 핵심적 화두라 할 '법고창신'의 존재론적·언어철학적 근거도 여기서 마련된다. 사물과 현실은 변화하고 운동하므로 시·공간의 장 속에서만 그 본연의 모습을 포착할 수 있다. 본연의 모습, 있는 그대로의 모습이야말로 '진실한' 모습이다. 그러므로 사물과 언어의 진실성은 시·공간의 범주를 고려할 때 비로소 획득된다. 시·공간의 장 속에서 실현되는 언어의 '진실성'과 관련하여 연암은 구두언어(=우리말)에 주목하고 있다. 구두언어는 '지금' '이곳'에서 사

---

29) "不識老臣之告幼主, 孤子寡婦之思慕者, 不可與論聲矣. 文而無詩思, 不可與知乎國風之色矣."(같은 책, 같은 곳)

용되는 언어로서 문자언어와 달리 사물과의 생동하는 관계를 유지하고 있다. 연암은 이런 구두언어를 글에 수용함으로써 문자언어(=한자)를 쇄신할 수 있다고 생각했다. 당시의 문장가들은 글이란 전아(典雅)해야 하며 격식과 법도를 갖추어야 마땅한바, 구두언어를 수용하거나 상말을 글에 끌어들이는 것은 글을 '비리'(鄙俚: 비천하고 속됨)하게 만든다고 보았다. 연암은 반대로 그런 입장이 명실(名實)의 혼효(混淆), 즉 사물과 언어의 유리(遊離)를 낳으며, 그런 태도야말로 정말 글을 이예(俚穢: 비속하고 추함)하게 만든다고 생각했다.[30] 그리하여 연암은 사물의 모습을 잘 비출 수만 있다면 언어의 비리(鄙俚)나 추예(醜穢: 추하고 비속함)는 아무 상관이 없으며,[31] 상말이라 하여 가릴 것이 없다고 보았다.[32] 여기서 우리는 연암의 언어관이 새로운 미학의 창조로 이어지고 있음을 확인하게 된다. 즉 연암은 '비비'(鄙鄙: 비속함)와 '쇄쇄'(瑣瑣: 자질구레함), '비이'(鄙邇: 비근함)와 '예리'(穢俚: 추하고 속됨)[33]를 미의 영역에 편입함으로써 기존의 미학을 쇄신하거나 확장하고 있다. 말하자면 연암은 미(美)의 궁극적 기준을 언어의 아속(雅俗: 고상하고 속됨),[34] 언어의 미추(美醜)에 두는 것을 거부하고, 언어의 진실성, 즉 언어가 사물의 리얼리티를 담보하고 있는가의 여부에서 찾았던 것이다. 요컨대 연암은 '미'(美)와 '진'(眞)을 통일하는 방

30) 「답창애」 제1서에서 "苟使皇居帝都, 皆稱長安, 歷代三公, 盡號丞相, 名實混淆, 還爲俚穢"라 한 말 참조.

31) 같은 글에서 "故爲文者, 穢不諱名, 俚不沒迹"이라 한 말 참조.

32) 「騷壇赤幟引」(『연암집』 권1, 25면)에서 "苟得其理, 則家人常談, 猶列學官, 而童謳里諺, 亦屬爾雅矣"라 한 말 참조.

33) '鄙鄙'와 '瑣瑣'는 「嬰處稿序」(『연암집』 권7, 106면)에, '鄙邇'는 「旬稗序」(『연암집』 권7, 108면)에, '穢俚'는 「답창애」 제1서에 각각 나오는 말이다. 연암은 고상함과 전아함의 테두리 속에 갇혀 事物과 人情의 진실성을 생동하게 표현하지 못하던 당시의 古文美學을 배격하고, '鄙'·'俗'·'醜'·'野'·'俚' 등 卑俗美의 심미적 가치를 적극적으로 인정함으로써 미적 대상의 진실성을 확보하고자 한 것이다.

34) "彼評字句之雅俗, 論文章之高下者, 皆不識合變之機, 而制勝之權者也."(「소단적치인」, 『연암집』 권1, 25면)

향으로 새로운 미학을 구상하였으며, 창작실천을 통해 그것을 몸소 보여주었다고 할 수 있는바, 이러한 사실주의적 미학이 언어관에서부터 비롯된다는 사실은 특별히 강조될 필요가 있다.

다섯째, 문자언어를 쇄신하기 위해서는 글쓰기의 방식에 대한 다각적인 고려가 필요한바, 비유[35]·풍자·해학·역설·알레고리 등이 그 유력한 방법론이 된다.

선행연구에서 지적하고 있듯,[36] 연암은 언어의 두 가지 면모로서 지사(指事)와 비물(比物)을 거론하고 있다.[37] 지사가 사물의 이름이라면, 비물은 사물의 비유적 표현이다. 다른 각도에서 말한다면, 지사는 사물과 언어를 직접적으로 관련짓는 방식이요, 비물은 간접적으로 관련짓는 방식이다. 지금까지의 우리의 논의는 주로 이 지사를 염두에 두고 진행된 감이 있다. 하지만 지사로써 표현할 수 없든가 표현하기 곤란한 영역이나 사물이 존재하기에, 비물, 즉 비유가 요청된다. 어떤 것이 그런가?

「답임형오논원도서」(答任亨五論原道書)에서 '성'(性)을 촛불에 비유하고 있듯,[38] 설명하기 어려운 형이상적인 것이 비유의 대상이 된다고 우선 생각해 볼 수 있다. 명심(冥心)이나 도(道) 등, 정신의 아득한 경지나 오묘한 깨달음 같은 것도 그런 대상일 터이다. 또한 감각적으로 인식되는 사물의 외관 저 너머의 본질, 혹은 사물의 물성(物性)도 그런 대상이 될 수 있

35) 여기서 비유란 직유·환유·은유는 물론, 寓言까지 포함하는 광의의 개념으로 사용된다.

36) 조동일, 앞의 논문.

37) 이 글에서 검토되는 자료들은 대체로 연암 중년기의 글들이다. 이 시기에 연암은 理氣性命을 둘러싼 현실주자학의 空疎한 논의에 대해 비판적 입장을 취하였다. 그런데 「답임형오논원도서」는 잘 알려져 있다시피 연암의 晩年作으로서, 理氣哲學의 문제들을 취급하고 있다. 이 점에서 이 자료는 이 글에서 다루는 다른 자료들과 이질적이라 할 수 있다. 그렇기는 하지만 후술되듯(주 64를 참조하기 바란다) 이 자료에 언명된 내용은 중년기의 연암이 지녔던 생각과 연속되거나 그 연장선상에 있는 것이 적지 않다고 판단되므로, 필요할 경우 제한적으로 이용하기로 한다.

38) 『연암집』 권2, 37면.

다. 하지만 이렇게 표현하기 어려운 것만이 비유의 대상이 되는 것은 아니다. 형이하적인 대상이라 할지라도 기존의 언어, 기존의 표현이 지닌 경직성이나 진부함을 깨뜨리고 새로운 발견, 새로운 인식을 드러내고자 할 때엔 비유를 택하게 될 터이다. 이 경우 비유는 사물의 표상과 의미를 확장하고, 사물을 보는 새로운 관점을 제공한다. 연암은 글쓰기에서 비유를 대단히 애용하고 있는데, 특히 후자의 경우가 아주 광범하게 발견된다. 이는 편견과 고정관념, 경직된 사유와 의식을 탈피해 유연한 자세와 열린 눈으로 포착한 사물의 생신(生新)한 모습과 기미를 그려내고자 하는 노력의 소산이다. 말하자면 비유는 연암에게 있어 상투성과 관습적 사유를 넘어서는 인식론적·미학적 도구이다.[39] 그것은 언어의 쇄신이면서 동시에 상상력의 쇄신이다. 연암문학의 상상력의 특질, 즉 자유롭고 분방하며 기상천외한 상상력의 면모는 연암이 구사하는 저 대담하고도 놀라운 비유와 긴밀한 연관을 맺고 있다. 이런 점에서 비유는 연암의 글을 죽은 글이 아니라 생기 가득한 글로 만드는 데 무척 중요한 역할을 하고 있다. 당시 고문가(古文家)로 꼽혔던 강한(江漢) 황경원(黃景源, 1709~1787)의 글을 죽은 글로, 자신의 글을 살아 있는 글로 '비유'하고 있는 연암의 다음 말은 이와 관련해 퍽 시사적이다.

> 황대경씨(黃大卿氏 : 大卿은 황경원의 字—인용자)의 글이 사모관대를 하고 패옥(佩玉)을 찬 채 길가에 엎어진 시체와 같다면, 내 글은 비록 누더기를 걸

39) 비유란 문학적 언어의 주요한 특징으로서 정도의 차이는 있다 할지라도 모든 작가가 구사하는 것이라 할 수 있다. 하지만 그러한 생각은 '일반론'이며, 우리가 지금 문제삼고 있는 것은 그런 일반론이 아니다. 연암에게 있어 비유란 언어와 사물에 대한 그의 치열한 문제의식, 나아가 그의 언어관과 문예론 및 인식론 전반과 긴밀한 관련을 맺고 있다는 점에 유의하지 않으면 안된다. 따라서 연암의 경우, 비유에 대한 유별난 강조에서만이 아니라, 비유의 '성격'에 있어서도 당대의 다른 문학가들과는 본질적 차이가 있다는 점을 주목해야 한다. 더군다나 주 35에서 밝혔듯, 지금 우리가 사용하고 있는 '비유'라는 말은 좁은 의미의 비유만이 아니라 '우언'까지 포함하는 넓은 의미의 것이다.

쳤다 할지라도 앉아서 아침 해를 쬐고 있는 저 살아 있는 사람과 같다.[40]

한편, 풍자와 해학, 역설과 알레고리는 권위, 엄숙성, 허위의식, 경직된 생각 따위를 깨뜨리는 데 아주 유용한 무기가 될 수 있다. 연암은 당시 이 점과 관련해 '패관소설체'를 구사한다는 비난을 받아야 했지만, 연암의 이 패관소설체야말로 기실 언어의 쇄신, 사상과 사고방식의 쇄신을 향한 중요한 진전이었던 것이다.

비유·풍자·해학·역설·알레고리 등의 수법이 야기한 언어의 쇄신은 나아가 산문의 글쓰기 규범, 곧 산문의 장르규범을 파괴하면서 혼합적인 새로운 양식의 창조로까지 이어지고 있다고 판단된다. 연암의 기(記)나 서(序)가 사실상 문체 구분을 별로 의미가 없게 만들고 있다는 사실, 대부분의 산문이 의론(議論)과 서사(敍事), 우언(寓言)과 직설(直說)을 뒤섞어 놓고 있다는 사실이 그러한 판단을 뒷받침한다. 이러한 산문 장르의 파괴와 혼성(混成)은 『열하일기』 같은 거대한 예술적 규모를 가능케 하는 장르론적 기초가 되고 있다.

3.4. 이상과 같은 내용을 갖는 연암의 언어의식, 혹은 언어쇄신론은 연암 사상 속에서 어떤 의미와 연관을 갖는가?

사물과 언어의 밀착된 관계를 추구하면서 명(名)을 실(實)에 수렴시키고자 하는 연암의 언어의식은 '현실 / 사상'의 관계에서도 관철되고 있다고 생각된다. 즉 '사물 / 언어', '현실 / 사상'은 유사한 대응관계를 이룬다. 사물의 변화를 담지 못하는, 따라서 사물과 유리된, 진부한 언어나 상투적인 언어가 쇄신되어야 하듯, 경직된 사상이나 공허한 이념은 현실에 맞게 쇄신되지 않으면 안된다. 이 점에서 연암은 현실을 무시한 채 대의명분만을

40) 洪翰周, 『智水拈筆』 권3(아세아문화사 영인본, 1984), 128면. 원문은 다음과 같다. "黃大卿氏之文, 冠冕佩玉而爲道旁僵屍. 吾文雖懸鶉百結, 猶能生坐負朝陽矣."

강조하거나, 성명(性命)과 관련해 공리공담을 일삼는 현실주자학의 행태를 신랄히 비판하였다.[41] 요컨대 연암은 당시의 지배적 사상인 주자학이 현실과 사상의 긴밀한 관련, 이른바 사상의 현실정합성(現實整合性)을 상실했다고 본 듯하며, 이 때문에 현실문제와 밀착된 학문인 이용후생학(利用厚生學)을 제기하였다. 이상은 잘 알려져 있는 사실로서, 여기서 새삼 강조할 필요가 없을 터이다. 우리의 논의에서 정작 중요한 것은 사물·언어·현실·사상, 이 네 범주 사이에 존재하는 긴밀한 대응관계와 연관성이다. 그러므로 이 점에 대해 좀더 생각해 보기로 하자.

사물은 현실의 일부분이며, 사물들의 관계와 총체가 현실을 구성한다. 그렇다면 사물과 현실은 한 묶음으로 파악될 수 있다. 여기서 사물과 현실의 관계항(關係項)들인 언어와 사상의 긴밀한 내적 연관성이 감지된다. 연암은 분열된 명(名)과 실(實)의 통일을 꾀했는데, 사물과 현실이 '실'이라면 언어와 사상은 '명'이다. 이 점을 간단히 정리하면 다음과 같다.

實	사물	언어	名
	현실	사상	

무릇 사상은 언어로 표현될 수밖에 없으므로 둘이 긴밀한 관련을 갖는 게 당연하다. 하지만 지금 우리는 언어와 사상 간의 그런 일반적 관련성에 대해 운위하고 있지 않다. 우리는 지금 '연암에 있어' 언어와 사상이 맺고 있는 대단히 특별한 관련성에 대해 말하고 있다. 동시대의 다른 사상가들

41) 여기서 '현실주자학'이란 연암 당대의 조선 주자학을 일컫는 말이다. 연암은 朱子에 대해서는 늘 尊崇의 태도를 취했지만, 현실주자학에 대해서는 비판을 아끼지 않았다. 부질없이 "高談性命"이나 일삼고 있음을 혐오한 것이다. 그리하여 "開物成務", "裕民益國"의 學으로서 "實學"을 주장하였다. 이에 대하여는 「課農小抄」의 '諸家總論'(『연암집』 권16, 344~345면) 참조. 현실주자학의 말폐에 대한 연암의 비판은 이외에도 「原士」, 「洪範羽翼序」, 「口外異聞」(『열하일기』 所收)의 '明璉子封王' 등등에도 보인다.

에게서 발견되지 않는 이 특별한 관련성이 왜 유독 연암에게서만 보이는 걸까? 일례로 경학(經學)을 재해석하고 실학을 집대성한 정약용이나 중세적 화이관(華夷觀)을 타파하면서 새로운 세계관을 열어보인 홍대용(洪大容) 같은 사상가를 생각해 보자. 이들은 저마다 현실을 직시하는 위에서 새로운 사상을 수립하였다. 그렇기는 하지만 연암에게서 발견되는 것과 같은 언어와 사상의 긴밀한 관련은 보여주고 있지 않다. 이런 차이가 왜 초래되었으며, 또 이런 차이가 의미하는 바가 무엇일까? 그 대답은, 연암의 치열한 언어의식, 즉 부단히 언어를 쇄신함으로써만 언어를 사물에 수렴시킬 수 있으며 그때 비로소 언어는 현실적이며 살아 있는 것이 될 수 있다는 연암의 언어관에서 찾아야 할 것이다. 다른 사상가들과 달리 연암의 사상은 이런 '언어관' 위에 구축된 것으로 보인다. 언어에 대한 고도의 인식을 바탕으로 사상의 모색을 추구하고 있다는 점, 바로 이 점이 그를 다른 사상가들과 구별짓고 있는 것이다. 그러므로 연암에게 있어 사상의 혁신, 새로운 사상의 추구는 언어의 혁신과 분리해 생각하기 어렵다. 언어의 혁신이 사상의 혁신과 직결되고 있으며, 사상의 혁신은 언어의 혁신, 나아가 글쓰기 방식의 혁신을 통해서 이루어지고 있다. 언어와 사물의 관계에 대한 집요한 물음은 곧바로 현실과 사상의 관계에 대한 문제의식으로 이어지며, 그 역(逆)도 또한 진실이다. 요컨대 연암에 있어 언어와 사상은 상호규정적이다.

언어의 쇄신과 글쓰기의 혁신, 그리고 사상적 혁신을 긴밀히 관련지으면서 작업한 점이 연암의 남다른 점이라 한다면, 이러한 작업이 갖는 의의는 무엇일까? 그 의의는 한마디로 말해 '철저함'과 '근원적임'에서 찾을 수 있다고 생각한다. 사유의 도구인 언어를 점검함으로써 사물과 현실의 리얼리티를 확보하고자 한 기도(企圖)보다 더 근원적이며 철저한 지적 작업이 달리 있겠는가. 이 경우 '근원적'이란 사물과 현실에 대한 근본적인 음미를 뜻한다. 언어에 사물의 리얼리티를 채워 넣고자 한 작업, 그리고 그 위에 사상을 구축하고자 한 작업은 그 자체가 이미 '비판적'이며, 또 어느 정도는 '해방적'이다. 연암의 사상이 중세를 전면적으로 부정한 것은 못되지만, 그럼에도 누구보다 풍부한 회의정신(懷疑精神)으로 현존하는 질서에 의문을 제기하면서 대담하고도 자유롭게 현실을 조소·풍자할 수 있었던 것도 이와 관련해 설명할 수 있을 것이다. 또한 중세기 우리나라 문인·사상가 가운데 연암이 가장 수준 높은 사실주의 이론을 제출하고 또 가장 탁월한 사실주의 작품들을 창조할 수 있었던 까닭도, 그의 치열한 언어의식 및 후술할 '명심'(冥心)을 자기 사상의 핵심적 개념으로 설정한 데서 찾아야 하리라 본다.[42)]

4

4.1. 필자는 이 글의 2.4.에서 "연암 사상에서 언어와 명심은 대단히 중요한 두 범주를 이룬다. 따라서 어느 하나만 강조할 경우 논의는 일면적이 되고 말며, 연암 사상의 긴장된 역동성을 놓치게 된다"고 말한 바 있다. 이러한 지적에 따라 이제 '명심'의 문제로 논의를 옮겨가기로 하자.

4.2. 우선 '명심'이 무엇을 뜻하는지부터 명확히 할 필요가 있다. 연암의 말을 직접 들어보자.

(1) 여기에 이르기까지 나흘 밤낮을 눈을 붙이지 못했다. 하인들이 길을 가다 발을 멈출 적엔 모두 서서 조는 것이었다. 나 역시 잠을 이길 수 없어 눈시울이 구름장처럼 무겁고 하품이 조수 밀려오듯 하였다. 혹 눈을 빤

42) 연암의 사실주의 문학론에 대한 기존의 논의는 '언어'의 중요성, 그리고 언어와 사상의 관련성을 충분히 이해하고 있지 못한 것으로 보이며, 이 점이 논의를 상투적이거나 피상적인 것으로 만들고 있지 않나 생각한다.

히 뜨고 물건을 보지만 어느새 이상한 꿈에 빠지고, 혹 남에게 말에서 떨어지겠다고 일깨워주면서도 나 자신 안장에 기울어지곤 하였다. 혹 아롱아롱하고 황홀한 상태가 되어 지락(至樂)이 있는 듯하였으며, 공교로운 생각이 떠올라 그 묘경(妙境)이 비할 데 없었으니, 이른바 취중(醉中)의 건곤(乾坤)이요 몽중(夢中)의 산하(山河)다. 가을 매미소리가 가느다랗게 들리는 듯도 싶고, 공중에 꽃이 어지러이 떨어지는 듯도 싶었다. ① 그 명심(冥心)은 단가(丹家)의 내관(內觀)과 같고, 놀라 깰 때는 선가(禪家)의 돈오(頓悟)와 같았다. 81난(難)[43]을 순식간에 거치고, 404병(病)[44]이 삽시간에 지나간다. 지금은 고대광실에서 좋은 음식을 차려 놓고 시녀를 수백 명씩 거느리는 즐거움이라 할지라도, ② 불냉불온(不冷不溫)의 구들목에서 불고불저(不高不低)의 베개를 베고 불후불박(不厚不薄)의 이불을 덮고 불심불천(不深不淺)의 잔을 들고 부주부접(不周不蝶)[45]의 간(間)에 노니는 것과 바꾸지 않으리라.(「漠北行程錄」, 『열하일기』)[46]

(2) ① 나는 이제야 도(道)를 알았도다. 명심(冥心)한 자는 이목(耳目)이 누(累)가 되지 않으며, 이목만을 믿는 자는 보고 듣는 것이 밝으면 밝을수록 더욱 병이 된다. 지금 내 마부(馬夫)가 발을 말굽에 밟혀 뒤에 오는 수레에 실렸으므로, 나는 마침내 혼자 말고삐를 놓은 채 강에 떠서 말 안장 위에서 무릎을 구부리고 발을 모았다. 말에서 한번 떨어지면 곧 강이다.

② 강으로써 땅을 삼고, 강으로써 옷을 삼으며, 강으로써 몸을 삼고, 강

43) '81難'은 불교에서 말하는 여든 한 가지의 思惑을 일컫는 말이다.

44) '404病'은 불교에서 사람의 몸에 생기는 병의 總數를 일컫는 말이다.

45) '不周不蝶'에서 '周'는 莊周를, '蝶'은 蝴蝶을 가리킨다.

46) "至此共四日, 通晝夜, 未得交睫. 下隷行且停足者, 皆立睡也. 余亦不勝睡意, 睫重若垂雲, 欠來如納潮. 或眼開視物而已圓奇夢, 或警人墜馬而身自攲鞍, 或旖旎婀娜至樂存焉, 或簾纖巧慧妙境無比. 所謂醉裡乾坤夢中山河, 秋蟬曳緖, 空花亂落. 其冥心如丹家內觀, 其警醒如禪牀頓悟. 八十一難頃刻而過, 四百四病倏忽而經. 當是時也, 雖榱題數尺, 食前方丈, 侍妾數百, 不與易不冷不溫之堗, 不高不低之枕, 不厚不薄之衾, 不深不淺之杯, 不周不蝶之間矣."(『연암집』 권12, 205면)

으로써 성정(性情)을 삼아, 이에 마음이 한번 떨어질 것을 결정하니 내 귀에는 마침내 강물 소리가 들리지 않았으며, 무릇 아홉 번 강을 건넜건만 아무 근심이 없어 궤석(几席) 위에서 좌와기거(坐臥起居)하는 것 같았다. 옛날에 우(禹)임금이 강을 건널 때에 황룡이 그 등에 배를 져 지극히 위험하였으나 사생(死生)의 분변이 먼저 마음속에 밝고 보니 용이든 도마뱀이든 그 앞에 있는 것의 대소(大小)에 족히 개의치 않게 되었다.
3 성색(聲色)은 외물(外物)이다. 외물이 늘 이목에 누(累)가 되어 사람의 시청지정(視聽之正)을 잃게 하는 것이 이와 같거늘(…). (「一夜九渡河記」, 『열하일기』)[47]

(1)은 기일에 맞춰 열하(熱河)에 들어가기 위해 나흘 밤낮을 한숨도 자지 못해 졸음이 마구 쏟아지는 상황을 비유적으로 표현한 대목이며, (2)는 밤에 요하(遼河)를 아홉 번 건널 때 깨달은 생각을 적은 글이다.

자료 중 (1-1)과 (2-1)에 "명심"(冥心)이라는 말이 보인다. 전후 문맥으로 판단하건대, 이 말은 외물(外物)과 내아(內我)의 구분이 사라지고 둘이 통일된 마음 상태, 감각적 인식을 넘어선 주객합일의 심경(心境)을 뜻한다. 특히 (2-2)에서 주객합일이 잘 드러난다. 사실 '명심'이라는 말은 원래 도가의 용어다. 가령 우리는 그 용례를 『장자집석』(莊子集釋)의 소(疏) 가운데 "대저 이치에 통달한 성인(聖人)은 명심회도(冥心會道 : 冥心하여 道를 깨달음)하는 까닭에 능히 물아(物我)를 회장(懷藏 : 품어 간직함)하고 시비(是非)를 포괄(包括)한다"[48]는 데서 찾을 수 있다. '명심회도'라고 한

---

47) "吾乃今知夫道矣. 冥心者, 耳目不爲之累. 信耳目者, 視聽彌審而彌爲之病焉. 今吾控夫足爲馬所踐, 則載之後車, 遂縱鞚浮河, 攣膝聚足, 於鞍上一墜則河也. 以河爲地, 以河爲衣, 以河爲身, 以河爲性情. 於是心判一墜, 吾耳中遂無河聲, 凡九渡無虞, 如坐臥起居於几席之上. 昔禹渡河, 黃龍負舟, 至危也. 然而死生之辨, 先明於心, 則龍與蝘蜓, 不足大小於前也. 聲與色, 外物也. 外物常爲累於耳目, 令人失其視聽之正如此 (…)."(『연암집』 권14, 268면)

48) "夫達理聖人, 冥心會道, 故能懷藏物我, 包括是非. 枯木死灰, 曾無分別矣." 이는 『莊子

데서 알 수 있듯, 명심과 도는 떼어서 생각할 수 없는 개념으로서, 도를 깨닫는 마음, 도를 체득하는 마음이 곧 명심이다.[49] 그것은 대상과 나를 동시에 잊음으로써 이해·득실·시비 등의 사려분별을 초월해 물아일체에 이르는 '심리적 혼돈상태'[50]를 가리킨다. 따라서 명심은 인간의 분별지(分別知), 혹은 감각적 인식을 매개한 개념적 파악을 초월하는 마음의 경지이다. 일찍이 이규보도 이런 장자적 맥락으로 명심이라는 말을 사용한 바 있으며,[51] 연암의 선배 학자인 농암(農巖) 김창협(金昌協, 1651~1708)도 이 말을 쓴 바 있다.[52] 그렇기는 하지만, 우리나라 사상가 가운데 명심이라는 개념을 자신의 전(全) 사상체계와 긴밀히 연결지으면서 그에 중요한 지위를 부여하고 있는 사람은 연암 말고는 달리 발견되지 않는다. 연암이 사용하고 있는 이 '명심'이라는 개념이 도가에서의 의미연관과 어떤 점에서 같고 어떤 점에서 다른지에 대해서는 추후 더 많은 논의가 필요하지만,[53] 그것이 기본적으로 장자사상에 연원한다는 점, 그리고 도를 체득하는 근원적인 마음, 감각적 인식을 넘어 물아의 구분이 무화(無化)된 마음의 경지를 지칭하는 말로 사용되고 있다는 점만큼은 위 자료를 통해 분명히 확인

集釋』(郭慶藩 著) 중 「齊物論」의 '故聖人懷之'의 疏이다. 『장자집석』은 中華書局에서 간행한 『諸子集成』의 제3권에 수록된 판본을 이용한다.

49) 그러므로 명심은 『莊子』의 心齋, 坐忘, 虛心, 無己 등의 개념과 통한다.

50) '심리적 혼돈상태'라는 말은 '坐忘'을 풀이하면서 馮友蘭이 쓴 말인데(馮友蘭, 「論莊子」, 『莊子哲學討論集』, 台北: 中華書局, 119면), 좌망에 의해 도달한 마음이 곧 명심이므로, 명심에 대해서도 이 말을 쓸 수 있다. '혼돈'이란 물론 莊子的 의미이다.

51) 이규보의 「蝨犬說」(『東國李相國全集』 권21, 『高麗名賢集』 1, 성균관대 대동문화연구원 영인본, 226면)에 이 말이 보인다. 해당 부분을 들면 다음과 같다. "冥心靜慮, 視蝸角如牛角, 齊斥鷃爲大鵬, 然後吾方與之語道矣."

52) 「泛翁集跋」, 『農巖全集』(경문사 영인본), 430면에 이 말이 보인다. 해당 부분을 제시하면 다음과 같다. "逮公晩罹錮籍, 益自肆於江海間, 跌宕觴詠, 以適其志, 則凡世之榮辱得喪, 益無所入於其心, 而詩亦益昌. 盖其句律精工而意度優閒, 描寫眞切而興寄冲遠, 讀之猶若見其把酒高吟, 冥心事物之外."

53) 특히 그 현실적 함축과 적용이라는 면에서 그러하다.

할 수 있다. 따라서 '명심'을 "마음 깊이 사색한다는 뜻"[54]으로 풀이한다든가, "이성적 마음" 혹은 "이성인식"[55]과 관련지어 해석하는 것은 위 자료의 본의(本義)[56]와 다소 거리가 있지 않나 생각한다. 우리가 일반적으로 쓰고 있는 서양철학적 의미에서의 '이성적 마음'이나 '이성인식'은 주·객관에 대한 이분법을 전제로 하고 있기에 연암이 '명심'이라는 개념을 통해 지칭하고자 한 물아일체의 심적 상태를 제대로 드러내기 어렵다. 사유체계가 서로 다르기 때문이다. 오히려 위 자료에서의 명심은 감각적 인식은 물론이려니와 분별심(分別心)이라 할 '이성적 마음'까지도 넘어선, 따라서 '이성인식' 저 너머에 존재하는 어떤 마음이라 할 것이다. 이 점에서 명심은 이성보다는 직관적(直觀的) 정신의 형식에 더 가까우며, 직관에 의해 도달할 수 있는 심경(心境)으로 이해된다.[57]

이런 의미에서의 명심의 경지를 표현하고 있는 또다른 글로 우리는 「하야연기」(夏夜讌記)와 「도화동시축발」(桃花洞詩軸跋)을 들 수 있다. 다음은 「하야연기」의 한 구절이다.

(3) 좌우의 사람이 고요히 앉은 것이 단가(丹家)에서 마음을 내관(內觀)하

---

54) 임형택, 앞의 논문, 앞의 책, 20면.

55) 같은 논문, 같은 책, 23면 및 28면.

56) 명심의 본의는 그러하지만, 그 現實的 '適用'과 '歸結'은 좀 다를 수 있다. 적어도 후자의 레벨에서는 명심과 이성인식을 연결지어 생각할 수 있을 터이다. 이 점에 대하여는 뒤에 자세히 논의된다.

57) '직관'이라는 말이 나왔으니 말이지만, 연암은 글쓰기에서 직관의 정신을 잘 활용하고 있다고 여겨진다. 가령 연암의 글에는 禪問答 같은 것을 툭툭 던지다가 단박에 하나의 종합 내지는 깨달음을 현시하는 글들이 적지 않은데, 이런 글들에는 직관적 정신의 형식이 번득이고 있다고 보인다. 이런 글들이라 해서 推論과 같은 사유의 논리적 형식이 개입하지 않는 것은 아니지만, 분명한 것은 일반적 추론 형식과 달리 사유와 사유의 사이를 직관에 의해 건너뛰면서 정신의 비약을 이룩하고 있다는 사실이다. 우리는 앞서 연암의 글쓰기가 비유와 우언을 중시함을 지적한 바 있지만, 적어도 연암의 경우 이러한 문학형식은 직관적 정신과 일정한 관련이 없지 않다고 생각된다.

는 듯하고, 선정(禪定)에 든 중이 전생(前生)을 돈오(頓悟)하는 듯하다. 대저 스스로를 돌아보아 올곧다면 삼군(三軍)의 군대도 어쩌지 못하고 물러가리라.[58]

연암의 동인(同人)들이 담헌 홍대용의 집에 모여 스스로 금(琴)과 슬(瑟)을 타며 즐길 때의 예술적 삼매경, 즉 망아(忘我)의 경지에서 '예'(藝)와 '나'가 하나가 된 것을 이렇게 형용했다. 역시 물아일체가 강조되고 있다. 「도화동시축발」도 마찬가지다. 연암이 유언호(兪彦鎬)·이덕무(李德懋)·유득공(柳得恭) 등의 동인들과 봄날 필운대 도화동에서 시주(詩酒)를 즐긴 일을 서술한 이 글은 인간과 자연의 합치에서 오는 묘오(妙悟)의 심경(心境)을 표현하고 있다. 더구나 이 글에서 연암은 스스로를 "도인"(道人)이라 일컫고 있기까지 하다.[59] 연암이 자연에 대한 직관적 투시에서 심득(心得)의 묘계(妙契)에 이르곤 했음은 『과정록』(過庭錄)의 다음 구절에서도 확인된다.

(4) 아버지(연암을 말함—인용자)는 매양 시냇가의 바위에 앉으시기도 하고, 나직이 읊조리며 천천히 산보하시다가 갑자기 멍하니 모든 것을 잊은 것 같은 모습을 하시기도 했다. 때때로 묘한 생각이 떠오르면 반드시 붓을 들어 적어두셨다.[60]

『열하일기』의 「도강록」(渡江錄)에는 도(道)에 대해 말해 놓고 있는 흥미로운 구절이 있다. 도에 대한 연암의 인식에 다가가는 데 긴요한 계제

---

58) "左右靜默, 如丹家之內觀臟神, 定僧之頓悟前生. 夫自反而直, 三軍必往."(『연암집』 권3, 60면)

59) 『연암집』 권10, 135면.

60) 『나의 아버지 박지원』, 45면. 원문은 다음과 같다. "每臨溪坐石, 微吟緩步, 忽嗒然若忘也. 時有妙契, 必援筆箚記." 이는 박지원이 황해도 燕巖峽에 있을 때의 생활 모습을 차남 朴宗采가 술회한 것이다.

(階梯)를 제공하고 있다고 판단되기에 해당 부분을 인용해 본다.

(5) 내가 홍군 명복에게 물었다.

"자네는 도(道)를 아는가?"

홍군이 읍(揖)하며 대답했다.

"예에, 그게 무슨 말씀이신지요?"

내가 말했다.

"도란 알기 어려운 것이 아닐세. 바로 저 언덕 위에 있다네."

홍이 말했다.

"이른바 『서경』(書經) 「대우모」(大禹謨)의 '먼저 저 언덕에 오른다'는 것을 말씀하시는 건지요?"

내가 말했다.

"그걸 말하는 게 아닐세. 이 강은 피아(彼我)의 교계처(交界處 : 만나는 경계)로서, 언덕이 아니면 곧 물이지. 무릇 천하의 민이(民彝 : 백성의 도리)와 물칙(物則 : 物의 이치)은 물이 언덕에 제(際)한 것과 같다네. 도는 다른 데서 구할 게 아니라, 곧 이 '제'(際)에 있다네."

홍이 말했다.

"감히 묻습니다. 무얼 말씀하시는 건지요?"

나는 말했다.

"'인심(人心)은 위태롭고 도심(道心)은 은미하다'[61]고 했네. 저 서양사람들은 기하(幾何)에서 일획(一劃)을 분변할 때 하나의 선(線)이라 말하는 것으로 그 은미함을 드러내지 못할 경우 '유광(有光)과 무광(無光)의 제(際)'라고 한다네. 그리고 불씨(佛氏)는 그에 대해 '부즉불리'(不卽不離 : 卽하지도 않고 여의지도 않음)라고 하였네. 그러므로 그 '제'에서 선처(善處)함은 오직 도를 아는 자라야 가능하지."[62]

---

61) 『書經』 「大禹謨」에 나오는 舜임금의 말이다.

62) "余謂洪君命福曰: '君知道乎?' 洪拱曰: '惡! 是何言也?' 余曰: '道不難知, 惟在彼岸.' 洪曰: '所謂誕先登岸耶?' 余曰: '非此之謂也. 此江乃彼我交界處也, 非岸則水. 凡天下民彝物則, 如水之際岸, 道不他求, 卽在其際.' 洪曰: '敢問何謂也?' 余曰: '人心惟危, 道心惟微.

피아(彼我)의 교계처(交界處), 즉 '제'(際)에 도가 있다는 주장이다.[63] 이 말은 도란 피(彼)도 차(此)도 아닌, 그것을 넘어선 것이라는 뜻이다. '제'는 물아가 혼융되는 지점이며, 도(道)·기(器)가 부즉불리(不卽不離)한 지점이다. "민이(民彝)와 물칙(物則)은 물이 언덕에 제(際)한 것과 같다"는 비유는 물(物)에 도가 내재되어 있다는 것, 불상리(不相離)이면서 불상즉(不相卽)인 물(物 : 器)과 도의 관계를 말하고 있는 것으로 생각된다.[64]

泰西人辨幾何一畫, 以一線諭之, 不足以盡其微, 則曰有光無光之際. 乃佛氏臨之, 曰不卽不離. 故善處其際, 惟知道者能之.'"(『연암집』 권11, 143면)

63) 이런 의미의 '際'에 대한 강조가 朴齊家에게서도 발견된다. 연암의 영향으로 짐작된다. 「炯菴先生詩集序」, 『貞蕤閣全集』 下(여강출판사 영인본), 28면 참조.

64) 物과 道의 관계는 理氣의 관계에도 적용될 수 있다. 연암은 만년 이전엔 현실주자학의 理氣性命에 관한 논의를 공리공담으로 간주한바, 理氣에 대한 본격적 논의는 펼치지 않았다. 그래서 위의 인용문에는 理氣에 대한 언급을 발견할 수 없다. 하지만 연암은 만년에 이르러서는 理氣問題에 대해서도 일정한 관심을 가졌었는데, 「答任亨五論原道書」에서 그 점을 확인할 수 있다. 연암이 만년에 이기철학에 관심을 보인 것은 그 사상이 다소 보수화한 것을 뜻한다고 보는 해석이 지배적이다. 이러한 해석에는 일리가 없지 않다고 생각한다. 하지만 또한 간과해서는 안될 점은, 연암이 만년에 이르러 이기철학에 관심을 보인 데에는 중년 이후 펼쳐 온 자신의 실학사상을 '철학적·존재론적'으로 뒷받침하고자 한 의도 내지 의욕이 없지 않은 듯하다는 사실이다. "高談性命"에 반대하여 제기된, 연암의 '實用'과 '彝倫政事'에 대한 강조는 그 현실적·실천적 의의에도 불구하고, '철학'(특히 존재론)이 빈약하거나 결여되어 있다는 약점이 없지 않았다. 어떤 사상이든 그것이 斷片的인 데 머물지 않고 일관성과 스케일을 획득하기 위해서는 철학적 기초를 갖지 않으면 안된다. 사상적으로 노성한 단계에 접어든 老연암이 이 점을 깨닫지 못했을 리 없을 터이고, 그렇다면 老論 洛論系의 교양 속에서 성장한 연암이 당시 상황에서 택할 수 있는 길이란 종전처럼 이기철학을 무시해 버리는 것이 아니라 이를 정면돌파하는 것이지 않았을까 추정해 볼 수 있다. 말하자면 이기철학을 자기대로 재해석하여 자신이 지금까지 제기해 온 利用厚生學과 연결시킴으로써, 이용후생학의 이론적 기반을 다지는 한편 그 사상적 규모를 확대하는 작업을 꾀한 셈이다. 이런 가설을 바탕으로 「답임형오논원도서」를 읽을 경우 우리는 거기서 이론과 실천의 통일이라든가, 실천의 강조 등 의미심장한 부분을 적잖이 발견할 수 있다. 그렇기는 하지만 이 글만 갖고서 판단한다면, 이용후생학과 철학을 연결하고자 한 연암의 의도는 충분히 달성된 것 같지 않다. 老연암은 자신의 문제의식을 미완으로 남긴 채 세상을 뜬 게 아닌가 생각된다.

위의 인용문 중 불씨(佛氏)의 말이라고 한 "부즉불리"는 특히 주목을 요한다. 이 비슷한 말이 「양환집서」(蜋丸集序)에서도 발견된다. 필요에 따라 원문을 먼저 적고 번역문을 뒤에 제시한다.

(6) 眞正之見, 固在於是非之中. 如汗之化蝨, 至微而難審, 衣膚之間, 自有其空. 不離不襯, 不右不左, 孰得其中?[65)]
진정지견(眞正之見)은 실로 시비의 중간에 있다. 땀에서 이가 생김은 지극히 미묘해 알기 어려운바, 의부지간(衣膚之間 : 살과 옷 사이)에 본래 공간이 있어 불리불친(不離不襯)하고 불우불좌(不右不左)어늘 그 누가 중(中)을 알겠는가.

이 자료는 선행연구에서도 주목한 바 있지만,[66)] 본고는 조금 다른 각도에서 접근해본다. 밑줄 친 "不離不襯"(불리불친)이라는 말부터 보자. 여기서 '襯'(친)은 "不卽不離"(부즉불리)의 '卽'(즉)과 같은 의미로 쓰였다. 그렇다면 "불리불친"과 "부즉불리"는 같은 말이다. 따라서 (6)의 "불리불친"은 곧 도(道)를 가리키는 말이다. 바로 다음의 "不右不左"(불우불좌)도 마찬가지다. 연암은 기발하게도 이〔蝨〕와 신발의 비유로써 도의 본체에 대해 말한 것이다.

연암이 (5)에서 "부즉불리"가 불가어(佛家語)임을 스스로 밝히고 있듯, 이 말은 불가의 중관(中觀) 혹은 중체(中諦)에서 핵심적인 중요성을 갖는 말이다.[67)] 즉 중관에서는 유(有)와 공(空), 공(空)과 가(假)의 2변을 '부

「답임형오논원도서」에 대한 본격적인 분석은 추후로 미루고, 여기서는 다만 「도강록」에서 발견되는 연암의 '道'에 대한 관념과 「답임형오논원도서」의 理氣에 대한 관점이 서로 연결된다는 점만을 지적해 두기로 한다. 즉 「도강록」은 理氣라는 단어만 쓰지 않았을 뿐 실질적으로 '道器不相離'를 강조하고 있다는 점에서 「답임형오논원도서」의 입장과 서로 통한다.

65) 「양환집서」, 『연암집』 권7, 104면.

66) 임형택, 앞의 논문, 앞의 책, 28면.

67) 『佛敎辭典』(東國譯經院, 1961), 806면의 '中觀'과 811면의 '中諦' 참조. 中觀思想의 창

즉불리'함으로써 편사(偏邪)와 미망(迷妄)을 여의고 중정절대(中正絶對)의 이(理)에 도달할 수 있다고 본다. 요컨대 중(中)을 통해 현상계의 양극단을 넘어서야 진여(眞如), 즉 본체를 관(觀)할 수 있다는 주장이다. (6)에서 강조되고 있는 '중'은 이런 중관에서의 '중' 개념을 차용한 것이다.[68] 이 '중'이라는 말은 (6)의 "衣膚之間"(의부지간)의 '間'(간)이나 (1-2)의 "不周不蝶之間"(부주부접지간)의 '間'(간)과 통하며, (5)의 '際'(제)와도 통한다. 모두 같은 개념의 다른 표현들로서, 도의 상태나 경지를 뜻한다.

한편, (6)의 "불리불친"이나 "불우불좌"라는 표현법은 (1-2)의 "불냉불온"(不冷不溫), "불고불저"(不高不低), "불후불박"(不厚不薄), "불심불천"(不深不淺), "부주부접"(不周不蝶)에서도 발견된다. 이런 '非a非b' 식의 논리는 대립물의 동시부정을 통해 근원적이며 전일적(全一的)인 도를 체득하게 하는 효과가 있는데, 불교논리학에서 고도로 발달하였다.

지금까지 우리는 연암이 관념한 명심과 도에 대한 언급들을 충실히 따라가 보았다. 그 결과 연암이 장자와 불교의 발상이나 논리, 그 담론을 필요한 대로 차용하고 있음을 알 수 있다. (1-1)이나 (3)에서 볼 수 있듯 연암은 단가(丹家)의 내관(內觀)이나 선가(禪家)의 돈오(頓悟)라는 말을 즐겨

시자인 龍樹의 『中論』은 경서원에서 번역되었으며, 용수 사상에 대한 해설로는 中村元, 『용수의 삶과 사상』(이재효 역, 불교시대사, 1993)이 참조된다.

68) 新儒學에서도 '中'을 강조하고 있는바, 이 점에서 『中庸』이 중요한 텍스트로 간주된다. 『중용』 제4장에 "道者, 天理之當然, 中而已矣"라는 말이 보이며, 朱子는 『中庸章句』 篇題注에서 "中者, 不偏不倚, 無過不及之名"이라고 '中'을 규정했다. 하지만 신유학의 '中' 개념은 치우치거나 지나침이 없는 중간적 상태를 강조하는 면이 主가 되는 반면, 두 대립을 여의면서 근원적인 상태로 들어감에 대한 고려가 부족하다. 그러므로 (6)에서 연암이 말하고 있는 '中'은 신유학에서 관념하는 '中'과 차이가 있다. 그렇기는 하지만 신유학에 '中' 개념이 있음으로 해서 연암은 불교의 '중' 개념에 보다 쉽게 접근할 수 있지 않았을까 생각해 볼 수 있다. 한편 莊子思想 역시 이해·득실·시비 등 현상계의 양극단을 넘어서야 한다는 점을 강조하고 있는바, 연암이 말하는 '중'은 장자사상의 이런 면모에서도 시사를 받았을 수 있다. 하지만 연암이 "不卽不離"가 佛家語라고 스스로 밝힌 데서 알 수 있듯, '중'의 개념이 '직접적'으로는 불교에 연원한다는 사실을 인정하지 않을 수 없다.

쓰고 있으며, 본고에서 언급하지 아니한 다른 글들에서도 종종 선가의 어법을 보여준다.[69] 연암이 중년 이후 장자(莊子)와 불교에 출입했음은 『과정록』을 통해서도 확인되는 바이다.[70]

하지만 연암이 장자와 불교에 출입했다고 하여 그것을 전면적으로 긍정했는가 하면 그것은 결코 아니다. 「녹앵무경서」(綠鸚鵡經序)나 「주공탑명」(麈公塔銘)에서 보듯, 연암은 도가에서 일컫는 신선이나 불교에서 말하는 전생과 공(空)을 허황된 것이라 비판하였다.[71] 기본적으로 유자였던 연암은 장자사상이나 불교에서 스스로 의미 있다고 판단한 사유방법이나 개념을 부분적으로 차용함으로써 자신의 사상을 보다 풍부히 하면서, 이데올로기화한 당대의 지배적 사상을 혁신하고자 했던 게 아닌가 생각된다. 연암은 담헌 홍대용이 보여준, 이단 사상에 대한 개방적 태도[72]에는 썩 미치지 못하지만, 그럼에도 이단 사상의 어떤 개념이나 계기를 자기 사상의 형성과 전개에 적극적으로 활용하고 있다는 점에서는 담헌과 상통하는 점이 없지 않다. 그렇지만 연암은 장자나 불교의 논리나 표현법을 수용하여 사상만을 쇄신하고 있는 것이 아니라 동시에 언어와 문학까지 쇄신하고 있는 바, 이는 담헌이 미치지 못하는 점이다. '중년까지의'[73] 연암이, 도에 대해 말할 때 그 핵심적 개념어를 신유학의 담론에서 취하지 아니하고,[74] 장자

---

69) 이를테면 「髮僧菴記」, 「蟬橘堂記」, 「麈公塔銘」, 「觀齋記」 등을 들 수 있다.

70) 『나의 아버지 박지원』, 186면 참조. 해당 원문은 다음과 같다. "中年以後(…), 出入莊佛二家者, 有之."

71) 연암이 구사한 禪家의 어법이 종종('다' 그렇다는 말은 아니다) 戲文 내지 패러디의 성격을 보여줌도 이와 관련된다.

72) 이에 대해서는 「홍대용의 생태적 세계관」, 본서, 266면을 참조하기 바란다.

73) '중년까지의'라고 강조한 데 유의해 주기 바란다. 이하의 논의는 대체로 중년까지의 연암 사상을 염두에 둔 것이다. 앞에서 밝혔듯 연암은 만년에 이르러서는 사상의 확충 필요성에 따라 이기철학에 관심을 가졌던바, 여기서의 지적은 만년의 연암에게는 적절치 못하다.

74) 연암이 道와 관련해 즐겨 사용한 道家의 '冥心'이나 佛家의 '頓悟'라는 말에 대응할 만한 신유학의 용어는 '寂然不動之心'이나 '未發之心' 정도가 아닐까 생각되는데, 연암은

나 불가의 담론에서 가져온 데 대해서는 특별히 주목할 필요가 있다. 이는 "극변리기"(極辨理氣 : 理氣를 극도로 자세히 분변함)[75]에 골몰하여 쟁변(爭辨 : 논쟁)과 부회(傅會)를 일삼고 있지만,[76] "그 학문이 정교해지면 정교해질수록 더욱더 잘못되기만 하고 있는"[77] 현실주자학을 거부하고 새로운 담론의 전개를 통해 도를 파악하고자 한 것이 되기 때문이다.

4.3. 「소완정기」(素玩亭記)에서는 '명심'이라는 말 대신 '허'(虛)라는 용어가 사용된다. 이 '허' 역시 『장자』에서 유래하는 개념이다. 『장자』「인간세」(人間世)에 "기(氣)라는 것은 허(虛)하여 물(物)을 받아들인다. 오직 도(道)에만 허(虛)가 모이는데, 허(虛)란 심재(心齋)다"[78]라는 말이 있거니와, 「소완정기」의 "허(虛)하여 물(物)을 받아들이고, 담박하여 사사로움이 없다"[79]라 한 것은 이와 관련된다. '허'는 사심 없는 마음의 상태이니, 곧 '허심'(虛心)을 말한다. 허심은 명경지수(明鏡止水)와 같아 외물을 있는 그대로 받아들인다. 연암은 글읽기, 혹은 인식의 최고심급으로서 '심회'(心會)에 의한 '오'(悟)를 들고 있는데,[80] '오'는 허심이 전제되어야 비로소 가능하다고 말한다. 이 허심은 명심의 다른 표현이다. 다만 명심의 '명'(冥)이 물아의 구분이 무화(無化)된 명명(冥冥 : 그윽하고 아득함)한 심의 상태에 초점을 맞춘 것이라면, 허심의 '허'는 망아(忘我=無私)에 초점

이런 말을 쓰고 있지 않다. 다만 「도화동시축발」에서 "喜怒哀樂之未發, 謂之中"이라는 『中庸』의 한 구절을 인용하고 있기는 하나, 딱 부러지게 '미발지심'이라는 용어를 사용하지는 않았다.

75) 「原士」, 『연암집』 권10, 139면.

76) 「洪範羽翼序」, 『연암집』 권1, 14면. "舍其明白易知之彝倫政事, 而必就依稀高遠之圖像, 論說之, 爭辨之, 牽合傅會, 先自汨陳."

77) "學彌工而彌失."(같은 책, 같은 곳)

78) "氣也者, 虛而待物者也. 唯道集虛, 虛者心齋也."(『莊子集釋』, 67~68면)

79) "虛而受物, 澹而無私"(『연암집』 권3, 63면)

80) 같은 책, 같은 곳.

을 둔 말이다. 「형언도필첩서」(炯言桃筆帖序)에서 밝히고 있듯, '망아'에 있어 '아'란 사생(死生)·영욕(榮辱)·이해(利害)·득실(得失)의 마음이다. 그러므로 '망'은 '도'와 깊은 관련을 갖는다. 연암은 예술의 창작과정에서는 물론이려니와, 도의 체득과정에서 '망'이 대단히 중요하다고 보고 있다.[81)]

4.4. 「소완정기」는 '깨달음'에 이르는 글읽기란 눈이 아닌 '마음'으로 이루어진다는 점을 강조하고 있다. 연암은 다른 글에서도 감관(感官)에 의한 인식을 회의하고 있으며, 심(心)에 의한 사물인식이야말로 진정한 것이라는 견해를 피력하고 있다. 이 점은 (2-1)과 (2-3)에서도 언급되고 있다. 편의를 위해 이 자리에 다시 인용한다.

> (2) [1] (…) 명심(冥心)한 자는 이목(耳目)이 누(累)가 되지 않으며, 이목만을 믿는 자는 보고 듣는 것이 밝으면 밝을수록 더욱 병이 된다. (…)
> [3] 성색(聲色)은 외물(外物)이다. 외물이 늘 이목에 누(累)가 되어 사람의 시청지정(視聽之正)을 잃게 하는 것이 이와 같거늘(…)

감관인 이목에 의한 인식은 올바르지 않거나 부정확한 것일 수 있으며, 명심만이 인식의 올바름을 보장할 수 있다는 주장이다. 그렇다면 연암은 감각적 인식 자체를 부정했는가? 그렇지는 않다. 연암의 근본 의도는 다만 감각적 인식의 한계를 직시하고 인식을 한 단계 더 높은 차원으로 끌어올리는 데 있었다. 이 점을 좀더 분명하게 보여주는 자료가 「능양시집서」(菱洋詩集序)이다. 잘 알려져 있듯, 이 글은 '까마귀'를 예로 들어 감관인식의 국한성을 지적하고 있다. 그런데 이보다 더 주목되는 것은, "선정어기심"(先定於其心 : 마음에 미리 정한다)[82)]이라 하여 '고정관념'을 문제삼고 있다

---

81) 「형언도필첩서」, 「답임형오논원도서」 등 참조. 「답임형오논원도서」의 '忘空'은 '忘於空'이라 해석해야 할 줄 아는데, 「형언도필첩서」의 '忘於道德'과 서로 통하는 말이다.

82) "彼(烏를 가리킴-인용자)旣本無定色, 而我乃以目先定. 奚特定於其目? 不覩而先定於其

는 사실이다. 다시 말해 올바른 사물인식에 고정관념이 큰 장애가 됨을 지적하고 있다. 연암은 이 고정관념이 주로 "소견소자"(所見少者),[83] 즉 소견이 좁은 자들에게서 나타나는 현상으로 이해하고 있다. 소견이 좁은 자일수록 편견이나 선입관이 더 많다는 것이다. 바로 이 대목이 명심 혹은 도에 대한 연암의 일반론이 구체적 현실과의 긴밀한 연관을 획득하는 '고리'라고 보인다. 혹은 추상적인 언술로 진술되던 연암의 인식론이 그 베일을 벗고 구체적·현실적 함의를 드러내는 순간이라고도 할 수 있을 터이다. 이 점을 입증하기 위해 한두 개의 자료를 더 들어보기로 하자.

(7) 우리나라의 선비들은 구석진 한 모퉁이에서 태어나 편협한 기질을 지녔다. 발로 중국 땅을 밟지도 못하고 눈으로 중국 사람을 보지도 못한 채, 나서 늙어 병들어 죽기까지 국경 밖을 나가지 못했은즉, 학(鶴)의 다리가 길고 까마귀의 빛이 검은 것이 다 각각 제 천분(天分)이라 인정하고, 우물 안의 개구리와 밭둑의 두더지처럼 자기가 있는 곳밖에는 모른다.(「北學議序」)[84]

(8) 이것은 시기하는 마음이다. 나는 본성이 담박하여 남을 부러워하거나 시기하는 마음이 없었는데, 이제 한번 다른 나라에 발을 들여놓아 구경한 것이 만분의 일도 채 안되거늘 벌써 이런 망녕된 마음이 일어남은 어인 까닭인가? 이는 다름아니라 <u>소견이 좁은 탓</u>이다. 만약 여래(如來)의 혜안(慧眼)으로 시방세계(十方世界)를 두루 살핀다면 평등하지 않은 것이 없으리니, 만사가 평등하면 시기하고 부러워하는 마음은 절로 없어지리라.

나는 장복(연암의 종-인용자)을 돌아보며 말했다.

<u>心</u>."(「능양시집서」, 『연암집』 권7, 105면)

83) "<u>所見少者</u>, 以鷺嗤烏, 以鳧危鶴. 物自無怪, 己迺生嗔, 一事不同, 都誣萬物."(같은 책, 같은 곳)

84) "吾東之士, 得偏氣於一隅之土, 足不蹈函夏之地, 目未見中州之人, 生老病死, 不離疆域, 則鶴長烏黑, 各守其天, 蛙井蚡田, 獨信其地."(같은 책, 같은 곳)

"네가 중국에 다시 태어난다면 어떻겠느냐?"
장복이 대답했다.
"중국은 오랑캐니 쇤네는 싫사옵니다."
이윽고 한 소경이 어깨에 비단주머니를 걸친 채 손으로 월금(月琴)을 뜯으며 지나간다. 나는 크게 깨달아,
"저야말로 평등안(平等眼)이 아니겠는가!"
라고 하였다.(「渡江錄」)[85]

(7)의 '까마귀'는 「능양시집서」의 '까마귀'와 그 함축을 같이한다. 소견이 좁은 사람은 편견과 선입관에 사로잡히기 쉽고, 편견과 선입관은 사물 본래의 모습, 시시각각 변하는 사물의 자태를 있는 그대로 보지 못하게 만든다. 이는 「소완정기」에서 "담박하여 사사로움이 없는" 마음이라야 "허(虛)하여 물(物)을 받아들인다"고 한 말과도 상통한다. (7)에서 연암은 당대 조선의 지적 풍토를 개탄하고 있다. 조선 지식인이 일반적으로 보여주던 고루함과 편협함을 비판하고 있는 것이다. "우물 안의 개구리"라는 말을 쓰고 있지만, 연암은 조선 학인의 '정관'(井觀),[86] 그 추심(麤心 : 거친 마음)과 천식(淺識 : 얕은 식견)이 조선을 낙후시키고 현실의 변화를 직시하지 못하게 만들고 있다고 보았다.

(8)에서 밑줄 친 구절의 원문은 "소견소고"(所見小故)인데, 「능양시집서」에서 "소견소자"(所見少者)라 한 것과 그 생각이 통한다. 연암은 곧 자신의 부망(浮妄)한 생각을 반성하고, 「소완정기」에서 말한 "담박하여 사사로움이 없는" 마음으로 돌아간다. 그리하여 편견이나 고정지견(固定之見)에서 벗어나 중국을 있는 그대로 관찰하고자 하는 자세를 가다듬는다. 요컨대 (8)

85) "此, 妒心也. 余素性淡泊, 慕羨猜妒, 本絶于中, 今日涉他境, 所見不過萬分之一, 乃復浮妄若是, 何也? 此直所見者小故耳. 若以如來慧眼, 遍觀十方世界, 無非平等. 萬事平等, 自無妒羨. 顧謂張福曰: '使汝往生中國, 何如?' 對曰: '中國, 胡也. 小人不願.' 俄有一盲人, 肩掛錦囊, 手彈月琴而行. 余大悟曰: '彼豈非平等眼耶!'"(『연암집』 권11, 146면)

86) "井觀"이라는 말은 『열하일기』의 「太學留舘錄」(『연암집』 권12, 214면)에 보인다.

은 사심을 떨치고 명심으로 들어가는 과정을 보여주고 있다. 한편, (8)은 연암이 중국을 읽는 관법(觀法), 그리고 독자의 『열하일기』 독법(讀法)을 동시에 제시하고 있는 대목으로서 그야말로 『열하일기』 20권의 긍경(肯綮 : 지도리)에 해당한다. 바로 이 대목에서 연암이 명심에 대해 말하고 있음은 대단히 의미심장하다. 그것은 곧 명심의 현실적 함의, 명심의 사회적 연관이 무엇인지를 시사하는 것이라 해석된다.

"평등안"(平等眼)이나 "여래혜안"(如來慧眼)은 명심에서 나오는 것이라 할 수 있다. 이는 불가에서 쓰는 말들인데, 장자와 불교를 넘나들면서 자유롭게 자신의 사상을 펼쳐 나가는 면모가 여기서도 확인된다. 그런데 (8)에 보이는 '소경'의 모티브는 「환희기」(幻戱記)와 「답창애」 제2서에서도 똑같이 나타난다. 「환희기」에서는 평등안, 여래혜안이라는 말 대신에 "광명안"(光明眼), "진정견"(眞定見)[87]이라는 말을 쓰고 있지만, 기실 그 뜻은 같다. 여기서 우리는 (6)의 「양환집서」에서 "진정지견(眞正之見)은 실로 시비의 중간에 있다"라고 한 말을 다시 떠올리게 된다.

평등안이나 여래혜안은 본시 만유(萬有)를 차별심 없이 관(觀)하여 일체가 공(空)임을 깨달아 진여(眞如)에 이르는 지혜를 말한다. 연암은 여기서 '공'은 취하지 않고, 편견이나 차별심 없이 사물을 바라보는 지혜로운 마음이라는 뜻 정도로 이 말을 취하고 있는 것 같다. "진정지견은 실로 시비의 중간에 있다"라고 했을 때, '시비의 중간'이라는 것도 장자나 불교의 가르침처럼 시시비비를 초월한다는 뜻과는 거리가 있다고 여겨진다. 연암은 시시비비의 문제와 관련해 이런 초월적 자세를 취한 것이 아니라 오히려 일상적·경험적 차원에서 제기되거나 진행되는 시시비비가 모두 일면적일 수 있으며, "담박하여 사사로움이 없는" 열린 마음, 즉 명심이나 도의 차원에서 볼 경우 현상적 차원의 시시비비와는 다른 새로운 진실이 발견될 수 있음을 말하고자 한 게 아닌가 생각된다. 우리는 그런 실례를 안의(安

87) 「환희기」, 『열하일기』, 『연암집』 권14, 274면.

義)현감 시절 연암이 이재성(李在誠)에게 보낸 편지에서 발견할 수 있다.[88] 이 편지에서 연암은 당시 『열하일기』를 둘러싸고 전개되던 시시비비의 문제 제기방식이 잘못된 것임을 지적하면서 스스로 새로운 관점을 제출해 보이고 있는데,[89] 오늘날 보면 이 관점이야말로 정당하고 적실하다고 판단된다.

(7)과 (8), 두 자료는 명심과 도에서 출발한 연암 인식론의 현실적 정위(定位)를 분명히 보여준다는 점에서 중요하다. 이 자료들은 명심, 깨달음, 도에 대한 연암의 규정이 개인의 내면적 차원, 혹은 개인과 자연의 관계에 국한되지 않고, 개인과 사회의 관계에까지 관철되거나 확대되고 있음을 보여준다. 보는 각도에 따라서는 연암이 사회적 인식의 근거로서의 명심을 먼저 관념하고 그것을 개인적·실존적 차원에까지 확대해 간 것이라 볼 여지도 없지 않다. 그만큼 연암에게는 개인의 내면적 차원과 사회적 차원, 자연인식과 사회인식이 서로 표리를 이루며 긴밀한 연관을 보이고 있다. 따라서 이 두 가지 차원 중 어느 것이 더 중요한가 묻는다든지, 두 가지 차원의 선후를 따진다든지 하는 것은 어리석은 일이 아닐까 생각된다. 중요한 것은 연암이 두 가지 차원을 통합하고 있다는 사실, 바로 그것이다. 개인적 깨달음을 강조할 경우 대체로 사회에 대한 비판적 인식이 홀시되고, 반대로 사회에 대한 비판적 인식을 강조할 경우 개인적 깨달음이 홀시되는 게 일반적인데, 연암은 이 둘을 동시에 추구했다는 점이 독특하며, 또 높이 살 점이라고 생각된다.

---

88) 『연암집』에는 연암이 李在誠에게 보낸 편지가 여럿 실려 있는데, 여기서는 『연암집』 권2, 43면의 「答李仲存書」를 말한다. '仲存'은 이재성의 字다.

89) 연암은 이 편지에서 당시 『열하일기』를 "虜號之藁"(오랑캐의 연호를 사용한 책)라고들 비난하는 데 대해 그러한 비난이 부당한 것이며, 만일 『열하일기』를 비판하려면 이 책이 中華 古來의 훌륭한 제도들을 더 잘 소개함으로써 조선에 충분히 활용되게 했어야 하는데 그 점에 있어 미흡하다는 점을 비판해야 정당한 비판이 될 수 있다고 말한 바 있다. 연암의 이러한 지적은 『열하일기』에 대한 일방적 찬사와 매도를 지양하고 제3의 관점을 제시한 것이라 할 만하다.

4.5. 지금까지의 논의를 통해 알 수 있듯, 연암에 있어 사물(혹은 현실) 인식의 정당성의 궁극적 근거는 명심에 있다. 즉 인간이 사물의 가상에 속지 않고, 사물의 있는 그대로의 모습이나 사물의 본질을 투시하려 한다면, 그 궁극적 원천은 명심에서 구하지 않으면 안된다고 보았다. 명심에 대한 이러한 규정은 연암의 사상이 크게 보아 객관유심론(客觀唯心論)의 범주 속에 있는 게 아닌가 생각되게 한다. 하지만 연암은 장자처럼 주관적 폐쇄성이나 내향성 쪽으로 경사되고 있지 않으며,[90] 내향성과 외향성의 균형과 역동적 긴장을 유지하고 있다. 연암은 또 인식론에 있어서 장자처럼 불가지론(不可知論)으로 빠지고 있지도 않다. 연암은 감관에 의한 인식을 회의했지만, 그렇다고 해서 인간의 인식 '그 자체'를 회의한 것은 결코 아니었다. 이 점에서 연암은 인식론의 문제와 철저하게 대결하지 않았다고 지적받을 수 있을지도 모르지만, 중요한 것은 연암이 그런 점에 대해서는 그다지 큰 관심이 없었다는 사실이 아닐까 한다. 연암은 인식론상의 문제를 이론적으로 극한까지 추구해 들어가는 데 관심이 있었던 것이 아니라, 감각적 인식의 한계와 편견 및 고정관념을 경계하면서 사물과 현실을 가급적 실상대로 파악하고자 하는 데 관심이 있었다. 연암은 도가사상의 어떤 계기를 받아들이면서도 그것을 전면적으로 승인한 것이 아니라 자신의 사상적 체계 속에서 일정하게 취사(取捨)해 수용하고 있다. 따라서 같은 용어를 구사하더라도 그 개념의 외연과 내포, 그리고 현실적 연관과 함축은 상당히 다르다.

가령 '명심'(冥心)이라는 말만 해도 그렇다. 도가에서 이 말은 물아일체의 도를 깨닫고 절대적 정신의 자유를 누리는 마음을 지칭한다. 연암의 경우 이런 의미의 명심은 주로 자연인식에 수용되고 있다. 자연인식과 달리 사회인식의 경우 명심이라는 개념은 물아의 합치보다는 사심 없는 마음,

---

90) 『莊子』에 대한 이런 각도에서의 지적은 張利群, 『莊子美學』(廣西師範大學出版社, 1992), 225면 참조.

편견과 고정관념에서 벗어난 마음이라는 쪽에 비중이 두어져 있다. 사회적 인식의 경우 연암이 염두에 두고 있는 명심의 '현실적 귀결'은 도가에서처럼 분별지(分別知)에 대한 전면적 부정과 초월이 아니다. 연암은 '지식'을 부정하고 있지 않으며, 이 점에서 분별지 자체를 거부하는 장자와는 엄연한 차이가 있다. 잘 알려져 있듯, 연암은 지식의 실용성과 지식에 대한 합리적·실증적 판단을 대단히 중시하는 입장을 취하였다.[91] 이 점에서 연암의 명심은 그 현실적 '귀결'과 '적용'에 있어서 도가와 아주 딴판이다. 연암은 명심을 통해 지식과 현실을 초월하고 있는 것이 아니라, 거꾸로 보다 확실한 지식과 정확한 현실인식을 추구하고 있다고 여겨진다. 이 경우 명심은 세계를 합리적·비판적으로 인식하기 위한 '방법적' 개념이 되고 있음이 분명하다. 바로 이 대목에서 명심은 '이성적 마음'이나 '이성인식'과 결부될 수 있다. 그러나 자연인식과 관련된 명심은 말할 것도 없고 명심이 사회적 인식의 근거가 되고 있는 이 경우에 있어서도, '명심' 그 자체를 곧바로 '이성적 마음'과 동일시할 수는 없지 않은가 생각된다. 사회적 인식의 경우 명심과 이성적 마음은 대단히 밀접하게 관련된다고 여겨지지만, 그렇다고 해서 이 두 가지 범주가 동일 범주로 되지는 않는다고 생각된다. 둘은 기본적으로 심(心)의 다른 두 범주, 다른 두 작용을 이루는 것이라 이해된다. 즉 이성이나 주체성[92]은 명심이 현실에 '적용'되는 단계에서 비로소 문제시되는 마음의 다른 작용들이 아닐까 한다.

---

91) 성리학의 공리공담을 비판한 것이라든가, 『열하일기』에서 전반적으로 발견되는 합리적·실증적 지식을 중시하는 태도 등을 상기하면 좋을 것이다.

92) '명심'은 "주체적인 사고"로 규정되기도 하나(김명호, 『열하일기 연구』, 창작과비평사, 1990, 135면), 이 역시 오해의 여지가 많은 표현이 아닌가 생각한다. 이성인식, 혹은 이성적 마음은 '주체'를 중시하며, 주체와 객체를 구분한다. 그러나 명심은 본질적으로 彼我의 구분이 없는 경지, 彼我의 分辨을 넘어선 心境이다. 따라서 명심과 관련해서는 '주체적'이라는 말을 사용하는 것이 부적절하다. 주체성, 혹은 주체적 판단은 어디까지나 이성인식과 관련하여 형성된다. 따라서 그것은 명심이 현실에 적용되는 단계에서나 대두될 수 있는 心思이다.

4.6. 명심(冥心)은 연암의 경세학(經世學), 즉 그의 실학사상과는 어떻게 관련되는가?

명심은 인간의 인식을 편견으로부터 해방하므로 다양성으로서의 현실, 변화로서의 현실을 직시할 수 있게 한다. 열린 마음으로 현실을 읽게 하므로, 기성관념이나 도그마를 회의하고, 거기서 벗어날 수 있게 한다. 요컨대 명심은 회의(懷疑)의 정신과 비판정신을 낳으며, 공명정대한 눈으로 현실의 본질을 읽게 한다. 일례로 우리는 「상기」(象記)나 「담연정기」(澹然亭記)에서 그 점을 잘 확인할 수 있다. 이들 글에서 연암은 만물을 목적의식을 지닌 인격천(人格天 : 天命)의 소산이라 설명하는 중세적 사상체계의 자기완결성을 회의·비판하면서 닫힌 지식, 닫힌 체계에서 열린 지식, 열린 체계로 사유를 가져가고 있다.[93] 연암은 자기 사상의 핵심 개념으로 설정한 명심에 입각해 사물과 현실을 관찰할 때 세계에 대한 인식이 어떻게 달라질 수 있는지를 스스로 보여주고 있는 셈이다.

이처럼 명심은 현실을 수용하고, 현실에 대해 열린 자세를 견지하게 한다. 바로 이 점에서 명심은 연암 실학사상의 인식론적 근거를 이룬다고 말할 수 있다. 헛된 명분론을 배격하고 조선의 낙후된 현실을 인정하면서, 비록 오랑캐가 세운 왕조이기는 하나 선진적인 청조(淸朝) 문명에서 배울 것은 배워야 한다는 이른바 북학론을 제기한 것은 이런 현실적 자세의 산물이다. 또한 경전의 자구를 천착하면서[94] 이기성명(理氣性命)에 대한 공리공담만을 일삼는 주자학의 말폐를 비판하고, 민생과 이륜정사(彝倫政事 : 인륜 및 정사)에 대한 관심을 강조하며[95] 이를 이용후생학으로 제기한 것 역시 현실을 중시하는 태도의 소산이다. 요컨대 연암의 실학사상이 보여주는 '현실주의'는 명심의 인식론으로부터 출발하고 있으며, 그 토대 위에 구축

93) 「象記」, 『연암집』 권14, 270면; 「담연정기」, 『연암집』 권1, 15면 참조.

94) 이런 학문 풍토, 이런 독서 풍토에 대한 비판은 「原士」(『연암집』 권10, 139면)에 잘 제시되어 있다.

95) 「洪範羽翼序」, 『연암집』 권1, 14면.

된 감이 없지 않다. 명심은 '현실/사상'의 긴밀한 관련성을 회복시켜 주는 추동력이 되고 있는 것이다.

4.7. 이쯤에서 명심과 언어의 관련에 대해 생각해 보기로 하자.

우리는 앞서 연암의 언어관을 살피면서 연암이 성(聲)·색(色)·정(情)·경(境) 등 사물의 다층적 표상을 언어로 재현해야 한다는 점을 강조했음을 지적한 바 있다. 또한 연암이 언어의 '즉사'(卽事) 내지 '즉물적'(卽物的) 측면을 중시했음을 지적하였다. 이러한 지적은 명심에 의한 사물인식을 중시하는 연암의 또다른 생각과 혹 서로 배치되는 것은 아닐까? 가령 명심과 관련한 연암의 다음 언명은 그의 언어관과 모순된 것이 아닐까?

> (2) [3] 성색(聲色)은 외물(外物)이다. 외물이 늘 이목에 누(累)가 되어 사람의 시청지정(視聽之正)을 잃게 하는 것이 이와 같거늘(…)

결론부터 말한다면, 연암의 언어관과 명심의 인식론은 서로 배치되지 않는다. 크게 보아 연암의 언어관은 명심의 인식론 속에 포섭된다고 보인다. 이하, 이 점에 대해 조금 논의해 보기로 한다.

연암이 감관인식 자체를 부정한 것은 결코 아니지만, 그것이 지니는 국한성과 제약을 깨닫고 있었다는 사실은 이미 지적한 바 있다. 연암이 명심을 강조한 것은 그러한 국한성을 넘어 사물 및 현실의 실상과 전체성을 투시하기 위함이었다. 연암은, 언어는 모름지기 사물을 온전히 재현해야 한다고 보았다. 그런데 사물의 재현은 단지 사물을 '모사'(模寫)하는 것만으로는 불충분하다. 단지 사물의 외관을 모사하기만 하는 것, 연암은 이를 '형사'(形似)라는 말로 표현했다. 연암은 이 '형사'보다 더 윗길의 경지가 '심사'(心似)라 보았다.[96] '심사'는 마음으로 사물의 본질을 포착·재현함을

96) '심사', '형사' 등의 용어는 「綠天館集序」에 보인다. 「不移堂記」에서는 '형사'라는 말 대신에 '肖物'이라는 말을 쓰고 있는데, 뜻은 같다.

뜻하는데, 동양화론(東洋畵論)에서 흔히 일컫는 '전신'(傳神)과 상통하는 개념이다. 예술론에서 전신을 강조할 경우, 소동파의 예에서 보듯 주관성에 경도되기 쉬운 법인데, 연암은 '심사'를 강조하면서도 그런 방향으로 가지 않고 오히려 사실주의를 보완하거나 심화·확장하는 데 역점을 두고 있지 않나 판단된다. 연암이 언어의 사실성을 얼마나 중시했는가는 여기서 구구히 말할 필요가 없을 것이다. 단적으로 「우부초서」(愚夫艸序)에서 그런 입장을 확인할 수 있으며, 『열하일기』 전편(全篇)이 그 점을 입증한다. 그러나 연암은 언어관이나 문예론에 있어 '단순한 모사론' 혹은 '기계적 모사론'에는 찬성하지 않았다. 사물의 외관적 사실성을 모사하는 것만으로는 사물의 본질, 사물 안팎의 총체성을 재현하는 데 미흡하다고 생각했기 때문일 터이다. 연암이 글읽기와 사물인식에 있어 심득(心得)과 심안(心眼)을 강조한 것도 이와 관련된다.[97] 그러므로 연암이 언어가 사물의 다층적 표상을 담아야 한다는 뜻으로 언급한 성·색·정·경의 재현이란 반드시 사물의 외관만을 지칭한다고 보아서는 안된다. 성·색은 그렇다손 치더라도 정·경은 심(心)이 아니고서는 포착할 수 없는 사물의 모습이기 때문이다. 요

홍미로운 점은 연암이 심사의 이론적 근거를 '人物性同論'에서 구하고 있다는 사실인데, 다음 글에서 그 점을 확인할 수 있다. "天下有難解而可學, 絶異而相似者. 鞮象寄譯, 可以通意, 篆籒隷楷, 皆能成文. 何則? 所異者形, 所同者心故耳. 繇是觀之, 心似者志意也, 形似者皮毛也."(「녹천관집서」, 『연암집』 권7, 107면)

인용문 중 특히 밑줄 친 부분에 인물성동론의 입장이 표출되어 있다. 앞서 지적했듯, 연암은 지리하게 '高談性命'을 일삼는 현실주자학의 행태를 痛斥했고, 이 때문에 晩年 이전에는 理氣性命에 대한 논의를 삼간 것으로 보인다. 그렇기는 하나, 연암은 老論 洛論系의 교양 속에서 성장한 만큼 人物性同論의 입장을 견지하고 있었다. 이 점은 「虎叱」의 "夫天下之理, 一也. 虎性惡也, 人性亦惡也. 人性善, 則虎之性亦善也."(『연암집』 권12, 192면)라는 대문에서도 잘 확인된다.

이처럼 인물성동론과 心似論을 연결한 것은 연암의 創案에 해당한다. 중국의 역대 문인이나 화가들 중에도 심사를 강조한 사람은 적지 않지만, 심사의 이론적 근거를 인물성동론에서 구한 사람은 없지 않을까 한다. 이 점에서 연암의 심사론은 동아시아 美學史上 특기할 만한 것이라고 생각된다.

97) 「소완정기」, 「답경지」 제2서, 「답경지」 제3서 등 참조.

컨대 연암은 단순히 감관(感官)에 의해 포착되는 사물의 외관만이 아니라 마음이나 직관에 의해 깨달아지는 물상(物象)까지 언어가 재현해야 한다고 보았다.

고정관념에서 벗어나 "담박하여 사사로움이 없는" 명심으로 사물을 보면 이전에 보지 못했던 사물의 다양한 자태가 눈에 들어온다. 이 점에서 명심은 사물의 모습에 대한 사실적인 재현을 방기하는 것이 아니라 오히려 확장한다. 일례로 「능양시집서」가 보여주는, 시시각각 변하는 까마귀의 색에 대한 언어적 재현이 그 일례가 될 것이다. 뿐만 아니라, 명심은 사물의 단순한 모사에서는 도저히 불가능한 경지, 곧 사물의 물성(物性)에 대한 깨달음의 경지를 언어로 재현하게 한다. 다음 자료가 이 점에 대한 이해를 도와준다.

(9) 당시 아버지(연암을 가리킴—인용자)는 이런 말씀을 하신 적이 있다. "지극히 미미한 사물들, 이를테면 풀·꽃·새·벌레와 같은 것도 모두 지극한 경지를 지니고 있지. 그러므로 이들에게서 하늘의 묘한 이치를 엿볼 수 있다."
아버지는 매양 시냇가의 바위에 앉으시기도 하고, 나직이 읊조리며 천천히 산보하시다가 갑자기 멍하니 모든 것을 잊은 것 같은 모습을 하시기도 했다. 때때로 묘한 생각이 떠오르면 반드시 붓을 들어 적어두셨다.[98]

연암의 둘째 아들 박종채(朴宗采)의 증언으로서, 박지원이 연암협(燕巖峽)에 은거하던 때의 모습을 전하고 있다. 이 자료에서 우리는 명심에 의한 깨달음을 통해 사물에 대한 이해를 확장하고 그것을 언어로 재현하고 있는 연암을 만날 수 있다.[99]

98) 『나의 아버지 박지원』, 45면. 원문은 다음과 같다. "嘗言: '雖物之至微, 如艸卉禽蟲, 皆有至境, 可見造物自然之妙.' 每臨溪坐石, 微吟緩步, 忽嗒然若忘也. 時有玅契, 必援筆箚記."

99) 연암이 견지했던 인물성동론의 입장은 명심에 의한 物性의 파악 및 그 언어적 재현을

이상의 논의를 통해 알 수 있듯, 연암의 언어관은 명심의 인식론과 배치되는 것이 아니라, 그 속에 포섭된다. 연암의 문장에 대해 "형신구용"(形神俱聳 : 形과 神이 모두 우뚝하다)[100]이라 평한 문장가가 있거니와, 이 평어(評語)는 심사(心似=神)를 중시하면서도 형사(形似=形)를 무시하지 않은 연암의 관점이 그 창작실천에 관철되고 있음을 확인해 준다. 요컨대 연암은 형(形)과 신(神)을 포괄하면서 둘 사이의 긴장된 균형을 유지함으로써 고도의 사실성과 함께 철리(哲理) 내지 묘오(妙悟)라 이를 수 있을 심오한 정신적 경지를 확보할 수 있었다.

연암이 제론(提論)한 사실주의론이나 그가 구현한 사실주의 문학은 오늘날의 관점에서 보더라도 결코 만만한 수준이 아니다. 그것은 연암의 사실주의가 사회에 대한 비판적·해방적 인식을 추구함과 동시에 '오도'(悟道)라는 심오한 정신적 경지를 추구하고 있기 때문이다.[101] 어느 일변으로 떨어지지 않고, 둘 사이의 균형과 역동적 긴장을 유지한다는 것은 얼마나 아슬아슬하고 지난한 일일 것인가. 연암은 바로 이 작업의 가능성을 시현(示現)하고 있다. 언어와 명심에 대한 진지하고도 근원적인 성찰을 통해 '사실'과 '깨달음', '자연'과 '사회', '형이하'와 '형이상'을 통합해 내고 있는 것이다.

이론적으로 더욱 확호하게 뒷받침해 주었을 것으로 본다. 다시 말해, 연암에 있어 명심의 사상은 인물성동론과 자연스럽게 연결되고, 이러한 연결은 다시 사물의 본질에 대한 언어적 재현의 가능성을 더욱 확신케 했으리라 생각된다.

100) 舊韓末의 申箕善이 「燕巖續集序」에서 한 말이다.

101) 김명호 교수는 최근 연암의 사실주의 문학론을 재론하면서 연암의 문학론이 실학파 문학론의 최고 수준을 보여주는 것이기는 하지만, '文'과 '道'를 분리하지 못한 것이 그 한계라 지적했다(「실학파의 문학론과 근대 리얼리즘」, 『한국한문학 창립 20주년 기념 한국한문학전국학술대회 발표논문요지집』, 25면, 1995. 4. 28). 필자는 김명호 교수의 입론에 대체로 공감하지만, 이 점에 대해서는 견해를 달리한다. '道'에 대한 연암의 강조는, 비록 그것이 한문학의 전통 속에서 형성된 것이기는 하나, 일반 古文論者나 載道論者의 그것과는 구별될 필요가 있지 않을까 생각한다. '道'와 '事實', '비판'과 '높은 정신적 깨달음'의 통일이야말로 연암의 사실주의 문학론을 근대뿐만 아니라 근대 이후까지도 열려 있게 하는 중요한 계기가 된다고 보는 것이 필자의 기본 관점이다.

5

5.1. 지금까지, 연암 사상 속에서 '언어'와 '명심'이 점하는 의의, 둘의 상관관계, 그리고 그것들과 연암 사상의 다른 측면들과의 관련 등에 대해 검토하였다.

5.2. 연암 사상의 형성에는 나라 안팎의 사상 조류들이 다소간 영향을 미친 것으로 이해된다. 우선 밖으로는, 왕학좌파(王學左派)의 입장을 수용한 명말(明末) 원굉도(袁宏道) 문학론의 영향이 일정하게 감지된다. 원굉도는 모방과 표절을 배격하면서 진정실감(眞情實感)과 개성발현(個性發現)을 강조했던바,[102] 연암은 이러한 문학론에 상당한 시사를 받았을 것으로 추정된다. 물론 연암은 「초정집서」(楚亭集序)에서 공안파(公安派)[103] 문학론의 문제점으로 "괴탄음벽"(怪誕淫僻 : 괴상하고 허황되고 음란하고 편벽됨)[104]을 지적하고 있으며, 의고파(擬古派)와 창신파(創新派)[105]를 지양하여 '법고창신론'을 제기한 바 있다. 그러나 연암이 공안파 창신론의 긍정적 측면을 적극 수용했음은 췌언이 필요없다.

국내적으로 볼 때 연암의 문학론은, 명대의 의고주의(擬古主義)를 비판하면서 개성을 중시하는 고문론(古文論)을 전개한 노론의 선배학자 농암

---

102) 원굉도의 문학론에 대해서는 張國光·黃淸泉 主編, 『晩明文學革新派公安三袁硏究』(湖北公安派文學硏究會編, 華中師範大學出版社, 1987) 참조.

103) 明나라 후기에 袁宏道 형제에 의해 고취된 문학 유파로서, 복고주의와 형식주의를 배격하고 개성을 옹호하였다. 그러나 이 유파는 개성의 流露를 강조한 나머지 전통을 본받는 것을 소홀히 한 결과, 경박하게 新奇함을 추구한다는 비판을 받았다. '공안파'라는 명칭은 袁氏 형제가 胡北省 公安 출신인 데서 유래한다.

104) 『연암집』 권1, 12면.

105) 明나라 中期 이후 의고파가 문단을 지배했는데, 이 유파는 옛날의 문학을 본뜨고자 힘쓴 결과 모방과 표절에 빠지게 되었다. 明나라 후기에 이에 대한 반동으로서 創新을 표방한 공안파가 대두하였다.

김창협의 영향을 일정 정도 받지 않았나 생각된다.[106] 그런가 하면 '진'(眞)·'활'(活)·'신'(新)·'독득'(獨得)을 강조하며 '이의위주'(以意爲主 : 뜻이 主가 됨)의 문학론을 펼쳤던[107] 소론계 문인인 동계(東谿) 조구명(趙龜命, 1693~1737) 또한 주목되는 인물이다. 조구명이 보여주는 모의(模擬)와 가절도습(假竊蹈襲 : 표절 및 모방)에 대한 비판의 격렬함[108]은 연암에 못지 않다. 뿐만 아니라, 그가 제기한 '방고창신 적의론'(倣古刱新適意論 : 옛을 본뜨는 것이든 새 것을 창조하는 것이든 자기 자신의 뜻에 맞아야 함이 중요하다는 주장)은 연암의 법고창신론에 근접한 면모를 보여준다.[109] 또한 유자(儒者)의 입장을 견지하면서도 노장이나 불교에 출입하며 자유롭게 자신의 생각과 문학을 펼쳐보인 점 역시 연암과 방불하다면 방불하다. 그러나 이러한 유사점에도 불구하고 연암이 조구명의 직접적인 영향을 받았는지는 단언하기 어렵다. 연암의 사상 형성에 영향을 끼친 또다른 인물로 담헌 홍대용을 빼놓을 수 없다. 담헌은 주자를 따른다고 표방하는 학자들이 훈고(訓詁)의 말학(末學)에 빠져 실심(實心 : 진실한 마음)과 실사(實事 : 실제의 일)를 소홀히 하는 말폐를 드러내고 있음을 대단히 개탄했던 바,[110] 연암은 담헌의 이러한 입장에 공감하면서 자신의 사상을 발전시켜 갔던 것으로 여겨진다.[111]

---

106) 농암의 문학론은 「雜識」, 『農巖集』 권34 참조.

107) 「贈羅生沉序」, 『東谿集』(규장각 소장본) 권1, 18장 앞면~19장 뒷면 참조.

108) 같은 글, 같은 책, 18장 뒷면; 「贈鄭生錫儒序」, 『동계집』 권1, 22장 뒷면~23장 앞면 참조.

109) "人生貴在適意耳. 事事欲模倣古人者, 固失之贋, 而必欲自刱新格於古人之外者, 亦見其勞矣. 惟倣古而適意, 斯倣之矣, 刱新而適意, 斯刱之矣."(「續蘭亭會序」, 『동계집』 권1, 28장 앞면). 조구명이 창작에서 제1의적인 중요성을 갖는 것으로 설정한 "適意"는 '任性'이나 '任眞'의 뜻을 함유하는바, 창조주체의 개성 내지 취향과 관련된다.

110) 이 점에 대하여는 「홍대용의 생태적 세계관」, 본서, 263면을 참조하기 바란다.

111) 『열하일기』를 검토해 보면 연암이 담헌을 학문적·인간적으로 얼마나 존경하고 신뢰했는지 잘 알 수 있다. 연암은 『열하일기』 곳곳에서 담헌에 대한 이야기를 하고 있다. 연암이 언변에 뛰어나고 客氣도 곧잘 부린 문인 기질의 사상가였던 데 반해, 담헌은 단

이처럼 연암 사상이 나라 안팎의 사상적 동향과 일정한 관련하에 형성되었다는 사실을 무시해서는 안된다. 그렇기는 하나, 연암을 다른 사상가들과의 관련성 속에서만 설명하고자 하는 것은 부당하며, 곧 한계에 부딪치고 만다. 그만큼 연암 사상에는 독창적인 면이 많다.

가령 원굉도와 연암을 비교해 보자. 흔히 원굉도의 문학론과 연암 문학론의 유사점을 말하지만, 둘 사이에는 유사점만큼이나 차이점도 많다는 사실을 인정하지 않으면 안된다. 원굉도는 문학이 '이치'(理致)를 구현하거나 '도'(道)를 싣는 데 반대했지만,[112] 연암은 재도론(載道論)을 부정하지 않고 자기 나름의 창조적 개조를 시도했다. 이와 관련된다고 생각하지만, 원굉도에게는 연암이 보여주는 바와 같은 강렬한 경세론(실학)이 결여되어 있다. 원굉도 문학이 현실을 심각하게 반영하는 측면이 부족하다거나, 사회현실과 유리되어 개인의 한적(閒寂)을 추구한 한계가 있다거나, 사상의 심도가 낮다는 지적도 그래서 제기된다.[113]

요컨대 원굉도의 문학론과 그 실천은 연암의 그것에 비해 '사실주의'의

정한 학자형 사상가였던 것으로 보인다. 연암의 이름이 워낙 높다 보니 담헌은 이른바 北學派에서 연암 다음의 위치를 차지하는 인물쯤으로 오해되고 있지만, 기실 그렇지 않다. 어떤 면에서 담헌은 북학파의 '맏형' 격으로, 經學과 자연과학 및 음악의 조예에 있어 으뜸의 자리에 있었으니, 이에 관한 한 연암은 담헌의 말을 경청하는 입장이었던 것으로 보인다. 이 점에서 '연암학파'라는 명칭 속에 담헌을 포함시키는 것은 담헌의 입장에서 본다면 좀 뜨악한 일일지도 모른다. 그렇다고 '담헌학파'라는 말이 적절한 것은 더더욱 아니고 보면, 현재로서는 불만스러운 대로 '북학파'라는 명칭을 쓰는 외에 다른 대안이 없지 않은가 한다. 북학파의 지도적 인물로서 담헌과 연암은 '竝稱'되어야 적절하고, 또 마땅하다. 말이 나온 김에 한 가지만 더 지적해 둔다면, 주자학에 대한 비판의 강도에 있어서나, 개방적인 자세로 老莊·佛敎·陽明學·西學 등 이단의 장점을 인정하고 수용하면서 주자학을 넘어선 새로운 사상의 모색으로 나아간 면에 있어서는, 연암보다 담헌이 훨씬 대담하고 진취적이다.

112) 張國光·黃淸泉 主編, 앞의 책, 66면 참조. 일례로 원굉도는 「雪濤閣集序」에서 "智者牽於習, 而愚者樂其易, 一倡億和, 優人騶從, 共談雅道"라 말한 바 있다.(郭紹虞 主編, 『中國歷代文論選』 제3책, 上海古籍出版社, 1980, 206면)

113) 같은 책, 234면.

면모가 훨씬 약하며, '자연주의'에의 편향이 강하다.114) 그뿐만이 아니라, 원굉도에게서는 연암이 사상적 과제로서 씨름했던 편견과 선입견, 명분론과 정관(井觀)의 극복이라든가 사물과 언어의 관계에 대한 근본적이고도 집요한 문제의식115) 같은 것이 발견되지 않는다.

언어의 문제에 대한 근원적인 성찰, 그리고 '명심'이라는 방법적 개념을 통해 인식의 객관성과 지평을 확대·심화하고자 한 기도(企圖)는 비단 원굉도에게서만이 아니라, 연암의 사상 형성에 영향을 주었음직한 인물로 거론된 사람들 그 누구에게서도 발견되지 않는다. 연암은 어째서 이런 사상적 모색을 할 수 있었을까?

우선 연암이 중국 문명의 변방이라 할 조선의 지식인이었다는 데 그 한 이유를 찾을 수 있지 않을까 한다. 문명의 중심권이나 제국(帝國)에 속하지 않은 변방의 지식인이라 해서 늘 한계만 갖는 것은 아니다. 변방의 지식인은 자신의 존재 조건으로 인해 제국이나 문명의 중심권에 속한 지식인이 도달하기 어려운 새로운 관점이나 시각을 열어보일 수 있다. 우리는 홍대용이 「의산문답」에서 제기한 사상, 즉 중심과 주변이란 상대적인 것이며 모두가 중심일 수 있는바, 공생과 공존이 긴요하다는 사상에서 그런 가능성의 실현을 목도하게 된다.116) 중심에 속한 중국 지식인이 이런 사상을 내놓기는 어렵지 않을까 생각한다. 연암이 언어와 사물의 관계에 대해서 그리고 언어의 쇄신에 대해서 집요한 물음을 제기한 것이나, 명심을 핵심적인 방법적 개념으로 설정하여 편견과 명분론을 극복하고 인식과 지식을 열린 방향으로 가져가야 한다는 사상을 수립한 것 역시 그가 주변부에 속한

114) 원굉도의 문학론이 자연주의로 흐를 수 있음에 대해서는 같은 책, 150면에서 지적되었다.

115) 물론 원굉도 역시 민간의 언어를 詩文에 수용해야 한다고 주장한 바 있다. 그러나 원굉도는 여기서 더 나아가 연암처럼 언어와 사물의 관계에 대한 깊은 성찰에 이르지는 못했다.

116) 이 점에 대해서는 「한국의 사상적 전통과 생태적 관점」, 본서, 32~33면을 참조하기 바란다.

지식인이었기 때문에 가능했다고 본다.

다른 한편, 연암이 국내의 선배나 동학들과 달리 언어문제와 올바른 인식의 근거에 대해 깊은 관심을 쏟으면서 그 위에 경세학을 구축하는 독특한 면모를 보일 수 있었던 것은 불세출의 문학적 재능과 예술적 감수성, 그리고 이와 직결되는 예민한 언어적 자의식에 힘입고 있는 바가 크지 않나 생각된다.

5.3. 이 글에서 우리는 연암 사상의 최대치를 읽어내고자 치력(致力)하였다. 그러나 여느 사상과 마찬가지로 연암 사상에는 미진함과 불철저함, 상호 모순되는 점 등 한계가 없지 않다. 이 글은 이 점에 대해서는 충분히 논의하지 못했다.

끝으로, 오늘날 우리가 연암 사상에서 무엇을 배울 수 있으며, 어떤 점을 발전시켜 가야 할지에 대해서 간단히 언급함으로써 이 글을 마무리하고자 한다.

첫째, 연암의 치열한 언어의식이나 언어와 사물의 관계에 대한 그의 진지한 성찰은 장차 우리대로의 언어철학을 모색해 나가는 데 하나의 단초가 될 수 있지 않을까 한다. 연암의 작업은, 우리가 그것을 비판하는 쪽에 서든 창조적으로 계승·발전시키는 쪽에 서든, 우리가 가진 지적 전통의 일부분을 구성하기 때문이다.

둘째, 언어와 명심에 대한 근원적인 성찰을 통해 '사실'과 '깨달음', '자연'과 '사회', '형이하'와 '형이상'을 통합해 내고 있는 연암의 문학론은 사실주의 문학이론의 확대와 심화에 중요한 시사를 제공한다.

셋째, 명심에 의한 사물의 지경(至境 : 지극한 경지)의 회득(會得 : 깨달아 앎)이나 언어와 사물의 밀착된 관계를 강조하는 연암 사상에는 생태주의 사상이나 생태주의적 문예이론의 모색에 원용될 수 있는 요소가 적지 않다.

넷째, 언어를 부단히 사물에 수렴시키면서 쇄신하고자 하는 노력, 회의 정신, 문제에 대한 철저하고 근본적인 사유, 자유로운 상상력의 추구, 인간중심주의를 벗어나 사물에 대한 열린 태도를 견지하는 입장 등등에서 우리는 고원(高遠)한 인문정신을 만날 수 있는바, 우리의 사상적 전통 속에 내재하는 이러한 인문정신을 잘 계승하고 발전시켜 나갈 필요가 있다.

이상 지적한 몇 가지는 서구 중심의 근대사상을 반성하고 근대의 기계론적 세계관을 넘어선 새로운 세계관을 모색하는 일과 긴요하게 연결되는 사안들이라고 생각된다. 이런 각도에서의 연암 사상의 재음미와 그 창조적 전화(轉化)는 후속 작업으로 미루기로 한다.

추기

「『종북소선』 서」가 연암의 글이 아니라 이덕무의 글임이 강국주 씨의 논문 「<종북소선서>의 개수(改修)와 작자 문제」(『고전문학연구』 30, 2006)에 의해 밝혀졌다. 하지만 현재 『연암집』에 실려 있는 「『종북소선』 자서」는 이덕무의 원래 글에 상당한 수정을 가한 것임이 확인된다. 이 수정은 연암의 것으로 판단된다. 그러니 「『종북소선』 자서」를 전적으로 연암의 것으로 간주할 수는 없는 노릇이지만, 거기에 연암의 생각이 얼마간 묻어 있다고 볼 여지는 없지 않다. 게다가 연암과 이덕무는 워낙 가까이 지내 생각과 담론이 상호침투한 경우가 많다. 그러므로, 본서가 연암의 사상을 논하면서 「『종북소선』 자서」의 일부 구절을 인용했다고 해서 그리 큰 흠은 되지 않으리라 보며, 또 이 때문에 본서의 논지가 달라질 것은 없다고 생각한다. (2010. 3. 18)

박지원의 산문시학

곤충의 더듬이나 꽃술을 좋아하지 않는 사람은
도무지 문심(文心)이 없다고 할 것이다.
—『연암집』「종북소선 자서」

1. 머리말

연암(燕巖) 박지원(朴趾源)의 문학론에 대해서는 그간 많은 논의가 있었다. 그러나 박지원의 문학론에서 생태주의 산문시학의 이론적 근거를 발견하고자 하는 시도는 아직 없었다. 주지하다시피 연암은 우리나라 최고의 산문작가였을 뿐 아니라 당대 최고의 문학이론가이기도 했다. 그는 자신의 문학론을 다양한 형태로 개진하였다. 연암의 문학론에는 시에 관한 것도 없지 않지만, 산문이나 문학 일반에 관한 것이 적지 않다. 바로 이 점에서, 그리고 연암이 산문에서 탁월한 성취를 이루었다는 점에서, 연암의 문학론에서 특히 산문시학을 문제삼을 필요가 있다.

연암의 산문시학은 대단히 생태적이다. 생명과 사물에 대한 연암의 깊은 통찰은 사람살이의 방식이라든가 인간과 다른 사물의 관계에 대해 심층생태주의적이라 할 만한 성찰을 보여준다. 이 글은 연암의 산문시학에서 생태주의 산문시학의 어떤 준거점들을 끌어내고자 하는 데 목적이 있다.

연암의 문학론은 대개 단편적(斷片的)이다. 이 점, 오늘날의 문학이론과는 썩 다르다. 그러나 단편적으로 언급된 사안들이라고 해서 생각들의 상호 관련이나 전체적 틀이 없는 것은 아니다. 뿐만 아니라 연암의 단편적인 생각들을 재구성하고, 보완하고, 발전시키는 것이야말로 오늘날의 연구자가 감당해야 할 중요한 과업이다. 그런 점에서 이 글은 연암의 산문시학에 대한 '기술'(記述)에 그치지 않고 그 창조적 '이해'를 꾀하고자 한다.

2. 冥心

연암의 사상에서 '명심'(冥心)이 핵심적인 중요성을 갖는다는 사실은 다른 글[1]에서 이미 밝힌 바 있다. 그런데 이 '명심'이란 개념은 연암의 산문시학에서도 제1의적 중요성을 갖는다.

전고(前稿)에서 밝혔듯이 '명심'은 외물(外物)과 내아(內我)의 구분이 사라지고 둘이 통일된 마음상태, 감각적 인식을 넘어선 주객합일의 심경(心境)을 뜻한다. 이 심경에서는 물(物)이 '나'에 대한 구속이 되지 않으며, '나'는 물(物)를 가둠〔錮〕 없이 있는 그대로 보게 된다. 그래서 다음과 같은 말이 가능하다.

> (1) 명심(冥心)한 자는 이목(耳目)이 누(累)가 되지 않으며, 이목만을 믿는 자는 보고 듣는 것이 밝으면 밝을수록 더욱 병이 된다.[2]

---

1) 본서, 「박지원 사상에 있어서 言語와 冥心」을 말한다.

2) "冥心者, 耳目不爲之累. 信耳目者, 視聽彌審而彌爲之病焉."(「一夜九渡河記」, 『熱河日

(2) 성색(聲色)은 외물(外物)이다. 외물이 늘 이목에 누(累)가 되어 사람의 시청지정(視聽之正)을 잃게 한다.3)

(3) 까마귀는 본래 정해진 색깔이 없건만 그것을 보는 사람이 눈으로 먼저 그 색깔을 정해 버린다. 어찌 눈으로 그 색을 정할 뿐이겠는가. 심지어 보지도 않고서 마음으로 그 색을 정해 버리기도 한다. 아아, 까마귀를 검은 색깔에 가두어 버리는 것으로도 부족하여(…)4)

자료 (3)에서 밑줄 친 "가두어"라는 말의 한문 원문은 "錮"(고)이다. "錮"는 '유폐(幽閉)시키다'는 뜻이다. 사물을 유폐시킨다는 건 무슨 뜻인가? 사물을 있는 그대로 보는 것이 아니라 특정한 관점이나 선입견으로 재단(裁斷)함을 말한다. 그런데 중요한 것은 사물의 유폐, 사물의 고정(固定)이 내 마음의 유폐, 내 마음의 고정과 연관되어 있다는 사실이다. 그러므로 문제는 결국 마음이다.

'명심'은 감각적 인식을 뛰어넘은, 물아의 구분이 무화(無化)된 마음이다. 그러므로 그것은 '나'와 사물 모두를 자유롭게 하고, 나와 타자의 회통(會通)을 가능하게 하며, 존재의 근원적 동일성, 존재의 상호연관성을 깨닫게 한다. 이 점에서 '명심'은 존재의 차별화, 가치의 위계화(位階化)를 모른다.

그러면 어떻게 해야 '명심'에 이를 수 있는가? 마음을 비우는 것이 그 첩경이다. 연암의 말을 들어보자.

(4) 마음을 비워 물(物)을 받아들이며, 담박하여 사사로움이 없다.5)

記」, 『燕巖集』 권14, 268면)

3) "聲與色, 外物也. 外物常爲累於耳目, 令人失其視聽之正如此."(같은 책, 같은 곳)

4) "彼旣本無定色, 而我乃以目先定. 奚特定於其目? 不覩而先定於其心. 噫! 錮烏於黑足矣(…)"(「菱洋詩集序」, 『연암집』 권7, 105면)

5) "虛而受物, 澹而無私."(「素玩亭記」, 『연암집』 권3, 63면)

'물'(物)이란 비단 사물만이 아니라 타자(他者)를 가리키기도 한다. 그러면 어찌해야 마음을 비울 수 있는가? 연암은 담박해져야 한다고 말하고 있다. 담박해진다는 것은 무엇을 뜻하는가? 욕심에서 벗어난다는 말이다. 욕심에서 벗어난다는 것은 무엇인가? '나'를 잊음이다. 나를 잊는다는 건 무엇인가? 사사로움〔私〕을 떨쳐 버리는 걸 말한다. 그러므로 연암은 "담박하여 사사로움이 없다"라고 했다.

사사로움이 없는 마음은 욕심이 없는 마음이며, 욕심이 없는 마음은 텅 빈 마음〔虛心〕인바, 이 텅 빈 마음만이 사물과 타자를 있는 그대로 받아들일 수 있고 사물과 타자의 본질을 투시할 수 있다.

연암은 명심 혹은 텅 빈 마음에서 '진정견'(眞正見)과 '평등안'(平等眼)이 나온다고 보았다.[6] '진정견'과 '평등안'은 감관(感官)이 아닌, 심안(心眼)을 통한 사물의 미적 인식이다. 그러므로 그것은 '교지'(巧智 : 간사한 꾀)가 아니라 '지혜'로부터 말미암는 것이라 할 수 있다.

3. 도와 깨달음

중(中)

도는 이른바 '민이'(民彛)와 '물칙'(物則)을 아우른다. '민이'가 인간의 도라면, '물칙'은 사물의 도이다. 사물의 도란 자연의 도, 다시 말해 자연의 이법(理法)을 가리킨다. 그런데 인간의 도와 자연의 도는 둘이 아니고 하나인바, 자연의 도에서 인간의 도를 끌어낼 수 있고 인간의 도에서 자연의 도를 깨달을 수 있다. 요컨대 자연의 도에서 인간의 도가 나오며, 인간의 도는 자연의 도로 수렴된다.

도는 어디에 있는가? 연암은 '중'(中)에 있다고 보았다. '중'이란 무엇인

6) 「박지원 사상에 있어서 言語와 冥心」, 본서, 331면 참조.

가? 대립항의 지양(止揚)이다. 연암은 '중'을 '제'(際)나 '부즉불리'(不卽不離: 卽하지도 않고 여의지도 않음)라 표현하기도 했다.[7] '중'은 '정'(正)의 근거요, '정'은 '평'(平)의 근거이며, '평'은 '지'(止)의 근거다. 연암의 말을 들어본다.

(5) 도는 어디에 있는가? (…)'지'(止)에 있다. '지'는 어디에 있는가? '평'(平)에 있다. '평'은 어디에 있는가? '정'(正)에 있다. '정'은 어디에 있는가? '중'(中)에 있다. (…)그러므로 '중'이 아니면 '정'의 기준이 없고, '정'이 아니면 '평'을 정할 수 없으며, '평'이 아니면 '지'에 편안할 수 없다.[8]

'지'(止)란 무엇인가? 자기 자리에 그침을 말한다. 자기 자리에 그친다는 건 자신의 분수를 지킴을 말한다. '지'의 뜻을 이해하는 데는 일찍이 서경덕(徐敬德)이 한 다음 말이 참조가 된다.

(6) 천하의 만물과 만사는 저마다 '그침'이 있다. 우리는 하늘이 위에 '그친다'는 것을 알고 있고, 땅이 아래에 '그친다'는 것을 알고 있다. 우리는 우뚝 솟은 산과 흐르는 강물, 날아다니는 새와 걸어다니는 짐승 들이 저마다 하나같이 '그침'이 있어서 질서를 보여준다는 것을 알고 있다. 더더군다나 우리 인간은 '그침'이 없을 수 없다. 그러나 그 '그침'은 한 가지만이 아니니, 마땅히 각각 저마다 자기 자리에서 그칠 줄 알아야 한다. 예를 들면 아버지와 자식이 은혜에 그친다든가 임금과 신하가 의로움에 그친다든가 하는 것이 그러하다. 이것들은 모두 타고난 본성이며, 사물의 이치이다. 더 나아가 우리가 날마다 마시고 먹고 입는 것이나 보고 듣고

7) "道不他求, 卽在其際. (…)佛氏臨之, 曰不卽不離."(「渡江錄」, 『열하일기』, 『연암집』 권11, 143면)

8) "道將惡乎在? (…)在於止. 止惡乎在? 在於平. 平惡乎在? 在於正. 正惡乎在? 在於中. (…)非中, 則莫可以準正; 非正, 則莫可以定平; 非平, 則莫可以安止."(「答任亨五論原道書」, 『연암집』 권2, 35면)

> 말하고 행동하는 따위에도 그쳐야 할 자기 자리가 왜 없겠는가? (…)군자가 배움을 귀히 여기는 것은 배움을 통해 '그침'에 대하여 알 수 있기 때문이다. 그러므로 배우고도 '그침'에 대하여 알지 못한다면 배우지 않은 것과 무엇이 다르겠는가.[9]

연암은 도가 '지'(止)에 있다고 말하는 데 그치지 않고, '지'가 '평'(平)에 있다고 했다. '평'이란 무엇인가? 연암은 이에 대해 아무런 설명을 가하고 있지 않지만 추측컨대 그것은 '공평'이나 '평형'이나 '평정'(平靜)을 가리키는 말이 아닐까 한다. 공평·평형·평정은 곧 균형을 뜻한다. 그것은 사람에게 있어서는 마음의 균형이고, 물(物)에 있어서는 만물로 구성된 세계의 균형이며, 사람과 물(物)의 관계에 있어서는 둘 사이의 균형이다. 연암은 이런 '균형'이 '정'(正)에서 나오며, '정'은 다시 '중'(中)에서 나온다고 보았다. 요컨대 도의 궁극적 근거를 '중'으로 이해한 것이다.

그런데 도에 관한 연암의 이런 사유가 그의 산문시학과 무슨 관련이 있는가? 이 물음에 답하기 위해서는 자료 (5)와 「양환집서」(蜋丸集序)를 합간(合看)할 필요가 있다. 「양환집서」는 연암이 자패(子珮)라는 사람의 시집인 『양환집』에 써 준 서문이다. 비록 시집의 서문으로 써 준 글이기는 하나 산문시학의 견지에서도 중요한 내용을 담고 있다. 「양환집서」의 한 부분을 제시한다.

> (7) [1] 옛날 황희(黃喜) 정승이 퇴근해 집에 돌아오니 그 딸이 맞이하며 여쭈었다.
>
> "아버지, 이〔蝨〕 있잖습니까? 이가 어디서 생깁니까? 옷에서 생기지요?"

---

9) "夫天下之萬物庶事, 莫不各有其止. 天吾知其止於上, 地吾知其止於下. 山川之流峙, 鳥獸之飛伏, 吾知其各一其止而不亂. 其在吾人, 尤不能無其止, 而止且非一端, 當知各於其所而止之. 如父子之止於恩, 君臣之止於義, 皆所性而物之則也. 至於飮食衣服之用, 視聽言動之施, 豈止之無其所也. (…)君子之所貴乎學, 以其可以知止也. 學而不知止, 與無學何異?" (「送沈敎授義序」, 『花潭集』 권2)

"그럼."
딸이 웃으며 말했다.
"거봐요, 내가 이겼네!"
이번엔 며느리가 여쭈었다.
"이는 살에서 생기지요?"
"그럼."
며느리가 웃으며 말했다.
"아버님께서 제 말이 옳다고 하시네요."
그러자 부인이 황희 정승을 나무라며 말했다.
"누가 대감더러 지혜롭다 하는지 모르겠군요. 시시비비를 가려야 할 처지에 양쪽 모두 옳다고 하시니."
황희 정승은 빙그레 웃으며 말했다.
"너희 둘 다 이리 오너라. 무릇 이는 살이 없으면 생겨날 수 없고 옷이 없으면 붙어 있을 수가 없기 때문에 두 사람 말을 모두 옳다고 한 것이다. 그렇기는 하지만 농 안에 둔 옷에도 이가 있는 법이며, 너희들이 벌거벗고 있더라도 오히려 가려울 것이다. 그러니 이란 놈은 땀내가 푹푹 찌는 살과 풀기가 물씬한 옷, 이 둘을 여의지도 않고 이 둘에 즉(卽)하지도 않는바, 바로 살과 옷의 '사이'[間]에서 생긴다고 할 것이다.

[2] 백호(白湖) 임제(林悌)가 말을 타려 하자 견마잡이가 나서며 아뢰었다.
"나리, 취하셨나 봅니다. 목화(木鞾)와 갖신을 짝짝이로 신으셨습니다."
그러자 백호가 이렇게 꾸짖었다.
"길 오른쪽에서 보는 사람은 내가 목화를 신었다 할 것이요, 길 왼쪽에서 보는 사람은 내가 갖신을 신었다 할 테니, 내가 상관할 게 무어냐!"

[3] 이로써 논하건대, 하늘 아래 가장 살피기 쉬운 것으로 사람의 발만한 게 없을 테지만 보는 방향이 다르면 목화를 신었는지 갖신을 신었는지조차 분간하기 어렵다. 그러므로 진정지견(眞正之見)은 실로 시비의 중간에 있다 할 것이다. 가령 땀에서 이가 생겨남은 지극히 미묘해 알기 어려운바, 살과 옷 사이에 본래 공간이 있어, 어느 한쪽을 여의지도 않고 어느 한쪽에 즉(卽)하지도 않으며, 오른쪽도 아니고 왼쪽도 아

니니, 그 누가 '중'(中)을 알겠는가.

4 말똥구리는 제가 굴리는 말똥을 사랑하는지라 용의 여의주를 부러워하지 않으며, 용 또한 자기가 여의주를 갖고 있다고 해서 말똥구리를 비웃지 않는다.[10)]

쭉 이어져 있는 글이지만 편의상 네 단락으로 나누었다. (7-1)에서 황희 정승의 고사를 소개하고, (7-2)에서 임제의 고사를 소개한 다음, (7-3)에서 두 고사의 의미를 반추하고 있다. (7-4)는 얼핏 보면 논리의 비약이 있는 것 같지만, (7-3)과 밀접한 연관이 있다.

(7-1)의 밑줄 친 구절의 원문은 "不離不襯"(불리불친)이고, (7-3)의 밑줄 친 구절의 원문은 "不離不襯, 不右不左"(불리불친, 불우불좌)이다. "不離不襯"은 불교에서 말하는 '부즉불리'(不卽不離)와 같은 말로서, 중(中)을 통해 현상계의 양극단을 넘어서야 진여(眞如), 즉 본체(本體)를 증득(證得)할 수 있다는 주장이다.[11)]

위 자료의 (7-1), (7-2), (7-3)이 말하고 있는 바는, 진정견(眞正見)은 '중'(中)에 있으며 '중'은 대립항의 동시부정이라는 사실이다. 대립항의 동시부정은 대립항을 지양한다. 그러나 대립항의 동시부정은 대립항이 지양된 차원에서는 대립항의 동시긍정이 된다. (7-3) 다음에 느닷없이 (7-4)

10) "昔黃政丞自公而歸, 其女迎謂曰: '大人知蝨乎? 蝨奚生? 生於衣歟?' 曰: '然.' 女笑曰: '我固勝矣!' 婦請曰: '蝨生於肌歟?' 曰: '是也.' 婦笑曰: '舅氏是我!' 夫人怒曰: '孰謂大監智? 訟而兩是.' 政丞莞爾而笑曰: '女與婦來! 夫蝨非肌不化, 非衣不傅. 故兩言皆是也. 雖然, 衣在籠中, 亦有蝨焉; 使汝裸裎, 猶將癢焉. 汗氣蒸蒸, 糊氣蟲蟲, 不離不襯, 衣膚之間.' 林白湖將乘馬, 僕夫進曰: '夫子醉矣! 隻履鞾鞋.' 白湖叱曰: '由道而右者, 謂我履鞾; 由道而左者, 謂我履鞋. 我何病哉?' 由是論之, 天下之易見者, 莫如足, 而所見者不同, 則鞾鞋難辨矣. 故眞正之見, 固在於是非之中. 如汗之化蝨, 至微而難審, 衣膚之間, 自有其空. 不離不襯, 不右不左, 孰得其中? 蜣蜋自愛滾丸, 不羨驪龍之珠; 驪龍亦不以其珠, 笑彼蜋丸."(「양환집서」, 『연암집』 권7, 104면)

11) 이 점에 대해서는 「박지원 사상에 있어서 言語와 冥心」, 본서, 325면을 참조하기 바란다.

의 언명이 발(發)해진 것은 그런 각도에서 이해되어야 한다. 연암은 (7－4)에 이어서 이런저런 말을 한 다음, 다음 말을 하고 있다.

(8) 이 『양환집』(蜋丸集)을 보고 한쪽에서 용의 여의주라 여긴다면 그것은 그대의 갖신만 본 것이요, 다른 한쪽에서 말똥구리가 굴리는 말똥이라 여긴다면 이는 그대의 목화만 본 것일 테지.[12)]

「양환집서」가 자패(子珮)라는 사람의 시집인 『양환집』에 써 준 서문임에 유의한다면, 자료 (7－1), (7－2), (7－3)은 궁극적으로 (7－4)와 (8)을 말하기 위한 것이라 할 수 있다. 그렇다고 한다면 「양환집서」의 핵심 메시지는 다음과 같이 재정리될 수 있다.

(가) 『양환집』은 용의 여의주도 아니요, 말똥구리가 굴리는 말똥도 아니다. 『양환집』은 그 '사이'에 있다.
(나) 『양환집』은 용의 여의주이기도 하고, 말똥구리가 굴리는 말똥이기도 하다. 『양환집』은 둘을 다 포함하고 있다.
(다) 용의 여의주든 말똥구리가 굴리는 말똥이든 저마다 그것대로의 가치가 있다.

(가)에서 (다)에 이르는 사유의 과정은, 대립항의 지양이 다원적 가치의 인정으로 이어지는 과정이다.

「양환집서」에 대한 검토가 다소 길어진 감이 없지 않다. 이쯤에서 연암이 그토록 강조한 '중'(中)이 갖는 산문시학적 의의에 대해 생각해 보기로 하자.

연암이 말한 '중'은 주로 인식론 및 본체론과 관련된 것이지만, 산문시학과 결부시킬 경우 인식론이나 본체론에 국한되지 않고 '창작태도' 혹은 광

---

12) "覽斯集, 一以爲龍珠, 則見子之鞋矣; 一以爲蜋丸, 則見子之韈矣."

범한 의미에서의 '창작방법'과도 관련될 수 있지 않을까 생각한다. 그럴 경우 '중'은 '중용'(中庸)이나 '중도'(中道)를 강조하는 산문시학의 철학적 근거가 될 수 있다. 중도를 강조하는 산문시학은, 세계인식 및 물아의 관계성에 대한 인식에 있어서, 또 그것의 내적 육화(肉化)로서의 작품을 창작하는 자세·태도·방법에 있어서, 균형과 포괄을 중시한다. 균형과 포괄은 양극단의 지양이고, 가치의 위계화(位階化)에 대한 부정이며, 중심과 주변의 해체이고, 모든 존재의 감싸안음이다. 그러므로 중도를 강조하는 산문시학은, '아'(我)에 함몰되지 않고 '물'(物)을 존중하며, '물'에 대한 존중을 통해 '아'를 발견하고 '아'에 이른다. 이런 점에서 중도를 강조하는 산문시학은 지극히 생태주의적이라 할 만하다.

사물에 내재된 도(道)

도는 만물에 편재(遍在)해 있다. 연암은 일상성이나 미물, 하찮거나 주변적인 것들에서까지 도의 편재성(遍在性)을 확인하고자 했다. 아니, 오히려 그런 미천한 존재들에서 도의 내재(內在)를 인식하는 일이 특히 중요하다고 생각했다. 다음은 연암이 자신의 문고(文稿)인 『공작관문고』(孔雀館文稿)에 붙인 서문의 한 구절이다.

(9) 말이란 거창할 필요가 없다. 도는 터럭과 같이 작은 사물에도 내재해 있는 법이다. 도가 내재되어 있다고 한다면 하찮은 기와조각이나 돌멩이인들 왜 버리겠는가?[13)]

이 인용문은 도에 대한 논의가 아니라 산문시학에 대한 논의이다. 하찮은 기와조각이나 돌멩이에도 도가 내재해 있는바, 문학은 이들을 무시하지 말고 챙겨야 한다는 주장이다. 거룩한 것, 고상한 것만이 훌륭한 것은 아

13) "語不必大, 道分毫釐. 所可道也, 瓦礫何棄?"(「孔雀館文稿自序」, 『연암집』 권3, 57면)

니며, 하잘것없는 사물, 비천한 존재에도 아름다움과 진실이 내재해 있다는 것이다. 이는 진리에 대한 예술적 인식의 문제를 새롭게 제기한 것으로서, 미천한 사물이나 타자적 존재에 대한 산문적 관심의 확대라는 점에서 주목할 만하다.

이처럼 연암은 예술적 인식이 사물에 내재해 있는 도를 발견하는 과정이라 간주했으므로, "산문은 오직 진실되어야 한다"[14]고 했다. 이 경우 산문적 진실은 사물에 대한 분식(粉飾)이 아니라 사물의 있는 그대로의 생신(生新)한 모습을 포착함으로써 확보된다. 사물에 내재된 도는 사물의 있는 그대로의 모습에서 드러나기 때문이다.

깨달음

연암에게 있어 산문이란 사물에 내재된 도를 포착하는 유력한 방식이다. 연암의 산문시학은 이처럼 도를 문제삼기에 '깨달음'〔悟〕이 중시된다.

'깨달음'이란 마음의 작용이다. 연암의 말을 빌린다면, "깨달음은 마음에서 이루어진다."[15] 이처럼 도, 깨달음, 마음은 밀접한 연관을 맺고 있다. 연암은 사물의 본질에 이르기 위해서는 마음으로 회득(會得 : 깨달아 앎)하지 않으면 안된다고 보았다.[16] '회득'이란 '오'(悟)와 통하는 말이다.

사물의 본질, 사물의 진면목을 이해함에 있어 사물의 외관에 대한 사실적 인식이 전혀 중요하지 않은 것은 아니다. 그것은 그것대로 중요하다. 연암은 감관(感官)에 의한 사물의 사실적 모사(模寫)의 중요성을 십분 간파하고 있었다. 하지만 그렇다고 해서 연암이 감관에 의한 사물의 사실적 모사가 사물의 본질을 완전히 구현할 수 있다고 생각한 것은 아니다. 감관

---

14) "文者, 惟其眞而已矣."(같은 책, 같은 곳)

15) "悟之於心."(「素玩亭記」, 『연암집』 권3, 63면)

16) "心以會之, 則得其精矣."(같은 책, 같은 곳). 이 말은 직접적으로는 '독서'와 관련된 말이지만, 독서에 국한시키지 말고 사물인식과 관련된 말로 확장해 이해해도 좋다고 생각된다.

에 의한 인식은 국한적이고 불완전하여 사물의 실체를 피상적으로밖에 이해하지 못하게 하며, 심지어 그 온전한 이해를 방해할 수도 있다. 연암은 감관에 의한 인식으로는 사물이 지니고 있는 정채(精彩) 혹은 정신[17]을 투시하지 못하는바, 이 때문에 감관적 인식의 영역을 넘어서서 마음의 눈으로 사물을 보는 것이 긴요하다고 보았다. 마음의 눈으로 사물을 볼 때에만 사물의 내면에 자리하고 있는 물성(物性)이 포착될 수 있다고 생각한 것이다.

요컨대 사물의 정신, 사물에 내재된 도는 마음으로만 회득(會得)되며, 마음에 의한 회득, 이것이 곧 깨달음이다.

4. 物與我同

연암은 '인'(人)과 '물'(物), '물'과 '나'가 근본적으로 동일하다고 보았다. 이 점에서 연암의 사상은 홍대용의 '인물균'(人物均 : 人과 物은 균등하다) 사상과 통한다. 연암의 말을 직접 들어보자.

(10) '물'(物) 쪽에서 '나'를 보면 '나' 또한 '물'의 하나다. (…)만물 가운데 생명을 지닌 것으로 선하지 않은 것은 없다. 그 타고난 본성을 즐기고 하늘의 명(命)을 따름은 '물'과 '나'가 다르지 않다.[18]

(11) 대저 천하의 이치는 하나다. 만일 범의 본성이 악하다면 사람의 본성 역시 악하고, 사람의 본성이 선하다면 범의 본성 역시 선하다. (…)하늘이 명(命)한 바에서 본다면 범과 사람은 '물'의 하나다. 하늘이 '물'을 낳

---

17) '정채'나 '정신'은 '精'의 譯語이다. '精'이라는 말은 「素玩亭記」의 다음 구절에 보인다. "夫玩者, 豈目視而審之哉? 口以味之, 則得其旨矣; 耳而聽之, 則得其音矣; 心以會之, 則得其精矣."(『연암집』 권3, 63면)

18) "卽物而視我, 則我亦物之一也. (…)萬物之含生者, 莫不善也. 樂其天而順其命, 物與我, 無不同也."(「答任亨五論原道書」, 『연암집』 권2, 36~37면)

은 어진 마음에서 논한다면 범·메뚜기·벌·개미는 천지간에 사람과 더불어 생육(生育)되어야 하며, 서로 어긋나서는 안된다.[19]

(12) 대저 사람과 '물'이 생겨날 때 처음엔 차별이 없었으니, 사람과 '물'이 다같이 '물'이었다. 그렇건만 하루아침에 피아(彼我)를 대립시켜 '나'를 일컬으며 '저'와 구별하게 되었다. 이에 천하의 뭇 사람들이 어지러이 자기를 일컫고 사사건건 '나'를 내세우매 이윽고 그 사사로움을 이길 수 없게 되었다.[20]

이 자료들은 모두, 하늘의 입장에서 볼 때 사람과 '물'은 다같은 '물'일 따름이며 근본적으로 동일하다는 주장을 보여준다. 특히 자료 (10)은 '물'과 '나'의 동일성이, 저마다 그 타고난 본성을 즐기고 하늘의 명(命)을 따름에 있다고 하여, 동일성의 근거를 보다 구체적으로 밝히고 있다. 한편 자료 (10)과 (11)은 사람만이 선한 것이 아니라 모든 생명은 본질적으로 선하다는 생각을 천명하고 있다. 자료 (12)는 사람이 '자기'를 중심에 두어 물아를 구분함으로써 사사로움이 비롯되었음을 지적하고 있다. 자료 (12)는 특히 사물에 대한 '나'의 자기중심성이 급기야 다른 인간에 대한 '나'의 자기중심성으로 확대된다는 인식을 보여준다. 이 점에서 '물'은 사물만이 아니라 '남'이라는 의미를 동시에 갖는다. 요컨대 이 인용문들은 존재의 근원적 동일성을 확인하면서 인간중심주의를 비판하거나 부정하고 있다고 할 수 있다.

이들 인용문에서 확인되는 물아의 동일성에 대한 강한 긍정은 연암 산문시학의 주요한 이념적 근거의 하나다. 가령 「호질」 같은 작품에서 동물인 범을 등장시켜 인간의 탐욕과 위선, 인간이 이룩한 문명을 떠받치고 있는

19) "夫天下之理, 一也. 虎誠惡也, 人性亦惡也. 人性善, 則虎之性亦善也. (…)自天所命而視之, 則虎與人, 乃物之一也. 自天地生物之仁而論之, 則虎與蝗蚕蜂蟻, 與人並畜, 而不可相悖也."(「虎叱」, 「關內程史」, 『熱河日記』, 『연암집』 권12, 192면)

20) "夫民物之生也, 固未始自別, 則人與我, 皆物也. 一朝將己而對彼, 稱吾而異之. 於是乎, 天下之衆, 始乃紛然而自謂, 事事而稱吾, 則已不勝其私焉."(「愛吾廬記」, 『연암집』 권7, 109면)

야만성과 약탈성을 알레고리적으로 풍자하고 있음은 이러한 산문시학이 구현된 대표적 사례라 할 것이다.[21] 연암 산문시학의 이런 면모를 잘 보여주는 작품을 하나만 더 거론하기로 한다. 다음은 연암이 남긴 편지 중의 한 대목이다.

> (13) 만약 그 외형의 크고 작음을 비교하거나 보이는 대상의 멀고 가까움을 분변하려 든다면 당신과 나는 모두 망녕되다 할 것이외다. 사슴은 파리보다 크다 하겠지만 사슴보다 더 큰 코끼리가 있지 않습니까? 파리는 정말 사슴보다 작지요. 그러나 만일 파리와 개미를 비교한다면 코끼리와 사슴의 관계와 같다 할 것이외다. 코끼리가 서 있는 모습은 집채 같고, 움직이면 풍우가 치는 것 같으며, 귀는 구름을 드리운 듯하고, 눈은 초승달 같으며, 발가락 사이의 진흙덩이는 마치 둔덕 같습니다. 그 진흙덩이에 집을 짓고 사는 개미는 코끼리가 풍우처럼 움직이매 밖에 비가 오는가 하여 두 눈을 부릅뜨고 이리저리 살피지만 코끼리를 보지 못함은 어째서일까요? 보이는 대상이 너무 멀리 있기 때문이지요. 반대로 코끼리가 한 눈을 찌푸리고 노려보지만 개미를 보지 못함은 다른 까닭이 아닙니다. 보이는 대상이 너무 가까이 있기 때문이지요. 만일 좀더 안목이 큰 존재로 하여금 100리쯤 먼 곳에서 바라보게 한다면 어슴프레하고 가물가물해서 도시 아무 것도 보이지 않을 거외다. 그러니 어찌 사슴이니 파리니 개미니 코끼리니 하고 분변할 수 있겠습니까?[22]

중세문학에서 편지는 중요한 문학장르의 하나였으며, 연암의 편지는 특

21) 이 점에 대한 자세한 논의는 「한국의 사상적 전통과 생태적 관점」, 본서, 28면을 참조하기 바란다.

22) "若復較其形之大小, 辨所見之遠近, 足下與僕, 皆妄也. 麋果大於蠅矣, 不有象乎? 蠅果小於麋矣, 若視諸蟻, 則象之於麋矣. 今夫象立如室屋, 行若風雨, 耳若垂雲, 眼如初月, 趾間有泥, 墳若邱壟. 蟻穴其中, 占雨出陣, 矉雙眼而不見象, 何也? 所見者, 遠故耳. 象臏一目而不見蟻, 此無他. 所見者近故耳. 若使稍大眼目者, 復自百里之遠而望之, 則窅窅玄玄, 都無所見矣, 安有所謂麋蠅蟻象之足辨哉?"(「答某」, 『연암집』 권5, 96면)

히 문예성이 높다. 위 인용문 중 밑줄 친 "좀더 안목이 큰 존재"란 조물주, 곧 하늘을 가리킨다. 하늘의 입장에서 보면 만물은 평등하다. 사슴, 파리, 개미, 코끼리는 다 같은 '물'로서 저마다 하늘로부터 생명을 받아 태어났으며 그 본성에 따라 살다가 죽는다. 만물은 바로 이 점에서 평등하다. 그러나 이 점은 자료 (10)·(11)·(12)에서 이미 확인된 바로서 새삼스러울 게 없다.

사실 우리가 이 작품에서 주목하는 바는 '비유' 혹은 '알레고리'이다. 이 작품은 비유로 일관하고 있으며, 그 전체가 하나의 알레고리이다. 이는 「호질」과도 상통하는 점이다. 이처럼 연암의 산문들에는 비유와 알레고리가 현저하다. 이 점에 대해서는 사회정치적·언어철학적 해명[23]을 비롯한 다각도의 해명이 필요하다고 보지만, 여기서는 단지 생태주의적 견지에서만 생각해 보기로 한다.

자료 (13)이 보여주는 '비유' 혹은 '알레고리'는 사물에 대한 생태적 태도에서 유래한다는 점을 우선 주목해야 한다. 다시 말해 생태적 마음이 비유와 알레고리를 낳고 있는 것이다. 생태적 마음은 어째서 비유와 알레고리를 낳는 것일까? 사물에 대한 깊은 친화감, 사물과 사람을 다같이 '물'로 보는 관점은 사물을 '사물화'하지 않고 사물을 또다른 주체로서 텍스트 속으로 인입(引入)하기 때문이 아닐까 한다. 그러므로 이 경우 비유나 알레고리는 사물을 주체화하는 중요한 미적 방식이다.[24] 비유와 알레고리를 통해 사물은 인간과 평등한 미적 공간으로 들어오게 된다.

이처럼 비유나 알레고리가 사물을 대하는 근본적 태도, 사물에 대한 시선의 기저에 놓인 이념(혹은 마음)과 깊은 관련이 있다는 점은 생태주의 산

---

23) 名實의 관계에 대한 언어철학적 해명은 「박지원 사상에 있어서 言語와 冥心」, 본서, 313~314면을 참조하기 바란다.

24) 그러나 모든 비유나 알레고리가 그렇다고 말할 수는 없다. 사물을 '사물화'하는 비유나 알레고리도 존재한다. 우리는 지금 일반론을 전개하는 것이 아니라 생태적 마음이 비유나 알레고리의 글쓰기로 이어지는 특별한 경우에 대해 논의하고 있다.

문시학의 모색에 있어서 퍽 중요한 사실이 아닐까 생각한다.

연암은 사물 그 자체가 최고·최상의 문장이라고 주장했는데, 이런 주장의 근저에는 사물에 대한 존중의 태도가 자리하고 있음에 유의해야 한다. 가령 다음 자료를 보자.

(14) 저 공중에 날아가며 우는 새는 얼마나 생기가 넘칩니까? 그렇건만 적막하게도 새 '조'(鳥) 한 글자로 그 생기를 죽여 버리고 그 빛깔을 없애며 그 소리를 제거해 버리고 말지요. 이는 마을 놀이에 가는 촌늙은이의 지팡이 머리에 새겨진 새 모양과 무엇이 다르겠습니까? 혹 새 '조'자의 진부함이 싫어 산뜻한 느낌을 내고자 새 '조'자 대신에 새 '금'(禽)자를 쓰기도 하지만, 이는 글 읽고 글 짓는 자의 잘못이라 할 것이외다. 아침에 일어나니 푸른 나무 그늘이 드리운 뜨락에 여름새들이 짹짹 찍찍 울고 있더이다. 나는 부채를 들어 안석(案席)을 치며 이렇게 외쳤소이다. "저것이야말로 '비거비래'(飛去飛來 : 날아가고 날아온다)라는 문자이고, '상명상화'(相鳴相和 : 서로 울며 화답한다)라는 글이다. 아름답게 빛나는 게 문장이라고 한다면 저보다 더 훌륭한 문장은 없으리라. 오늘 나는 글을 참 잘 읽었노라!"[25)]

(15) 동네 아이에게 『천자문』을 가르쳤더니 읽는 데 싫증을 내더이다. 그래서 꾸짖었더니 이렇게 말하더군요.
"하늘을 보면 새파란데 하늘 '천'자는 푸르지 않잖아요? 그래서 글을 읽기 싫어요."
이 아이의 총명함은 문자를 만든 창힐(蒼頡 : 한자를 처음 만들었다는 중국 상고시대의 인물)을 기죽일 만하외다.[26)]

---

25) "彼空裡飛鳴, 何等生意? 而寂寞以一鳥字抹殺, 沒卻彩色, 遺落容聲, 奚异乎赴社邨翁杖頭之物耶? 或復嫌其道常, 思變輕淸, 換箇禽字, 此讀書作文者之過也. 朝起, 綠樹蔭庭, 時鳥鳴嚶, 擧扇拍案, 胡叫曰: '是吾飛去飛來之字, 相鳴相和之書. 五采之謂文章, 則文章莫過於此. 今日僕讀書矣!'"(「答京之」 第二書, 『연암집』 권5, 92면)

26) "里中孺子, 爲授天字文, 呵其厭讀, 曰: '視天蒼蒼, 天字不碧. 是以厭耳.' 此兒聰明, 餒煞蒼頡."(「答蒼厓」 第二書, 『연암집』 권5, 93면)

(14)는 경지(京之)에게 보낸 편지 중의 한 대목이고, (15)는 창애(蒼厓) 유한준(兪漢雋)에게 보낸 편지의 전문이다. 이 두 인용문은, 사물 그 자체가 가장 생동하는 문자이며, 사물의 움직임이 가장 훌륭한 문장임을 말하고 있다. 기호로서의 문자는 원래의 사물이 갖고 있던 생기와 구체성을 소거(消去)하거나 말살한다. 이 점에서 사물이 '생문자'(生文字)라면, 기호는 '사문자'(死文字)라 할 수 있을지 모른다. 연암은 '생문자'를 읽는 것이 대단히 중요하다고 보았다. 그래서 진정한 독서는 '사문자'가 아니라 '생문자'를 읽는 것이라고까지 주장하기에 이르렀다. 연암이 이처럼 '생문자' 읽기를 강조한 것은 그것을 통해 '사문자'에 생명력을 불어넣기 위해서였다. 즉 '생문자' 읽기가, 진부해지고 형해화(形骸化)된 '사문자'를 쇄신하며 그에 생신(生新)한 상상력을 불어넣을 수 있다고 생각한 것이다. 요컨대 기호로서의 문자는 사물에 밀착되고 사물에 수렴됨으로써만 그 형해성을 탈피해 구체성을 획득할 수 있다고 본 셈이다.

사물과 문자(기호)의 관계에서 사물이 절대적으로 중요하다고 본 연암의 태도는 앞에서 살핀 '물'에 대한 그의 관점을 전제하지 않고서는 온전히 이해할 수 없다. 사람만이 아니라 '물' 역시 하나의 주체로 인정하는 관점은 필연적으로 '물'에 대한 존중을 낳는다. 그리고 '물'에 대한 존중은 '물'에 대한 자상한 관찰과 이해를 촉구한다. 이 점에서, 가장 훌륭한 글은 사물 자체의 움직임을 잘 읽어 그것을 재현한 것이라는 주장이 성립될 수 있다.

연암이 글쓰기에 있어 자연과의 교감이라든가 자연물에 대한 응시를 몹시 강조한 것도 '물'에 대한 그의 이런 존중의 태도와 깊은 연관이 있다. 그가 글쓰기의 본원(本源)으로서 자연과의 친화감을 얼마나 중시했는지는 다음 자료에서 잘 확인된다.

(16) 곤충의 더듬이나 꽃술을 좋아하지 않는 사람은 도무지 문심(文心)이 없다고 할 것이다.[27]

(17) 아버지(연암을 가리킴-인용자)는 이런 말씀을 하신 적이 있다.

> "지극히 미미한 사물들, 이를테면 풀·꽃·새·벌레와 같은 것도 모두 지극한 경지를 지니고 있지. 그러므로 이들에게서 하늘의 묘한 이치를 엿볼 수 있다."[28]

자료 (16)은 『종북소선』(鍾北小選)이라는, 연암이 자신의 글을 스스로 뽑아 엮은 문고(文稿)에 붙인 자서(自序)의 한 구절이며, 자료 (17)은 연암의 아들인 박종채(朴宗采)의 전언(傳言)이다. 이 자료들은 연암이, 아무리 미천한 것이라 할지라도 자연 속에서 생을 영위하는 모든 존재들은 하늘의 지극한 이치를 구현하고 있다는 믿음과 함께 자연이야말로 문학의 원천이라는 생각을 지녔음을 뚜렷이 보여준다.

그런데 자연은 부단히 '생생'(生生)하며, 날로 새롭다.[29] 연암은 문학창작의 지침으로 '법고창신'(法古創新)을 주장한 바 있지만, 부단히 '생생'하는 자연을 따라잡기 위해서도 문학에는 '창신'(創新)이 없어서는 안된다고 보았다.[30]

5. 行

도와 깨달음은 인간이 자연과의 근원적 합일을 추구하면서 생태적으로 살아가는 데 있어 본질적으로 중요하다. 그러나 그것이 순전히 개인적인 차원에만 머무른다면 심각한 문제가 없지 않다. 도와 깨달음은 한편으로는 개인적이고 내면적인 성격을 갖지만 다른 한편으로는 공동체적이고 사회적

---

27) "不屑於蟲鬚花蘂者, 都無文心矣."(「鍾北小選自序」, 『연암집』 권7, 103면)

28) "嘗言: '雖物之至微如艸卉禽蟲, 皆有至境, 可見造物自然之妙.'"(『나의 아버지 박지원』, 朴宗采 著·朴熙秉 譯, 돌베개, 1998, 45면)

29) 연암은 「楚亭集序」에서 "天地雖久, 不斷生生; 日月雖久, 光輝日新"(『연암집』 권1, 12면)이라고 했다.

30) 같은 책, 같은 곳 참조.

인 성격을 갖기 때문이다. 이 점에서 도와 깨달음은 개인적이면서 사회적이다. 그것은 한 개체 내부의 현상이면서 동시에 개체들이 이룩하는 삶 전체와 불가분적인 연관을 맺고 있다는 점에서 '안'과 '밖'이 통합되어 있는 것이랄 수 있다. 이처럼 도와 깨달음은 개체가 속해 있는 사회에 대한 성실한 배려를 통해서만 자폐적(自閉的)이거나 자족적인 한계를 벗어날 수 있으며, '소아'(小我)를 넘어 '대아'(大我)로 나아갈 수 있다.

그렇다면 연암의 산문시학은 '안'과 '밖'의 균형을 어떻게 꾀하고 있는가? 우선 다음 자료부터 보자.

> (18) 도는 어디에 있는가? '공'(公)에 있다. <u>'공'(公)은 어디에 있는가? '공'(空)에 있다. '공'(空)은 어디에 있는가? '행'(行)에 있다. '행'은 어디에 있는가? '지'(至)에 있다</u>. '지'(至)는 어디에 있는가? '지'(止)에 있다. '지'(止)는 어디에 있는가? '평'(平)에 있다. '평'은 어디에 있는가? '정'(正)에 있다. '정'은 어디에 있는가? '중'(中)에 있다. (…)그러므로 '중'이 아니면 '정'의 기준이 없고, '정'이 아니면 '평'을 정할 수 없으며, '평'이 아니면 '지'(止)에 편안할 수 없다. '지'(止) 이후에 '지'(至)를 볼 수 있고, <u>'지'(至) 이후에 '행'(行)을 볼 수 있으며, '행' 이후에 '공'(空)을 볼 수 있다</u>.[31]

임형오(任亨五)에게 보낸 편지에 나오는 말이다. 이 중 일부는 자료 (5)에서 인용된 바 있다.

위에 제시된 말 가운데 특히 밑줄 친 구절을 주목한다. '공'(公)의 근거는 '공'(空)이고, '공'(空)의 근거는 '행'(行)이며, '행'의 근거는 '지'(至)라고 했다. '지'(至)해야 '행'(行)할 수 있고, '행'해야 '공'(空)을 볼 수 있으

31) "道將惡乎在? 在於公. <u>公惡乎在? 在於空. 空惡乎在? 在於行. 行惡乎在? 在於至</u>. 至惡乎在? 在於止. 止惡乎在? 在於平. 平惡乎在? 在於正. 正惡乎在? 在於中. (…)故非中則莫可以準正, 非正則莫可以定平, 非平則莫可以安止. 止而後見其至也. <u>至而後見其行也. 行而後見其空也</u>."(「答任亨五論原道書」, 『연암집』 권2, 35면)

며, '공'(空)해야 '공'(公)할 수 있다는 주장이다. 그렇다면 '지'(至), '행', '공'(空), '공'(公)은 각각 무엇을 뜻하는가?

자료 (18)에 제시된 개념들은 모두 '길'을 걸어가는 사람의 발걸음과 일정하게 관련되어 있다. 따라서 그 1차적 의미는 대체로 이 점에 대한 고려 위에서 파악될 수 있다. 그렇기는 하나 임형오에게 보낸 편지 전체가, 그리고 자료 (18)이, 도의 본질에 대한 '비유적' 표현임을 염두에 둔다면, 제시된 개념들의 1차적 의미보다는 그 실제적 의미가 훨씬 더 중요하다고 할 수 있다. 이런 각도에서 본다면 '지'(至)의 1차적 의미는 '이르다'이고 그 실제 의미는 '지극함'이 될 것이다. 또한 '행'의 1차적 의미는 '한 발은 땅에 붙이고 다른 한 발은 공중에 든 동작'[32]이고, 그 실제 의미는 '실천'이다. '공'(空)의 1차적 의미는 사람이 걸어갈 때 땅에서 떨어진 한쪽 발이 있는 '허공'이고, 그 실제 의미는 '비어 있음'이다. '공'(公)에는 특별한 1차적 의미가 있는 것 같지 않으며, '공변됨'을 뜻한다.

이러한 의미 파악을 토대로 자료 (18)의 밑줄 친 부분은 다음과 같이 해석될 수 있다 : '공변됨'의 근거는 '비어 있음'이고, '비어 있음'의 근거는 '실천'이며, '실천'의 근거는 '지극함'이다. 지극해야 실천할 수 있고, 실천해야 비어 있음을 볼 수 있으며, 비어 있어야 공변될 수 있다.

그런데 실천해야 비어 있음을 볼 수 있다는 건 무슨 말인가? 다음 자료에서 그 해답을 발견할 수 있다.

> (19) 한쪽 발을 허공에 들면서 '공'(空)에 잊는다. '공'에 잊는다 함은 하늘을 즐거워함〔樂天〕이다. 다른 한쪽 발을 땅에 놓으면서 '실'(實)로 돌아간다. '실'로 돌아간다 함은 땅을 믿음〔信地〕이다. 하늘을 즐거워함은 형이상(形而上)이고, 땅을 믿음은 형이하(形而下)다. 인의예지(仁義禮智)는 하늘에 근본한 것이고, 효제충경(孝悌忠敬)은 땅에 근본한 것이다.[33]

---

32) 「答任亨五論原道書」에 '행'의 1차적 의미에 대한 규정이 보인다. 다음이 그것이다. "一移二住, 以爲行也."(『연암집』 권2, 35면)

이 역시 임형오에게 답한 편지에 나오는 말이다. 인용문 중 "공에 잊는다"는 말의 원문은 "忘空"(망공)이다.[34] '공'(空)은 '허'(虛)와 통하는 말로서, 하늘의 속성이다. 하늘은 '공'하기 때문에 해와 달이 비친다.[35] 그런데 '잊는다'는 것은 항상 무엇을 잊는 것이다. 그렇다면 "공에 잊는다"는 것은 무엇을 '공'에 잊는다는 말일까? 자기, 즉 사사로움이다. 사사로운 자기를 잊는다는 건 무슨 뜻인가? 천리(天理)를 체득함을 뜻한다. 이렇게 상량(商量)하면 자료 (19)에서 "공에 잊는다 함은 하늘을 즐거워함이다"라고 한 말이 쉽게 이해된다.

위 인용문 중 '실'(實)이란 무엇을 말하는가? 실사(實事) 혹은 일용행사(日用行事)를 가리킨다. '실사'니 '일용행사'니 하는 말은 우리가 살아가면서 겪게 되는 범백사(凡百事), 즉 생활세계의 온갖 구체적인 일들을 뜻하는 말이다. 일용행사에는 이른바 '이륜'(彛倫), 즉 윤리성이 개재(介在)된다. 윤리성은 천리(天理)의 지상적(地上的) 관철이다. 이 점에서 일용행사는 '도'와 분가분리적이다.

그런데 '공'(空)과 '실'(實)은 서로 쌍을 이루는 개념이다. 보다 정확히 말해 두 개념은 '대대적'(對待的)[36]인 관계에 있다. '실'이 '용'(用)이라면 '공'은 '체'(體)이고, '실'이 '기'(器)라면 '공'은 '도'(道)이다. '실'이 '땅'에 속한다면 '공'은 '하늘'에 속하고, '실'이 '형이하'라면 '공'은 '형이상'이다. '효제충경'(孝悌忠敬)[37]이라는 실제적인 윤리적 덕목이 '실'에서 실현된다면,

---

33) "一擧足而忘空. 忘空者, 樂天也; 一著脚而復實. 復實者, 信地也. 樂天者, 形而上者也; 信地者, 形而下者也. 仁義禮智, 本乎天者也; 孝悌忠敬, 本乎地者也."(같은 글, 같은 책, 36면)

34) "忘空"은 '忘於空'의 뜻으로 읽어야 하리라 본다. 따라서 "망공"을 "공을 잊는다"고 번역해서는 안될 줄 안다. '망'자의 이런 용례는 연암의 다른 글에서도 확인되는바, 일례로 「炯言桃筆帖序」의 다음 구절을 들 수 있다. "雖小技, 有所忘然後能成, 而況大道乎? (…)若二子之能有忘, 願相忘於道德也."(『연암집』 권7, 107면)

35) "使天而不空, (…)日月安所照乎?"(「答任亨五論原道書」, 『연암집』 권2, 35면)

36) '對待的'이라는 말의 뜻에 대해서는 「이규보의 문예론」, 본서, 90면을 참조하기 바란다.

'인의예지'라는 윤리적 이념성은 '공'에 근거한다.

여기서 처음의 질문, 즉 실천해야 비어 있음을 볼 수 있다는 건 무슨 말인가라는 질문으로 되돌아가기로 한다. '실천'의 원문이 행(行)이고 '비어 있음'의 원문이 공(空)임은 이미 앞에서 밝힌 바 있다. 이 경우 '공'(空)은 자료 (19)에서 말한 '공'과 의미 차이가 없다. 우리는 먼저, 비어 있음을 보아야 실천할 수 있다고 말하지 않고 실천해야 비어 있음을 볼 수 있다고 말한 데 주목해야 한다. 자료 (18) 중 관련 부분만을 적출(摘出)하면 다음과 같다.

(20) 도는 어디에 있는가? (…)'공'(空)에 있다. '공'은 어디에 있는가? '행'(行)에 있다. (…)'행' 이후에 '공'(空)을 볼 수 있다.[38]

이처럼, '행'이 '공'에 있으며 '공' 이후에 '행'을 볼 수 있다고 말하지 않고, '공'이 '행'에 있으며 '행' 이후에 '공'을 볼 수 있다고 말했다. 이것이 의미하는 바는 무엇인가? 연암은 이렇게 말함으로써 도의 인식과 체득에서 '실천'이 갖는 중요성을 강조하고자 했음에 틀림없다. 즉 천리는 생활세계의 실천을 통해서 인식되고 도달될 수 있다는 것, 천리의 깨달음은 지상의 삶에서 이루어지는 사회적 실천을 떠나 이루어질 수 없다는 사실을 분명히 하고자 했던 것이다. 요컨대 사회적 실천은 천리를 깨닫는 과정이며, 천리의 깨달음은 정당한 사회적 실천과 연결되어야 한다는 입장이다.

연암은 이처럼 생활세계의 실천을 중시하는 입장에서 '땅'과 '하늘', '기'(器)와 '도', '형이하'와 '형이상'을 통일하고 있다. 그것은 사람이 걸어갈 때의 오른발·왼발과 같이 둘이면서 하나이고 하나이면서 둘인 관계를 이룬다.

다른 각도에서 말한다면 연암은 '실천'을 중심으로 개인적 삶의 길, 사회적 삶의 길, 자연의 길을 상호 통합하고 있다. 즉 '실천'을 중심으로 개인윤

37) '孝悌忠敬'은 부모에 대한 효도, 형제 사이의 우애, 신실한 마음, 공경하는 태도를 뜻하는 말이다.

38) "道惡乎在? (…)在於空. 空惡乎在? 在於行. (…)行而後見其空也."

리와 사회윤리와 천리(天理)를 일체적으로 파악하고 있다. 이 점에서 연암은 도를 고답적이거나 고립적으로 이해하는 데 반대하고, 그 생활적 관련을 중시했다고 말할 수 있다.

천리의 깨달음과 사회적 실천의 관련성을 중시하는 연암의 이런 입장은 그의 산문시학에 어떻게 접합되는가? 지금까지의 긴 논의는 기실 이 물음을 제기하기 위해서였다.

'행'(行)에 대한 강조는 연암의 산문시학에서 글쓰기의 사회적 책임에 대한 중시로 나타난다. 연암이 글쓰기의 사회적 책임을 중시했음은, 그가 쓴 많은 글들이 당대 사회의 허위와 기만을 조소하고 풍자하면서 진실을 드러내고자 한 데서 뚜렷이 확인된다. 연암의 산문시학이 보여주는 이와 같은 강렬한 사회적 관심은, 인간의 삶과 도(道)가 사회적 실천과 분리될 수 없다는 연암의 생각을 반영한다. 그러므로 연암의 산문시학에서 '현실'과 '비판'은 핵심적인 두 개의 축을 이룬다. 연암의 산문이 사실주의의 뛰어난 성취를 보여준다는 종종의 지적도 바로 이 점과 관련된다.

그러나 연암의 산문시학이 비단 '현실'과 '비판'만을 보여주는 것은 아니다. 그것은 동시에 천리(天理)에 대한 깊은 응시 및 도의 체득에서 얻어지는 묘오(妙悟)의 경지를 포괄하고 있다. 전자가 '형이하'의 영역이라면, 후자는 '형이상'의 영역이라고 말할 수 있을 터이다. 이처럼 연암의 산문은 '현실'과 '비판'에서 출발하여 고묘(高妙)한 천리에 대한 깨달음으로까지 이어지고 있는바, 가히 '안'과 '밖'의 균형을 보여준다고 할 만하다. 방금 '균형'이라는 말을 했지만, 연암의 산문은 사회를 향한 실천적 발언임과 동시에 자연의 이법을 깨달아가는 인간 내면에 대한 심원한 성찰이기도 하다는 점에서 이 말을 쓸 수 있다. 연암 산문시학의 이런 면모는 '행'(行)과 '공'(空)을 통일적으로 파악하는 그의 철학적 입장과 정확히 부합된다.

이렇게 본다면 연암의 산문시학은 흔히 이해되고 있는 것과 같은 사실주의 개념만으로 간단히 설명될 수 없는 면이 있다. 사실주의이면서 사실주의를 넘어서는 부분이 존재하기 때문이다. 사실주의이면서 사실주의를 넘어서는 부분이 존재한다는 것, 사실주의와 사실주의를 넘어섬이 자재(自在)하게 공존하고 있다는 것, 이 점이야말로 연암 산문시학의 요의(要義)가 아닐까 생각한다.

연암의 산문시학이 보여주는 현실 비판의식이라든가, 사실과 깨달음, 안과 밖, 땅과 하늘, 형이하와 형이상, 자연과 사회의 통일은 생태주의 산문시학의 모색에 많은 참조가 될 수 있으리라 본다.

6. 餘言

우리가 생태주의 산문시학을 모색하고자 할 때 연암의 산문시학에서 시사받거나 배울 수 있는 점은 이외에도 여러 가지가 있다. 끝으로 두 가지 점만 간단히 지적하는 것으로 이 글을 마무리할까 한다.

첫째, 연암의 산문시학은 '미적 체험'의 중요성을 대단히 강조하고 있다는 사실이다. 그래서, 이별을 겪어보지 않은 사람과는 문장의 '정'(情)에 대해 말할 수 없다고 했고, 곤충의 더듬이나 꽃술을 좋아하지 않는 사람은 도무지 문심(文心)이 없다 할 것이라고 했으며, 기물(器物)의 형상을 음미하지 않은 사람은 한 글자도 모른다고 해도 좋다고 말했다.[39] 미적 체험은 시각·미각·청각으로만 이루어지는 것이 아니라 '마음'으로도 이루어지는바, '마음'에 의한 완상(玩賞)이야말로 최고의 미적 인식이라고 보았다.[40] 마음에 의한 완상은 삼매경(三昧境), 곧 나와 사물의 근원적 합일을 가능하게 하기 때문이다. 이 점에서 연암의 산문시학은 몹시 '시'학적(詩學的)이

39) "人無別離, 畵無遠意, 不可與論乎文章之情境矣; 不屑於蟲鬚花蘂者, 都無文心矣; 不味乎器用之象者, 雖謂之不識一字, 可也."(「鍾北小選自序」, 『연암집』 권7, 103면)

40) "夫玩者, 豈目視而審之哉? 口以味之, 則得其旨矣; 耳而聽之, 則得其音矣; 心以會之, 則得其精矣."(「素玩亭記」, 『연암집』 권3, 63면)

다. 다시 말해 연암에게 있어 '문심'(文心)은 시심(詩心)과 일정하게 통한다. 그래서 산문을 쓸 때에도 시심이 필요하다고 했다.[41] 연암은 또한 시만이 아니라 산문에서도 '리듬'이 중요하다는 생각을 가졌었던 듯하다.[42] 글의 리듬이란 '호흡'과 직결된다. '호흡'이란 생명이 보여주는 가장 짧은 단위의 '순환'이다. 그러므로 연암이 산문에서 리듬의 중요성을 강조한 것은 그가 의식했든 그렇지 못했든간에 생명활동의 순환성과 산문을 관련지으려 한 것으로 해석할 수 있다. 문장의 리듬은 호흡과 연결된다는 점에서 '자연'을 표상하며, 또한 그 점에서 생태적이다.

둘째, 연암의 산문시학에서 글을 쓴다는 건 **집을 찾아가는 행위**라는 사실이다.[43] '집을 찾아간다'는 것은 무엇인가? 자신의 본분으로 되돌아감[44]을 의미한다. 자신의 본분으로 되돌아간다는 것은 무엇인가? 세계의 물질적 거죽만을 보아 망상에 사로잡히지 말고 마음을 온전히 하여 '나' 속에 있는 하늘의 이치를 깨닫는 것을 말한다. 그러므로 그것은 현존재가 자신의 거소(居所)에 **그치는** 것이며, 이 점에서 '수분'(守分),[45] 곧 **분수를 지킴**이라고도 말할 수 있다. 요컨대 연암에게 있어 글을 쓴다는 것은 외물(外物)에 현혹되지 않고 현존재의 참모습을 찾아 나서는 하나의 유력한 수단이었던 것이다.

41) "文而無詩思, 不可與知乎國風之色矣."(「종북소선 자서」, 『연암집』 권7, 103면)

42) 이 점은 문학론으로까지 표출되지는 않았다. 그러나 연암의 여러 산문들이 자못 리듬을 중시하고 있다는 사실에서 이 점을 간접적으로 확인할 수 있다. 연암은 시만이 아니라 산문에서도 '언어의 울림'〔音響〕이 몹시 중요하다고 보았는데, 이런 데서도 산문 운용에서 시적 원리를 고려하는 태도가 엿보인다. 이에 대해서는 『나의 아버지 박지원』, 244면을 참조하기 바란다.

43) 「答蒼厓」 第二書, 『연암집』 권5, 93면 참조.

44) "還他本分."(같은 책, 같은 곳)

45) "乃爲吾輩守分之詮諦."(같은 책, 같은 곳)

찾아보기

ㄱ

ㄴ

ㅂ

ㅇ

ㅈ

ㅊ

ㅋ·ㅌ·ㅍ

ㅎ